디 아 더 와이프

THE OTHER WIFE
Copyright © 2018 Bookwrite Pty
All Rights reserved

Korean Translation copyright c 2025 by THENAN CONTENTS GROUP CO.,LTD.
Korean Translation rights arranged with Intercontinental Literacy Agency Ltd.
through EYA(Eric Yang Agency)

이 책의 한국어판 저작권은 EYA(Eric Yang Agency)를 통한 Intercontinental Literacy Agency Ltd.
사와의 독점계약으로 (주)더난콘텐츠그룹이 소유합니다.
저작권법에 의하여 한국 내에서 보호를 받는 저작물이므로 무단전재 및 복제를 금합니다.

# THE OTHER WIFE

# 디 아더 와이프

마이클 로보텀 장편소설
최필원 옮김

북로드

이언 스티븐슨에게 바칩니다.

**일러두기**
옮긴이 주는 작은 괄호 안에 넣어 '옮긴이'라는 표시와 함께 표기했다.

아이들은 태어나 부모를 사랑하고,
나이가 들면서 부모를 평가하며,
때때로 부모를 용서하기도 한다.

오스카 와일드,
《도리안 그레이의 초상》에서

| | |
|---|---|
| 1일째 | 11 |
| 2일째 | 100 |
| 3일째 | 119 |
| 4일째 | 166 |
| 5일째 | 199 |
| 6일째 | 224 |
| 7일째 | 238 |
| 8일째 | 249 |
| 9일째 | 279 |
| 10일째 | 310 |
| 11일째 | 337 |
| 13일째 | 368 |
| 14일째 | 379 |
| 15일째 | 385 |
| 16일째 | 396 |
| 17일째 | 411 |
| 18일째 | 425 |
| 19일째 | 439 |
| 20일째 | 458 |
| 21일째 | 470 |
| 22일째 | 502 |
| 58일째 | 518 |
| | |
| 감사의말 | 525 |

# 1일째

 프림로즈 힐 정상에서 내려다보는 런던의 첨탑과 반구형 지붕들의 실루엣은 꼭 배우들이 제자리를 찾아가기를, 그리고 감독이 '액션'을 외치기를 기다리는 파인우드 사운드 스테이지의 배경막을 보는 듯하다.
 나는 이 도시를 사랑한다. 과거의 폐허 위에 지어진 이 도시의 모든 공간은 사용되고, 재사용되고, 납작하게 짓이겨졌다가 폭격당하고, 해체됐다가 재건되고, 다시 짓이겨지기를 반복해왔다. 암석 퇴적물처럼 켜켜이 쌓여버린 역사는 때가 되면 미래의 고고학자와 보물 사냥꾼들에 의해 발굴될 테고.
 내 운명도 다르지 않다. 과거의 잔해 위에 지어진 망가진 남자. 파킨슨병 진단을 받은 지 벌써 13년이 됐다. 어느 날 갑자기 무의식적으로 까딱이기 시작한 왼손 손가락들. 평범한 씰룩임이었지만 내게는 유죄 평결처럼 섬뜩하게 와 닿았다. 내 몸은 아주 오래전, 내 정신으로부터 소리 없이 떨어져나오기 시작했다. 어느 쪽도 수집한 음반을 차지할 수 없는, 어느 쪽도 개의 소유권을 놓고 싸우지 않는 이혼.

　엄지와 검지의 씰룩임은 서서히 팔다리까지 퍼져나갔고, 이제는 약의 도움 없이는 몸을 제대로 가눌 수 없는 지경에 이르렀다. 약을 잘 챙겨 먹으면 거의 정상인처럼 보인다. 허리가 살짝 구부정하고 동작이 부자연스럽기는 하지만 아주 튈 정도는 아니다. 이따금 파킨슨 씨는 사악한 조종자로 돌변해 보이지 않는 끈을 마구 잡아당기며 오직 그만이 들을 수 있는 음악에 맞춰 춤을 추게 만든다.

　아직은 불치병이지만 언젠가는 과학이 치료법을 찾아내줄 거라 굳게 믿고 있다. 그때까지는 매일 운동으로 몸을 다져놓아야 한다. 그래서 지금 여기 이렇게 서 있는 것이다. 훼손된 런던의 장엄한 역사가 보란 듯이 전시된 이곳에. 내 시선이 동쪽에서 서쪽으로 찬찬히 훑어나가다가 런던 동물원의 굽은 지붕과 철망에서 멈춰 선다. 줄리앤과 나는 이곳에서 얼마 떨어지지 않은 곳에 첫 집을 마련했다. 따스한 밤이면 우리는 침대에 누워 열린 창문에 드리워져 살랑이는 커튼을 바라보곤 했다. 사자와 하이에나와 이름을 알 수 없는 짐승들의 으르렁거림을 들으면서.

　아내가 세상을 떠난 지 벌써 16개월이 지나버렸다. 수술 합병증. 그들의 설명은 그랬다. 서혜부에서 만들어진 혈전이 심장으로 흘러오면서 좌심실에 들러붙어버렸단다. 아내는 생명 유지 장치에 의지한 채 일주일간 버텼다. 하얀 시트에 평온하고 아름다운 모습으로 누워 있었지만 신경과 전문의는 "정신이 나간 상태"라고 했다. 우리는 고민 끝에 기계를 껐고, 아내는 밧줄 풀린 보트처럼 그렇게 흘러가버렸다.

　그 후 차례로 맞은 계절들은 비탄의 단계처럼 느껴졌다. 부정과 고립 속에서 여름이 지났고, 가을은 분노를, 겨울은 원망을 가져와 떠안겼다. 봄에는 전에 없던 극심한 우울증이 찾아들었고, 버티다 못한 나는 결국 도움을 찾아 나서게 됐다.

나는 두 딸, 찰리와 에마를 생각하며 간신히 버텨내는 중이다. 딸들은 아직 이런 비탄을 겪을 나이가 아니기에. 그리고 줄리앤이 아직 아이들 안에 생생히 살아 있기에. 그들의 가르마에서, 그들의 억양에서, 그들의 걸음걸이와 찡그린 얼굴과 웃음에서.

우리는 일 년 전, 서머셋의 작은 집을 팔고 런던으로 돌아왔다. 집을 판 돈에 은행 융자를 더해 벨사이즈 파크 내 웰링턴 코트라는 맨션 블록의 꼭대기 층 아파트를 구입했다. 프림로즈 힐에서 얼마 떨어지지 않은 곳이다. 바람이 잘 통하고 볕이 잘 드는 쓰리룸 아파트는 천장이 높아 특히 마음에 든다. 거실에는 커다란 퇴창이 나 있고, 옥상에는 작은 테라스까지 마련돼 있다. 테라스는 주방 창문을 통해서도 드나들 수 있는데, 나는 이따금 에마와 함께 덱 체어에 나란히 앉아 노을 진 런던의 풍경을 감상하곤 한다. 마치 원양 여객선을 타고 가는 승객들처럼.

에마는 열두 살이다. 나는 곤히 잠든 아이가 학교에 늦지 않게 알람을 맞춰놓고 조용히 집을 빠져나왔다. 에마는 더 이상 꼬마가 아니다. 거의 여자가 다 됐다. 녹회색의 눈, 곱슬한 머리, 그리고 파우더로 범벅이 된 가부키 댄서처럼 창백한 피부. 딸은 1월부터 북런던에 자리한 노스 브리지 하우스라는 사립 통학 학교에 다니기 시작했다. 부담스러운 등록금이 걱정이었지만 다행히 장학금을 받게 돼 한시름 놓았다.

대학교 2학년인 큰딸, 찰리는 옥스퍼드에서 행동 심리학을 공부하고 있다. 다른 부모들은 자신들의 족적을 따르는 자식을 대견하게 여기겠지만 나는 범죄 심리학자가 되겠다는 찰리가 못마땅하다. 딸이 어쩌다 그 분야에 관심을 갖게 됐는지 잘 알기 때문이다. 찰리는 사람들이 왜 끔찍한 범죄를 저지르는지 이해하고 싶어 한다. 악몽으로만 접해본 사이코패스와 소시오패스들, 그리고 그들의 상상을 초월하는 범죄 행각에 마음을 단단히 사로잡혀서는.

언덕을 마저 내려온 나는 운하를 건너 리전트 파크로 들어선다. 조깅을 나온 젊은 여자가 나를 지나쳐 달려나간다. 라이크라에 싸인 엉덩이, 등 뒤에서 깐닥거리는 포니테일. 문득 그녀를 따라잡아야 할지 고민에 빠진다. 나란히 뛰면 좋을 것 같긴 한데. 친해지면 좋잖아. 그런 흐뭇한 상상에 빠져 있는 동안 그녀는 어디론가 사라져버린다.

오늘 아침, 나파르스텍 박사의 할리 가 사무실 인근 카페에서 그녀와 만나기로 약속이 돼 있다. 사십 대의 빅토리아는 미모가 뛰어난 여자다. 매끈한 몸매가 정말 끝내준다. 줄리앤과 별거 중일 때 나는 그녀와 함께 잔 적이 있었다. 우리 관계를 먼저 깬 건 빅토리아였다. 이유를 묻자 그녀는 대답했다. "당신은 아직도 아내를 사랑하고 있잖아요." 그게 무슨 상관이냐고 묻자, "나한텐 상관있어요"라고 했다.

그녀는 포틀랜드 플레이스 안에 자리한 카페에서 나를 기다리고 있다. A-라인 스커트, 그것과 세트로 보이는 재킷, 그리고 맨 위 단추를 푼 수수한 하얀 블라우스. 그녀가 미소를 짓자 양 볼에 보조개가 팬다.

"올로클린 교수님."

"나파르스텍 박사님."

"땀으로 범벅이 됐군요."

"이게 다 당신 때문이에요."

우리는 정감 어린 농담을 주고받는다. 서로에게 추파도 던져보고. 웨이트리스가 다가와 주문을 받는다. 차. 커피. 토스트. 잼.

줄리앤이 세상을 뜬 후 모두가 내게 말했다. 대화 상대를 찾아보라고. 비탄 상담의 혜택을 잘 알고 있었음에도 나는 고집스럽게 버텼다. 보다 못한 빅토리아는 급기야 나를 "한심한 멍청이", 그리고 "구제불능"이라 부르기에 이르렀다. 모른 척 외면한다고 문제가 사라지는 게 아니라면서.

"좋아 보이네요." 그녀가 말한다.

"많이 좋아졌어요."

**첫 번째 거짓말.**

"요즘 잠은 잘 자요?"

"네."

**또 거짓말.**

"꿈은요?"

"가끔씩 꿔요."

"늘 같은 꿈인가요?"

나는 고개를 끄덕인다.

이건 우리 루틴의 일부다. 치료 같지 않은 치료. 그녀는 내게 질문을 던질 것이고, 나는 성실히 답변할 것이다. 하지만 나는 끝내 비밀을 털어놓지 않을 것이고, 그녀도 조언을 늘어놓지 않을 것이다.

빅토리아는 나를 짓이겨대는 최악의 공포를 말로 표현해달라고 한다. 하지만 매일 그 안에 갇혀 사는데 그럴 필요가 있을까 싶다. 홀로 남겨지거나 덜컥 중병을 앓게 되거나 갑자기 깨진 컵이나 떨어뜨린 달걀을 보고 펑펑 우는 상황은 굳이 그려볼 필요가 없다.

"에마는 어때요?" 그녀가 묻는다.

"괜찮아요. 많이 좋아졌어요. 어젠 개랑 같이 방에 페인트를 칠했어요. 벽에 스텐실도 붙였고요."

"아이가 줄리앤을 언급하던가요?"

"아뇨."

"사진은요?"

"아직도 보려고 하지 않아요."

에마는 울지도, 반항하지도, 어머니의 죽음에 대해 묻지도 않았다. 줄리앤의 무덤을 찾아가는 것도, 어머니 사진을 보는 것도, 과거를 회상하는 것도 내켜 하지 않았다. 그렇다고 딸이 팩트를 부정하거나 아무것도 바뀌지 않은 척 능청을 떠는 것도 아니다. 에마는 줄리앤이 살아 돌아오지 않을 거라는 걸 알고 있다. 그저 그 뻔한 사실에 집착하기를, 그리고 그것이 우리 존재를 멋대로 규정하게 내버려두기를 거부할 뿐.

에마는 가끔 옷장 안에 들어가 웅크려 앉아 있곤 한다.

"무슨 문제라도 있니?"

"잠이 안 와서요."

"눈을 감고 있으면 잠이 찾아들 거야."

"영원히 잠을 못 자게 되면 어쩌죠?"

"그런 일은 없을 테니 걱정 마."

"모두가 잠든 세상에서 나 혼자만 깨어 있으면 어떡하죠? 어둠 속에서 아무도 날 도와주지 않으면요?"

"네겐 아빠가 있잖아."

"나보다 먼저 잠들지 않겠다고 약속해줘요."

"약속."

에마는 나를 무척이나 걱정한다. 아무래도 자신에게 남은 유일한 보호자이다 보니. 길을 건널 때면 딸은 내 손을 꼭 잡는다. 자기 스스로를 보호하려는 게 아니라 나를 보호하기 위해서. 아이는 내가 끼니를 잘 챙기는지, 운동은 열심히 하는지, 약은 까먹지 않고 꼬박꼬박 잘 먹는지 엄중히 감시한다. 이따금 잠에서 깨어 내 가슴에 한 손을 얹은 채 침대에 기대어 서 있는 딸의 모습을 발견할 때도 있다. 에마는 내 호흡 패턴도 꼼꼼히 체크한다. 아홉 회씩 세 번. 총 27회. 아이는 그제야 안심한다.

주문한 커피가 도착한다. 빅토리아는 설탕 봉지를 뜯어 거품 위로 뿌려댄다.

"에마에게 물어봤어요? 나랑 만나 얘기하고 싶은지?"

"아직은 내키지 않나 봐요."

"이해해요."

"강요하고 싶진 않아요."

"물론이에요. 마음의 준비가 되면 자기가 결정하겠죠."

나 역시 비탄에 빠진 부모들에게 같은 조언을 남발하곤 했었다. 하지만 피붙이에게 심리학자로서의 지난 삼십 년간의 내 임상 경험은 아무 쓸모가 없다.

테이블에 놓아둔 내 휴대폰이 진동한다. 화면에는 모르는 번호가 떠올라 있다.

"올로클린 교수님이신가요?" 여자의 목소리가 묻는다.

"그런데요."

"패딩턴 세인트 메리스 병원 수련의입니다. 부친인 윌리엄 오로클린 씨가 머리에 중상을 입고 입원하셨습니다."

"머리에 중상을요?"

"여섯 시간 전에 수술을 받으셨습니다."

"수술이라고요?"

"뇌압을 낮추는 수술이었습니다. 내출혈이 있으셨거든요. 현재 유도된 혼수상태에 놓여 계십니다."

"혼수상태요?"

왜 자꾸 그녀가 하는 말을 따라 하는 거지?

카페 한쪽에는 분재 화분이 여럿 진열돼 있다. 옹이 많고 뒤틀어진 몸통, 그리고 이끼로 뒤덮인 가지들. 그 작은 숲을 멍하니 응시하고 있는 내 귀에는 더 이상 수련의의 목소리가 들리지 않는다. 갑자기 다리가 후들거리기 시작한다.

"듣고 계십니까, 교수님?"

"네, 미안해요. 아버지가 런던엔 왜 오신 거죠?"

지금 그게 중요해?

"그건 저도 잘 모르겠습니다." 수련의가 대답했다.

당연히 알 리가 없지. 그런 바보 같은 질문이 어디 있어?

"어머니도 알고 계시나요?"

"지금 부친 곁을 지키고 계십니다."

"어머니랑 통화가 가능할까요?"

"중환자실에선 휴대폰 사용이 금지돼 있어서요."

"그렇군요. 곧 가겠다고 어머니께 전해주시겠어요?"

나는 전화를 끊고 한동안 꺼진 화면을 응시한다. 누나들에게 알려야 하는데. 아니, 그건 이미 어머니가 하셨을 거야. 일단 택시부터 잡아야지. 집에 돌아가 에마를 학교에 바래다주고, 환자들 예약은 취소해야겠어.

빅토리아가 지갑을 찾아 뒤적인다. "어서 가봐요. 나중에 전화로 상황 알려줘요."

나는 인도를 빠르게 걸어나가며 택시를 찾아본다. 손님을 태운 택시 세 대가 연속으로 나를 외면하고 스쳐간다. 다급해진 나는 팔다리를 순서대로 움직여 가볍게 뛰기 시작한다. 유스턴 가는 차량들로 꽉 막힌 상태다. 나는 리전트 파크를 가로질러 나와 프림로즈 힐을 따라 오른다. 폐가 아파오고 다리에는 젖산이 쌓여간다.

웰링턴 코트의 계단을 오르는 동안 이러다 쓰러져 죽을 수도 있겠다는 생각이 뇌리를 스친다.

"거기서 여기까지 뛰어오신 거예요?" 줄무늬 드레스, 빨간 카디건, 검은 타이츠, 그리고 쇠쇠 달린 구두 차림으로 주방 벤치에 앉아 있는 에마가 묻는다.

"할아버지가…… 병원에…… 빨리 가봐야 해."

"무슨 일인데요?"

"사고를 당하신 모양이야. 우선 샤워부터 해야겠어."

"괜찮으시대요?"

"의사 선생님들이 잘 챙겨주실 거야."

에마가 복도까지 나를 따라 나온다. "병원에선 나쁜 일만 생기잖아요."

"그게 무슨 소리야?"

"거기선 사람들이 죽잖아요." 아이의 입꼬리가 내려가고 차(茶)색 눈동자가 반짝인다.

"늘 그런 건 아니야. 병원에선 대부분 나아진다니까." 엄마를 잃은 아이에게 내 말이 얼마나 먹힐지는 의문이지만.

"가지 마세요." 아이가 말한다.

"아빠한텐 아무 일도 없을 거야."

"그럼 저도 따라갈래요."

"학교는?"

"어차피 학교에 데려다줄 사람도 없잖아요."

"아저씨들한테 부탁해볼게."

우리는 아래층에 사는 게이 커플, 던컨과 아르투로를 '아저씨들'이라 부른다. 하나는 광고 쪽에서 일하고, 또 하나는 이즐링턴의 한 미술관을 운영하고 있다. 샤워 후 옷을 갈아입고 그들의 현관문에 노크를 한다. 던컨이 문을 열고 나온다. 그는 허벅지 윗부분에 간신히 닿는 짧은 가운을 걸치고 있다.

"조지프." 그가 내 양 볼에 입을 맞추며 호들갑을 떤다. 나는 서로의 사타구니가 맞닿지 않도록 허리를 뒤로 쭉 빼낸다.

"아버지가 병원에 계세요. 미안한데 에마를 학교까지 데려다줄 수 있어요?"

던컨이 어깨 너머로 메시지를 전달하자 주방에서 아르투로가 큰 소리로 대답한다. "내가 자전거로 데려다줄게요."

나는 절대 안 된다고 말하고 싶었다. 다행히 던컨이 내 마음을 알아준다. "자전거론 안 돼. 당신은 자전거만 타면 사이코로 돌변하잖아."

"자전거 안전 교육도 다 받았다고."

"이블 크니블(미국의 전설적인 스턴트맨—옮긴이)한테 말이지?"

나 때문에 부부싸움이 벌어지고 말았다. 던컨이 한 손을 살랑여 보인다. "어서 가봐요. 에마는 내가 걸어서 데려다줄게요. 부친 상태가 나아지셨길 바라요."

몇 분 후, 택시를 잡아탄 나는 정체 심한 엣지웨어 가에 발이 묶여버린다. 라디오에서는 브렉시트, 가짜 뉴스, 이민자들, 그리고 저임금에 대한 청취자들의 불평이 쏟아져나오고 있다. 나는 정치와 시사 문제에 관심이 없다. 더는 저널리스트와 정치인들에게 휘둘리고 싶지 않다. 민주주의는 실패했다. 이제 선량한 독재 정치를 한번 맛볼 때가 됐다.

아버지는 혼수상태에 빠져 있다. 올해 여든이 된 아버지가 환자로서 병원을 드나드는 모습을 본 기억이 없다. 오래전 나는 아버지에게 "미래의 신의 주치의"라는 별명을 붙여주었다. 아버지의 불요불굴의 에너지와 타의 추종을 불허하는 자기 신념 때문이었다. 아버지는 오십 년 넘게 의학계 거물로 살아왔다. 외과 의학과 공중보건 분야 권위자였고, 정부 소속 고문에 국제 외상 연구소 창립자, 강사, 저자, 해설자, 그리고 독지가이기까지 했다. 우리 가족의 위탁 자선 단체 올로클린 재단은 매년 수백만 파운드에 달하는 연구 보조금을 지원하고 있다.

마지막으로 아버지를 본 건 2주 전이었다. 우리는 아버지의 메이페어 클럽에서 점심을 먹었다. 두 시간에 걸쳐 포트와인을 나누며 격조 높은 시간을 보냈다. 그때 어떤 대화가 오갔는지는 기억나지 않는다. 별로 중요한 얘기는 아니었다. 아버지는 좋아 보였다. 행복해 보였고. 아버지는 웨일스의 농장에서 대부분의 시간을 보낸다. 하지만 미팅과 강의를 위해 런던을 자주 찾는다.

마침내 택시가 세인트 메리스 병원에 도착한다. 나는 밖에 나와 담배를 피우는 간호사와 잡역부들을 헤치고 빠르게 나아간다. 중증 외상 병동은 9층에 자리하고 있다. 나는 소독약, 바닥 광택제, 그리고 온갖 체액 냄새를 맡으며 엘리베이터를 기다린다. 잊고 싶은 기억들이 목구멍을 타고 끓어오른다. 나는 쏠리는 토를 애써 삼켜버린다.

중환자실에 도착해 버저를 누르자 간호사가 문을 열어준다. 육중한 문이 마치 에어로크 열리듯 안쪽으로 당겨진다.

"아버지가 입원해 계십니다. 윌리엄 올로클린. 어머니도 오셨을 거예요."

그녀의 미소가 묘하게 위안을 준다. 대체 얼마나 연습해야 저런 미소가 지어질까?

"손부터 씻어주시겠어요?" 그녀가 항균 비누와 종이 타월이 갖춰진 세면대로 나를 이끈다. 나는 그녀를 따라 어스레한 병동을 가로질러 나간다. 양옆으로 온갖 기계와 커튼으로 나뉜 침대들이 스쳐간다. 조명이 켜진 침대에는 죽음이 임박한 환자가 하나씩 누워 있다. 케이블에 연결된 채로, 테이프에 덮인 채로, 채워지고 뽑혀내진 채로, 수화되고 비워내진 채로, 약에 취하고 마취가 된 채로.

"마지막 침대예요." 간호사가 말한다. "깨우시면 안 돼요."

나는 조심스레 다가가 커튼 너머를 흘끔 들여다본다. 무수한 튜브와 케이블에 파묻힌 채 누워 있는 아버지의 모습이 눈에 들어온다. 아버지의 머리에는 붕대가 두껍게 감겨 있다. 정맥에는 바늘이 꽂혀 있고, 센서들이 아버지의 활력 징후를 모니터링하고 있다.

나는 돌아서서 말하고 싶었다. '우리 아버지가 아니에요. 착오가 있었던 모양입니다.' 하지만 침대에 늘어진 채 누워 있는 건 아버지가 분명하다.

  침대 옆에는 한 여자가 앉아 있다. 그림자에 살짝 가려져 있던 그녀가 흠칫 놀라며 나를 올려다본다. 그녀의 눈은 수면 부족으로 벌겋게 충혈돼 있다.

  그녀가 아버지의 손을 놓고 자리에서 일어난다.

  "조지프, 맞죠?"

  나는 고개를 끄덕인다.

  "이렇게 만나고 싶진 않았는데."

  "그게 무슨 말씀이신지…… 제 어머니는 어디 계시죠?"

  "여기 안 계세요."

  "하지만 분명 여기 계신다고 들었는데……."

  "내가 병원에 요청했어요. 당신에게 연락해달라고."

  "죄송하지만 누구시죠?"

  "난 이 사람의 또 다른 아내예요."

●

　나는 한동안 넋이 나간 채로 서 있었다. 나도 모르게 어색한 웃음이 터져버린다. 농담이라고 실토하라는 신호이지만 그녀는 아무 반응이 없다. 그녀의 침묵에 나는 당황한다. 살짝 화도 났다. 어떻게 이런 잔인한 농담을 늘어놓을 수 있지? 몰래카메라인가? 누군가가 불쑥 뛰쳐나와 '속았지!' 하고 외칠 때가 됐는데. 11월이라 만우절 장난은 아닐 테고. 날 바보로 알았나?
　붕대에 감긴 남자는 아버지가 분명하다. 그 옆에 선 여자는 분명 어머니가 아니고.
　"올리비아 블랙모어라고 해요." 그녀가 한 손을 내밀며 말한다.
　나는 내 앞으로 뻗어내진 손가락을 물끄러미 내려다본다. 마치 총구가 들이밀어지기라도 한 듯이.
　"뭔가 착오가 있었던 것 같습니다." 나는 말한다. "제 전화번호는 어떻게 아셨습니까?"
　"윌리엄이 알려줬어요. 자신에게 이런 일이 생기면 당신에게 제일 먼저 연락하라면서요."

"이런 일이라뇨?"

"사고나 돌발 상황 말이에요."

사십 대로 보이는 검은 머리 여자의 얼굴에는 화장기가 살짝 엿보인다. 말투에서는 동유럽 억양이 미세하게 묻어난다. 그녀는 하이힐에 짙은 색 타이츠, 그리고 벨트가 느슨하게 매진 트렌치코트 차림이다.

"어머니가 같이 계신다는 얘길 듣고……."

"간호사가 오해했나 봐요."

할 말이 탁 막혀버린다. "어머닌 오고 계신 중인가요?"

"아뇨."

나는 다시 묻는다. "어떻게 된 일이죠?"

"계단 아래 쓰러져 있는 걸 발견했어요."

"계단이요?"

"집에서요."

"누구 집에서요?"

"우리 집에서요."

"당신 정체가 뭡니까?"

"난 이 사람 아내예요."

"아버지에겐 이미 아내가 있어요."

"이 사람의 또 다른 아내예요."

"아버지의 정부란 말이죠?"

"아니라니까요."

무슨 이런 얼빠진 대화가 있나. 나는 여기서 멈추고 싶었다. 제정신이 아닌 이 여자랑 계속 말을 섞을 이유가 없다. 대체 경비는 어떻게 뚫고 여기까지 들어온 거지?

나는 다시 입을 연다. "아버지에겐 딱 한 명의 아내만 있을 뿐이에요. 아버진 중혼자가 아니시라고요."

올리비아가 고개를 젓는다. "미안해요, 조지프. 내 설명이 명확하지 않았나 봐요. 당신이 충격받을 만해요. 당신 아버지, 윌리엄과 난 발리에서 혼인 서약을 했어요. 결혼식은 불교식으로 치렀고요."

"아버지는 발리에 가보신 적이 없습니다."

"당신이 잘못 알고 있는 거예요."

"불교 신자도 아니시고요."

"알아요." 그녀가 말한다. "하지만 내가 불교 신자인걸요."

불교식으로 치른 결혼식이 영국에서 법적으로 인정받을 수 있나? 문득 궁금해졌다. 마치 기다렸다는 듯 온몸이 딱딱히 굳어져온다. 이따금 이럴 때가 있다. 음악이 멎으면 바짝 얼어붙는 동상 게임을 하듯이.

"약이 필요해요?"

이 여자가 그걸 어떻게 알지?

"물을 가져올게요." 그녀가 내 팔뚝에 살며시 손을 얹는다.

"됐어요!" 나는 그녀의 손을 떨쳐내며 신경질적으로 말한다.

올리비아가 겁을 집어먹은 얼굴로 물러난다. 다시 의자로 돌아간 그녀는 시트 너머로 손을 뻗어 아버지의 손을 잡는다.

"아버지에게 손대지 말아요."

"네?"

"당장 손 떼라고요. 경찰을 부르기 전에."

"마음대로 해요."

문득 나는 아무도 어머니에게 연락하지 않았다는 사실을 깨닫는다. 나는 황급히 휴대폰을 꺼내 든다.

"여기서 걸면 안 돼요." 올리비아가 경고문을 가리키며 말한다. "나가서 걸어요."

나는 침대 앞으로 다가가 이를 갈며 으르렁거린다. "그쪽이 누군지, 왜 여기서 이러는진 모르겠지만 우리 아버지와 어머니는 육십 년 넘게 같이 살아온 부부예요. 아버지에겐 '또 다른 아내들'이 없다고요."

"또 다른 아내는 딱 나 하나뿐이에요." 그녀가 나지막이 말한다.

"이만 나가줘요." 나는 뜨거운 콧김을 내뿜으며 말한다.

"언성 높이지 말아요."

"그건 당신이 이래라저래라 할 문제가 아닙니다."

심상치 않은 분위기를 감지했는지 중환자실 간호사가 들어온다. 둥근 얼굴에 예쁘장한 여자는 머리를 여러 가닥으로 꼬아놓았다. 그녀가 우리를 번갈아 쳐다보며 목소리를 낮춰달라고 요청한다.

"이 여잔 내 어머니가 아니에요." 나는 그녀에게 말한다. "이 여자가 어떻게 여기까지 들어올 수 있었죠?"

간호사가 수상쩍다는 듯 올리비아를 쳐다본다. "그게 사실인가요?"

"아니에요. 난 이 사람 아내가 맞아요."

"처음 보는 여잡니다." 나는 말한다. "당장 여기서 쫓아내줘요."

올리비아가 애원하는 투로 말한다. "내가 당신을 혼란스럽게 만든 거 알아요, 조지프. 하지만 제발 이러지 말아요. 가서 어머니에게 연락해요. 난 여기서 윌리엄과 기다릴 테니."

벨트가 매진 그녀의 코트 자락이 살짝 열리면서 담녹색 칵테일 드레스가 드러난다. 드레스는 짙은 색의 무언가로 얼룩져 있다.

"그거…… 피예요?"

그녀가 황급히 코트 자락을 여며 쥔다. "내가 발견했을 때 이 사람은 계단 아래 쓰러져 있었어요."

"대체 어디서 그랬는데요?"

"우리가 사는 치스윅 집에서 그랬다고 얘기했잖아요."

나는 고개를 가로젓는다. "아니에요! 아니에요! 아니라고요!"

"맹세코 사실이에요."

"당신은 제정신이 아니에요."

그때 간호사가 끼어든다. "두 분 다 나가주세요."

"부탁이에요. 얌전히 있을게요." 올리비아가 말한다.

"경비를 부르겠어요." 간호사가 말한다. "그들에게 끌려 나가고 싶으세요?"

"보호자가 곁을 지켜야 하잖아요." 올리비아가 아버지를 돌아보며 말한다.

"상관없어요! 두 분 다 나가주세요." 그녀가 단호하게 말한다.

올리비아는 의자 아래 놓아둔 핸드백을 챙겨 든다. 나는 그녀가 먼저 나가기를 기다린다. 갑자기 이상한 짓을 할지 모르니. 예측 불가능한 사람이다. 욱하는 마음에 기계를 부수거나 베개로 짓이겨 아버지의 숨을 끊어놓기라고 하면…….

우리 뒤로 중환자실 문이 닫힌다. 올리비아는 코트 주머니에서 티슈를 꺼내 코를 푼다. "당신 칭찬을 많이 들었어요, 조지프. 하지만 이제 보니 당신, 아주 잔인한 사람이군요."

그녀는 입을 닫고 잠시 나를 빤히 쳐다보다가 복도 한쪽에 자리한 의자로 다가가 앉는다. 그녀는 티슈를 찾아 핸드백을 뒤적이기 시작한다.

나는 어머니에게 전화를 걸어본다. 신호음이 흘러나온다. 나는 웨일스 농가의 복도를 사뿐사뿐 걸어나와 수화기를 집어 들고 고상한 톤으로 응답하는 어머니의 모습을 그려본다. 하지만 어머니는 응답이 없다. 나는 어머니의 휴대폰으로 전화를 걸어본다.

어머니가 응답한다. 시끌벅적한 배경 소음이 흘러나온다.

"조지프?"

"어디 계세요?"

"기차 안이야."

"런던으로 오는 중이세요?"

"아니. 거긴 왜?"

"아버지가 병원에 계세요. 중환자실에요."

어머니의 숨이 턱 막혀버린다.

"어젯밤에 긴급 수술을 받으셨어요. 지금은 중환자실에 계시고요. 병원에서 어머니에게 연락을 드렸는 줄 알았는데."

"난 연락 못 받았는데." 어머니가 떨리는 목소리로 말한다.

"머리를 다치셨어요. 저도 자세한 내용은 아직 몰라요. 아무튼 빨리 오세요."

"그래. 가봐야지. 나도…… 나도…….."

"아버지가 런던엔 왜 오신 거예요?" 나는 묻는다.

"이사회에 참석하시려고 가셨어. 어제 떠나셨는데…… 대체 거기서 무슨 일이 있었던 거니?"

"계단에서 구르신 모양이에요."

"걔들도 알아?"

내 누나들. 루시, 퍼트리샤, 그리고 레베카.

"차례로 연락해보려고요."

"아버지 혼자 두지 마라." 어머니가 말한다. "계속 곁에서 지켜봐드려."

"그럴게요."

전화를 끊고 고개를 들자 엘리베이터에서 내리는 경찰 두 명이 눈에 들어온다. 하나는 제복 차림이고, 또 하나는 사복 차림이다. 금속테 안경을 낀 통통한 체구의 형사는 나이가 조금 들어 보인다. 그에게서는 북유럽 분위기가 물씬 풍긴다. 그가 무언가를 묻자 간호사가 내 쪽을 가리킨다. 나는 그들이 다가오기를 기다리지만 그들이 찾는 사람은 내가 아니다. 그들은 올리비아 앞에 멈춰 선다. 그녀가 휴대폰에서 눈을 떼고 그들을 올려다본다. 어떤 얘기가 오가는지 들을 수는 없지만 그녀는 무척 불안해하는 모습이다. 아하, 딱 걸렸군! 헛소릴 신나게 늘어놓더니만. 꼴좋다! 그녀의 눈빛에서는 두려움 대신 서운함이 묻어나고 있다.

그들이 떠날 채비를 한다. 올리비아는 자신의 발을 내려다본다. 마치 무언가를 떨어뜨렸기라도 한 듯이.

"이 여잘 어디로 데려가려는 겁니까?" 나는 그들에게로 다가가 묻는다.

형사가 돌아서서 나를 쳐다본다. "성함이 어떻게 되십니까?"

"조지프 올로클린입니다."

"윌리엄 올로클린 씨와는 어떤 관계시죠?"

"제 아버지십니다."

"신분증을 보여주시겠습니까?"

나는 운전면허증을 내보인다.

그가 올리비아 블랙모어를 가리킨다. "이 여자분을 아십니까?"

"모릅니다."

"오늘 처음 보신 겁니까?"

"네. 그런데 그건 왜 물으시죠?"

형사는 내 질문을 무시하고 돌아서서 엘리베이터를 향해 걸어나가기 시작한다. 나는 그를 따라가며 말한다. "아버지에게 무슨 일이 있었던 거죠? 사고였나요?"

두 경찰 모두 걸음을 멈추지 않는다. 그들은 엘리베이터에 오르고, 나는 닫히려는 문을 막아선다.

"이 여자가 아버질 저렇게 만든 겁니까?"

"부탁입니다. 물러서주세요." 형사가 말한다.

"이 여잘 어디로 데려가는 겁니까?"

"치스윅 경찰서로 갑니다."

엘리베이터 문이 스르르 닫힌다. 올리비아가 고개를 들고 나를 내다본다.

"그이가 깨어나면 전해줘요…… 내가…… 내가 사랑한다고."

●

 

큰누나 루시는 항공 교통 관제사인 남편 에릭, 그리고 세 아이와 런던 서쪽에 자리한 헨리에 살고 있다. 조카들 이름은 기억나지 않는다. 셋 다 끝이 'ee'로 발음되는 이름을 가진 탓이다. 누나의 번호를 다이얼하니 신호음이 흘러나온다.

잠시 후 루시가 응답한다. 내 왼팔이 덜덜 떨린다. 누나는 차로 아이들을 등교시키는 중이다.

"통화 가능해?"

"핸즈프리야. 무슨 일인데?"

"아버지가 병원에 계셔. 사고를 당하신 모양이야. 뇌압이 올라서 어젯밤에 긴급 수술을 받으셨어."

뜻밖의 소식에 누나의 톤이 확 올라간다. "교통사고야?"

"넘어지신 것 같아. 패딩턴에 있는 세인트 메리스 병원에 계셔."

"아버지랑 얘기해봤어?"

"혼수상태야."

"맙소사! 엄마는 어디 계시고?"

"기차로 오시는 중이야."

"퍼트리샤랑 레베카는?"

"큰누나한테 제일 먼저 연락한 거야."

노련하고 대단히 체계적인 루시는 우리 남매의 타고난 리더다. 가족 모임을 준비하는 것도, 생일을 일일이 챙기는 것도, 매년 크리스마스 때마다 '시크릿 산타' 이벤트를 지휘하는 것도 다 큰누나의 몫이다. 작은누나 퍼트리샤는 형사 전문 변호사인 남편 사이먼과 카디프에 살고 있다. 잘나가는 막내 누나 레베카는 제네바의 세계은행에서 일하고 있다. 늦둥이 아들로 태어난 나는 우리 가족의 영원한 베이비다. 하지만 더 이상 어린 왕자로 대접받지는 못한다. 모두가 바라는 외과 의사 대신 심리학자의 길로 들어서면서 한 세기 가까이 이어져온 의사 왕조에 종지부를 찍어버린 탓이다.

"퍼트리샤에겐 내가 연락해볼게." 루시가 리더답게 말한다. "레베카는 지금 남수단에 있어. 휴대폰으로 연락하면 통화할 수 있을지도 몰라. 여기 일 좀 챙기고 최대한 빨리 갈게."

루시와의 통화를 마친 후 레베카의 휴대폰으로 전화를 걸어본다. 응답이 없어 짧게 메시지를 남겨놓는다. 간략한 용건, 그리고 걱정할 거 없으며, 메시지 확인하는 대로 연락 달라는 당부. 이젠 뭘 해야 하지? 연락할 친구와 친척이 많지만 아직은 여기저기 떠벌리고 다닐 때가 아닌 것 같다. 나는 무언가에 홀린 듯이 창밖으로 펼쳐진 스카이라인을 멍하니 바라본다. 대형 크레인과 반쯤 지어진 사무실 건물들. 담청색 대류권을 헤치고 나아가는 제트기들과 비둘기들. 이런 날은 좋지 못한 소식과 내 기분만큼이나 한없이 어둡고 암울해야 어울릴 텐데.

다시 중환자실로 돌아온 나는 침대 옆에 앉아 아버지의 손을 살며시 잡아 쥔다. 어릴 적 이후 처음으로 잡아보는 손이다. 어릴 땐 잡아봤었나? 그땐 잡아보지 않았을까?

나는 아버지의 얼굴을 빤히 내려다본다. 아버지는 오십 대 중반까지 숱 많은 백발을 염색했다. 염색을 그만둔 후 금세 새하얗게 세어버린 머리는 아버지의 삶만큼이나 고상해 보였다. 모르는 사람이라면 아버지의 눈주름이 웃음이 많아 생긴 것들이라 생각할 것이다. 하지만 깊이 팬 주름들은 사실 사람들, 특히 자식들에 대한 아버지의 불만이 만들어놓은 것이다. 특히 이 못난 아들에 대한 불만족이.

이런 부자연스러운 친밀감은 어색하기만 하다. 돌이켜보면 나를 비하하거나 폄하하거나 모욕하지 않을 때의 아버지와 단둘이 자리를 해본 적이 단 한 번도 없었던 것 같다. 과장인지도 모르지만 아버지의 거의 모든 의견은 나를 탐탁잖아하는 내용이거나 비판적인 것들이다. 자식들은 봐주어야 할 대상이지 들어주어야 할 대상이 아니라는 게 아버지의 신조다. 온갖 응석을 다 받아주고 과찬을 늘어놓는 건 부모로서 바람직한 모습이 아니라고 아버지는 믿었다.

아버지는 자식들에게 결코 가벼운 모습을 보이지 않는다. 아버지가 근엄함을 내려놓고 자식들과 장난을 치며 노는 건 상상도 못 할 일이다. 아버지는 짧게나마 노래를 불러본 적도, 우스꽝스럽게 춤을 춰본 적도, 실없는 모습으로 자식들을 웃게 만든 적도 없었다. 우리와 뜰에 나와 술래잡기를 하거나 숨바꼭질을 한 적도 없고, 익살맞은 목소리를 내며 우리 장난에 장단을 맞춰준 적도 없다. 손수 옷을 입혀주거나 아침을 만들어 먹인 적도, 학교에 바래다주거나 스포츠팀 활동을 챙겨준 적도, 피아노 연습에 관심을 보이거나 숙제를 도와준 적도 물론 없고. 넘어져서 다치면 우리는 아버지에게 달려가지 않았다. 울면서 아버지를 부르거나 아버지의 무릎 위로 기어 올라가지도 않았다.

아버지가 우리를 돌보지 않고 방치했다는 얘기가 아니다. 이런 일들은 다른 사람들이 대신 맡아 처리했다. 어머니, 할머니, 오페어(외국 가정에 입주하여 아이 돌보기 등의 집안일을 하고 약간의 보수를 받으며 언어를 배우는, 보통 젊은 여성―옮긴이)나 가정부들. 아버지에게는 우리보다 부상을 입거나 질병에 걸린 사람들이 늘 우선이었다. 아버지는 생명을 살리고 새로운 수술기법을 연구했다. 아이들을 갉아먹는 전염병, 그리고 가정을 파탄 나게 하는 병들과 싸웠다.

세상에는 '천생 어머니'라는 여자들과 '천생 아버지'라는 남자들이 있다. 나는 그게 무슨 뜻인지 모른다. 우리 아버지는 그냥 아버지일 뿐이다. 무뚝뚝하고, 자의식 강하고, 독선적이고, 성미 고약하고, 요구 많고, 늘 자리를 비우는 아버지.

집에 있을 때도 아버지는 자신의 서재에 틀어박혀 대부분의 시간을 보냈다. 뜰에 나가 놀 때면 우리는 큰소리가 나지 않게 주의를 기울여야 했다. 아버지가 서재 창문을 벌컥 열고 고함치는 일이 없도록. 언젠가 레베카가 아버지의 고함을 듣고 놀라 바지에 오줌을 지린 적도 있었다. 원래 흥분하면 그러기 일쑤였지만.

내가 여덟 살인가 아홉 살 때 배가 고프다고 투덜거린 적이 있었다. 그날 아버지는 박탈을 통해 생존의 기본 요소에 대한 고마움을 일깨운다며 하루 종일 나를 굶겼다. 실수로 아가(무쇠로 만든 영국산 레인지 겸 히터—옮긴이)의 불을 꺼뜨렸을 때는 아버지는 "연대 책임"을 강조하며 누나들까지 차갑게 식은 음식으로 저녁을 때우게 했다.

그러는 동안 우리 어머니는 뭘 하고 있었냐고? 어머니는 그냥 중립에 서서 관망만 했다. 가정의 평화를 지키기 위해.

어머니는 안아주었고, 입맞춤해주었고, 씻겨주었고, 달래주었으며, 해결해주었다. 어머니는 매일 우리에게 아버지가 우리를 얼마나 사랑하시는지 강조했고, 아버지를 위해 기도할 것을 당부했다.

그 어린 나이에도 나는 우리 아버지가 다른 아버지들과 다르다는 걸 알 수 있었다.

친목 모임에서도 아버지는 바비큐 그릴 앞에서 맥주를 홀짝이며 소시지를 뒤집거나 크리켓이나 럭비 얘기를 늘어놓지 않았다. 대신 탄산수를 손에 쥔 채 멀찍감치 물러서 있을 뿐이었다. 검은 브로그 구두와 회색 플란넬 바지 차림으로. 그 살인적인 찜통더위 속에서도.

사람들과 섞이기를 싫어해 늘 주변을 겉돌 뿐이었지만 그렇다고 특별히 소외감을 느끼는 것 같지는 않았다. 언젠가 모처럼 참여한 부자지간 캠핑에서 (솔직히 아버지가 내 제안에 선뜻 응해주었다는 사실이 믿어지지 않았다) 모닥불에 둘러앉아 있을 때 다른 집 아버지 누군가가 인간은 주어진 뇌의 10퍼센트만 쓸 뿐이라고 불쑥 언급한 적이 있었다.

"그건 사실이 아닙니다." 아버지가 받아쳤다. "많은 사람들이 그런 오해를 합니다. 알베르트 아인슈타인이나 스티븐 호킹 같은 천재들이 우리 일반인들보다 뇌를 더 많이 쓴다고들 생각하죠. 사실 그건 자기 계발 책팔이와 멘사 회원들이 떠벌리는 주장일 뿐입니다. 의사들은 MRI와 PET 스캔으로 뇌를 숱하게 찍어 왔어요. 우리 뇌엔 비활성 영역이 존재하지 않습니다."

"당신이 전문갑니까? 그걸 어떻게 알아요?" 다른 집 아버지가 언성을 높였다.

"전문가는 아닙니다. 의사일 뿐이죠."

"의사가 무슨 신이 내린 선물이라도 됩니까?"

"난 신을 믿지 않습니다."

모닥불에 모여앉은 사람들이 일제히 웃음을 터뜨렸다.

다른 집 아버지가 우리 아버지에게 "재수 없다"고 쏘아붙였다.

"내가 선생을 불쾌하게 만든 것 같군요." 아버지가 말했다. "사과할게요. 세상은 그런 근거 없는 주장으로 넘쳐납니다. 땀을 흘리면 몸 안의 독소가 빠져나온다느니, 어두운 데서 책을 보면 시력이 나빠진다느니, 식사 직후 물에 들어가면 위험하다느니, 털은 밀면 밀수록 점점 검고 두꺼워진다느니 하는 얘기들 말입니다. 전부 다 헛소립니다. 날씨가 추워진다고 감기에 더 잘 걸리는 것도 아니에요. 커피를 마신다고 잠이 깨는 것도 아니고요. 재채기를 할 때 심장이 순간적으로 멎는다는 것도 사실이 아닙니다. 재수 없는 놈(arsehole, 똥구멍—옮긴이)이 남보다 똑똑한 것도 절대로 아니고요. 뭐 항문과는 내 전문 분야가 아니긴 하지만 말입니다."

나는 아버지에게 주먹이라도 날아들까 조마조마했다. 하지만 아버지에게는 상대의 화를 누그러뜨리는 비장의 무기가 있다. 입을 크게 벌리고 치아를 한껏 드러내며 터뜨리는 호탕한 웃음. 아버지가 웃으면 남들도 저절로 따라 웃게 된다. 문제는 늘 그렇게 해결됐고.

어스레한 중환자실 한쪽 구석에 놓인 기계들 뒤로 높은 의자에 앉아 있는 간호사가 눈에 들어온다. 아까 그 간호사다.

"내 목소리가 너무 컸나요?"

그녀가 고개를 끄덕이며 불빛이 미치는 곳으로 나와 자신을 소개한다. 헨리에타. 자메이카 악센트 때문인지 이름조차도 음악적으로 들린다.

"이 환자분이 정말 윌리엄 올로클린 씨 맞아요?" 그녀가 내게 묻는다.

"네."

"이분 때문에 병원 전체가 술렁이고 있어요."

"왜죠?"

"워낙 유명한 의사이시니까요."

"한때 그랬었죠."

헨리에타는 드레싱을 갈아줄 시간이라고 말한다. 나는 돕겠다고 나선다. 그녀가 가위, 거즈, 그리고 압박붕대가 담긴 번들거리는 금속 쟁반을 건넨다. 피로 물든 붕대를 조심스레 풀자 스테이플러로 봉합해놓은 아버지의 박살난 두개골이 드러난다. 반쯤 민 반구형 머리는 더 이상 대칭을 이루지 않는다. 오른쪽에 오목하게 들어간 부분은 마치 숟가락으로 깬 삶은 계란의 껍질을 보는 듯하다.

창백한 가슴까지 내려진 시트 밑으로 흉곽과 옆구리에 남겨진 짙은 색 멍 자국들이 드러나 있다. 그것들은 계단을 구르거나 심폐 소생술을 받아 생긴 흔적이 아니다. 멍든 부분은 시간이 흐르면 변색된다. 일반적으로 처음에는 붉은색과 푸른색, 그리고 자주색을 띤다. 닷새쯤 지나면 초록색으로, 일주일쯤 후에는 노란색으로 각각 바뀐다.

나는 휴대폰을 꺼내 카메라 앱을 연다.

"여기서 사진 촬영은 안 돼요." 헨리에타가 말한다.

"이건 계단에서 넘어져 생긴 흔적이 아니에요." 나는 가장 짙은 색을 띤 멍 자국 위로 주먹을 들어 보인다. "모양을 봐요. 이건 주먹으로 맞아 생긴 멍 자국입니다. 아버진 누군가에게 구타당하신 거예요."

아버지의 머리를 살며시 감싼 헨리에타는 내 설명을 들으며 묵묵히 붕대를 감아나간다.

"올로클린 교수님." 뒤에서 누군가가 나를 부른다. 돌아보니 또 다른 간호사가 다가와 있다. "신경외과에서 뵙자고 하시네요."

나는 아버지를 흘끔 돌아보고는 그녀를 따라 중환자실을 나선다. 그녀는 정문 반대편의 환자 휴게실로 나를 안내한다. 파스텔 톤으로 칠해진 방에는 소파, 자동판매기, 그리고 다양한 잡지가 갖춰져 있다. 한 의사가 손에 쥔 동전을 세다가 아이처럼 거스름돈 나오는 구멍 안을 더듬는다.

"1파운드 동전 하나 빌려주시겠어요?" 그가 묻는다.

나는 주머니에서 동전을 꺼내 건넨다.

"감사합니다. 제가 저혈당이라서요. 끼니를 거르면 온몸이 바들바들 떨립니다." 그가 동전을 기계에 넣고 버튼을 누른다. 초콜릿 바가 탁 소리를 내며 트레이에 떨어진다.

"피트 해노버라고 합니다." 그가 한 손을 내밀며 말한다. 온화하고 명랑한 성격의 의사는 내 나이쯤 되어 보인다. 그는 치노 바지와 올챙이배에 착 달라붙는 오픈넥 셔츠 차림이다. 그가 초콜릿 바를 한 입 베어 물고 우적우적 씹으며 이어나간다. "의예과 학생일 때 영광스럽게도 부친의 강의를 들었습니다. 훌륭한 분이세요."

'훌륭한'이라는 단어엔 여러 가지 의미가 담겨 있지.

"생명엔 지장이 없겠습니까?" 나는 묻는다. 불쑥 튀어나온 직설적인 질문에 한담이 뚝 멎는다.

"처음부터 차근차근 설명해드리겠습니다." 해노버가 소파에 앉을 것을 손짓으로 권한다. 그는 맞은편에 자리를 잡고 앉는다. 그가 다리를 꼬자 발목이 훤히 드러난다.

"부친께선 자정이 막 지난 시간에 병원에 도착하셨습니다. 머리를 크게 다치신 상태였죠. 구급대원들이 현장에서 삽관했고요, 병원으로 후송되는 동안 심폐 소생술을 두 차례 실시했습니다. 의식 불명 상태에 양쪽 귀에서 출혈이 있었습니다. 오른쪽 동공은 크게 확장돼 불빛에 전혀 반응하지 않았고요."

'반응이 없었다'는 설명이 내 머릿속을 뒤흔든다. 줄리앤이 생명 유지 장치에 의존하고 있을 때도 같은 설명을 들었다.

"CT 스캔을 통해 외상성 뇌손상과 급성 경막하 출혈의 흔적을 확인했습니다."

"출혈요."

"네. 두개골 안 뇌압을 줄이기 위해 긴급 수술을 집도했습니다. 전엽에서 혈전을 여럿 제거했죠. 부친은 지금 인위적 혼수상태에 놓여 계십니다. 파열된 혈관이 뇌로 정상 수치의 산소를 전달하지 못할 경우에 대비해야 하니까요. 체액을 줄이기 위한 이뇨제와 항경련제도 투여하고 있습니다. 대엿새쯤 지켜보다가 부기가 가라앉으면 다시 스캔을 해볼 겁니다. 약의 투여량을 서서히 줄여가면서 의식을 회복시켜드려야죠."

해노버는 초콜릿 바 포장지를 구겨 옆에 놓인 쓰레기통을 향해 획 던진다. 골은 들어가지 않는다. "걱정 마십시오. 농구는 못해도 수술은 아주 잘합니다."

"온전히 회복이 될까요?"

"엄청난 뇌압에 작은 출혈이 여럿 발생했습니다. 현재로선 뇌에 어느 정도 손상이 갔는지 가늠하기 힘들어요. 폭행 사건 관련해선 경찰 설명을 들으셨죠?"

"폭행 사건이라뇨?"

그가 미간을 찌푸린다. "부친의 머리 부상은 둔기에 의한 외상이었습니다."

"계단에서 구르셨다고 하던데요."

"그랬는지도 모르죠. 하지만 뒤에서 반복적으로 가격당한 흔적이 선명히 남아 있습니다. 어찌나 세게 얻어맞으셨는지 떨어져나간 두개골 조각들이 뇌에 박히기까지 했습니다."

대충 어찌 된 일인지 답이 찾아든다. 그 여자. 올리비아 블랙모어. 그녀는 피로 범벅이 된 상태였다. 그래서 경찰이 그녀를 데려간 것이다. 그녀가 아버지를 저 지경으로 만들어놓은 게 분명하다. 계단에서 굴렀다는 건 헛소리일 거고.

해노버의 휴대폰이 거슬리게 울어대기 시작한다. 그가 응답하며 내게 말한다. "이만 가봐야 할 것 같습니다. 부친에게 추가 수술이 필요해지면 그때 상의드리겠습니다. 당분간은 신경과 담당자가 부친을 살펴드릴 겁니다."

"감사합니다." 나는 그와 악수를 나누며 말한다. 내가 힘을 너무 주었는지 그가 움찔한다.

"아무래도 직업이 직업인지라." 그가 설명한다. "관리를 좀 과하게 해야 합니다." 그가 아이처럼 두 손을 번쩍 들어 보인다. 섬세한 손가락과 가느다란 손목. "이래야 딱 좋죠. 뇌 전문 외과 의사의 손이 큼지막하면 되겠습니까?"

그가 사라진 후 나는 남자 화장실을 찾아 들어간다. 빈칸에 들어가 문을 걸어 잠그고는 뚜껑 내린 변기에 털썩 주저앉는다. 펑펑 울고 싶지만 대체 누구를 위해 눈물을 쏟아야 할지 갈피를 잡을 수 없다. 아버지? 어머니? 누나들? 아니면 나 자신을 위해?

세면대에서 얼굴을 씻고 거울을 들여다본다. 흠뻑 젖은 모습을 응시하며 남들의 눈에 내가 어떻게 비칠지 상상해본다. 눈, 입술, 그리고 코는 어머니를 닮았다. 하지만 아버지를 닮은 구석은 단 한 곳도 없다. 그나마 닮은 건 이름뿐이다. 아버지는 윌리엄 조지프, 나는 조지프 윌리엄.

내 뒤에서 문이 열리고 열한 살이나 열두 살쯤 돼 보이는 아이가 링거 스탠드를 끌고 화장실로 들어온다. 소년의 머리에는 수술 모자가 씌워져 있다. 내가 미소를 지어 보이자 아이는 긴장된 얼굴로 시선을 돌려버린다. 낯선 사람에게는 눈을 마주치지도, 말을 섞지도 말라는 부모의 당부가 있었던 모양이다. 이해는 되지만 서운한 마음이 드는 건 어쩔 수 없다. 저 아인 어디가 아픈 걸까? 우리 아버지보다도 심각한 상태일까? 저 아이의 생명이 아버지보다 더 소중할까? 결출함도 젊음을 넘어설 수 없는 건가? 죄책감이 밀려든다. 이런 불순한 생각을 하다니.

다시 중환자실로 돌아온 나는 아버지 옆에 앉는다. 차마 아버지의 손을 다시 잡을 수가 없다. 나는 지난해 아내를 잃었다. 일년 만에 또 다른 가족을 잃을 수는 없다. 난 이미 한 번 겪어봤으니 이젠 남의 차례다.

　머릿속에 눈을 뜬 아버지의 모습을 떠올려본다.

　'이리들 호들갑을 떠는 걸 보니.' 아버지가 말한다. '내가 죽는 모양이구나.'

　'금세 회복하실 거예요.' 나는 말한다.

　'헛소리 마, 조지프. 내가 의사라는 거 잊었어?'

● 

　루시는 11시를 코앞에 두고 도착했다. 후끈한 병실로 들어온 큰누나는 가쁜 숨을 몰아쉬며 코트를 벗는다. 누나가 나를 꼭 끌어안는다. 마치 몇 년 만에 보는 것처럼. 누나에게서는 어머니 냄새가 풍기는 것 같다.

"좀 어떠셔?"

"별로."

"회복이 힘드실 것 같아?"

"계속 싸우고는 계셔."

　나는 누나에게 '둔기에 의한 외상'과 아버지 곁을 지키고 있었던 불가사의한 여인에 대한 부분을 뺀 상세한 내용을 들려준다. 누나를 보호하기 위함이라고는 하지만 솔직히 왜 그래야 하는지 모르겠다. 만약 올리비아 블랙모어가 아버지를 폭행한 게 맞다면 그 사실은 오랫동안 비밀로 남겨지지 않을 것이다.

　나는 루시에게 마음의 준비를 단단히 해두라고 당부한다. 하지만 누나는 아버지의 참혹한 모습에 여전히 충격을 떨쳐내지 못한 인상이다. 입과 코에 꽂힌 튜브들. 링거와 온갖 케이블들. 아버지의 머리에 감긴 하얀 붕대에는 누군가가 검은 매직펜으로 "두개골피판 없음"이라고 적어놓았다.

"칠칠치 못하게 이게 뭐예요? 이렇게 식구들을 걱정하게 만드시면 어떡해요?" 루시가 말한다. 마치 넘어져 무릎이 까진 아이를 나무라듯이. 누나가 몸을 숙여 아버지의 볼에 입을 맞춘다. 아버지의 손을 살살 쓰다듬으면서. 마침내 누나의 질문 공세가 시작된다. "어디서 이렇게 되신 거야? 구급차는 누가 불렀고? 넌 어떻게 알고 왔지?"

질문은 꼬리를 물고 계속 이어진다. "아버지가 치스윅엔 왜 가신 거야? 친구라니? 그 여자가 누군데?"

언제까지나 모호한 답변으로 얼렁뚱땅 넘어갈 수는 없는 일이다.

"올리비아 블랙모어. 그 여자 얘기로는, 아버지랑 결혼한 사이래."

루시는 휘둥그레진 눈으로 내 팔뚝을 잡고 나를 침대에서 멀리 끌어낸다. "대체 뭐하는 여자야? 누구길래 그런 황당한 얘길 늘어놓는 거냐고."

"나도 몰라."

루시가 어이없다는 듯 코웃음 친다. "경찰엔 신고했어?"

나는 심호흡을 한번 하고 나서 내가 아는 모든 내용을 차근차근 들려준다. 충격적인 소식에 혼란스러웠던 머리, 구급대원들, 사이렌과 깜빡이는 불빛들, 벌컥 열어젖혀지는 병원 문, 하얀 가운과 눈부신 조명.

"그 여자 드레스가 피로 얼룩져 있었다고?"

"응."

"그 여자가 아버지를 폭행한 거야?"

"자긴 아니라고 하던데."

"경찰이 체포해갔다며?"

"조사할 게 있어서 데려갔나 보지 뭐."

루시는 여전히 어안이 벙벙한 모양이다. "당분간 엄마나 퍼트리샤에겐 비밀로 해두는 게 좋겠어. 일단 어떻게 된 일인지부터 확인해야지."

"같은 생각이야."

어머니는 오후 중반이 다 돼서야 도착했다. 늘 그렇듯 어머니는 전형적인 시골 의사 아내의 모습을 하고 있다. 트위드 스커트, 하얀 블라우스에 진주 목걸이. 부랴부랴 챙겨 입고 온 모양이다. 짧게 자른 희끗희끗한 파마머리가 어머니의 얼굴을 쐐기 모양으로 만들어놓았다. 어머니가 나를 끌어안으며 내 볼에 입을 맞춘다. 어머니는 아직도 나를 "우리 조지프"라고 부른다.

"어떻게 된 거야? 아버지랑 얘긴 해봤고?"

"혼수상태예요."

"의사들은 다 어디 갔어? 다들 뭣들 하는 거지? 네 아버지가 누군지 알기들은 해?"

"알아요."

어머니는 핸드백을 찾아 두리번거린다. 가방을 어깨에 메고 있음을 깨달은 어머니는 잠시나마 실없게 군 자신을 속으로 나무란다.

나는 어머니를 이끌고 중환자실로 향한다. 남편의 모습이 눈에 들어오자 어머니가 나지막이 앓는 소리를 내며 침대 앞으로 쪼르르 달려간다. 어머니는 아버지의 이마에 입을 맞추고는 마치 사진 촬영을 앞둔 사람처럼 아버지의 앞머리를 가지런히 정리해준다. 그걸 지켜보는 나는 어색해 죽을 것 같다. 부모님은 서로에게 애정 표현을 거의 하지 않는다. 볼에 살짝 입을 맞추거나 손을 잡는 것 이상의 애정 표현은 지금껏 본 기억이 없다.

"당신, 꼴이 이게 뭐야?" 어머니가 환자복 바지 맨 위 단추를 제대로 채워주며 말한다. "예쁜 간호사들이 보면 어떻게 생각하겠어? 체면 생각해서 단정히 하고 있어야지."

루시가 코를 훌쩍인다. 나는 누나에게 티슈를 건넨다. 누나의 눈빛이 말한다. '내가 그랬지? 엄마가 이러실 거라고?'

어머니는 아버지의 귀에 대고 속사포 같은 말은 쉴 새 없이 이어나가고 있다. 집에서 슬리퍼와 칫솔까지 꼼꼼히 챙겨왔다는 보고도 빼놓지 않는다. "아무 걱정하지 마. 개들은 보울라 피어스에게 맡겨놓고 왔어."

어머니가 마침내 의자에 앉아 아버지의 손을 잡아 쥔다. 불과 몇 시간 전, 올리비아 블랙모어가 앉았던 의자다.

"퍼트리샤는?" 어머니가 묻는다.

"오는 중이에요." 나는 대답한다.

"레베카는?"

"메시지를 남겨놨어요."

헨리에타가 다가온다. 중환자실에서는 방문자를 두 명 이상 들일 수 없다. 우리 중 하나는 나가서 기다려야 한다.

나는 병실을 나설 채비를 한다. 당장 해야 할 일이 산더미처럼 쌓여 있다. 경찰서에도 다녀와야 하고. 어머니가 의자에서 일어나 나를 와락 끌어안으며 내 볼에 손가락을 살며시 얹는다. 어머니의 따스한 품속에서 나는 다시 아이로 돌아간 기분을 느낀다.
"고마워, 조지프. 넌 정말 착한 아이야."

치스윅 경찰서는 빨간 벽돌과 콘크리트로 지어진 건물이다. 파랗게 칠해진 문 밖에는 깃대 두 개가 우뚝 서 있다. 게시판에는 목격자를 찾는다는 안내문과 범죄 예방 캠페인 광고가 다닥다닥 붙어 있다.

내근 경사가 《데일리 메일》을 접고 짜증 섞인 표정으로 힘겹게 일어난다. 그의 하얀 셔츠 가슴 주머니에는 견장 색과 매치되는 잉크 얼룩이 남아 있다.

"그 폭행 사건에 대한 정보가 있으시다고요?" 내 이름을 받아 적으며 그가 말한다.

"피해자의 아들입니다. 담당 형사님을 만나러 왔어요."

그가 어딘가로 전화를 건다. 나는 기다린다. 로비에는 열 개 남짓의 플라스틱 의자가 놓여 있고 그중 하나에는 대머리 남자가 앉아 있다. 터틀넥 스웨터가 그의 머리를 에그 컵에 담아놓은 달걀 같아 보이게 한다. 그가 나를 쳐다보며 고개를 끄덕인다. 우리는 이내 시선을 멀리 돌려버린다.

나는 문득 올리비아 블랙모어의 나이가 궁금해졌다. 사십 대 중반쯤 됐나? 단정한 용모. 언뜻 봐도 고급스러워 보이는 드레스. 착 달라붙는 칵테일 드레스에 싸인 굴곡진 몸매. 남자들의 시선을 잡아끌 만한 외모지만 아버지는 이런 데 혹할 사람이 아니다. 미래의 신의 주치의가 늙은 바람둥이일 리 없다. 아버지는 여자 꽁무니를 쫓아다니거나 치근대지 않는다. 아버지는 보수적이다. 재미라고는 모르는 사람이다. 고결하고 강직하며 무엇보다도 따분하기 그지없는 타입이다.

남자들은 중년기에 접어들면 되돌릴 수 없는 젊음과 이루지 못한 꿈들을 애통해한다. 권태를 떨치려 유행하는 새 옷, 스포츠카, 모험 여행, 그리고 젊은 여자들 따위에 집착하는 이들도 있다. 하지만 윌리엄 올로클린은 그런 사람이 아니다. 아버지는 섹스와 여자에 병적일 정도로 관심이 없다. 절대 과장이 아니다. 아버지의 관심을 사로잡을 수 있는 건 도전 의욕을 불러일으키는 까다로운 환자뿐이다. 마취된 채 수술대에 얌전히 누운 퍼즐.

엘리베이터를 타고 내려온 계급 낮은 형사가 따라오라고 손짓한다. 나는 위층 사무실로 안내된다. 낡은 책상마다 헝클어진 모습의 남자가 하나씩 앉아 있다. 느슨하게 푼 넥타이, 의자 등받이에 걸쳐놓은 코트들.

스튜어트 맥더미드 경위는 사십 대로, 새치 돋은 머리에 거칠어 보이는 얼굴을 갖고 있다. 늘어진 피부는 꼭 바람 빠진 풍선을 보는 듯하다. 살짝 뒤틀린 그의 오른손은 통통하게 부어 있다. 관절염 초기. 많이 고통스러울 텐데. 휴대폰을 한쪽 귀에 갖다 댄 그가 의자에 앉으라고 손짓한다. 나는 시키는 대로 한다. 형사는 입을 열지 않고 있다. 상대의 말을 경청 중이거나 통화하는 척하며 나를 유심히 살피고 있거나, 둘 중 하나일 것이다. 나도 사무실을 찬찬히 둘러본다. 한쪽 벽에 걸린 액자에는 글래스고 레인저스 친필 서명 유니폼 셔츠가 담겨 있다. 그 옆에는 스코틀랜드 챔피언 등극 기념 팀 사진이 붙어 있고. 사진 속 선수들은 색종이 테이프가 쏟아지는 경기장에서 트로피를 높이 치켜들고 있다. 또 한쪽 구석에는 작은 경주마 동상이 놓여 있다. 기수는 전력 질주하는 말의 안장 위로 붕 떠 있다.

맥더미드가 휴대폰을 내려놓고 눈썹을 추켜세운다. "제 메시지를 받으셨군요, 올로클린 교수님."

"메시지라뇨?"

"서로 와주십사 부탁드리지 않았습니까."

"자발적으로 왔는데요."

그가 미간을 찌푸린다. "어쨌든 와주셨으니 됐죠 뭐."

그가 노트북을 열고 한 손가락으로 키보드를 거칠게 두들기기 시작한다.

"올리비아 블랙모어라는 여성분을 아십니까?"

"오늘 아침에 처음 봤습니다."

"부친과 결혼을 했다고 주장하던데요."

"거짓말입니다."

"함께 살고 있답니다."

"그 여자 주장일 뿐이죠."

"그게 거짓이라는 증거라도 있나요?"

"그 여잔 아버지의 딸뻘 되지 않습니까."

"그게 거슬리십니까? 두 사람의 나이 차?" 그의 은근한 글래스고 악센트가 조롱투로 들린다.

"그 여자 드레스가 피로 젖어 있었단 말입니다." 나는 말한다.

"그렇더군요. 어떻게 된 일인지 물어봤습니다. 구급차가 도착할 때까지 부친을 끌어안고 있었다더군요. 구급대원들이 그 부분을 확인해주었습니다."

"애초에 그 여자가 아버질 폭행했는지도 모르잖아요."

"그래서 그녀를 용의자로 붙잡아두고 있잖습니까. 아직까진 수사에 적극적으로 협조하고 있습니다. DNA와 지문 샘플도 순순히 제공했고요. 알리바이가 있다고 해서 확인하는 중입니다."

갑자기 양쪽 어깨뼈 사이가 뻐근해져온다. "아버지의 몸에 멍자국이 남아 있습니다. 늑골과 등 아랫부분에요."

맥더미드가 몸을 내 앞으로 몸을 기울인다. "멍 자국이요?"

나는 휴대폰을 꺼내 촬영해온 사진을 보여준다. "병원에서 찍은 겁니다. 생긴 지 일주일은 더 된 것 같더군요. 주먹으로 맞은 자국이 분명하죠?"

맥더미드가 잠시 사진을 유심히 들여다본다. "부친께 이런 짓을 할 만한 사람이 있습니까?"

"없어요."

그가 펜을 집어 들고 메모를 남긴다. "사람을 보내 제대로 찍어봐야겠습니다."

"올리비아 블랙모어가 폭행한 흔적일 수도 있겠죠."

"그것도 조사해보겠습니다. 그건 그렇고, 마지막으로 부친을 보신 게 언제였습니까?"

"보름쯤 전이었습니다. 아버지가 다니시는 클럽에서 점심을 먹었어요."

"마지막으로 통화하신 건요?"

"목요일인가 금요일이었을 겁니다."

솔직히 기억이 나지 않는다. 어머니와는 며칠에 한 번씩 꼭 통화를 하지만 한담을 즐기지 않는 아버지와는 좀처럼 통화할 기회가 없다.

"부친께서 휴대폰을 쓰십니까?"

"아버진 휴대폰이 왜 필요한지 모르겠다고 하세요."

"정말요?"

"만나기로 약속을 잡았으면 그냥 시간 맞춰 나가면 될 것을, 몇 분에 한 번씩 문자로 5분 늦을 것 같다느니, 밖에서 차를 대고 있다느니, 도착해서 들어가는 중이라느니, 그런 시시콜콜한 디테일을 보고하는 게 한심해 보이신대요."

맥더미드가 동의한다는 듯 고개를 끄덕이다가 자신의 왼손에 쥐어진 휴대폰을 흘끔 내려다본다.

"부친이 런던에 계셨다는 걸 아셨습니까? 블랙모어 부인 얘기로는 여기서 대부분 시간을 보내신다고 하더군요."

"매주 오시는 건 아닙니다." 나는 방어적인 태도로 말한다.

형사는 한동안 내 눈을 똑바로 쳐다본다. 나도 눈을 깜빡이지 않고 그를 되쏘아본다. 그가 펜을 내려놓고 허리를 펴며 배를 긁적인다.

"몇 주 전 동창회에 다녀왔습니다. 졸업하고 25년 만이었죠. 친구들 중 반 이상을 알아보지 못했습니다. 다들 많이 늙었더군요. 살도 찌고, 머리도 셌거나 벗겨졌고. 옛날 모습을 조금도 찾아볼 수 없었습니다. 그때 깨달았죠. 나 또한 다르지 않다는 걸 말입니다. 그간 많이 늙었고, 머리도 하얗게 셌고, 이렇게 배까지 나와버렸죠. 나중에 커서 세상을 호령할 것만 같았던 놈들이 택배 배달을 하고 있더라고요. 학창 시절 여신 같았던 여자애들도 마찬가지였어요. 머리는 부스스하고, 얼굴은 보톡스를 얼마나 맞았는지…… 게다가 다들 뱃살이 장난이 아니었습니다. 물론 전부 다 그런 건 아니었고요. 늦게 피는 꽃도 몇몇 보였습니다. 학교에선 투명인간 같았던 여자애들이 환골탈태해서 사교계 스타가 돼 있기도 했고요. 다이어트를 했는지 죽어라 운동을 했는지 수술을 받았는지 아니면 축복받은 유전자 덕분인지. 아무튼 뭐 그렇더라고요."

**대체 무슨 얘길 하려는 거지?**

"학교 다닐 때 범생이었던 놈들, 그 왜 있지 않습니까. 일진들한테 괴롭힘 당하던 애들요. 선생님들이 좋아하는 재수 없는 애들. 걔네들 중엔 런던에서 잘나가는 애들이 좀 있어요. 열다섯 살 어린 예쁜 여자랑 서리에서 잘사는 놈도 있고요. 사람들은 누구나 변하기 마련입니다, 교수님. 누가 나중에 어떻게 변할진 아무도 모르는 거예요. 알 수 있을 것 같죠? 천만에요. 어쩌다 보니 부친께 젊고 섹시한 정부가 생겨버렸고, 두 사람은 몰래 동거를 시작했습니다. 어쩌면 부친이 먼저 그녀에게 결혼을 청했는지도 모르죠. 어디 그런 경우가 한둘이겠습니까."

"그 여자는 거짓말을 하고 있어요."

"그녀가 그래야 할 이유가 없지 않습니까."

"우릴 협박하려는 거겠죠."

"뭘 갖고 말입니까?"

"언론을 등에 업고 황당한 거짓 주장을 세상에 떠벌리려는 거 아니겠습니까?"

"윌리엄 올로클린 씨가 정말로 그렇게 유명하신가요?"

한때는 그랬지. 이젠 아니어도.

맥더미드가 계속 이어나간다. "부친께 원한을 품은 사람이 있습니까? 이렇게까지 해서라도 부친께 타격을 입히고 싶어 할 만한 사람?"

"아버진 은퇴한 의사에 불과하십니다."

"의사들도 실수할 때가 있지 않습니까. 수술 중에 메스를 잘못 놀려서……"

"아버진 웨일스에 사십니다. 장미를 키우면서 〈타임스〉 십자말 퍼즐을 푸시는 게 유일한 일과라고요. 그런 아버지에게 정부가 있다고요? 어머니에게 한번 여쭤보세요. 주변 사람들에게 한번 물어보라고요. 우리 아버지가 어떤 분이신지."

"모친은 어디 계십니까?"

"병원에 계세요."

"만나 뵙고 몇 가지 여쭤봐도 되겠습니까?"

"왜요? 어머닌 아무것도 모르세요."

"일요일 밤 어디 계셨는지 확인하려고요."

"설마 어머니가 아버질 그 지경으로 만드셨다고 생각하는 건 아니겠죠?"

내 비꼬는 말투가 형사의 심기를 거슬리게 한 모양이다. 그가 울퉁불퉁한 손가락을 펴고 내 쪽으로 삿대질을 한다. "그럼 당신은 어젯밤 자정쯤 어디서 뭘 했습니까?"

"집에서 자고 있었어요."

"혼자서 말입니까?"

"네."

그가 내 앞으로 사진 한 장을 내밀어 보인다. "혹시 치스윅 배로우게이트 가에 있는 이 집에 가본 적 있습니까?"

"처음 보는 집입니다."

그때 문에서 노크 소리가 들려온다. 한 여자가 쟁반을 들고 들어온다. 애프터눈 티. 머그잔은 달랑 하나뿐이다. 맥더미드가 왼손으로 머그잔을 집어 들고 차를 한 모금 넘긴다.

"부친은 어제 오후 웨일스에서 기차를 타고 오셨습니다. 블랙캡(영국의 전통적인 택시―옮긴이)이 부친을 11시 15분쯤 집에 내려주었고요. 부친께선 낯선 이를 집에 들이는 타입이십니까?"

"전혀요."

"오시는 길에 기차에서 만난 사람을 집으로 초대하신 게 아닐까요?"

"아버진 그렇게 사교성이 좋지 않으십니다."

맥더미드가 또다시 무언가를 메모한다. "어설픈 강도의 소행일 수도 있겠죠. 강제 침입의 흔적도, 빼앗긴 물건도 없었지만 말입니다. 웨스트 런던에 가택 침입 사건이 여럿 있었습니다만 이 사건은 그 패턴에 맞지 않습니다."

"패턴이라뇨?"

"놈들은 주로 커플을 표적으로 삼습니다. 아내를 묶어놓고 금고의 암호나 귀중품이 보관된 곳을 불 때까지 권총으로 남편을 구타하죠." 그가 차를 홀짝이며 말한다. "부친의 이동 경로와 통화 기록, 그리고 부친께 위해를 가해야 할 이유가 있을 만한 사람들을 살펴보고 있습니다. 현장 주변과 이웃집 CCTV 영상도 확보 중이고요."

"현장 감식 결과는요?"

"SOCO(Scenes of Crime Officer, 영국 경찰의 범죄 현장 조사를 담당하

는 과학 수사관—옮긴이)가 집에서 지문과 샘플을 채취해왔습니다. 데이터베이스에 넣고 돌려봐야죠. 하지만 용의자를 찾지 못하면 DNA는 아무짝에도 쓸모가 없습니다."

그가 태도를 살짝 바꾸며 말한다. "올리비아 블랙모어의 진술이 전부 사실이라고 한번 가정해봅시다."

"그럴 리 없습니다."

"부친의 비즈니스에 대해 알 만한 사람이 있습니까? 재산, 생명보험, 유언장……."

"케네스 패시지. 아버지의 변호사이니 다 아실 겁니다."

"그가 부친의 이중생활에 대해서도 알고 있을까요?"

나는 잠시 머뭇거린다. 케네스는 아버지의 가장 오랜 친구다. 올리비아에 대해 알 만한 사람은 그뿐이다. 나는 휴대폰을 꺼내 저장된 그의 전화번호를 찾아낸다. 맥더미드는 연락처를 받아 적고 나서 손목시계를 들여다보다가 자리에서 일어나 문 쪽으로 걸어나간다.

"제가 뵙고 싶어 한다고 모친께 전해주십시오."

"아버지 곁을 떠나려 하지 않으실 거예요."

"부친이 어디로 달아나실 것도 아니잖습니까."

맥더미드가 왼손을 내밀어 악수를 청한다. "부친이 그렇게 되셔서 무척 유감입니다, 교수님. 조속히 회복하시길 빌겠습니다."

"올리비아는 지금 어디 있습니까?"

"일단 집으로 돌려보냈습니다."

"그 여자가 병원에 접근하지 못하게 막을 방법은 없습니까?"

"그걸 저희가 어떻게 할 수 있겠습니까?"

"접근하지 말라고 경고하면 되잖아요."

맥더미드의 울퉁불퉁한 손이 문의 손잡이를 잡고 돌린다. "그녀가 교수님 가족에게 위협이 될 수 있다는 증거를 갖고 계신 게 아니라면 저희로서도 뾰족한 방법이 없습니다."

"부탁입니다." 나는 말한다. "어머니는 아직 그 여자에 대해 모르고 계십니다."

"그럼 빨리 가서 말씀드리세요."

에마가 집에 돌아올 시간이다. 지금쯤 우리 집 가정부 앤디가 동문에서 내 딸을 픽업해 하굣길에 늘 들르는 카페에서 코코아를 사 먹이고 있을 것이다. 오스트레일리아 출신인 앤디는 모든 말을 질문투로 맺어버리는 독특한 언어습관이 있다. 언제부터인가 에마도 앤디의 말투를 흉내내기 시작했다.

나는 집에 전화를 걸어본다. 에마가 응답한다. "할아버지는 어떠세요? 괜찮으세요? 병원에 계시게 하지 말아요."

"당분간은 여기 계셔야 해."

에마는 말씨름을 계속 이어가고 싶어 한다. 하지만 그랬다가는 결국 줄리앤이 언급될 것이고, 아버지에게 무슨 일이 있었는지도 상세히 설명해야 할 것이다. 나는 오늘 학교가 어땠는지 묻는 것으로 잽싸게 화제를 바꾸어버린다. 딸은 대답이 없다.

"무슨 문제라도 있었니?" 나는 묻는다.

"아뇨."

나는 딸과 가장 가까운 친구의 이름을 떠올려보려 애쓴다.

"조이가 생일 파티를 할 거래?"

"네."

"어떤 파틴데?"

"몰라요. 초대 못 받았어요."

"걔랑 싸웠어?"

"그런 건 아니고요."

에마는 별로 실망하는 것 같지 않다. 그럼에도 안쓰러운 마음이 드는 건 어쩔 수 없다. 줄리앤이라면 어떤 말로 위로해야 할지 알 텐데. 아내는 그런 부분에 있어 전문가였다. 문제를 해결하고 어둠 속에서 광명을 찾아내는 것.

"집에 오실 거예요?" 에마가 묻는다.

"아직은 아니야."

"테이크아웃해서 먹어도 돼요?"

"그래. 앤디에게 아빠가 나중에 갚을 거라고 얘기해. 숙제도 다 끝내놓고."

"벌써 다 끝냈어요."

"그건 어젯밤에 했던 말이잖아."

"저 가봐야 해요. 끊을게요."

나는 셰퍼즈 부시 가를 따라 해머스미스 지하철역으로 향한다. 오후 내내 몰려든 먹구름이 서쪽 하늘을 뒤덮어버렸다. 사선으로 뿌려지는 진눈깨비가 내 볼과 머리에 속속 달라붙는다. 인도는 쏟아져나온 통근자들로 가득 차 있다. 코트 깃을 세우고 우산을 펼쳐 든 그들은 고개를 푹 숙인 채 빠르게 걸어가는 중이다.

나는 역에 도착해 루시에게 전화를 건다. 루시와 퍼트리샤와 어머니는 한 명씩 돌아가며 아버지 곁을 지키기로 얘기가 된 상태였다.

"오늘 밤엔 엄마가 지키고 싶으시대." 루시가 말한다. "아침엔 네가 봐줄 수 있겠니?"

"물론."

"여섯 시는 너무 이른가?"

"상관없어."

"경찰서엔 다녀왔고?"

"어설픈 강도의 소행이었을 거래. 아버질 다른 사람으로 착각한 사람이 그랬거나."

루시는 올리비아 블랙모어에 대해 묻지 않는다. 어머니가 엿들을까 두려운 모양이다. 나는 나중에 전화로 상세히 들려주겠노라고 약속한다.

기차가 도착한다. 레일이 진동하면서 압력파가 밀려든다. 문이 열린다. 나는 인파에 떠밀려 북적대는 객차 안으로 들어간다. 이 많은 사람 중 과연 몇 명이나 이중생활을 하고 있거나 비밀 가족을 숨겨두고 있을지 문득 궁금해졌다. 그것 자체는 별로 놀랍지 않다. 이미 숱하게 보고 들어왔으니. 콜걸로 일하는 줌바 강사. 잘나가는 부동산 중개인으로 위장한 러시아 스파이. 비밀은 그 가치가 적지 않다. 우리는 온전한 관계를 유지하기 위해, 취직을 위해, 평화를 지키기 위해, 이성에게 호감을 사기 위해, 또는 아이를 보호하기 위해 거짓말을 한다. 비밀이 없다면 자아도 없다. 사회 집단에서, 일터에서, 또는 결혼생활에서 길을 잃고 헤매게 된다면 어쩔 수 없이 거짓말에 의지할 수밖에 없다. 뻔뻔하게 내가 아닌 다른 사람인 척할 수밖에.

심리학자로서 그동안 무수한 크로스-드레서, 여장 남자, 성

정체성 문제로 갈등하는 십 대 아이, 섹스 중독자, 그리고 커밍 아웃하지 않은 알코올 중독자들을 상담해왔다. 그들 모두에게는 비밀이 있었고, 심지어 자신들에게조차 그 비밀을 숨겨온 이들도 있었다. 내 친구 한 명은 아버지가 에이즈로 세상을 떴다. 그의 가족은 나중에서야 그가 게이 클럽과 증기탕의 단골 고객이었다는 충격적인 사실을 알게 됐다. NHS 병원 시절 함께 일했던 동료는 '더러운 전쟁' 당시 암살단을 조직한 혐의로 유죄를 선고받은 후 아르헨티나로 인도됐다. 바로 이런 것들이 인생을 바꿀 만한 비밀들이다. 소소한 선의의 거짓말이나 태만죄가 아니라.

지금껏 나는 아버지의 진실성이나 어머니에 대한 아버지의 애정을 의심해본 적이 없었다. 아버지는 언행이 일치하는 사람이다. 내게 가치를 지키라고 당부하지도, 자신도 하지 않은 희생을 요구하지도 않았다.

아버지가 거짓말쟁이에 겁쟁이, 그리고 배신자이기까지 하다고 믿고 싶지 않았다. 하지만 만약 그게 다 사실이라면? 또 다른 가족을 숨겨온 남자는 거짓말의 바다를 떠다니는 것과 다르지 않다. 거짓말의 대양은 점점 커져만 갈 뿐이다. 나중에 무언가가 쓰나미를 발생시켜 모든 걸 씻어버릴 때까지.

사실일 리 없어.

사실이어서도 안 되고.

기차는 어느새 배런스 코트에 도착해 있다. 나는 무언가에 홀린 사람처럼 북적이는 승객들을 헤치며 빠르게 나아간다. 플랫폼으로, 계단으로, 그리고 거리로. 기다렸다는 듯 당장 무엇을 해야 할지 깨달음이 문득 찾아든다.

택시는 나를 배로우게이트 가 끝자락에 내려준다. 나는 양옆으로 나무가 늘어선 거리를 따라 걸어나간다. 빅토리아 시대풍으로 지어진 이곳 집들은 대부분 빨간 타일로 덮인 박공지붕과 하얗게 칠해진 창문들로 치장돼 있다. 진눈깨비는 어느새 안개비로 바뀌었고, 가로등 위로는 헬륨 풍선 같은 광륜이 하나씩 둥둥 떠 있다.

30미터쯤 앞으로 낮은 벽돌담에 앉아 있는 여자가 눈에 들어온다. 올리비아 블랙모어는 저번과는 다른 옷차림을 하고 있다. 긴 스커트에 헐렁한 스웨터. 피 묻은 드레스와 코트는 경찰이 압수해간 모양이다.

"흠뻑 젖었군요." 나는 말한다.

그녀가 흠칫 놀라며 고개를 든다. 그녀는 허리를 펴고 자세를 고쳐 앉는다. 턱도 도도하게 불쑥 내밀고. "여긴 무슨 일이에요?"

"우리 얘기 좀 해요."

"또 날 모욕하려고요?"

"병원에선 미안했어요."

올리비아는 애써 분을 삭이려는 듯 지친 얼굴로 긴 한숨을 내쉰다. 그녀가 집을 흘끔 돌아본다. 그녀의 손에는 열쇠 꾸러미가 쥐어져 있다. 매니큐어를 바른 손톱 중 하나는 깨져 있다.

"언제부터 밖에 나와 이러고 앉아 있었던 겁니까?"

"안에 들어갈 수 없어요."

"왜요?"

"저 안에서…… 그날 그 일 때문에……."

무슨 말인지 이해할 수 있을 것 같다. "다른 데서 당분간 지낼 순 없나요?"

"갈 곳이 없어요."

"친구나…… 가족은 없어요?"

"그들에게 내 처지를 알리고 싶지 않아요. 적어도 아직은 때가 아니에요. 윌리엄이 깨어날 때까진 비밀로 해두려고요."

나는 손을 뻗어 그녀의 손에서 열쇠 꾸러미를 뽑아 든다. "자, 들어갑시다."

나는 자물쇠를 풀고 문을 살짝 밀며 안을 들여다본다. 현장 감식반이 다녀간 흔적이 뚜렷이 남아 있다. 피 묻은 양탄자는 돌돌 말아 챙겨간 모양이다. 혈흔은 꼼꼼히 측정한 후 촬영했을 테고, 진공청소기로 밀어 표면에 남은 티끌 하나까지도 깡그리 수거해 갔을 것이다.

계단 아래 원목 바닥에는 섬뜩한 핏자국이 영원히 걷히지 않을 그림자처럼 선명히 남아 있다. 그걸 보는 순간 속이 울렁거려 온다.

"사람을 불러줄게요." 나는 말한다. "이런 거 깨끗이 치워주는 업체들이 있어요." 굳이 '자살'이나 '살인'이라는 표현을 쓸 필요는 없다.

"모르는 사람들을 집에 들이고 싶지 않아요." 올리비아가 말한다. 그녀는 여전히 문턱을 넘지 못하고 있다.

"내 손 잡아요. 그리고 눈을 감아요."

나는 바닥에 남은 핏자국을 피해 그녀를 안으로 이끌어나간다. 모던한 느낌의 주방에는 번들거리는 강철 가전제품들과 대리석 조리대가 갖춰져 있다. 나는 그녀를 의자에 앉힌 후 전기 주전자로 물을 끓인다. 그런 다음, 머그잔과 티백, 설탕, 그리고 우유를 찾아온다.

"마지막으로 식사를 한 게 언제였어요?" 나는 묻는다.

"배고프지 않아요."

나는 냉장고 안에서 여러 종류의 치즈가 담긴 플라스틱 밀폐용기를 찾아낸다. 그것들을 접시에 담아 식탁으로 가져온다.

"윌리엄은 좀 어때요?" 그녀가 묻는다.

"차도가 없어요."

"누가 곁을 지키고 있나요?"

"어머니와 누나들이 번갈아가며 지키고 있어요."

그녀가 숨을 깊게 한번 들이쉰다. "가서 그이를 보고 싶어요."

"그건 좋은 생각이 아니에요."

"부탁이에요."

나는 그녀의 얼굴을 유심히 들여다본다. 갸름한 얼굴에 돌출된 귀, 그리고 햇볕에 손상된 눈 주변 피부. 걷어 올린 소매 아래로는 검게 그을린 팔뚝이 드러나 있다. 주로 야외에서 일을 하는 모양이다. 야외 운동을 즐기거나. 타이츠의 왼쪽 발목 부분에는 올이 풀려 있다. 그녀도 그 사실을 알고 있을까?

"여기서 산 지 얼마나 됐죠?" 나는 묻는다.

"15년 됐어요."

"우리 아버지랑 같이요?"

"네."

"블랙모어 부인."

"그냥 올리비아라고 불러줘요."

"내가 당신의 말을 회의적으로 받아들여도 부디 언짢아하지 않았으면 좋겠어요, 올리비아."

"아직도 내가 거짓말을 하고 있는 것 같아요?"

"그럼 내가 믿게끔 설명을 해봐요."

그녀는 고개를 끄덕이며 상처받지 않은 척하려 애쓴다. "당신이 윌리엄에 대해 모르는 게 많아요."

"아버지가 중혼자가 아니라는 건 분명히 알고 있어요."

"아버지와는 얼마나 자주 대화해왔죠?"

"몇 주에 한 번씩은 했어요."

"아니죠. 당신은 어머니와 통화를 한 거지 아버지와 한 건 아니었어요."

그걸 이 여자가 어떻게 알지?

"지금 내 얘길 하는 게 아니잖아요." 나는 말한다. "정말 아버지와 함께 살았다면 그 증거가 있지 않겠어요? 사진이라든지, 편지라든지, 이메일이라든지."

"물론 있죠."

"보여줘요."

올리비아가 천천히 일어나 냉장고 위 찬장을 열고 스카치위스키 한 병과 글라스 두 개를 꺼낸다.

"한잔하겠어요?"

나는 고개를 젓는다.

"아, 먹고 있는 약 때문이죠? 깜빡했어요."

이건 또…… 어떻게 알았을까?

그녀는 잔에 위스키를 조금 따른 후 입안에 털어 넣는다. 안에서 뜨거운 기운이 올라오자 그녀의 얼굴이 찌푸려진다. 그녀는 한 잔 더 따르고 나서 식탁으로 돌아온다. 양쪽 팔뚝 사이에 글라스를 내려놓은 그녀가 고개를 들고 나를 쳐다본다.

"궁금해하는 걸 들려줄게요. 하지만 당신 아버지가 굳이 밝히고 싶어 하지 않을 디테일까지 전부 털어놓을 순 없어요. 윌리엄의 사생활도 존중해줘야 하니까요." 이번에도 희미하게나마 악센트가 묻어난다. 루마니아나 헝가리 쪽 출신인 것 같다. "당신이 내 말을 믿지 않는다면 그건 내 잘못이지 그의 잘못이 아니에요. 참, 그리고 시작하기 전에 부탁 하나만 할게요. 내가 설명하는 동안 말을 끊거나 눈을 굴리거나 고개를 젓지 말아줘요. 일이 벌어진 순서대로 차근차근 설명해보려 노력할게요."

올리비아가 스카치위스키를 또 한 모금 넘긴다.

"난 어린 나이에 남편을 잃었어요. 그 후로 두 번 다시 사랑이란 걸 못 해볼 줄 알았죠. 시간이 좀 흐르니 혼자 사는 데 익숙해지더군요. 뭐 말은 이렇게 하고 있지만, 내 주위엔 늘 날 챙겨주는 남자들이 있었어요. 그래서 내가 이렇게 약해진 거겠죠?" 그녀가 대답을 기대하는 듯 나를 빤히 쳐다본다. 나는 답을 주지 않는다.

"윌리엄과 사랑에 빠질 마음은 없었어요. 그냥 어쩌다 보니

자연스럽게 그렇게 돼버렸을 뿐이죠. 제발 아버지를 탓하지 말아줘요. 그이는 어제와 오늘이 똑같은 사람이에요. 친절하고, 온화하고, 다정하고. 우린 내가 아주 힘든 시기를 보낼 때 만났어요. 교통사고로 몸이 완전히 박살나버렸거든요. 소방대원들이 차에 갇힌 날 제때 꺼내주지 않았다면 난 거기서 목숨을 잃었을 거예요. 그 사고로 오른쪽 대퇴골에 복합 골절상을 입었는데 다들 절단해야 한다고 입을 모으더군요. 하지만 윌리엄은 희망이 있다면서 모두가 반대하는 수술을 강행했고, 그 덕분에 난 다리를 살릴 수 있었어요."

그녀가 또다시 일어나 스커트 단을 걷어 올린다.

"돌아봐요."

"네?"

그녀가 손짓으로 독촉한다. 나는 그녀가 시키는 대로 창문을 돌아본다.

"자, 봐요." 그녀가 말한다.

나는 다시 고개를 돌려 그녀를 쳐다본다. 올리비아의 타이츠는 말려 내려가 있고, 스커트 자락은 무릎 위로 들려 있다. 그녀의 오른쪽 무릎, 슬개골 양옆으로 20센티미터 넘는 긴 흉터가 쭉쭉 나 있다.

"그이가 뼈에 철심을 박아 넣어줬어요." 그녀가 설명한다. "윌리엄이 아니었다면 지금처럼 걷지 못했을 거예요. 그이 덕분에 난 뛸 수도, 일을 할 수도 있게 됐어요."

들린 스커트 밑으로 그녀의 속옷이 살짝 드러나자 나는 잽싸게 시선을 내리깐다. 그녀가 얼굴을 붉히며 스커트를 내리고 두 손으로 문질러 주름을 편다.

"내가 깨어났을 때 윌리엄이 찾아왔어요. '난 당신을 알아요.' 그가 대뜸 그러더군요. '예전에 윔블던에서 당신이 뛰는 걸 봤어요. 당신이 열다섯 살 때.' 그이가 그 매치를 생생히 기억하는 이유가 있었죠. 내가 마르티나 나브라틸로바에게서 한 세트를 따왔거든요. 그이가 기어이 내 다리를 고쳐내려고 했던 이유예요. 내 과거를 알기에."

"테니스 선수였어요?"

"네."

"아버진 테니스 엄청 못 치세요."

올리비아가 웃음을 터뜨린다. "나도 알아요. 어쩌면 그래서 더 더욱 날 챙겼는지도 모르죠. 내가 가슴 아픈 비극 속의 주인공으로 보였나 봐요." 그녀가 처음으로 미소를 보인다.

"난 6주 동안 입원했어요. 윌리엄은 거의 매일 날 찾아왔고요. 어느 날 그가 묻더군요. 왜 운동을 그만뒀는지. '계속했으면 윔블던 우승도 차지했을 텐데.' 그이가 말했어요. '왜 그런 실력을 썩혀요?' '계속 밀고 나갔어야 했어요.' 그래서 내가 얘기했죠. '내 실력으론 딱 거기까지였어요.'"

올리비아는 글라스 안을 빤히 들여다본다. "그 후로 수술을 세 번 더 받았어요. 세 번 모두 윌리엄이 집도했죠. 난 두 번 다시 코트에 서지 못할 거라 생각했어요. 선수로서도, 코치로서도. 하지만 윌리엄은 얼마든지 가능하다면서 엘리트 운동선수들을 관리하는 물리치료사를 소개해줬어요. 돈이 없다고 하니 윌리엄이 대신 내주더군요. 나중에 꼭 갚겠다고 했지만 그이는 됐다면서 거절했어요. 그러면서 딱 한 가지 조건을 내걸었죠. 레슨."

"테니스 레슨요?"

"사고를 당하고 8개월 만에 난 코트에 다시 설 수 있었어요. 그이가 다니는 테니스 클럽에서 레슨을 시작했죠. 매주 한 번씩 만나서 운동을 했어요. 가끔 더 자주 만날 때도 있었고요."

"당신이 아버지를 가르쳤다고요?"

"네. 하지만 평범한 코치와 제자 관계는 아니었어요."

"거기서 더 발전했다는 뜻이군요."

"어느 날 윌리엄이 같이 저녁을 먹자고 했어요. 그리고 날 집으로 데려갔죠. 우린 키스를 했고, 어쩌다 보니……."

"아버지가 유부남이라는 걸 알면서도요?"

"네."

"그런데도 거기서 그만두지 않았어요?"

"멈추기엔 너무 늦었어요."

"너무 늦었다뇨?"

"난 이미 그이와 사랑에 빠진 상태였거든요."

나는 코웃음이 나려는 걸 애써 참는다. 하지만 올리비아는 내 마음을 꿰뚫어 보는 듯하다.

"난 윌리엄에게 아내와 자식을 버리라고 하지 않았어요. 의사 커리어를 희생하라고도 안 했고요. 그이 비밀이었고, 그이 인생이었어요. 내가 관여할 문제가 아니었다고요."

"아버진 어머닐 배신하셨습니다."

"그이는 날 사랑하는 만큼 당신 어머니도 사랑했어요."

"그걸 어떻게 알죠?"

"그이가 얘기했으니까요."

나는 그녀의 순진함에 웃어야 할지 울어야 할지 갈피를 잡지 못한다.

"사랑은 꼭 그렇게 나눠야 하는 게 아니에요, 조지프. 두 배로, 세 배로 불어날 수도 있다고요. 당신과 당신 누나들만 봐도 알 수 있잖아요. 당신 아버지는 자식 중 누굴 콕 찍어 편애하지 않았어요."

"맞아요." 나는 대꾸한다. "세상 최고의 아버지셨죠."

내 비아냥거림에 그녀의 눈에서 분노의 불꽃이 튄다. "부탁이에요. 제발 그이를 모욕하지 말아요. 적어도 이 집에선, 적어도 내 앞에선요." 빈 글라스를 움켜쥔 그녀 손에는 힘이 잔뜩 들어가 있다. 나한테 글라스를 집어 던지려고 할까? 이 여자에게 남자의 두개골을 박살낼 만큼 기운이 있을까?

"이 불륜…… 언제 시작됐습니까?"

"내가 서른두 살 때요."

"그때 아버진요?"

"지금 당신 나이쯤 됐을 거예요."

"아버지뻘 되는 남자를 상대로 그랬던 겁니까?"

"당신은 삼십 대 여자를 사랑하지 못할 것 같아요?"

"지금 내 얘길 하는 게 아니잖습니까."

"정말요?" 그녀가 묻는다. "그래서 날 찾아온 게 아니었어요?"

나는 차마 그녀의 눈을 똑바로 쳐다보지 못한다.

"내 존재가 불쾌하죠? 당신 아버지가 나랑 사랑에 빠진 사실을 믿고 싶지 않죠? 우리가 지금껏 가정을 이루고 살아온 사실도 인정하고 싶지 않을 테고요. 이게 왜 이상하죠? 그이는 시골엔 당신 어머니를, 런던엔 날 두고 살았어요. 그렇게 두 집을 오가면서 말이에요. 그이는 대부분 시간을 나랑 함께 보냈죠. 일요일에 와서는 목요일이나 금요일에 다시 웨일스로 돌아갔어요. 난 질투심도, 그에 대한 소유욕도 없었어요. 가끔 그이가 출장을 갈 때 동행하곤 했는데, 그이는 사람들에게 날 비서라고 소개했어요."

"어머니를 아는 사람과 맞닥뜨리면 어쩌려고 그랬죠?"

"두어 번 그럴 뻔한 적이 있었어요. 9년, 아니, 10년 전, 파리로 놀러갔을 때. 거기서 당신과 같이 학교에 다녔다는 사람을 만났어요."

"나랑요?"

올리비아가 고개를 끄덕인다. "윌리엄이 아내가 아닌 여자랑 키스하는 걸 보고 그이가 재혼한 줄 알았나 봐요. 언젠가 런던에서 레베카를 본 적도 있었고요."

"우리 누나를 봤다고요?"

"슬론 스퀘어에 있는 레스토랑을 나오다가 맞닥뜨렸죠. 당신 아버진 날 예전 환자라고 소개했어요. 혼합복식 파트너라고. 그녀는 전혀 놀라는 눈치가 아니었어요. 오히려 내 드레스가 예쁘다고 칭찬을 하던데요. 그때 말고도 위기일발의 순간이 몇 번 있었지만 다행히 우리 관계가 들통나진 않았어요. 윌리엄과 난 사진기자나 가십 칼럼니스트가 초대된 자선 무도회나 대규모 공개 행사엔 일절 참석하지 않았어요."

"당신 가족은요?"

"우리 가족은 루마니아에 살아요."

"그들도 우리 어머니에 대해 알아요?"

"아뇨. 우리 가족이 윌리엄을 좋아하는 건 그이가 날 행복하게 해주기 때문이에요."

지금껏 올리비아가 들려준 내용은 꽤 그럴듯하게 와닿는다. 하지만 아버지는 어떻게 이십 년 동안이나 또 다른 가족을 감추고 살아오셨을까? 어떻게 들키지 않고 비밀로 담아오실 수 있었을까? 단순히 벽을 쌓아 올리는 것과 그 무엇도 자신의 비밀을 포개거나 오염시키거나 위협하지 못하도록 자신의 삶의 모든 면을 구분 지어놓는 것은 차원이 다른 문제다.

"그이가 죽으면 난 어떡하죠?" 올리비아가 묻는다.

예상치 못한 질문에 나는 흠칫 놀란다. 사람들은 대개 이런 음흉한 생각을 겉으로 드러내지 않는다. 적어도 남들 앞에서는 낙관적인 모습을 보이려 애쓴다. 올리비아는 글라스를 내려놓고 고개를 떨어뜨린다. 그녀는 어깨를 들썩이며 나지막이 흐느끼기 시작한다.

내 일부는 그녀를 위로하고 싶어 하지만 나머지 일부는 나를 움츠리게 만든다. 수류탄처럼 내 인생 속에 떨어져 대혼란을 일으킨 여자는 심란해하고 고독에 힘겨워하고 있다.

"아버지가 왜 죽습니까?" 나는 앉은 채로 몸을 틀어 그녀의 어깨에 살며시 팔을 얹는다.

"그들이 그러던가요? 의사들이? 곧 깨어날 거라고 했어요? 언제쯤이면 의식을 되찾을 수 있을 거라고 했죠?"

나는 대답 대신 그녀에게 양동이와 솔이 있는지 묻는다. 아니면 대걸레라도.

올리비아가 눈가를 훔치며 나를 세탁실로 이끈다. 나는 뜨거운 비눗물로 양동이를 채운다.

"그러지 않아도 돼요."

"괜찮아요."

말은 그렇게 했지만 사실 속이 울렁거려 죽을 것 같다. 나는 피를 보지 못해 의과 대학을 중퇴한 사람이다. TV 의학 드라마나 B급 공포 영화를 보지 않는 것도 그 때문이고. 언젠가 찰리가 자전거에서 떨어져 이마가 깨졌을 때 응급실에서 실신한 적도 있다.

나는 양동이를 들고 현관으로 나간다. 그리고 무릎을 꿇고 앉아 마룻장에 모반처럼 얼룩진 혈흔을 북북 문질러 닦기 시작한다. 올리비아는 주방에 서서 나를 지켜본다. 그녀의 눈이 불안하게 흔들리고 있다.

"어젯밤엔 어디 있었죠?" 나는 묻는다.

"극장에요."

"아버지랑 만나기로 했었어요?"

"윌리엄이 기차에서 전화를 했던 모양이에요. 내 휴대폰은 꺼져 있었고요. 그이가 남겨놓은 메시지는 나중에야 확인할 수 있었어요."

"집엔 몇 시쯤 들어왔죠?"

"자정에요."

"불이 켜져 있었나요, 꺼져 있었나요?"

"집은 어두웠어요. 난 그이가 먼저 잠자리에 들었는 줄 알았어요."

"그럼 문을 열고 들어와 현관에 불부터 켰겠군요."

"네. 바닥에서 종이를 집느라 그이가 눈에 들어오지 않았어요."

"종이라뇨?"

"현관문 깔개 위에 놓여 있더군요. 우편물 받는 금속판 아래."

"뭐라고 적혀 있었습니까?"

그녀는 기억을 더듬어본다. "뭐 이런 내용이었어요. **난 못하겠어요. 다른 사람을 찾아봐요.**"

"뭘 못하겠다는 얘기죠?"

"그건 나도 몰라요."

"그 종이 지금 어딨습니까?"

"경찰이 가져갔어요."

올리비아는 조금의 머뭇거림도 없이 대답한다. 마치 그 내용에 위안을 얻은 것처럼. 그녀는 진실을 말하고 있거나 진실처럼 들리게끔 연습을 했을 것이다.

"그이는 계단 아래 쓰러져 있었어요. 발을 헛디뎌 굴러떨어진 줄로만 알았죠. 난 구급차를 부르고 그이의 머리를 살며시 감싸 안았어요. 그이의 숨이 멎은 걸 확인하고는 구급차가 도착할 때까지 인공호흡을 했고요. 구급대원 네 명이 주입기를 열고 그이의 목으로 튜브를 꽂아 넣었어요. 가까스로 심박이 돌아왔지만 이내 또 멎어버리더군요. 그들 중 하나가 휴대폰을 꺼내 병원에 전화를 걸었어요. 그리고 당장 신경외과 의사를 호출하라고 주문했죠. 그들은 그이를 들것에 싣고 밖으로 나갔어요. 나도 같은 차로 가려고 했는데 그들이 말리더군요. 난 또 다른 구급차를 타고 병원으로 향했어요. 그들은 곧바로 그이를 수술실로 옮겼고요. 난 수술에 필요한 서류를 작성하면서 당신 연락처를 적어 넣었어요. 너무 경황이 없었거든요."

당시의 끔찍한 기억이 떠올랐는지 올리비아가 눈을 질끈 감는다. 나는 양동이를 질질 끌고 다니며 청소를 이어나간다. 현관 한복판에 남겨진 50펜스 동전 크기의 혈흔이 눈에 들어온다. 그것으로부터 1미터쯤 떨어진 지점에 또 하나…… 그리고 그 옆에 또 하나…… 점점 희미해져가는 패턴이다.

"아버지가 뭘 입고 계셨죠?" 나는 묻는다.

그녀가 잠시 기억을 더듬는다. "바지…… 셔츠…… 왼발에만 슬리퍼가 신겨져 있었어요. 나머지 하나는 계단 맨 위에 놓여 있었고요. 그이 발이 차가워질 것 같아서 슬리퍼를 가져와 신겨주고 싶었어요."

나는 머릿속으로 당시 상황을 그려본다. 뒤에서 가격당한 아버지는 앞으로 쓰러졌다. 그리고 벽과 난간에 몸이 거칠게 튕겨지며 계단을 굴러 내려왔다. 습격자는 아버지를 따라 내려와 계속 폭행을 이어나갔다. 머리 위로 번쩍 들렸다 내리찍기를 반복하는 묵직한 둔기. 벽지와 계단에 깔린 카펫 위로 뿌려지는 시뻘건 피.

나는 양동이에 새로 물을 받아와 대걸레로 바닥을 닦아나간다. 손걸레로는 벽과 난간 사이 구석을 닦는다.

청소를 마친 후 양동이 물을 버리고 나서 고무장갑을 벗어 얌전히 걸어놓는다. 대걸레를 세워놓고 나와 현관문 자물쇠를 잠시 살피다가 다시 주방으로 들어간다. 올리비아는 말이 없다. 그녀의 긴 머리는 핀과 클립으로 묶였고, 풀려나온 몇 가닥이 앞으로 흘러내려와 있다. 그녀가 손으로 대충 쓸어 올려보지만 이내 다시 흘러내린다.

"실물로 보니 더 잘생겼네요." 그녀가 대뜸 말한다. "난 지금껏 사진이나 TV로만 당신을 봐왔어요. 당신이 병원 옥상에서 암에 걸린 아이를 구슬려 데리고 내려오는 것도 봤고요."

"말컴 말이죠."

"그들 이름을 다 기억해요?"

"아뇨."

"말컴, 그 아인 아직 살아 있어요?"

나는 고개를 젓는다.

올리비아가 슬퍼 보이는 눈을 깜빡인다. "언젠가 당신을 만나기 위해 정식으로 상담을 예약하려 했었어요. 있지도 않은 공포증이나 정서 문제에 시달린다고 둘러대면서요."

"왜죠?"

"그냥 궁금했어요. 윌리엄으로부터 당신과 당신 누나들 얘길 많이 들었거든요. 문득 당신을 만나고 싶어졌어요."

"정말입니까?"

"왜 놀라죠?"

"아버진 날 투명인간 취급하셨어요."

"그렇지 않아요. 그이가 당신을 얼마나 사랑하는데요. 침이 마르도록 당신 얘길 늘어놨어요. 재능이 뛰어나다면서 말이죠."

내가 아는 그 사람 얘기하는 거 맞습니까?

"이 대화, 내가 좀 불리하군요. 난 당신에 대해 아는 게 거의 없는데."

"궁금한 게 있으면 뭐든 물어봐요." 나와 눈이 마주치자 그녀가 시선을 돌려버린다. "윌리엄은 당신에게 상대의 마음을 꿰뚫어 보는 남다른 재능이 있다고 했어요."

"그게 신경 쓰이나요?"

"아뇨. 네, 사실 좀 신경이 쓰여요."

"당신이 누군지 들려줘요."

"난 그이가 사랑하는 여자이자 아내예요."

"아버지에겐 이미 아내가 있어요."

"그이에겐 아내가 둘이에요."

"계속 그 얘길 반복하는데, 아직 아무런 증거도 못 내놓고 있잖아요. 확실한 물증 말이에요. 사진이나 편지나 혼인증명서 같은."
 올리비아의 얼굴에 짜증 섞인 표정이 살짝 스친다. "따라와요."
 그녀를 따라 복도를 지나자 거실이 나타난다. 푹신해 보이는 소파와 책장, 그리고 유리로 된 트윈 도어가 붙은 프렌치 장식장. 올리비아가 서랍에서 열쇠를 꺼내 들고 수십 권의 제본된 노트가 빽빽이 꽂힌 진열장을 연다. 그녀는 손끝으로 책등을 훑어 나가다가 하나를 골라 뽑아 든다.
 "윌리엄은 일기를 써왔어요. 최근 것들은 경찰이 가져갔고요, 이건 오래된 일기장이에요. 그이는 자기 생각을 글로 기록하길 좋아했어요. 기념품도 많이 모았고요. 내가 꺼내 보면 절대 안 되는 것들이지만 아무래도 상황이 상황이다 보니······."
 올리비아가 노트를 펼쳐 든다. 안에서 종잇조각들이 우수수 떨어져 내린다. 그녀는 잽싸게 몸을 숙여 그것들을 집는다. 입장권, 신문 스크랩, 사진, 영수증, 안내 책자와 극장 팸플릿들. 올리비아가 사진 하나를 내 앞으로 들어 보인다. 그녀와 아버지가 와인 글라스를 들고 정원에 서 있는 사진. 아버지는 리넨 바지에 헐렁한 셔츠 차림이다. 아버지의 목에는 분홍색 캐시미어 스웨터가 둘러져 있고, 회색 머리는 단정하게 빗어 넘겨진 상태다. 턱을 높이 치켜든 채 장난기 가득한 미소를 머금은 올리비아는 아버지의 팔짱을 낀 채 한쪽 발끝으로 카메라를 가리키고 있다.
 **아버지가 로퍼와 분홍색 스웨터를?**
 "윌리엄의 예순 번째 생일에 찍은 거예요." 그녀가 말한다. "정원에 나가 술을 마시며 놀았죠."
 그녀가 두 번째 사진을 내게 건넨다. 테니스를 치는 네 사람의 모습이 담겨 있다. 아버지와 올리비아는 트로피를 든 채로 네트 앞에 나란히 서 있다. "6년 연속으로 혼합복식 우승을 차지했어요." 그녀가 내 옆 소파로 다가가 앉으며 설명한다. 그녀는 일기장을 무릎에 살며시 내려놓는다. 또 다른 사진에는 무대를 누비며 춤을 추는 두 사람의 모습이 담겨 있다. 아버지는 마치 키스를 퍼부으려는 듯 올리비아의 몸을 뒤로 젖혀놓고 있다.

**아버지가 춤을? 아버지가 키스를?**

다음 사진은 레이크 디스트릭트에서 휴가를 보내며 찍은 것이다. 자연석으로 쌓은 돌담에 나란히 앉은 두 사람. 저녁노을과 검은 구름에서 삐져나온 빛줄기들. 사진 속에서 아름다운 올리비아는 고개를 뒤로 젖힌 채 웃음을 터뜨리고 있다. 마치 렌즈에게 끼를 부리듯이. 나는 사진 뒷면에 적힌 글귀를 읽어본다. **황홀했던 십 년, 그리고 점점 더 찬란해질 나날을 위하여.**

그녀가 또 다른 일기장을 꺼내와 펼쳐 든다. 그 안에도 많은 사진이 담겨 있다. 소풍, 휴가, 디너 파티, 그리고 기념일.

"이건 내 마흔 번째 생일에 찍은 사진이에요." 올리비아가 말한다. 아버지는 일어나 건배를 하고 있다. 아버지는 우스꽝스러운 종이 모자를 쓴 채 샴페인을 마시고 있다. 번쩍 들린 수십 개의 글라스. 다 모르는 사람들이다. 그녀의 친구들인가? 아니면, 아버지 친구들?

"이 사람들도 다 알고 있었나요?" 나는 묻는다.

"뭘 말이죠?"

"아버지에게 가정이 있다는 사실 말이에요."

올리비아가 어깨를 으쓱인다. "아무도 궁금해하지 않던데요."

나는 나머지 사진도 유심히 들여다본다. 그중 하나는 해협 횡단 페리에서 촬영된 것이다. 사진 속에서 그들은 난간 앞에 나란히 선 채 거센 바람을 맞고 있다. 산발이 된 머리로. 올리비아 혼자 해변에서 찍은 사진도 보인다. 비키니 차림의 그녀는 민망한 듯 어색한 포즈를 취하고 있다. 그 사진 뒷면에는 아버지가 이렇게 적어놓았다. 배긴스, 포르투갈, 2004.

"그이는 날 배긴스라고 불러요." 올리비아가 말한다.

"왜죠?"

"발이 커서요. 윌리엄은 내가 호빗 같다고 했어요."

나는 그녀의 발을 흘끔 내려다본다. 그녀는 부끄러운지 소파 밑으로 발을 감추어버린다.

나는 그녀에게 왜 다른 상대를 찾아보지 않느냐고 묻는다. 그런 훌륭한 미모를 갖고서. 세련된 말씨에 기품까지 있으면서. "당신 나이는 아버지의 절반밖에 안 되잖아요."

"칭찬 고마워요. 하지만 난 쉰한 살이에요."

나는 아버지가 올리비아를 처음 만났을 때 내가 몇 살이었는지 머릿속으로 계산해본다. 서른여섯. 기혼. 런던 거주. 찰리는 그 바로 일 년 전에 태어났고.

"왜 우리 아버질 선택한 겁니까?"

"그이가 날 선택한 걸 수도 있죠."

"그건 내 질문에 대한 답이 아니에요."

올리비아가 미소를 지어 보인다. "윌리엄은 날 많이 웃게 했어요. 되게 다정했고. 완전히 다른 세상에서 온 사람 같았어요."

"다른 세상이라뇨?"

"테니스는 자기도취자들의 스포츠예요."

"그건 의사들도 마찬가집니다."

"맞아요. 하지만 윌리엄은 내 마음을 얻으려 애쓸 필요가 없었어요. 우린 경쟁하는 관계가 아니었으니까."

나는 거실을 찬찬히 둘러본다. 눈에 들어오는 모든 것이 나름의 의미를, 아버지에 대한 새로운 사실을 각각 담고 있다. 아버지가 이곳을 누비는 모습을 상상해본다. 커트 글라스(무늬를 새겨 넣은 유리—옮긴이) 텀블러에 위스키를 따르는 모습. 신문을 훑으며 신나게 수다를 떠는 모습. 평범한 결혼생활의 현실적인 장면들.

올리비아의 주장은 여전히 믿기 힘들지만 어쨌든 그녀에게는 확실한 물증이 있다. 지난 이십 년간의 해체와 거짓말과 치밀하게 계획된 속임수에 대한 증거들. 우리는 충실했지만 결국 버림을 받았다. 어느새 고아가 돼버린 것이었다. 대체 아버진 무슨 생각으로 이런 짓을 벌이셨을까? 정말로 자신의 정부를 영원히 비밀로 묻어둘 수 있을 거라 생각하신 건가? 그 불가능할 것 같은 일을 거의 이십 년간 해오셨다는 말인가?

올리비아는 내 머릿속을 훤히 꿰뚫어 보고 있는 듯하다.

"인생은 짧아요, 조지프. 우리에겐 재도전할 두 번째 기회가 주어지지 않아요. 매 순간 스치듯 흐르는 행복을 꼭 붙잡아야 한다고요. 난 당신 아버지를 사랑해요. 그이도 날 사랑하고요."

어느새 밤이 찾아들었다. 유리창은 빗물로 젖어 있다. 올리비아는 더 이상 눈앞의 심리학자를 부담스러워하지 않는다. 이따금 민감한 질문이 던져질 때면 그녀는 "그건 윌리엄에게 직접 물어봐요" 하며 노련하게 피해간다.

탁자에 일기장이 쌓여간다. 나는 그것들을 모조리 챙겨가 꼼꼼히 읽어보고 싶어졌다. 왠지 그래야만 내 인생에 큰 그림자를 드리워놓은 아버지를 제대로 이해할 수 있을 것 같았다.

"아버지의 일기장을 가져가도 되겠습니까?" 나는 묻는다.

"그건 윌리엄이 허락하지 않을 것 같네요."

"다 읽어봤어요?"

"아뇨."

그녀는 일기장을 진열장에 꽂아 넣고 열쇠로 문을 걸어 잠근다. 내겐 아직 묻지 못한 질문이 많이 남아 있다. 아버지 몸에 멍자국이 남은 이유도 궁금했고. 하지만 굳이 올리비아를 몰아붙이고 싶지는 않았다. 그녀를 적으로 돌리거나 입증도 할 수 없는 혐의를 제기한다고 내가 얻을 게 뭐가 있겠나.

그때 그녀의 휴대폰이 울린다. 그녀는 실례한다며 조심스레 응답한다. 나는 화장실에 다녀오겠다고 우물거리며 일어난다. 그녀가 위층을 가리킨다.

계단을 오르니 화장실이 나타난다. 나는 소리를 감추기 위해 물을 틀어놓고 세면대 위 캐비닛을 열어본다. 약병들에 붙은 라벨을 확인하기 위해서다. W. J. **올로클린**. 콜레스테롤 억제제 스타틴. 철분 보충제. 각종 비타민.

나는 계속 물을 틀어놓은 채 문을 연다. 그리고 맞은편에 자리한 주침실로 들어가본다. 아래층에서는 통화 중인 올리비아의 목소리가 계속해서 들려온다. 나는 큰 옷방 안을 유심히 살펴본다. 한쪽은 올리비아의 공간이다. 그 반대편 선반에는 반듯하게 개어진 캐시미어 스웨터와 폴로 셔츠, 테니스 바지, 청바지, 그리고 신발이 정리돼 있다. **청바지 차림의 아버지를 본 적이 없는데.** 웨일스 집의 아버지 옷장은 편하게 걸치는 코르덴 바지와 트위드 재킷, 그리고 업무용인 새빌 가에서 맞춘 정장과 저민 가에서 파는 셔츠로만 채워져 있다.

침대 옆 탁자에는 반쯤 읽다 만 이언 매큐언의 소설이 놓여 있고, 그 위에는 독서용 돋보기가 놓여 있다. 맨 위 서랍을 열자 알루미늄박으로 포장된 알약이 눈에 들어온다. 이미 절반은 뜯긴 상태다. 나도 잘 아는 브랜드. 비아그라.

나는 침대를 돌아 들어가 올리비아 쪽 탁자를 살펴본다. 위 서랍에는 귀마개와 나이트 크림, 립밤, 그리고 보습제가, 아래 서랍에는 잠옷과 란제리가 각각 담겨 있다. 속이 훤히 비치는 레이스 속옷도 보인다. 아버지가 직접 골라 선물하신 건가? 솔직히 그 답은 알고 싶지 않다.

나는 서랍을 닫고 침실을 찬찬히 둘러본다. 옷장 윗부분에 어설프게 감춰진 무언가가 눈에 들어온다. 나는 의자에 올라가 오래된 무명천에 싸인 길고 가느다란 물체를 꺼내본다. 두 손을 써야 할 만큼 묵직하다. 보기와는 다르게. 천을 걷어내자 산탄총이 모습을 드러낸다. 화들짝 놀란 나는 하마터면 총을 떨어뜨린 뻔한다.

마룻장이 삐걱거린다. 나는 뒤를 홱 돌아본다. 어느새 나타난 올리비아의 눈은 휘둥그레져 있다.

"여기서 뭐하는 거예요?"

나는 꿀 먹은 벙어리가 돼버린다. 변명거리가 없다. 불같이 화를 낼 거라는 내 예상과 달리 그녀는 차분한 모습이다.

"이게 여기 왜 있는 거죠?" 나는 산탄총을 들어 보이며 묻는다.

"윌리엄이 필요하다면서 농장에서 사왔어요."

"이게 왜 필요하죠?"

"호신용이에요."

"뭐가 두려운데요?"

올리비아는 대답하지 않는다. 그녀는 내게서 산탄총을 낚아

채 들고 천으로 꽁꽁 싸맨다.

"아버진 총을 싫어하세요." 나는 말한다.

"그래도 필요하다고 했어요."

의도된 것 같지 않은 경박한 반응이다.

아버지는 농장에 산탄총 두 개를 보관해두었다. 지하실 금고 안에. 꿩 사냥을 나가거나 스포츠 행사에서 클레이 피전(공중에 던져 올리는, 진흙으로 만든 원반 과녁—옮긴이)을 쏠 때만 꺼내 쓰는 것들이다. 솔직히 마지막으로 아버지가 총을 쏜 게 언제였는지 기억도 나지 않는다.

"금고에 넣어놔요." 나는 말한다.

올리비아가 산탄총을 내 앞으로 내민다. "가질래요?"

**만지고 싶지도 않아요.**

한동안 어색한 침묵이 흐른다. 그것이 올리비아의 도발인지, 아니면 그녀의 진심인지 구분되지 않는다. 내가 대답이 없자 그녀는 발끝으로 서서 산탄총을 옷장 위로 밀어 넣는다. 내 손끝은 아직도 기름으로 미끈거린다.

"더 확인할 게 남았나요?" 그녀가 묻는다. "너무 피곤해요."

그녀는 깨끗이 닦인 바닥을 조심스레 디뎌가며 나를 따라 내려온다. 나는 현관에 걸어둔 코트를 몸에 걸친다.

"런던에선 아버지 옷차림이 많이 다르네요." 나는 말한다.

"그래요."

"당신과 함께 있을 땐 완전히 딴사람이 되시나요?"

"그건 나도 몰라요." 올리비아가 현관문을 열며 대답한다. 그녀는 문에 몸을 기대고 선다. "이젠 내 말을 믿겠어요?"

"네."

"그럼 윌리엄을 만나게 해줘요."

"그건 안 돼요."

"당신이 말려도 난 만나러 갈 거예요."

"먼저 어머니께 여쭤보고 내일 전화로 답을 줄게요."

그녀가 고개를 떨구고 한숨을 내쉰다. 나는 어떻게 작별인사를 해야 할지 고민하며 밖으로 나온다. 올리비아가 몸을 앞으로 기울여 내 양 볼에 차례로 입을 맞춘다. 그런 다음, 내 가슴에 잠시 얼굴을 묻는다. 마치 내 심장 소리를 들으려는 듯이.

"당신도, 나도, 그이를 많이 사랑하고 있어요, 조지프."

**내가 아버질 사랑한다고? 그가 누군지조차 모르겠는데?**

●

　나는 파라핀지 상자에서 볶음밥과 치킨 차오멘을 덜어와 전자레인지에 데운 후 주방 벤치에 앉아 저녁을 먹는다. 잠옷 차림의 에마는 맞은편 의자에 앉아 있다. 아이의 윗니는 심하게 들쑥날쑥하다. 하지만 치과 교정 전문의는 아직은 교정기를 낄 때가 아니라면서 젖니가 모두 빠질 때까지 기다려보자고 한다.
　"아빠를 위해 포춘쿠키를 남겼어요." 딸이 커다란 하얀 접시에 덩그러니 놓인 쿠키를 가리키며 말한다.
　"네 쿠키엔 어떤 점괘가 나왔는데?"
　"잃어버린 걸 곧 되찾게 될 거래요."
　"뭐 잃어버린 거 있어?"
　아이가 어깨를 으쓱인다. "찾을 때까진 알 수 없어요."
　**애늙은이처럼**…….
　식기 세척기를 마저 채운 앤디는 걸레로 주방 벤치를 훔치고 있다. 그녀는 내가 귀가한 후로 줄곧 내게 지나칠 정도로 관심을 보여왔다. 큰 덩치에 야단스러운 성격의 그녀는 밝은색 금발에 걸걸한 웃음의 소유자다. 그녀가 높은 선반으로 손을 뻗을 때마다 몸에 착 달라붙는 스키니진 허리 밴드 너머로 삐져나온 살이 살짝 드러난다.

"할아버진 왜 런던에 오셨어요?" 에마가 묻는다.

"볼일이 있으셨대."

"할머니는 어떠세요?"

"슬퍼하고 계셔."

"찰리도 알아요? 언니한테도 알려줘야 하는 거 아니에요?"

딸의 말이 옳다. 그걸 깜빡하다니. 나는 시간을 확인하며 지금쯤 찰리가 어디서 무엇을 하고 있을지 떠올려본다. 큰딸은 일주일에 사흘씩 펍에 나가 일한다. 테이블에서 빈 글라스도 모아오고, 음식도 서빙하고. 찰리는 보통 일을 마치고 셋방으로 돌아가는 길에 내게 전화한다. 그래야 안심이 된다나. 옥스퍼드가 위험해서가 아니라, 악몽 같은 기억 때문에 그런 습관이 생긴 것이다.

"언니가 집에 돌아올까요?" 에마가 묻는다.

"글쎄."

사실 나는 찰리가 어떻게 반응할지 정확히 알고 있다. 보나 마나 큰딸은 첫차를 타고 런던으로 달려올 것이다. 찰리는 조부모와 고모와 고모부들을 좋아한다. 그럴 수만 있다면 찰리에게만큼은 이번 일을 비밀에 부쳐두고 싶었다. 나는 딸들이 기왕이면 길고 행복한 삶을 누리기를 바란다. 하지만 그건 현실적이지도, 현명하지도 않은 바람이다. 우리는 아이들이 하루하루 환희와 절망, 따분함과 흥분, 아름다움, 지저분함, 걱정, 그리고 축하할 일들로 가득 찬 삶을 충실히 살아나가기를 기도해야 한다. 나는 주변의 모두가 자신보다 예쁘고, 똑똑하고, 돈 많고, 행복하고,

더 큰 성취감을 느끼며 산다고 믿은 사람들을 치료하며 살아왔다. 내가 하는 일은 그들을 행복하게 만드는 게 아니라 그들이 허황된 기대감에 취하지 않고 현실을 감당할 수 있게 돕는 것이다.

에마는 한동안 말이 없다. 상충하는 생각들에 시달리고 있는 게 분명하다. 아이의 이마는 주름이 잡혔다 펴지기를 반복한다. 마치 속으로 자기 자신과 열띤 언쟁을 벌이고 있기라도 한 듯이.

"오늘 무슨 일이라도 있었니?" 나는 묻는다.

"아뇨!"

부자연스럽게 빠르고 공격적으로 튀어나온 대답. 침묵은 계속 이어진다.

"난 아무 잘못도 안 했어요." 딸이 말한다. "그들이 뭐라 하건."

"그들이라니?"

"아니에요."

"그들이 뭐라고 하는데?"

"누가 뭐라고 안 했어요."

"그럼 다행이고."

나는 계속 식사를 이어간다. 한동안 망설이던 에마가 마침내 책가방에서 공식적으로 보이는 봉투를 꺼내 든다. 그런 다음, 갑자기 피곤하다면서 들어가 자겠다고 선언한다.

"아빠한테 할 얘기 없어?"

"내일 해요."

아이가 나를 꼭 끌어안고 나서 몸을 홱 틀어 방으로 들어가버린다.

"알고 있었어요?" 나는 앤디에게 묻는다.

그녀는 고개를 젓는다.

나는 엄지를 덮개 밑으로 밀어 넣어 봉투를 뜯은 후 안에서 종이 한 장을 꺼낸다.

올로클린 교수님,

이런 소식 전하게 되어 송구합니다만, 유감스럽게도 오늘 학교 운동장에서 사고가 있었습니다. 페트라가 병원으로 실려갔고, 다행히 부상은 심각하지 않은 것으로 확인됐습니다만 하마터면 크게 다칠 뻔했습니다. 잘 아시는 것처럼 저희 노스 브릿지 하우스는 학생들의 안전을 최우선으로 여기고 있습니다. 바로 그런 이유로 지금 이 편지를 쓰고 있는 것이고요.

에마가 다른 아이와 다툰 건 이번이 처음이 아닙니다. 안타깝게도 저희는 이번 학기가 끝날 때까지 에마를 보호관찰 하에 두기로 결정했습니다. 이 처분의 조건은 아래와 같습니다.

따님이 학업에 집중하고 좋은 성적을 내도록 지도해주십시오.

따님을 제대로 훈육해주십시오.

따님이 교사와 학교 친구들을 존중하도록 지도해주십시오.

부모님의 적극적인 협조를 부탁드리겠습니다.

만약 에마가 이번 학기 내에 위의 조건들을 위반할 시 저희는 퇴학 조치를 취할 수밖에 없습니다. 또 한 가지 우려스러운 점은 교수님께서 상담 교사와의 면담을 요청드린 지난 두 통의 편지에 답을 주지 않으셨다는 사실입니다. (9월 15일과 10월 12일)

크리스틴 하우턴 박사

교장

참조: 영구철 조서

담임 교사

지난 편지라니? 에마를 불러내 얘길 들어봐야 하나? 하지만 시간이 너무 늦었잖아. 가뜩이나 다른 일로 골치가 아파 죽겠는데. 약도 먹어야 하고, 오늘 밤 푹 쉬고 나서 내일 얘기해도 늦지 않을 거야.

펍에서 일을 마친 찰리가 셋방으로 향하는 길에 전화를 걸어온다. 딸의 우산을 두들겨대는 빗줄기와 젖은 도로에서 미끄러져 나가는 타이어 소리가 들린다. 나는 큰딸에게 할아버지 소식을 전한다. 딸은 왜 진작 연락하지 않았느냐며 역정을 낸다.

"아침에 기차 타고 갈게요."

"와봤자 달라질 건 없어."

"할아버지를 뵈러 갈래요. 손도 잡아드리고, 가는 김에 에마도 챙기고요."

"강의는?"

"어차피 다 녹화되는 거라서 나중에 지도교수한테 얘기하면 돼요."

굳이 올리비아 블랙모어를 언급하지 않는다. 디테일을 원하는 찰리의 질문 공세에 시달리고 싶지 않기 때문이다. 대신 나는 학교생활이 어떤지, 남자친구는 만들었는지 따위를 묻는다.

"그러시지 않아도 돼요." 딸이 말한다.

"뭘?"

"아빠가 엄마 노릇까지 하실 필요 없다고요."

"아빠들은 이런 거 물으면 안 돼?"

"당연히 돼죠. 하지만 실제로 묻는 아빠들은 없어요. 오히려 남자친구는 사귀지 말라고 신신당부하는 게 아빠들이 할 일이라고요."

"그건 너무 상투적인데."

"아빠 노릇만 하세요."

휴대폰에서 자전거 벨 소리가 흘러나온다. 찰리가 누군가에게 반갑게 인사를 한다.

"저 이만 끊을게요."

"누구야?"

"친구예요." 딸은 내 목소리에서 묻어나는 우려를 이내 감지한다. "앤 강간범이 아니에요, 아빠. 나랑 같이 심리학 강의 듣는 친구라고요."

"이름이 뭔데?"

"브렌던이에요. 얘랑 통화라도 해보시게요? 아빠 산탄총에 대해 들려주시려고?"

"그새 농담이 늘었네."

"사랑해요. 내일 봐요."

●

앤디는 여기서 밤을 보내고 아침에 에마의 등교를 돕기로 한다. 찰리의 방에서 그녀가 유튜브로 〈그레이엄 노튼 쇼〉를 보며 숨넘어갈 듯이 낄낄대는 소리가 흘러나온다.

나는 식탁에 앉아 노트북 컴퓨터를 열고 '올리비아 블랙모어'를 검색해본다. 화면이 리프레시되면서 검색 결과가 떠오른다. 최상위 검색 결과는 런던 남부에 자리한 코칭 스쿨 "블랙모어 테니스 아카데미"다. 나는 해당 사이트로 들어가 연혁부터 살펴본다. 아카데미는 1984년, 데이비스 컵 영국팀 코치를 역임한 터드 블랙모어에 의해 설립됐고, 올리비아 블랙모어는 코칭 디렉터로 재임 중이다. 나는 그녀의 사진을 클릭해 그녀의 소개글을 읽어본다.

1967년 루마니아에서 태어난 올리비아 차보는 테니스 신동으로, 열한 살 때 루마니아 U-14 전국 선수권 대회에서, 그리고 열다섯 살 때 윔블던에서 주니어 단식 우승을 각각 차지했으며, 1982년

프로로 전향했다. 영국 랭킹 1위에 오르기도 했던 올리비아는 코치로 재직하며 영국의 여러 어린 영재들을 지도해왔다.

다른 링크들을 차례로 열어보던 중 1980년, 〈가디언〉에 실린 그녀의 프로필이 눈에 들어온다. 올리비아는 열세 살 때 테니스 장학생으로 영국에 왔다. 독일계 루마니아인인 그녀는 7남매 중 막내로, 루마니아 서부에서 성장했다. "여기 오게 돼서 기뻐요." 올리비아는 저널리스트에게 말했다. 어떤 야망을 품고 있느냐는 질문에는 이렇게 답변했다. "윔블던에 나가 우승할 거예요. 그러고 나서 루마니아에 있는 가족을 영국으로 데려올 거고요."

터드 블랙모어는 부쿠레슈티에서 올리비아를 처음 보게 됐다. 당시 그녀는 주니어 토너먼트에서 자기보다 나이가 두 배 가까이 많은 남자 선수들을 상대로 경기를 벌였다. "이렇게 볼을 잘 치는 선수는 처음 봤습니다." 그는 말했다. "백 년에 한 번 나올까 말까 한 선수입니다."

기사에는 힘차게 포핸드 스트로크를 구사하는 올리비아의 사진이 함께 실려 있다. 넓게 벌린 다리, 찰랑이는 땋은 머리, 허벅지 위로 말려 올라간 테니스 스커트.

전문가들은 윔블던에서 마르티나 나브라틸로바와 대등한 경기를 벌인 SW16 출신 소녀에게 창창한 미래가 기다리고 있다며 찬사를 아끼지 않았다. 돈 냄새를 맡은 스폰서들은 줄을 이었고. 또 다른 사진은 온갖 트로피로 발 디딜 틈 없는 침실에서 포즈를 취한 그녀의 모습을 담고 있다.

그 외에도 그녀 관련 기사와 인터뷰와 프로필은 많다. 주니어 토너먼트에서 거둔 승리. 와일드카드로 진출한 프렌치 오픈. 〈타임스〉는 두 단락에 걸쳐 그녀가 부상으로 US 오픈에서 기권했다는 소식을 전했다. 그녀가 발목 수술을 받고 컴백했다는 또 다른 기사도 보이고.

그 후로는 소식이 점점 뜸해져갔다. 이번에는 '터드 블랙모어'로 검색해본다. 〈런던 이브닝 스탠더드〉 삼면기사에 실린 사진 하나가 눈길을 잡아끈다. 첼시 등기소 앞 계단에 서 있는 올리비아. 그녀는 고개를 숙인 채 수줍게 미소 짓고 있다. 터드 블랙모어의 한쪽 팔은 그녀에게 둘러져 있다. 당시 그는 서른일곱 살이었고, 그녀는 열여덟 살이었다. 적잖은 나이 차를 극복하고 결혼에 골인한 것이다.

〈더 선〉은 그 소식을 비중 있게 실었다. '테니스 코치와 스타 제자의 결혼'. 코트에 나란히 선 올리비아와 터드 블랙모어의 사진 위에 큼지막하게 걸린 헤드라인이다. 두 번째 사진은 그의 전처, 트루디가 윔블던 집을 나서는 모습을 담고 있다. 그녀는 이혼과 결혼식에 대해 아무런 입장도 내지 않았다.

결혼 후 소식을 더 살펴보지만 그녀가 코트로 복귀했다는 내용은 그 어디서도 볼 수가 없다. 터드 블랙모어는 테니스 아카데미를 설립했고, 올리비아는 그와 함께 코치로 활동했다. 그들은 유망주들 소식에 이따금 언급되었고, 그들이 어린 앤디 머레이와 함께 찍은 사진도 소개됐다.

또 다른 링크를 열어보니 박살난 유리와 유출된 기름 한복판에 덩그러니 놓인 차의 사진이 떠오른다. 사륜구동 차량은 심하게 뒤틀린 채 콘크리트 기둥 아래 멈춰 서 있다. 운전석 문은 뜯겨져 나갔고, 에어백은 터져 있으며, 조수석은 계기판에 짓이겨져 있다.

테니스 스타 커플의 안타까운 교통사고

런던 남부에서 발생한 교통사고로 영국의 유명 테니스 코치 터드 블랙모어는 사망하고 그의 아내인 전 윔블던 주니어 챔피언 올리비아 차보는 중태에 빠졌다.

금요일 새벽, 중앙 분리대가 있는 고속도로를 벗어난 부부의 지프 체로키가 다리 기둥과 충돌했고, 터드 블랙모어는 현장에서 즉사했다. 올리비아 차보는 한 시간 가까이 사망한 남편 옆자리에 몸이 끼인 채 구조의 손길을 기다린 것으로 전해졌다.

루마니아 출신의 주니어 챔피언 차보는 다리에 큰 부상을 입고 런던의 가이스 병원에서 긴급 수술을 받았다. 병원 대변인은 그녀가 중상을 입었지만 생명에는 지장이 없다고 설명했다.

후속 기사는 그녀가 안정된 상태이며 수술을 집도한 외과 의사들이 그녀의 다리를 살려냈음을 전했다. 전부 올리비아가 사고에 대해 들려준 내용과 일치한다. 한 지역 신문이 터드 블랙모어의 장례식을 취재했고, 전처와의 사이에서 얻은 아들과 딸이 아버지의 관을 따라 걸어나가는 사진을 기사에 실었다. 당시 올리비아는 입원 중이었고, 그 후로 6주간 더 병원 신세를 졌다.

나는 노트북을 접고 눈을 비빈다. 깊은 밤, 피로가 밀려든다. 화장실로 향하는 길에 찰리의 침실에서 흘러나오는 앤디의 목소리를 듣는다. 누군가와 통화 중인 듯하다.

나는 샤워 부스로 들어가 뜨거운 물로 온종일 누적된 땀과 실망을 씻어낸다. 아버지는 여전히 중환자실에 누워 있다. 누군가가 아버지를, 무방비 상태의 노인을 폭행해 두개골을 박살내놓왔다. 그리고 그냥 쓰러져 죽도록 내버려두고 달아나버렸다.
 화장실 문이 열리고 찬 공기가 확 스며든다.
 "아빠 샤워 중이야." 나는 말한다. 보나 마나 잠이 덜 깬 에마일 것이다.
 상대는 아무런 반응이 없다. 나는 김이 서린 유리문을 문질러 닦고 밖을 내다본다. 몸에 수건만 두른 앤디가 미소를 짓고 있다.
 "혼자서 외로울 것 같아서요." 그녀가 문을 열며 말한다.
 나는 잽싸게 손을 내려 중요 부위를 가린다.
 "네? 안 돼요!"
 앤디가 수건을 떨어뜨리고 샤워 부스 안으로 들어온다. 풍만한 가슴, 오스트레일리아 해변을 뒹굴며 가꾼 두 가지 색조의 피부. 그녀가 발끝으로 서서 내 입술에 키스를 퍼붓기 시작한다.
 "두려워할 거 없어요."
 "당신은 에마의 보모예요."
 "이젠 보모라는 표현을 쓰지 않아요."
 "그게 중요한 게 아니잖습니까."
 앤디가 내 가슴에 비누칠을 시작한다. 내 두 손은 아직도 중요 부위를 가리고 있다. 앤디의 손이 점점 밑으로 내려온다.
 "워! 제발 이러지 말아요." 나는 그녀 옆으로 파고들며 탈출을 시도한다.
 그녀가 잽싸게 내 앞을 막아선다. "당신이 날 원한다는 눈빛을 보냈잖아요."
 "아뇨. 난 그런 적 없어요."
 "내가 별로인가요?"
 나는 그녀의 몸에 닿지 않으려 몸을 옆으로 튼다.

"내가 마음에 들 거예요. 아주 노련하거든요."

그녀가 내 목을 감싸 안고 또다시 입에 키스를 퍼붓는다. 그녀의 혀가 내 입술 사이로 파고든다. 그녀의 가슴은 비누 거품으로 덮인 내 가슴에 눌려 납작해졌고.

그녀는 내 나이의 반밖에 되지 않는다. 아니 그조차도 안 된다. 제대로 계산을 할 수 있는 상황이 아니다. 그녀의 한 손이 잔뜩 힘이 들어간 내 물건에 얹어져 있으니.

나는 그녀의 어깨를 움켜쥐고 거칠게 밀어내며 제발 그만두라고 애원한다.

"이러면 안 돼요, 앤디. 이래선 안 된다고요." 꼭 어린아이를 꾸짖는 기분이다.

"마음에도 없는 얘기 말아요." 그녀가 눈을 내리깔며 말한다.

내 얼굴이 화끈 달아오른다. 나는 그녀를 밀치고 밖으로 나가 수건을 허리에 두른다. 나를 따라 샤워 부스를 나온 앤디는 몸을 가리려 하지 않는다. 그녀의 유두는 크고 검다. 줄리앤은 작고 아기자기했는데.

그녀가 두 손을 허리에 얹는다. "뭐가 문제죠? 당신은 외롭고, 난 이렇게 적극적인데. 둘 다 성인이잖아요."

"싫다고 했잖습니까."

"싫다는데 강요할 순 없죠." 그녀가 말한다.

"당신은 아주 매력 있는 여자예요. 이런 오퍼, 너무 고마워요. 하지만 난 정말 생각 없어요. 남자친구도 있다면서요."

"아주 나쁜 놈이에요. 바람도 엄청 잘 피우고."

"그래서 이러는 거예요? 남자친구에게 복수하려고?"

"그런 의도가 아주 없는 건 아니지만…… 난 정말로 당신이 좋아요, 조. 아내를 잃고 에마를 혼자 키우는 모습을 보면서 연민을 많이 느꼈어요. 설상가상으로 이젠 아버지까지 그렇게 되시고…… 하지만 오해 말아요. 이건 동정의 제스처가 아니에요."

"동정의 제스처요?"

"표현은 중요하지 않아요." 그녀가 가슴에 두른 수건을 양쪽 겨드랑이에 끼워 넣는다. 작은 수건은 그녀의 가랑이 부분을 완전히 가려주지 못한다. 문득 뇌리를 스치는 이미지가 하나 있다. 깨끗이 밀린 음모. 어쩌면 그 디테일은 영영 뇌리에서 지워지지 않을지도 모른다.

그녀는 또 다른 수건으로 젖은 머리를 감싼다. 나는 샤워 부스 안으로 손을 밀어 넣어 물을 잠근 후 옷을 잽싸게 챙겨 침실로 향한다. 앤디는 청바지와 브래지어와 블라우스를 차례로 걸치고 나서 나를 따라온다.

"되게 민망하네요." 그녀가 거울을 들여다보며 말한다. "우리 관계엔 아무 이상 없는 거 맞죠?"

"네?"

"서로 상대의 알몸을 봐버렸잖아요." 그녀가 내 앞부분을 가리킨다. "내겐 대수로운 일이 아니에요. 아무 데서나 가슴을 까고 다니는데요 뭐. 나 때문에 당신 마음이 불편해지지 않았으면 좋겠어요. 앞으로 나랑 같이 지내는 거…… 불편할 것 같아요?"

"옷만 제대로 걸치고 다니면 상관없어요."

"내가 떠나주길 바라지 않아요?"

"네."

"다행이네요. 좋게 해결돼서 기뻐요. 에마는 너무 사랑스러워요. 좀 무섭기도 하고."

"무섭다고요?"

"너무 똑똑해서요."

앤디가 하품을 하며 기지개를 켠다. 잘 자라는 말과 함께 돌아선 그녀가 문간에서 멈춰 선다. "참, 깜빡할 뻔했네요. 몇 주 휴가를 받고 싶어요."

"무슨 일인데요?"

"멜버른에서 동생이 결혼하거든요. 예고도 없이 촉박하게 통보해서 미안해요. 아이가 생겼는지 결혼을 엄청 서두르네요. 한심한 년. 노처녀 언니더러 들러리를 서달래요. 목요일에 떠나야 하는데, 괜찮겠어요? 타이밍이 최악인 건 알지만."

"어떻게든 되겠죠 뭐."

앤디는 맨발로 터덕터덕 걸어 방으로 돌아간다. 잠시 후, 오스트레일리아로 전화를 걸어 소식을 전하는 그녀의 목소리가 나지막이 들려온다. 나는 침대에 올라 불을 끈다. 아무리 애를 써도 내 가슴에 맞닿았던 그녀 가슴의 감촉과 깨끗이 밀린 음모, 그리고 내 입안으로 우악스럽게 파고들었던 그녀의 혀를 뇌리에서 떨쳐낼 수가 없다. 하지만 기어이 그 이미지들을 내 품에 안긴 줄리앤의 모습으로 바꾸어놓는 데 성공한다. 나는 숨소리가 들리지 않게 호흡을 가다듬는다. 내 곁에서 아내가 떠나지 않도록.

## 2일째

택시는 새벽 여섯 시를 코앞에 두고 세인트 메리스 병원에 도착한다. 나는 엘리베이터를 타고 어머니가 기다리고 있을 9층으로 올라간다. 올리비아 블랙모어에 대해 뭐라고 말씀드려야 할까?

'엄마, 어제 재밌는 일이 있었어요. 아버질 아주 잘 아는 사람을 우연히 만났거든요.'

'오, 그래? 누군데?'

'아버지 정부…… 아버지의 연인…… 아버지의 또 다른 아내. 되게 젊은데요, 어쩌면 아버질 저렇게 만든 장본인일지도 몰라요. 그 부분만 빼면 꽤 괜찮은 사람 같아요. 여기 와서 아버질 보고 싶다나요. 그래도 괜찮으시겠어요?'

어떻게든 포장할 방법이 없다.

어머니는 아버지 침대에 머리를 얹은 채 졸고 있다. 나는 어머니의 가녀린 어깨를 살며시 흔들어본다. 어머니의 눈이 번쩍 뜨인다. 어머니가 헝클어진 머리를 매만지고 나서 내 손을 잡는다.

어머니의 손가락은 얼음장처럼 차갑다.

"차도가 좀 있으세요?" 나는 묻는다.

"말을 걸었더니 눈꺼풀이 바르르 떨리더라고. 내 말을 알아듣는 것 같았는데 간호사는 불수의적 반응이라더라."

"뭐 어쨌든 좋은 징조인 것 같네요." 낙관하는 어머니에게 차마 찬물을 끼얹을 수가 없다. 아버지는 여전히 튜브와 케이블에 파묻힌 채 누워 있다.

"경찰이 어머니에게 물어볼 게 있대요."

"나한테?"

"아버지가 런던엔 왜 왔는지 알고 싶어 해요."

"올로클린 재단 이사회에 참석하러 오신 거지."

"이사회는 내일이잖아요."

"오." 어머니가 내 재킷 어깨에 붙은 보푸라기 실을 떼어준다. "그 전에 친구랑 만나 식사라도 하시려 한 모양이지 뭐. 난들 그걸 어떻게 알겠니?"

"아버지가 런던에 오시면 어디서 묵으시죠?"

"아버지 클럽에서."

'클럽'은 포틀랜드 스퀘어에 자리한 타운하우스다.

"클럽에 연락해 알아봤는데요, 아버진 예약하진 적 없대요."

어머니는 아무 반응이 없다. 마치 내 말을 듣지 못한 것처럼.

"아버진 올리비아 블랙모어라는 여자랑 치스윅에서 지내셨어요. 아시는 여잔가요?"

역시 무반응.

"자기가 아버지의 아내라고 하더군요."

어머니가 왝 돌아서서 내 뺨을 냅다 후려친다. 그 속도와 강도에 나는 화들짝 놀란다. 내가 놀란 이유는 어머니의 연로한 나이와 왜소한 체구 때문이 아니다. 지금껏 어머니가 그 누구에게 손찌검하는 걸 본 적이 없기 때문이다. 상대가 아이이든 성인이든. 그 소리가 정적에 파묻힌 병실에 쩌렁쩌렁 울린다. 어머니가 당혹스러워하며 한 손을 올려 입을 막는다. 눈에서는 눈물이 글썽인다. 어머니는 돌아서서 핸드백을 집어 들고는 중환자실을 나가버린다.

나는 밖으로 뛰쳐나가 어머니를 멈춰 세운다. 어머니는 나를 돌아나가려고 하고 나는 또다시 어머니 앞을 막아선다. "저랑 얘기 좀 해요."

"됐어."

"아버지에게 정부가 있었다고요. 그 여자가 구급차를 부른 거예요. 제가 병원에 도착했을 때 그녀는 아버지 곁을 지키고 있었어요."

"엄마 좀 그냥 보내줘." 어머니가 속삭이듯 말한다.

"그 여자 이름은 올리비아 블랙모어예요." 나는 말한다.

"내 앞에서 그 여자 이름 입에 담지 마!"

**역시, 어머니도 알고 계셨어!**

"아버진 어머닐 배신하고 바람을 피우셨어요. 어머니가 인정하지 않는다고 그 여자 존재가 사라지는 게 아니에요."

어머니가 한 손을 번쩍 든다. 또다시 내 뺨을 올려붙이려는 듯이. 하지만 그 손은 벌게진 내 볼에 살며시 얹어진다. 어머니가 이를 악물고 나지막이 말한다.

"엄만 널 사랑해, 조지프. 네 아버지도 마찬가지고. 하지만 앞으로 또다시 아버지에 대해 그런 식으로 함부로 얘기하면 엄만 널 두 번 다시 보지 않을 거야."

어머니는 나를 돌아나가 엘리베이터로 향한다.

여기서 그만두면 안 돼. 숨지 말라고.

"경찰이 찾아와 같은 질문을 던질 거예요." 나는 말한다.

"그때 답변할 거야." 어머니가 냉담하게 대꾸한다. "하지만 아들에게까지 심문받고 싶진 않아."

문이 열리자 어머니가 엘리베이터에 오른다. 어머니가 떠난 후에도 향수 냄새는 한동안 가시지 않는다.

언제 처음 아시게 된 걸까? 아시면서 왜 가만히 계셨던 거지?

부모님이 우리를 깜짝 놀라게 하리라고는 상상도 못 했다. 부모님은 산전수전 다 겪은 콤비다. 서로의 말을 대신 맺어줄 수도 있고, 더 이상 할 말이 남지 않아 저녁을 먹는 내내 거뜬히 침묵을 지킬 수도 있다. 나는 부모님에 대해 거의 모든 걸 알고 있다. 두 사람은 어릴 적 만나 가족처럼 지내며 함께 성장했다. 같은 초등학교에 다녔고, 유아 시절에는 함께 목욕까지 했단다. "난 네 아버지가 너무 싫었어." 어머니는 말했다. "툭하면 머리를 잡아당기면서 장난을 쳤거든. 티 파티도 망쳐놓기 일쑤였고."

부모님은 대학 시절 재회했다. 아버지는 세속적이고 노련한 척했지만 내가 보기에는 두 사람 모두 숫총각, 숫처녀였을 것 같다. 어머니는 늘 그 사실을 자랑스러워했다. 어머니는 누나들에게 언젠가 만나게 될 '이상형'을 위해 동정을 지킬 것을 당부하곤 했다. 자신이 그랬던 것처럼. 하지만 어머니도 오랫동안 동정을 지키지는 못했다. 어머니는 열아홉에 결혼했고, 이내 임신을 해버렸다. 그 후 5년 동안 네 아이를 낳아 키우느라 학업은 포기할 수밖에 없었다고. 가톨릭 신자인데 어쩌겠어? 그러는 동안 아버지는 외과 의사가 되기 위해 36시간 교대근무를 마다하지 않으며 학업에만 매진했다.

어머니는 아버지에게서 어떤 매력을 엿보았던 걸까? 아버지는 딱히 잘생기지도, 그렇다고 체격이 좋거나 호감을 폴폴 풍기지도 않았다. 어쩌면 어머니는 아버지의 지적 품격에 매료됐는지도 모른다. 아버지에게서 천재 의사가 될 잠재력을 엿보았을 수도 있고.

아버지가 새 병원에 부임할 때마다 어머니는 군말 없이 아이들을 챙겨 남편을 따라갔다. 에든버러로, 맨체스터로, 카디프로, 그리고 런던으로. 어머니는 도시 생활에 적응하지 못했고, 늘 고향으로 돌아가고 싶어 했다. 그들이 웨일스의 농가로 이사한 이유였다. 아버지는 주중에는 도시에 나가 지냈고, 수술 스케줄이 없는 주말에는 집으로 돌아왔다.

어릴 적 그런 아버지가 그립진 않았냐고? 평소에도 얼굴 보기가 힘든 사람을 그리워하는 게 가능한 일인가? 그럼에도 나는 학교 성적표와 토론 대회 트로피와 수영 동메달을 내보이며 아버지에게 인정받으려 무던히 애를 썼다.

아버지의 부재에도 어머니는 남편이 내리는 모든 중대 결정을 전적으로 지지했다. 휴가와 학교 문제는 물론, 누나들의 치마 길이에 대해서까지도. 그게 어머니를 어떻게 만들었던가. 그럭저럭 만족은 하지만 완전한 충족은 못 하는 여자로? 고분고분 복종만 하는 몸종으로? 아버지의 바람에 하염없이 흔들리는 풍향계로?

어머니는 이번에도 진실을 외면하고 멀리 떠나가버렸다. 어머니의 어깨를 움켜쥐고 힘껏 흔들며 외치고 싶었다. '제발 눈을

뜨세요! 아버진 간통자에 중혼자시라고요. 바람둥이. 사기꾼!'
아버지는 고상하고 정직한 영국 신사인 척하며 우리 모두를 속였다. 늘 한결같고, 보수적이며, 축하 카드 속 문구처럼 뻔한 사람인 척하면서.

분노나 실망감만큼이나 황당함 역시 엄청나다. 아버지는 내가 도저히 이해할 수 없는 흠결로 갑자기 매우 흥미로운 사람이 돼버렸기 때문이다.

●

　루시는 정오에 맞춰 도착한다. 나는 병실에 잠시 남아 누나가 아버지를 두고 법석을 떠는 모습을 지켜본다. 간병 실력은 누나가 나보다 훨씬 낫다. 누나는 수다쟁이인 데다가 굳이 답을 들을 필요가 없는 질문을 노련하게 던질 줄 안다.
　밖으로 나오니 코트의 뒷자락이 칼바람에 펄럭인다. 나는 코트의 깃을 세우고 나서 빈센트 루이즈에게 전화를 건다. 그의 목소리 너머로 접시와 날붙이류가 달가닥거리는 배경음이 들린다.
　"점심 먹어?"
　"주문하는 중이야."
　"혼자서?"
　"나한텐 친구도 없는 줄 알아?"
　그는 퀸스웨이에 자리한 로얄 차이나에 있다. 여기서 10분 거리다.
　"오늘 점심은 내가 살게." 나는 말한다.
　"좋아. 그럼 모처럼 과잉 주문을 해도 되겠군."

그는 휑뎅그렁한 식당의 한쪽 구석에 홀로 앉아 있다. 검은색과 금색으로 옻칠이 된 식당의 내벽은 삼십 년 전이나 지금이나 변함이 없다.

"양복에 넥타이까지, 오늘 무슨 일 있어?" 나는 묻는다.

"일하는 중이야."

"은퇴한 거 아니었어?"

"경찰을 그만둔 거지 인생에서 은퇴한 건 아니라고. 이젠 기업 사기 사건 조사관으로 일하고 있어." 그가 명함을 내민다.

"기업 사기 사건에 대해 잘 알지도 못하면서."

"그래도 그 바닥 범죄자들이 죄다 화이트칼라를 하고 있다는 건 알아."

"아주 모르는 건 아니었군."

루이즈와는 십 년 넘게 알고 지내왔다. 몇 안 되는 오랜 친구 중 하나다. 그 사실에 우울해해야 하는 게 맞지만 솔직히 조금도 우울하지 않다. 줄리앤이 세상을 뜬 후 많은 사람들이 스쳐갔지만 오직 빈센트만이 내 곁에 남아주었다. 떡 벌어진 가슴에 뭉개진 귀, 그리고 정찬용 접시만 한 주먹을 가진 그는 한때 런던 경찰국 소속 형사였다. 그는 자신이 맡은 납치 사건이 잘못되면서 다리에 장애를 갖게 됐고, 약지마저 절단되는 불운을 겪었다. 그후 더 버티지 못하고 등 떠밀리다시피 조기 은퇴를 결정했다.

루이즈는 상이한 취향을 가진 심플맨이다. 럭비, 돼지고기 파이, 첩보 소설, 전쟁 영화, 음담패설, 기네스, 그리고 골반이 발달한 여자를 좋아한다. 그가 죽도록 혐오하는 것으로는, 축구 훌리건, 추상 미술, 포푸리, 제러미 클락슨(영국의 방송인이자 칼럼니스트—옮긴이), 엘비스 따라쟁이들, 그리고 자신이 '젠더 플루이드(성

정체성이 상황에 따라 달라지는 젠더—옮긴이)'라는 사람들 따위가 있다. 나는 그런 그가 좋다. 그도 날 좋아하고. 우리 우정이 이토록 오랫동안 버티는 이유다.

주문한 음식이 속속 나오기 시작한다. 덤플링. 돼지갈비. 돼지고기 찐빵.

"칠리소스 좀 더 갖다주시고, 라거도 한 병 더." 루이즈가 젓가락으로 덤플링을 창처럼 찔러대며 웨이트리스에게 말한다. 입에 쑤셔 넣은 큼지막한 덤플링을 우적우적 씹으며 그는 묻는다. 아이들은 잘 지내는지. 연애는 하고 있는지. 앤디의 적극적인 대시가 있었지만 굳이 언급하지 않는다. 입에 담기에도 민망한 일이니.

"그나저나 기업 사기 사건 조사관은 대체 뭘 하는 사람이지?" 나는 묻는다.

그가 내 어깨 너머를 바라본다. "저기 앉아 있는 매력적인 여자를 지켜보는 중이야."

나는 튀지 않게 천천히 몸을 튼다. 이십 대로 보이는 잘 차려입은 여자가 회색 양복 차림의 중년 남자와 식사를 하고 있다. 남자가 여자의 글라스에 와인을 가득 따라준다.

"저 여자가 뭘 어쨌는데?"

"저 핸드백 보이지?" 루이즈가 음식을 꼭꼭 씹어대며 묻는다.

"루이 비통?"

"저게 4천 파운드가 넘어. 저 육 캐럿짜리 귀걸이는 까르띠에에서 현금으로 산 거고." 그가 고기를 깨끗이 발라 먹은 뼈로 가리키며 말한다. "연봉이 2만 파운드밖에 안 되는 말단 은행 직원이 자기 연봉의 여섯 배가 넘는 귀걸이를 어떻게 샀을까?"

"저 여자가 얼마나 횡령했는데?"

"5십만 파운드. 어쩌면 그보다 많을 수도 있고. 고객 계좌에서 돈을 빼 자기 계좌로 이체시킨 후 현금 인출기에서 뽑아 써왔어. 저 여자랑 같이 밥을 먹고 있는 남자는 직장 상사고. 저 남자가 공범인지, 아니면 그냥 부하 직원이랑 바람이 난 건지, 그걸 알아내는 게 내가 할 일이야."

루이즈가 내 쪽으로 의자를 바짝 끌어와 앉는다. "같이 셀카 한 장 찍자고." 그가 휴대폰을 앞으로 쭉 밀어내고 사진을 찍는다. 그가 촬영된 이미지를 내게 보여준다. 내 머리는 완전히 잘려나가 있다. 덕분에 식사 중인 커플이 제대로 포착됐다. 그가 마지막 남은 돼지고기 찐빵을 가리킨다. "이거 먹을 거야?"

"자네 먹어."

"그나저나 교수님께서 어쩐 일로 여기까지 오셨지? 그 옷차림 그대로 자다 나온 것 같은데?"

"이틀 전에 아버지가 폭행을 당해 혼수상태에 빠지셨어. 지금 세인트 메리스 병원에 입원해 계셔."

돼지고기 찐빵이 그의 입 앞에서 멈춰 선다. "젠장! 미안. 난 그것도 모르고. 왜 진작 얘기 안 했어? 어떤 놈이 그랬는데?"

"몰라."

"어디서?"

"치스윅."

"아버지가 치스윅에 사셨나? 아니잖아."

"그게 말이야……." 나는 깊은숨을 한번 들이쉰다. "아버지가 런던에 정부를 두고 계셨어. 두 사람이 같이 살았나 봐."

루이즈가 믿어지지 않는다는 얼굴로 나를 쳐다본다. 그는 더이상 앞에 쌓인 음식에 관심을 두지 않는다. "지금 우리가 같은 인물을 얘기하고 있는 거 맞아? 미래의 신의 주치의?"

나는 고개를 끄덕인다. 그리고 아버지의 두 번째 아내와 그들의 비밀생활에 대해 아는 대로 들려준다.

루이즈가 이 사이로 휘파람을 분다. "정말 대단하신데? 말이야 쉽지 어디 그게 보통 힘든 일인가? 두 여자. 두 집 살림. 두 침대."

"아버지 깨어나시면 가서 악수라도 나눠. 그게 그렇게 대단하다 생각되면."

루이즈가 사려 깊지 못했다며 사과한다. "정말 지금껏 그걸 몰랐던 거야?"

"전혀."

"어머니는?"

"어머닌 알고 계셨던 것 같아. 하지만 입을 꼭 다물고 계셔서 답답해."

그가 냅킨을 공처럼 작게 구겨 테이블 위로 휙 던진다. "내가 뭐 도울 건 없고?"

"경찰은 가택 침입 사건으로 보고 있는 것 같아. 놈이 챙겨간 것도 없는데."

"패닉에 빠져서 빈손으로 달아난 게 아닐까?"

"현장에 가보면 그런 소리 못 할걸. 범인은 뒷정리를 아주 깔끔하게 해놓고 갔어. 불도 다 끄고."

"의도된 범행인 것 같아?"

"글쎄. 아버지가 누군가에게 원한을 샀을 것 같진 않고. 올리비아 블랙모어는 일요일 저녁, 극장에 갔다고 경찰에 진술했어. 공연을 보고 돌아와 보니 아버지가 계단 아래 바닥에 쓰러져 계시더래."

"자넨 그 말을 믿지 못하는 모양이지?"
"왠지 그녀가 뭔가를 감추고 있는 것 같아."
"뭘?"
"누군가가 일주일 전쯤 아버지를 폭행했어. 등과 가슴에 멍 자국이 선명히 남아 있더라고. 분명히 주먹으로 맞은 자국이야."
"여자는 대개 주먹을 쓰지 않잖아."
"그 여잔 젊어. 몸도 탄탄하고, 억세 보이더라고."
"그녀가 왜 자네 아버질 폭행하겠어?"
"질투. 탐욕. 돈."
"자네가 지푸라기라도 잡고 싶은 심정인 거 알아."
"달리 해석이 안 되잖아."

루이즈가 양복 주머니에서 사탕이 담긴 깡통을 꺼내 뚜껑을 연다. 그는 얼음 사탕을 신중하게 하나 골라 입에 넣고 쪽쪽 빨아대기 시작한다.

"담당 형사가 누구야?"
"스튜어트 맥더미드 경위. 아는 사람이야?"
"괜찮은 친구라고 들었어."
"자네랑은 죽이 잘 맞을 것 같아."
"왜?"
"자네처럼 골초에 술도 좋아하고, 〈데일리 메일〉도 즐겨 읽거든. 은근히 인종차별주의자에 성차별주의자이지만 안 그런 척 시치미를 떼는 것도 똑같아. 문화와 관련된 모든 것에 무관심한 것도 공통점이고."
"또 다른 어머니에게서 태어난 내 형제군."
"제발 아니었으면 좋겠어."

웨이트리스가 계산서를 가져온다.

"정부를 악당으로 만드는 건 좀 신중할 필요가 있어." 루이즈가 말한다.

"왜?"

"너무 손쉽잖아. 그녀는 외부인이야. 자네 가족은 자네 아버지를 보호하기 위해 똘똘 뭉치고 싶겠지만 모든 답을 알고 있을지 모르는 그녀를 고립시켜버리는 건 현명한 방법이 아니라고."

"아버질 보호하려고 이러는 게 아니야." 나는 말한다. 이게 얼마나 공허하게 들릴지 잘 안다. 하지만 아버지가 어떤 죄를 범했든 나는 아들로서 아버지가 이런 수난을 당한 것이 부당하다 믿을 수밖에 없다.

●

 치스윅 경찰서를 나온 어머니는 난간을 붙잡고 완만한 경사로를 조심조심 내려온다. 2년 전 고관절 치환 수술을 받은 어머니는 아직도 자신 있게 걷지를 못한다. 걸음뿐만 아니라, 운전과 기억에도 자신감을 잃어버렸다.
 퍼트리샤가 부축하려 손을 내밀지만 어머니는 못 본 척 무시해버린다. 심문의 결과가 궁금했던 나는 길 건너 카페에서 기다리고 있었다. 나는 큰소리로 어머니를 부르고 싶은 충동을 애써 참는다. 퍼트리샤는 택시를 잡아 어머니를 태운다. 모녀는 말없이 뒷좌석에 나란히 앉는다. 차는 이내 미끄러지듯 달려나간다.
 나는 경찰서로 들어가 맥더미드 경위를 찾는다. 메시지가 전달되고, 나는 썰렁한 복도를 따라 위층으로 안내된다. 전화벨 소리도, 프린터의 윙윙거림도 들리지 않는다. 어쩌면 그건 살인사건 수사와 폭행 사건 수사의 차이인지도 모른다. 에너지 레벨. 경찰 입장에서는 살인사건에 더 기를 쓰고 매달릴 수밖에 없다. 보상과 되돌림이 불가능한 유일한 범죄이기 때문이다. 강도와 폭

113

행 사건처럼 상대적으로 덜 심각한 범죄에 초과근무나 필요 이상의 자원을 투입하는 건 그들에게 부담일지 모른다.

맥더미드는 나를 남자 화장실로 이끈다. 그가 소변을 보며 말한다. "올리비아 블랙모어를 만나러 갔었죠?" 그가 지퍼를 올리고 바지 매무새를 정리한다. "교수 양반, 내 얘길 이해 못 한 것 같은데, 이 수사에 당신이 낄 자리는 없어요. 당신은 경찰도 아니잖아요. 증인이나 용의자를 심문할 권한이 없단 말입니다."

"그녀가 아버지를 보고 싶어 해요. 허락하기 전에 그녀가 위험인물은 아닌지 확인할 필요가 있어요. 안심해도 됩니까?"

맥더미드는 답변하기 곤란한지 잠시 뜸을 들인다.

"그녀 알리바이에 모순되는 부분이 있습니다."

"무슨 뜻이죠?"

"타임라인에 구멍이 있다고요. 그녀가 극장에서 관람했다는 공연은 열 시 반에 끝났어요. 그녀가 집에 돌아온 건 자정이 다 돼서였고요. 그 시간 동안 그녀의 휴대폰은 꺼져 있었습니다."

"그 여자가 거짓말을 했군요."

형사가 모호한 태도로 어깨를 으쓱인 후 세면대로 다가가 손에 비누를 짠다.

"그녈 당장 체포해야죠." 나는 말한다. "48시간 동안 여기 붙잡아둘 수 있잖아요."

"누굴 의심하기 전에 모친과 얘기부터 나눠봐요."

"그건 또 무슨 뜻이죠?"

"모친께 일요일 밤 어디 계셨는지 여쭤보라고요."

"웨일스에 계셨겠죠."

맥더미드가 고개를 젓는다. "모친이 패딩턴 역에 도착하는 모습이 CCTV에 포착됐습니다. 부친이 먼저 도착하고 한 시간 후였어요. 모친은 런던까지 남편을 미행하셨습니다."
지축이 흔들릴 정도의 충격이다. 놀라지 않은 척하려 애써보지만 쉽지가 않다. 어제 전화를 걸었을 때 어머니는 기차에서 응답했다. 나는 어머니에게 어디로 가는지, 어디서 오는 길인지 묻지 않았다. 대체 아버지는 왜 미행하신 거지?
맥더미드가 종이 수건으로 손을 말리며 거울을 들여다본다. 그는 자신의 얼굴 대신 나를 쳐다보고 있다.
"가서 모친께 단단히 일러드려요. 경찰 수사를 방해하는 건 형사상 범죄라고."
"방금까지 여기 계셨잖아요."
"거짓말을 많이 늘어놓으셨습니다. 어제 어떤 옷차림이었는지 여쭈었더니 기억나지 않는다고 하시더군요. 서로 가져와 살펴봐야 한다고 말씀드렸더니 뭐라시는 줄 알아요?"
나는 대답하지 않는다.
"옷이 든 가방을 기차에 놓고 내리셨답니다. 재밌죠?"
"내가 보장해요. 어머닌 이번 사건과 아무 상관이 없습니다."
맥더미드가 종이 수건을 작게 구기며 웃음을 터뜨린다. 크게 벌어진 입 안으로 그의 치아와 잇몸과 분홍빛 후두개가 드러난다. "아주 콩가루 집안이군요. 분명히 말해두지만, 수사를 방해하거나 우리 일에 간섭하면 당신네 누구라도 주저 없이 체포할 겁니다."
"경찰 수사에 적극 협조할 생각입니다."
"모친은요?"
"내일 다시 모시고 올게요."

"변호사까지 대동하고 말이죠?"

아니라고 답하고 싶지만 솔직히 나도 모르겠다. 나는 맥더미드를 따라 그의 사무실로 향한다. 그는 책상 뒤에 앉아 나를 올려다본다. 아직도 여기 있냐고 묻는 듯한 표정이다.

"내가 공식적으로 힘을 보탤 수 없다는 거 압니다. 하지만 내 도움을 받는다고 손해볼 건 없지 않습니까. 심리학적 프로파일링, 증거 분석⋯⋯."

"그런 일은 결코 없을 겁니다."

"그럼 현장 사진만이라도 볼 수 있게 해줘요."

"이만 돌아가시죠, 교수님."

"이건 가택 침입 사건이 아닙니다." 나는 말한다. "범인이 챙겨 간 것도 없고, 무엇보다도 강제로 침입한 흔적이 없어요. 아버질 폭행한 범인은 이미 집 안에 있었다는 뜻입니다. 아니면, 아버지가 들여보내줬든지, 둘 중 하나겠죠. 아버진 뒤에서 습격을 받으셨어요. 벽과 난간에 몸이 부딪혀 튕기면서 계단을 구르셨고요. 범인은 아버질 따라 내려와 묵직한 둔기로 폭행을 계속 이어갔어요."

맥더미드가 수상쩍다는 듯 나를 쳐다본다. "그걸 당신이 어떻게 알죠?"

"혈흔을 봤어요. 범인은 분명 온몸에 피를 뒤집어썼을 겁니다. 그리고 세탁실에 들어가 최대한 씻어냈겠죠. 그런 다음, 불을 끄고 나갔습니다."

"그래서요?"

"가택 침입이라면 최대한 신속하고 잔혹하게 일을 벌였겠죠. 피해자들에게 극한의 공포를 안겨줘 귀중품이나 계좌 정보를 순순히 내놓게 만드는 게 목적일 테니까. 하지만 범인은 아버지에게 겁을 주지도, 아버지를 고문하지도 않았습니다. 패닉에 빠져 달아나지도 않았고요. 그들은 너무나도 익숙한 집에서 여유롭게 머물다 사라졌습니다."

"이 사건을 수사하는 건 납니다."

"생긴 지 오래된 멍 자국들은요?"

"당신과는 더 이상 할 얘기가 없습니다."

"문 안쪽에 놓여 있던 메모는요?"

맥더미드가 사무실 문밖으로 고개를 내밀고 상황실에서 호손이라는 여성 형사를 큰소리로 호출한다.

"올로클린 교수님을 밖으로 모시고 나가. 아무 말도 하지 말고. 날씨 얘기도 안 돼."

경위가 홱 돌아선다. 그는 집게발처럼 동그랗게 모아쥔 오른손을 옆구리에 얹어놓는다.

형사는 엘리베이터가 도착하기를 기다린다. 그녀는 하얀 블라우스에 회색 바지 차림이다. 골반에 착 감긴 그녀의 바지는 밑단이 넓다. 가르마를 탄 윤기 나는 밤색 직모는 턱선 바로 아래까지 내려와 있다. 염색을 했는지 자홍색빛 톤이 살짝 내비쳐진다. 그녀의 짙은 눈썹은 정돈되지 않은 상태이고, 코와 볼에는 주근깨가 잔뜩 뿌려져 있다. 그중 하나는 점 같아 보일 만큼 유독 진하다.

그녀가 엘리베이터 버튼을 몇 번 꾹꾹 눌러댄다.

"많이 누른다고 빨리 오지 않아요." 나는 말한다.

"네?"

"버튼 말이에요. 횡단보도 버튼이랑 똑같아요. 타이머에 맞춰 작동하는 거라 몇 번을 누르든 신호는 절대 빨리 바뀌지 않아요. 괜히 '플라시보 버튼'이라고 불리는 게 아니라고요."

마침내 엘리베이터가 도착한다. 우리는 안으로 들어선다. 그녀가 1층 버튼을 누른다. 이번에는 딱 한 번만. 마치 연병장에라도 와 있는 듯 그녀는 어깨를 펴고 반듯한 자세를 취한다. 나와는 눈을 마주치려 하지 않는다. 나는 그녀의 옆모습을 유심히 관찰한다. 억세 보이는 턱. 높이 솟은 가슴. 가느다란 허리.

"하지만 빨리 오게 만드는 비법이 있어요." 나는 말한다. "다음엔 버튼을 세 번 빠르게 누르고 나서 2초 동안 한 번 길게 눌러봐요. 그럼 효과가 있을 거예요."

"정말이에요?" 그녀가 마침내 내게 반응한다.

"당신 생각은 어때요?"

그제야 그녀는 자신이 속았음을 깨닫는다. 짜증이 나는지 볼이 벌게진 그녀가 미간을 찌푸린다. 치아 교정기가 삼십 대 후반일 것 같은 그녀를 한층 젊어 보이게 한다.

엘리베이터 문이 열리자 그녀가 나를 이끌고 프런트 데스크를 지나 계단을 내려간다.

"우리 언제 만난 적 있죠?" 나는 묻는다. "얼굴이 눈에 익는데."

"없어요!"

"이름이 뭐죠?"

"안녕히 가세요, 교수님."

# 3일째

 열일곱 살 때 운전면허를 딴 나는 어머니의 차를 끌고 파티에 다녀온 적이 있었다. 한 여학생이 부모가 집을 비운 주말에 몰래 파티를 벌인 것이었다. 그날 나는 어머니와의 약속을 어기고 자정이 넘어서까지 귀가하지 않았다. 새벽 세 시가 다 돼서야 돌아온 뒤 집 앞에 멈춰 헤드라이트를 끄고 기어를 중립에 놓았다. 그리고서 소리 안 나게 차를 밀어 진입로로 들어왔다. 어둠에 묻힌 집으로 슬그머니 들어온 나는 계단을 올라 다락방으로 향했다. 아버지는 내 침대 옆 의자에 잠들어 있었다. 발소리를 죽인 채 침대에 올라가 자는 척하려는데 아버지의 눈이 번쩍 뜨였다.

 나는 아버지의 꾸중이 쏟아지기를 기다렸다. 내게서 술 냄새를 맡은 아버지가 운전 금지령이나 방학 중 외출 금지령을 내릴 거라 생각했다. 하지만 예상과 달리 아버지는 말없이 일어나 가운 자락을 여미고 안방으로 향했다. 문간에 멈춰 선 아버지가 나를 돌아보았다.

 "어머니가 걱정 많이 하셨다."

그뿐이었다. 아버지는 그날 일을 두 번 다시 언급하지 않았다.
왜 갑자기 그때가 떠오르는지 모르겠다. 어쩌면 나는 아버지가 내게 애정을, 아니, 최소한의 관심이라도 보여준 순간들을 차분히 되짚어보고 싶었는지도 모른다. 이런 추억들은 실제 경험이라기보다 판타지 같은 백일몽처럼 느껴진다. 또 다른 기억 하나가 뇌리를 스쳐간다. 비가 억수같이 내리던 날, 나는 낡아빠진 랜드로버 앞좌석에 앉아 있었다. 아버지는 휴대폰과 갈아입을 옷을 건네며 큰 도로를 피해 다닐 것과 반드시 현금만을 쓸 것을 당부했다. 경찰이 나를 찾아 헤매는 동안 아버지는 자신의 명예와 안전을 걸고 나를 도왔다. 내가 결백하다는 걸 믿었기에.

"네게 아버지가 사랑하기 힘든 사람이라는 거 안다, 조지프." 아버지는 말했다. "너희에게 아버지 노릇을 제대로 하진 못했지만 언제든 도움이 필요하면 아버지에게로 와."

나는 그날 깨달았다. 아버지 역시 나처럼 양육의 산물이라는 것을. 아버지는 진작 자신을 위해 설계된 출세의 길을 착실히 따라 걸어왔을 뿐이다. 현장 실습, 종신 재직권과 전공들. 아버지는 그저 열린 문으로 들어서기만 하면 됐다. 스케줄에 딱딱 맞춰 승진을 거듭하면서. 과연 그게 아버지가 원했던 삶인지 궁금하다. 어쩌면 아버지는 함정에 빠진 기분을 느꼈는지도 모른다. 부모에 대한 맹목적인 효행은 율법과도 같고, 개인의 행복은 방종인 가족의 일원으로 모두의 기대에 큰 부담을 느꼈을 수도 있고.

휴대폰이 울린다. 루시.
"엄마랑 같이 있어?" 누나가 묻는다.
"아니."

"두 시간 전에 병원을 나오셨는데 아직 안 오셨어."

"휴대폰으론 연락해봤어?"

"엄마 휴대폰은 경찰이 갖고 있어."

"내가 알아보고 연락 줄게."

병원에 도착하니 퍼트리샤가 아버지 곁을 지키고 있다. 누나는 아버지에게 책을 읽어주었다고 한다. 디킨스,《위대한 유산》.

"처음엔《히트》나《나우》를 읽어드리려 했어." 누나가 말한다.

"아버진 가십 잡지를 싫어하시잖아."

"그래서 읽어주려 했어. 왠지 그러면 아빠가 벌떡 일어나 날 뜯어말릴 것 같아서." 누나가 웃음을 터뜨리며 애정 어린 눈빛으로 아버지를 내려다본다. "아빠가 우리한테 책 읽어주시던 거, 기억해?"

"아니."

"《작은 아씨들》,《샬롯의 거미줄》,《호빗》, 그런 책들이었는데."

"정말?"

"우리가 이불에 들어가 숨어 있으면 아빠가 '간지럼 거미'라면서 손을 이불 속으로 불쑥 넣고 간지럼을 태우셨어. 우린 깔깔대면서 제발 멈춰달라고 애원했지."

"너무 어릴 때라 기억이 안 나." 과연 누나의 말이 사실일지 의심이 든다.

퍼트리샤는 누나들 중 가장 말수가 적다. 결혼을 늦게 했고, 아직 자녀는 없지만 딱히 안타까워하는 것 같지는 않다.

"엄마가 어디 가신다고 말씀 안 하셨어?" 나는 묻는다.

"루시 언니네 가신댔는데."

"대체 경찰서에선 무슨 일이 있었던 거야?"

"심문하는 걸 지켜보려고 했는데 취조실에 안 들여보내주더라고."

"취조실을 나오셔선 좀 어떠신 것 같았어?"

"괜찮아 보였는데. 말은 별로 없으셨고. 그건 왜 물어?"

"엄만 일요일 밤 기차를 타고 런던으로 가셨어. 경찰은 엄마가 아버질 미행한 걸로 믿는 모양이야."

"엄마가 그래야 할 이유가 없잖아."

"나도 몰라. 아무튼 경찰 심문에 되게 비협조적이셨대."

퍼트리샤는 입을 꼭 닫고 얼굴을 찌푸린다. 나만큼이나 키가 큰 누나는 아버지를 닮아 이마가 넓고 머리숱이 많다.

"엄마한테 올리비아 블랙모어 얘길 했어?"

"이미 알고 계시던데."

"대체 언제부터 아셨던 거지?"

"처음부터."

퍼트리샤는 휘둥그레진 눈으로 고개를 젓는다. 크게 충격을 받은 모습이다.

"엄만 절대 그런 짓을 벌일 분이 아니셔."

"나도 알아. 하지만 엄마가 계속 이렇게 비협조적으로 나가시면 경찰이 수사 방해 혐의로 엄말 체포할 수도 있어. 그보다 더 나쁜 상황이 올 수도 있고. 아무튼 빨리 엄말 찾아야 해."

무거운 침묵이 찾아든다. 점점 쌓여만 가는 질문들이 누나의 마음을 불편하게 만드는 모양이다.

"변호사를 붙여드려야 해?" 퍼트리샤가 묻는다.

"아무래도 그래야 할 것 같아."

육중한 파란 문 옆 벽돌에는 윤이 나는 놋쇠 명판 여러 개가 붙어 있다. 페인트로 여러 차례 덧칠된 문의 표면은 더 이상 매끄럽지가 않다. 이름을 훑어나가는 내 눈에 '패시지 앤드 무어 변호사 사무소'라 적힌 명판이 들어온다.

흑백 체커판 타일이 깔린 로비를 가로질러 계단을 따라 3층으로 올라간다. 아트리움 천장에는 아르데코 스타일 샹들리에가 매달려 있다.

"어떻게 오셨습니까?" 유리판을 씌운 책상 뒤에 앉은 중년 여자가 묻는다. 그녀의 갈매기 날개 스타일 안경과 꽃무늬 드레스가 그녀를 〈매드맨〉 세트장에서 막 튀어나온 듯한 캐릭터처럼 만들어놓았다.

"케네스 패시지를 만나러 왔습니다."

"데이비드 말씀이군요." 그녀가 말했다. "케네스는 3년 전에 은퇴했어요." 그녀가 이내 스스로를 바로잡는다. "아니, 제가 착각했네요. 4년 전이었어요. 직접 은퇴 파티까지 챙겼으면서 그걸

까먹다니."

"케네스 아저씨의 메시지를 받았는데요." 나는 말한다. "오늘 두 시에 만나기로 했어요."

여자가 얼굴을 찌푸리며 콧날에 걸쳐진 안경을 살짝 높인다. 그리고 앞에 놓인 수화기를 집어 든다.

"조지프 올로클린 씨가 케네스를 만나러 오셨습니다." 그녀는 잠시 상대의 설명에 귀를 기울인다. "그랬군요…… 아뇨, 처음 듣는 얘기예요…… 알겠습니다." 그녀가 수화기를 내려놓는다. "패시지 씨가 곧 나오실 거예요."

나는 대기실로 안내된다. 검게 얼룩진 나무 의자와 법전으로 빽빽이 채워진 책장, 마티스의 정물화. 그림은 보나 마나 복제품일 것이다. 아닐 수도 있고.

케네스 패시지와 아버지는 대학 시절 함께 럭비를 하며 친해졌다. 덩치와 목소리가 큰 그는 배럴 모양의 체구를 갖고 있다. 그의 필드에서의 무용담은 귀가 따갑게 들었다. 그가 무섭게 돌진해 태클할 때마다 우수수 쓰러진 상대 팀 선수들이 그의 발밑을 뒹굴었다나. 팀 동료들은 그를 "라이언"이라고 불렀다. 사자 갈기 같은 머리와 태클에 성공할 때마다 사자처럼 포효하는 습관 때문이었다고. 충분히 영국 국가대표에 이름을 올릴 기량을 갖고 있었음에도 불운한 부상으로 클럽 레벨에서 커리어를 마감해야 했다. 은퇴 후 그는 결혼을 했고, 가정을 꾸렸다. 아버지는 친구의 들러리였고, 그의 맏아들의 대부였다.

케네스에 대해 아는 게 더 있느냐? 그는 맨체스터의 한 공동 주택에서 자랐다. 그의 아버지는 도살장에서 일했고, 어머니는 학교 급식을 만들었다. 하지만 여느 노동자 계층과 다르게 케네스는 자신의 뿌리를 조금도 미화하지 않았다. 그는 장학금을 받고 고등학교와 옥스퍼드에 진학했다. 북부 악센트는 대학 시절 고쳤다고. 그는 럭비팀에 들어갔고, 법을 전공했으며, 어쩌다가 우리 아버지와 연이 닿게 됐다.

여름이면 우리는 패시지 가족과 함께 나란히 자리한 콘월의 별장 두 채를 빌렸다. 케네스는 그의 아내 로지, 그리고 그들의 두 아들, 데이비드와 갓 태어난 프랜시스를 데려왔다. 케네스는 아이들을 위해 방학 캠프를 방불케 하는 일정표를 직접 짜주곤 했다. 보트 놀이, 수영, 하이킹, 낚시, 그리고 비치 크리켓.

육감적인 몸매의 로지는 아일랜드 악센트가 매력이었다. 어릴 적, 그녀가 프랜시스에게 젖을 물리는 모습을 우연히 본 적이 있다. 아직도 그때 생각만 하면 온몸에 짜릿한 전율이 흐른다. 여자의 가슴을 본 건 그때가 처음이었다. 시선 둘 곳을 찾지 못해 허둥거리면서도 나는 본능을 억누르지 못했다. 그해 여름 내내 나는 또 한 번의 '행운'을 얻기 위해 온갖 잔꾀를 다 동원했다.

썰물 때 비치 크리켓을 하러 나가면 로지는 꽃무늬 스커트 자락을 속바지 안으로 쑤셔 넣고는 그 누구보다도 힘차게 공을 뿌렸다. 그리고 그녀는 항상 물속에 들어가 몸을 식혀야 할 이유를 만들었다. 굴곡진 몸에 민망하게 달라붙는 젖은 옷에는 조금도 개의치 않았다. 나는 로지에게 욕정을 느끼고 있었다. '욕정'이라는 게 뭔지도 모르면서. 그녀는 다른 어머니들보다 훨씬 매력적이고, 흥미로웠다. 그녀의 몸에서는 텔컴 파우더와 향수 비누 냄새가 풍겼다. 로지의 원초적인 체취는 주일학교에서 절대 만지지 말라고 한 부위에 저절로 힘이 들어가게 했다.

프랜시스는 학교 졸업 후 육군에 입대했고, 샌드허스트에서 장교 훈련을 받았다. 그는 스물두 번째 생일에 얼스터에서 발생한 IRA 폭탄 테러 사건으로 목숨을 잃었다. 그의 죽음은 두 가족 모두를 비탄과 실의에 빠뜨렸다. 나는 국기로 싼 그의 관이 성당을 나와 의장대 앞을 지나던 때를 아직도 생생히 기억한다. 아버지는 그걸 지켜보며 흐느꼈다. 나는 그때껏 아버지가 우는 모습을 본 적이 없었다. 케네스는 비탄에 무너지지 않으려 애쓰며 정면을 똑바로 쳐다보았다. 검은 베일에 얼굴을 가린 로지는 묵묵히 관을 따라나갔다.

내 뒤에서 문이 열린다. 데이비드 패시지가 모습을 드러낸다. 그는 환히 웃으며 사과한다. 그리고 내 손을 움켜잡고 나를 와락 끌어안는다. 제대로 된 남자다운 포옹. 마치 비밀 조직으로 인도되는 기분이다. 평소 같으면 기습 포옹에 온몸이 빳빳하게 굳어졌을 테지만 오늘은 이상하게도 긴장이 풀리면서 묘한 안도감에 몸이 바르르 떨리기까지 한다. 마침내 내 심정을 이해해주는 누군가를 만난 것처럼.

"얼마나 오래됐지?" 그가 묻는다. "십 년쯤 됐나?"

"십 년은 훨씬 넘었지." 나는 대답한다. "마지막으로 봤을 때 넌 시내의 미국 은행에서 일하고 있었어."

"이젠 여기서 이러고 있어."

데이비드는 여전히 내 손을 놓지 않은 채 환히 미소를 짓는다. 그의 에너지를 온몸으로 흡수하는 기분이다. 그의 입 주변에는 괄호 같은 깊은 잔주름이 자글자글하고, 그의 눈은 환희로 반짝인다. 이내 그의 눈빛이 싹 바뀐다.

"윌리엄 아저씨는 좀 어떠셔? 그 소식 듣고 얼마나 놀랐는지 몰라."

"누구에게 들었어?"

"어머니가 전화로 알려주셨어. 경찰이 진상은 밝혀냈고?"

"아니."

"내가 도울 게 있으면 뭐든 얘기해. 부담 갖지 말고."

"어머니에게 변호사가 필요해."

"왜?"

"경찰이 어머닐 용의자로 보고 있거든."

"말도 안 돼." 그가 무언가를 메모한다. "어머니께 전해. 나한테 꼭 연락하시라고. 내가 잘 챙겨드릴 테니까."

데이비드는 화제를 바꾸어 학교 얘기를 시작한다. 우리 둘 다 브라이턴 칼리지 출신이다. 같은 시기에 다닌 건 아니지만. 나는 그보다 딱 열두 살 많다. 하지만 우리는 같은 교사와 교실, 그리고 기숙사를 기억하고 있다. 데이비드는 크리켓 구장 부속 건물에서 교장의 딸과 부적절한 애정 행각을 벌이다 발각돼 학교의 전설로 남게 됐다. 꼬마 열차 레일만큼이나 곡선미가 엄청났던 열일곱 살 펠리시티는 무수한 기숙사 거주 학생들에게 불치의 열병을 안겨주었다.

분개한 브로턴 교장이 데이비드를 퇴학시키려 하자 케네스는 학교를 상대로 소송을 제기하겠다고 협박했다. 결국 상식이 승리했다. 데이비드는 한 학기 정학 처분을 받았다. 펠리시티는 도르셋에 자리한 기숙학교로 추방됐고, 그곳에서 학업을 마칠 때까지 주말이나 방학에도 집으로 돌아오지 못했다.

좌절하지 않고 대학 졸업과 동시에 결혼에 골인한 어린 커플은 아들과 딸, 두 아이를 낳아 화목한 가정을 꾸몄다.

"펠리시티도 잘 지내?" 나는 묻는다.

데이비드가 밝은 톤으로 대답한다. "이혼했어. 8년 전에. 그 사람, 나랑 갈라서고 더 행복해진 것 같아."

"아이들은?"

"격주로 주말마다 보고 있어. 마커스는 브라이턴 칼리지에 다니고. 올해 열여섯 살 됐어."

"왠지 그 학교는 피하고 싶어 할 줄 알았는데."

"집안 전통을 무시할 순 없잖아."

하긴. 인정하고 싶진 않지만.

"재혼했어." 데이비드가 묻지도 않은 질문에 대답한다. "전처보다 나이도 어리고, 그렇게 두 번째 가정을 꾸렸지. 세속적이고 정치적으로 옳지 않다는 거 알아. 하지만 어쩌겠어? 나란 인간 자체가 원래 좀 얄팍하잖아."

그가 두 손을 펼쳐 보이며 익살맞게 웃는다. 데이비드에게는 미워할 수 없는 독특한 매력이 있다. 어릴 적 큰 스캔들을 겪고도 보란 듯 살아남은 이유일 것이다. 그가 의자를 가리켜 앉을 것을 권하고 책상을 돌아 들어가 재킷의 단추를 푼다. 아치형 창문으로 스며든 햇살이 기름을 발라 번들거리는 그의 머리를 환히 비춰준다. 그는 사탕 같은 줄무늬 셔츠에 빨간 넥타이를 두르고 있다. 중진급 회계 담당자를 연상케 하는 옷차림이다.

"너희 아버질 뵙는 줄 알았는데." 나는 말한다.

"지금 오고 계셔."

마치 기다렸다는 듯 버저가 울린다. 우리는 일제히 자리에서 일어난다. 나는 케네스가 무섭게 달려 들어와 나를 와락 끌어안을 줄 알았다. 하지만 문간에 나타난 이는 내 기억 속 건장한 사내의 창백한 그림자에 불과할 뿐이다. 그의 트레이드마크였던 자신감 넘치는 걸음걸이는 더 이상 보이지 않는다. 한때 탄탄했던 체구도 세월의 무게를 이기지 못해 휠체어에 축 늘어진 상태다. 올리브색 피부와 강모 같은 머리를 가진 덩치 큰 중년 남자가 휠체어를 밀고 들어온다. 수척해진 케네스의 간호사나 경호사인 모양이다.

"조지프! 조지프! 이 녀석, 어디 보자!" 케네스가 휠체어에서 일어나려 바둥거린다. "도와줘! 날 좀 붙잡아줘!" 간병인이 그를 붙잡고 가볍게 일으켜 세운다. 케네스가 나를 끌어안는다. 그에게서 노인 냄새와 애프터셰이브 로션 향기가 풍긴다. 순간 나는 울컥한다. 한때 거상(巨像) 같았던 그는 이제 바람 빠진 풍선처럼 흐느적거린다.

케네스가 내게서 떨어져나간다. 그의 눈이 반짝인다. "윌리엄 소식은 들었어. 아버진 좀 어떠시냐? 병원에 전화를 걸어봤는데 아무도 그 친구 상태를 가르쳐주지 않더라."

"혼수상태에 빠져 계세요. 의식을 회복하실 때까진 정확한 진단을 내리기 힘들다더군요."

"빨리 가서 만나봐야 하는데. 내가 가면 그 친군 금세 깨어날 거야. 그 친구가 내 말을 잘 듣거든."

"어머니와는 통화해보셨어요?"

"메리? 어제 했었는데."

"행방불명 되셨어요."

케네스의 얼굴이 일그러진다. "행방불명? 언제? 메리답지 않게 행방불명이라니."

"어젯밤 병원을 나서신 후로 연락이 끊겼어요. 왠지 아저씨와는 통화를 하셨을 것 같아서 여쭌 거예요."

"안 했는데. 이를 어쩌면 좋지? 경찰청에 아는 사람이 있는데 한번 연락해봐야겠군. 펀데일 청장이 내 친한 친구야."

"아마 은퇴하셨을 거예요." 데이비드가 말한다.

그 말에 케네스가 흠칫 놀란다. "언제?"

"한 오륙 년 됐을걸요. 지금 청장은 여자예요."

"여자가!"

케네스는 순간 어리둥절해하는 표정을 짓는다. 마치 자신이 어디까지 알아야 하고, 또 어디까지 알고 있는지 분명치 않다는 듯이. 그는 휠체어로 돌아가 앉는다. 그의 간병인이 그의 팔뚝을 잡아 조심스레 앉힌 후 타탄 무늬 담요로 그의 무릎을 덮어준다.

"이만 나가봐도 돼요, 유진." 데이비드가 말한다. 간병인이 케네스의 반응을 기다렸다가 조용히 물러간다. 그는 마치 위험인물을 대하듯 나를 위아래로 잠시 훑어보다가 사라진다.

"저 친구, 간호사인가요?" 유진이 사무실을 나가고 나서 나는 묻는다.

데이비드가 어깨를 으쓱인다. "간호사. 운전기사. 정원사. 관리인. 경비원. 프랜시스의 군대 동기야. 같은 연대에서 복무했었다지? 장례식 이후로 우리 가족과 함께해왔어."

"말수가 적은 친구네."

"그렇지?"

케네스가 다시 몸을 뒤척이며 내게 가까이 오라고 손짓한다. 바짝 다가가자 그가 내 손을 덥석 잡는다.

"그간 잘 지냈니, 조지프? 애들도 잘 있고? 줄리앤 장례식 때 마지막으로 보고 여태 못 봤구나. 애들이 충격받진 않았고?"

"괜찮아요, 아저씨."

"그냥 편하게 케네스라고 불러."

"몇 년만 더 기다렸다가요."

그가 웃음을 터뜨린다. 어릴 적부터 좋아했던 그를 웃게 만들었다는 사실에 흐뭇해진다. 한때 나는 그와 로지가 우리 부모였으면 좋겠다고 생각했다. 월튼 가족처럼. 브레이디 가족처럼. 아니면,《초원의 집》에 나오는 잉걸스네 가족처럼.

우리는 주문한 차를 기다리며 서로의 자녀와 손주들의 근황을 묻는다. 모두가 민감한 주제인 아버지에 대해 언급하지 않으려 애를 쓴다. 결국 내가 먼저 용기를 내어 방 안의 코끼리를 언급한다.

"아버지에게 또 다른 아내가 있었다는 거, 아셨나요?"

케네스의 눈꺼풀이 스르르 감긴다. 그의 입 주변에 부채 모양 잔주름이 깊어진다. "윌리엄은 극도로 비밀스러운 친구야."

**그건 제가 여쭌 질문의 답이 아니잖아요.**

"아신 지 얼마나 되세요? 10년? 15년?"

"그게 뭐 중요하니?"

"어머니에겐 중요해서요."

"난 윌리엄의 변호사야."

"아저씬 우리 가족의 변호사이시잖아요. 어머니는 아저씨 친구이시고요. 아저씬 어머니 집에 손님으로 오셨었고, 어머니가 차리신 음식을 드셨어요. 루시 누나의 대부이시기도 하고요."

케네스는 풀이 죽은 모습이다. "미안하다, 조지프. 메리와 윌리엄은 내 사랑하는 친구들이야. 어떤 식으로든 그들에게 피해가 가는 건 결코 원치 않아. 올리비아 블랙모어는 자네 아버지의 동반자로 살아왔어. 그들의 격정적인 관계에 대해 처음 알게 됐을 때 윌리엄에게 내 솔직한 입장을 들려줬지. 그가 벌인 일이 그릇된 것이라고 말이야. 메리를 버릴 것인지, 올리비아를 버릴 것인지 택일하라고도 했어. 그 친구 말이, 자긴 둘 다 포기할 수 없다더군. 그럼에도 난 우리 우정에 금이 가는 걸 원치 않았어. 윌리엄이 어떤 결정을 내리든 그에 대한 내 마음은 변치 않기로 다짐했지."

그는 촉촉해진 눈으로 애원하듯 나를 올려다본다. 하지만 나는 그에게 사과하지도, 그를 용서하지도 않을 것이다.

"올리비아 블랙모어는 아버지와 정식으로 결혼했다고 주장하고 있어요. 그게 사실인가요?"

"그녀는 그렇게 믿고 있어."

"그게 무슨 뜻이죠?"

"그들은 결혼식을 올렸어. 영국 법원이 그걸 인정해줄지는 모르겠지만. 판사들은 특정 기준만 충족되면 국제결혼을 허락해주는 경향이 있어."

"특정 기준이라뇨?" 나는 묻는다.

"예를 들면, 결혼식은 해당 국가에서 유효한 형식이어야만 해. 현지 법에 저촉되는 형식은 안 되고, 유의미한 수의 증인과 제대로 된 정식 서류가 갖춰져야 해."

"신랑에게 이미 영국 법이 인정한 배우자가 있는 경우는요?"

"그럼 두 번째 결혼은 법적으로 효력이 없어지지."

"그러니까 불법이라는 말씀이군요. 그 여잔 아버지의 합법적 배우자가 아니니 어떠한 권리도 누릴 수 없겠네요."

그때 주문한 차가 도착한다. 짓이겨진 잎에 끓는 물을 부어 우려낸 것이다. 데이비드가 앞에 놓인 찻잔에 차를 따라준다. 우유.

설탕. 잠시 평화로운 침묵이 찾아든다.

케네스는 덜덜 떨리는 손으로 찻잔을 들어 입으로 가져간다.

"결국 사람 마음에 달린 문제야. 단호하게 칼로 베듯이 법을 적용하기 어려운 부분이 있다는 얘기야. 윌리엄과 올리비아는 결혼 후 정식 부부처럼 함께 지냈어. 이런 얘기가 네게 얼마나 위안을 줄지 모르겠지만, 적어도 재정적 지원 부분에 있어 윌리엄은 올리비아, 메리, 그 어느 쪽도 편애하지 않았어. 오래전, 네 아버지의 자산을 정확하게 절반으로 나눠 신탁 기금을 세팅해준 적이 있었지. 두 가족을 동시에 제대로 챙기기 위해서. 그 친구는 두 배우자가 서로 맞닥뜨리지 않도록 무던히 애를 썼어. 이따금 그 분리벽에 금이 생겨 곤란한 상황에 처하기도 했지만, 그럴 땐 내가 나서서 수습해줬어. 그의 두 세상이 법적으로나 재정적으로 완벽히 분리되도록 말이지."

"치스윅에 있는 집은요?"

"그 집은 윌리엄의 뜻에 따라 올리비아의 소유가 됐어."

"생명보험은요?"

"두 개의 보험에 들어 계셔." 데이비드가 말한다. "하나의 수혜자는 아주머니, 또 다른 하나의 수혜자는 올리비아야. 둘 다 몇 달 전에 갱신됐고."

"세 번째 보험도 있어." 케네스가 덧붙인다. "윌리엄의 신상에 문제가 생겼을 경우에 대비해 올로클린 재단의 수장 명의로 들어놓은 거야."

"수장 명의로요?"

"대부분 기업의 임원들이 보험에 가입돼 있어." 데이비드가 설명한다. "윌리엄 아저씨가 재단에 있어선 필수적인 인물이시라 보험을 들어놓으신 거지. 비록 명목상이긴 하지만 어쨌든 엄연한 회장님이시잖아. 업계 영향력도 크시고, 그 분야 전문지식까지 두루 갖추고 계시니……."

"얼마짜리 보험인데?" 나는 묻는다.

데이비드가 파일 캐비닛에서 폴더 하나를 꺼내 책상으로 가져온다.

"아주머니와 블랙모어 부인이 각각 백만 파운드씩 수령하게 돼 있어. 각자의 신탁 계좌에서 연금도 나오고. 재단에게 돌아가는 보험금은 4백만 파운드."

"아버지가 사망하셨을 경우에 말이지?"

"응."

"만약 의문사를 당하신다면?"

케네스가 회색 눈썹을 추켜세운다. "가능성 있는 얘기냐?"

"올리비아 블랙모어는 용의자예요."

데이비드가 끼어든다. "그렇지 않아도 오늘 아침에 이 사건 수사를 담당하고 있다는 형사와 통화했어. 그 사람 말은……."

"맥더미드 경위랑 통화를 했다고?"

"윌리엄이 가입한 보험이 있는지 묻길래 알려줬지."

"최근에 유언장이 수정됐다고 했지? 이유가 뭐야?"

"윌리엄 아저씨가 제안해오셨어. 몇 군데 고치고 싶으시다면서." 데이비드가 대답한다.

"수령자는?"

케네스가 대신 대답한다. "유언장은 봉인이 됐어."

"그래도 내용은 아실 거 아니에요."

"윌리엄의 허락 없인 열어볼 수도, 내용을 공개할 수도 없어."

"혼수상태에 빠져 계시잖아요."

두 변호사 모두 대꾸가 없다.

"제 요청을 거절하시는 겁니까?"

"우린 단지 의뢰인의 뜻에 따를 뿐이야."

"맙소사! 아버지가 왜 저렇게 되셨는지 알아보겠다는데 저한테까지도 의미론을 들이미시는 겁니까?"

나도 모르게 고성이 터져나온다. 하지만 나는 언성을 낮추지 않는다. 아버지의 이중생활이 가능토록 협조하고, 아버지의 비밀을 은폐하는 데도 한몫한 이 사람들에게도 화가 난다.

케네스 패시지가 가래 끓는 소리를 내며 헛기침을 한다. "네가 왜 이리 언짢아하는지 이해해, 조지프. 난 메리의 친구이고, 또 네 친구이기도 해. 하지만…… 이건 변호사로서 의뢰인인 윌리엄을 대행해 이행한 일이야. 변호사-의뢰인 비밀 유지 특권에 대해선 너도 알지?"

갑자기 무언가가 목에 걸린 듯 그가 격하게 기침을 해대기 시작한다. 호출을 받고 달려온 유진이 산소마스크를 그에게 씌워준다. 케네스는 자신의 입과 코를 덮은 마스크를 한 손으로 꼭 쥔 채 가쁜 숨을 몰아쉰다. 옴폭 팬 그의 양 볼은 살짝만 건드려도 가루로 변해버릴 것만 같다.

잠시 후, 케네스의 호흡이 정상으로 돌아온다. 하지만 그는 진이 빠진 모습이다. 데이비드는 유진에게 아버지를 댁으로 모시는 게 좋겠다고 말한다. 그 결정에 동의하지 않는 케네스는 반발할 기운조차 남지 않은 듯하다. 마스크를 쓴 채 구시렁대는 그가 마치 판결을 언도하듯 두 손을 격하게 흔들어댄다. 데이비드가 쪼르르 따라나가 아버지의 머리에 입을 맞춘다. 케네스는 아들의 볼을 어루만지는 것으로 화답한다. 이들 부자의 친밀한 순간이 내 가슴을 저리게 한다.

데이비드가 돌아와 사과한다.

"어디가 편찮으신 거야?" 나는 묻는다.

"선천성 심부전증. 빨리 이식을 받으셔야 할 텐데 수술을 받기엔 너무 노쇠해지셔서 걱정이야."

"다리는?"

"고관절 치환 수술을 받으셨어. 지금쯤이면 다 회복돼서 혼자 힘으로 걸어 다니셔야 하는데…… 보다시피 아직도 휠체어랑 목발 없인 움직이지 못하셔."

케네스가 사라져서인지 데이비드는 한층 편안해진 모습이다. 이제야 사무실의 진정한 주인이 됐으니.

"올리비아 블랙모어는 만나봤어?" 나는 묻는다.

"한두 번 봤어. 서류에 서명하러 왔을 때."

"그 여자는 아버지 유언장을 봤어?"

"윌리엄 아저씨가 직접 사본을 보여주셨을 수도 있고."

"그 여자가 생명보험에 대해서도 알고 있을까?"

"그건 모르겠는데."

우리 사이로 잠시 어색한 침묵이 찾아든다.

"어떻게 봐선 정말 대단하신 것 같아." 데이비드가 말한다. "이토록 오랫동안 두 여자 모두를 행복하게 지켜오셨으니 말이야. 난 한 여자를 만족시키는 것도 힘들어 허덕였는데."

"그래서, 우리 아버지가 존경스러워?"

"존경심이 아니라 경외심이야." 그가 씁쓸하게 미소를 지어 보인다.

"아버지 다이어리를 보니 월요일에 너랑 만나기로 약속이 돼 있더라."

"올로클린 재단 문제로 상의할 게 있다고 하셨어. 연차 결산과 관련해서."

"정확히 어떤 문젠데?"

"4개월 전에 새 회계 담당자를 뽑아 앉혔어. 새뮤얼 로즈. 새 자리에 신속히 적응할 수 있게 계좌들을 아주 꼼꼼하게 들여다본 모양이야."

"그 친구가 뭔가를 찾은 거구나."

"응. 사실 나도 자세한 내용은 몰라. 윌리엄 아저씨를 만나 직접 들어보려고 했는데. 새뮤얼을 한번 만나보겠어? 런던에서 일하던데." 데이비드가 책상 너머로 손을 뻗어 윤이 나는 나무 상자에서 명함 하나를 꺼내 든다. 그런 다음, 자신의 전화기를 흘끔 돌아본다. "곧 중요한 미팅이 있어. 나중에 점심이나 같이 먹자. 형한테 매디를 꼭 소개하고 싶어. 정말 괜찮은 여자라니까. 나 같은 사람도 예뻐해주고."

"그러자."

"아주머니 뵙게 되면 내가 안부 여쭈었다고 전해줘."

"알았어."

함께 사무실을 나선 우리는 긴 복도를 따라 케이지 엘리베이터로 향한다. 그는 버튼을 누르고, 우리는 천천히 올라오는 엘리베이터를 말없이 지켜본다.

"오늘 너무 반가웠어, 형."

"나도." 진심을 담아 한 말이다.

"줄리앤 일은 정말 유감이야. 포르투갈에 있을 때 소식을 들었거든. 장례식에 꼭 참석하고 싶었는데 비행기표를 구할 수가 없더라고. 아버지 얘기로는, 지금껏 겪어본 장례식 중 가장 슬픈 장례식이었대.”

“솔직히 그날 어땠는지 기억도 잘 안 나.” 나는 말한다.

“하긴, 정신이 없었을 테니.”

마침내 엘리베이터가 도착한다. 데이비드가 나를 와락 끌어안는다. 순간 내 왼팔이 움찔하지만 그는 못 본 척한다. 나는 문을 닫고 나서 로비 버튼을 누른다. 케이지가 덜컹대며 하강을 시작한다. 데이비드의 모습이 조금씩 사라져간다. 머리를 시작으로 가슴, 그리고 다리. 내 눈이 정장에 어울리지 않는 그의 하얀 아디다스 운동화에 잠깐 머문다.

밖으로 나와서는 챈서리 레인을 따라 플릿 가 쪽으로 향한다. 경직된 왼팔은 자연스럽게 움직여지지 않는다. 사람들이 보면 얼마나 이상하게 생각할까. 일주일 전까지만 해도 아버지는 의학계의 위대한 기여자였다. 하지만 이제 아버지는 중혼자에 간통자 낙인까지 찍혀버려 두 번 다시 강단에 설 수 없게 됐다.

어쩌면 아버지는 올리비아를 처음 만난 순간 어머니를 버리고 떠날 결심을 품었는지도 모른다. 하지만 속절없이 흐르는 시간의 소용돌이에 휩쓸려 이 납득할 수 없는 상황에까지 이르게 됐으리라. 처음 파킨슨병 진단을 받았을 때 나는 아내에게 그 사실을 털어놓지 않았다. 차마 그럴 수가 없었다. 대신 또 다른 여자의 품속에서 위안을 찾으려 했다. 결국 나도 똑같은 인간 아닌가. 아니, 아버지보다 더한 인간.

웰링턴 코트 로비에서 맨 위층에 이르는 계단의 총 단수는 마흔여섯 개다. 집에 도착한 에마가 계단을 오를 때마다 함께 세자고 해서 저절로 외워진 숫자다. 비록 오늘은 딸과 함께가 아니지만 각 단에 일일이 멈춰 서서 식료품이 든 봉지를 이 손에서 저 손으로 바꿔 들 때마다 아이의 기운이 느껴진다.

앤디는 어젯밤 떠났다. 그래서 직접 장을 본 것이다. 그녀는 집에서 편하게 장을 보는데, 온라인으로 주문을 넣으면 식료품 저장실과 냉장고 안에 온갖 먹을거리가 마법처럼 나타나는 식이다. 화려하게 칠해진 밴을 타고 나타나는 요정들은 앤디에게 작업을 걸고, 그녀도 그들과 알랑대기를 즐긴다.

"아빠 왔다." 나는 문을 닫으며 말한다. 복도는 어둠에 묻혔다.

"찰리?"

무응답.

"에마?"

주방에는 아무도 없다. 들리는 것이라고는 시계의 초침 소리

뿐이다. 싱크대에서는 물이 똑똑 떨어지고 있다. 찰리는 옥스퍼드에서 정오에 떠나는 기차를 타고 온다고 했다. 오는 길에 에마 학교에 들러 동생을 데려오겠다고도 했다. 일곱 시가 훌쩍 넘은 시간임에도 자매는 나타나지 않고 있다.

찰리의 침대에는 아이의 작은 여행가방이 덩그러니 놓여 있다. 에마의 책상에는 교과서가 널려 있고. 나는 찰리의 휴대폰으로 전화를 걸어본다. 가까운 어딘가에서 벨소리가 들려온다. 거실로 다가가자 훌쩍이는 소리가 잠깐 새어나오다가 이내 뚝 멎어버린다. 아이들이 노는가 보군. 숨바꼭질이라도 하나? 숨는 데 별 재능이 없는 에마는 늘 쉽게 발견된다.

"여기 있어요." 찰리가 바짝 긴장한 목소리로 말한다.

"왜 어두운 데서 그러고 있어?" 탁자 위에는 아이의 휴대폰이 켜진 채 놓여 있다.

"불 켜지 마." 남자 목소리다.

나는 거실로 들어가 어둠에 눈이 적응할 때까지 기다린다. 찰리와 에마는 서로에게 찰싹 달라붙은 채 소파에 앉아 있다. 스스로를 최대한 작아지게 만들려는 듯 잔뜩 움츠린 모습이다. 아이들 맞은편 안락의자에는 지저분한 청바지와 팔꿈치에 구멍이 난 후드티 차림의 젊은 남자가 앉아 있다.

복도에서 새어 들어온 불빛이 그의 창백하고 갸름한 얼굴을 비춘다. 그의 입술은 상처처럼 새빨갛고 눈은 마약을 한 것처럼 심하게 흔들린다. 그의 오른손에 쥐어진 물체가 번뜩인다. 칼.

에마가 다시 훌쩍인다. 쇼크를 일으킨 것인지도 모른다.

나는 침입자를 쳐다본다. 그의 눈은 계속 좌우로 흔들리고 있다. 무언가에 취해 있거나 금단 증세를 겪고 있거나, 둘 중 하나일 것이다.

"돈을 원한다면 내 지갑을 가져가." 나는 말한다.

그가 손등으로 입가를 훔치고 팔걸이에 박아 넣은 칼끝을 비틀기 시작한다. 거식증에 걸린 듯 앙상한 남자는 오목 들어간 가슴과 두개골의 모든 굴곡이 훤히 드러나는 짧은 스포츠형 머리를 갖고 있다.

과거에 그를 본 적이 있는지 머리를 황급히 굴려본다. 내 환자였나? 나 때문에 원치 않는 입원을 당하기라도 했나? 내게 해코지를 하려고 온 게 맞나? 그의 무릎이 열렸다 닫히기를 반복한다. 그는 다시 입가를 훔친다. 잔뜩 긴장했다는 신호다.

나는 아이들을 돌아본다. "너희들, 괜찮니?"

찰리는 고개를 끄덕인다. "막무가내로 밀고 들어왔어요. 문을 열기 전에 꼼꼼히 확인했어야 하는데."

"네 잘못이 아니야."

"우리에게서 뭘 원하는 거죠?"

그가 불쑥 끼어들며 닥치라고 한다.

"불을 켜도 돼?" 나는 스위치로 손을 뻗으며 묻는다.

"켜지 마." 그가 칼을 들어 보이며 말한다.

나는 손을 내리고 거실 안으로 몇 걸음 더 내디뎌본다. "내 이름은 조야. 넌 이름이 뭐지?"

"난 메신저야."

"나한테 전달할 메시지가 있어?"

그가 인상을 찌푸리며 손바닥으로 자신의 머리 옆부분을 찰싹 올려붙인다. 머릿속 답을 꺼내려는 듯이. "버려야 해. 버려야 해. 버려야 해."

"뭘 말이지?"

"소중한 모든 것을."

망상에 사로잡혀 있거나 조증을 앓고 있거나, 둘 중 하나일 것이다. 어느 쪽이든 그가 자각하고 있는 현실을 존중해야만 한다.

그는 여전히 웅얼거리고 있다. "버려야 해. 버려야 해." 그가 갑자기 칼을 들고 그 끝으로 나를 가리킨다. "그들이랑 같이 일하지?"

"누구 말이야?"

"그들."

"그게 누군지 모르겠는데."

"이름이 유언이래요." 에마가 처음으로 입을 연다. "아까 나한테 그랬어요."

나는 딸을 흘끔 돌아본다. "예전에 유언을 만난 적 있니?"

"이 아저씨, 학교 밖에 있었어요." 아이가 불안해하는 얼굴로 말한다. "울타리 사이로 대화한 적이 있어요."

나는 다시 유언에게로 시선을 돌린다. 에마를 노려온 소아 성애자인가?

"앉아도 돼?" 나는 묻는다.

유언은 대답이 없다. 나는 소파 옆 의자로 다가가 앉는다. 그가 아이들 쪽으로 다가가면 신속히 저지할 수 있도록.

"그 칼 내려놓고 말로 하는 게 어때?"

그가 칼날을 쳐다본다. "당신, 믿어?"

"무슨 소린지 모르겠는데."

"믿음을 갖고 있느냐고."

"난 인간의 선함을 믿어."

그가 주먹으로 자신의 가슴을 탁 친다. "난 수천 명 성인들의 믿음을 갖고 있어."

"그렇군."

"난 예수는 아니지만 그와 동시대를 살았어. 하지만 난 그리스도는 아니야. 사람들은 그들을 동일 인물로 착각하지만 절대 그렇지 않아. 완전 다른 사람들이라고. 복음서는 틀렸어. 죄다 꾸며낸 동화에 불과해. 예수가 죽고 수백 년 후에 쓰인 소설. 내가 몇 살인지 알아?"

"아니."

"난 나이가 아주 많아. 피라미드보다도. 스톤헨지보다도. 난 지구가 생겨나기 훨씬 전부터 여기 살았었어."

그는 내 열광적인 호응을 바라고 있다. 하지만 나는 그가 현실의 끈을 놓지 않도록 시큰둥한 반응만을 보인다. "넌 에마는 만난 적이 있지만 찰리는 오늘 처음 봤잖아. 앤 내 큰 딸이야. 넌 지금 그 칼로 내 아이들을 공포에 떨게 하고 있어, 유언."

유언이 깜빡대는 눈을 비비며 말한다. "미안."

"마지막으로 잠을 자본 게 언제지?" 나는 묻는다.

"잠이 안 와."

"혹시 약물 치료를 받고 있어?"

"먹는 약이 한두 개가 아니야."

"어떤 약인데? 처방받은 약? 필로폰? 헤로인?"

그는 내 말을 전혀 듣고 있지 않다. "주님이 말씀하시길, '그런데 네가 어찌하여 네 형제를 비판하느냐? 우리가 다 하느님의 심판석 앞에 서리라.'"

"무슨 소린지 모르겠어."

"내가 당신을 함부로 비판해선 안 된다는 얘기야." 그가 고개를 한쪽으로 까딱인다. "날 증오해?"

"누군지도 모르는 사람을?"

"내가 형제를 지키는 자가 아니라고? 내가 아버지의 아들이 아니라고? 성경에 그렇게 적혀 있잖아. '그 형제를 미워하는 자마다 살인하는 자니 살인하는 자마다 영생이 그 속에 거하지 아니하는 것을 너희가 아는 바라.'"

그는 성경 구절을 인용하고 있다. 자신의 머릿속에서 어지럽게 날뛰는 온갖 아이디어에 휘둘리는 중이다. 하지만 그 광기 안 어딘가엔 분명 진실의 일면이 숨어 있으리라.

"형제가 있어?" 나는 묻는다.

"당신이 내 형제야." 유언이 대답한다.

"내 말은, 피를 나눈 친형제가 있느냐고. 누이나. 가족은 있을 게 아니야."

"당신 아버지가 내 아버지야."

**아직도 주님 얘긴가?**

순간 머릿속에서 생각 하나가 폭발하면서 차(茶) 상자와 시트로 덮인 가구에 수북이 쌓인 거미줄과 먼지를 날려버린다.

"성이 뭐지, 유언?"

그가 또다시 칼 손잡이로 자신의 이마를 탁 친다.

"그러지 마." 나는 그의 앞으로 슬그머니 다가가 바닥에 무릎을 꿇는다. "어머니 성함이 뭐야?"

"내가 여기 왔다는 거 비밀로 해줘."

내 입안은 바짝 타들어가는 중이다. "아버지가 누구지?"

"선한 의사 선생님이 날 키워주셨어." 그가 말한다. 그의 손이 칼리와 에마를 가리킨다. "그러니까 너희들은 내 조카들인 셈이야."

그때 밖에서 누군가가 경적을 울린다. 유언이 고개를 홱 돌리고 창문을 응시한다. 마치 불길한 예감이 들었거나 유령을 본 것처럼.

"그들이 듣고 있어."

"누가?"

"그들은 빛을 이용해. 전기. 전선 안에 흐르는 전기 말이야. 그래서 윙윙 소리가 나는 거야. 그들이 지금 우리 얘길 엿듣고 있어."

"아무도 듣고 있지 않아." 나는 말한다.

그가 찰리를 가리킨다. "너도 한패지?"

찰리는 당황하며 나를 쳐다본다.

"제발 이 아저씰 쫓아내줘요." 에마가 불안에 휩싸인 얼굴로 말한다.

유언이 다시 창문을 돌아본다. "그들이 우릴 지켜보고 있어."

"여긴 4층이야, 유언. 누구도 창문으로 우릴 엿볼 수 없다고."

"그래서 내가 거짓말을 하고 있다는 거야?"

"제가 체크해볼게요." 찰리가 말한다. 나를 지나 벽난로 쪽으로 이동한 아이는 조심스레 창밖을 내다본다. "아무도 안 보이는데요."

"차도 없어?" 유언이 묻는다.

"차는 있어요."

"안에 누가 앉아 있고?"

"움직이는 차들만 그래요."

"서 있는 차들은?"

"다 빈 차들이에요. 개를 산책시키는 여자는 보여요."

"휴대폰을 갖고 있어?"

"모르겠어요."

"그들은 휴대폰으로 내 얘길 해. 뭔가 음모를 꾸미는 거지. 다들 날 죽이고 싶어 해."

"왜?" 나는 묻는다.

"내가 한 일 때문에."

"그게 뭔데?"

유언이 갑자기 벌떡 일어난다. 그의 얼굴에서는 흉폭함과 공포가 묻어난다. "그들은 모든 걸 내 탓으로 돌릴 거야."

"네가 뭘 어떻게 했는데?"

그가 자신의 머리를 또 한 번 올려붙인다. "버려야 해! 버려야 해!"

주머니 안에서 휴대폰이 울린다. 유언의 고개가 내 쪽으로 휙 돌려진다. 그가 칼끝으로 나를 가리킨다. "당신이 그들에게 알렸지?"

"아니."

"그들이 오고 있어."

"난 누구에게도 알리지 않았어." 나는 휴대폰의 전원을 끄고 나서 그것을 안락의자 위로 휙 던진다.

"거짓말! 당신도 그들과 똑같아."

나는 본능적으로 찰리와 에마 앞을 막아선다.

에마가 빽 소리친다. "**제발 돌아가요!**"

화들짝 놀란 유언이 내 딸을 돌아보며 눈을 깜빡인다.

"**당신은 나쁜 사람이에요!**" 에마가 소리친다. "**어서 가라고요!**"

유언의 벌어진 입에서는 아무 대꾸도 흘러나오지 않는다.

에마가 유리창을 박살낼 정도의 새된 비명을 질러대기 시작한다. 고막을 찢을 듯한 비명은 멎지 않는다. 아이는 숨 쉬는 것조차 잊은 듯하다. 찰리가 달라붙어 동생을 진정시켜보지만 에마는 멈출 줄 모른다.

유언의 눈이 심하게 흔들린다. 두 손으로 귀를 막아 쥔 채 비틀거리며 현관으로 나간 그는 문을 벌컥 열고 밖으로 몸을 던진다.

에마의 얼굴은 암갈색으로 변해 있다. 쩍 벌어진 딸의 입안으로 진동하는 편도선이 훤히 들여다보인다. 찰리는 동생을 끌어안고 속삭인다. 나쁜 사람은 떠났다고. 이제는 안심해도 된다고.

"경찰에 신고해." 나는 말한다.

"어디 가시게요?" 찰리가 묻는다.

"저 사람을 쫓아가보려고."

●

계단을 달려 내려가는 유언의 부츠 소리가 쩌렁쩌렁 울려댄다. 나는 멈추라고 소리쳐보지만 그는 듣지 않는다. 체인 걸린 문들이 속속 열리며 호기심에 찬 주민들이 밖을 살핀다. "나오지 마세요." 나는 그들에게 말한다.

로비에 다다른 나는 우편함과 재활용 쓰레기통을 지나 밖으로 뛰쳐나간다. 고개를 푹 숙인 유언은 40미터쯤 앞에서 두 손을 주머니에 깊숙이 찔러넣은 채 빠르게 걸어나가고 있다. 그는 좌우도 살피지 않고 길을 건너간다. 달려오던 차들이 속속 급제동을 건다. 사방에서 경적이 터져나오지만 유언은 아무런 반응이 없다. 앙상한 나뭇가지 아래 그림자 속에서 한 형체가 불쑥 튀어나와 그에게 붙는다. 남자? 여자? 구분이 되지 않는다. 두 사람 모두 후드를 뒤집어쓴 상태다.

그들은 하버스톡 힐을 끼고 돌아 캠든 타운 쪽으로 빠르게 걸어나간다. 유언 옆에 붙어 선 형체는 그와 언쟁을 벌이고 있는 듯하다. 유언은 어리바리한 모습이다. 자신이 너무 느리게 뛰고 있는지, 아니면 너무 빠르게 걷고 있는지 모르는 사람처럼.

거리는 행인, 그리고 펍과 식당에서 쏟아져 나온 손님들로 북적거리고 있다. 나는 그들을 요리조리 피해 두 사람을 빠르게 쫓아나간다. 올리비아 블랙모어는 자식을 언급한 적이 없다. 치스윅 집에서 본 사진들에서도 아이 중심의 삶의 흔적은 없었다.

유언은 십 대 후반이거나 이십 대 초반일 것이다. 망상 장애. 편집증. 어쩌면 둘 다일지도. 그는 무언가가 자신의 탓으로 돌려질 거라며 불안해했다. 저 친구가 아버지를 폭행한 범인인가? 내 이복동생? 설마! 말도 안 돼.

다음 모퉁이를 돌아나갔을 때 나는 그들을 놓쳐버리고 만다. 내달리고 싶은 충동을 애써 외면한 채 계속 같은 페이스로 걸음을 옮겨나간다. 레스토랑, 마권 판매소, 가정용품점, 그리고 세탁소가 차례로 스쳐간다. 면 셔츠는 냉기를 한껏 머금고 있다. 정신없이 뛰쳐나오느라 코트를 미처 챙기지 못했다. 휴대폰도 없고. 찰리는 내가 시킨 대로 경찰에 신고했을 것이다. 그들이 나를 무슨 수로 찾지?

다시 유언이 시야에 들어온다. 함께 있던 형체는 보이지 않는다. 마침 옆을 지나는 초록색 이층 버스의 헤드라이트 불빛에 그의 모습이 순간적으로 훤히 드러난다. 갑자기 걸음을 멈춘 그가 쪼그려 앉아 고개를 숙인다. 배수로에 대고 속을 비워내는 모양이다. 그는 입가를 훔치며 정거장에 멈춰 선 버스를 올려다본다. 버스의 앞문이 열린다. 유언은 어깨 너머를 흘끔 돌아본다. 동료를 기다리는 걸까? 버스에 올라탄 그가 위층으로 향한다. 나는 운전사에게 기다리라고 손짓하며 버스를 향해 달려나간다. 주먹으로 유리창을 두드려보지만 그는 무시하고 차를 출발시킨다.

나는 다음 정거장까지 달려가야 할지 고민에 빠진다. 버스가 닿기 전에 도착할 가능성은 없다. 그때 검은 형체가 튀어나와 보디슬램 하듯 나를 거칠게 밀친다. 내 몸은 승차대 안으로 떠밀려 들어간다. 광고판에 처박혔다 튕겨져 나온 나는 땅바닥에 주저앉아버린다. 내 몸에 올라탔던 습격자가 벌떡 일어난다. 그에게서는 뜨거운 열기와 노골적인 광폭함이 뿜어져나온다. 백발. 해골처럼 앙상한 얼굴. 그의 부츠발이 내 얼굴을 향해 날아든다. 나는 본능적으로 머리를 감싸 쥐고는 반대쪽으로 몸을 굴린다. 날아든 그의 발이 내 등에 꽂힌다. 두 번째 킥은 내 신장을 깊숙이 파고든다. 날카로운 통증이 온몸으로 퍼져나간다. 배수로에 널브러진 덕분에 어느 정도 방어가 가능해졌다. 누군가가 경적을 울리며 소리친다. 습격자가 돌아서서 그쪽으로 달려나간다. 그리고 이내 시야에서 사라져버린다.

배수로에 몸이 끼어버린 나는 옷으로 스며드는 빗물을 느낀다. 끙 앓는 소리를 토하며 일어나 앉는다. 왼팔이 움찔거린다. 고개도 그 박자에 맞춰 흔들린다. 파킨슨 씨가 또 심통을 부리고 있다.

정거장의 여자는 못 본 척 휴대폰에만 집중하고 있다. 다음 버스를 기다리는 그녀는 이어버드로 음악을 듣는 중이다.

"실례합니다." 나는 다시 말한다.

그녀가 한쪽 이어버드를 뽑아 쥐고는 얼굴로 흘러내린 머리를 쓸어넘긴다.

"죄송한데 휴대폰 좀 빌릴 수 있을까요?" 내 왼팔은 계속 움찔거린다. 나는 오른팔로 왼팔을 꽉 움켜쥔다.

그녀는 뒤로 슬그머니 물러난다.

"경찰에 신고해야 해서요." 나는 불분명한 발음으로 말한다.

"꺼져요!" 그녀가 쉿 소리를 내며 말한다.

"뭔가 오해를 한 것 같은데……." 나는 힘겹게 몸을 일으켜본다. 여자가 가방에서 무언가를 꺼내 든다. 작은 캔. 에어로졸 같다. 그녀가 내 얼굴에 노즐을 겨눈다. 그리고 내용물을 내게 뿌린다. 나는 본능적으로 눈을 감는다. 하지만 이미 늦어버렸다. 즉각적으로 날카로운 통증이 찾아든다. 얼굴 전체가 불이 붙은 듯 화끈거린다. 입, 코, 눈, 심지어 모낭까지도. 나는 눈을 질끈 감은 채 무엇이라도 붙잡아보려 두 팔을 앞으로 휘젓는다. 여자는 누군가에게 내가 자신의 휴대폰을 강탈하려 했다고 설명하는 중이다.

눈에서는 눈물이 쉴 새 없이 배어나온다. 폐는 무언가가 잔뜩 낀 듯 답답하다. 나는 물을 달라고 애원한다. 남자가 제대로 일어나 앉으라고 한다. 반항적인 사지는 통제 불능 상태에 빠져 있다. 뒤틀린 채 경련하는 내 몸은 마치 요상한 춤을 추는 듯하다. 입을 열어보지만 아무 말도 할 수가 없다. 대신 그르렁대는 후두음만 내지를 뿐이다.

"발작하는 것 같은데요." 누군가가 말한다.

"간질 환자인가 봐요."

"혀를 삼키지 않게 해야 돼요."

"입에서 거품이 일고 있어요."

"광견병인지도 몰라요! 손대지 말아요."

온몸이 사시나무 떨듯 덜덜거린다. 나는 발광하는 몸을 진정시키기 위해 필사의 노력을 다하는 중이다. 간신히 광고판을 붙잡고 몸을 반듯하게 세워본다. 사이렌 소리가 점점 가까워온다. 진정해. 나는 스스로에게 당부한다. 심호흡을 해봐. 내 눈은 여전히 따끔거린다.

"이름이 뭐예요?" 또 다른 목소리가 묻는다. 눈물로 흐려진 시야에 순경의 얼굴이 들어온다. 내 입에서는 알아들을 수 없는 말이 새어나온다.

"신분증을 확인해도 되겠습니까?"

나는 바지 주머니에 손을 넣어본다. 지갑도, 돈도, 휴대폰도, 약도 없다.

"물!" 나는 신음 섞인 목소리로 외친다.

"물 좀 가져와요." 순경이 말한다.

잠시 후, 내 손에 물병이 쥐어진다. 나는 고개를 뒤로 젖히고 얼굴에 물을 뿌려본다. 하지만 미친 듯이 움찔대는 손 때문에 물은 얼굴 대신 셔츠만 흠뻑 적셔놓고 만다. 나는 손으로 얼굴을 북북 문지르기 시작한다.

"도와드릴게요." 순경이 말한다. 그가 물병을 낚아채 들고 내 눈 위로 물을 붓는다.

"고마워요." 나는 어눌하게 말한다.

내게 호신용 메이스를 분사한 여자는 또 다른 순경에게 내가 휴대폰을 강탈하려 했다는 거짓말을 늘어놓고 있다. 내게는 반박할 기운조차 남아 있지 않다.

물병을 손에 쥔 순경이 내게 혹시 먹는 약이 있는지 묻는다. 나는 이 동네 주민이라고 설명한다. 또 다른 순찰차가 도착한다. 우르르 달려온 이들 중 하나가 내 옆에 쪼그려 앉는다.

"여기서부턴 내가 맡을게요." 그녀가 말한다. "그렇지 않아도 이분을 찾고 있었어요."

"이분 왜 이러시죠?" 순경이 묻는다.

"파킨슨 병을 앓고 계세요." 그녀가 내 팔뚝에 손을 얹는다. 눈에 익은 얼굴. 경찰서에서 만난 형사다. 코에 주근깨가 뿌려지고 입에 치아 교정기를 낀 호손 경사. 내게 끝내 이름을 가르쳐주지 않았던.

"제 말 들리세요, 교수님?"

나는 고개를 끄덕인다.

"칼을 든 남자, 어느 쪽으로 갔죠?"

나는 고개를 젓는다. "그 친구 이름은 유언이에요. 올리비아 블랙모어의 아들입니다. 제발 그냥 보내줘요."

나를 공격했던 여자는 나를 체포하라고 길길이 날뛰고 있다. 호손 형사는 그녀에게 메이스는 사용 금지된 무기라며 폭행죄로 기소될 수도 있음을 설명한다.

"나 자신을 보호하려 했을 뿐이에요." 여자가 으르렁거린다. "저 사람이 내 휴대폰을 빼앗으려 했다니까요."

"그냥 빌려달라고만 했잖아요." 이제야 간신히 반박이 가능해졌다. 너무 늦은 감이 있지만.

호손 형사가 나를 순찰차로 데려가 뒷좌석에 태운다. 내 두 발은 여전히 배수로에 빠져 있다. 나는 무릎 사이로 얼굴을 파묻는다. 그녀가 물을 가져와 내 눈에 뿌려준다. 행인 수십 명이 몰려와 나를 지켜본다.

"미안해요." 나는 말한다.

"사과하실 거 없어요." 그녀가 휴대폰을 꺼낸다. "병원으로 모시고 갈게요. 혹시 모르니까. 누구에게 연락하면 되죠?"

"빈센트 루이즈요."

● 

"대체 왜 그런 거야?" 육중한 루이즈가 주방 안을 빙빙 맴돌며 묻는다. "그 친구, 칼을 갖고 있었다며?"

"도움이 필요한 것 같았어."

"정말? 신의 목소리에 홀린 사이코가?"

"걘 미친 게 아니야."

"맞아. 미친 건 자네지!"

나는 샤워를 하고 약을 챙겨 먹은 상태다. 옷도 갈아입었고. 하지만 내 눈은 아직도 벌어진 상처처럼 쓰라리다. 에마는 창문 걸쇠와 데드록과 보안 체인을 꼼꼼히 체크한 후 찰리의 방에 들어가 잠들었다. 아이는 겁이 날 때면 이렇게 강박적인 루틴으로 되돌아가곤 한다.

찰리가 침실 문을 닫고 발끝으로 조심히 걸어나온다. 루이즈를 발견한 큰딸이 쪼르르 달려와 그에게 안긴다. 그는 끌어안은 아이를 번쩍 든다. "그새 더 무거워졌구나. 뇌가 얼마나 커졌길래."

"아저씬 평계가 뭐죠?" 아이가 루이즈의 불룩한 배를 토닥이며 말한다.
루이즈가 숨을 크게 들이쉬며 배를 최대한 집어넣어본다. "이래 봬도 다 근육이야."
"자기기만." 찰리가 말한다. "마침 요즘 그걸 배우고 있어요."
루이즈가 나를 돌아본다. "자네 딸에게 이런 수모를 당하고 있는데 그냥 지켜만 볼 거야?"
"어른이 그 정도 수모는 견뎌야지."
"맞아요. 어른이 뭐 이래요?" 찰리가 과일 그릇에서 사과를 하나 집어 들고는 한입 크게 베어 문다. 줄리앤을 쏙 빼닮은 큰딸을 볼 때마다 늘 가슴 한편이 아려온다. 대학생이 된 아이는 이제 수수한 매력에 성숙미까지 겸비하게 됐다. 더 이상 에마와 같은 앳된 모습은 어디서도 엿보이지 않는다. 그 속은 아직도 아이일 테지만 겉으로는 다 큰 숙녀일 뿐이다.
"경찰이 뭐래?" 루이즈가 묻는다.
"걜 찾는 중이래."
"정말 우리 삼촌일까요?" 찰리가 묻는다. "만약 그 사람이 정말 아빠의 배다른 형제라면……."
나 또한 그게 궁금하다. 유언은 나에 대해 너무 많은 걸 알고 있었다. 에마가 어느 학교에 다니는지, 우리가 어디 사는지. 그럼에도 그의 존재는 내게 엄청난 충격을 안겨주었다.
"확인할 방법은 하나뿐이야." 나는 코트를 챙겨 들고 주머니에 휴대폰과 약병이 들었는지 확인한다.
"지금 나가시게요?" 찰리가 말한다. "그 사람이 또 들이닥치면 어떡해요?"
"빈센트 아저씨가 계시니까 괜찮아."

나는 루이즈를 흘끔 돌아본다. 부디 그가 기꺼이 봉사해주기를 바라면서.

그가 고개를 끄덕인다. "소파에서 자지 뭐."

"에마 방에서 주무시면 돼요." 찰리가 말한다. "에마는 제가 데리고 잘 테니까요."

나는 딸의 이마에 입을 맞춘다. 루이즈가 나를 현관까지 배웅한다. "정말 괜찮겠어? 맥더미드 경위가 올리비아 블랙모어에게 접근하지 말라고 경고했다며."

"이젠 유언에 대해 알아버렸잖아."

루이즈가 내 팔뚝을 살며시 잡아끈다. 그의 입에서는 맥주, 그리고 치즈와 양파를 뿌린 감자 칩 냄새가 풍긴다.

"내가 왜 자넬 높이 평가하는지 알아? 자네 사전엔 속단이란 단어가 없어. 억지스러운 이론에도 휘둘리는 법이 없고. 자넨 확실한 증거 없인 절대 최종 판단을 내리지 않잖아."

"그냥 그 여잘 만나보고 싶어." 나는 친구보다 오히려 나 자신을 안심시키려는 듯 말한다. "오래 걸리진 않을 거야."

열한 시가 거의 다 된 시간, 택시는 나를 치스윅 집 앞에 내려준다. 아래층은 어둠에 묻혀 있지만 위층 창문들은 불이 켜진 상태다. 나는 초인종을 누르고 기다린다. 아래층에 불이 켜지면서 납땜 유리 뒤로 형체가 하나 나타난다. 잠시 후, 체인 걸린 문이 살짝 열린다. 올리비아는 허리띠를 동여맨 나이트가운 차림이다.

"잠깐 들어가도 되겠습니까?"

"무슨 일이죠? 월리엄이 어떻게 됐어요?"

"아니에요."

그녀가 자신의 어깨 너머를 흘끔 돌아본다. 마치 누군가와 함께 있는 것처럼.

"시간이 너무 늦었어요. 피곤하기도 하고. 내일 얘기해요."

"왜 유언에 대해 알려주지 않았죠?"

올리비아는 아무런 반응이 없다. 놀라울 정도의 냉담함이다.

"그 아이가 오늘 밤 우리 집에 쳐들어왔어요. 칼로 우리 아이들을 위협했다고요."

올리비아의 눈이 휘둥그레진다. "누굴 해칠 아이는 절대 아니에요. 조금도 위험하지 않아요." 그녀가 내 얼굴을 유심히 살핀다. "눈은 왜 그래요?"

"그 아일 쫓다가 사고를 좀 당했습니다."

내 말에 심경의 변화가 일었는지 그녀가 체인을 풀고 문을 활짝 연다. 나는 그녀를 지나 안으로 들어간다. 복도를 지나 주방으로.

"아이들은 괜찮아요? 그 애가 당신 주소를 어떻게 알고……." 그녀는 뜨거운 모래밭에 서 있기라도 한 듯 안절부절못한다. "유언에 대해선 나중에 알려주려고 했어요."

"나중 언제요?"

"골치가 아팠어요. 내 신상을 죽어라 파헤쳐대더니 이젠 그 아이까지…… 전혀 생각지도…… 아니, 예상치도 못 한 일이어서……."

"왜 그 아일 숨겼습니까?"

"숨긴 게 아니에요."

"그 아이 사진은 다 어딨죠? 다른 일기장에 넣어뒀어요? 그것만 따로 보관해두는 데가 있나요?"

그녀는 대답하지 않는다.

"유언의 친부가 누구죠?"

"그 애가 뭐라던가요?"

"난 당신에게 듣고 싶어요."

올리비아의 호흡이 점점 가빠진다. 내 질문이 주방 안 산소를 전부 소모해버리기라도 한 것처럼.

"그 앤 윌리엄의 아이가 아니에요. 그러니 걱정 말아요."

"친부가 누굽니까?"

그녀의 목소리가 한층 낮아진다. "터드가 세상을 떴을 때 난 임신 중이었어요. 큰 사고에도 배 속 아이는 기적적으로 살아남았죠. 난 가끔 그런 생각을 해요. 혹시 그 사고 때문에 유언이……." 그녀는 차마 말을 맺지 못한다.

"그 아이에게 무슨 문제라도 있습니까?"

"조울증을 앓고 있어요."

"그게 다가 아닌 것 같던데요. 환청도 듣는 것 같고, 성경을 인용하면서 횡설수설해대는데……."

올리비아가 의자에 앉아 허벅지를 덮은 가운 자락을 반듯하게 편다. 나도 그녀 맞은편에 자리를 잡고 앉는다. 우리는 분명 같은 높이에서 서로를 마주하고 있지만 왠지 그녀가 위에서 내려다보는 듯한 묘한 기분이 든다. 달라진 머리 스타일. 뒤로 묶었나? 아니면 빗질을 다르게 했을 뿐인가? 드러난 그녀의 귀는 뒤에서 비추는 조명을 받아 분홍빛으로 달아올라 있다.

"유언은 조산아로 태어났어요. 예정일보다 여섯 주나 일찍 세상에 나와 병원에서 한 달을 갇혀 지내야 했어요. 당시 난 윌리엄과 교제 중이었는데…… 그때까지만 해도 우린 깊이 사랑하는 사이는 아니었어요. 남의 아이를 자기 자식으로 거둬들이는 거…… 보통 용기가 아니면 할 수 없는 일이잖아요. 이타적이어야 하고. 윌리엄은 조금도 망설이지 않았어요. 지금껏 살아오면서 유언과 나에 대해 후회한다는 말도 해본 적 없고요."

올리비아는 나이트가운의 허리띠를 만지작거린다. 내가 믿는다는 반응을 초조하게 기다리는 듯이. 나는 아무 대꾸도 하지 않는다. 그녀는 마치 프롬프터를 읽어 내려가듯 부자연스러운 설명을 이어나간다.

"유언은 영특하고 쾌활한 아이였어요. 남다른 유머 감각과 포옹에 다들 껌뻑 넘어가버렸죠. 당신도 어릴 적 그 앨 봤어야 하는데…… 그 애 덕분에 우리 집엔 웃음이 끊이지 않았어요. 그러던 아이가 열네 살이 되니 확 바뀌더라고요. 늘 맥이 풀린 모습이었고 성격도 내성적으로 변해버렸어요. 사교성도 증발해버렸고요. 친구들이 재밌어하는 것들엔 통 흥미를 못 느꼈어요. 처음엔 그저 사춘기려니 했는데…… 심상치 않은 조짐이 속속 보이더군요. 아침에 깨우려고 들어가보면 멍하니 벽을 응시하고 있었어요. 눈도 깜빡이지 않고. 어떨 땐 혼잣말을 신나게 해대기도 했고요. 누구랑 얘기하는지 물었더니 알려줘도 이해 못 할 거라고 했어요.

열여섯 살 때 유럽으로 수학여행을 떠난 적이 있었는데 그때도 큰일을 치렀었죠. 유언이 신경쇠약 증세를 보여 프랑스의 한 병원으로 실려갔어요. 윌리엄은 걔가 마약을 했을 거라 짐작했지만 끝내 증거를 찾지 못했어요. 여러 전문의가 달라붙어 살펴봤는데도 원인을 찾기는커녕 상태만 더 악화됐어요. 말수는 더 줄어들었고, 세상으로부터 자신을 더 철저하게 격리시켰죠. 한번 방에 들어가면 나올 줄을 몰랐어요. 벽을 타고 누군가랑 심하게 다투는 소리가 흘러나오기도 했고, 같은 말을 끊임없이 반복할 때도 있었어요.

나중에 유언이 털어놓더군요. 누군가의 목소리가 들린다고. 그래서 '목소리가 뭐라는데?' 하고 물어봤죠. '내가 나쁘대요.' '왜?' '그냥요.'"

올리비아가 손등으로 촉촉해진 눈가를 훔친다.

"용하다는 의사를 다 만나봤지만 그들 중 누구도 유언이 왜 그런지 알아내지 못했어요. 다들 그 애 지능이 얼마나 비상한지 모르더라고요. 상담이나 심리 테스트 중엔 한없이 정상적인 모습을 보였어요. 똑똑하고 애교도 있고, 예전처럼 말이죠. 하지만 그건 그 아이 본 모습이 아니었어요. 목소리에 조종당하는 것에 불과했죠.

A 레벨(영국 대학 입학을 위한 과목별 상급 시험—옮긴이)에 올라가선 수업을 빼먹고 공원이나 동네 도서관에서 시간을 보낼 때가 많았어요. 교사들이 죄다 '사기꾼'이라 배울 게 없다나요. 그 앤 학업과 음식과 가족에 대한 흥미를 완전히 잃어버렸어요. 아주 서서히 사라져가는 걸 지켜보는 기분이었죠. 속이 파내어지고, 뭔가 알 수 없는 것으로 채워져가는 것 같았어요."

"병원에 입원한 적은 없었나요?"

"두 번 있었어요."

"무슨 일이 있었죠?"

"열여덟 번째 생일을 보내고 한 달쯤 후에 신경쇠약 증세가 도졌어요. 방을 아주 엉망으로 만들어놨더군요. 도청 장치와 몰래카메라를 찾는다면서 가구를 부수고 카펫을 뜯어놨어요. 보다 못한 윌리엄이 구급차를 불렀죠. 유언은 정신병동에서 5주를 보냈어요. 거기서 조현병 진단을 받았고요. 차도가 있을 때까지 병원에 남아 약물치료를 받았어요."

"두 번째로 입원했을 때는요?"

"유언과 윌리엄이 대판 싸운 적이 있었어요. 유언이 제멋대로 약을 끊은 사실을 알게 됐거든요. 걔 먹지 않은 약을 방에 잔뜩 쌓아뒀어요."

"아버지와 몸싸움을 벌였나요?"

"아뇨!"

"유언이 아버지를 폭행한 적은 없었습니까?"

"없었어요."

그녀의 눈빛을 통해 그것이 거짓말임을 확인한다. 순식간에 벌어진 미세한 표정의 변화.

"유언은 지금 어디 살고 있죠?"

그녀는 잠시 머뭇거린다. "14개월 전에 독립했어요."

"왜죠?"

올리비아는 한동안 침묵을 지키며 한숨을 푹 내쉰다. "집에서 귀중품이 속속 사라지기 시작했어요. 언젠가 윌리엄이 유언의 방에서 유리 파이프를 찾아낸 적이 있는데 그이는 유언이 마약을 한다고 믿었어요. 필로폰. 그이가 다시 정신병원에 입원시키겠다고 했더니 유언은 겁을 집어먹고 달아나버렸어요." 올리비아는 갈라진 목소리로 말한다. 그녀가 헛기침을 한번 한다. "우린 그 앨 영영 잃었다고 생각했어요. 난……." 그녀가 잠시 마음을 추스른다. "보름쯤 후에 구세군에서 연락이 왔어요. 유언이 버밍엄의 한 노숙자 보호소에 나타났다는 거예요. 윌리엄이 달려가 그 앨 집으로 데려왔어요. 하지만 부활절에 또 가출을 해버렸죠. 나중에 경찰이 햄스테드 히스에서 알몸으로 배회하는 유언을 발견했는데…… 누군가에게 얻어맞고 가진 걸 다 빼앗겼다더군요. 그 후 몇 달 동안 그런 패턴이 꼬리를 물고 이어졌어요. 홀연히 사라졌다가 처참한 몰골로 발견되기를 반복했죠. 빈털터리로, 마약에 찌든 채로. 윌리엄은 결국 이성을 잃고 말았어요. 그건 나도 마찬가지였고요.

우린 그 앨 다시 입원시켰고, 유언은 우릴 상대로 소송을 제기했어요. 변호사를 고용해 어릴 적 윌리엄으로부터 성적 학대를 당했다는 억지 주장을 늘어놓았죠. 황당한 거짓말이었지만 유언은 결국 원하는 걸 얻어냈어요."

"원하는 거라면?"

"자유요."

"그게 언제였죠?"

"8월이었어요. 그래서 집에 유언의 사진이 하나도 없는 거예요. 윌리엄이 다 치워버렸거든요. 그이는 유언이 이 집에 발을 들이면 그땐 경찰을 부르겠다고 했어요. 나한테도 꼭 그리겠노라는 다짐을 받았고요."

"하지만 당신은 그러지 않았죠?"

올리비아가 자신의 두 손을 내려다본다. "그럴 수 없었어요. 그 앤 내 아들인걸요."

"그래서 총을 준비해놓은 건가요? 유언이 두려워서?"

"아니에요. 그 앤 절대……."

그녀는 어깨를 바르르 떨며 고개를 떨군다. 살짝 드러난 그녀의 왼쪽 손목에는 네 개의 작은 멍 자국이 남아 있다. 손가락 자국. 누군가가 우악스럽게 움켜쥔 흔적이다.

"그 애가 그랬나요?"

올리비아가 황급히 소매를 잡아 내린다.

"아버지의 몸에도 멍 자국이 나 있었어요. 누군가에게 폭행당한 흔적이 분명합니다."

"유언은 아니에요."

"그럼 누가 그런 거죠?"

올리비아는 고개를 젓는다. 눈물이 머금어진 그녀의 눈은 글리세린처럼 반짝인다.

"제발 윌리엄을 볼 수 있게 해줘요."

"안 됩니다."

"왜죠?"

"당신을 믿을 수 없어서요."

그때 위층에서 바스락거리는 소리가 들려온다. 올리비아의 눈이 순간적으로 천장을 향했다가 이내 제자리로 돌아온다.

"유언인가요?"

"아니에요."

"그 앨 숨겨주고 있군요!"

나는 잽싸게 주변을 훑어본다. 식기 건조대에 담긴 두 개의 컵. 싱크대에 놓인 두 개의 접시. 나는 복도로 나가본다. 올리비아가 쪼르르 달려와 계단 앞을 막아 선다.

"이만 가줘요."

"왜 그 앨 보호하려는 거죠?"

"나가요!"

나는 그녀를 옆으로 밀치고는 계단을 오른다. 올리비아는 나가라고 고래고래 외쳐대며 내 팔뚝을 있는 힘껏 잡아끈다.

주침실은 비어 있다. 이부자리는 헝클어진 상태다. 나는 다음 방으로 이동한다. 문에 자물쇠가 걸려 있다. 나는 무릎을 꿇고 앉아 문틈으로 새어나오는 불빛을 확인한다. 다시 일어나 손잡이를 돌려본다.

"유언? 안에 있어? 나랑 얘기 좀 하자. 응?"

"어서 나가요!" 올리비아가 최대한 위협적인 톤으로 말한다. 그녀의 손에는 산탄총이 들려 있다. 거대한 블랙홀 같은 총구는 이미 내 가슴에 겨누어진 상태다.

"내가 저 앨 도울 수 있어요."

"나가요!"

그녀의 손가락이 방아쇠에 감긴다. 조금도 물러날 기세가 아니다.

"이걸로 끝이 아니에요." 나는 뒷걸음질 쳐 계단을 내려가며 말한다. "유언은 저러다 누군가를 해치게 될 거예요. 자기 자신을 해치든지."

"그 앤 여기 없어요."

"당신은 경찰에 거짓 진술을 했고, 이젠 내게까지 거짓말을 하고 있어요."

"내 인생 자체가 거짓인걸요." 그녀가 웅얼거린다. 묵직한 산탄총의 총구는 어느새 바닥을 향해 내려져 있다. 그녀가 다시 총을 들어 나를 겨눈다. 그녀는 분노로 가득 차 있다. 당장이라도 난폭해질 수 있는 여자다. 기꺼이 방아쇠를 당겨 내 머리에 구멍을 내놓을 수도 있는 여자.

내 뒤로 현관문이 거칠게 닫힌다. 자물쇠와 체인이 차례로 채워진다.

쫓겨난 나는 앞뜰을 빙빙 맴돌며 머리를 굴려본다. 그녀는 분명 유언을 숨겨놓고 있다. 경찰에 신고할 수도 없다. 그녀에게 접근하지 말라는 맥더미드의 경고가 있었으니. 올리비아는 나를 용서하지 않을 것이다. 이 상황이 불화로 번지면 모두가 피해를 보게 된다. 누구보다도 아버지가.

아버지 사정을 봐줄 이유는 없다. 하지만 아직은 등을 돌려버릴 때가 아니다. 중환자실로 달려가 아버지에게 깨어나라고 호통치고 싶었다. 아버지가 나보다 유언에게 더 좋은 아버지였는지 궁금하다. 그들이 함께 많은 시간을 보냈는지. 함께 책이나 영화나 스포츠를 즐기지는 않았는지. 나는 일생 동안 그런 아버지를 원했었다. 아버지가 내 인생의 일부가 되어주기를 바랐었다. 하지만 아버지는 늘 바쁘거나 내켜 하지 않았다. 어쩌면 아버지는 일 때문에 가족을 멀리한 게 아니었는지도 모른다. 어쩌면 나 때문이었는지도.

## 4일째

터지는 눈물과 타들어가는 피부의 이미지가 꿈속에서 북적거린다. 열기를 빼앗긴 불길. 하지만 나는 여전히 숨을 할딱이며 두 손을 휘저어댄다. 햇빛이 스며들자 나는 일상으로 되돌아왔음에 비로소 안도한다. 일어났으니 에마의 등교 준비를 도와야 하고, 세척기에서 식기를 꺼내고 쓰레기도 밖에 내놓아야 한다.

루시가 병원에서 전화를 걸어온다.

"엄마 친구들에게 일일이 연락해봤는데 다들 모르겠대."

"웨일스로 돌아가신 건 아닐까?"

"아빨 여기 이렇게 두고?"

어젯밤 퍼트리샤의 남편 사이먼이 카디프에서 차를 몰고 왔다. 변호사인 그는 주로 형사 법원에서 활동한다. 경찰 수사에 대해 누구보다도 잘 아는 사람이다.

에마를 학교에 바래다주고 꽃집에 들러 올리비아에게 줄 꽃을 산다. 카드에는 사과 메시지를 적는다. 어젯밤에는 내가 심했다. 그녀가 먼저 거짓말을 했지만 그토록 우악스럽게 몰아붙인

건 잘못이었다. 만약 그녀가 유언을 보호하고 있다면 그 사실은 곧 경찰에 의해 확인될 것이다. 그렇게 되면 우리는 그녀를 가족으로 인정하지 않을 것이고, 끝까지 그녀의 죄상을 물을 것이다.

꽃다발을 골라준 점원이 묻는다. "어디로 배달해드릴까요?"

"내가 직접 전달할 겁니다." 나는 말한다. 그녀는 능숙하게 카네이션과 거베라를 손질한다.

올리비아의 집에 도착해 초인종을 눌러보지만 안에서는 응답이 없다. 버튼에 손가락을 갖다붙인 채 창문을 살펴본다. 커튼은 드리워져 있고, 불은 꺼져 있다. 나는 꽃다발을 현관문에 기대어 놓고 뒤로 몇 걸음 물러나온다.

"좋은 아침." 목소리가 말한다. 돌아보니 새하얀 운동화에 운동복을 걸친 노인이 서 있다. 그의 래브라도가 내 바짓단에 코를 대고 킁킁거린다.

"집에 아무도 없소?" 그가 묻는다.

"그런 것 같네요."

그가 개를 잡아끈다. "친구요? 아니면 가족?"

"가족입니다."

"어느 쪽이지? 윌리엄? 올리비아?"

"윌리엄 쪽입니다."

"윌리엄은 좀 어떤가? 집에서 쓰러졌다고 들었는데. 부디 별 탈 없었으면 좋겠네." 그가 문간에 놓아둔 꽃다발을 바라본다. "설마 나쁜 일이……."

"혼수상태에 빠지셨어요."

"그래? 그나마 다행이군. 아니, 다행이 아니라 끔찍한 소식이지. 아주 좋지 않은 소식."

"이 근처에 사세요?" 나는 묻는다.

그가 길 건너를 가리킨다. "저게 내 집이오. 72번지. 삼십 년 넘게 살았지." 그가 내 앞으로 손을 내민다. "조지 하티건이오. 그냥 조지라고 불러요." 우리는 악수를 나눈다. "올리비아는 사람이 아주 참해. 샐리가 죽기 전엔 같이 개를 산책시키곤 했는데."

"샐리라면, 부인 말씀이세요?"

"아니." 그가 웃음을 터뜨린다. "샐리라고, 잭 러셀이 있었지. 올리비아가 녀석을 끔찍이 챙겼는데. 아주 끔찍한 일이 있었다오. 누군가가 샐리에게 독을 먹여 죽였지 뭐요. 독을 바른 미끼를 이 집 뒤뜰에 던져놓고 갔다나."

"누가 왜 그 여자 개를 죽였을까요?"

"나도 그게 궁금하다니까. 아무튼 그 일이 있은 후로 나도 각별히 조심하고 있다우." 그가 쪼그려 앉아 래브라도의 머리를 쓰다듬는다. "정말 별의별 인간이 다 있다니까."

나는 화제를 바꾸어본다. "혹시 유언이라는 아이를 아십니까?"

"알다마다. 아주 착한 아이지. 아프기 전까지 우리 집에 신문 배달도 했었는데."

"아프다고요?"

"정신병이 있어. 조울증이라던가, 뭐 그런 거라던데."

"마지막으로 그 앨 보신 게 언제였습니까?"

조지가 볼을 살살 긁는다. "며칠 전에 봤지. 아니, 일주일쯤 전이었나? 걔도 나이가 돼서 독립을 했어요. 왜 다들 그러잖수. 우리도 자식이 셋 있거든. 손주도 둘이나 되고. 출가시키고 나선 애들 얼굴 보기가 너무 힘들어졌다오." 그가 내 가랑이에 얼굴을 파묻은 래브라도를 다시 잡아끈다. "윌리엄과는 어떤 사이요?"

"아들입니다."

"아, 역시. 척 보면 알 수 있는 걸 묻다니. 내가 이렇다우. 그래서 집사람한테 항상 잔소리를 듣지. 실없게 군다고 말이야."

"혹시 일요일에 유언을 보셨습니까?"

"갠 못 봤는데. 구급대원들이 우르르 몰려와 법석을 떨었지. 뭔가 큰일이 벌어졌구나 생각했다오. 계단에서 굴렀다면서?"

"아버진 누군가에게 폭행당하셨어요."

그 말에 조지의 눈이 휘둥그레진다. 그가 갑자기 골목 좌우를 살피기 시작한다. 마치 문제의 가해자가 어딘가에 숨어 있기라도 한 것처럼. "어쩐지."

"네?"

"순경이 찾아와 혹시 근처에서 수상한 사람을 못 봤는지 묻더이다. 그래서 배달원 얘길 들려줬어요."

"배달원이라뇨?"

"오토바이 타고 동네를 빙빙 맴돌더라고. 집을 찾는 사람처럼. 일요일 늦은 시간에 배달이라니, 이상하잖수."

"그가 배달원이라는 걸 어떻게 아셨습니까?"

"배달원처럼 생겼더라고. 가죽옷, 헬멧, 장갑. 오토바이엔 안장 가방도 있었고."

"몇 시쯤이었나요?"

조지가 같은 쪽 볼을 다시 살살 긁는다. "여자가 나타나기 전이었나? 아마 그랬을 거요."

"여자요?"

"내가 얘기 안 했던가?"

"네."

"순경한테 다 얘기했어요. 인상착의까진 기억 못 하지만. 그 여자 얼굴을 못 봤거든. 택시를 타고 왔고, 오래 머물진 않았어요. 집이 비었는지 금방 돌아가더라고."

"집에 불은 켜져 있었나요?"

"생각해보니 그랬던 것 같은데. 그걸 어떻게 기억하고 있는진 모르겠지만 말이오."

"올리비아에겐 친구가 많습니까?"

"응? 친구?"

"이 집을 찾는 사람이 많은지 여쭙는 겁니다."

"자주 오는 남자가 하나 있긴 해요. 언젠가 손을 흔들었는데 그냥 무시해버리더라고."

"그 사람, 어떻게 생겼습니까?"

"키는 당신이랑 비슷하고, 나이는 당신보다 젊어 보였어요. 비싼 옷을 걸쳤고, 차는 BMW였던 것 같은데. 최신 모델인지 아주 삐까번쩍하더이다."

"그가 이 집에서 머물다 간 적은 없었습니까?"

내 질문의 암시를 알아차린 조지가 움찔한다. "설마 날…… 만약 날 그런 사람으로 생각했다면…… 당신이 이렇게 올리비아의 집 앞을 서성인다고 해서 이상한 상상을 하진 않아요. 내가 왜 남의 사생활에 간섭을 하겠나. 내 코가 석 잔데. 어차피 다들 자기 방식대로 살아가는 거 아니겠소."

"지당한 말씀입니다." 나는 말한다. "아버지가 좋은 이웃분을 두셨네요."

"자, 토비." 그가 말한다. "집에 돌아갈 시간이야."

카페의 앞창에는 김이 서려 있다. 주방에서는 취사도구 부딪히는 소리가 쉴 새 없이 들려온다. 맥더미드 경위는 홀로 앉아 늦은 아침을 먹고 있다. 그의 앞에 놓인, 브라운소스로 범벅이 된 컴벌랜드 소시지는 꼭 변기 속 똥을 보는 듯하다. 옆의 접시에는 버터를 바른 토스트가 담겨 있고, 그의 마디진 오른손 가까이에는 찻잔이 놓여 있다. 정오가 다 된 시간. 식사는 그 혼자 하고 있다.

"블랙모어 부인을 괴롭히지 말라고 했잖습니까." 그가 칼로 계란프라이를 사등분하며 말한다.

"그 여자에겐 아들이 있어요. 그녀가 거짓말을 했다고요."

"그녀는 유언 블랙모어를 감춘 적이 없습니다."

"당신도 알고 있었어요?"

"물론이죠."

"알면서 왜 내겐 얘기 안 했죠?"

"내가 무슨 가정 상담사인 줄 알아요?"

그의 빈정대는 말투가 몹시 거슬린다. 그는 내 이런 반응을 은근히 즐기는 듯하다.

"몇 번을 얘기해야 알아듣겠습니까, 교수님. 당신은 우리 수사와 아무런 상관이 없어요. 우리가 당신에게 관련 디테일을 보고할 의무도 없고요. 처음부터 우리 일에 간섭하지 말라고 그렇게 당부했는데 왜 자꾸 끼어드는 겁니까?"

"유언 블랙모어가 칼을 들고 내 집에 쳐들어왔어요."

"하지만 당신은 진술서 작성을 거부했잖아요. 왜 그랬죠?" 그는 내 대답을 기다리지 않는다. "아, 난 그 답을 알아요. 형제애 때문이죠?"

"그 아인 내 동생이 아닙니다. 난 먼저 올리비아를 만나 물어보고 싶었어요."

"당신은 그녀 집으로 쳐들어가 그녀를 위협했어요."

"아닙니다."

"그녀 손목에 멍 자국이 남아 있던데요."

"내가 그런 게 아니에요."

맥더미드는 냅킨으로 입을 닦으며 이에 낀 소시지를 빼내려 혀를 놀려댄다. 면도하다 베였는지 그의 목에는 새빨간 상처가 나 있다.

"동료들에게 당신에 대해 물어봤어요. 다들 좋은 얘길 들려주더군요. 통찰력 있고 머리가 비상하다고 말입니다. 하지만 난 잘 모르겠어요. 내 눈엔 당신이 스포트라이트에 취해 명예만 쫓는 사람으로 보입니다."

"당신이 잘못 봤어요. 유언이 우리 아버지를 폭행한 게 맞습니까?"

"그 친구에겐 알리바이가 있어요."

"누군데요?"

"블랙모어 부인은 극장을 나와서 유언을 만나러 갔다고 진술했습니다."

그녀 타임라인에서 행방이 묘연한 시간.

"모자가 서로의 알리바이가 돼주고 있잖아요!"

식욕을 잃었는지 맥더미드는 접시를 멀리 밀어낸다. "더 이상 수사에 간섭하지 말아요."

"당신은 그녀에게 속고 있는 겁니다."

"그만!" 그가 버터 바르는 칼로 나를 겨눈다. "당신은 어젯밤 블랙모어 부인의 집에 쳐들어가 그녀를 폭행했어요."

"그건 사실이 아닙니다."

"내가 멍 자국을 봤다니까."

"그녀가 총으로 날 위협했다고요."

"그녀는 스스로를 보호하려 했을 뿐입니다."

"불법 총기로요."

"당신 부친에게 면허가 있어요."

"그렇게 보관하는 건 불법이잖아요."

"총은 일단 우리가 압수했습니다."

"왜 자꾸 그 여자 편을 드는 겁니까?"

"난 누구의 편도 아닙니다. 난 팩트만을 따질 뿐이에요. 올리비아의 진술에 의하면, 당신 부친은 그녀의 반대에도 불구하고 기어이 산탄총을 챙겨왔다고 합니다. 의붓아들이 두려웠던 것이죠. 어쨌든 올리비아는 극구 반대했다고 합니다. 그게 진실인지 거짓인지는 알 수 없지만 말입니다. 아무튼 당신이 신경 쓸 문제는 아닙니다. 수사는 우리가 하지 당신이 하는 게 아니라고요."

맥더미드가 좋은 패를 쥔 포커 선수처럼 의기양양한 모습으로 나를 쳐다본다. 그는 만족스러운 표정으로 찻잔을 입으로 가져가 요란하게 홀짝인 후 손등으로 입을 훔친다.

"모친은 찾았습니까?"

"아뇨."

"오늘 오후 다섯 시까지 모친을 모시고 오지 않으면 체포 영장을 발부하겠습니다."

그가 계산서를 가져오라고 웨이트리스에게 손짓한다.

"산탄총에 대해선 어떻게 알았습니까?" 나는 묻는다.

"블랙모어 부인이 아침에 자초지종을 들려줬어요. 총을 내주면서 당신을 정식으로 고소했습니다. 당신이 자신과 유언 앞에 얼씬 못하도록 접근 금지 명령도 신청했고요. 그뿐만이 아닙니다. 그녀가 변호사를 선임했어요. 이젠 우리도 그녀를 편하게 심문할 수 없게 됐습니다. 뭘 묻든 변호사가 절대 답변하지 말라고 그녀 귀에 속닥거릴 테니까요. 이게 다 당신 덕분입니다."

형사가 지갑에서 지폐 몇 장을 꺼내 테이블 위로 떨어뜨린다.

"단 하루만이라도 당신과 직업을 바꿀 수 있다면 얼마나 좋을까요, 교수님. 현실을 사는 것보다 사람들의 공상이나 망상과 씨름하는 게 훨씬 쉽겠죠. 내가 떠맡은 사건의 피해자는 영영 깨어나지 못할 수도 있습니다. 그의 두 아내는 사건 당일 밤 행방에 대해 거짓말을 하고 있고요. 그리고 그의 두 아들은…… 하나는 신의 목소리가 들린다 하고, 또 하나는 자기가 신이 내린 선물인 줄 압니다." 맥더미드가 자신의 성명에 구두점을 찍듯 트림한다. "그거 알아요? 올리비아 블랙모어는 무능력자 보호 법정에 자신을 윌리엄 올로클린의 대리인으로 지명해줄 것을 요청해놨습니다."

"그게 무슨 소리죠?"

"당신 부친은 병들거나 불구의 몸이 됐을 경우에 대비해 지속적 대리권을 등록해두지 않으셨습니다. 블랙모어 부인이 대리인이 되겠다고 나섰더군요. 만약 그녀가 대리인이 되면 당신 부친의 안녕은 물론, 그분의 재정 문제에 대한 모든 결정권을 갖게 됩니다."

"이렇게 가족이 멀쩡히 살아 있는데 그 여자가 무슨 자격으로요?"

"그녀도 부친의 가족이잖습니까. 지금 그 여잔 무척 화가 나 있어요." 그가 의자 등받이에 걸쳐놓은 재킷을 집어 든다. "당신 가족을 차례로 만나보니…… 그녀가 그럴 만도 하다는 생각이 듭니다."

●

 "조, 무슨 문제라도 생긴 거야?" 데이비드 패시지가 응답한다. 휴대폰에서 왁자지껄한 소리가 흘러나온다.
 "할 얘기가 있어."
 "미술품 경매장에 와 있어. 친구 대신 입찰 중이야. 끝나고 나서 볼까?"
 "어딘데?"
 "소더비로 와."
 경매장은 뉴 본드 가에 자리하고 있다. 고급 패션 부티크와 보석 가게들 틈에. 예쁘장한 젊은 여자가 나를 에어컨이 켜진 방으로 안내한다. 마흔 명 남짓 되는 사람들이 의자에 나란히 앉아 있다.
 "패들이 필요하신가요?" 그녀가 묻는다.
 "입찰하지 않을 겁니다."
 "그래도 혹시 모르니 갖고 계세요." 그녀가 환히 웃으며 말한다. 대형 스크린에는 골동품 기압계의 이미지가 떠올라 있다. 담홍색 셔츠와 화려한 넥타이 차림에 하프 글라스를 걸친 경매인이 패들을 든 입찰인과 휴대폰으로 누군가와 통화 중인 입찰인들을 차례로 가리킨다. 그의 시선은 속속 들리는 패들을 향해 빠르게 움직인다. 경매장 구경은 처음이지만 입찰액이 3만 파운드를 넘어서자 나까지 슬슬 긴장되기 시작한다.

뒤편에 앉은 나는 데이비드를 볼 수 없다. 다음 경매품은 1870년경에 제작된 휴대용 시계다. 은으로 장식된 시계는 명판 위에 반듯하게 놓여 있다. 경매인은 시계의 기원을 설명하며 조지 5세의 결혼 선물이었음을 특히 강조한다. 입찰은 4천 파운드에서 시작된다. 앞줄에 앉은 여자가 패들을 들어 1천 파운드를 얹는다. 다른 입찰인들도 속속 패들을 든다. 경매인은 고개를 끄덕이며 그들을 일일이 챙긴다. 7천 파운드에 도달하자 패들 들리는 속도가 줄어든다. 여자가 의기양양한 표정으로 미소를 흘린다.

그때 데이비드의 손이 번쩍 들린다. 새로운 경쟁자의 출현에 여자는 흠칫 놀라는 모습이다. 그녀는 잠시 망설인다. 그리고 카운터 입찰. 데이비드도 지지 않고 따라온다. 짙게 화장한 여자의 얼굴이 살짝 일그러진다. 보나 마나 속으로 욕을 퍼붓고 있을 것이다.

"따라가시겠습니까, 부인?" 경매인이 묻는다. "고지가 눈앞인데요."

여자가 고개를 젓는다.

그가 방 안을 찬찬히 둘러본다. "다른 분 안 계십니까? 여기까지인가요? 자, 셋을 세겠습니다. 하나, 둘…… 낙찰됐습니다! 축하드립니다, 선생님."

여기저기서 소극적인 박수가 터져나온다. 데이비드가 일어나

중앙 통로로 나온다. 여자는 그를 매섭게 노려보는 듯하다. 데이비드가 나를 발견하고 손을 흔든다. 뿌듯해하는 표정.

"잠깐만 기다려." 그가 말한다.

그가 계산을 하고 서류를 챙기는 동안 나는 로비에서 기다린다.

"시계를 샀지?" 나는 묻는다. "왜 하필 그거야?"

"그것만 모으는 고객이 있어."

우리는 건물을 빠져나온다. "커피 한잔 하면서 얘기할까? 갑자기 무슨 일이라도 터진 거야?"

"올리비아 블랙모어가 아버지의 대리인이 되겠다고 나섰어."

"알아."

"뭐?"

"그 여자가 아침에 전화를 걸어왔어. 변호사가 필요하다면서."

"그래서 그 여잘 도우려고?"

"그럴 순 없지. 그냥 친구를 소개해줬을 뿐이야."

나는 황당하다는 표정으로 그를 쳐다본다. "왜 그랬어?"

"그녈 적으로 만드는 건 현명한 일이 아니야. 그 여잔 자신을 윌리엄 아저씨의 정식 아내로 여기고 있어. 아무래도 관습법이라는 게 있으니까. 영국법에 따르면 그녀는 결코 아주머니와 같은 권한을 누릴 수 없어. 하지만 심통을 부려 형네 가족을 괴롭혀댈 순 있겠지."

"그 여자가 아버지의 돈과 치료에 대한 모든 결정권을 차지하려고 해." 나는 말한다.

"그러도록 내버려두지 않을 거야."

데이비드는 대수롭지 않다는 반응이다. "난 누구의 편도 아니야, 형. 그냥 내 할 일에 충실할 뿐이라고. 최적의 결과는 형이랑 올리비아가 머릴 맞대고 합의를 보는 거야. 휴전 협상은 내가 주선할게. 어느 쪽도 이 문제로 법원을 들락거리고 싶진 않을 거야."

"변호사들에겐 나쁠 거 없겠지." 나는 말한다.

데이비드가 소파에서 끌어내려진 강아지처럼 측은한 표정으로 눈을 깜빡인다.

"내가 올리비아에게 잘 얘기해볼게." 그가 말한다. "그 여잘 적대하는 건 답이 아니야."

"유언 블랙모어에 대해서도 알고 있었어?" 나는 묻는다.

데이비드는 또다시 당혹스러워하는 모습이다.

"우리 아버지가 그 녀석도 유언장에 포함시키셨어?"

"그건 공개할 수 없어, 형."

내 시선이 그의 발로 떨어진다. 그는 저번과 같은 운동화를 신고 있다.

"유언은 아버지의 친자식이 아니야." 나는 말한다. "올리비아도 그 부분은 인정했어. 아버질 만나기 전에 이미 임신한 상태였대."

"유언의 출생 증명서에 아저씨 성함이 들어가 있어."

"유전자 검사를 해보면 되지."

"왜 그러려고 해? 형에겐 윌리엄 아저씨의 바람을 부정하고 유언장에서 그 아이를 뺄 법적 권한이 없어. 아저씬 유언을 아들로 인정하셨다고. 친자인지, 입양으로 맺어진 관계인지, 아니면, 관습법에 따라 그렇게 돼버린 건지, 그런 건 전혀 중요하지 않아."

나는 반박을 하려다 멈칫한다. 괜히 받아쳤다가는 속 좁고 질투심에 사로잡힌 사람으로 비칠 수 있기 때문이다. 누가 아버지 재산을 상속받게 될지, 과연 그 아이가 아버지의 친자가 맞는지,

이런 것들은 아무래도 상관없다. 유언은 학교에서부터 에마를 미행했고, 칼로 무장한 채 집에 쳐들어와서는 내 두 딸을 인질로 붙잡아두었다. 그뿐만이 아니었다. 집에서 귀중품을 훔쳐 달아난 것으로도 모자라 우리 아버지를 성폭행범으로 몰아가기까지 했다.

주일학교에 다닐 때 나는 회개한 탕아 이야기가 무척이나 싫었다. 상속받은 재산을 매춘부와 파티에 탕진한 자식. 그런 아들을 용서하고, 새 옷과 신발을 내어주고, 살찐 송아지를 잡아 잔치까지 열어준 아버지. 동생과 달리 집에 남아 가족을 착실히 돌봐온, 신중하고 경건하고 공손한 맏아들. 밭일을 마치고 돌아온 그는 요란한 잔치가 벌어진 집 앞에서 걸음을 멈춘다. 돌아온 동생이 영웅 대접을 받는 모습을 본 그는 집에 발을 들이지 않는다. 동생이 너무나도 쉽게 용서받았다는 사실에 화가 났기 때문이다. 아버지가 나와 맏아들에게 말한다. "네 동생은 죽었다가 살았으며 내가 잃었다가 얻었기로 우리가 즐거워하고 기뻐하는 것이 마땅하다 하니라."

구원과 용서에 대한 이 우화에서 우리가 새길 교훈은 없다. 결과가 너무 불공평하기 때문이다. '효자'에게 돌아가는 이득은 없다. 공정도, 은총도, 정의도.

마침내 어머니가 나타났다. 정오쯤 중환자실에 들어와 아버지를 챙기셨단다. 마치 병실을 떠난 적이 없었던 것처럼 태연하게.

루시는 전화로 내게 소식을 전하는 중이다.

"어젯밤엔 패딩턴 역 근처 호텔에 묵으셨대. 조용한 데서 생각을 정리하고 싶으셨다나."

"무슨 생각을 정리해?"

"올리비아 블랙모어, 그 여자 문제 말고 또 뭐가 있겠어? 엄만 아니라고 하시지만."

"경찰서엔 가보셨대?"

"아직. 사이먼이 담당 형사랑 통화를 했어. 아침에 모시고 가겠다고 약속했대."

"지금은 어디 계시는데?"

"병원 예배당. 아무것도 못 드셨나 봐. 기운이 하나도 없으셔."

나는 엄지와 검지로 묵주를 쥔 채 나지막이 성모송과 주기도문을 읊어나가는 어머니의 모습을 머릿속에 그려본다. 어머니는 독실한 가톨릭 신자다. 나는 열네 살 때까지 어머니의 성화에 못 이겨 꼬박꼬박 주일 미사에 나갔다. 누나들은 나보다 훨씬 오랫동안 시달렸고. 어머니는 그 시절부터 자주 성당을 찾았다. 무슨 일이 있어도 매주 두어 번은 반드시 다녀왔다. 죄받을 남편과 신을 믿지 않는 자식들을 위해 기도하느라.

"엄마가 너흴 잘 못 키운 것 같구나." 언젠가 어머니는 말했다. "아무도 성당에 나가려 하질 않으니."

"다닐지 말지 알아서들 하라고 하셨잖아요." 나는 말했다.

"이렇게 될 줄 몰랐으니까 그랬지."

"전 불가지론자예요. 무신론자가 아니라."

"회색분자." 어머니 입에서 튀어나오니 몇 배 더 독하게 들린다.

"기왕이면 열린 마음을 갖고 있다고 표현해주세요."

"그럼 양다릴 걸치고 있다고 해줄까?"

루시와의 통화는 계속 이어지고 있다. 나는 누나에게 가족 회의를 소집해줄 것을 요청한다. "모두가 모인 자리에서 할 얘기가 있어."

"왜?"

"올리비아 블랙모어가 아버지 문제에 대한 모든 권한을 차지하려 하고 있어."

누나가 헉하고 숨을 들이쉰다. "그게 가능해?"

"변호사까지 선임해뒀대. 사이먼도 꼭 참석하라고 해. 우리도 대책을 세워놔야지."

"엄마한텐 뭐라고 하지?"

"아직은 말씀드릴 때가 아니야. 엄마한텐 비밀로 해줘."

병원 예배당은 서늘하고 고요하다. 통로 바닥을 따라 희미한 조명이 켜져 있다. 나는 손가락으로 성수를 찍어 성호를 긋는다. 깊은 정적이 피부로 느껴진다. 사람들이 성당을 찾는 이유를 알고 있다. 세상이 멈춰버린 듯한 한없이 평화로운 정적. 창조주에 대한 믿음은 필요치 않다. 그저 산란한 정신을 진정시키고 반추할 능력만 있으면 된다. 긴장을 풀고 호흡을 가다듬으면서.

어머니는 제단에서 두 줄 떨어져 앉아 있다. 어제와 같은 드레스와 카디건 차림이다. 목에는 매듭이 있는 실크 스카프가 둘러져 있다. 어머니는 무릎을 꿇고 앉아 기도를 하는 중이다. 내 무게에 눌린 신도석이 삐걱거린다. 그 소리에도 어머니는 돌아보지 않는다.

"여기서 뭐 하세요?" 나는 묻는다.

"기도."

"어젯밤엔요?"

"어제도."

어머니의 묵주알은 옥과 윤을 낸 나무로 만들어졌다. 할머니가 어머니의 첫 성찬식 때 선물한 것이다. 어릴 적 나는 어머니의 묵주를 몸에 두르고 히피 흉내를 내다가 크게 혼난 일이 있다.

"오늘 아침에 맥더미드 경위와 통화했어요. 수사에 협조하지 않으면 체포하겠대요."

"내가 무슨 죄라도 졌다니?"

"왜 아버지를 런던까지 미행하셨죠?"

어머니가 몸을 틀고 나를 쳐다본다. 어머니의 눈은 피로로 넘쳐나고, 피부는 양피지처럼 자글자글 주름이 져 있다. "네 아버지가 어떻게 될까 봐 걱정이 됐어. 너무 두렵더라고." 어머니가 검지로 묵주 끝에 달린 십자가상을 더듬는다. "몇 주 전부터 네 아버지 행동거지가 좀 이상해졌어. 하루 종일 서재에 틀어박혀 나오지도 않고. 문까지 걸어 잠그고선 말이야. 식사도 거르고, 잠도 안 자고. 대체 왜 그러냐고 물어보면 아무 일 아니니까 걱정 말라고만 해. 하지만 어떻게 걱정을 안 하니? 난 네 아버지와 육십 년 넘게 살았어. 그 사람에 대해선 모르는 게 없다고. 난 그 사람 숨소리와 심장 뛰는 소리까지 다 알아. 네 아버지에겐 분명 말 못 할 고민이 있었어."

어머니가 핸드백에서 티슈를 꺼내 든다. 하지만 코를 푸는 대신 그걸 반으로, 그리고 또다시 반으로 조심스레 접어 묵주알을 닦아나간다.

"윌리엄은 결혼기념일까지 까먹었어. 지금껏 단 한 번도 그런 적이 없었는데. 네 아버지가 암 같은 고약한 병이라도 걸렸을까 봐 덜컥 겁이 나더라. 네 할아버지도 간암과 대장암으로 돌아가셨거든. 난 그 사람이 큰 병에 걸린 걸 숨기고 있다고 생각했어. 내가 걱정할까 봐. 그래서 물어봤더니 오히려 날 놀리더라고."

역시 아버지답네.

"그러다 문득 네 아버지가 날 떠날지도 모른다는 생각이 들었어. 지금껏 참고 살다가 마침내 결단을 내렸다고 말이야. 나 대신 그 여잘 선택했다고."

"아버진 그럴 분이 아니세요." 나는 진심을 담은 척 말한다.

어머니는 애써보지만 미소는 끝내 머금어지지 않는다. "내가 그 여자보다 나은 게 뭐가 있니? 난 네 아버지 같은 지적 능력도, 야망도 없는 여자야. 이런 내게 잡혀 살다가 훨씬 젊고, 예쁘고, 건강한 여자를 만났으니 얼마나 좋았겠어? 안 그런 척해도 남자들은 다 똑같아. 유전자적으로 그럴 수밖에 없다고."

"너무 나가셨어요, 엄마."

제단 위로는 커다란 스테인드글라스 창문이 나 있다. 십자가에 매달린 예수, 그리고 그의 발밑에 모인 사도들과 그의 머리 위에 떠 있는 천사들. 서로 비슷하게 생긴 새하얀 피부의 서구적 캐릭터들은 죄다 따분한 표정을 짓고 있다.

어머니가 벨벳 주머니에 묵주를 집어넣으며 말한다. "이혼을 원하느냐고 물었더니 네 아버지가 화들짝 놀라더구나. 그날 우린 대판 싸웠어. 나더러 오버하지 말라나? 히스테리 좀 작작 부리래. 난 그 단어가 너무 싫더라고. 남자 의견에 동의하지 않는 여자는 다 미친 거니? 여자는 자기 신념도 가지면 안 돼?" 어머니의 질문에서 저항심과 자존심이 은근하게 묻어난다. "직감적으로 뭔가 잘못됐다는 걸 알 수 있었어. 그래서 런던까지 오게 된 거야. 그토록 태평스럽고 행복했던 사람이 왜 갑자기 성마르고 불안정해졌는지 알고 싶어서."

"누굴 만나 물어보려고 하셨죠?"

어머니는 잠시 머뭇거리며 자신의 손을 내려다본다. "그 여자."

"올리비아 블랙모어요?"

어머니가 고개를 끄덕인다.

"그 여자랑 얘기해본 적 있어요?"

"아니. 없어." 어머니가 숨을 깊게 한번 들이쉬었다가 천천히 내쉰다. "가끔 윌리엄의 휴대폰으로 전화를 걸면 여자가 받을 때가 있어. 난 그게 그 여자일 거라 짐작했지."

"말은 안 걸어보셨어요?"

"이게 어제오늘 일이 아니잖니. 몇 년을 이래왔는데. 게다가

난 누구와도 싸우고 싶지 않아."

나는 어머니의 소극적인 태도에 질려버렸다. 제발 좀 당당해지라고, 참고 사는 게 능사가 아니라고 빽 소리치고 싶었다. 누가 영국사람 아니랄까 봐.

"올리비아에게 유언이라는 아들이 있다는 거 아세요?"

"알아."

"그 여자 사는 데도 아셨고요?"

어머니의 고개가 또다시 끄덕여진다. "윌리엄이 왜 그렇게 변했는지 알고 싶었어. 왜 갑자기…… 이상한 사람이 돼버렸는지."

"그 집 초인종을 눌렀어요?"

"아무도 나오지 않더구나."

"그래서 어쩌셨는데요?"

"그냥 집으로 돌아왔지 뭐."

"런던까지 가서는 그냥 빈손으로 돌아오셨다고요?"

"응."

"왜 경찰엔 이 얘길 안 하셨죠?"

어머니가 구슬픈 눈빛으로 나를 쳐다본다. "무서웠어. 그 사람들이 네 아버지가 그렇게 된 걸 내 탓으로 돌릴까 봐."

"엄마가 이러시는데 어떻게 경찰이 의심을 안 해요?"

어머니가 고개를 젓는다. "내가 네 아버질 저렇게 만들었다고? 말도 안 돼."

"그 집엔 몇 시쯤 가셨어요?"

"글쎄. 열한 시 반쯤?"

"집에 불이 켜져 있던가요?"

"응. 아래층에 불이 켜져 있었어."

"정말요?"

어머니가 고개를 끄덕인다.

"밖에선 얼마나 서 계셨어요?"

"십 분? 십오 분? 막상 도착하니 용기가 나질 않더라. 그러다 간신히 초인종을 눌렀는데 아무런 응답이 없었어. 하지만 안엔 분명 윌리엄이 있었다고."

"그걸 어떻게 아셨는데요?"

"안에서 누군가가 움직이는 소릴 들었거든."

"올리비아 블랙모어는 자정쯤 귀가했을 때 집에 불이 전부 꺼져 있었다고 했어요."

어머니는 내 말의 의미를 모르겠다는 듯 눈만 끔뻑여댄다. 잠시 후, 어머니에게 깨달음이 찾아든다. 어머니의 한 손이 입으로 올라간다. "내가 네 아버질 살릴 수도 있었는데. 알았다면 그 자리에서 구급차를 불렀을 텐데."

"그 상황에서 엄마가 아실 길이 없었잖아요."

"그이가 계단 아래 쓰러져 뒹굴고 있었는데…… 진작 알았다면…… 그걸 내가 진작 알았다면……."

그 어떤 말로도 어머니를 위로할 수 없다. 어머니는 모든 게 자신의 탓이라고 확신하고 있다. 나는 어머니의 손을 꼭 잡아준다. 어머니가 내게만 집중할 수 있도록.

"아버지의 몸에서 오래된 멍 자국을 발견했어요. 일주일쯤 전에 폭행당한 흔적이에요. 많이 고통스러우셨을 거예요. 엄마 눈엔 뭔가 이상한 점이 없었어요?"

어머니는 충격받은 표정으로 고개를 젓는다.

"누군가가 돈을 받으러 오거나 하진 않았어요? 빚 수금 대행

업자나 집달관 같은 사람 말이에요." 나는 묻는다.

"우리 집에 그런 사람들이 왜 찾아와?"

우린 가난하지 않다, 이런 뜻인가?

"그 여자가 때렸는지도 모르잖아." 어머니는 올리비아를 범인으로 몰고 있다. "너도 그 여잘 만나봤다고 했지? 네가 보니까 어떠니? 그 여자가 그런 것 같아?"

"그건 아닌 것 같아요."

어머니는 계속 이어나간다. "어떤 사람이었어? 그 여자…… 윌리엄이 왜 그런 여자에게 홀렸는지…… 네가 봐도 그럴 만했니?" 어머니는 패닉에 빠진 듯하다. "그 여자, 많이 젊지? 나도 사진을 봤어. 운동도 잘하는 것 같던데. 네 아버지가 테니스라면 사족을 못 쓰잖니. 이럴 줄 알았으면 나도 진작 좀 배워두는 거였는데. 그게 뭐 어려운 일도 아니고."

"엄마 탓이 아니에요."

"내 노력이 부족했어. 네 아버진 나랑 사는 게 행복하지 않았던 거야."

"아니라니까요! 아버진 엄말 두고 바람을 피우셨어요. 그 여자에게 모든 걸 퍼주셨다고요. 아버진 이기적이고 자기중심적이세요. 자기 도취증에 빠져 있고……."

어머니는 마치 내게 뺨이라도 얻어맞은 듯한 반응을 보인다. "어떻게 그런 얘길 함부로 할 수 있니? 네 아버지가 얼마나 좋은 사람인데."

"오, 지금 그걸 말씀이라고…….."

"닥치고 엄마 말 들어. 난 네 아버질 끔찍이 사랑해. 지금껏 그래왔고, 앞으로도 그럴 거야. 왜 아버질 무슨 괴물 보듯 하니? 정말로 네 아버지가 우릴 버렸다고 생각하는 거야? 그렇다면 네가 잘못 짚었어. 네 아버진 우리만 돌본 게 아니라, 수백 명의 생명을 살리기까지 했어. 윌리엄 덕분에 목숨을 건진 사람이 어디 한둘인 줄 아니? 네 아버지 덕분에 가정 파탄을 면한 사람들은 또 얼마나 많은데." 어머니의 눈이 반짝인다. "언젠가 퇴근하고 돌아온 네 아버지가 소파에 늘어져 잠든 날 발견한 적이 있었어. 넌 엄마 배 위에 엎드려 있었고. 네게 젖을 물리다가 깜빡 잠이 들었는데 그이 눈엔 그런 내 모습이 너무나 예뻐 보였다고 했어. 그 처참한 몰골을 보고서 말이야. 눈언저리는 벌게졌지, 머리에선 기름이 좔좔 흐르지, 걸친 옷은 다 낡아빠졌지. '내가 무슨 예쁜 짓이라도 했어?' 내가 그렇게 물었더니 그이가 뭐라는지 아니? '당신의 모든 게 다 사랑스러워.' 이러는 거 있지?

엄만 널 사랑해, 조지프. 루시도, 퍼트리샤도, 레베카도, 다 사랑해. 하지만 엄만 그 누구보다도 네 아버질 사랑해. 자식이야 주어지는 대로 받는 거지만 남편은 내가 선택해 얻은 거잖아."

"그런 아버지가 다른 여잘 선택했다고요."

"그이가 직접 고백하기 전까진 난 믿을 수 없어."

내 안에서 무언가가 산산이 조각나버린다. 포용, 평정, 그리고 품위. 그 모든 게 마구 흐트러졌다가 이내 또 다른 무언가로 둔갑한다. 격노. 나는 어머니가 나만큼 화가 나 있기를, 나만큼이나 배신감과 굴욕감과 버림받은 느낌에 사로잡혀 있기를 진심으로 바랐다.

언젠가 1930년대를 배경으로 한 〈가스등〉이라는 연극을 본 적이 있다. 집 안의 가스등이 어두워지는 걸 아내가 알아차리자, 아무 변화 없다며 사실을 부인해 아내를 점점 미치게 만드는 남편 이야기. 상대로 하여금 자신의 정신이 온전한지 의심하게 만든다는 '가스라이팅'이라는 표현은 바로 이 작품에서 비롯됐다. 아버지는 지금껏 어머니를 가스라이팅 해왔다. 아버지는 어머니가 갈구하는 사랑을 쉬이 내주지 않았고, 온갖 자잘한 방법으로 어머니의 자신감을 약화시켜왔다. 어머니가 자신의 현실에 의문을 품을 때까지. 어머니가 남편이 저지른 짓을 자신의 탓으로 돌릴 때까지.

다른 건 몰라도 그것만큼은 결코 용서할 수 없다.

"조, 이거 받아."

루시가 냅킨과 나이프와 포크를 건넨다. 나는 그것들을 챙겨 식구들이 모여 있는 거실로 들어간다. 그들은 소파, 식탁 의자, 그리고 일광욕실에서 가져온 쿠션에 앉아 있다. 루시와 에릭이 사는 집은 비행경로 바로 아래 자리하고 있어 몇 분에 한 번씩 히스로 공항으로 향하는 제트기 소리가 삼중 유리로 된 창문 틈으로 새어 들어온다.

어머니를 뺀 모두가 이 자리에 모여 있다. 어머니는 여전히 병원에서 아버지 곁을 지키고 있다.

저녁은 루시와 퍼트리샤가 준비했다. 키시, 삶은 햇감자, 그리고 양상추 샐러드. 한 병씩 준비된 레드 와인과 화이트 와인은 사이먼이 가져왔다. 내게는 친형 같은 매형이다. 큰 덩치에 살집 있는 얼굴을 가진 그가 법정에서 가발과 가운을 걸치고 피고 측 증인들을 반대 심문하는 모습은 아직도 상상이 잘 안 된다. 판다를 상대하는 기분이지 않을까.

와인 병을 허벅지 사이에 끼워놓고 능숙하게 마개를 딴 그가 글라스를 차례로 채워나간다.

"이런 자리에서 괜찮을까?" 퍼트리샤가 묻는다. "술 마시는 거 말이야."

"난 한잔해야겠어." 레베카가 글라스를 집어 들며 말한다. 하르툼에 있던 막내 누나는 오늘 오후, 제네바를 경유해 급히 날아왔다. 아프리카 햇볕에 검게 그을린 피부와 확 바뀐 머리 스타일. 매일 밤 공들여 빗던 적갈색 긴 머리는 이제 광대뼈를 완전히 덮어버린 턱 길이의 단발로 바뀌었다.

우리는 서빙된 음식을 묵묵히 먹는다. 이렇게 한자리에 모일 때면 누나들은 아주 적절하게 실용적이고, 권위적이고, 중재적인 가장들로 둔갑한다. 루시는 우리에게 어머니 같은 존재다. 퍼트리샤는 보스 기질이 넘치는 둘째고, 레베카는 중재자다.

"줄리앤이 세상을 떠나고 처음으로 한자리에 모인 것 같아." 퍼트리샤가 말한다. 자신의 실언을 깨달은 누나가 이내 사과한다. "내가 괜한 소릴 했구나."

"괜찮아." 내게 쏠린 누나들의 시선을 의식하며 나는 말한다.

사이먼이 내 글라스를 다시 채워준다. "어제 데이비드 패시지를 만났다며?"

"우리랑 같이 휴가를 보냈던 그 데이비드, 맞지?" 레베카가 묻는다.

"걔랑 걔 동생." 루시가 말한다. "우리가 걔들을 봐준 적도 있었잖아. 둘 다 되게 귀여웠는데."

"음." 레베카는 그 말에 동의하지 않는 모양이다.

"왜 그런 표정을 지어?"

"옛날에 데이비드가 나한테 입 맞추려고 한 적이 있어."

"그때 걔가 몇 살이었는데?"

"여섯 살."

"발칙한 녀석." 루시가 말한다. "너희 학교 교장 딸이랑 눈이 맞아서 달아났었지?" 누나가 나를 돌아본다.

"눈이 맞아서 달아난 건 아니고. 나중에 둘이 결혼해서 애를 둘이나 낳았어. 지금은 이혼했고. 걘 변호사야. 케네스 아저씨 사무실을 물려받았더라고."

나는 그들 부자와 만났던 이야기를 들려준다. 두 개의 신탁 계좌와 생명보험과 신탁 양도 증서에 대한 디테일도 빼놓지 않는다.

"아빠다우시네." 레베카가 말한다. "두 아내. 두 살림. 모든 걸 두 개로 나누셨잖아. 무슨 노아의 방주도 아니고."

퍼트리샤는 농담할 기분이 아닌 듯하다. "올리비아 블랙모어가 모든 것의 절반을 차지하게 됐는데 한가하게 농담이나 할 때니?"

"난 아빠 재산엔 아무 관심이 없어." 레베카가 샐쭉대며 말한다.

"그 여자 아들은? 유언이라고 했던가?" 퍼트리샤가 묻는다. "걔도 빈손으로 물러나진 않을 텐데."

"그야 모르지." 레베카가 말한다.

"내가 알기론 유언을 위한 특별 조항은 없어." 나는 말한다.

"유언장을 봤어?" 퍼트리샤가 묻는다.

"아니. 봉인이 돼서 볼 수 없어."

"걔가 모든 걸 차지하게 될지도 모른다고!"

아무래도 화제를 바꿔야 할 타이밍인 것 같다. 나는 레베카를 돌아본다. "올리비아가 누나를 만난 적이 있대. 몇 년 전에."

"날?"

"슬론 스퀘어 근처 레스토랑 밖에서였다던데. 누나가 거기서 아버지랑 맞닥뜨렸다며? 아버진 옛 환자랑 같이 계셨고."

"기억나." 레베카의 눈이 반짝인다. "아빤 혼합복식 파트너라고 그 여잘 소개하셨어. 되게 예쁘게 생겼더라고. 되게 젊기도 했고. 아빠에게 어울리지 않을 만큼."

"하지만 결국 맺어졌잖아." 루시가 말한다. "덕분에 우리에겐 이복동생이 생겼고."

"걔가 우리 이복동생인 거야?" 계보학적 확신이 없는 퍼트리샤가 묻는다.

나는 불쑥 끼어들어 덧붙인다. "아버지까지 다른 이복동생."

"한번 만나보고 싶어." 레베카가 말한다. 동생의 말에 퍼트리샤가 흠칫 놀란다.

"편집적 조현병 환자라잖아!"

"그래서 뭐?"

"걔가 에마와 찰리에게 무슨 짓을 했는지 몰라? 그 어린애들을 칼로 위협해 인질로 잡고 있었다고."

"그렇다고 그 아이 존재를 모른 척할 순 없잖아." 나는 말한다.

"왜 그러면 안 돼? 지난주까진 아무도 그 애 존재를 몰랐잖아."

"우리가 몰랐다고 그 아이 존재가 사라지는 건 아니야."

퍼트리샤가 단호한 표정을 지으며 가슴 앞으로 팔짱을 낀다. "그냥 내 앞에만 나타나지 말라고 해."

의견 충돌이 중대한 가족회의를 망쳐놓으려 하고 있다. 아버지 문제에 대한 지속적 대리권을 노리는 올리비아의 계략에 온 신경을 집중시켜도 모자랄 판에.

그때 사이먼이 치고 나온다. "원래 대리권은 데이비드 패시지 같은 변호사에게 있어요." 그는 설명한다. "하지만 위임자가 정신적 능력을 상실한 경우엔 얘기가 달라집니다. 장인어른이 지속적 대리권을 설정해두신 게 아니라면 무능력자 보호 법정이 적절한 인물을 지명할 수 있어요."

"그 인물은 가족 구성원이어야 하지 않나요?" 루시가 묻는다.

"일반적으론 그렇죠." 사이먼이 대답한다. "하지만 블랙모어 부인이 자신도 가족 구성원이라고 주장하면 문제가 복잡해질 수 있어요."

퍼트리샤가 끙 앓는 소리를 낸다. "그 여자가 아버지랑 정식으로 결혼했는지는 어떻게 확인할 수 있지? 혼인 증명서 본 사람 있어?"

사이먼은 아내의 질문을 무시하고 계속 이어나간다. "영국법은 정식으로 결혼식을 올리지 않은 사실혼 관계를 인정하지 않아요. 한마디로, 장모님이 장인어른에 대한 더 큰 권리를 가지실 수 있다는 뜻이죠. 두 분이 이혼하셨다면 몰라도요. 하지만 올리비아도 대리권 신청을 할 자격은 있어요. 그녀가 장인어른의 재산을 탈탈 털어가기 전에 우리 쪽에서 맞고소를 해야 합니다. 그녀는 아버님의 재산은 물론, 아버님의 치료에 대한 결정권까지 손에 넣으려 하고 있어요."

"그 부분은 의사들이 결정하는 거 아닌가요?" 루시가 묻는다.

"현재로선 그렇죠. 하지만 나중에 의학적으로는 결정하지 못할 경우가 생길 수 있지 않겠습니까." 사이먼이 표정이 어두워진다. "만약 장인어른이 뇌사 상태 판정을 받으시거나 회복 가능성이 전혀 없는 상태에서 생명 유지 장치에 의존해야 하는 상황이

오면 대리인이 생명 연장 치료를 거부할 수 있어요."

"그 여자가 기계를 꺼버릴 수도 있다고요?" 루시가 식식거리며 말한다.

사이먼이 고개를 끄덕인다. "장인어른을 다른 병원으로 옮기거나 말기 환자 호스피스 서비스를 받게 할지도 몰라요. 집으로 모셔가든지."

"그 여자가 왜 그러려고 할까요?" 레베카가 묻는다.

"당연한 거 아니야?" 퍼트리샤가 말한다. "어떻게든 아빨 빨리 정리하고 싶어 할 테니까."

"그야 알 수 없지." 나는 말한다.

"그 여잔 용의자야. 아빠가 유일한 목격자라면 그녀는 어떤 식으로든 아빨 없애려 할 거야. 그래야 자기가 무사할 테니까. 게다가 아빠의 집과 재산까지 챙길 수 있고……."

회의 진행이 점점 산으로 가는 느낌이다.

"다 내 탓이야." 나는 말한다. 뜻밖의 고백에 모두가 흠칫 놀라는 반응이다. "올리비아가 아버질 뵙고 싶다고 했을 때 그러지 못하게 했거든."

"왔어도 문전박대만 당했을걸." 퍼트리샤가 말한다.

"그렇게 접근을 막았더니 악에 받쳐서 이렇게 나오는 거야."

레베카는 이해가 된다는 듯 고개를 끄덕인다. "조 얘기가 맞는 것 같아. 올리비아를 신뢰하든 안 하든, 그 여자가 오랫동안 아빠의 정부로 살아온 사실은 인정해야 하잖아."

"그 여자가 아빨 저렇게 만들어놨다고." 루시가 말한다.

"그건 아직 확인되지 않았어." 나는 말한다.

"어쨌든 난 그 여잘 환영할 수 없어." 퍼트리샤가 말한다. "조현병 걸린 그 여자 아들과도 엮이고 싶지 않고."

"아빠의 아들인데도?" 레베카가 말한다.

"그렇게 추정될 뿐이잖아." 루시가 덧붙인다.

퍼트리샤가 사이먼을 돌아본다. "설마 그 사람들을 아버지 대리인으로 지명할 판사는 이 땅에 없겠지?"

사이먼이 헛기침을 한번 한다. "먼저 올리비아를 만나 합의점을 찾아보는 게 좋겠어. 이게 법정 투쟁으로 번지면 좋을 게 없다고."

"난 그녤 기꺼이 만날 의향이 있어." 레베카가 나를 돌아보며 말한다. "그 여자, 네가 보니까 어때, 조? 넌 사람 볼 줄 알잖아."

**어디서부터 시작해야 하지? 매력적이고, 똑똑하고, 비밀스럽고, 교활하고.**

"아직은 파악이 안 돼." 나는 일단 비밀에 부쳐두기로 한다.

사이먼이 서류가방을 열고 서식을 꺼낸다.

"그냥 지켜만 볼 게 아니라 우리도 지속적 대리권을 등록해야죠."

그가 주머니에서 만년필을 뽑아 들고 서식을 채워나가기 시작한다. 우리 이름과 생년월일도 빠뜨리지 않는다.

"등록까지 얼마나 걸릴까요?" 루시가 묻는다.

"최소한 몇 달은 걸릴 겁니다."

"그때까진 뭘 해야 하지?" 퍼트리샤가 묻는다.

"올리비아가 아빨 뵐 수 있게 해주는 게 좋겠어." 레베카가 말한다. "그게 공정하지 않아?"

"여기서 공정함을 왜 찾니?" 퍼트리샤가 나무라듯 말한다. "그 여자가 베개로 아빨 질식시켜 죽이면 어쩔 거야?"

"우리 중 하나가 남아서 지켜보면 되잖아." 나는 말한다.

사이먼도 내 의견에 동의한다. "올리비아의 접근을 막았다간 나중에 법정에서 우리에게 좋을 게 없어."

"엄마가 질색하실 텐데." 루시가 말한다.

"두 사람이 맞닥뜨리지 못하게 우리가 떼어놔야지." 나는 말한다.

결정은 투표에 부쳐진다. 레베카와 나는 찬성표를 던진다. 사이먼은 기권하고, 퍼트리샤는 우리를 무시한 채 빈 접시를 치우기 시작한다. 모두의 눈이 루시에게로 돌아간다. 큰누나는 마지못해 한 손을 들어 찬성 쪽에 한 표를 보탠다.

## 5일째

〈타임스〉 4면에 실린 짧은 기사는 치스윅 사건을 가택 침입 사건으로 명명했다. 아버지는 "선구적 외과의", 그리고 "의료 자선가"로 묘사됐다. 기자는 기록 보관소에서 찾아낸, 연구 센터 개관식에서 아버지와 필립 공이 악수를 나누는 사진을 함께 실었다. 올리비아 블랙모어와 아버지가 런던을 찾은 이유에 대해서는 언급이 없다. 적어도 아직은.

나는 카페에 서서 커피콩이 갈리고 뜨거운 물에 흘려내려지기를 기다린다. 바리스타는 왁스를 발라 멋을 낸 콧수염에 숱이 무성한 턱수염, 그리고 직선형으로 홀쭉한 청바지를 차려 입었다. 마치 어느 시대에 속할지 아직 결정 못 하기라도 한 듯.

"그것도 계산하셔야 합니다." 그가 신문을 가리키며 말한다.

나는 플라스틱 상자에 1파운드를 넣고 신문을 챙겨 집으로 돌아온다.

코트 깃을 세운 루이즈는 정문 앞 계단에 앉아 두 손을 호호 불고 있다.

그가 커피를 가리킨다. "내 커피는?"

"자네가 오는 줄 몰랐어."

내가 문을 열어주자 루이즈는 투우사에게 달려드는 게 귀찮은 황소처럼 무성의하게 구두 밑창을 문질러 닦는다.

그가 가파른 계단을 올려다보며 한숨을 내쉰다. "앨퍼턴에 가보는 게 어때?"

"어디?"

"자네의 못된 계모에 대해 좀 알아봤어."

"그 여잔 내 계모가 아니야."

내 반응을 즐기는지 루이즈가 씩 웃는다. 그가 내게 번호가 붙고 날짜가 적힌 종이 한 장을 쥐여준다. 검시관 조사 보고서의 한 부분이다.

확인 내용 요약:

50세 남성, 터드 브라이언 블랙모어는 1997년 1월 18일 일요일 오전 12시 58분, 서리, 킹스턴 어폰 테임즈, 로빈 우드 웨이의 콘크리트 기둥과 충돌한 사륜구동 지프 체로키 조수석에서 둔력에 의한 두부 외상으로 사망했다. 저녁에 비가 내렸음에도 당시 도로 상태는 양호했다.

차량의 운전자인 31세 여성, 올리비아 블랙모어가 3차선 도로의 중앙 차선을 따라 북쪽으로 주행 중일 때 뒤에서 고속으로 따라붙은 하얀 밴이 위협적으로 그녀의 차선을 침범했다. 밴은 무리하게 베벌리 웨이 출구로 빠져나가려 했던 것으로 알려졌다. 당황한 블랙모어 부인은 급하게 핸들을 꺾었고, 지프 체로키는 제한 속도보다 30킬로미터 빠른, 시속 110킬로 속도로 기둥과 충돌했다.

그 사고로 조수석에 타고 있던 터드 블랙모어는 즉사했고, 블랙모어 부인은 다리에 중상을 입은 상태로 잔해 속에서 구조됐다. 음주 측정 결과, 그녀의 혈중 알코올 농도는 0으로 확인됐다.

해당 루트에 설치된 CCTV 카메라의 영상을 분석한 결과, 사고 직전과 직후에 로빈 후드 웨이를 고속으로 주행한 다른 차량은 없었던 것으로 확인됐다.

교통사고 사망 사건 수사팀이 제공한 증거 내용은 기소 여부 판단에 앞서 참고를 위해 공공 기소국에 이첩됐다.

나는 루이즈를 쳐다본다. "앨퍼턴에 가면 뭐가 있는데?"
"교통사고 사망 사건 수사팀."

루이즈는 그새 차를 새로 뽑았다. 대통령 자동차 행렬에나 어울릴 법한 검은색 메르세데스 E-클래스. 왠지 첩보부 경호원과 오토바이 경관들에 에워싸여 있어야 할 것만 같은 부담스러운 차다.

"사우디 대사가 타던 거야." 그가 전자 열쇠 버튼을 눌러 차 문을 열고 내부를 구경시켜준다. "열선 들어간 가죽 시트, 마호가니 트림, 서라운드 사운드…… 내가 방탄유리와 강화문도 언급했나?"

"누가 자네 목숨이라도 노리고 있나?"

"오늘은 별일 없을 거야."

조수석 시트는 내 침대 매트리스보다 편안하다. 루이즈는 한쪽 손목을 핸들 위에 걸쳐놓은 채 유유히 차를 몰아나간다.

"테니스 아카데미도 좀 살펴봤어. 파산할 정도는 아니지만 꾸준히 손해를 보고 있더라고."

"거기 장부는 어떻게 열어봤어?"

"내가 기업 사기 사건 조사관이라는 사실 잊었어?"

"유언은?"

"거액의 병원비를 지불한 흔적이 있어. 민간 정신과 클리닉과 치료사. 킬번의 원룸 아파트를 빌리기도 했는데 3개월 치 방세를 선불로 냈더군. 경찰이 어제 거길 수색했어. 유언은 나흘째 행방불명 상태고."

"그 아이에게 전과가 있나?"

"성인이 된 후로는 없어. 어릴 적 교사를 폭행해 기소된 적이 있는데 보호관찰 처분을 받고 풀려났더라고."

"저번에 그 애랑 같이 있었던 놈은?"

"그것도 알아봤지만 아무 소득이 없었어. 한 이웃 주민이 그 아이에게 룸메이트가 있다고 했는데 더 자세히는 모르더라고. 다른 주민들은 초인종을 눌러도 응답이 없고. 공동체 의식이란 게 없는 동네랄까. 실업수당은 따박따박 챙겨 받으면서."

"그새를 못 참고 정치꾼이 돼버리는군."

"미안. 오래된 버릇이라 잘 안 고쳐지네."

산업 단지의 한 모퉁이 블록을 차지한 앨퍼턴 차량 보관소 주변은 차체 수리소와 스프레이 숍, 그리고 타이어 가게들로 빽빽이 채워져 있다. CCTV 카메라, 출입용 전자 카드 리더기, 그리고 옥상 가장자리를 따라 둘러진 철조망이 없었다면 평범한 공장으로 착각할 만한 건물이다.

버저를 누르자 따분해하는 듯한 여자의 목소리가 응답한다.

"무슨 일로 오셨습니까?"

"앵거스 프롬 경사를 만나러 왔습니다." 루이즈가 대답한다.

"약속을 잡으셨나요?"

"빈센트 루이즈가 왔다고 전해주십시오."

그녀가 갑자기 웃음을 터뜨린다. 루이즈가 고개를 들어 카메라를 올려다보며 짜증 가득한 표정을 지어 보인다. "뭐가 웃겨요?"

"당신 말투가요. 자기가 엄청 대단한 사람인 척하는 게 웃겨서요."

"그럼 안 그렇단 말이에요?"

"알았어요. 다음엔 꼭 예의를 갖춰서 맞을게요."

안으로 들어서니 몸에 착 달라붙는 드레스에 하이힐을 신은 육감적인 여자가 쪼르르 걸어나온다.

"이쪽으로 오세요." 그녀가 성큼성큼 걸어 우리를 안내한다.

웬일인지 루이즈는 허리를 곧게 편 채 절뚝이는 모습을 보이지 않으려 애쓰며 걸음을 옮겨나간다.

"뱃살을 더 집어넣었다간 배꼽이 엉덩이로 튀어나올지 몰라." 나는 속삭인다.

"닥쳐!"

작업장은 평범한 차량 정비소 같아 보인다. 승강 장치, 유수 분리기, 그리고 온갖 연장들. 하지만 이곳은 차량을 수리하는 곳이 아니라 부검하는 곳이다. 작업복 차림의 정비공들은 타이어와 브레이크 패드, 속도계, 그리고 케이블 따위를 꼼꼼히 살피며 사고 직전 상황을 퍼즐처럼 착착 끼워맞춰가는 중이다.

여자는 충돌 순간의 충격으로 두 동강 난 은색 포르셰 앞에 멈춰 선다. 서로에게서 3미터쯤 떨어진 두 개의 고철 덩어리는 마치 피가 뿌려진 기괴한 조각품 같아 보인다.

"손님 오셨어요, 앵거스."

잔해 밑에서 남자가 스르르 미끄러지듯 모습을 드러낸다. 파란색 작업복과 고무창을 댄 부츠 차림의 그는 처진 어깨와 은백색 머리, 그리고 돌출된 흐릿한 눈을 갖고 있다.

여자가 장난스럽게 눈을 반짝이며 루이즈를 가리킨다. "아주 대단하신 분이 왕림해주셨어요. 빈센트 루이즈 씹니다."

"오, 맙소사!" 그가 말한다. "루이즈 경감님 아니십니까."

"그냥 빈센트라고 불러요."

여자가 흠칫 놀란다. "왜 경찰이라고 말 안 했어요?"

"은퇴했으니까요." 루이즈가 말한다.

그녀가 그의 왼손을 가리킨다. "손가락 하나가 잘려나갔네요. 어쩌다 그렇게 됐죠?"

"결혼생활에 불만이 많았거든요."

"그냥 반지만 빼버릴 순 없었나요?"

"아, 그런 방법이 있었지!"

그녀가 웃음을 터뜨린다.

"집사람이 한때 빈센트랑 같이 일했어." 프룸이 기름때로 얼룩진 헝겊에 손을 문질러 닦으며 설명한다.

"로라는 요즘 어때요?" 루이즈가 묻는다.

"뭐 별일 없이 잘 지내고 있어요. 몇 년 전 유방암으로 고생했는데 화학요법으로 완치됐죠. 손자가 생겨 이젠 할머니가 됐어요."

"축하합니다." 루이즈가 말한다. "로라는 아직도 일을 하나요?"

"그 사람도 은퇴했어요. 나한테도 좀 쉬라고 성환데…… 일을 그만두고 딱히 할 게 없어서 말이죠."
"부인께 안부 전해줘요."
"그러죠. 집사람이 좋아할 겁니다."
여직원은 자리를 뜨고 싶어 하지 않는 눈치다.
"이제 그만 가봐요, 제럴딘." 프룸이 말한다. "여기서부턴 내가 맡을게요."
그녀는 그제야 돌아선다. 루이즈와 프룸은 여자가 시야에서 사라질 때까지 그녀의 뒷모습을 바라본다.
"내가 이 일을 그만두지 못하는 이유 중 하나죠." 정비공이 말한다. "로라에겐 비밀입니다." 그가 내게 악수를 청한다. "차 영안실엔 무슨 일로 오셨습니까?"
"1997년 런던 남부에서 발생한 교통사고를 다시 들여다보고 있어요." 루이즈가 대답한다. "조수석 승객은 사망했고요, 운전자는 다리에 중상을 입었지만 목숨은 건졌습니다."
"올리비아 차보 말이군요."
"그녀를 기억해요?"
"그럼요."
"이십 년 전 사고를?"
"그렇게 얘기하니 내가 되게 늙은 것처럼 느껴지네요."
프룸이 한 손을 번쩍 들어 잔해 위에 매달린 녹음기를 끈다.
"왜 그 사고를 지금까지 기억하고 있는 겁니까?" 나는 묻는다.
그가 팔뚝에 묻은 기름을 손가락으로 문지르며 골똘한 생각에 잠긴 듯한 표정을 짓는다.
"내가 젊었을 때였어요. 이 일을 막 시작했을 무렵이니까. 검시관 조사 보고서에 처음으로 증언한 게 바로 그 사건이었습니다. 올리비아 차보, 아니, 블랙모어 부인의 뺀질이 변호사가 내 증언을 조목조목 따지면서 문제를 삼는데 어찌나 짜증이 나던지…… 내가 내린 결론부터 내 경력, 내 방법까지, 죄다 꼬투리를 잡지 뭡니까."

"왜 엄한 사람을 족쳐?"

"그러게 말입니다. 나중엔 내 이름마저도 의심하게 만들더라니까요."

"고작 보고서를 작성하는 데 변호사가 왜 필요했을까요?" 나는 묻는다.

"자기한테 불리한 증거가 차고 넘쳤으니까요."

"그게 무슨 뜻입니까?"

프룸이 고개를 좌우로 꺾으며 목운동을 한다.

"내가 검시관에게 뭐라고 했는지 들려줄게요. 올리비아 차보는 정체 모를 밴이 갑자기 앞으로 끼어들었다고 했어요. 너무 당황한 나머지 차를 제어할 수 없었다나요. 난 사고 현장에 가서 사진도 찍고, 모든 각도와 타이어 자국도 측정해왔어요. 확인된 팩트를 바탕으로 컴퓨터 시뮬레이션도 돌려봤고요. 그렇게 단 한 가지 가능성을 뽑아낼 수 있었습니다."

"자세히 말씀해주시겠어요?" 나는 말한다.

"사고를 피하려 했다면 본능적으로 급브레이크를 밟거나 핸들을 급하게 꺾었을 테지만 이상하게도 현장에선 그녀가 방향을 꺾거나 속도를 줄인 흔적을 찾을 수가 없었어요. 그녀의 차는 오히려 속도를 더 높였고, 시속 백십 킬로미터로 콘크리트 기둥을 들이받았습니다."

"졸음운전을 한 게 아닐까요?" 루이즈가 말한다.

"그건 불가능합니다."

"왜죠?"

프룸이 작업장이 내려다보이는 위층 사무실로 안내한다. 그는 컴퓨터를 켜고 구글 어스를 연다. 화면에 우주에서 빙그르르 회전하는 행성이 떠오른다. 프룸은 도로명과 교차 도로를 입력한다. 우주에서 뚝 떨어진 듯한 카메라가 지구를 빠르게 확대해 간다. 화면 속 이미지의 현란한 움직임이 현기증을 유발한다.

우리는 템스 강자락을 품은 킹스턴을 보고 있다. 프룸이 한 도로와 고가도로를 가리킨다. 그가 도로 레벨로 각도를 줄이자 지프 체로키를 몰고 고가도로로 접근할 당시 올리비아가 보았을 풍경이 화면에 펼쳐진다.

"저게 지지 기둥입니다." 그가 화면을 가리키며 말한다. 그가 이미지를 줌아웃하자 보행자를 보호하기 위해 인도를 따라 대각선으로 박아놓은 차량 진입 방지용 콘크리트 말뚝들이 눈에 들어온다.

"저 말뚝들이 1997년에도 저 자리에 있었습니까?" 루이즈가 묻는다.

프룸이 고개를 끄덕인다.

나는 그 사실이 왜 중요한지 이해하지 못한다.

"콘크리트 말뚝은 도로와 기둥 사이에 박혀 있습니다." 경사가 말한다. "올리비아 차보는 저 사이를 용케도 비집고 들어가 기둥을 들이받았어요. 시속 백십 킬로미터라는 엄청난 속도로 말입니다. 졸음운전으로 그게 가능하겠어요?"

"올리비아는 어떤 진술을 했습니까?" 나는 묻는다.

"진술을 거부했어요."

루이즈가 나를 흘끔 돌아본다. 우리는 그게 무엇을 암시하는지 알고 있다.

"고의로 들이받았다는 뜻인가요?"

"그냥 있는 그대로의 사실을 얘기하는 겁니다. 음주운전도, 졸음운전도 아니었어요. 다른 차에 들이받혀 도로 밖으로 밀려난 것도 아니었고요."

"하지만 그녀는 중상을 입지 않았습니까."

"나도 그게 이상해요." 프룸이 의자 등받이에 몸을 붙이며 말한다. "처음엔 무슨 살해 후 자살 사건인 줄 알았어요. 그런데 마지막 순간에 그녀가 마음을 바꾸고 핸들을 꺾어버렸단 말이죠. 그 덕분에 자긴 목숨을 건졌지만 남편은 사망했습니다. 머리를 굴리던 중에 문득 이런 생각이 들더군요. 만약 그녀가 자신의 목숨마저 잃게 될 위험을 감수하면서까지 남편을 죽이려 했다면? 하지만 당시 그녀는 임신 중이었어요. 사고로 배 속 아이를 잃게 될 수도 있었단 말입니다. 아무튼 한 가지 분명한 건 그녀의 이야기가 전혀 이치에 닿지 않는다는 사실입니다. 그래서 검시관이 그녀를 운전 부주의나 과실 치사로 기소하라는 권고를 했던 것이죠."

"그래서 기소는 됐습니까?"

프룸이 얼굴을 일그러뜨리며 끙 앓는 소리를 낸다. "검찰이 기소를 안 하더군요. 터드 블랙모어 가족의 불만이 엄청났었어요. 그의 전처는 매일 사인 규명 심리가 열리는 법정에 나와 방청석을 지켰죠. 언젠가 점심 휴회 중에 두 여자가 복도에서 서로 스쳐가는 걸 본 적이 있어요. 아주 죽일 듯이 노려보더라고요."

프룸이 손톱에 낀 기름때를 후벼파기 시작한다. "오래전 일인데 왜 갑자기 그 사건을 파헤치게 된 겁니까?"

"올리비아 블랙모어가 제 부친과 결혼했습니다." 내 대답에 그의 회색 눈썹이 일제히 추켜세워진다. "지난 일요일 밤 누군가에게 폭행당해 지금 사경을 헤매고 계십니다. 혼수상태에 빠져 계세요."

프룸이 우리의 얼굴을 번갈아 쳐다본다. 마치 추가 설명을 기다리는 듯이.

"그 여자가 용의자예요?"

나는 고개를 끄덕인다.

그가 이 사이로 휘파람을 분다. "그런 여자들에겐 유해성 경고라도 붙여야 하는 거 아닙니까?"

나는 루이즈의 차 조수석에 앉아 터드 블랙모어의 죽음에 대해 상세히 들려준다. 올리비아는 변호사를 끌어들였고, 증언도 거부했다. 유죄를 인정한 것은 아니지만 그 의미는 명확하다. 그녀는 반대 심문에 큰 부담을 느끼고 있는 게 분명하다.

그 여자에게 집중하려 해도 웬일인지 심리 분석이 쉽지 않아 늘 애를 먹는다. 그녀는 단조강처럼 강한 모습을 보이다가도 갑자기 불어 만든 유리처럼 나약한 모습으로 돌변해버린다. 또한 거울과도 같아서 주위 환경만을 반사할 뿐 결코 자신의 본모습을 드러내지 않는다.

적절한 상황에 제대로 몰아붙이면 누구나 자살에 이를 수 있다. 하지만 조금의 주저함도 없이 고속으로 차를 몰아 콘크리트 기둥을 들이받는 건 아주 특별한 불굴의 의지를 필요로 한다. 발밑에 쓰러진 남자의 두개골을 거침없이 박살내는 것 또한 마찬가지고.

올리비아는 '재혼'을 결심했다. 하필이면 아버지를 상대로 골라서. 아니, 아버지가 그 여자를 선택한 건가? 시간 그 자체보다 오래된 '젊은 여자와 나이 든 남자' 패러다임은 지금껏 많은 심리학자와 가십 칼럼니스트들을 매료시켜왔다. 우리 인간은 매력적인 파트너가 되기 위해 필요한 '배우자 가치'라는 걸 갖고 있다. 헐거인 시대에는 매머드를 사냥하는 능력이나 출산을 멈추지 않는 자궁 따위였을 것이다. 현시대 남자들에게는 돈, 지위, 그리고 권력일 것이고, 여자들에게는 젊음과 미모 따위일 것이다. 이건 어디까지나 단순화한 버전일 뿐 다른 요인도 얼마든지 있다. 사람들은 지능과 유머 감각과 친절함에 매료된다. 또한 자신들과 닮은, 또는 자신들이 닮고 싶어 하는 이들에게 매력을 느낀다. 대체 올리비아는 우리 아버지의 어떤 면에 끌렸던 걸까? 여자가 남자보다 생물학적으로 선택적이라는 연구 결과가 있다. 여성은 사랑하는 이들과 짝짓기를 하는 경향이 있고, 남성은 자신의 능력으로 차지할 수 있는 이들과 짝짓기를 한다. 대개 그렇다는 것이지 항상 그런 건 아니다.

루이즈가 런던 북부를 향해 메르세데스를 몰아나가는 동안 내 머릿속은 이런 잡념으로 어수선하다.

"그 여자가 터드 블랙모어를 죽였다고 해서 자네 부친을 그 지경으로 만든 범인으로 단정 지을 순 없어." 그가 말한다.

"알아."

루이즈가 내 생각을 읽어보려는 듯 나를 흘끔 돌아본다. "뭔가를 노리고 나이 든 남자들에게 접근했던 것 같진 않아."

"응?"

"블랙 위도 시나리오 말이야. 돈 많은 남자들과 결혼해서 그들을 죽이고 재산을 차지하는 여자들."

"터드 블랙모어는 부자가 아니었어."

"내 말이. 그녀는 자네 부친과도 이십 년 가까이 살았어."

우리는 한동안 침묵을 지킨다. 루이즈는 손가락으로 핸들을 톡톡 두드린다.

"경찰을 믿고 지켜볼 마음은 없는 거지?"

"아마도."

"경찰은 90년대 말에 발생한 교통사고를 굳이 들춰보려 하지 않을 거야. 뚜렷한 행동 패턴이 보이지 않으니."

"블랙모어의 전처를 만나보고 싶어."

"그녀가 자네에게 뭘 말해줄 수 있을 것 같은데?"

"그녀는 매일 법정에 나와 사인 규명 심리를 지켜봤어. 뭔가 자신만의 의견이 있을 거 아니야."

"음." 루이즈는 회의적인 반응이다. "내 경험에 비춰보면 말이야, 전처들이 자신들의 '업그레이드'를 극구 칭찬하는 경우는 없었어."

"경험에 비춰보면?"

"언젠가 미란다가 자세히 설명해주더라고." 미란다는 루이즈의 세 번째 아내였다. "그 사람은 내 전처들을 보고 내가 어떤 사람인지 판단하지 않겠다고 약속했어. 오히려 자기 같은 여자를 골라 결혼한 내 안목을 칭찬하던걸. 자기 개선이 가능하다는 걸 증명했다면서."

"지금은 뭐라는데?"

"그건 묻지 않을 거야."

●

　에마가 다니는 학교의 아스팔트 운동장을 가로지를 때 강당 쪽에서 합창 소리가 들려온다. 한 교실에서는 아이들이 큰소리로 주기율표를 외우는 소리가 흘러나온다. 타탄 무늬 드레스 차림의 어린 소녀 하나가 땋은 머리를 휘날리며 내달리고 있다. 봉투를 손에 쥔 아이는 교무실로 향하는 모양이다. 심부름을 하는 게 저리도 좋을까? 학창 시절, 나도 저토록 신이 나서 내달려본 적이 있었던가.

　침울하고 삭막했던 중학교 시절은 끝이 보이지 않는 인내력 테스트였다. 결국 적응에 실패한 나는 열두 살 때 기숙학교로 보내졌다. 가운과 사각모 차림의 어른들이 철없는 소년들을 과묵하고, 예의 바르고, 자의식 강한, 한마디로, 제대로 된 '영국 신사'로 만든다며 호들갑을 떨어대는 극성스러운 곳으로.

　몇 년 전, 브라이턴 칼리지가 연락을 해왔다. 강당에 걸린 우등생 명단에 내 이름을 새겨 넣고 싶다나. 전장에서 목숨을 잃었거나 각자 선택한 분야에서 출세한 졸업생의 이름들 틈에. **내 눈**

**에 흙이 들어가기 전엔 절대 안 됩니다.** 나는 말했다. 그 후로 학교는 두 번 다시 연락해오지 않았다.

고딕 양식의 건물로 들어선 나는 안내 표지판을 따라 교무실로 향한다. 마지막 모퉁이를 돌자 의자에 앉아 있는 에마의 모습이 눈에 들어온다. 딸은 노트를 펼쳐놓고 무언가를 열심히 휘갈겨 적어 내려가는 중이다. 아이의 얼굴은 흘러내린 곱슬한 머리로 덮여 있다.

"이봐, 찍찍이." 나는 딸의 옆자리로 파고들며 말한다.

아이가 황급히 덮은 노트를 꼭 끌어안는다.

"뭘 쓰고 있었어?"

"아무것도 아니에요."

"여기서 탈출하려고? 아빠가 도와줄까?"

"정말요?"

"어떻게 빠져나갈 건데? 터널을 파서? 아니면 담을 넘어서? 아빤 터널이라면 질색이야."

"아빤 높은 데 올라가는 것도 무서워하잖아요."

"하긴."

그때 문이 열리고 여자가 모습을 드러낸다. "와계셨군요." 그녀가 말한다. "노크를 하시지 않고."

여교장은 내 예상보다 훨씬 젊어 보인다. 삼십 대 후반쯤 됐을까. 그녀의 짧게 자른 검은 머리 안에서 귓불에 붙은 다이아몬드가 반짝인다.

"크리스틴 후튼입니다. 뵙게 돼서 반가워요, 올로클린 교수님."

"편하게 조라고 불러주세요."

그녀가 에마를 내려다보며 미소를 짓는다. "안녕?"

"안녕하세요."

"설마 지금껏 편지를 쓰고 있었던 건 아니겠지?"

"편지라뇨?" 나는 묻는다.

"에마는 이사회에 보낼 항의 편지를 쓰고 있어요. 내가 요제프 멩겔레(수감자들을 대상으로 생체 실험을 했던 나치 친위대 장교—옮긴이)처럼 학생들에게 인체 실험을 해왔다나요. 이 어린아이가 어떻게 제3제국에 대해 속속들이 알고 있는지 놀랐다니까요. 나치 독일에 대해선 10학년에 배우게 될 텐데."

에마는 고개를 푹 숙이고 있다.

후튼 박사는 교사다운 온화한 미소를 머금고 있다. "하지만 그 문젠 대화로 잘 해결했어요. 그렇지, 에마?"

에마가 고개를 끄덕인다.

우리는 여교장을 따라 사무실로 들어간다. 커다란 책상과 아치형 창문이 인상적인 공간이다. 우리가 자리에 앉자 그녀가 파일을 열고 서류를 꺼내 든다. 좋지 않은 징조다.

"저희 노스 브리지 하우스는 학생들이 창의력과 상상력을 마음껏 발휘할 수 있도록 장려합니다." 후튼 박사가 말한다. "아이들의 기발한 이야기를 듣는 건 언제나 즐거운 일이죠. 물론 아이들의 의견을 십분 존중합니다. 하지만 에마가 내는 아이디어가 다른 아이들을 불편하게 만들 때가 종종 있어요."

"그게 어떤 아이디어죠?"

"비록 신앙을 바탕으로 한 학교는 아니지만 저흰 아이들에게 신앙의 자유를 이해하고 존중하도록 가르치고 있어요. 누구라도 종교 때문에 차별받으면 안 되는 거잖아요."

"에마가 누구에게 뭐라고 했죠?"

"친구들을 모아놓고 신은 존재하지 않으며, 성경은 꾸며낸 동화에 불과할 뿐이라고 얘기했대요."

"그렇군요."

"예수가 허구의 성직자라고도 했어요. 우주에서 온 마법사일 뿐이라고."

나는 에마를 돌아본다. 딸은 여전히 바닥만 응시할 뿐이다.

"에마에겐 남다른 상상력이 있어요. 언젠가 영어 시간에 선생님에게 대뜸 그랬대요. 어머니가 탄 말레이시아 항공 비행기가 우크라이나 영공에서 격추됐다고. 지리 시간엔 자기가 콜롬비아 마약 카르텔 보스에게 불리한 증언을 했고, 그 때문에 증인 보호 프로그램이 가동됐다고 말했다더군요."

"왜 그런 거짓말을 했니?" 나는 에마에게 묻는다.

딸은 대답이 없다.

"에마를 곤란하게 만들려고 알려드리는 게 아니에요." 후튼 박사가 말한다. "어린 나이에 어머니를 잃었으니 트라우마가 얼마나 크겠어요? 사실 전 에마의 이런 당당한 모습과 탐구적인 정신이 좋아요. 이따금 도가 지나칠 때가 있어서 문제지만요."

"도가 지나칠 때가 있다고요?"

"제가 교수님께 세 번이나 편지를 전달했는데 단 한 번도 답이 없으시더군요."

내 옆에서 에마가 움찔하는 게 느껴진다. 딸은 입을 꼭 닫고 어금니를 악문다.

"아, 그 편지들…… 죄송합니다. 제가 정신없이 바빠서 미처 답을 못 드렸어요. 어떤 문제로 편지 주셨는지 다시 상기시켜주시면…….."

"저희 학교 상담 교사, 카마인 씨를 한번 만나보시겠어요? 지금 회의실에서 기다리고 계십니다. 에마는 제가 데리고 있을게요."

그녀가 복도 한쪽에 자리한 방을 가리킨다. 나는 노크를 하고 안으로 들어간다. 카마인 씨가 자리에서 일어나 나를 맞는다. 사십 대로 보이는 과체중 남자는 파르스름하게 깎은 머리에 선베드에서 태운 듯한 구릿빛 피부를 갖고 있다. 와이셔츠는 공들여 다린 티가 나고, 바지는 한 사이즈 정도 작아 보인다. 의자 등받이에는 트위드 재킷이 걸쳐져 있고, 광이 나는 브로그 옆에는 가죽 가방이 활짝 열린 채 놓여 있다. 가방 안으로 비타민 약병, 그리고 당근 스틱과 샐러드가 담긴 터퍼웨어가 살짝 보인다.

"그냥 테리라고 불러주십시오." 그가 축축한 손을 내밀어 악수를 청한다.

나는 그의 맞은편에 앉는다. 그의 앞 테이블에는 노트패드와 세 가지 색 펜이 가지런히 놓여 있다.

"이렇게 와주셔서 감사합니다, 교수님. 지난 1월, 에마가 전학 온 날부터 따님을 눈여겨봐왔습니다. 어머니를 그렇게 잃었으니 어린 게 얼마나 상심이 컸겠습니까. 아무튼, 저 역시 깊은 애도를 표합니다."

"감사합니다. 그런데 우리 에마가 뭘 잘못한 거죠?"

"그 말씀을 드리기 전에, 제가 먼저 몇 가지 여쭈어도 되겠습니까?"

"그러시죠."

그가 앞에 놓인 노트패드를 들여다본다.

"혹시 에마가 약물 치료를 받고 있거나 하진 않습니까?"

"아뇨."
"조산아는 아니었죠?"
"아닙니다."
그가 노트패드에 표시를 해나간다.
"교수님은 본인이 엄한 아버지라고 생각하십니까?"
"단호하지만 공정하려고 노력하고 있습니다."
"댁에서 훈육은 잘 되고 있습니까?"
"물론입니다."
"어떤 방식으로 훈육하시는지요?"
"방에 들어가 생각할 시간을 갖도록 하거나 용돈을 깎거나 TV를 못 보게 하거나, 뭐 그런 방식으로 하고 있어요."
"체벌은?"
"전혀요."
"개방적으로 의사소통을 하시는 편인가요?"
"네."
"혹시 교수님 과거에 가정에서 누군가가 반사회적 행동을 보인 경우가 있었습니까?"
"없었습니다."
"정신병력은요?"
"대체 무슨 일이기에 이러시는 겁니까?"
"네?"
"제가 왜 이런 질문을 받아야 하느냔 말입니다."
"에마에 대해 더 깊이 알고 싶어서요."
"대체 왜요?"
"사건이 좀 있었습니다."

"사건이라뇨? 대체 우리 에마가 무슨 짓을 했기에 이러시는 거죠?"

상담 교사의 오른쪽 눈썹이 마치 갈고리에 꿰여 당겨진 듯 추켜 올라간다. "이미 알고 계신 줄 알았는데요."

"아뇨, 모릅니다."

"에마가 같은 반 친구를 폭행했습니다."

"'폭행'이라면……?"

"계단에서 친구를 떠밀었어요. 그 아이는 계단에서 굴러 팔이 부러졌고요. 6주 동안 깁스를 해야 한답니다."

"에마가 왜 그랬는지 말하던가요?"

"저희에겐 입을 열지 않아요. 그래서 아버님께 도움을 요청드린 겁니다."

나는 고개를 젓는다. "전 금시초문입니다."

"저희가 이 내용을 편지로 전해드렸는데요."

"제가 일 때문에 집을 오래 비웠습니다." 에마가 책임을 떠안지 않도록 나는 말한다.

카마인 씨가 계속 이어나간다. "저흰 이 사건을 무척 심각한 문제로 보고 있습니다. 에마의 행동을 지켜보면서 혹시 교수님 가정에 무슨 문제라도 있는 건 아닌지 걱정했어요."

"전혀요!" 나는 톤 조절에 실패하고 만다.

"에마가 어머니의 죽음을 어떻게 받아들였습니까?"

"아직도 많이 그리워하고 있어요."

"선을 넘는 행동을 보이거나 공격성을 드러내진 않았고요?"

"그런 적은 없습니다."

목이 메어오면서 목소리 음색이 바뀐다.

카마인 씨는 다시 노트패드를 들여다본다. "에마는 영재입니다. IQ는 엄청 높지만 이따금 행동적 기괴함을 보이곤 하죠."

"기괴함이라고요?"

"에마를 가르치는 교사들이 입을 모아 얘기하는 게 있어요. 에마가 다른 아이들과 잘 어울리지 못하고 항상 산만한 모습을 보인다는 것."

"따분해서 그러는 거겠죠."

"친구를 쉽게 만들지 못하더군요."

"워낙 성격이 자족적이어서 말이죠."

카마인 씨는 다음 질문을 던져야 할지를 놓고 고민에 빠진 듯하다.

"혹시 에마가 정신과 의사의 진찰을 받아본 적이 있습니까? 정신 요법 치료를 받아본 적은요?"

"제가 심리학자인데요."

"가족이 아닌, 다른 의사로부터 말입니다. 제가 보기엔…… 이걸 어떻게 말씀드려야 할지…… 에마에게서 '자폐 범주성 장애' 증세가 살짝 보이는 것 같습니다." 그가 손가락으로 따옴표를 찍으며 말한다. "아직 크게 걱정하실 단계는 아닌 것 같고요. 그래서 문제를 제대로 짚어줄 전문가의 도움이 필요하다고 말씀드리는 겁니다."

**내가 잘못 들은 건 아니겠지?**

"에마에겐 아무 문제도 없습니다."

"죄송합니다. 제 표현이 매끄럽지 못했네요. 그보단 '어려움'이라는 표현이 적절하겠죠."

"에마는 지극히 정상입니다."

"에마는 계단에서 친구를 떠밀어 다치게 했습니다."

"그 이유를 아십니까?"

"에마가 끝내 말을 않더군요."

"말을 못 한 겁니까, 안 한 겁니까?"

"어느 쪽이든, 저흰 다른 아이들의 안전을 생각하지 않을 수 없습니다. 전문가의 소견을 듣고 나서 다음 학기에 에마를 받아들일지 결정하겠습니다."

순간 내 안에서 무언가가 마른 잔가지 짓이겨지듯 부러진다. 나는 그에게 천천히, 그리고 또박또박 묻는다. 그가 에마와 함께 보낸 시간이 얼마나 되는지.

"직접 테스트를 해봤습니다."

"시간이 얼마나 걸렸습니까?"

"사십 분요."

나는 극적 효과를 위해 그 숫자를 따라 말한다. "저는 지난 12년 동안 에마를 키워왔습니다. 에마가 어떤 아이인지 말씀드리죠. 그 앤 똑똑하고 탐구심이 많아요. 나이답지 않게 사려도 깊고요. 지나치게 외골수적인 면도 있고, 이따금 고집을 부리기도 하지만 천성이 착한 아이예요. 남들과 눈을 마주치지 못하고 친구를 쉽게 사귀지 못한다는 거, 잘 압니다. 가끔 고지식한 모습을 보일 때도 있고, 혼자서 뛸 때도 있지만 저는 제 딸의 그런 점들이 너무 좋습니다. 에마가 세 살 때 친구 생일파티에 참석한 적이 있었습니다. 거기서 에마는 당나귀 꼬리 달기나 피냐타(파티 때 눈을 가리고 막대기로 쳐 깨는, 사탕이 가득 든 통—옮긴이) 박살내기 따위는 하지 않았어요. 대신 두 시간 내내 슬링키(용수철과 유사한 장난감—옮긴이)만 갖고 놀았죠. 그걸 계단 밑으로 연신 흘리면서 온갖 실험을 다 하더군요. 이런 저희 아이가 이상한 건가요? 뭐 그렇게 볼 수도 있겠죠. 남들과 다르다고요? 그것도 인정합니다. 하지만 그렇다고 에마가 자폐아가 되진 않아요. 남에게 피해를 주지도 않을뿐더러, 가르치기 힘든 타입도 아닙니다."

카마인 씨가 한숨을 내쉬고는 노트패드를 덮는다. "아무래도 부모 입장에선 인정하고 싶지 않으실 겁니다. 하지만……."

"그만해요!"

그가 흠칫 놀라며 나를 쳐다본다.

"자녀가 있습니까?"

"그게 이 문제와 무슨 상관이……."

"당신은 천성적으로 아이들을 싫어해요. 당신은 교실에서 아이들과 부대끼고 싶지 않아서 상담 교사가 된 겁니다. 아이들과 얼굴을 마주하고 싶지 않아서. 아이들을 이해하려고 애쓰고 싶지 않아서."

"저에 대해 아무것도 모르시면서 함부로 말씀하지 마십시오."

"알 만큼 알아요. 당신은 결혼반지를 끼고 있어요. 부인이 당신보다 젊죠? 그래서 탈모를 걱정하는 거 아니에요? 그래서 매일 아침 깨끗하게 밀고 나오는 거잖아요. 당신은 자신의 과체중에 대해서도 굉장히 의식하고 있어요. 샐러드를 도시락으로 싸오는 것, 그리고 일부러 몇 사이즈 작은 바지를 걸치고 다니는 것도 다 그런 이유 때문이죠. 당신은 헬스클럽에 다니다가 포기하고 이젠 선베드에 누워 몸을 태우는 데 집중하고 있어요. 그렇게라도 젊어 보이고 싶어서."

카마인 씨가 자신의 가죽 가방을 흘끔 내려다보며 잽싸게 덮개를 닫는다. 테이블에는 헬스클럽 회원증이 끼워진 열쇠고리가 놓여 있다.

"당신의 부인은 풀타임으로 일하고 있어요." 나는 말한다. "보나 마나 당신보다 수입이 좋을걸요. 그 덕분에 당신은 전문가의 손에 의해 세탁되고 다려진 셔츠를 보란 듯이 걸치고 다닐 수 있게 됐죠. 하지만 깃에 풀을 지나치게 많이 먹여 계속 피부에 쓸리고 있어요. 짜증 나지 않나요?

당신 부인은 아이를 갖고 싶어 하지만 당신에겐 그런 간절함이 없어요. 당신은 정자 수를 늘리려고 아연 보충제를 복용하고 있지만…… 솔직히 아이가 생기지 않아도 전혀 아쉽지 않죠? 매일 학교에 나와 아이들에 부대끼니 얼마나 진절머리 나겠어요? 당신 눈에 아이들은 다 골칫거리로만 보일 거예요. 왜 어른처럼 굴지를 못 하지? 왜 빨리 성숙해지지 못하는데? 속으로 그렇게 생각하지 않나요?"

카마인 씨가 할 말을 잊고 눈만 끔뻑여댄다.

"에마가 팔을 다쳤다는 그 아이에게 사과했나요?" 나는 묻는다.

그가 고개를 끄덕인다.

"그 아이 부모의 이름과 주소를 알려주면 직접 찾아가 치료비와 부대비용을 배상하겠습니다."

나는 자리에서 일어나 회의실을 나와버린다. 그리고 곧장 후튼 박사의 사무실로 향한다. 에마는 구석에 앉아 일기를 쓰고 있다.

예상보다 일찍 돌아온 나를 보고 여교장이 흠칫 놀란다.

"제 딸을 퇴학시키실 겁니까?"

"지금은 근신 중이에요. 퇴학 처분을 내릴지 여부는 학기 말에 결정될 거고요."

"질질 끌지 말고 빨리 결정해서 알려주십시오. 에마는 제가 데려가겠습니다."

에마가 나를 따라 복도로 나온다. 나는 딸의 어깨를 감싸 안는다. 우리는 나란히 반회전문을 열고 나와 운동장을 가로질러 나간다.

"계단에서 친구를 밀었다며?"

"페트라 템플을요."

"왜 그랬지?"

에마가 고개를 떨군다. 흘러내린 앞머리가 딸의 눈을 가려놓는다.

"걔가 먼저, 내가 이상한 애라서 엄마가 자살했다고 했어요."

"엄만 자살한 게 아니야." 나는 말한다.

"알아요."

"넌 조금도 이상하지 않고."

"네."

우리는 말없이 정문을 빠져나온다. 나는 큰길에서 택시를 찾아보기 시작한다. 굳게 닫힌 에마의 입은 열릴 줄 모른다.

"그래도 그건 네가 잘못한 거야." 나는 말한다.

에마가 고개를 끄덕인다. "다치게 하려고 민 게 아니었어요. 자기 혼자 책가방에 발이 걸려서 그렇게 된 거라고요."

"저 학교를 계속 다니고 싶니?"

"네." 아이가 속삭인다.

"정말?"

딸이 다시 고개를 끄덕인다. "아빠?"

"응?"

"난 조금 이상한 애가 맞는 것 같아요."

## 6일째

 의과 대학에 진학하기 바로 전 여름, 나는 콜윈 베이에 적을 둔 저인망 어선의 갑판원으로 일을 하며 돈을 모았다. 그리고 그 돈으로 생애 첫 차를 장만했다. 지역 신문에서 모리스 마리나 광고를 보고 토니 스미스라는 중고차 딜러를 찾아가 4백 파운드에 차를 샀다. 그는 그 차를 팔아치워 후련해하는 모습이었다.
 "얼마에 샀니?" 아버지가 물었다.
 나는 3백 파운드에 샀다고 둘러댔다.
 "네가 사기당한 거야."
 "11만 킬로밖에 안 뛴 차라고요."
 "그건 얼마든지 조작할 수 있어."
 "뭘 조작할 수 있죠?"
 "주행거리계."
 "엔진도 싹 수리해 넣었던데요."
 "연료유에 엔진이 남아나겠나. 영수증 이리 내봐."
 "제 돈 주고 산 거니까 괜찮아요."

"영수증 보여달라고."

아버지는 나를 태우고 위럴에 자리한 토니의 오토-빌리지로 향했다. 아버지는 일부러 진입로 맞은편에 차를 세워놓고 사무실로 쳐들어갔다. 지역에서 소문난 깡패인 토니 스미스는 온몸이 교도소에서 새긴 문신으로 뒤덮여 있었다. 그가 번호판을 훔치다 걸린 두 남자를 흠씬 두들겨 패 병원 신세를 지게 했다는 이야기를 들은 적 있었다.

토니는 책상 앞에 앉아 햄버거를 먹고 있었다. 그는 불쑥 들이닥친 우리를 보고도 일어나지 않았다.

"난 윌리엄 올로클린이라고 합니다. 당신은 내 아들에게 사기를 쳤어요." 아버지가 말했다. 나는 문간에 서서 달아날 태세를 취하고 있었다.

스미스가 햄버거를 내려놓고 포장지로 조심스레 싸놓았다.

"누가 그러던가요?"

"내가요. 당신은 구매자를 호도했어요."

"개소리 말아요."

"내 아들이 보고 있어요. 말조심해요."

스미스가 자리에서 천천히 일어났다. 그의 눈이 번뜩이고 있었다. 마치 거지 같던 날의 짜증이 갑자기 확 걷히기라도 한 것처럼.

"지금 나보고 거짓말쟁이라고 했습니까?"

"당신은 내 아들에게 차의 상태를 속였어요. 엔진과 주행거리."

"구매자 주의 책임 원칙이라는 것도 몰라요?"

바짝 마주 선 두 사람은 한동안 서로를 노려보았다. 나는 아버지에게 그만 돌아가자고 애원했다. 나는 엔진 상태가 어떻든 상관없으며, 필요하다면 자비로 수리하겠다고 말했다.

"넌 조용히 있어, 조지프." 아버지가 말했다. "이 문제는 아버지에게 맡겨." 아버지가 스미스를 빤히 쳐다보며 나지막이 말했다. "소비자 권리법엔 중고차는 반드시 만족할 만한 품질이어야 한다고 명시돼 있습니다. 하지만 당신이 내 아들에게 팔아치운 차는 전혀 그렇지 않아요."

"그럼 고소라도 하시든가."

"괜히 긁어 부스럼 만들 필요 있습니까. 자, 여기, 손봐야 할 부분들을 적어왔어요. 환불을 해주든지 엔진과 타이어를 교체해주든지, 선택해요."

스미스가 웃음을 터뜨렸다. "난 그렇게 못 하겠는데."

아버지가 주머니에서 봉투를 꺼내 들었다.

"내 아들의 권리가 침해됐습니다. 이건 내 변호사가 당신에게 전하는 통보입니다. 당신을 상대로 법적 절차를 개시한다는 내용이죠. 이게 다가 아닙니다. 난 공정 거래청에 당신을 고발할 겁니다. 교통 행정 감찰관도 끌어들일 거고요."

아버지의 말에 딜러의 눈이 휘둥그레졌다. 그의 목은 시뻘겋게 달아올랐다. 그는 불청객을 쫓아내려 아버지의 가슴을 반복해서 거칠게 떠밀었다. 굉장히 고통스러웠을 테지만 아버지는 움찔하거나 물러나지 않았다. 아버지를 떠미는 스미스의 손에 점점 힘이 들어갔다. 하지만 그럴수록 아버지는 오히려 그에게로 더 달려들었다.

서서히 분위기가 바뀌었다. 딜러의 얼굴에서 불안감이 묻어나기 시작했다. 그는 어째서 아버지가 물러나지 않는지, 왜 겁을 먹지 않는지 의아해하는 것 같았다. 스미스가 손을 뻗어 책상 서랍을 열었다. 나는 그가 총이나 칼을 꺼내 들 거라 확신했다. 하지만 내 예상과는 달리 그가 꺼내 든 것은 돈뭉치였다. 그가 지폐를 몇 장 뽑아 바닥에 내던졌다. 나는 후다닥 달려나가 돈을 집으려 했다.

"조지프, 그냥 거기 있어." 아버지가 말했다. "스미스 씨가 네 손에 돈을 쥐여주면 넌 그냥 열쇠를 돌려주기만 하면 돼. 그런 다음 그와 악수하는 거야. 거래가 성사됐으니까."

한동안 아무도 움직이지 않았다. 얼마나 시간이 흘렀을까, 절대로 굽히지 않을 것만 같았던 스미스가 쪼그려 앉아 돈을 줍기 시작했다. 그리고 그 돈을 내 손에 쥐여주었다.

"세어봐야지." 아버지가 말했다.

"맞을 거예요."

"세어봐."

나는 아버지가 시키는 대로 했다.

"스미스 씨에게 열쇠를 넘겨. 그리고…… 악수."

나는 앞으로 손을 내밀었다. 토니가 홧김에 내 손가락을 부러뜨릴까 봐 덜컥 겁이 났다. 하지만 그는 땀이 배 축축한 손으로 고분고분 악수에 응했다. 패배의 인정. 그는 아버지에게 완전히 백기를 들어버린 것이었다.

어느 가족이나 선악 대결의 이야기를 하나씩은 갖고 있다. 승리와 놀라움의 순간도 몇 번씩은 겪어봤을 테고. 하지만 내게 그날의 기억은 특히나 생생하게 남아 있다. 아버지도 두려웠을까? 그토록 무모할 만큼 어리석은 사람이 아닌데. 혹시 모든 게 아버지가 치밀하게 짜놓은 계획이 아니었을까? 어쨌든 그날 나는 아버지의 그런 모습에 깊은 감명을 받았다. 그날 내가 느낀 건 아버지에 대한 애정이 아니라 경외심이었다.

　세정제로 손을 닦고 나서 중환자실로 들어선다. 지난 나흘 동안 나는 일부러 병원을 찾지 않았다. 온갖 핑계를 대며 누나들에게 책임을 떠맡겼다. 문제는 사람이 아니라, 장소다. 내게는 병실에 대한 좋지 않은 기억이 많다. 깜빡이는 기계들과 기적을 바라며 하염없이 기다리던 나날.

　줄리앤의 죽음을 떠올릴 때마다 머릿속에서 무언가가 느슨하게 풀려버린다. 빠르게 도는 드럼통 안에서 달가닥거리는 부서진 기계 조각처럼. 모든 게 아내를 상기시킨다. 라디오에서 흘러나오는 노래도, 잡지에 실린 이야기도, 아내가 보았으면 웃음을 터뜨렸을 유튜브 영상도. '나중에 보여줘야지.' 나는 속으로 말한다. 하지만 이내 깨닫는다. 아내가 더 이상 곁에 없다는 사실을. 그리고 예외 없이 찾아드는 침통함.

　중환자실 곳곳에 눈에 익은 방문자들이 앉아 있다. 월시 부인은 딸의 침대 옆을 지키고 있다. 아직 십 대인 그녀의 외동딸, 킴벌리는 뮤직 페스티벌에서 엑스터시인 줄로만 알았던 정체불명의 알약을 받아먹은 후 남자친구의 품에서 의식을 잃었다. 아이의 뇌에 어떤 손상이 가해졌는지는 문제의 약의 성분만큼이나 가늠이 되지 않았다. 아이의 남자친구는 보지 못했지만 월시 씨는 퇴근 후 곧바로 딸의 병실을 찾을 것이다. 그가 깊은 밤에 구슬프게 흐느끼곤 한다는 얘기를 들었다. 아무도 듣는 사람이 없다는 걸 확인하고서는.

　아버지의 침대 위로 몸을 기울인 형체가 눈에 들어온다. 남자는 간호사가 아니다. 유니폼 차림이 아닌 걸 보면. 혹시 유언? 하지만 이 남자는 그 아이보다 덩치가 훨씬 크다. 나이도 더 들어 보이고. 나는 본능적으로 깨닫는다. 나를 보는 순간 그가 달아나 버릴 거라는 것을. 나는 빽 소리를 치며 그에게 달려간다. 예상대로 남자는 도주를 시도한다.

나는 그의 팔뚝을 움켜잡는다. 남자는 왼쪽으로 향하는 척하다가 갑자기 오른쪽으로 방향을 튼다. 그의 내려진 어깨가 내 가슴을 파고든다. 그 힘에 떠밀린 나는 금속으로 된 스탠드에 메다꽂힌다.

나는 얽히고설킨 튜브로 뒤덮인 채 바닥을 뒹군다. 기계에서 요란한 경고음이 터져나온다. 나는 힘겹게 몸을 일으켜 그를 추격하기 시작한다. 저만치 앞서가는 남자는 출구를 향해 전력으로 내달린다. 모퉁이 뒤에서 간호사가 불쑥 튀어나온다. 그는 거침없이 치고 지나갈 것처럼 그녀에게 달려든다. 그녀가 자신의 상상력이 만들어낸 허상이라도 되는 듯이. 그녀는 힘없이 고꾸라지고, 열두 걸음 만에 도달한 나는 그녀 옆에 웅크려 앉는다.

"괜찮아요?"

그녀가 숨을 헐떡이며 고개를 끄덕인다.

"경비를 불러요!" 나는 말한다. "경찰에도 신고하고요."

두 대의 엘리베이터 모두 아래층에 머물러 있다. 그는 계단으로 내려간 모양이다. 나는 중력에 몸을 맡기고 그를 쫓아 계단을 뛰어 내려간다. 아래에서 그의 발소리가 들려온다. 허둥대며 난간을 돌아나가는 그의 모습이 가끔 눈에 들어온다. 그와의 거리는 점점 멀어져간다. 우리는 어느새 9층까지 내려와 있다. 아래에서 문 열리는 소리가 들려온다. 계단통을 벗어나자 눈부시게 환한 복도가 나타난다. 그 양쪽으로는 사무실이 줄지어 늘어서 있다.

한 사무실에서 여자가 튀어나온다.

"그가 이쪽으로 갔습니까?" 나는 빽 소리친다.

겁을 집어먹은 그녀가 뒤로 물러서며 고개를 젓는다.

반대쪽에서 희미해져가는 남자의 발소리가 들려온다. 나는 그 소리를 쫓아 왼쪽으로, 그리고 오른쪽으로 방향을 튼다. 막다른 길. 그가 여기까지 왔을 리 없다. 나는 귀를 쫑긋 세워본다. 정적. 양옆으로는 문이 줄지어 나 있다. 사무실. 창고. 클리닉.

나는 미친 듯이 뛰는 가슴을 애써 진정시키며 왔던 길을 되돌아간다. 그때 무언가가 바닥에 떨어지는 요란한 소리가 들려온다. 창고 문이 살짝 열려 있다. 문을 밀고 들어가니 페인트 캔, 테레빈유, 바닥 광택제, 그리고 살균제로 빽빽이 채워진 금속 선반이 눈에 들어온다. 청소부의 카트 손수레에서 떨어진 빗자루가 바닥을 뒹굴고 있다.

전등 스위치를 찾아 벽을 더듬어나가던 내 손끝에 남자의 손이 닿는다. 그가 내 손목을 움켜잡고 안으로 냅다 잡아끈다. 그런 다음, 내 팔을 등 뒤로 꺾어 쥐며 두꺼운 팔뚝으로 내 후두를 짓이기기 시작한다.

남자의 목소리가 묻는다. "당신이 아들이야?"

숨이 막혀버린 나는 그의 팔뚝을 필사적으로 할퀴어댄다.

"당신이 아들이냐고!"

그의 팔뚝에서 살짝 힘이 빠진다.

"누구 말이야?"

"저 외과 의사."

"지금 무슨 소릴 하고 있는 거야?"

"저러다 죽게 되는 건가?"

그가 다시 내 목을 힘껏 조른다. 다리가 풀려버린 나는 균형을 잃고 휘청인다.

"혼수상태에 빠져 계셔." 나는 꺽꺽대며 대답한다.

"하지만 결국 뇌종양으로 죽게 될 거잖아. 안 그래?"

"뭐?"

"종양."

무슨 헛소릴 하고 있는 거지?

어느새 눈은 은은한 조명에 적응을 마친 상태다. 이제야 페인트 캔의 매끈한 금속 표면에 비친 남자의 일그러진 모습이 보인다. 그는 나보다 키도 크고 체중도 많이 나간다. 나보다 훨씬 더 강하고, 거기에 더 빠르기까지 하다.

"경찰에 신고했어." 나는 말한다. "곧 도착할 거야."

내 말에 그가 당황하는 기색을 보인다.

"우리 아버질 죽이려고 온 거야?" 나는 묻는다.

"뭐라고?"

"우리 아버지."

"죽일 생각이었다면 진작 그렇게 했겠지."

"그게 무슨 뜻이지?"

내 목을 조르고 있던 그의 팔뚝에서 힘이 빠진다. 그가 내 종아리를 걷어차 무릎을 꿇린다. 마침내 내 목에서 그의 팔뚝이 떨어져나간다. 내가 몸을 트는 순간 그가 선반 하나를 잡아끌어 내 위로 넘어뜨린다. 온갖 깡통과 유리병과 페인트 캔이 내 머리와 등과 어깨 위로 우수수 쏟아져내린다. 그것들에 깔려 죽는 최악의 상황은 면해야 하기에 나는 필사적으로 머리를 감싸 쥔다. 다행히 고꾸라진 선반은 카트 손수레에 막혀 나를 완전히 덮치지는 못한다.

선반 밑에서 빠져나온 나는 문간에서 힘겹게 몸을 일으킨다. 복도 끝에 멈춰 서서 귀를 다시 쫑긋 세워보지만 아무 소리도 들리지 않는다. 놈이 어느 쪽으로 갔지?

가까이에 방화문이 나 있다. 나는 어깨로 문을 밀고 햇살이 눈부시게 쏟아지는 밖으로 나가본다. 큰 도로와 연결된 구급차용 나선형 경사로가 눈에 들어온다. 나는 진입로를 따라 내려간다. 경찰은 어디 있지? 경비들은 또 어디 있고? 잠시 후, 차들 사이를 비집고 나타난 빨간 오토바이가 내 앞을 빠르게 스쳐 지나간다. 오토바이는 중력을 거스르듯 앞바퀴를 번쩍 쳐든 채 맹렬히 달려나가다가 이내 사라져버린다.

먼발치서 뚱뚱한 경비원 하나가 굼뜬 걸음으로 다가오는 게 보인다. 그의 한 손에는 무전기가, 또 다른 손에는 경찰봉이 각각 쥐어져 있다.

"두 손을 벽에 붙여요." 그가 말한다.

"당신이 잡아야 할 사람은 따로 있어요."

그가 경찰봉을 높이 쳐든다. "벽에 붙이라니까!"

나는 순순히 시키는 대로 한다. 그가 손을 더듬어 몸수색을 하는 동안 순찰차가 도착한다. 나는 운전석에서 내린 형사의 얼굴을 대번에 알아본다. 호손 경사.

"달아났어요." 나는 도로 쪽을 가리키며 말한다. "오토바이를 몰고 사라졌어요."

"번호판은 보셨나요?"

"아뇨."

그녀가 손을 뻗어 내 머리를 더듬는다. "머리에서 피가 나요."

나는 그녀의 선글라스에 비친 내 모습을 살펴본다. 얼굴 한쪽이 피로 뒤덮여 있다. 그녀에게서는 보디 워시와 샴푸 향기가 풍긴다.

"교수님이 가시는 곳마다 사건이 터지네요." 그녀가 말한다.

"호손 경사님은 그럴 때마다 어떻게 아셨는지 매번 나타나주시고요."

오른쪽 귀 바로 위에 난 상처는 신속히 소독되고 봉합됐다. 처치를 위해 상처 주변 머리를 싹 밀어버렸지만 다행히 흉측해 보이지는 않는다. 의사는 내 눈꺼풀을 벌린 채 작은 펜라이트로 동공을 비춰본다.

"제가 손가락 몇 개를 폈는지 보이십니까?"

"두 개요."

"시야가 흐릿해지진 않았나요?"

"괜찮아요."

"두통은?"

"아주 심합니다."

"진통제를 드릴게요."

호손 형사는 어깨를 벽에 기댄 채 서서 몸에 붙는 흰 블라우스 아래 감춰진 데님 원피스 주머니에 두 손을 찔러 넣는다.

"이제 가셔도 좋습니다." 의사가 라텍스 장갑을 요란하게 벗으며 말한다. "유감스럽게도 그 셔츠는 제가 살려낼 수가 없네요."

호손 경사가 내 재킷을 건네고는 문을 열어준다. 그녀 앞을 지날 때 그녀가 무언가를 속삭인다.

"네?"

"케이트라고요. 저번에 제 이름을 물으셨잖아요."

"애칭인가요?"

"부모님이 캐서린 헵번의 이름을 따서 지어주셨어요."

"굉장한 미인이었죠."

그녀가 눈을 덮은 머리를 뒤로 쓸어 넘긴다. "지금 제게 추파를 던지시는 거예요?"

"설마 법에 저촉되는 건 아니겠죠?"

"전 지금 근무 중이거든요."

"그럼 나중엔 해도 된다는 뜻?"

그녀가 교정기를 낀 치아를 드러내며 웃어 보인다.

맥더미드 경위가 면도도 하지 않은 초췌한 모습으로 나타난다. 그는 이런 내 몰골을 보고도 걱정은커녕 짜증만 나는 모양이다. 그는 병원장을 데려왔다. 도끼날 같은 얼굴을 가진 중년 여자의 적갈색 머리는 헤어스프레이로 떡칠이 된 상태다.

"병원 경비부터 부르셨어야죠." 그녀가 비난조로 말한다.

"날 보자마자 달아났어요."

"교수님은 방문객이 드나들 수 없는 출입 금지 구역에까지 들어오셨어요."

"놈을 쫓느라 어쩔 수 없었습니다."

"그건 교수님이 하실 일이 아니잖아요."

병원장은 보안이 침해된 사실보다 법적 책임을 더 걱정하는 듯하다.

"놈의 인상착의를 기억합니까?" 맥더미드가 묻는다.

"사십 대. 키는 180센티미터. 덩치가 컸고, 검은 머릴 하고 있었어요. 왠지 군인 같더군요."

"뭘 보고 그런 생각을 했죠?"

"팔뚝에 문신이 새겨져 있었습니다. 휘장 배지 모양이었어요."

"다시 보면 알아볼 수 있겠어요?"

"네."

우리는 경비실에서 CCTV 영상을 돌려보고 있다. 타임 코드가 찍힌 화면에 정문으로 들어서는 남자의 모습이 떠오른다. 오후 2시 47분. 남자는 안내 데스크로 다가가 직원에게 무언가를 묻는다.

"저 사람이에요." 나는 화면을 가리키며 말한다. 그의 얼굴은 가려져 보이지 않는다. 화면은 또 다른 카메라가 촬영한 이미지로 바뀐다. 각도가 달라지니 이미지가 한층 뚜렷해졌다.

"저 사람, 본 적 있어요?" 맥더미드가 묻는다.

"아뇨."

"환자분 가족이라고 했어요." 병원장이 말한다. 그녀가 방문자 기록을 가져와 해당란에 '올로클린'이라는 이름이 적힌 부분을 보여준다.

"그가 신분증을 제시했나요?"

"운전면허증을 보여줬는데 제대로 확인을 못 한 것 같아요. 해당 직원에겐 징계가 내려졌습니다."

화면에서는 CCTV 영상이 계속 흐르고 있다. 9층에 올라온 불법 침입자는 잠시 멈춰 서서 길을 묻는다. 간호사는 손을 들어 한쪽 복도를 가리킨다.

"중환자실에도 카메라가 있습니까?" 맥더미드가 묻는다.

"아뇨."

"저 사람이 거기서 뭘 하고 있었을까요?" 나는 묻는다.

병원장이 냉큼 대답한다. "그가 기계를 조작하거나 환자에게 수상한 물질을 투여한 증거는 없습니다. 중환자실 간호사가 항상 자리를 지키고 있거든요."

"그자가 안에서 뭔가 하고 나온 게 틀림없습니다." 맥더미드가 말한다.

"간호사에게 물어보니 그가 환자에게 귓속말을 속삭였다고 합니다. 단어 몇 개를 주워들었는데, 그가 환자에게 미안하다고 했답니다."

"뭐가 미안하다는 거죠?" 나는 묻는다.

병원장이 가슴 앞으로 팔짱을 낀 채 어깨를 으쓱인다.

맥더미드가 나를 홱 돌아본다. "당신에겐 아무 말도 않던가요?"

"아버지가 죽어가는 게 맞는지 묻더군요. 그래서 혼수상태에 빠져 계시다고 대답했어요. 그랬더니 아버지가 뇌종양으로 결국 죽게 될 거라나요."

"뜬금없이 웬 뇌종양 얘기죠?"

"나도 모르겠어요. 아버지의 숨을 끊어놓으려고 왔는지 물었더니 이러더군요. '죽일 생각이었다면 진작 그렇게 했겠지.'"

화면 속 이미지가 다시 바뀐다. 이번에는 병원 밖 도로 풍경이다. 오토바이가 내 앞을 맹렬히 지나쳐 달려나간다. 나는 마치 작별인사를 하듯 그의 뒤로 한 손을 번쩍 쳐든다.

"이미지를 선명하게 만들어 안면 인식 소프트웨어에 넣고 돌려봐야겠어요." 맥더미드가 떠날 채비를 한다.

"우리 아버지는요?"

"중환자실 밖에 경관을 세워놓을게요."

왠지 그가 무언가를 숨기고 있다는 짐작이 강하게 든다. 나는 그를 따라 밖으로 나오며 오토바이 남자에 대해 묻는다. "그가 그날 밤 아버질 폭행한 범인일 수도 있지 않겠어요?"

맥더미드는 못 들은 척 무시하며 로비를 가로질러간다. 그리고 카페를 지나 유리문으로 빠져나온다. 순찰차가 시동을 켠 채로 대기하고 있다. 경위가 다가가자 경관이 문을 열어준다. 맥더미드는 차 안으로 코트를 던져 넣고 조수석에 오른다.

"유언 블랙모어는요?"

맥더미드가 골똘한 생각에 잠긴 듯 까칠하게 돋은 턱수염을 살살 긁어댄다. "그의 원룸 아파트 뒤뜰에서 피 묻은 옷을 발견했습니다. 누군가가 드럼통에 넣고 불태워버리려 했어요."

"아버지가 흘린 핀가요?"

"그건 유전자 검사를 통해 밝혀질 겁니다. 일단 체포 영장을 받아놨어요."

문이 닫히고 차는 미끄러지듯 달려나간다. 케이트 호손이 뒤로 바짝 다가온다.

"당신도 알고 있었어요?" 나는 묻는다.

그녀는 고개를 끄덕인다. "이제부턴 살인미수 사건으로 수사가 진행될 거예요."

## 7일째

 폭풍과 함께한 11월이었다. 또 한 번의 폭풍이 런던으로 몰려오는 중이다. 번개와 천둥이 산발적으로 지축을 뒤흔들고, 나무들은 강풍에 위태롭게 춤을 춘다. 빗방울은 마치 자갈이 뿌려진 듯한 요란한 소리를 내며 유리창을 때려댄다. 초인종이 울린다. 손님이 찾아오기에는 늦은 시간이다.
 인터컴 화면에 올리비아 블랙모어의 얼굴이 떠올라 있다. 그녀가 고개를 들고 카메라를 쳐다본다. 빗물에 젖은 머리는 그녀의 두피와 목에 찰싹 달라붙어 있다.
 "늦게 찾아와서 미안해요." 그녀가 말한다. "그냥, 저⋯⋯ 당신과 얘기나 할까 해서⋯⋯."
 "변호사를 불러야 하나요?"
 그녀가 고개를 떨구고 코트의 깃을 높이 세워보지만 거센 빗줄기를 막기에는 역부족이다. "유언 문제로 왔어요."
 "그 아이의 행방을 알고 있어요?"
 "아뇨."

올리비아가 다시 카메라를 쳐다보며 볼에 달라붙은 머리카락을 뗀다. 애원하는 눈빛. 그녀의 눈가가 촉촉이 젖어 있다. 빗물인지 눈물인지 알 수는 없지만.

나는 버튼을 눌러 정문을 열어준다. 그녀가 계단을 오르자 센서가 작동하며 불이 켜진다. 현관에 나와 손님을 맞은 나는 그녀의 젖은 코트를 받아 들고 나서 그녀가 머리를 말릴 수 있도록 수건을 가져다준다. 그녀의 회색 드레스는 그녀의 굴곡진 몸에 찰싹 달라붙어 있다.

"머리는 왜 그래요?" 그녀가 붕대로 감긴 내 머리를 가리키며 묻는다.

"아무것도 아니에요."

그녀는 잠시 내 눈치를 살핀다. 우리는 친구가 아니다. 상냥한 인사를 나누는 것도, 서로에게 관심을 보이는 것도 한없이 어색할 뿐이다. 나는 그녀를 거실로 안내한다. 그녀는 안락의자로 다가가 앉는다. 그녀는 마치 면접을 보러 온 사람처럼 딱 붙인 양 무릎 위에 두 손을 가지런히 얹어놓는다.

"경찰은 유언이 윌리엄을 폭행했다고 믿고 있어요. 하지만 그건 사실이 아니에요."

"그걸 왜 내게 얘기하는 거죠?"

"당신이 꼭 알아줬으면 해서요. 유언은 윌리엄에게 그런 짓을 할 아이가 아니에요. 절대로."

"그런데 뭐가 걱정이죠?"

그녀는 패닉에 빠진 모습이다. "지금껏 사방으로 그 앨 찾으러 다녔어요. 아파트에도 며칠째 안 들어오고 있대요. 오늘 아침 정신과 세션에도 나타나지 않았고요."

"그럼 약도 제대로 못 챙겨 먹겠군요."

그녀는 대답이 없다.

"날 찾아온 이유가 뭡니까, 올리비아?"

"두려워서요. 경찰이 유언을 먼저 찾으면 그 앤 분명 당황해서 또 무슨 일을 저지를지 몰라요."

"누군가의 집에 쳐들어와 무시무시한 칼로 그 집 아이들을 위협하는 것처럼 말이죠?"

내 말에 올리비아가 별안간 움찔한다. 그사이 한층 더 비참해진 모습이다.

"내게서 뭘 원하는 거죠?" 나는 묻는다.

"경찰에 얘기 좀 해줘요. 우리 유언이 그런 게 아니라고."

"무슨 증거가 있는데요? 당신 말만 듣고 믿으라고요? 그동안 온갖 거짓말을 늘어놨으면서. 사실대로 말해봐요. 아버지가 습격당하신 날 밤, 당신은 어디 있었죠?"

"극장에 있었다니까요."

"공연은 10시 30분에 끝났어요. 당신 타임라인을 보면 한 시간가량이 비어요."

"유언을 보러 갔었어요."

"거짓말 말아요."

그녀의 목이 붉게 달아오른다. "친구랑 술을 마셨어요. 유부남인데 바람을 피우고 있더군요. 아내에게 들킬까 봐 걱정이라고 했어요. 그래서 친구로서 조언을 해줬죠."

아이러니한 변명에 웃음이 터지려고 한다. "그랑 만난 곳은요?"

"코벤트 마켓 안에 있는 술집이었어요."

"술집 이름이 뭡니까?"

"기억 안 나요."

"왜 휴대폰을 꺼놓았었죠?"

"공연 볼 때 꺼놨어요. 나중에 다시 켜는 걸 깜빡했을 뿐이에요."

"그 말을 믿으라고요?"

그녀가 도도하게 턱을 앞으로 쑥 내민다. "당신은 살면서 그런 적 없었나요, 조? 단 한 번도 실수해본 적 없어요?"

"지금 그걸 변명이라고 하는 겁니까?"

"난 변명할 이유가 없어요."

"변호사를 고용해 아버지의 대리인으로 지명해줄 것을 법원에 요청해놨다고 들었습니다."

"내가 병원을 찾는 걸 당신이 막았잖아요."

우리는 잠시 입을 닫고 서로를 노려본다. 올리비아가 먼저 시선을 떼고 고개를 떨어뜨린다. 그녀의 왼쪽 눈에서 눈물이 쪼르르 흘러내린다. 필요할 때마다 눈물을 짜낼 수 있는 능력이라도 있나? 문득 궁금해졌다.

나는 벽난로 위 선반에서 티슈 상자를 가져와 그녀 옆에 놓아둔다. 그녀는 티슈를 뽑아 들고 코를 푼다.

"윌리엄이 여기 함께 있었으면 분명 당신을 나무랐을 거예요. 나한테 잔인하게 굴지 말라고."

"하지만 여기 안 계시잖아요."

올리비아는 다시 마음을 단단히 먹고 내 눈을 똑바로 쳐다본다. 얼마든지 자신의 감정을 분석하고, 자신의 생각을 읽어보라는 듯이.

"당신이 하는 일이 뭐죠, 조지프? 당신의 직업 말이에요."

"임상 심리학잡니다. 당신도 알잖아요."

"그게 정확히 무슨 일을 하는 건데요?"

"불안이나 우울증이나 약물 남용과 같은 정신 건강 장애를 앓는 사람들을 치료하는 겁니다. 인간관계 문제나 공포증으로 고통받고 있는 사람들도 돕고 있고요."

"그런 사람들을 고쳐주는 건가요?"

"나아질 수 있게 도울 뿐입니다."

"오히려 도움이 필요한 사람은 당신인 것 같은데요."

"내가요?"

"당신은 윌리엄을 최악의 아버지로 여기고 있어요. 아버지의 본분이 뭔가요? 보호하고, 양육하고, 부양하고, 사랑하는 거 아닌가요? 윌리엄은 자기 본분에 충실했어요. 하지만 당신은 그걸 인정하지 않아요. 그이가 많이 안아주지 않아서 그런가요? 칭찬에 인색해서? 당신을 인정하지 않아줘서?"

"다 맞아요."

"그이는 당신에게 생존법을 가르쳐준 거예요. 전사로 키운 거라고요."

"누가 전사가 되고 싶다고 했나요?"

"그이는 당신을 강하게 키웠어요. 자립심을 길러 어떠한 시련도 꿋꿋이 버텨낼 수 있도록 말이에요."

"내가 이렇게 된 건 아버지 덕분이 절대 아니에요."

"그이에게도 들려줬나요?"

"뭘 말이죠?"

"윌리엄에게도 이 얘길 했느냐고요."

"굳이 말씀드려야 할 이유를 못 느꼈어요."

"아버지에겐 그토록 쿨하면서 왜 나한텐 이토록 가혹한 거죠?"

나는 차마 대답하지 못한다. 황당하다. 아버지의 정부가 감히 내게 인간관계에 대한 조언을 하려 들다니.

"유언이 아버질 그렇게 만든 게 아니라면 대체 누구 짓이라는 겁니까?"

올리비아는 잠시 머뭇거리며 아랫입술을 씹어댄다. 그녀의 머리 굴리는 소리가 들리는 듯하다.

"유언이 병원에서 알게 된 사람이 있어요. 또 다른 환자. 이름은 미카 보챔프예요. 마약중독자인데 몇 달 동안 유언에게 빌붙어 살았어요. 그 애 돈도 뺏고, 도둑질도 시켰더라고요."

순간 버스 정거장에서 습격당한 일이 떠오른다. "그 미카라는 친구, 어떻게 생겼죠?"

"괴물이에요. 머리는 하얗게 탈색했고, 앞니는 빠져서 아주 흉측해요. 유언이 퇴원하고 집에 돌아왔을 때 미카를 데려왔어요. 처음엔 괜찮은 아이라고 생각했죠. 비록 무섭게 생기긴 했지만. 걘 툭하면 유언과 밖으로 싸돌아다녔어요. 그때부터 현금이나 귀금속 따위가 속속 사라지더라고요. 윌리엄의 손목시계도 그때 도난당했죠. 참다못한 윌리엄이 유언을 불러 잔소릴 좀 했어요. 그게 격한 언쟁으로 번졌고…… 결국 유언은 집을 나가버렸어요." 올리비아가 곁눈질로 나를 쳐다본다. 마치 거울에 비친 자신의 모습을 살피듯이. "다음날 미카가 찾아와 우릴 위협했어요. 윌리엄은 자물쇠를 새것으로 교체하고 경보기를 업그레이드했어요."

"그래서 집에 총을 보관해둔 건가요?"

그녀가 고개를 끄덕인다.

"경찰엔 알렸고요?"

"아뇨. 유언이 곤란해질 수 있으니까요. 윌리엄은 그 애가 정신을 차리고 미카를 내칠 때까지 결코 집에 들이지 않겠다고 선언했어요."

"그 아이와 연을 끊었다고요?"

"윌리엄은 그 방법밖엔 없다고 했어요."

"하지만 당신은 차마 그럴 수 없었겠죠. 아닌가요? 당신은 아버지 몰래 유언에게 돈을 전달했을 겁니다. 그 애가 지낼 원룸 아파트도 얻어줬을 거고요."

"어미가 아들을 챙기는 게 잘못인가요?"

"유언에게도 치스윅 집 열쇠가 있나요?"

올리비아는 애매한 태도로 고개를 젓는다.

"아버지가 웨일스에 계실 때 유언이 집에 찾아온 적은 없었고요?"

그녀가 침울한 표정으로 고개를 젓는다. "또 몰래 들어와서는 금품을 훔쳐갔어요. 디지털카메라. 내 신용카드."

"경찰엔 신고했고요?"

"아뇨."

"아버지도 알고 계시나요?"

"그이는 몰라요."

올리비아가 무언가를 말하려다 멈칫한다. 그녀는 마치 때라도 낀 양 손바닥을 맞붙여 비벼대기 시작한다. 침묵은 그녀가 완벽히 갈고 닦은 언어다.

"아버지의 등과 늑골 아래에 오래된 멍 자국들이 남아 있었어요. 미카가 그런 건가요?"
"네."
"어떻게요?"
"윌리엄은 은퇴 후에도 의사 면허증을 내리지 않았어요. 클리닉에 나가 파트타임으로 이주자와 난민들을 진료했죠. 몇 주 전, 그이는 자신의 처방전이 사라진 걸 알게 됐고, 곧장 유언의 아파트로 찾아가 그 앨 추궁했어요. 미카도 그 자리에 함께 있었고요. 그렇게 언쟁이 벌어졌고, 끝내 주먹다짐으로 번지고 말았어요. 그땐 몰랐어요. 멍 자국을 볼 때까진 정말 몰랐어요. 윌리엄은 경찰에 신고하려 했는데 내가 그러지 말라고 애원했어요. 내 아들 인생이 걸린 문제였으니까요. 하지만 내가 틀렸어요. 정말 미안해요. 그때로 다시 되돌아갈 수만 있다면……."
"당신은 그걸 다 알고 있었으면서 지금껏 아무 말도 하지 않았어요."

상기하고 싶지 않은지 올리비아의 얼굴이 일그러진다. 자신이 당한, 입에 담기도 싫은 모든 악행에 대해 세상이 사과하기를 기다리는 게 꼭 우리 어머니 같다.

"경찰도 미카의 존재를 알고 있습니까?" 나는 묻는다.
"오늘 가서 진술서를 새로 작성했어요."
"맥더미드 경위는 뭐라던가요?"
"나랑은 말을 섞고 싶지 않아 했어요."
"경찰이 유언의 아파트 뒤뜰에서 피 묻은 옷을 찾았어요. 그 애가 태워 없애려 했다더군요."
"윌리엄을 폭행한 건 그 애가 아니었어요. 유언은 절대 그런 짓을 할 아이가 아니에요." 그녀가 고개를 세차게 젓는다.

나는 다시 찾아든 침묵을 한동안 깨지 않는다. 올리비아는 허둥대며 내 시선을 애써 피한다. 그리고 자신의 주의를 흩뜨려줄 무언가를 찾아 거실 안을 빠르게 둘러보기 시작한다.

"아이들은 다 어디 있죠?"

"에마는 누나네 보내놨어요. 찰리는 할아버지 보러 병원에 갔고요."

"윌리엄은 좀 어떤가요?"

"차도가 없으세요."

"그이를 볼 수 있게 해줘요."

"그건 곤란해요."

"당신 어머니를 설득해볼게요."

"안 돼요."

"어머니가 나에 대해 뭐라고 하시던가요?"

나는 대답하지 않는다.

"그녀는 처음부터 모든 걸 알고 있었어요. 그렇죠? 언젠가 당신 어머니가 내게 연락해온 적이 있어요. 몇 년 전에. 전화를 걸어와 대뜸 묻더군요. 윌리엄과 잠자리를 같이하느냐고. 그때 상황을 생생히 기억하고 있어요. 당신 어머니가 날 결혼 전 성(姓)으로 불렀거든요. 아무도 쓰지 않는 이름인데."

"그래서 뭐라고 했죠?"

"부인했어요."

"거짓말을 했군요."

"윌리엄을 보호하기 위해서였어요."

"그것도 거짓말이잖아요."

"좋아요. 난 우리 모두를 보호하려 했어요. 윌리엄, 나, 유언. 우린 가족이니까요."

그녀는 어느새 단호한 태도를 되찾았다. 흠뻑 젖은 드레스에 엉망이 돼버린 구두. 새로 겉천을 씌운 소파에 뚝뚝 떨어지는 빗물. 대체 이 여잘 어떻게 해야 하지? 마음에는 안 들지만 어쨌든 이 여자는 아버지를 제대로 이해하는 데 없어서는 안 될 단서다. 아버지는 다른 여자들의 공공의 적인 한 여자 때문에 인생이 꼬여버렸다. 세상의 많은 남자들처럼.

나는 그녀에게 나를 찾아온 이유를 다시 묻는다.

"당신이 날 믿어주면 좋겠어요. 제발 우리 유언을 도와줘요."

"그 애가 범인일까 봐 두렵나요? 당신이 유언을 감싸고 돈 탓일까 봐? 내가 왜 망가진 당신 인생을 낫게 해야 하죠?"

올리비아는 목구멍에 무언가가 걸리기라도 한 듯 마른침을 꿀꺽 삼킨다. 그녀는 발밑 마룻장을 뚫어지게 응시하다가 자리에서 일어나 현관으로 향한다.

"택시를 불러줄까요?"

"차를 갖고 왔어요." 그녀가 코트를 걸치고는 나를 휙 돌아본다. "부탁 하나만 들어줄래요?"

"뭔데요?"

"날 안아줄 수 있어요?"

"네?"

그녀의 말이 빨라진다. 초조해하는 톤으로. "오늘 마사지를 받았어요. 몸이 뻣뻣하거나 근육이 뭉쳐서가 아니라, 또 다른 사람의 손길이 그리워서였어요. 그냥 손만 잡아줘도, 머리만 빗겨줘도, 볼만 어루만져줘도 너무 기뻤을 거예요. 날 안아줄래요?"

어리둥절해 있던 나는 조심스레 그녀의 어깨에 손을 얹는다. 그녀가 기다렸다는 듯 내 품에 와락 안긴다. 그녀의 브래지어 언더와이어가 가슴에 느껴질 정도의 힘찬 포옹이다. 내 어깨에 얼굴을 묻은 그녀의 몸이 좌우로 살살 흔들린다.

마침내 올리비아는 내게서 떨어져나간다. 그녀는 알아들을 수 없는 말을 웅얼거리며 급하게 돌아선다. 그리고 허둥대며 계단을 달려 내려가기 시작한다. 내게는 그녀의 몸이 지그시 닿았던 느낌이 여전히 남아 있다. 그녀의 온기도. 침대 옆자리에 남겨진 누군가의 흔적처럼.

그녀는 아버지의 정부다. 연약하고, 아름답고, 위험한 여자.

## 8일째

만약 빈센트 루이즈가 퀴즈쇼 〈마스터마인드〉에 출연한다면 그의 전문 분야는 '세련화되지 않은 허름한 런던 술집들'로 소개되지 않을까. 그는 제대로 된 에일, 스카치 에그(삶은 달걀을 다진 고기로 싸서 빵가루를 묻힌 뒤 튀겨서 차게 먹는 것), 그리고 돼지고기 파이에 대한 모든 문제를 척척 맞힐 수 있을 것이다. 특별할 것 없는 구운 치즈와 햄 샌드위치를 크로크-무슈로 둔갑시켜버린, 미식으로 유명한 식당들을 신랄하게 까대면서.

컴벌랜드 암스는 '구식' 술집에 속한다. 스테프니 그린의 마일 엔드 가 인근에 자리한 술집은 서쪽 부자 동네들에 '빽큐'를 날리는 손가락처럼 우뚝 솟은 콘크리트 고층 건물의 그림자에 폭 파묻혀 있다.

대여섯 명의 단골손님이 아침나절의 술집을 지키고 있다. 벨트 너머로 뱃살이 넘쳐흐르는 남자들은 구부정한 자세로 앉아 열린 문틈으로 햇살이 스며들 때마다 눈을 가늘게 뜨고 돌아본다. 루이즈는 바 맨 끝에 앉아 있고, 그의 앞에는 빈 맥주잔이 덩그러니 놓여 있다.

"여기보다 더 우울한 곳은 못 찾았나 보지?" 나는 묻는다.

"여기만큼 개성 넘치는 데가 어딨다고 그래?"

"진심이야?"

그가 손짓해 바텐더를 부른다. "뭐 마실래?"

"라임 소다."

"창피하게시리. 그나저나 머리는 왜 그래?"

"밀다가 살짝 베였어."

"농담은."

주문한 음료가 도착한다. 우리는 온갖 기계음으로 술꾼들을 유혹하는 슬롯머신들로부터 최대한 떨어진 자리로 이동한다.

루이즈는 글라스에 담긴 맥주의 3분의 2를 단숨에 비워낸다.

"모던 에티켓에 대해 궁금한 게 있어." 그가 윗입술에 묻은 거품을 훔쳐내며 말한다. "아침에 슈퍼마켓에 갔었거든. 계산대 앞에서 순서를 기다리고 있었고, 내 바로 뒤엔 젊은 여자 둘이 있었어. 특별히 바쁜 것도 아니어서 여자들에게 얘기했지. '아가씨들, 먼저 계산할래요?' 그랬더니 난리가 났어. '지금 누구한테 아가씨라고 했어요?' 버럭 화를 내면서 그러는 거 있지? '우린 아저씨 소유물이 아니에요. 그 누구의 소유물도 아니라고요.' 나 참, 황당해서 말이 안 나오더라니까."

"'아가씨'라고 불리는 걸 모욕으로 여기는 여자들도 있어."

"대체 언제부터 그런 거지?"

"그래서 문맥이 중요한 거야."

"당최 무슨 소린지 모르겠네."

"자네가 늙었다는 뜻이야."

루이즈가 재킷 주머니에서 너덜너덜해진 수첩을 꺼내 든다. 그는 수첩을 동여맨 고무줄을 벗겨내고 침 묻힌 손가락으로 페이지를 획획 넘겨나간다. 페이지마다 휘갈겨 쓴 글자로 빽빽이 채워져 있다.

"터드 블랙모어의 첫 번째 아내를 찾았어. 트루디 워링. 히스로의 렌터카 회사에서 교대제로 일하고 있더라고. 몇 년 전, 복권에 당첨된 적이 있는데, 그 돈으로 대출을 다 갚았다나."

"집이 어딘데?"

"저 모퉁이만 돌면 나와. 그래서 일부러 여기서 만나자고 한 거야."

"그녀와 터드 블랙모어가 연락을 유지해왔나?"

"그건 모르겠어. 이혼 후론 결혼 전 성을 써왔더라고. 두 사람 사이엔 자식이 둘 있어. 아들 하나, 딸 하나. 이젠 둘 다 장성했고. 아들은 이름이 카메론 블랙모어야. 주니어 리그에서 테니스 선수로 뛰었는데 서키트 투어를 졸업할 실력은 안 됐나 봐. 지금은 스포츠 매니지먼트 일을 하고 있어. 딸에 대해선 아직 아는 게 없고."

루이즈가 수첩을 집어넣는다. 우리는 각자의 글라스를 비우고 나와 테라스 하우스와 검게 그을은 공장들이 늘어선 거리를 따라 목적지로 향한다.

초인종을 눌러보지만 트루디 워링은 응답이 없다. 나는 또다시 버튼을 누른다. 바로 옆집에서 이웃 주민이 문밖으로 고개를 불쑥 내민다. 그가 손에 쥔 줄을 당기자 문틈으로 뛰쳐나간 개가 깨갱대며 멈춰 선다.

"집에 아무도 없나?" 그가 묻는다.

이번에는 노크로 대신해본다. 안에서 여자가 소리친다. "내가 나가. 내가 나간다고. 셔츠 벗지 말고 있어."

문이 벌컥 열린다. 육십 대의 트루디 워링은 검게 염색한 머리에 촉촉한 눈과 우거지상을 한 얼굴을 갖고 있다. 꽃무늬 블라우스에 검은 스커트 차림. 스커트의 지퍼는 반쯤 올려지다 말았다.

"무슨 일이죠?"

"조지프 올로클린이라고 합니다. 이쪽은 빈센트 루이즈. 저흰 부인의 전남편 터드 블랙모어 씨의 죽음을 조사하고 있습니다."

"경찰 같아 보이진 않는데." 그녀는 루이즈를 흘끔 돌아본다. 금세 생각이 바뀐 모양이다. "이쪽은 좀 경찰 같아 보이는구만."

"런던 경찰국 소속 형사였습니다." 루이즈가 고개를 살짝 숙이며 말한다. "조는 임상 심리학자고요."

옆집 이웃은 우리 대화가 궁금한지 몸을 비비 꼬며 귀를 기울인다.

"우리 일에 신경 꺼요, 데릭." 워링 씨가 그를 매섭게 쏘아본다. 그는 개를 질질 끌며 집으로 들어간다.

워링 씨는 한동안 두 불청객을 유심히 뜯어본다.

"일단 들어와요." 그녀가 한숨을 내쉬며 홱 돌아선다. 그녀는 슬리퍼를 질질 끌며 어두운 복도를 지나 데메롤 향기가 풍기는 주방으로 우리를 이끈다.

식탁에 펼쳐진 신문지 위에는 검은 가죽 부츠와 광택제 캔과 브러시와 해진 천 조각들이 가지런히 놓여 있다. 그녀는 의자에 털썩 주저앉아 한 손을 부츠 안으로 쑤셔 넣고 천 조각 하나를 집어 든다.

루이즈가 그녀의 손에서 천 조각을 잽싸게 낚아채 든다. "제가 도와드릴게요."

"그러실 필요 없는데."

"부츠에 광내는 게 취밉니다. 경찰 대학 시절에 부츠깨나 닦아봤죠. 눈부시게 광내는 비결은 따로 있습니다. 먼저 젖은 천으로 때를 닦아내고 몇 분 말려야 합니다. 광택제는 그다음에 바르는 거고요."

워링 씨는 멍한 얼굴로 목을 살살 문지르며 벽에 걸린 시계를 올려다본다. "곧 나가봐야 해요. 날 찾아온 용건이 뭐죠?"

"올리비아 블랙모어를 잘 아십니까?" 나는 묻는다.

그녀의 입이 잠시 꼭 다물어진다. "내 앞에서 그 이름은 쓰지 말아요. 올리비아 차보라고 부르든지, '그 잡년'이라고 하든지, '외국년'이라고 불러요. 터드의 성을 붙이지 말라고요."

"그 두 사람은 부부였잖습니까."

"그 여자가 그를 죽였을 때까진 그랬죠."

"그걸 어떻게 확신하시죠?"

그녀의 눈이 유리 조각처럼 반짝인다. "검시관이 그렇다고 했으니까요. 그는 그 여잘 난폭운전으로 기소해야 한다는 의견을 냈지만 아무 소용이 없었어요. 살인을 저지르고도 처벌받지 않았다고요."

"올리비아는 그 사고로 중상을 입었습니다." 루이즈가 광택제 뚜껑을 열며 말한다.

"하지만 목숨은 건졌잖아요. 안 그래요? 그리고 나선 터드의 보험금을 꿀꺽하고, 자길 챙겨준 의사랑 눈이 맞아 살림을 차렸죠."

"보험금이라뇨?"

"아하! 뭐가 문제인지 이해했죠? 터드는 아이들을 보험금 수령인으로 지정해놨어요. 남편으로선 빵점이었지만 카메론과 레슬리에겐 좋은 아빠로 남으려 무척 애를 썼었죠."

워링 씨가 잠시 멈칫한다. "그런데 그이 보험금엔 왜 관심을 보이는 거죠?"

루이즈가 나를 흘끔 돌아본다. 그녀에게 어디까지 털어놓아야 하는지 눈빛으로 묻는 것이다.

"실은 터드가 사망한 후 올리비아와 결혼한 의사가 바로 제 아버지이십니다."

"부친도 어리석으셨군요."

"혼수상태에 빠져 계세요." 나는 말한다. "누군가에게 폭행당하셨습니다."

"나쁜 년." 그녀가 나지막이 내뱉는다. "내가 그렇게 경고했는데. 그 의사에게도 얘기했고요."

"제 아버지에게도요?"

"부친에게 편지를 썼어요. 그 여자에 대한 모든 걸 알려줬죠."

"제 아버지로부터 답장을 받으셨습니까?"

"우리가 무슨 펜팔이었는 줄 알아요?" 그녀가 어이없다는 듯 고개를 젓는다.

"터드와는 얼마나 오래 결혼생활을 유지하셨습니까?" 나는 묻는다.

"십오 년 같이 살았어요. 아이도 둘씩이나 낳고." 그녀가 다시 시계를 올려다본다. "카메론이 곧 올 거예요. 날 병원에 데려다주기로 했거든요."

"어디 편찮으십니까?"

"내 나이 돼봐요. 어디 안 아픈 데가 있나."

루이즈가 광을 낸 한쪽 부츠를 내려놓는다. 그녀는 나머지 쪽도 그에게 건넨다.

"터드와 올리비아는 서로 어떻게 만나게 된 겁니까?" 나는 묻는다.

"루마니아의 트레이닝 캠프에서 그이가 데려왔어요. 제2의 나브라틸로바가 될 거라고 큰소리 땅땅 쳤죠. 당시엔 많은 코치들이 인재를 찾으러 동유럽을 들쑤시고 다녔거든요. 올리비아는 그때부터 싹수가 보였어요. 고작 열세 살밖에 안 된 게 어찌나 당돌하고 요염하던지. 무슨 얘긴지 알죠?"

솔직히 잘 모르겠다. 하지만 아는 척하며 그녀의 이야기가 이어지기를 기다린다.

"우린 그 앨 가족으로 받아들였어요. 올리비아와 카메론은 동갑이고, 레슬리는 몇 살 어렸죠. 여자애들 둘이 한방을 썼어요."

"올리비아도 학교에 다녔습니까?"

"다니긴 했는데 교무실에서 돈을 훔치다 걸려서 퇴학당했어요. 그 후엔 홈스쿨링을 시작했는데 올리비아는 책이랑 공부와는 담을 쌓은 아이였어요. 너무 게으르기도 했고요. 그런데도 터드는 그 앨 감싸고 돌기만 했어요. 무슨 공주 모시듯 했다니까요. 늘 좋은 것만 사서 먹이고 비타민제도 꼼꼼히 챙겨줬어요. 과학이 그 앨 챔피언으로 만들어줄 거라나요. 하지만 늘 말만 번지르르할 뿐이었어요. 실속은 하나도 없고."

"좀 더 상세히 말씀해주시겠습니까?" 루이즈가 묻는다.

워링 씨가 픔 하고 웃는다. "오른쪽 손목에 건염이 생겼다고 하더니 얼마 못 가선 또 발목에 문제가 생겼다고 하더라고요. 결국 수술을 받았고 5개월간 운동을 쉬어야 했어요. 그 애 물리치료에 우리가 돈을 얼마나 쏟아부었는지 알아요? 터드는 머지않아 다 보상받게 될 거라고 큰소리쳤지만 난 그 애가 챔피언이 될 재목이 아니라는 걸 진작 알고 있었어요. 이게 딴 데 가 있으니 잘 될 리가 있나." 워링 씨가 자신의 가슴을 가볍게 두드린다.

"터드는 뭐라고 하던가요?"

"그 사람은 너무 순진해 빠져서 문제였어요."

"그게 무슨 말씀이시죠?" 루이즈가 묻는다.

우리는 알고 싶은 진실에 바짝 다가섰음을 짐작했다. 다행히 워링 씨는 모든 걸 속 시원히 털어놓을 기세다.

"올리비아는 수술을 받고 나서 테니스보다 내 남편에게 더 관심을 보였어요." 그녀는 우리의 반응을 기다리듯 잠시 뜸을 들인다. "무슨 말인지 모르겠어요? 선수로서의 커리어가 초라하게 끝장나버리니 덜컥 겁이 났겠죠. 올리비아는 터드가 쓸모없어진 자길 루마니아로 돌려보낼까 걱정했어요. 그래서 남편에게 노골적으로 집적거리기 시작했죠. 짧은 테니스 스커트 차림으로 터드의 무릎에 올라가 앉질 않나, 일부러 속바지를 슬쩍 내보이질 않나. 걘 남편을 아빠라고 불렀어요. 아주 대놓고 로리타 전략을 쓰더라고요. 남편은 그 아이한테 완전히 잡혀 살았어요. 아무튼 남자들이란."

나는 아무 반응도 보이지 않는다. 루이즈는 한층 더 열심히 부츠에 광을 내고 있다.

"두 사람이 언제부터 본격적으로 관계를 갖기 시작했습니까?" 나는 묻는다.

"그건 알고 싶지도 않아요."

"당시 그녀는 승낙 연령(법적으로 성관계 동의 결정을 할 수 있다고 보는 연령—옮긴이)이 되지 않았었나요?"

"걘 애초에 애늙은이로 태어났어요."

워링 씨가 자리에서 일어나 거울을 들여다보며 블라우스의 주름을 펴고 머리를 매만진다. "오해하지 말아요. 난 터드도 문제였다고 생각하니까. 난 그 인간을 오랫동안 증오해왔어요. 하지만 어쩌겠어요. 내 아이들의 아버지인걸."

"그는 올리비아의 후견인이었어요. 만약 그가 그녀와 육체적 관계를 맺었다면 그건 범죄입니다."

"우디 앨런은 그러고도 잘살고 있잖아요."

그녀의 수동적 공격성이 짜증을 유발하지만 나는 티 내지 않으려 애쓴다. 워링 씨는 루이즈가 건넨 부츠에 차례로 발을 쑤셔 넣는다.

"아무리 변명해봤자 그 애가 우리 가족을 망쳐놓았다는 진실은 바뀌지 않아요. 그 어린 것이 내게서 남편을 앗아갔고, 나중엔 죽이기까지 했다고요."

그녀는 끓어오르는 역겨움에 몸을 바르르 떨며 내뱉는다.

"그녀가 그를 살해했다는 걸 어떻게 확신하십니까?" 루이즈가 묻는다.

"사인 규명 심리가 열렸을 때 참석했어요."

"하지만 그녀는 기소된 적이 없는데요."

워링 씨가 다시 코웃음을 친다. 그녀는 핸드백에서 립스틱을 꺼내 들고 거울 앞으로 몸을 기울인다. 그런 다음, 실제 입술보다 훨씬 큼직하게 그림을 그려나간다.

"그녀에게 터드를 죽여야 할 이유가 있었나요?" 나는 묻는다.

"당신, 심리학자라면서요. 그런 부류의 인간들을 많이 봐왔을 거 아니에요. 사이코패스, 나르시시스트."

"그녀는 그 두 범주에 해당되지 않습니다."

"당신도 그 아이에게 단단히 홀려 있나 보군요."

워링 씨가 잠시 오므렸던 입이 지퍼처럼 다시 열린다.

"올리비아가 어떤 아이인지 알아요? 터드는 그 애가 얼마나 드센지를 자랑처럼 떠벌리고 다녔어요. 코트에서 경기할 때만 봐도 그걸 알 수 있었죠. 특히 체인지 코트 할 때. 그리고 매번 서브를 넣을 때. 상대 선수를 아주 죽일 듯이 노려보더라고요. 눈빛만으로 사람을 죽일 수 있다는 건 바로 그 아이 얘기예요. 코트에선 무자비하기가 그지없었죠. 냉혈하고, 흉포했어요. 언젠가 주니어 토너먼트 결승전에선 이런 일도 있었어요. 네트 너머 상대 아이가 장염에 걸려 코트에 토했거든요. 그 아이 쪽에서 딱 5분만 시간을 달라고 요청해왔어요. 하지만 올리비아는 수석 심판에게 쪼르르 달려가 항의했죠. 규정대로 진행하라면서 말이에요. 토너먼트 관계자까지 달려와 애원했지만 올리비아는 끝내 고집을 꺾지 않았어요. 상대 아이는 결국 기권했고요."

"아무리 그랬다고 그녈 살인자로 몰고 가는 건 오버 아닌가요?" 루이즈가 말한다.

"그 앤 이기기 위해서라면 뭐라도 할 아이였어요." 트루디 워링이 날카롭게 쏘아붙인다. "그뿐만이 아니었어요. 또 언젠간 상대방 선수를 기권시키려고 그 선수 물병에 설사약을 몰래 탄 적도 있었다고요. 그걸 알고 터드가 엄청 화를 냈었죠. 다시 루마니아로 돌려보내겠다고 협박도 했고. 하지만 그 앤 태연하게 랭킹 포인트를 받고 선수 생활을 이어나갔죠. 부상을 당하면 회복 속도를 높이려고 스테로이드를 맞기도 했어요. 터드가 약물의 위험성에 대해 경고했지만 그 앤 들으려고 하지도 않았어요. 그게 사이코패스가 아니면 뭐겠어요?"

워링 씨가 턱을 앞으로 쭉 내민다. 마치 자신의 진단에 반박해보라는 듯이.

"왜 나한테 이런 걸 묻는 거죠? 그 앨 찾아가 직접 물어보면 될 텐데. 가서 물어봐요. 왜 사인 규명 심리에서 진술을 거부했는지. 왜 변호사를 고용해 데려왔는지."

"그녀가 왜 그랬을 거라 생각하십니까?" 루이즈가 묻는다.

"그야 뻔하지 않나요? 켕기는 게 있으니까 그랬겠죠. 결혼생활에 권태를 느꼈든지, 아니면, 그이 보험금이 탐났든지."

"그녀에게 얼마나 쥐여주셨습니까?"

"절반을 떼어줬어요. 그러지 않으면 소송을 걸겠다고 협박하는 바람에. 우리 변호사가 그렇게 합의를 보라고 권했어요. 그쪽과 법정 다툼을 벌여봤자 좋을 게 없다면서."

"그 후에 그녈 만난 적 있습니까?"

"아뇨."

"자녀분들은요?"

"터드가 올리비아와 재혼했을 때 애들은 이미 다 커버린 후였어요. 카메론은 열여덟, 레슬리는 열여섯이었으니까. 카메론이 엄청 충격을 받았어요. 동갑내기 누이가 갑자기 새어머니가 돼버렸으니. 걔가 올리비아를 좀 좋아했거든요."

그때 초인종 소리가 복도를 울리며 들려온다.

"아들이 왔나 봐요."

워링 씨가 핸드백을 집어 들고 지갑과 열쇠가 들었는지 확인한다. 우리는 그녀를 따라 집을 나선다. 대문 밖에 이중 주차된 짙은 색 아우디가 눈에 들어온다. 시동을 켜둔 차 운전석에서 한 남자가 내린다.

"무슨 일이에요, 엄마?"

그녀가 별일 아니라는 듯 손을 살랑여 보인다.

카메론은 아버지처럼 금발과 다부진 체구를 가졌다. 내 얼굴이 눈에 익는지 나를 잠시 빤히 쳐다보다가 어머니를 위해 조수석 문을 열어준다. 나는 그녀를 바짝 뒤쫓아 걸어나간다. 내가 차에 닿기도 전 카메론이 몸으로 나를 밀쳐낸다.

"괜찮아." 워링 씨가 아들의 팔뚝에 살며시 손을 얹는다.

"보험금 액수가 얼마나 됐습니까?" 나는 묻는다.

"4십만 파운드. 내가 그랬잖아요. 터드는 빵점짜리 남편이었지만 식구들만큼은 확실히 챙겼다고."

문이 닫히자 아우디가 미끄러지듯 달려나간다. 선팅된 유리 안으로 카메론의 격한 몸짓이 똑똑히 보인다.

루이즈는 사탕을 쪽쪽 빨아대고 있다. "젊은 여자에게 남편을 빼앗긴 아내의 분노처럼 무서운 게 없지."

"인용을 하려거든 제대로 해."

"저작권이 소멸돼서 괜찮아."

새뮤얼 로즈가 소속된 회계 사무소는 '워키-토키'라는 별명을 가진, 마치 코미디 악당과도 같은 건물 30층에 자리하고 있다. 요면으로 된 유리 벽들은 지나는 차들을 녹이고, 강력한 돌풍을 뿌려 보행자들을 위협하기로 유명하다.

"금융가에 딱 어울리는 건물이군." 로비에서 기다리는 동안 루이즈가 말한다.

"어째서?"

"높이 올라갈수록 뚱뚱해지니까."

인턴사원이 나타나 우리를 안내한다. 그의 턱은 일부러 깎지 않은 듯한 텁수룩한 수염으로 덮여 있고, 꽉 끼는 바지의 기장은 구두 위 맨 발목이 훤히 드러날 만큼 짧다.

"요즘 젊은 애들은 양말을 안 신고 다니나 봐." 루이즈가 속삭인다. "생일이나 크리스마스엔 양말 대신 무슨 선물들을 받지?"

우리가 들어서자 새뮤얼 로즈가 자리에서 일어난다. 호남형 사십 대 남자의 밤색 머리는 기름을 발라 단정하게 넘겨져 있다.

그가 호들갑을 떨며 우리를 맞는다. "편하게 새뮤얼이라고 불러 주세요. 저도 그냥 조라고 부를게요. 그래도 되겠습니까? 윌리엄 소식 듣고 많이 놀랐습니다. 댁에서 그렇게 변을 당하시다니. 부친의 상태는 좀 어떻습니까?"

"별 차도가 없습니다." 나는 대답한다.

"상심이 크시겠습니다. 제가 도울 게 있다면 뭐든 말씀만 주십시오."

"고맙습니다."

루이즈는 바닥에서부터 천장까지 이어지는 큰 창문 앞으로 다가가 있다. 창밖으로는 템스강이 흐르고 있다. 동쪽으로는 도심 공항과 앨버트 부두의 잿빛 물, 그리고 그 너머 카나리 워프의 우뚝 솟은 오벨리스크가 바라다보인다. 서쪽으로는 국회 의사당, 빅 벤, 그리고 런던 아이가 보이고. 높은 콘크리트 담과 철도 선로와 영원히 마르지 않는 강으로 나뉜, 오래된 모든 것과 새로운 모든 것이 우리 발밑에 펼쳐져 있다.

"화창한 날엔 오십 킬로미터 밖의 풍경도 볼 수 있습니다." 새뮤얼이 미국 악센트가 살짝 묻어나는 말투로 설명한다. 그는 하얀 깃이 달린 연보라색 셔츠를 걸치고 있다. 하얀 소맷동은 말려 올라가 있고, 빨간 넥타이가 둘러진 그의 목에는 끈에 매달린 하프-글라스가 걸쳐져 있다.

루이즈가 내 옆 의자로 다가와 무릎을 쩍 벌린 채로 앉는다.

"그 사건에 대해선 누구에게 들으셨습니까?" 나는 묻는다.

"부친과 저는 월요일에 만나기로 돼 있었습니다. 약속 시간이 훌쩍 지나서도 그가 나타나지 않더군요. 그래서 휴대폰으로 연락해봤더니 웬 경관이 응답했어요."

"무슨 일로 만나려 하셨죠?"

"6월부터 올로클린 재단의 회계 담당자로 일해왔어요. 우선적으로 재단의 재산과 투자 내용에 대해 상세히 파악할 필요가 있어서 회계 감사를 진행했죠. 유심히 들여다보니 좀 이상한 부분들이 눈에 띄더군요."

"이상한 부분들이라면?"

"이사회의 허락 없인 감사 내용에 대해 알려드릴 수 없습니다." 그가 주저하는 모습을 보인다. "아무래도 통상 기밀이라."

"상장 회사가 아니라 공익 신탁일 뿐인데도요?"

"그래도 곤란합니다. 부친께서 제게 회계 감사 내용을 그 누구에게도 공개해선 안 된다고 신신당부하셨어요."

"어째서죠?"

"부친은 자신에게 주어진 옵션에 대해 자문을 구하시던 중이었어요."

"꼭 제 아버지가 뭔가 큰 잘못을 하신 것처럼 들리는군요."

새뮤얼은 대꾸가 없다.

"아버진 폭행당하신 후 죽게 방치되셨어요. 난 그 이유를 알고 싶은 겁니다."

새뮤얼이 흠칫 놀란다. "신문엔 그냥 가택 침입 사건이라고만 나와 있던데요. 단순 강도 사건이 어쩌다 그렇게 돼버렸다고."

"살인미수 사건으로 수사 중입니다."

회계사는 휘둥그레진 눈으로 우리를 번갈아 쳐다본다. 그가 책상에서 떨어져나와 서류 캐비닛 서랍을 연다. 그리고 안에서 폴더를 하나 꺼내 내게 건넨다.

"부친께 보낸 자료입니다. 수요일 연차 총회에서 이사들에게 공개할 내용이었죠. 하지만 이번 사건으로 총회가 연기됐습니다."

열두 페이지짜리 보고서에는 회계 장부의 상세한 내용이 담겨 있다. 나는 요약된 결론과 자산 가치 목록, 수입과 지출 내역을 빠르게 훑어나간다. 올로클린 재단의 금전적 가치는 6천5백만 파운드로, 지난 12개월간 의학 연구 보조금으로 6백만 파운드를 사용했다.

"뭐가 문제라는 거죠?" 나는 묻는다.

새뮤얼이 세 번째 페이지의 네 번째 단락을 가리킨다. 굵은 볼드체로 적힌 제목. **추적 불가능한 자금**.

"8년 전, 올로클린 재단은 런던 덴마크 가의 부동산을 웨스트민스터 시의회에 팔았습니다. 시의회는 그 지역을 재개발할 계획이었죠. 재단은 땅을 팔아 번 1천2백만 파운드를 관리 운용 펀드와 투자 대상 여럿에 나누어 부었습니다.

그중 9백만 파운드는 패러데이 파이낸셜 매니지먼트라는 회사로 흘러들어갔습니다. 평판 좋은 투자 신탁 회사죠. 40년 된 회사인데요, 실적이 아주 탄탄합니다. 적어도 저희가 보기엔 그랬죠." 새뮤얼이 말한다. "하지만 나중에 알고 보니 그 돈이 영국령 버진 제도의 패러데이 피스컬 매니지먼트라는 유령회사로 흘러들어갔더군요. 이름만 비슷할 뿐이지 전혀 다른 회삽니다. 말 그대로 유령회사죠. 패러데이 피스컬 매니지먼트엔 임원도, 직원도, 급여 지급 기록도, 조세 채무 기록도 없습니다. 오직 사서함으로만 존재하는 회사예요."

"그럼 그 돈을 다 털렸다는 얘기군요." 루이즈가 말한다.

"그런 것 같습니다."

"대체 누가 그런 겁니까?" 나는 묻는다.

새뮤얼이 두 손을 펼쳐 보인다. "그건 저도 모릅니다. 범죄 조직. 마피아. 러시아인들……."

머릿속에서 여러 가능성이 속속 떠오르기 시작한다. "한 투자 회사에 몰아서 거액을 쏟아붓는 게 정상입니까?" 나는 묻는다.

"뭐 이상한 일은 아니죠."

"이건 누가 결정한 겁니까?"

"이사회의 결정이었습니다."

"하지만 누군가가 이 유령회사를 콕 찍어 추천했을 거 아닙니까. 어떤 곳인지 제대로 확인도 안 해보고."

새뮤얼이 자리에서 일어나 창가로 다가간다. 키 큰 사람들이 대개 그렇듯 그의 어깨 역시 살짝 굽어져 있다.

"6년 전, 올로클린 재단엔 투자 상담을 해주는 사람이 없었어요. 부친이 직접 조사하고 검토하셨죠. 과거 이사회 회의록을 꼼꼼히 살펴봤습니다. 부친의 추천은 제대로 된 논의와 토론 없이 인가됐더군요. 이젠 많이 달라졌습니다. 이사회가 투자 담당자를 두고 있거든요. 시드니 필립스. 시티뱅크 출신인데요, 믿을 만한 사람입니다. 아주 빈틈이 없어요."

"이사회가 사기를 당한 거나 마찬가지군요."

"그렇습니다."

"어째서 그 사실을 이제야 알게 된 겁니까?"

"그게 이상하다는 겁니다." 새뮤얼이 말한다. "돈을 챙긴 측에서 정기적으로 업데이트를 제공했어요. 사분기 보고서도 성실히 제출했고, 배당금 내역서엔 꽤 괜찮은 실적이 기록돼 있었습니다. 버니 매도프의 폰지 사기와 비슷하죠. 투자자들로 하여금 자신들이 돈을 벌고 있다고 믿도록 만든 겁니다. 대차대조표까지 위조해가면서 말입니다."

"그냥 돈을 챙겨 달아나면 될 일 아닙니까." 루이즈가 말한다.

"저도 그게 궁금합니다." 회계사가 맞댄 두 손을 연신 비벼대며 말한다. 그의 손바닥에서 꿀럭대는 불쾌한 소리가 만들어진다. "어쩌면 범행의 흔적을 지우려고 꾸물거렸는지도 모르죠."

"그래도 육 년은 너무 오래 걸린 거 아닙니까." 루이즈가 말한다.

"회계 감사에 대해 알고 있었던 사람이 누굽니까?" 나는 묻는다.

"이사회 전원이 알고 있었죠. 하지만 최종 보고서는 부친께만 제출됐습니다. 제가 직접 전해드렸어요. 그것 관련해서 통화도 했었고요."

"그게 언제였죠?"

"한 열흘쯤 됐을 겁니다. 그리고 지난 9월엔 부친께 우려스러운 부분에 대한 질문을 몇 가지 드렸어요."

"그때 아버지 반응이 어떠시던가요?"

"깜짝 놀라시더군요. 충격을 받으신 것 같았습니다. 상황의 심각성에 대해 아주 상세히 보고드렸죠. 자선 재단이라 서류와 세금에 대해선 아주 엄격한 규정이 적용됩니다. 위반하면 무거운 처벌을 받게 되죠. 이사들도 법적 책임으로부터 자유롭지 않고요."

"벌금 말입니까?" 루이즈가 묻는다.

"감옥에 갈 수도 있고요. 그래서 부친께 당장 경찰에 알릴 것을 조언했습니다. 하지만 그 전에 이사회부터 소집하길 희망하셨어요."

"전에 있던 회계사가 그 돈을 훔쳤을 가능성은요?" 루이즈가 묻는다.

"그랬을 가능성은 매우 희박합니다. 그의 추천으로 제가 여기 들어왔거든요."

"그럼 대체 누구 짓일까요?"

새뮤얼이 고개를 젓는다. "어쨌든 자금이 사라졌으니 경찰에 알릴 수밖에 없습니다. 회계 감사 결과를 이사회에 보고한 후 제가 직접 경찰에 신고할 계획입니다."

"이사회는 언제 소집됩니까?"

"다음 주 화요일입니다."

엘리베이터를 타고 로비로 내려가는 동안 머릿속에서는 경고음이 끊이지 않는다. 9백만 파운드는 두 번째 가족을 먹여 살리기에 충분한 돈이다. 누군가를 침묵시켜야 할 충분한 동기가 될 수도 있고.

올로클린 재단은 증조부가 1948년, 의학 연구와 획기적인 수술기법을 지원하기 위해 설립했다. 아버지는 가까운 친구와 가족과 의학계 유명 인사들로 이사회를 구성하고, 사십 년간 회장직을 수행해왔다. 내게도 합류 요청이 있었지만 정중히 사양했다. 대신 루시와 퍼트리샤가 차례로 내 자리를 채워주었다.

나는 우리 집안의 부(富)를 당연하다는 듯 누리며 살아왔다. 마치 전기와 수돗물 누리듯이. 어릴 적에는 나 자신을 특권층으로 여기지 않았다. 학교 친구들 대부분이 나처럼 좋은 집에 살았고, 나처럼 좋은 곳에서 휴가를 보냈기 때문이었다. 십 대에 접어들어서야 비로소 내 삶과 대다수 사람들의 격차를 체감할 수 있었다. 한동안 나 자신이 부끄러워 몸서리를 쳤다. 그래서 일부러 노동자 계급인 척 연기한 적도 있다. 말할 때도 'h'와 중간 't'를 빼고 발음해 마치 우중충한 웨일스 광산촌 다세대 주택 출신인 것처럼 보이도록 했다. 그 죄책감은 나로 하여금 자본주의를 경멸하고, 노숙자, 불평등, 그리고 제3세계의 부채 같은 문제들에 관심을 기울이게 만들었다. 지금도 부끄러운 건 마찬가지다. 사회 정의에 대해 무정하거나 덜 열정적이기 때문이 아니다. 내가 부끄러운 이유는 마치 아프리카 아기를 입양한 연예인이나, 낡아빠진 차를 몰고 다니는 귀족인 척하며 지극히 '진실되게' 살고 있다고 자평하기 때문이다.

다행히도 나는 더 이상 노동자 계급 뿌리를 가진 척 연기하지 않는다. 대신 가난이나 박탈보다 훨씬 큰 부담을 극복한 사실에 뿌듯해한다. 나에 대한 아버지의 기대감.

루이즈와 함께 강변을 따라 그의 차로 향하는 중이다. 그가 주머니에서 사탕을 꺼내 내 앞으로 내민다.

"〈모두가 대통령의 사람들(All the President's Men)〉 봤어?" 나는 묻는다.

"닉슨. 워터게이트. 갑자기 그건 왜?"

"밥 우드워드가 지하 주차장에서 내부 고발자랑 만나는 장면에서 그가 막 짜증을 내잖아. 전모를 알고 싶은데 내부 고발자는 제대로 설명을 안 해주니까. 그때 내부 고발자가 그에게 한 가지 조언을 해."

"무슨 조언?"

"돈을 쫓아라."

찰리는 에마를 데리고 영화를 보러 갔다. 집에 홀로 남겨진 나는 냉장고 안을 뒤지며 요리에 대한 의욕을 소환하려 애쓰고 있다. 다른 집안일은 다 마쳐놓은 상태다. 침구를 갈았고, 건조된 빨래를 개켰으며, 에마의 교복 블라우스도 공들여 다려놓았다. 이런 따분하고 일상적인 의식들은 내가 그럭저럭 괜찮은 편부가 될 수 있음을 증명해준다.

나는 LP판으로 핑크 플로이드의 〈다크 사이드 오브 더 문〉을 감상 중이다. 딸들은 '아빠 음악'을 좋아하지 않는다. 나도 그들 나이 때 그랬었다. 매주 일요일 아침, 미사를 보고 오면 아버지는 누나들과 나를 가죽 안락의자 옆에 앉혀놓고 먼지 덮인 클래식 LP를 골라 조심스레 닦은 후 바늘을 홈에 얹었다. 아버지는 편안한 자세로 앉아 눈을 감고 두 손을 살살 저으며 지휘를 해나갔다.

일요일 아침마다 어린아이들을 한 시간씩 앉혀놓고 음악을 강제로 감상시키는 건 고문이나 다름없다. 이따금 아버지가 잠에 빠져들었다고 생각되면 우리는 대담하게 탈출을 시도하곤 했다. 하지만 재수 없이 덜미를 잡히면 평소보다 더 오래 붙잡혀 고문을 받아야 했다. 그 덕분에 클래식 음악에 대한 해박한 지식을 갖게 됐다. 널리 알려진 해석과 오케스트라, 지휘자, 그리고 독주자에 대해서까지. 하지만 부작용도 있다. 모차르트나 베토벤이나 헨델의 곡을 배경 음악으로 쓴 TV 광고를 볼 때마다 식은땀이 난다. 화장지, 맥주, 마가린. 어떤 광고든 내 반응은 늘 한결같다. 지옥 같았던 일요일 아침으로 되돌아간 기분이랄까.

냉장고 문을 닫고 휴대폰을 집어 든다. 저장된 번호를 찾아 케이트 호손에게 전화를 거니 그녀가 두 번째 신호음 만에 응답한다.

"케이트?"

"누구시죠?"

"조 올로클린입니다. 불쑥 전화해서 미안해요."

"무슨 문제라도 생겼나요?"

"저녁 먹었어요?"

"왜요?"

"소호에 괜찮은 프랑스 레스토랑이 있어요. 허름하지만 분위기가 끝내주죠. 음식도 맛있고, 와인 리스트도 훌륭해요. 거기서 먹으면 꼭 파리에 온 기분이 든다니까요."

"지금 내게 데이트 신청하는 건가요?"

"저녁이 부담스러우면 술이나 한잔하죠."

"우리가 그래도 되는 관계인지 모르겠어요."

"밥 먹고 술 한잔하는 건데 뭐 어때요?"

그녀는 잠시 침묵을 지킨다. "미안해요. 다음에 하죠." 그녀가 말한다.

케이트는 전화를 끊는다. 내가 무슨 실수라도 했나? 나는 주방에 멀뚱히 서서 창밖 풍경을 바라본다. 온갖 파이프와 굴뚝에서 가느다란 연기 줄기가 피어오르고 있다. 벤치에 놓아둔 휴대폰이 진동한다.

"데이트는 아니에요. 알았죠?" 케이트가 말한다.

"물론이죠."

"사건에 대해 묻는 것도 안 돼요."

"알았어요."

"몇 시에 만날까요?"

"지금은 어때요?"

"사십 분쯤 걸릴 거예요. 주소를 문자로 보낼게요."

나는 가볍게 어퍼컷 세리머니를 날린다. 기쁘면서도 불안하다. 대체 그녈 만나 뭘 하려는 거지? 배우들은 감독에게 묻곤 한다. "이 장면에서 내 캐릭터가 원하는 게 뭐죠?" 내겐 그 질문에 대한 답이 없다. 애초에 아무런 기대가 없었거나, 너무 불안해서 아무 생각이 없거나.

샤워와 면도를 마치고 나와 캐주얼하게 입을 옷을 골라본다. 오픈 넥 셔츠와 파란 블레이저. 노란 바늘땀이 돋보이는 검은 신발. 약도 잊지 않고 챙긴다. 식사 중에 갑자기 발작하면 안 되니까.

만족스럽게 사전 준비를 마친 나는 택시를 잡아타고 세인트 존스 우드의 애비 가로 향한다. 존, 조지, 폴, 그리고 링고 덕분에 유명해진 횡단보도에서 얼마 떨어지지 않은 곳이다. **또 아빠 음악 얘기.**

케이트는 맨션 블록 밖에서 기다리고 있다. 그녀는 다양한 색조와 질감의 검은색 옷차림을 하고 있다. 데님 바지. 앵클 부츠. 몸에 착 달라붙는 스웨터. 가죽 재킷. 파란 보석이 붙은 귀걸이는 그녀의 파란 눈과 잘 어울린다. 그녀를 보자 갑자기 맥이 빨라진다. 그냥 식사만 같이하는 것뿐이야. 나는 들뜬 마음을 달래본다. 이상한 생각 말라고.

내가 택시의 문을 열어주자 그녀는 거리를 좌우로 훑어본다. 마치 누군가가 몰래 지켜보고 있을까 걱정하는 듯이. 차에 오른 후에도 그녀의 눈은 쉬지 않고 밖을 살핀다.

"날 만나러 나온 걸 후회하고 있어요?"

"아뇨."

"아무리 경찰이라도 이 정도 사생활은 보장되겠죠?"

"우리 보스가 동의할지 모르겠네요."

"난 용의자가 아니잖아요. 안 그래요?"

"사건 얘긴 안 하기로 했잖아요."

"미안해요."

로즈 크리켓 그라운드를 지나친 택시는 리젠츠 공원을 끼고 돌아 블룸즈버리 가를 달려나간다. 양옆으로 우아한 광장과 조지 왕조풍 테라스들이 속속 스쳐 지나간다. 우리는 런던 사람들이 그러듯이 날씨, 부동산 가격, 그리고 교통난에 대해 가볍게 대화를 나눈다.

"이혼하고 나서 아파트를 샀어요." 케이트가 말한다. "결혼한 덕분에 건진 유일한 소득이었죠." 그녀가 내 반응을 살피려는 듯 나를 흘끔 쳐다본다.

"몇 년이나 같이 살았죠?"

"8년. 결혼생활은 달랑 2년 했고요. 위태로운 관계를 구제할 방법은 결혼뿐이라고 믿었어요."

"아이들은?"

"없어요. 당신은요?"

"딸만 둘이에요. 찰리는 스무 살 됐고, 에마는 열두 살이에요. 아내는 16개월 전에 세상을 떠났고요."

"무슨 일로?"

목이 메온다. "합병증. 수술 후 혈전이 생겼어요."

"병원이라면 질색이겠네요."

"맞아요."

택시는 유턴 후 카페와 부티크 사이에 낀 작은 식당, 비스트로 불러바드 앞에 멈춰 선다. 거리는 공연 관람객과 이른 저녁을 먹으러 나온 사람들로 북적인다. 대부분 상점들은 화려한 크리스마스 조명으로 멋을 낸 상태다. 쇼윈도마다 큼지막한 세일 광고가 덕지덕지 붙어 있다. 세일을 하지 않는 날이 있긴 한 건가? 오히려 그런 날을 훨씬 대대적으로 광고해야 하는 거 아닌가?

손님들로 꽉 찬 레스토랑은 시끌벅적하다. 향긋한 음식 냄새는 반갑지만 요란한 분위기는 조금 아쉽다. 케이트는 재킷과 스카프를 벗는다. 나는 옷 위로 살짝 드러난 그녀의 몸매를 흘끔 훔쳐본다. 나도 어쩔 수 없는 남자인 모양이다. 내 시선은 이내 예쁘장한 그녀의 얼굴로 돌아간다.

우리는 잠시 가벼운 대화를 이어나간다. 케이트는 치아 교정기가 부끄러운지 웃을 때마다 손으로 입을 가린다.

"그러지 않아도 돼요. 거의 티가 안 나는걸요." 나는 말한다.

"거짓말도 잘하시네요, 조지프 올로클린 씨."

그녀가 내 이름을 정식으로 불러주는 게 묘하게 기분 좋다. 그녀도 은근히 그걸 즐기는 듯하다.

"어릴 적엔 사정이 넉넉지 않아 못 했어요." 그녀는 설명한다.

"이 나이에 이걸 끼고 있는 게 창피해요."

우리는 음식을 주문한다. 케이트는 와인, 나는 소다수를 각각 곁들이기로 한다. 음식을 기다리는 동안 그녀에게 간략히 내 소개를 한다. 웨일스에서 나고 자란 것과 런던에서 3년간 의과 대학에 다니다가 심리학으로 전공을 바꾼 사실을 비롯해, 결혼, 차례로 태어난 두 딸, 아내와의 별거, 그리고 어쩌다 홀아비가 된 사연까지…….

케이트는 한 손으로 턱을 괴고 있다. 그녀는 자신과 자신의 과거에 대해 좀처럼 털어놓지 않는다. 이따금 입을 열 때는 마치 남의 이야기를 하듯 어색한 모습을 보인다.

"어쩌다 경찰이 됐어요?" 나는 묻는다.

"내 힘으로 세상을 바꿀 수 있다고 설득한 사람이 있었어요. 더 나은 사람이 돼보라고."

"그게 누구죠?"

"있어요, 그런 사람." 그녀는 화제를 돌린다. "어릴 적 난 문제아였어요. 정말 구제불능이었죠. 그토록 망나니짓을 하고도 체포되지 않은 건 기적이었어요."

"어릴 때 어디 살았어요?"

"왓퍼드에 있는 임대 아파트에서요."

"부모님이 아직도 거기 사시나요?"

"어머니만요. 아버진 어떤 사람인지 몰라요. 교도소에서 가석방 담당관으로 일했다고 하던데. 어머니와 아버진 거기서 그렇게 만났대요."

"어머님도 교도소에서 일하셨던 모양이군요."

케이트가 고개를 젓는다. "어머닌 재소자였어요. 들치기 전문

가. 상습범으로 기소돼서 형을 살았죠."

그녀는 억센 악센트가 티 나지 않도록 목소리 톤을 애써 누그러뜨리는 중이다.

나는 그녀 앞으로 살짝 몸을 기울인다. "정말 우리가 예전에 만난 적 없었어요?"

그녀는 시선을 돌려버린다. "네."

"눈에 많이 익어서 그래요."

"아니라니까요."

그녀의 모습에서 슬픔이 묻어난다. 케이트에게 묘한 끌림을 느끼는 이유다. 그녀의 눈부신 미모도, 매력적인 곱슬머리도, 콧등에 뿌려진 옅은 주근깨도, 덧니도, 예의 바르고 용기 있는 모습도 아닌, 나와 선뜻 나누려 하지 않는 슬픔 때문에.

그녀는 허둥대며 글라스를 집어 들려다 실수로 레드 와인을 테이블보에 쏟고 만다. 그녀는 자신을 질책하며 사과한다. 잽싸게 다가와 냅킨을 내미는 웨이터가 그녀를 더 당혹스럽게 만든다. 나는 심하게 말이 빨라진 그녀를 유심히 지켜본다. 그녀의 윗입술은 꼭 아이가 공들여 그린 새처럼 생겼다. 나는 그런 입술에 입을 맞추는 게 어떤 기분일지 문득 궁금해졌다.

"왜 날 빤히 쳐다보는 거예요?" 그녀가 또다시 입을 가리며 말한다.

"미안해요. 습관이에요."

"당신이 그럴 때마다 불안해져요."

내 시선이 그녀의 오른손에 끼워진 반지로 돌아간다. 나는 반지가 예쁘다고 한마디 한다. "나 자신에게 선물한 거예요." 그녀가 말한다. "이혼하고 나서. 약혼반지는 전남편에게 돌려줬어요."

"왜 그랬어요?"

"원래 그 사람 할머니 반지였거든요. 돌려주는 게 맞다고 생각했어요."

"와인 한 잔 더 하겠어요?"

"됐어요."

"디저트는?"

"하나 시켜서 나눠먹어요. 그렇게라도 숙녀의 죄책감을 덜어주는 게 신사가 할 일이잖아요."

그녀는 '데스 바이 초콜릿'과 커피를 주문한다.

미녀와 가볍게 농담을 나누며 시시덕거리는 재미가 나쁘지 않다. 줄리앤과도 자주 이랬는데. 짓궂게 놀리고, 유심히 관찰하고, 세상의 부조리도 바로잡고.

"왜 심리학자가 되기로 했죠?" 그녀가 묻는다.

"그레이시 숙모가 광장 공포증을 앓으셨는데 불난 집에 갇혀 돌아가셨어요. 밖에 나가는 게 두려워서."

"끔찍하네요. 숙모님과 가까우셨나 봐요."

"아주 많이요."

"지금은 어디서 일하죠?"

"개업해서 파트타임으로 일하고 있어요. 주로 다른 심리학자들이 두 손 들어버린 사건을 떠맡고 있죠."

"까다로운 사건을 즐기는 모양이군요."

"그 누구라도 포기하고 싶지 않기 때문이에요."

내 말에 그녀가 씩 미소를 짓는다. 내 귓불이 화끈 달아오른다.

"사건 얘긴 안 하기로 약속했지만 딱 한 가지만 물어볼게요."

"난 대답 안 할 거예요."

"혹시 미카 보챔프라는 이름 들어본 적 있어요?"

케이트가 고개를 젓는다.

"올리비아 얘길 들어보니 그 친구가 몇 달 동안 유언에게 빌붙어 살았다더군요. 유언을 시켜 금품을 훔치게 했다고도 하고요."

"맥더미드에게 그 내용을 알렸대요?"

"버스 정거장에서 날 폭행한 범인이 그 미카라는 친구였을 거라고 진술했다던데……."

"코멘트할 수 없어요."

"병원에 침입했던 사람의 신원은 확인했어요?"

케이트의 눈이 번뜩인다. "수사는 우리에게 맡겨달라고 당부했잖아요." 그녀가 몸을 틀어 의자 등받이에 걸쳐놓은 코트를 챙겨 든다.

"제발, 가지 말아요."

"이 자리에 나오는 게 아니었어요."

"디저트는 먹고 가야죠."

"이만 가볼게요."

케이트는 더치페이를 고집한다. 우리는 각자 계산을 마치고 여전히 북적이는 거리로 빠져나온다. 케이트가 몸을 바르르 떨며 스카프를 목에 두른 후 코트 자락을 단단히 여민다.

"집까지 바래다줄게요."

"혼자 갈 수 있어요."

"미안해요, 케이트. 이런 자리가 너무 오랜만이라 그랬어요."

내가 안쓰러워졌는지 그녀의 굳은 표정이 살짝 풀린다. 황당하고 부끄러운 얘기지만 이대로 서서 한없이 그녀의 얼굴을 쳐다보고 싶어졌다.

마침내 택시가 도착한다. 케이트가 뒤로 한걸음 물러서서 내게 기습적으로 입을 맞춘다. 그리고 내가 반응하기도 전에 잽싸게 택시 뒷좌석으로 쏙 들어가버린다. 이내 문이 닫힌다. 차는 눈부신 헤드라이트 홍수 속으로 미끄러지듯 빨려 들어간다. 내 입에서 케이트의 이름이 미처 흘러나오기도 전에.

## 9일째

　마치 동굴 속에서 밤을 보낸 사람처럼 스르르 잠에서 헤어나온다. 눈을 뜨고 나서도 한동안 내가 어디 와 있는지 짐작하지 못한다. 그러다 익숙한 창문과 옷장이 속속 눈에 들어오기 시작한다. 내 침실이다. 창밖은 어둡지도, 환하지도 않다. 도시는 어스레함 속에 파묻혀 있다.

　갑자기 숨이 턱 막힌다. 유언이 또 쳐들어온 게 분명하다. 에마와 찰리를 노리고. 나는 무기를 찾아 두 팔을 마구 휘젓는다. 그 바람에 약병이 떨어져 나무 바닥에 무수한 알약이 뿌려진다. 나는 끙 앓는 소리를 내며 침대 아래로 몸을 흘린다. 그리고 사방에 널린 약을 주섬주섬 집어 병에 담는다. 그중 하나를 입에 넣고 물도 없이 삼켜버린다. 몸이 축 늘어지면서 마음이 편해진다.

　방광이 꽉 차 있다. 힘겹게 침대를 내려와 차가운 타일을 디디며 화장실로 향한다. 거울 속 내 모습을 보는 순간 산만하면서도 순수한 자기 연민에 휩싸인다. 그때 어디선가 줄리앤의 목소리가 들려온다. 오버하지 말라는 잔소리. 아내가 나를 끌어안으며 속삭인다.
'착한 애들이야.'
'알아.'
'잘 보살펴줘.'
'걱정 마.'

줄리앤은 세상을 뜨고 나서 한동안 나를 찾아왔다. 과거가 현재로 흘러 들어오면서 인지적 착각과 착시가 일어났다. 아주 작고 하찮은 디테일들이 아내를 소환하곤 했다. 색조 패턴. 우리의 첫 차와 같은 하얀 차. 아내와 걸음걸이가 같은 여자. 귓불, 웃는 모습, 향기. 하지만 줄리앤의 냄새는 그 어디서도 되찾을 수가 없다. 잘 보관해둔 아내의 옷과 베개에서도 아내의 냄새는 서서히 지워져가는 중이다. 누구든 그 냄새를 다시 되살려만 준다면 전 재산을 줘도 아깝지 않을 텐데.

누군가가 밖으로 통하는 문을 열었는지 찬바람이 엄습해온다. 나는 찬 기운을 따라 복도를 걸어나간다. 주방 싱크대 위에서 엷은 색 커튼이 살랑이고 있다. 이상하다. 여름에는 서늘한 바람을 들이거나 작고 평평한 옥상에 이르기 위해 창문을 열어놓을 때가 종종 있다. 해 질 녘에 올라가보면 기가 막힌 풍경을 감상할 수 있다. 섣달 그믐날 밤 템스 강변에서 펼쳐지는 불꽃놀이도 꽤 볼만하고.

싱크대 너머로 몸을 기울이고 내리닫이창 아래쪽 틀을 잡아 내린다. 그때 옥상 가장자리에 서서 건물 밑을 내려다보는 에마가 눈에 들어온다. 빼빼 마른 아이의 긴 잠옷 자락이 바람에 나부낀다. 에마는 두 팔을 활짝 펼친 자세를 취하고 있다. 마치 거센 바람에 밀려나지 않으려는 듯이. 마치 뛰어내리기라도 하겠다는 듯이.

순간 가슴이 철렁 내려앉는다. 나는 싱크대 위로 기어 올라가 딸을 불러본다. 아이는 아무 반응이 없다. 나는 황급히 창문으로 기어나간다. 정강이가 수도꼭지에 긁혀 아프지만 꾸역꾸역 움직여 역청으로 덮인 옥상으로 빠져나간다.

에마는 아직 아빠가 다가왔음을 알아채지 못하고 있다. 여기서 놀라게 하면 아이가 본능적으로 뛰어내릴 수도 있다. 나는 서서히 접근하며 아이의 이름을 속삭이듯 불러본다. 에마는 눈을 감은 채 두 팔을 펼치고 있다.

나는 손을 뻗어 아이의 잠옷 자락을 힘껏 움켜쥔다. 그런 다음, 내 앞으로 확 잡아끌어 딸의 허리를 감싸 안는다. 에마는 외마디 비명을 토하며 내 무릎에 주저앉는다. 아이의 가슴 안에서 콩닥거리는 심장이 느껴진다. 나는 딸의 이름을 반복해서 불러본다. 몸을 잔뜩 웅크린 아이가 내 목에 얼굴을 묻는다. 에마의 이는 딱딱 맞부딪치고 있다.

나는 조심스레 아이를 안아 들고는 창문으로 돌아간다. 그리고 집 안으로 기어들어가는 딸의 뒷모습을 물끄러미 지켜본다. 나는 에마를 내 침실로 데려가 이불을 몸에 둘러준다. 팔과 다리로 아이를 꼭 끌어안은 채.

"밖에서 뭐하고 있었어?" 나는 묻는다.

딸은 고개를 젓는다.

"무슨 꿈이라도 꾼 거야?"

"기억 안 나요."

몸이 어느 정도 데워지자 에마는 마치 귀앓이를 하는 아이처럼 내 무릎을 베고 눕는다.

"엄마가 보고 싶어요." 딸이 훌쩍이며 말한다.

"아빠도 그래." 나는 딸의 머리를 살살 쓸어내리며 말한다. "그래서 밖에 나갔던 거니?"

"그건 아니에요. 왜 그랬는진 나도 모르겠어요."

줄리앤의 장례식 후로 에마는 엄마 얘기를 거의 꺼내지 않았다. 엄마가 언급될 때마다 에마는 몸을 움찔거리거나 눈을 질끈 감아버리는 반응을 보여왔다. 마음의 문이 닫힌다는 신호다. 그게 정상이냐고? 늘 그렇지는 않다. 하지만 누구나 비탄이나 트라우마에 대처하는 자신만의 방법이 있기 마련이다. 휴가철 여행 가방처럼 자신의 감정을 꾸리고 또 꾸리는 사람도 있다. 에마는 그런 타입이 아니다. 내 딸은 가볍게 떠나는 타입이다.

아이의 호흡이 진정되는가 싶더니 금세 잠이 들어버린다. 마룻장이 삐걱댄다. 잠시 후, 찰리가 문간에 나타난다.

"무슨 일이에요?"

"에마가 밖에 나가 있더라고."

"밖에 어디요?"

"옥상에. 몽유병 환자처럼 말이야."

"그게 가능해요? 잠든 상태에서 창문을 열 수도 있어요?"

"네 동생이 그랬잖니."

찰리가 침대로 다가와 앉는다. "하마터면……."

"그 얘긴 하지 마."

내 왼손이 다시 씰룩이기 시작한다.

"약 드셨어요?"

"괜찮아. 일단 에마부터 침대에 눕혀야겠어."

"내가 데리고 자도 돼요." 찰리가 말한다. "얘가 깨면 일어나서 지켜볼게요."

나는 에마를 안고 찰리의 방으로 향한다. 침대에 눕히고서는 이불을 턱까지 올려 덮어준다. 아이는 알아들을 수 없는 말을 웅얼대며 옆으로 돌아눕는다.

나를 따라 내 침실로 들어온 찰리가 나를 끌어안는다.

"내가 좋은 아빠 맞니?" 나는 묻는다.

"물론이죠."

"가끔 정말 그런지 의심이 들 때가 있어."

"할아버지 일 때문에 그러세요?"

"그런지도 모르지."

"아빠가 늘 말씀하셨잖아요. 누구에게나 은밀한 사생활이 있다고. 세상에 비밀 없는 사람 없고, 거짓말 안 하는 사람 없다고. 제가 심리학을 공부하게 된 이유예요, 그게."

"인간의 행동을 이해한다고 사는 게 더 편해지진 않아."

"알아요. 하지만 삶이 덜 미스터리해질 순 있잖아요."

"잘 자, 찰리."

큰딸이 자기 방으로 돌아가자 나는 퓨즈 상자 아래 찬장에서 연장통을 꺼내온다. 드라이버, 스패너, 그리고 렌치들 틈에서 전기 드릴을 찾아 창틀에 구멍을 두 개 뚫은 후 목판을 단단히 붙여놓는다. 창문이 몇 센티 이상 열리지 않도록.

작업을 하는 동안 줄리앤이 옆에서 말을 걸어온다.

'에마에겐 엄마가 필요해.'

'내가 해결할 수 있어.'

'우리 약속했잖아. 우리 중 누구라도 먼저 세상을 뜨게 되면……'

'얘기 안 해도 알아.'
'당신에겐 여자가 필요해. 누구도 혼자 살아선 안 된다고.'
'난 혼자가 아니야. 나한텐 아직도 당신이 있잖아.'

데이비드 패시지는 웨스트 런던 한웰에 자리한 세인트 토머스 성당의 그림자에 파묻힌, 튜더 양식을 흉내 낸 큰 세미(한쪽 벽면이 옆집과 붙어 있는 주택—옮긴이)에 살고 있다. 그 집 앞 보도에서는 옷을 겹겹이 껴입은 어린아이 둘이 킥보드를 타며 놀고 있다. 여섯 살쯤 된 듯한 소녀는 밝은 분홍색 파카에 모직 모자 차림이다. 모자와 세트인 귀마개는 킥보드가 속도를 낼 때마다 퍼덕거린다. 몇 살 어려 보이는 소년은 앞서가는 소녀에게 기다리라고 연신 칭얼거린다.

"나빴어! 나빴어! 내가 이기게 해준댔잖아."

"나보다 먼저 출발하게 해줬잖아." 추위에 볼이 벌게진 소녀가 말한다.

나는 아이들을 멀리 돌아가 정문을 연다.

"거긴 우리 집이에요." 소년이 소매로 코를 훔치며 말한다.

덤불 속에서 불쑥 튀어나온 스코티시 테리어 한 마리가 앞뜰을 가로질러와 야단스럽게 발광하며 짖어대기 시작한다.

"버스터예요." 소년이 말한다. "그냥 짖기만 하지 물진 않아요."

"저번에 할아버지를 물었잖아." 아이의 누나가 말한다.

"할아버지가 버스터를 밟아서 그런 거지."

"아빠 집에 계시니?" 나는 묻는다.

"내가 불러올게요." 소년이 킥보드를 팽개치고 큰소리로 아빠를 부르며 현관문으로 들어가버린다.

잠시 후, 여자가 청바지 뒤춤에 손을 문질러 닦으며 나타난다. 삼십 대 후반으로 보이는 여자는 두 아이의 엄마다운 체구에 아이들과 닮은 얼굴을 갖고 있다.

"어떻게 오셨죠?"

"데이비드 패시지를 만나러 왔습니다."

"아, 그러시구나. 잠시만요." 어린 아들이 그녀의 다리에 찰싹 달라붙어 있다. "가서 아빠한테 손님이 오셨다고 말씀드려."

"밸러리가 가면 안 돼요?"

"엄마가 시키는 대로 해. 아빤 창고에 계셔."

소년의 바퀴 달린 운동화가 복도를 미끄러지듯 나아간다.

여자가 블라우스의 주름을 슥슥 문질러 편 후 머리를 살짝 매만진다.

"조 올로클린이라고 합니다." 나는 말한다.

"아, 데이비드의 학교 친구, 맞으시죠?" 그제야 그녀가 긴장을 풀고 미소를 지어 보인다. "전 마들렌이에요. 그냥 매디라고 불러주세요. 다들 그렇게 불러요."

그녀가 앞으로 내민 손은 차갑고 축축하다.

"그날 밤은 어떠셨어요?" 그녀가 묻는다.

"네?"

"데이비드와 같이 저녁 하셨을 때."

"아, 네. 저녁 같이 먹은 날."

"데이비드가 새벽 3시가 넘도록 안 들어왔잖아요. 하마터면 못 들어올 뻔했지 뭐예요."

이게 다 무슨 소리지?

"코트 이리 주세요." 그녀는 내 코트를 받아 온갖 파카로 뒤덮인 현관 옷걸이에 건다. "부친 소식 들었어요. 유감이에요. 좀 어떠신가요?"

"계속 희망을 걸고 있습니다."

"그러셔야죠."

데이비드가 주방에서 걸어나온다. 그는 조깅복 바지에 럭비 스웨터 차림을 하고 있다.

"손님 오셨어." 매디가 자신의 머리를 다시 매만지며 말한다. "손님이 오시는 줄 알았으면 뭐라도 준비했을 텐데……."

데이비드는 당혹스러워하는 표정이다.

"사무실에 연락했더니 오늘은 재택근무라고 해서." 나는 말한다. "먼저 연락했어야 했는데."

"아니, 괜찮아. 들어와, 들어와. 매디랑 애들이랑은 인사했지? 앤 휴고, 밖에 있는 앤 밸러리야." 그가 아들의 머리를 장난스레 헝큰다. "커피 한잔 하겠어? 아니면 차로 할까?"

"차가 낫겠어. 우리 조용한 데 가서 얘기하자."

"그래." 그가 매디를 흘끔 돌아본다. "위층 서재로 갈게."

"차를 갖고 올라갈게." 그녀가 말한다. "조에게 당신 코트가 어떻게 됐는지 물어봐." 매디가 말한다. "당신이 어디 두고 왔는지 기억하실지 모르니까."

데이비드가 어색하게 웃음을 터뜨린다. "조는 내 옷에 아무 관심이 없어. 자, 형 먼저 올라가. 왼쪽 첫 번째 방이야. 장난감이 널려 있으니까 발 조심하고."

서재는 책상, 서류 캐비닛, 그리고 나무 의자 두 개가 간신히 들어갈 만큼 좁다. 나는 의자에 앉아 데이비드가 올라오기를 기다린다. 창밖으로는 장난감 집과 그네가 갖춰진 직사각형의 질척한 뜰이 내려다보인다.

몸을 옆으로 비튼 데이비드가 뱃살을 최대한 집어넣고는 내 앞의 좁은 공간을 조심스레 비집고 들어온다. 그는 의자에 놓인 토머스 기차를 책상으로 옮겨놓은 후 자리에 앉는다.

"저번에 우리가 저녁을 같이 먹었나 보군." 나는 말한다.

"미안. 뭔가 오해가 있었던 것 같아."

"내가?"

그가 한숨을 내쉬며 어색하게 미소를 지어 보인다. "선의의 거짓말이었어. 설마 이렇게 되리라고는 미처……."

"바람이라도 피우고 다니는 거야?"

"맙소사! 그런 말 마!" 그가 불쾌하다는 듯 반응한다. "전혀 그런 게 아니야. 가끔 스트레스를 풀러 나갈 때가 있거든. 혼자 술을 마시거나 되게 따분한 외국 영화를 보러 가곤 하는데, 극장에서 깜빡 잠이 들 때가 있어."

"결혼생활이 불만족스러워?"

"그런 게 아니야. 아내랑 아이들을 끔찍이 사랑한다고. 그냥 좀 지쳤을 뿐이야."

"왜 가만있는 날 끌어들여?"

"다신 안 그럴게. 맹세해." 그가 손가락 세 개를 펴 보이스카우트 경례를 해보인다. 그리고 몸을 등받이에 붙인 채 두 손을 뒤통수로 가져가 붙인다. "그건 그렇고, 형이 이 누추한 곳은 왜 찾아주셨을까?"

"이 집이 누추해?"

"솔직히 뭐 대궐은 아니잖수. 네 식구 살기엔 오히려 작지. 양계장 닭들도 아니고. 난 교외살이를 별로 안 좋아해. 잔디 깎는 소리에, 교통 매연에, 개 짖는 소리에."

"그럼 이사를 가면 되잖아."

"형편이 돼야 가지. 아버지가 아직도 저렇게 정정하시니. 뭐 그렇다고 아버지가 빨리 돌아가시길 바란다는 건 아니야. 난 아버질 사랑하거든."

"어디로 가고 싶은데?"

"글로스터셔 쪽으로 가고 싶어. 거기가 매디의 고향이거든. 주중엔 런던에 머물며 일하고, 주말은 집에서 보내고."

"우리 아버지처럼 말이지?"

"응? 뭐……." 내 말에 데이비드의 입이 딱 닫힌다.

"새뮤얼 로즈를 만나봤어. 사라진 돈에 대해서도 들었고."

"사라진 돈이라니?"

"올로클린 재단에서 뜯어간 9백만 파운드."

데이비드는 어리둥절한 듯 눈을 깜빡인다. "그게 무슨 소리야?"

"몰라?"

"모르겠는데."

나는 회계사로부터 들은 내용을 털어놓으며 그의 반응을 살핀다. 휘둥그레진 눈, 깊게 파인 미간. 그는 세부 내용을 파고든다.

"그 의심스러운 투자 계약에 우리가 9백만 파운드를 썼다고?"

"우리가 쓴 게 아니라, 도난당한 거야."

"맙소사!" 데이비드가 손을 올려 머리를 쓸어 넘긴다. "어떻게 그게 가능했지?"

"패러데이 피스컬 매니지먼트는 이름뿐인 페이퍼 컴퍼니야. 본사는 영국령 버진 제도의 먼지투성이 마을에 있는 사서함이고. 돈을 챙긴 놈들은 자기들이 한 짓을 감추려고 위조한 투자 보고서와 배당금 내역서를 제출했어."

"맙소사! 이사회를 소집해 따져봐야겠어."

"넌 언제 들어갔지?"

"십 년, 아니, 십일 년 전이었나? 윌리엄 아저씨가 들어오라고 하셨어. 우리 아버지가 은퇴를 준비하신다는 걸 아셨거든. 그래서 그 빈자리를 대체할 새 변호사가 필요하셨던 거야. 내가 들어가면 법률 자문 비용도 아낄 수 있고."

"그 투자 내용에 대해 기억하고 있어?"

데이비드의 눈이 살짝 가늘어진다. "아주 희미하게 기억이 나. 소호에 있는 덴마크 가 땅을 팔았었지, 아마?"

"그때 땅값이 1천2백 파운드였어."

"8년 전 일이잖아. 난 재혼한 지 얼마 안 돼서 정신이 없었고. 설마 내가 부적절한 일을 했을 거라 의심하는 건 아니겠지? 난 아저씨의 간곡한 부탁으로 이사회에 들어간 죄밖에 없다고. 알다시피 이사들에겐 급여가 없어. 그냥 회의 때마다 참석해서 제안서 검토하고, 연구 사업에 지원금 내주는 일 외엔……."

"최종 결정권자가 누구지?"

"그건 나도 몰라. 요즘은 이사회에 재정 자문가가 따로 있지만 그땐 아저씨 혼자 모든 걸 처리하셨어. 우린 그냥 옆에서 이런저런 제안만 드릴 뿐이었고."

"새뮤얼 로즈는 경찰에 알리는 게 좋겠다고 했어."

그 말에 데이비드가 흠칫 놀란다. "다른 의견도 들어봐야지."

"그 친굴 못 믿어?"

"못 믿어서가 아니야."

그때 노크와 함께 쟁반을 든 매디가 나타난다. 쟁반에는 머그잔 두 개와 테디베어 모양 비스킷이 담긴 접시가 놓여 있다.

"집에 이것밖에 없더라고요." 그녀가 사과하듯 설명한다.

데이비드가 책상을 치우는 동안 그녀는 쟁반을 든 채 기다린다. 볼일을 마친 매디가 방을 나서려다가 문간에 멈춰 선다. "일 얘기 다 끝났어?"

"응." 데이비드가 퉁명스럽게 대답한다.

"조를 내 생일 파티에 초대했으면 해서."

"형이 다 모르는 사람들인데."

"그래도 우린 아시잖아." 그녀가 나를 돌아본다. "마흔 번째 생일이 다음 주예요. 불편하시면 안 오셔도 돼요. 초대장은 아래층에 놓아둘게요."

문이 닫히자 데이비드는 당황한 모습으로 사과한다.

"좋은 사람 같아." 나는 말한다.

"아주 괜찮은 여자야." 그가 무성의하게 대꾸한다. 그가 내 반응을 살피며 덧붙인다. "오해하지 마. 난 저 여잘 엄청 사랑해. 하지만 재혼 생활이라는 게…… 내 나이에 두 번째 가정을 꾸린다는 게 생각처럼 녹록지가 않아. 원래 매디는 웃음이 많은 여자였거든. 저 사람 때문에 내가 얼마나 웃었는지 몰라. 하지만 그것도 지치지 않거나 월경 터지기 전이 아닐 때나 그렇지. 한 달에 28

일이 그런 상태인데 사는 게 재미가 있겠어?"

그는 연민을 갖고 들어줄 귀를 찾고 있는 듯하다. 매력적인 아내를 둔 출세한 백인 중년 남자의 고민을 이해하는 누군가를. 우리는 잠시 서로를 빤히 쳐다본다. 내가 그런 상대가 아님을 깨달았는지 그는 낙담한 모습으로 머그잔을 집어 들고 비스킷을 차에 살짝 담가 적신다.

그는 다시 사라진 돈 얘기로 돌아간다. "아저씨로부터 직접 듣기 전에 경찰에 신고하는 건 반대야. 그 돈을 어떻게 하셨는지 해명할 기회를 먼저 드리는 게 도리잖아."

"우리 아버지가 그 돈을 횡령했다고 생각해?"

데이비드는 내 반응에 놀라는 모습이다. "그랬을 가능성도 있지 않겠어?"

"아버진 사기를 당하신 거야."

"알아. 하지만 형이 그랬잖아. 놈들이 정기적으로 투자 보고서와 배당금 내역서를 제출했다고. 그건 돈을 챙긴 누군가가 내부자라는 얘기잖아. 그게 아니라면 왜 6년 동안이나 그 짓을 계속해왔겠어? 그냥 돈을 챙겨 달아나면 될 것을."

그의 말이 옳다. 계속 진행 중인 연막은 올로클린 재단과 가까운 인물이 범인임을 의미했다. 변호사는 또 다른 비스킷을 차에 적셔 조심스레 입으로 가져간다. "그날 형에게 아저씨 재정 상태에 대해 언급하지 못한 부분이 있어."

"뭔데?"

"윌리엄 아저씨는 세계 금융 위기 때 순자산을 절반 가까이 잃으셨어. 보유한 주식을 말도 안 되는 헐값에 매각하셨는데, 증기 조정 끝날 때까지 환매하지 않으셨더라고. 그래서 부동산을 급히 처분할 수밖에 없으셨던 거야. 허리띠도 졸라매셔야 했고. 거기다 두 집 살림까지 하셨으니. 그뿐만이 아니야. 병원비는 또 어쩌고? 유언은 하루 입원비가 5백 파운드에 달하는 사립병원에 여러 차례 입원했었어. 거기다 정신과 상담비에 심리 치료비까지. 윌리엄 아저씨에게 재정적으로 힘들어질 수 있다고 경고드렸지만 상관하지 말라면서 무시하시더라고."

"언제?"

"금융 위기를 지나고 나서." 데이비드가 자리에서 일어나 스트레칭을 한다. 운동복 바지 허리 밴드 위로 털로 덮인 배가 살짝 드러난다. "아저씬 파산 직전에 내몰리셨어. 하지만 단 2년 만에 간당간당하던 재정 상태가 정상으로 회복되더라고."

"어떻게?"

"나도 그게 궁금해."

나는 뛰는 가슴을 애써 진정시킨다. "그게 횡령의 증거라고?"

"사실이든 아니든, 그건 중요하지 않아. 때론 암시가 팩트보다 더 큰 피해를 입힐 수 있으니까." 데이비드가 말한다. "그래서 아저씨에게 먼저 해명할 기회를 드려야 한다고 했던 거야. 이걸 지금 경찰에 알리면 이사들 모두가 혐의를 받게 될걸. 모두가 타격을 입게 된다고."

변호사들의 실용주의는 나를 격분하게 만들지만 그의 말에는 분명 일리가 있다. 내 태도는 그새 덜 방어적으로 바뀐다.

"아버지의 빚 말이야, 그 내용을 구체적으로 알고 싶어."

"입출금 내역서와 소득 신고서를 보내줄게. 원칙적으론 안 되지만 상황이 상황이니만큼……."

데이비드는 머그잔을 진작 비운 상태다. 나는 아직 입도 안 댔는데. 그가 문간으로 다가가 선다. 이만 돌아가달라는 무언의 신호다.

"우린 아버지들에 대해 모르는 게 많아." 그가 수심에 잠긴 얼굴로 말한다. 우리는 나란히 계단으로 향한다. "우리 아버진 하마터면 감옥에 가실 뻔했어."

"케네스 아저씨가?"

"증인 진술서 조작 혐의로 변호사 면허를 박탈당하셨어. 꽤 오랫동안 애쓰신 끝에 간신히 면허를 되찾으실 수 있었지. 윌리엄 아저씨도 여자들 문제로 곤욕을 치르셨지만, 우리 아버지도 이런 굴욕을 당하신 적이 있다고."

"잠깐. '여자들'이라니?"

"올리비아 블랙모어 말이야."

"그 여자 말고 또 있어?"

데이비드는 잠시 망설이다 입을 연다. "아저씨가 깨어나시면 베타니 디마르코라는 여자에 대해 여쭤봐."

"누구라고?"

"아저씬 매년 이스트 런던 주소로 4만 파운드를 부치셨어. 메시지 없이 돈만. 수표를 써서 택배로 전달하셨지."

"아버지가 왜 그러셨는지 알아?"

"아니. 아저씨 사생활을 굳이 알 필요가 없잖아. 아저씨 정부일 수도 있고, 사생아일 수도 있고. 중요한 건 아저씨가 거의 사십 년 동안 그녀에게 꼬박꼬박 돈을 부쳐오셨다는 사실이야."

"주소는?"

"뉴엄에 있는 혹스테스 가든스."

미친 짐승들처럼 이동하는 차량으로 붐비는 노스 서큘러(런던 북부를 반원형으로 달리는 환상 도로―옮긴이)를 등진 채 줄지어 선 연립 주택들이 눈에 들어온다. 보수 공사 중인지 정면이 비계와 비닐 시트로 덮인 집들이 여럿 보인다. 주차장 한쪽에 놓인 쓰레기 컨테이너는 깨진 석고보드와 타일들로 가득 채워져 있다.

번지수를 확인한 나는 누렇게 변한 레이스 커튼이 드리워진 집 앞에 멈춰 선다. 잡초가 무성한 앞뜰에는 아무렇게나 버린 쓰레기가 나뒹굴고 있다. 삐걱대는 정문을 열고 콘크리트로 포장된 바닥으로 들어선다. 건물 앞에는 비닐 레인 커버가 씌워진 오토바이 한 대가 세워져 있다. 그걸 보는 순간 기억 속에서 무언가가 술렁이기 시작한다.

나는 오토바이 옆에 웅크려 앉아 커버를 살짝 들춰본다. 반들반들하게 닦인 빨간 연료 탱크.

"당신 뭐야?" 문간에서 불쑥 튀어나온 남자가 다가오며 말한다. 그의 머리 뒤로 태양이 이글거리고 있다. 한 손을 올려 햇빛을 가리자 나보다 몇 살 어려 보이는 남자의 모습이 눈에 들어온다. 그는 기름때로 얼룩진 청바지에 체크무늬 셔츠 차림이다.

몸을 일으킨 나는 오토바이에서 물러나 남자의 얼굴을 빤히 쳐다본다. 넓게 벌어진 눈, 두꺼운 윗입술, 그리고 납작한 이마. 이내 깨달음이 찾아든다.

"그날 병원에서 봤던……."

"뭐?"

"병원에서." 나는 머리에 꿰맨 상처를 내보인다. "당신이 선반을 내 위로 넘어뜨렸잖아."

"무슨 개소리야!"

그는 다시 돌아서서 안으로 들어가려 한다. 나는 앞으로 몸을 날려 닫히려는 문을 발로 막는다.

"그날 우리 아버지에게 무슨 얘길 했지?"

"이 발 못 치워?" 그가 내 발을 걷어차며 말했다.

"매년 9월 윌리엄 올로클린이 이 집으로 수표를 보내왔어. 매번 같은 날, 같은 액수로. 난 그 이유를 알아야겠어."

"죄책감 때문이지."

"뭐?"

"답을 들었으니 됐잖아. 이제 꺼지라고!"

나는 달려들어 몸으로 문을 밀어보지만 나보다 건장한 남자의 힘을 당해낼 재간이 없다. 결국 문은 거칠게 닫혀버린다.

"경찰을 불러오겠어." 나는 소리친다. "지금 당장 불러올 거야."

나는 맥더미드에게 전화를 건다. 신호음이 이어지는 동안 닫혔던 문이 살짝 열린다.

"난 그 사건과 아무 상관이 없어." 그가 웅얼거린다.

"우리 아버진 어떻게 알지?"

"한 번도 만난 적 없어."

그건 거짓말이다. "아버지가 병원에 계시다는 걸 알고 나타난 거잖아."

"신문에서 소식을 접했어. 기사 내용이 사실인지 확인해보려고 갔던 거야."

"신문을 믿지 못해서?"

"직접 확인하고 싶었어."

"어째서?"

남자가 복도를 흘끔 돌아본다. "제발 이만 돌아가줘. 난 그 일과는 아무런 상관이 없어. 그에게 그걸 설명하러 갔던 거야."

"어차피 아버진 못 들으셔. 나한테 대신 설명해봐."

다시 문이 닫히려 한다. 나는 문틈으로 한 손을 쑤셔 넣는다. "베타니 디마르코가 누구지?"

"꺼져!"

나는 휴대폰을 귀로 가져간다. "맥더미드 경위님? 조 올로클린입니다." 나는 형사와 통화하는 척한다. 문간의 남자가 그 사실을 알 리 없다.

마침내 그가 뒤로 물러서며 문을 활짝 열어준다. 나는 휴대폰을 주머니에 집어넣고 그를 따라 담배 연기와 테이크아웃 중국 요리 냄새가 풍기는 어수선한 거실로 들어간다. 더러운 레이스 커튼에 걸러진 햇빛이 실내의 모든 것을 칙칙해 보이게 만들고 있다. 마치 햇볕 아래 너무 오래 놓아둔 신문처럼. 벽난로 위 선반에는 변색된 액자에 담긴 사진이 여럿 놓여 있다. 아기를 안고 있는 어머니. 아들을 어깨에 앉혀놓은 아버지. 연못에서 오리들에게 모이를 던져주는 아이들. 볼륨을 낮춘 TV에서는 축구 경기 중계가 펼쳐지고 있다.

"베타니가 집에 있나?"

그는 대답하지 않는다.

"그녈 만나고 싶어."

"베스는 몸이 좋지 않아."

나는 한쪽에 수북이 쌓인 우편물을 내려다본다. 뜯긴 봉투에 담긴 고지서들. "연체" 스탬프. 주소 위에 적힌 이름. 레이 디마르코.

"당신, 베타니 남편이야?"

"동생이야."

나는 다시 사진을 들여다본다. 자세히 보니 사진 속 소년이 레이를 닮아 있다.

"누나랑 같이 살아?"

그가 고개를 끄덕인다.

"부모님은?"

"엄마는 십 년 전에 돌아가셨어. 아빠는 그 이듬해에 따라가셨고. 당신 아버지가 우리 부모님을 죽인 거야."

디마르코는 내 반응을 유심히 살핀다. "내가 거짓말하는 것 같아? 그는 우리 부모님을 죽였어. 서서히 진을 빼가면서. 부모님이 죽어가는 걸 내 두 눈으로 똑똑히 지켜봤다고."

그는 담배에 불을 붙이고 거칠게 몇 모금 빤다. 온몸을 연기로 채워보려는 듯이.

그때 위층 어딘가에서 벨 소리가 들려온다. 그의 시선이 천장으로 올라갔다가 이내 제자리로 내려진다. 반쯤 피운 담배를 유심히 쳐다보던 그가 꽁초로 넘쳐나는 재떨이에 담배를 조심스레 비벼 끈다. 그런 다음, 꽁초를 왼쪽 귀 뒤에 꽂아놓는다.

"베타니야?"

침묵. 디마르코는 주방으로 들어가 냉장고에서 식빵, 버터, 치즈, 피클, 그리고 주스 박스를 차례로 꺼낸다. 그것들은 부식된 가스레인지 옆 조리대에 반듯하게 나열된다. 그는 껍질 부분을 떼어낸 빵에 버터를 바르고 피클과 치즈를 넣어 샌드위치를 만든 후 삼각형 모양으로 잘라 이등분한다.

또다시 벨이 울린다.

"지금 올라간다고." 그가 쟁반에 감자칩 한 봉지를 내려놓으며 웅얼거린다. 그의 시선이 내게로 돌아온다. "당신 아버지가 부쳐주는 돈이 어떻게 쓰이고 있는지 보겠어?"

나는 고개를 끄덕인다.

"올라가서 여왕님을 만나봐."

그는 쟁반을 챙겨 들고 앞장선다. 우리는 복도를 지나 계단을 타고 위층으로 올라간다. 굳게 잠긴 문 앞에 멈춰 선 그가 데드볼트를 풀고 발로 문을 밀어 열자 진한 원색으로 꾸며진 어린 소녀의 방이 모습을 드러낸다. 캐노피 침대에는 봉제 완구가 널려 있다. 흔들 목마, 책장, 그리고 박공지붕과 미니 가구들이 갖춰진 커다란 인형의 집도 보인다. 선반에는 작은 올빼미 조각상 수십 개가 줄지어 놓여 있다. 히터를 세게 틀어놓았는지 대변과 사향 냄새가 진동하는 방 안은 답답한 느낌이다.

안으로 더 들어가니 휠체어가 눈에 들어온다. 휠체어에 앉은 이의 성별은 명확히 알 수 없다. 여자 같지도 않고, 남자 같아 보이지도 않는다. 아이처럼 왜소한 체구에 커다란 갈색 눈. 촉촉하게 젖은 분홍색 입이 벌어지면서 혀가 쭉 뽑혀 나온다. 한 손이 입으로 올라가고, 손가락은 이내 입안으로 빨려 들어간다.

소녀가 아니라 성인 여자다. 불구. 장애인. 체중 미달. 중년. 그녀는 럭비 선수처럼 패딩을 넣은 헬멧을 쓰고 있다. 패딩 사이로는 헝클어진 회색 머리가 삐져나와 있다.

디마르코는 창문 앞 테이블에 쟁반을 내려놓는다.

"손님이 오셨어, 베스." 그가 그녀의 입에 빨대를 물려주며 말한다. 그녀는 주스를 쪽쪽 빨아 마신다. 그녀의 몸은 연신 좌우로 요동치지만 볼은 어깨에서 떨어지지 않는다. 그녀가 긁힌 상처로 뒤덮인 두 팔을 번쩍 든다.

"안아달라는 뜻이야." 디마르코가 말한다.

그는 나를 시험하려는 것이다. 나는 가까이 다가가 베타니를 끌어안는다. 그녀에게서는 역겨운 입 냄새와 드레스에 찌든 소변 냄새가 풍긴다. 내가 떠나버릴까 걱정이 되는지 그녀는 내 목을 있는 힘껏 움켜쥔다. 나는 벽난로 위 선반에서 본 사진들을 떠올려본다. 사진 속 아기. 대체 그녀에겐 무슨 일이 있었던 걸까?

"그만 놔줘, 베스. 샌드위치나 먹으라고." 디마르코가 말한다.

그녀는 마지못해 나를 놓아준다. 그리고 세모난 치즈 샌드위치를 입으로 가져간다. 입을 벌린 채 우적우적 씹는 그녀의 무릎 위로 음식이 우수수 쏟아진다. 나는 그녀 옆에 쪼그려 앉아 휠체어 바퀴에 두 손을 얹어놓는다.

"내 이름은 조야."

베타니가 허리춤에 꽂아둔 구형 휴대폰을 뽑아 들며 말한다.

"여보세요, 조, 잘 지냈어요?"

"응."

베타니가 고개를 젓는다.

"통화하듯이 말해야지." 디마르코가 설명한다.

나는 주머니에서 휴대폰을 꺼내 든다. "여보세요, 베타니니?"

"네, 나예요. 지금 점심 먹고 있어요."

"뭐 먹고 있는데?"

"샌드위치랑 주스요."

그녀는 내가 방에 없는 것처럼 응답한다.

"오늘 동물원에 갔었어요." 그녀가 말한다.

"거기서 뭘 봤지?"

"코끼리랑 낙타랑 원숭이요."

"캥거루는?"

"세 마리나 봤어요."

나는 그녀의 동생을 돌아본다. 그가 고개를 저어 보인다.

"외출을 거의 못 해." 그가 설명한다. "가끔 의회가 지원해줄 때마다 당일 여행을 다녀오는 정도야."

"당신 혼자 누날 보살피는 거야?"

"물리치료사가 일주일에 세 번씩 와서 봐주고 있어. 보건국 직원은 장을 보고 청소하는 걸 도와주고." 그가 바닥에서 장난감을 집어 침대에 반듯하게 놓아둔다. 널브러진 책들은 잘 접어 책장에 꽂아 넣는다. "지적 장애라고 하면 대개 포레스트 검프를 떠올리는데, 포레스트 검프는 아이큐 32에 몇 시간마다 발작하진 않았잖아."

"발작이라고?"

"간질이 심해."

"어쩌다 그렇게 됐지?"

"그건 당신 아버지에게 물어봐."

"그럴 수 없어."

디마르코는 베타니를 부추겨 남은 샌드위치를 마저 먹게 한다. 그런 다음, 누나가 무릎에 흘린 질척한 빵 부스러기를 털어낸 후 잘 문질러 닦은 휴대폰을 누나의 손이 잘 닿는 곳에 놓아둔다.

"주로 누구랑 통화하지?"

"충전도 안 된 거야. 얘가 이런 상태로 누구랑 통화하겠어?"

베타니는 동요를 흥얼거리며 고개를 좌우로 살살 흔들고 있다. 그녀의 동생은 DVD를 켜고 휠체어를 TV 앞으로 옮겨놓는다. 베타니는 고양이처럼 동생의 손에 머리를 기댄다. 그는 귀 뒤에 꽂아둔 담배를 입에 물고 불을 붙인다. 베타니가 그를 돌아보며 말한다. "나도. 나도." 그가 담배를 누나의 입에 가져다 대자 그녀가 한 모금 길게 빨았다가 연기를 내뿜는다. 그는 담배를 멀리 치워버린다.

"또. 또."

"안 돼."

디마르코가 내리닫이창을 올리고 밖으로 재를 털어낸다.

"대체 어떻게 된 거지?" 나는 묻는다.

그가 창틀에 몸을 기대고 선다. "엄마가 임신 7개월 때 사고를 당하셨어. 퇴근 후 집에 오시던 길이었는데, 신호를 무시하고 달려나온 대형 트럭이 버스 옆구리를 들이받았지. 그 사고로 여섯 명이나 죽었어. 엄만 늑골이 박살나고 폐가 피로 가득 찬 채로 구조됐는데 수술 중에 배 속 아이의 심장 박동이 멎어버렸대. 그래서 당신 아버지가 긴급 제왕절개를 결정했지. 그렇게 활기 없는 베타니가 시퍼렇게 질린 채로 세상에 나오게 된 거야. 다들 베타니에겐 관심을 두지 않았어. 그러다 간호사 하나가 아기 입술에 혈색이 도는 걸 발견하고 급하게 인공호흡을 실시했지만 이미 너무 늦어버린 상태였대. 그때 뇌손상이 생긴 거야. 뇌성 마비. 뇌전증. 병원에선 베타니가 3년을 넘기지 못할 거라고 했어. 지금 애 나이가 몇인 줄 알아? 마흔일곱이야."

"당신 어머니는?"

"엄마는 운 좋게 목숨을 건지셨어. 그 사고로 더 이상 아이를 갖지 못할 거라고 했지만 기적적으로 내가 태어났지. 내 존재가 기분 좋은 보상이었다고 생각되다가도 이따금 베타니를 돌보려고 태어난 건 아닌지 의심될 때가 있어. 부모님 돌아가시고 결국 내가 앨 끝까지 책임져야 할 테니까."

"왜 그렇게 생각해?"

"당신은 모르면 잠자코 있어." 그가 버럭 화를 낸다. 베타니가 TV에서 눈을 떼고 마치 죄지은 사람처럼 잠시 동생을 빤히 쳐다본다.

"경찰이 수사는 했어?"

"수사는 무슨. 은폐 공작이지." 그가 벽돌에 담배를 문질러 끄고 나서 꽁초를 밖으로 휙 튕겨버린다. "병원이랑 한통속이 돼서는. 그들이 뭐라는 줄 알아? 베타니가 이렇게 된 건 사고 때문이지 자기들 과실 때문이 아니었대."

"정말 그런 건지도 모르잖아."

"개소리 집어치워! 병원에서 모든 걸 지켜본 목격자가 우리 부모님에게 편지를 보내왔단 말이야. 윌리엄 올로클린이 수술을 집도하기 두 시간 전에 파티에서 코카인을 흡입하는 걸 봤대."

"우리 아버진 마약을 하시지 않아."

"아들이니 당연히 그렇게 믿고 싶겠지."

"난 진지하게 얘기하는 거야. 주장이 너무 황당하잖아."

디마르코가 끙 앓는 소리를 낸다. "난 군대에서 6년을 보냈어. 나야말로 진지하다고. 직접 두 눈으로 확인해야 믿겠어?"

그가 쟁반을 들고 아래층으로 내려간다. 주방에 들렀다 거실로 이동한 그가 TV 아래 벽장에서 낡은 나무 상자를 꺼내온다. 그가 경첩 달린 뚜껑을 열자 누렇게 변색된 종이 한 장이 모습을 드러낸다.

그는 접힌 종이를 조심스레 펼쳐 내 앞 탁자에 내려놓는다. 파란 펜으로 적힌 내용은 다음과 같다.

디마르코 부인께,

당신의 아이는 그렇게 죽어선 안 되었습니다. 용서받지 못할 실수가 있었음을 인정합니다. 필요한 조치가 신속히 이루어지지 못했고, 적절한 타이밍에 제대로 된 판단이 내려지지 못했습니다. 긴급 제왕절개 수술을 집도한 의사는 술과 마약에 취한 상태였습니다. 그날 밤 긴급히 수술할 일이 발생할 거라 예상하지 못했겠지만 스스로 절제해야 옳았습니다. 베타니에겐 이런 불행이 없었어야 합니다. 부인께도 마찬가지고요.

이 일에 연루되고 싶지 않아 편지에 차마 서명하지 못한 제 비겁함을 용서해주십시오. 여기에 제 커리어를 걸 순 없습니다. 그 어느 병원도 내부 고발자를 고용하지 않거든요.

친구로부터

디마르코는 같은 나무 상자에서 귀퉁이가 말린 색 바랜 사진을 하나 꺼내든다. 가구를 한쪽으로 치워놓은, 사람이 꽉 찬 방의 풍경. 사진 속에서는 열 명 남짓의 사람들이 춤을 추고 있다. 그들의 얼굴은 알아보기 힘들 만큼 희미하다. 카메라는 그들 대신 소파에 나란히 앉아 키스하는 커플에 초점을 맞추었다. 남자의 얼굴은 여자의 몸에 가려져 있다. 그의 목을 끌어안은 여자는 그의 무릎에 한쪽 다리를 걸쳐놓았다. 허벅지까지 말려 올라간 여자의 담청색 간호사 제복 아래로 하얀 팬티가 살짝 드러났지만 그녀는 개의치 않는 모습이다.

전경에 보이는 유리 탁자 위에는 와인 글라스 여러 개와 꽁초로 넘쳐나는 묵직한 유리 재떨이가 놓여 있다. 탁자 중앙에 놓인 거울 위로는 하얀 가루로 만든 두 개의 긴 줄과 빨대처럼 돌돌 만 지폐가 보인다.

사진 뒷면에는 누군가가 "1971년 9월 24일"이라고 적어놓았다.

디마르코가 소파에 앉은 남자를 가리킨다. "이 사람이 당신 아버지, 맞지?"

"그걸 어떻게 알아?"

"이 편지에 동봉됐으니까."

"그게 뭘 증명하는데?"

디마르코가 내 손에서 사진을 낚아채 간다. "역시, 당신도 다르지 않군. 그를 보호하지 못해 안달인 걸 보니."

"자세히 좀 봐야겠어."

나는 사진을 꼼꼼히 살펴나간다. 마음속 굳은 확신이 조금씩 흔들리기 시작한다. 아버지일 수도 있겠다는 생각이 든다. 남자의 왼손은 여자의 허벅지에 얹어져 있다. 드레스 단 바로 아래에. 손가락을 넓게 벌린 채로. 그는 독특하게 생긴 손목시계를 차고 있다. 보메 & 메르시. 아버지는 의과대학 졸업 기념으로 같은 시계를 선물로 받은 바 있다.

나는 본능적으로 날짜를 계산해본다. 아버지의 나이는 삼십대 초반이었을 것이다. 카디프에서 수련의 과정을 막 마쳤을 즈음. 결혼 후 아이를 넷이나 낳아 키우던 시절. 소파에 앉아 있는 여자는 분명 어머니가 아니다.

충격적인 사진 한 장에 머리가 터질 것만 같다. 거디가 코카인까지! 말도 안 돼!

구겨진 갑에서 담배를 꺼내 문 디마르코는 벽난로 위 선반에 몸을 기대고 선다. 그는 담배를 피우며 내 반응을 유심히 지켜본다. 나는 서명도, 날짜도 없는 편지를 다시 떠올려본다. 그런 익명의 편지는 증거로 인정받을 수 없다.

"부모님은 어떻게 반응하셨지?" 나는 묻는다.

"의료 과실로 소송을 거셨지. 계란으로 바위 치기라는 걸 아셨으면서도. 유능한 변호사들로 무장한 당신 아버지와 부자 병원을 무슨 수로 이기겠어? 결국 부모님은 막대한 소송비를 감당하지 못하고 파산하셨어. 집도 잃고, 차도 잃고, 가구도 잃고…… 집달관들이 몰려와 싹 쓸어가버렸다고. 아버진 급한 대로 큰아버지에게 돈을 빌리셨어. 큰아버지는 빚쟁이가 돼서 우릴 들들 볶아대셨고."

"수표는 언제부터 배달됐지?"

"내가 태어나기 전부터."

"누가 수표를 보냈는지는 어떻게 알았고?"

"아버진 그걸 누가 보냈는지 알려고도 하지 않으셨어. 보나마나 죄책감에 등 떠밀려 부친 보상금일 거라면서 굳이 출처를 추적하지 않으셨지. 부모님이 돌아가신 후로도 수표는 계속 배달됐어. 항상 같은 날에. 베타니의 생일. 9월 24일. 택배 기사에게 돈을 쥐여주고 발송자 정보를 물었더니 챈서리 레인에 있는 법률회사 이름을 알려주더라고."

"패시지 앤드 무어."

"맞아. 바로 거기야. 좀 더 파헤쳐봤더니 당신 아버지와의 연결고리가 드러나더군."

"우리 아버질 찾아가봤어?"

"아니."

"거짓말."

"믿고 싶지 않으면 믿지 마."

"결국엔 경찰이 확인할 거야. 통화 내역만 들춰봐도 알 수 있으니까."

디마르코는 딱딱하게 굳어진 얼굴로 골똘한 생각에 잠긴다.

"같이 얘긴 나눠봤어."

"언제?"

"몇 주 전에."

"왜?"

"생계비가 많이 인상됐으니 수표 금액을 좀 올려달라고 했어."

"아버지를 협박했어?"

"절대 아니야!"

"아버지가 그 요청을 거절하시니까 홧김에 폭행한 거로군."

"헛소리 집어치워!"

디마르코가 끄지도 않은 담배를 벽난로 안으로 튕겨버리자 검어진 벽돌에서 빨간 불꽃이 튄다. "이만 돌아가줘."

"당신이 아버지에게 미안하다고 말하는 걸 간호사가 들었어."

"그냥 유감을 표했을 뿐이야. 그가 죽으면 보상금도 끊어져버릴 테니까."

바로 그때, 기다렸다는 듯 위에서 벨이 울린다. 천장을 흘끔 올려다보는 디마르코의 얼굴이 일그러진다.

"날 그렇게 쳐다보지 마." 그가 말한다.

"어떻게?"

"동정하듯이 보지 말라고."

"동정은 무슨. 오히려 감탄이 나올 뿐이지."

"감탄도, 동정도 필요 없어. 그냥 수표가 끊이지 않게만 해줘. 그럴 수 있지?"

"아버진 멀쩡히 살아계시다고."

"멀쩡하긴. 가서 보니 오늘내일하고 있던데."

우리는 한동안 말없이 서로를 노려본다. 문득 그의 말이 전부 사실일 수도 있겠다는 불길한 기분이 엄습해온다. 그의 눈빛이 나로 하여금 아버지에 대한 그의 사악한 주장을 묵묵히 인정하도록 강요하고 있다. 패닉이 밀려든다. 춥고 답답한 이 끔찍한 집 구석이 영 마음에 들지 않는다.

"이 사진, 빌려주겠어?" 나는 묻는다.

"왜?"

"확인을 좀 해보려고."

"내게 사본이 있다는 거 잊지 마." 그가 경계하는 표정으로 사진을 내주며 말한다.

또다시 벨소리가 들려온다. 디마르코는 복도를 지나 현관으로 나를 이끈다. 내가 작별 인사를 하기도 전에 현관문이 닫혀버린다. 나는 신선한 공기를 폐 안 가득 들이쉬며 한 여자의 소중한 세월이 낭비된 위층 감옥이 풍기던 칙칙한 냄새와 기분 나쁜 음울함을 떨쳐내려 애써본다. 망가진 여자의 번뜩이던 눈빛이 아직도 나를 응시하고 있는 기분이다.

나는 넋을 반쯤 놓은 채 터덕터덕 걸어나간다. 주변의 건물과 차량들, 그리고 상점과 광고판과 집들이 한데 뭉개져 흐릿한 잿빛의 풍경을 이루고 있다. 실수를 인정할 수 없는 상태에 빠진 아버지에게 의료 과실이라는 혐의가 제기됐다. 아버지가 주변인들에게 자신을 위해 거짓말을 해달라고, 증거를 은폐해달라고 요청하셨단 말이야? 내가 아는 아버지는 그런 사람이 아닌데. 하지만 그게 아니라면 왜 꼬박꼬박 돈을 부쳐오신 거지? 베타니 디마르코의 존재는 왜 비밀로 간직해두신 거고?

신경 쓰고 싶지 않지만 그럴 수가 없다. 나는 유령을 보았고, 그 유령은 바로 아버지다. 한때 명망이 높았던, 하지만 가혹하리만큼 매정한, 내게는 태산과도 같았던 아버지. 애석하게도 아버지의 유산은 새똥으로 뒤덮인 런던의 동상들처럼 더럽혀질 운명에 처해버렸다.

## 10일째

　자정이 지나도 잠이 오지 않는다. 노트북 컴퓨터를 열고 인터넷 시대 이전에 발생한 의료 과실 사건의 디테일을 찾아보기 시작한다. 검색창에 아버지의 이름을 넣고 "베타니 디마르코"를 필터로 써보니 1975년 2월 17일, 폰테인 판사가 주재한 고등법원 심리와 관련된 자료가 떠오른다. 하지만 그녀의 판결문은 찾을 수가 없다.
　컴퓨터를 접고 깜빡 잠이 든 나는 밖에서 들려온 쓰레기 수거 차량 소리에 눈을 뜬다. 어느새 날이 밝아 있다. 나는 아홉 시까지 기다렸다가 법원에 전화를 걸어본다. 기록 보관 담당자는 지하실에 갇혀 있으면서도 방해받거나 구조되고 싶지 않아 하는 듯한 목소리로 응답한다.
　"기록을 열람하시려면 신청서를 접수하셔야 합니다." 그가 짜증스럽게 혀를 차며 말한다.
　"신청서를 접수하면 언제쯤 볼 수 있습니까?"
　"6주에서 8주 정도 걸립니다."

"제가 직접 법원으로 가면요?"

"법률인 협회 회원이십니까?"

"아뇨."

"계류 중인 소송 관련 기록입니까?"

"아닙니다."

"그럼 좀 힘들겠는데요."

"판결문을 확인할 다른 방법은 없습니까?"

"이너 템플 도서관에 한번 알아보시죠." 그가 전화번호를 찾아 불러준다.

이번에 응답한 사서는 나름 친절하다. 정오로 약속을 잡은 나는 시간에 맞춰 집을 나선다. 택시가 나를 내려준 곳은 지하실에서 인쇄기로 찍어낸 신문을 트럭에 싣고 런던과 그 주변 지역들에 배달하던 시절부터 플리트 가를 묵묵히 지켜온 유명한 술집, 체셔 치즈 맞은편이다.

도서관은 아치형 출입구와 납틀 창문으로 꾸며진 고딕 양식의 건물이다. 밖에는 1941년, 독일군의 공습을 받고 폐허가 돼버린 도서관의 재건을 기념하는 명판이 붙어 있다. 주 열람실은 가죽으로 장정한 법원 기록과 법률 서적으로 빽빽이 채워진 휑뎅그렁한 공간이다.

소방차처럼 새빨간 머리를 가진 사서의 걷어 올린 스웨터 소매 아래로 여우 문신이 살짝 엿보인다. 야엘이라는 이름을 가진 그녀는 묘하게도 케이트를 연상시킨다. 외모가 닮아서가 아니라, 젊고 활력 넘치는 모습이 닮아서다.

"중요한 사건이거나 항소를 했다면 여기서 판결문을 찾을 수 있을 거예요." 그녀가 마우스를 몇 번 클릭하며 말한다. "전체 녹

취록을 찾는 건 쉽지 않겠지만." 그녀가 스크롤을 멈춘다. "이거 같은데요."

그녀가 손가락으로 목록의 한 부분을 가리킨다. 나는 날짜와 사건 번호를 받아 적는다.

"찾아드릴게요. 오래 걸리지 않을 거예요."

삼십 분 후, 나는 장정된 1975년 법조문을 훑고 있다.

**베타니 준 디마르코 대 카디프 왕립 병원과 윌리엄 올로클린.**

아버지의 변호는 케네스 패시지가 고용한 칙선 변호사가 맡았다.

원고, 베타니 디마르코는 심각한 심신장애를 가진 네 살배기 소녀다. 이 소송은 분만 중, 그리고 그 직후 직무태만으로 적절한 조치가 취해지지 않아 뇌에 손상을 입었다며 제기한 것이다.

원고 측이 문제 삼은 건 두 가지였다. 첫째, 레지던트 외과의가 신속히 제왕절개 수술에 착수하지 않아 베타니를 위험에 빠뜨렸다는 것. 둘째, 산후조리가 제대로 되지 않았다는 것.

폰테인 판사는 사건의 사실관계를 요약해놓았고, 그 내용은 레이 디마르코가 들려준 것과 일치한다. 신호를 무시하고 달려온 대형 트럭이 버스의 옆구리를 들이받았을 때 그의 어머니는 임신 7개월이었다. 그 사고로 그녀는 광범위한 흉부 부상을 입었고, 내출혈까지 더해져 고생했다.

현장에서 응급처치를 받은 그녀는 신속히 카디프 왕립 병원으로 후송됐다. 태아는 미동도 없었고, 심박마저 감지되지 않는 심각한 상태였다. 레지던트 외과의, 윌리엄 올로클린은 오전 1시 24분, 긴급 제왕절개 수술에 착수했다.

세상에 나온 여자아이는 자발적으로 호흡하지 못했고, 심폐 소생술에도 반응하지 않았다. 신생아가 사망했다고 믿은 의료진은 산모, 루이즈 디마르코의 치료에 올인했다.

간호사는 상당한 시간이 흘러서야 신생아가 경련을 일으키고 있음을 알아챘다. 의료진은 기도를 뚫기 위해 아이에게 삽관술을 시행했다.

나는 대혼돈 상태였을 당시 상황을 머릿속에 그려본다. 피, 고함, 두 생명을 동시에 살리기 위한 아버지의 필사적인 노력. 아버지는 사산됐을 거라 믿었던 배 속 아이와 죽어가는 산모를 기적적으로 살려냈다.

폰테인 판사가 내린 판결은 다음과 같다.

수술실에서 벌어진 사건에 대한 상충하는 주장을 꼼꼼히 검토하고 공통되는 내용을 찾아보려 노력했다. 이견이 없는 부분은 베타니 디마르코가 분만 전후로 전적 급성 저산소성 허혈성 상태에 빠져 있었다는 내용이다. 그 결과, 현재 4세가 된 베타니는 심각한 뇌 손상을 입었고, 그로 인해 발달 지체, 뇌성 마비, 그리고 간질을 앓게 되었다. 그녀는 풀타임 보살핌 없이는 일상생활이 불가능한 상태다.

구급대원들이나 병원 의료진이 조금 더 신속히 처치했다고 해서, 또는 처치와 관련해 다른 결정을 내렸다고 해서 베타니의 상태가 지금보다 나아졌을 거라는 명확한 결론은 내리기 힘들다. 하지만 수술을 집도한 담당 의사가 병원의 지침을 위반한 점, 특히 적절한 타이밍에 CTG(분만태아심장묘사법 — 옮긴이) 검사를 실시하지 않고, 신속히 삽관술을 시행해 베타니 디마르코의 기도를 열지 않은 점은 명백한 과실로 볼 수 있다.

만약 분만 후 17분이 아닌, 9분 이내로 처치가 이루어졌다면 베타니가 심각한 뇌 손상을 입지 않았을 거라는 원고 측 주장은 타당하게 여겨진다. 베타니가 병원에 도착하기 전 이미 돌이킬 수 없는 뇌 손상을 입은 상태였다는 피고 측 주장 역시 타당하다 할 수 있다.

제시된 증거만으로는 원고의 부상의 원인을 명확히 확인할 수 없었다. 사고 자체와 분만 후 베타니를 신속히 처치하지 않은 의료진의 과실 중 어느 쪽에 원인의 무게를 더 두어야 할지 판단할 수 없으므로 본 판사는 피고 측 손을 들어주는 바이다.

판결문에는 익명의 편지나 사진에 대한 언급이 없다. 아버지가 마약에 취해 있었다는 혐의에 대해서도. 나는 판결을 내린 후 폰테인 판사가 덧붙인 내용을 읽어본다.

유감스럽게도, 소송이 진행되는 동안 증인의 진술서가 조작되고 결정적 증거 자료 일부가 누락된 사실이 확인되었습니다. 병원의 수술 관련 기록 자료가 미심쩍게 사라진 점 또한 우려하지 않을 수 없습니다. 본 판사는 이것을 노골적인 수사 방해 시도라 의심하고 있습니다.

이 문제와 관련해 수사를 하거나 처벌하는 것은 본 판사의 소관 밖이나 변호사 규제 기관에 해당 법무관들에 대한 전면적인 조사를 주문할 예정입니다. 비록 그쪽이 승소를 거두었지만 당신들에게는 자축할 권리가 없습니다.

도서관의 대리석 타일 바닥 위에서 내 구두가 끽끽거린다. 밖으로 나와서는 자갈 깔린 길을 따라 플리트 가로 향한다. 블랙캡을 잡아타고 기사에게 패딩턴에 있는 세인트 메리스 병원으로 가줄 것을 주문한다.

"바쁜 하루 보내고 계십니까?" 본격적으로 대화를 시작해보려는지 그가 말을 건다.

"전혀요." 나는 대화를 차단하려 무뚝뚝하게 내뱉는다.

차창 밖으로 교차로를 가로지르는 행인들의 모습이 보인다. 우르르 몰려 이동하는 게 꼭 불빛을 따라 일제히 움직이는 고기 떼를 보는 듯하다. 이제 그만! 나는 외치고 싶다. 질문도 그만! 폭로도 그만! 레이 디마르코가 옳았다. 병원은 분명 문제의 사건을 은폐했다. 누군가가 그들의 비리를 폭로하려 했지만 병원은 결국 승소했고, 피해 가정을 파산시켰다. 아버지의 커리어에는 아무런 지장도 없었고.

나는 다시 파티에서 촬영된 사진을 들여다본다. 아버지에게 안겨 있는 간호사 제복 차림의 앳된 여자. 누가 이 여자의 이름을 알고 있을까?

●

　아버지의 치료를 담당하는 신경과 전문의의 앵앵대는 모깃소리를 제대로 듣기 위해 모두가 몸을 앞으로 기울인다. 옅은 색 치노바지에 목까지 단추를 채운 오픈넥 셔츠 차림의 로리모어 박사는 어머니의 긴장을 풀어주려 법석을 떠는 중이다. 퍼트리샤와 루시는 어머니 양옆에 자리를 잡았다. 레베카는 긴 소파에 나랑 같이 앉았고, 올리비아는 무릎에 핸드백을 얹어놓은 채 우리에게서 멀찌감치 떨어져 앉아 있다. 그녀가 내 집에 찾아온 폭풍 치던 날 밤 이후 나는 그녀를 만나거나 통화하지 않았다.
　어머니는 그녀를 보고도 아는 척하지 않았다. 정면만을 똑바로 응시하고 있는 그들은 마치 서로로부터 아버지를 지키려는 왕실 근위병을 보는 듯하다.
　"윌리엄을 위해 다들 와주셨군요." 로리모어가 뉴스 진행자의 엄숙함과 스포츠 캐스터의 열정이 반씩 섞인 듯한 톤으로 말한다. "윌리엄의 두개골 타박상은 어느 정도 회복이 됐습니다. 더 이상 약물을 써서 혼수상태를 유지시킬 필요가 없겠어요."

"언제쯤 깨어날 수 있을까요?" 루시가 묻는다.

"지금으로선 확실하게 답을 드릴 수 없습니다. 오늘 아침 글래스고 코마 스케일 검사를 다시 해봤는데 윌리엄은 5점을 기록했습니다. 안구 운동과 내이(內耳)의 온도 변화, 그리고 뇌간 기능을 살펴봤지만 반응은 미비했습니다. 동공이 불빛에 반응을 보이긴 했지만 부기와 혈종에 헤르니아 현상이 생겼어요. 예상보다 출혈이 훨씬 심했던 모양입니다."

"그래도 치료는 가능하겠죠?" 레베카가 묻는다.

"추가 수술은 더 큰 문제를 야기할 수도 있습니다."

"그럼 그냥 기다리는 수밖에 없나요?"

로리모어 박사가 얼굴을 살짝 찡그리며 우리 머리 위 어딘가를 뚫어지게 응시한다. 마치 연습한 멘트를 떠올리려는 듯이. "스캔 결과 뇌 안에서도 특히 언어와 의식을 컨트롤하는 부분에 가장 큰 손상이 있었음을 확인했습니다. 설령 의식을 회복한다 해도 윌리엄은 현 상황에 대해 제대로 인식하지 못할 수도 있습니다. 눈이야 다시 떠질 거고, 새로운 수면 사이클에 적응도 해나가겠죠. 빛이나 통증 같은 자극에도 반응할 거고 말입니다. 하지만 그렇다고 해서 그가 완벽하게 의식을 회복한 것으로 볼 순 없어요. 상황 파악이 아예 안 될 수도 있고. 메시지가 중추 신경계엔 도달하고 있지만 뇌까지는 이르지 못하고 있습니다."

"영구적인 뇌 손상을 말씀하시는 건가요?" 나는 묻는다.

"그렇습니다."

그 말에 어머니가 훌쩍이기 시작한다.

"그런 상태로 얼마나 오래 버티실 수 있죠?" 루시가 묻는다.

"짧게는 몇 주나 몇 달이 될 수도 있고, 길게는 몇 년이 될 수도 있습니다."

"지금 저 상태로 말씀이죠?"

"그렇습니다."

내 목은 그새 쉬어버렸다. "회복 가능성이…… 일 퍼센트도 안 됩니까?"

"가능성이 있다 해도 만 분의 일 수준이겠죠."

가슴이 답답해진다. 방 안의 모두가 눈 둘 곳을 몰라 허둥대고 있다. 벽을 보는 사람도 있고, 바닥이나 창문으로 시선을 돌린 사람도 있다.

"윌리엄을 지금과 같은 편안한 상태로 유지시킬 순 있습니다." 신경과 전문의가 말한다. "하지만 지금 상태보다 낫게 만들 순 없습니다."

"다른 의사의 의견도 들어보고 싶어요." 퍼트리샤가 말한다.

"그렇게 하시죠. 부담 갖지 마시고 어느 분이든 편히 만나보십시오." 마치 예상한 반응이었다는 듯이 로리모어 박사가 말한다.

"그럼 이젠 어떻게 되는 건가요?" 나는 묻는다.

"예후에 이견이 없고, 윌리엄의 상태가 안정되면 장기 요양 시설이나 완화 의료 병동으로 옮기시는 게 좋을 것 같습니다."

"그럴 바에야 차라리 죽는 게 나아요." 올리비아가 자신의 두 손을 내려다보며 말한다.

그 한마디가 모두를 충격에 빠뜨린다.

"그걸 말이라고 해요?" 루시가 쏘아붙인다.

올리비아도 물러나지 않는다. "내가 옳다는 거 알잖아요. 윌리엄 자신도 여생을…… 식물인간으로 살고 싶진 않을 거예요."

어머니의 몸은 바짝 경직돼 있다. 성난 얼굴에는 주름이 깊게 패어 있고. "입 다물어요."

"네?"

"입 다물라고요."

올리비아의 목이 벌겋게 달아오른다. "내게도 의견을 얘기할 권리가 있어요."

"내 남편을 함부로 입에 담지 말아요."

"그이는 내 남편이기도 해요."

로리모어 박사는 어리둥절한 표정으로 두 여자를 번갈아 쳐다본다. 그가 두 손을 들어 보이며 말한다. "자, 자, 좀 더 시간을 갖고 고민해봅시다."

루시가 불쑥 끼어든다. "결정은 누가 하는 거죠?"

"여러분들이…… 가족이 하셔야죠. 사전에 따로 부친의 말씀이 계셨다면 몰라도. 혹시 이와 관련해 유언이라도……."

"그런 건 없어요." 어머니가 말한다.

"있어요." 올리비아가 받아친다. "그이가 작성해둔 유언장이 있어요."

올리비아가 핸드백을 열고 봉투를 꺼내 의사에게 건넨다.

"윌리엄의 서명이 돼 있어요." 그녀가 말한다. "영구적 뇌 손상을 입었을 경우 연명치료를 거부한다는 내용이에요."

어머니는 발끈한다. 루시와 퍼트리샤도 불편한 기색을 감추지 않는다.

로리모어 박사가 유언장을 읽고 나서 내게 넘긴다.

나, 윌리엄 조지프 올로클린은 온전한 정신으로 아래의 결심을 분명히 알리고자 한다. 적절한 자격을 갖춘 의사 두 명이 아래와 같은 내용을 확인할 경우, 생명 연장을 위한 그 어떠한 의료적 처치나 개입도 거부할 것임을 분명히 밝혀둔다.

회복의 가능성이 없거나 희박한, 생명을 위협하는 신체적 질병을 앓게 된 경우.
회복의 가능성이 없거나 희박하여 생명 연장 치료가 필요한 정신이나 뇌의 질환을 앓게 된 경우.
회복의 가능성이 없거나 희박한 식물인간이나 최소 의식 상태가 12주 이상 지속된 경우.

마음이 변할 시 언제든 이 유언장을 찢어버리고 새로 작성하는 것으로 이 조건들을 변경할 수 있음을 밝혀두는 바이다.

아버지는 7개월 전, 데이비드 패시지를 증인으로 세우고 이 유언장에 서명했다.
나는 유언장을 어머니에게로 넘긴다. 루시가 돋보기를 찾아 어머니에게 씌워준다. 유언장을 읽어나가는 어머니의 얼굴이 점점 창백해진다.
로리모어 박사가 계속 이어나간다. "윌리엄은 유언장에 12주의 유예기간을 못 박아두었습니다. 여러분껜 아직 고민할 시간이 충분히 있습니다. 결정이 내려질 때까지 환자의 상태를 고통 없이 편안하게 유지시키면서 경과를 지켜보는 게 좋겠습니다. 상태에 변화가 생기면 여러분께 알려드리겠습니다."
우리는 일제히 일어나 방을 나선다. 올리비아는 불필요한 마찰을 피하려는 듯 먼저 앞장서 걸어나간다. 엘리베이터에 오른 우리는 어색한 정적에 잠긴 채 내려간다.

갑자기 어머니가 침묵을 깨고 입을 연다. "당신이 정말로 그이를 사랑한다면 이럴 수 없어요."

지금껏 들어본 적 없는 어머니의 목소리 톤이다. 올리비아는 아무 반응이 없다.

어머니가 다시 말한다. "당신이 사랑하는 건 돈이에요. 그이가 아니라."

"엄마, 그만하세요." 나는 말한다.

어머니는 내 말을 무시하고 올리비아를 매섭게 노려본다. "어차피 사랑하지도 않는 사람, 우리에게 돌려보내줘요. 그이 문제는 우리가 알아서 잘 결정할 테니 당신은 이만 빠져주면 좋겠어요."

올리비아는 더 듣고 싶지 않다는 듯 눈을 질끈 감는다.

"당신은 그이가 빨리 죽길 바라잖아요." 어머니가 말한다.

"그만하시라니까요." 나는 어머니의 팔뚝을 붙잡으며 말한다. 어머니가 내 손을 거칠게 떼어낸다.

"이 여잔 네 아버지가 하루빨리 죽어주길 바라고 있어." 어머니가 다시 말한다.

"그이는 이미 죽었어요." 올리비아가 속삭인다.

"두 사람 다 그만해요." 나는 두 여자에게 애원한다. 그때 내 휴대폰이 진동한다. 나는 발신자를 확인하지도 않고 전화를 끊어버린다.

"윌리엄을 위해서 하는 얘기예요." 올리비아가 말한다.

"당신은 당신 생각만 하고 있어요." 어머니가 말한다.

올리비아가 측은해하는 눈빛으로 어머니를 쳐다본다. "사랑도 못 하고, 웃지도 못하고, 환희도 느끼지 못하며 사는 게 존엄한 삶인가요? 그이는 빈껍데기일 뿐이에요. 난 죽이고 싶을 만큼 증오하는 원수라도 그런 삶을 살도록 바라진 않을 것 같은데…… 하물며 윌리엄은 가족이잖아요."

"그이 가족은 우리예요. 당신이 아니라!"

올리비아가 자기편을 들어달라는 듯 나를 돌아본다. 나는 아무 반응도 하지 않는다. 엘리베이터 문이 열리자 그녀가 잽싸게 로비로 빠져나간다. 어머니가 뒤에서 그녀에게 소리친다. "그이 아내는 바로 나예요. 난 끝까지 포기하지 않아요. 윌리엄은 결국 내게 돌아올 거라고요."

올리비아가 걸음을 멈추고 돌아선다. 그녀의 눈빛에서 서늘한 기운이 묻어난다.

"그이는 이십 년 전에 당신을 버리고 떠났어요. 그이가 당신에게 되돌아갈 일은 결코 없을 거예요."

어머니를 루시에게 맡겨놓고 올리비아를 뒤쫓아나간다. 그녀에게 사과하기 위해서다. 그녀는 이미 택시에 올라 차 문을 닫아버린 후다. 나는 달려가 차창을 두드린다. 그녀가 실망과 분노가 섞인 눈빛으로 나를 올려다본다.

"가지 말아요." 나는 말한다. "나랑 얘기 좀 해요."

그녀가 기사에게 뭔가를 주문하자 택시가 움직이기 시작한다.

헐떡대고 서 있을 때 주머니 안에서 다시 진동이 느껴진다. 나는 화면을 확인하고 응답한다.

"나예요." 케이트가 말한다.

"오!" 나는 산만한 톤으로 말한다.

"아까 내 전화 끊어버렸어요?"

"그럴 일이 있었어요."

"아직도 바빠요?"

"아뇨."

"그날 밤 일에 대해 사과하려고 전화했어요."

"사과라뇨. 내 잘못이었는데요. 내가 괜히 사건을 언급하는 바람에 그렇게 된 거잖아요."

그녀는 잠시 머뭇거린다. "우리 잠깐 만나서…… 커피나 한잔 할까요?"

"언제요?"

"난 네 시에 출근해야 해요."

"그럼 지금 볼까요?"

우리가 만난 곳은 케이트가 고른 레이븐스코트 공원 근처 찻집이다. 창밖으로 드넓게 펼쳐진 진창투성이 잔디밭에서는 다람쥐들이 먹이를 찾아 분주히 쏘다니고 있다. 이따금 다람쥐를 쫓는 어린아이들과 개들이 눈에 들어온다.

케이트의 머리 스타일은 또 바뀌어 있다. 목 위로 단정히 묶은 포니테일. 입술도 빨강 대신 분홍으로 칠해져 있고, 옷차림도 달라졌다. 헐렁한 스웨터, 청바지, 그리고 스웨이드 재킷.

"춥지 않아요?"

"아뇨. 괜찮아요."

"머리는 좀 어때요?"

"많이 나아졌어요."

그녀는 잠시 입을 닫고 찻잔 손잡이를 만지작거린다.

"미카 보챔프에 대해 알아봐달라고 했었죠? 데이터베이스에서 검색해봤어요. 나이는 스물셋, 마약과 절도, 차량 탈취, 그리고 폭력 범죄 전과가 있더군요. 누나랑 노스 런던에서 살았어요. 부모에 대한 정보는 없고요. 그의 파일을 보니 소년 법원에서 선고받은 기록이 있더라고요. 열세 살 때 이웃집에 불을 지른 모양이에요. 마커스 스윈번이라는 소아성애자가 살던 집이었는데, 미카는 여섯 살 때부터 그에게 성적 학대를 당해왔다는군요."

"스윈번은 어떻게 됐고요?"

"삼 도 화상을 입었대요. 양쪽 손에 손가락도 잃었다고 하고요. 그 일로 미카는 소년원에서 삼 개월 형을 살았고, 나와서는 누나 집으로 돌아갔어요. 그 후로는 온갖 나쁜 짓을 다 하고 살았더군요."

"유언은 정신병원에서 미카를 처음 만났답니다." 나는 말한다.

"법원의 허락을 받아 입원한 거예요. 미카에게서 인격 장애 징후가 보인다는 진단이 있었지만 모두가 동의한 건 아니었대요. 경찰은 그가 감옥에 가지 않으려고 정신 건강 시스템을 이용한 걸로 보고 있어요." 그녀가 잠시 말을 멈추고 손톱에 붙은 매니큐어 쪼가리를 떼어낸다. "미카의 누나와 통화해봤는데요, 동생을 못 본 지 삼 주가 넘었다더군요."

"그동안 유언과 같이 지냈답니다."

"그걸 어떻게 알죠?"

"루이즈가 이웃들에게 들었대요."

케이트가 미간을 찌푸린다. "당신이 단독으로 이 사건을 조사하고 있다는 걸 맥더미드에게 들키지 말아요. 당신을 단단히 벼르고 있거든요." 내가 대수롭지 않다는 반응을 보이자 그녀의 눈빛이 한층 준엄해진다. "농담하는 거 아니에요, 조. 맥더미드를 조심해요."

"왜 그래야 하죠?"

"그는 절차나 원칙 따위엔 관심이 없는 사람이에요."

"그게 무슨 뜻이죠?"

"그냥 조심하는 게 좋아요."

케이트에게서는 추가 설명이 나오지 않는다. 그녀의 시선이 공원 한쪽 연못가에서 오리들에게 모이를 던져주는 어린아이들에게로 돌아간다.

"그게 다가 아니에요. 치스윅 집에서 미카의 지문이 검출됐어요."

"옷에 남은 혈흔은요?"

"DNA 검사 결과는 금요일에 확인할 수 있을 거예요."

"왜 내게 그걸 알려주는 거죠?"

케이트가 입을 닫고 아랫입술을 살짝 깨문다. "내겐 오빠가 있었어요. 내가 열여섯 살 때 자살했어요. 그 일로 엄마와 내 삶이…… 송두리째 바뀌었어요."

"그랬군요. 유감입니다."

"아내 잃은 당신을 가엾게 여기지 않을 테니 당신도 오빠 잃은 날 가엾게 여기지 말아줘요."

"알았어요."

●

 어머니는 계속해서 중환자실을 꿋꿋하게 지킨다. 제대로 먹지도, 쉬지도 못한 채. 근래 들어 어머니의 체구는 눈에 띄게 왜소해졌다. 얼굴 피부도 탄력을 잃어 축 늘어졌고. 산책이라도 하며 신선한 공기를 쐬고 올 것을 권해보지만 어머니는 아버지만 홀로 남겨두고 자리를 비울 수 없다며 거부한다.
 나는 어머니 옆에 앉아 기계들의 불빛을 받아 분홍색 물이 든 하얀 시트 아래서 아버지의 가슴이 연신 부풀었다 꺼지는 걸 지켜본다. 아버지의 볼은 옴폭 들어가버렸고, 입술은 핏기 하나 없이 창백하다. 하지만 놀라울 만큼 평온해 보인다.
 "여쭤보고 싶은 게 있어요." 어떻게 말을 꺼내야 할지 몰라 난감하다. "아버지가 의료 과실로 고소당하신 적 있어요?"
 "언제 것 얘기니?"
 "그런 일이 한 번이 아니었어요?"
 "네 아버진 오십 년 가까이 외과 의사로 환자를 봐오셨어. 최고의 명의도 실수할 때가 있는 법이야." 어머니는 무미건조한 톤으로 대답한다.

"베타니 디마르코 사건도 실수였나요?"

어머니의 미간이 찌푸려진다. "난 처음 들어보는 이름인데."

"긴급 제왕절개 수술로 세상에 나온 신생아가 의료 과실로 큰 영구 장애를 갖게 된 사건."

그제야 어머니는 기억이 나는 모양이다. "카디프에서 말이지? 버스랑 트럭이 충돌한 사건? 버스에 타고 있던 임산부가 크게 다쳤는데 네 아버지가 살려내셨어."

"그녀 가족이 의료 과실 혐의로 병원을 고소했다면서요."

"그들이 패소했어."

"아버지가 그 사건에 대해 말씀하신 적 있어요?"

"특별히 언급한 적은 없는데."

"정말요?"

"의사는 차마 살리지 못한 환자들에게 집착해선 안 돼. 의사는 생사가 걸린 결정을 내리는 사람이지 자신의 능력을 의심하는 사람이 아니야."

아버지가 할 법한 주장이었다. 어머닌 그간 아버지로부터 이 얘길 몇 번이나 들어오신 걸까?

"아버지가 실수하실 때도 있었다는 걸 인정하시는 건가요?"

"물론이야."

"이 사건은요?"

"법적으로 책임이 없다고 결론 난 일이야."

"아버지가 베타니 디마르코에게 꼬박꼬박 돈을 부쳐오셨다는 사실, 알고 계셨어요?"

"네 아버지가 원래 아량이 좀 있으시잖니."

"1975년부터 매년 그녀 생일 때마다 4만 파운드씩 부쳐오셨 대요."

어머니는 자세를 고쳐 앉는다.

"그쪽에선 고마워해야지. 윌리엄이 그 애 엄마를 살려냈으니. 그 여자한테 아이가 하나 더 있을걸."

"그걸 어떻게 아세요?"

어머니가 멍한 눈으로 나를 쳐다본다. "응?"

"그녀에게 동생이 있다는 걸 어떻게 아시냐고요."

어머니는 당황해하는 모습으로 두 손을 저어 보인다. 나는 재킷 주머니에서 문제의 사진을 꺼내 어머니 앞 침대에 내려놓는다. 사진 속 이미지를 확인하기가 무섭게 어머니의 시선이 반대편 벽 쪽으로 홱 돌아가버린다.

"이 사진 보신 적 있어요?"

어머니는 대답이 없다.

"소파에 앉아 있는 남자, 누군지 알아보시겠어요?"

"아니."

"이 사람이 손목에 차고 있는 시계를 보세요."

어머니의 입이 작게 오므라진다. "더 파고들지 마라, 조지프. 네 아버진 좋은 사람이야. 존경받아 마땅한 사람이라고."

"이 사진 보신 적 있죠? 네?"

블라우스 안에서 어머니의 어깨가 날개처럼 연신 들썩인다.

"언제 보셨죠?"

"몇 년 전 누군가가 내게 보내왔어."

"왜죠?"

어머니는 다시 어깨를 으쓱인다. "문제를 일으키고 싶었던 거겠지."

"이 간호사 이름이 뭐죠?"

"그건 중요하지 않아."

"제겐 중요해요. 이 여자 누구예요?"

"네 아버지의 상상력이 꾸며낸…… 환상일 뿐이야."

"아버지랑 같이 일했나요? 이 두 사람, 그렇게 만난 사이예요? 그때 어머닌 어디 계셨죠?"

어머니의 기분이 은근한 짜증에서 분노로 바뀐다. "그 여자, 불장난하다가 크게 데었어. 여자가 품행이 단정치 못하면 그렇게 되는 거야."

"이런 거만한 모습, 어머니답지 않으세요."

"하지만 사실인걸. 수습 간호사 주제에 유부남 꼬시는 데 재미가 들려서는."

"이 여자가 왜 그랬죠?"

"그럴 능력이 됐으니까. 남자들은 얼굴만 반반하면 뻑들 가니까."

"그래서 이 여잔 어떻게 됐죠?"

"남자 하나 홀려서 결혼했어. 그 후 멀리 떠나버렸고."

"아버지랑은 계속 연락을 이어갔고요?"

어머니는 잠시 머뭇거리다가 고개를 젓는다.

"이 간호사가 어머니에게 사진을 보내왔는지도 모르잖아요."

"아니야!"

"이걸로 아버질 협박하려고 말이에요."

"로지에겐 돈이 필요 없어."

"이 여자 이름이 로지예요?"

"아냐! 제발 부탁이야, 조지프. 더는 알려고 하지 마."

나는 그 이름을 알고 있다. 나는 다시 사진을 들여다본다. 다리를 꼬고 앉은 간호사의 제복은 허벅지까지 말려 올라가 있다. 블라우스는 단추가 두 개나 풀려 있고.

"이 여자가 로지 패시지인가요?" 나는 묻는다.

어머니는 아무 반응이 없다.

충격에 휩싸인 나는 그 이름을 다시 불러본다. 케네스의 아내. 데이비드의 어머니. 순간 콘월에서 함께한 휴가의 추억이 물밀 듯이 밀려든다. 서핑, 뱃놀이, 비치 크리켓. 나는 종종 데이비드, 프랜시스 형제와 방을 같이 썼고, 로지는 밤마다 두 아들에게 굿나잇 키스를 퍼붓곤 했다.

"넌 키스를 받기엔 너무 컸어." 그녀는 내 침대 가장자리에 걸터앉아 말했다.

"맞아요." 나는 당당하게 대꾸했다. 사실은 그 반대였지만. 솔직히 나는 그녀의 키스를 받고 싶어 안달이 난 상태였다.

그로부터 십 년쯤 후, 영화 〈졸업〉을 보면서 나는 로지를 떠올렸다. 로지는 나의 로빈슨 부인이었다. 내 청소년기의 사운드트랙으로 자리잡은 그 앨범을 나는 닳아 해질 때까지 반복해 들었다.

"케네스 아저씨도 아셨어요?" 나는 불편한 기색 가득한 어머니에게 묻는다.

"다 지나간 일이야."

"정말 그렇게 생각하세요?"

"그래." 어머니가 야무지게 대답한다.

"엄만 로지 아줌마랑 친하셨잖아요. 두 집이 모여 휴가도 같이 다녔고. 왜 그러신 거죠?"

"용서했으니까. 너도 용서란 걸 한번 해봐, 조지프." 어머니가 아버지를 흘끔 내려다본다. "아버진 네가 생각하는 것만큼 대단한 사람이 아니야."

"아버진 저를 무슨 대단한 사람이라도 되는 양 대하셨잖아요."

"그 책임은 두 사람 모두에게 있어."

●

　　세면대에는 자주색 염색약이 묻어 있다. 에마의 짓이다. 찰리는 문간에 서 있다. "죄송해요. 에마가 샤워하는 줄 알았는데……."
　　"얼마나 심한데?"
　　"그냥 조금요."
　　"자주색?"
　　"네."
　　"염색약이 어디서 났지?"
　　"앤디가 쓰던 거예요."
　　에마는 잠들어 있다. 나는 딸이 깨지 않게 조용히 방으로 들어가 데미지를 눈으로 확인한다. 보기 좋았던 아이의 갈색 머리에는 5센티 너비의 자주색 줄이 왼쪽 귀 위로 길게 나 있다. 자세히 보니 그 줄은 곧은 직선도 아니다.
　　"내일 다른 색으로 염색하면 돼요." 찰리가 속삭인다.
　　"내일 미용실에 데려가야겠어."

"죄송해요."

"사과는 그만해."

나는 찰리와 함께 화장실에 들어가 증거를 없앤다. 에마가 사용한 수건은 살려낼 방법이 없다. 청소를 마친 후 나는 뜨거운 물에 들어가 욱신거리는 몸을 담근다.

잠자리에 들기 전, 나는 다시 에마를 살펴본다. 딸은 옆으로 누워 자고 있다. 주먹 쥔 한 손으로 턱을 괸 채로. 침대에는 봉제 인형들이 어지럽게 널려 있다. 그런 걸 갖고 놀 나이는 진작 지났는데. 아이의 머리 옆에는 낡을 대로 낡은 작은 파란색 담요가 놓여 있다. 에마가 아기 때부터 보물처럼 아껴온 것이다. 아이들은 누구나 자신이 끔찍이 여기는 물건을 하나씩은 갖고 있다. 그것은 특별한 의미가 담긴 장난감일 수도 있고, 작은 천 조각일 수도 있다. 위안을 주거나 자신을 보호해주는 아이템. 에마는 일곱 살 이후로 이 담요를 덮지 않았다. 그럼에도 담요는 상자나 장롱 안으로 좌천된 적이 없다. 매일 밤, 아이는 담요를 고이 개어 머리 옆에 놓아둔다. 언제든 손을 뻗으면 닿을 수 있게. 가끔 담요를 끌어가 냄새를 맡기도 한다. 마치 자신이 아직 살아 있음을 상기하려는 듯이.

돌아서서 나오려는데 베개 밑으로 삐죽 튀어나온 책이 눈에 들어온다. 나는 그걸 조심스레 집어 들고는 유심히 살펴본다. 교장을 만나러 학교에 갔을 때 에마가 무언가를 휘갈겨 적던 노트다. 짧은 메모와 그림들로 가득 채워진 걸 보니 일기장인 듯하다. 나는 노트를 펼쳐 들고 야간 조명에 비추어 본다. 독일 병정의 머리를 한 허수아비 그림. 까맣게 찍어놓은 두 개의 눈과 씩 웃고 있는 입. 뼈만 앙상한 두 팔은 십자가에 걸쳐져 있고, 갈고

리발톱 같은 손가락은 땅에 닿을 만큼 길게 늘어져 있다.

나는 이게 누구인지 안다. 누더기 맨. 에마의 악몽 속 악당이다. 남들이 어릿광대나 높은 다리나 잠에 빠져드는 걸 두려워할 때 에마는 신기하게도 허수아비를 극도로 무서워했다. 아주 어릴 적부터 그랬다. 더 놀라운 건 허수아비 공포증이 실재하는 질환이라는 사실이다. 포르미도포비아(Formidophobia). 우리가 웰로우에 살 때 에마는 주말 산책에 나서거나 연을 날리거나 강에서 낚시하기 전, 반드시 들판을 살펴봐줄 것을 내게 주문하곤 했다. 런던에 온 후로 누더기 맨을 잊었을 거라 생각했는데 놈의 그림으로 가득 찬 노트를 보니 그게 아닌 모양이다. 종이가 뚫릴 만큼 꾹꾹 눌러 그린 눈들도 보인다. 손에 칼을 쥔 채 의자에 앉아 있는 버전의 허수아비도 있고. 가슴이 철렁 내려앉는다. 아버지가 돼서 어떻게 이걸 모를 수가 있었지? 아버지 문제로 정신이 없어 딸의 트라우마를 제대로 살피지 못한 내 탓이다.

에마는 몇 달 전 초경을 했다. 그때도 나는 찰리를 시켜 동생에게 앞으로 무얼 어떻게 해야 하는지 친절히 가르쳐줄 것을 당부했다. 당연히 어머니가 해야 할 일임에도. 아내가 없으니 내 일이 돼버렸음에도. 모든 일에 만반의 준비가 돼 있어야 했지만 나 자신의 비탄에 갇혀 에마를 방치하고 말았다. 아이 혼자서 극복해내도록 내버려두고 말았다.

찰리의 마음의 상처는 어느 정도 치유된 상태다. 하지만 에마는 아직도 어두운 터널을 벗어나지 못하고 있다. 에마는 런던으로의 이사를 반대했다. 언니가 타지 대학에 진학하는 것도 원치 않았고. 에마는 웰로우의 작은 시골집에 남아 아무것도 변하지 않은 척하며 태연하게 살고 싶어 했다. 모든 게 변했음을 누구보다 잘 알면서도. 딸은 몽유병자가 돼버렸고, 내게 전달해야 하는 중요한 서신을 숨기기까지 했으며, 여전히 노트에 누더기 맨을 그려대며 악몽에서 헤어나지 못하고 있다. 친구도 제대로 만들지 못하고, 점점 스스로를 고립시켜가는 중이다.

언젠가 빅토리아 나파르스텍은 상실의 비탄을 겉으로 드러내지 못하는 나를 "병적인 상주"라 부른 적이 있다. 나는 그렇지 않다고 반발했다. 참혹한 사건을 다시 체험하고 차근차근 곱씹어본 후 철 지난 여름옷처럼 다락에 고이 모셔두는 방법으로는 비탄을 극복할 수 없다. 나는 그녀의 방식에 결코 동의할 수 없다. 왜 그걸 멀리 처박아놓아야 하지? 줄리앤을 잃었다고 아내의 기억까지 싹 잊어야 하나? 남의 비탄은 나의 비탄과 다르다. 남의 상실이 나의 상실과 다르니. 줄리앤을 처음 만난 그날 트래팔가 광장의 술집에 나와 함께 있지 않았다면, 아내와 첫 키스를 했을 때, 아내의 손에 반지를 끼워주었을 때, 두 아이를 낳는 동안 아내의 손을 잡아주었을 때 그 자리에서 함께하지 않았다면, 무수했던 우리의 특별한 순간들을 곁에서 지켜보지 않았다면, 그 누구도 내 비탄을 이해한다고 함부로 나설 수 없다. 나는 줄리앤이 죽음을 맞게 된 사정을 되새길 필요가 없다. **바로 곁에서 지켜봤으니.** 그 사실을 믿지 않을 이유도 없고. **바로 곁에서 지켜봤으니.** 그냥 순순히 인정하고 변화에 적응할 뿐이다. **바로 곁에서 지켜봤으니.**

에마에게 비탄에 당당히 맞서라고, 꽁꽁 감추고 싶은 감정을 함께 나누라고 강요할 수 없다. 함부로 추정하고 속단하는 것도 안 된다. 딸이 알아서 입을 열 때까지 묵묵히 기다려야 한다. 그리고 그날이 오면 귀를 활짝 열고 열의를 다해 들어주어야 한다.

침대에 누워 천장을 물끄러미 올려다본다. 내 안에서 비이성적으로 분노가 쌓여가는 게 느껴진다. 이 시한폭탄이 언제 터질지는 알 수 없다. 언젠가는 끝도 없는 우물에 대고 고래고래 비명을 질러댈 날이 분명 올 것이다. 그 누구를 탓해서도 안 된다. 나도, 에마도, 줄리앤도, 유언도, 아버지도, 신도, 운명도, 누더기맨도. 인생은 공평하지도, 불공평하지도 않다. 그저 체념하고 받아들일 수밖에.

## 11일째

케네스와 로지 패시지는 윈저 성에서 직선거리로 2킬로미터도 안 되는 버크셔에 살고 있다. 마을에 이르자 나무들 틈으로 왕궁의 작은 탑과 첨탑들이 나타났다 사라지기를 반복한다.

좁은 도로를 벗어나와 기둥이 세워진 정문 앞에 차를 세운다. 기둥에는 "아슬란 하우스"(『나니아 연대기』에 나오는 그 사자)라 새겨진 놋쇠 현판이 붙어 있다. 굽어진 진입로 양옆으로는 떡갈나무가 늘어서 있다. 나는 정자와 연못과 크로케 전용 잔디 구장을 차례로 지나쳐 달려나간다. 그리고 차고로 개조된 마구간에 차를 세운다. 현관 앞 계단을 올라서는 엄지손가락으로 작은 정찬용 접시만 한 초인종 버튼을 누른다. 젖빛 유리 뒤에서 형체가 움직이더니 로지가 문을 연다.

육십 대에 접어든 그녀는 여전히 매력적이다. 백발이 된 머리, 높은 광대뼈, 그리고 여전한 몸매. 트위드 스커트에 실크 블라우스를 걸친 그녀는 맨얼굴임에도 마치 〈컨트리 라이프〉 화보에 긴급 투입해도 무방할 만큼 아름답다.

"누구시죠?" 그녀가 묻는다. 하지만 이내 나를 알아보고 꺅 비명을 지른다. "조지프!" 그녀가 달려나와 나를 와락 끌어안는다. 그리고 다시 떨어져 내 얼굴을 유심히 쳐다본다. "연락도 없이 웬일이야? 깜짝 놀랐잖니!"

"안녕하세요, 패시지 부인."

"맙소사! 그냥 편하게 로지라고 불러." 그녀가 다시 내게 안긴다. "윌리엄 소식은 들었어. 좀 어떠시니?"

"별 차도가 없으세요."

"우리가 기도 많이 하고 있어."

"아주머니가 이토록 독실하신지 몰랐어요."

그녀가 웃음을 터뜨린다. "나이가 드니 없던 신앙심도 생기더구나."

"나이가 드시긴요. 조금도 안 변하셨어요."

그녀가 또다시 웃음을 터뜨리고는 내 팔짱을 꼈다. 마치 무도회장으로 그녀를 에스코트하는 기분이다.

"코트 이리 줘. 그간 잘 지냈어? 아이들은 잘 크고? 다들 상심이 컸을 텐데. 장례식 후론 통 못 봤네. 장례식장에서도 경황이 없어서 제대로 얼굴을 못 봤는데."

"다들 잘 지내고 있어요. 저도 그렇고." 나는 말한다. 거짓말이 반쯤 섞인 대답이다.

"애들은 원래 어른보다 적응이 빨라. 다들 그럭저럭 극복하더라고. 우리 영국인들이 좀 그렇잖니. 대충대충, 그럭저럭."

나는 로지를 따라 현관 안의 넓은 홀을 가로질러 거실로 향한다. 체스터필드 소파가 갖춰진 거실 한쪽에는 커다란 퇴창이 나 있다. 벽난로 위 선반은 데이비드와 프랜시스의 사진들로 꾸며져 있다. 반듯하게 접어 유리 상자에 담아둔 유니언 잭과 훈장들도 보이고. 로지는 경의를 표하듯 손끝으로 그것들을 살며시 훑어나간다.

"프랜시스, 기억하지? 응?"

"물론이죠."

"그 앨 떠나보냈을 때 우린 죽고 싶은 마음뿐이었어. 하지만 어쩌다 보니 꾸역꾸역 살아지더라." 그녀가 유리 상자를 계속 더듬어나가며 말한다. "아직도 그리워 미치겠어. 사람들은 얘기하지. 자식을 편애해선 안 된다고. 다들 특별한 존재라고. 하지만 내게 프랜시스는 특히 더 특별한 아이였어."

그녀는 자신에게 짜증이 난 듯한 표정으로 촉촉해진 눈가를 훔친다. "여긴 너무 추운데. 우리 주방에서 얘기하자. 혹시 케네스를 보러 온 거니? 그이는 지금 물리치료를 받고 있어. 금방 끝나니까 걱정하지 마."

나는 그녀를 따라 널찍한 주방으로 들어간다. 주방은 전기 아가 스토브의 열기로 후끈하다. 아일랜드 벤치 위로는 온갖 취사 도구가 주렁주렁 매달려 있다. 창밖으로 서리 내린 뒤뜰을 가로지르는 사륜 오토바이가 보인다. 쫑긋 세운 귀와 짧은 꼬리를 가진, 커다란 검은색과 황갈색 도베르만 핀셔 두 마리가 오토바이를 쫓아 뛰고 있다.

"유진이야." 로지가 말한다. "뒤뜰에 연못을 만들고 있어. 케네스가 송어 낚시를 하고 싶어 해서."

"그게 가능한가요?"

"글쎄다." 로지가 웃음을 터뜨린다. "시간이 남아도니 저러고 노는 거겠지. 애들처럼."

유진은 사륜 오토바이를 채굴기 옆에 세워놓고 요란하게 짖어대는 개들과 잠시 엉겨 붙어 놀다가 채굴기에 올라 시동을 건다. 조종 장치에 얹어진 그의 두꺼운 팔뚝이 가볍게 진동한다.

쌍여닫이문 너머 일광욕실에서 남자의 비명이 터져나온다. 자세히 보니 케네스가 마사지 테이블에 누워 있다. 파란 제복 차림의 여자가 그의 다리를 스트레칭시키는 중이다.

"어린애처럼 엄살은." 로지는 남편의 시련을 모른 척한다. "이번 달에만 물리치료사를 세 번이나 갈아치웠어."

"효과는 좀 보셨나요?"

"아주 조금." 그녀가 주전자에 물을 받으며 말한다. 주전자에는 손으로 뜬 바다거북 모양 덮개가 씌워져 있다.

"두 집이 모여 휴가를 보냈던 기억 나니?" 로지가 묻는다.

"물론이죠."

"네가 데이비드랑 프랜시스를 정말 잘 챙겨줬었는데."

"저보다도 누나들이 잘 챙겨줬죠. 그런데 콘월엔 왜 발길을 끊으셨어요?"

"애들이 싫증을 내서 말이야. 마침 토스카나라는 더 나은 옵션도 생겼고."

"정말 그 이유뿐이었나요?"

"응."

나는 재킷 주머니에서 사진을 꺼내 테이블에 내려놓는다. 로지는 호기심에 찬 얼굴로 사진을 흘끗 들여다본 후 계속 차를 따랐다.

"사진 속 여자, 아주머니가 맞으시죠?" 나는 묻는다.

"응."

"저희 아버지에게 키스하고 계시네요."

"아니. 네 아버지가 내게 키스하고 있는 거야."

그녀는 애석한 듯 한숨을 내쉬며 또다시 사진으로 시선을 가져간다. "윌리엄은 정말 잘생겼었어."

"하지만 유부남이셨죠."

"오래전 일이야. 내가 케네스를 만나기도 전이었다고. 열여덟 살 때였나? 아무튼 어리고 어리석었을 때였어." 그녀가 대수롭지 않다는 듯 한 손을 들어 살랑여 보인다.

"이 사진이 찍히고 몇 시간 지나서 아버진 긴급하게 임산부의 수술을 집도하셨어요. 그렇게 태어난 아이는 심각한 심신장애를 갖게 됐고요."

"네 아버진 그 여자의 목숨을 살려냈어."

"아주머니도 기억하시는군요."

"그래."

"그때 아버지가 마약에 취해 계셨었나요?"

"아니."

"당시 파티나 병원 응급실에 함께 있었던 누군가가 보내온 편지를 봤어요. 그게 아주머니였어요?"

그녀는 흠칫 놀라는 반응이다. "내가 윌리엄을 곤란하게 만들 이유가 없잖니."

"이 사진은 분명 보신 적 있으시죠?"

로지는 고개를 끄덕인다. "네가 모르는 사연이 있어."

"들려주세요."

로지의 손에서 찻잔이 미끄러지면서 받침 위로 차가 쏟아진다. 그녀는 잽싸게 종이 타월을 뜯어 차를 훔쳐낸다. 주방을 가득 메운 정적이 모든 소리를 증폭시키는 것 같다.

"난 카디프에서 간호사 연수를 받았어. 거기서 윌리엄을 처음 만났단다. 네 아버진 젊고 유능한 외과 의사였어. 과로사가 걱정될 만큼 쉴 새 없이 일만 했지. 경험을 쌓는다면서 수술이 잡힐 때마다 빠지지 않고 들어갔어.

어느 날 교대 근무를 두 번 연속으로 뛴 윌리엄을 파티에 초대했어. 내가 다른 간호사들이랑 같이 사는 집으로. 밤 열 시쯤 대형 트럭 하나가 정지 신호를 무시하고 달려와 시내버스를 들이받는 사고가 났어. 현장에서 즉사한 승객들도 있고, 중상을 입고 죽어가는 승객들도 있었지. 신나게 파티를 즐기고 있는데 병원에서 위급 상황이라며 복귀하라는 전화가 걸려왔어. 당시 난 수습 간호사였지만 어떻게든 돕고 싶어 병원으로 달려갔지."

"아주머니도 그때 마약을 한 상태였나요?"

"마약 얘긴 꺼내지도 마." 그녀가 톡 쏘듯이 말한다. "그게 중요한 게 아니니까."

"아버지와는 얼마나 오래 사귀셨죠?"

"누가 그러니? 우리가 사귀었다고?"

"누구라도 그렇게 생각하지 않겠어요?"

"딱 한 번 키스만 했을 뿐이야. 난 네 아버지가 아니라 케네스랑 결혼했고."

자신의 이름이 언급되는 순간 나이 든 변호사가 절뚝거리며 주방으로 들어온다. 그의 손에는 반들반들한 나무 지팡이가 쥐어져 있다. 운동복 바짓단 아래로 드러난 앙상하고 창백한 발목이 깨끗하게 발라먹은 닭 뼈를 연상시킨다. 그의 발에는 타탄 무늬 슬리퍼가 신겨져 있다.

"물리치료사 대신 사디스트를 채용한 거야?" 그가 로지에게 묻는다. 그는 손님이 와 있음을 깨닫지 못한 듯하다. "저 여자, 날 죽이려 들던데, 설마 당신이 꾸민 일 아니야? 날 죽이고 나서 젊은 남자랑 재혼하려고?"

"그거 괜찮은 생각이네." 로지가 웃음을 터뜨리며 과장되게 눈을 굴린다.

"너무 아프잖아."

"난 애를 둘이나 낳았어. 지금 누구 앞에서 엄살이야?"

케네스가 냉장고에서 물을 꺼내와 글라스에 따라 마신다. 그의 손목은 짙은 반점과 울퉁불퉁한 정맥으로 뒤덮여 있다. 소매로 입을 훔치던 그가 뒤늦게 나를 알아본다.

"조지프!" 그가 로지를 돌아본다. "조지프가 왔다고 왜 진작 얘기 안 했어?"

"방금 왔어."

"좋아 보이시네요, 아저씨."

"좋아 보이긴! 다 죽어가는데 뭐." 그는 지팡이를 왼손에 바꾸어 들고 내게 악수를 청한다. "네가 올 줄 몰랐는데." 그가 또다시 로지를 돌아본다. 그녀는 고개를 저어 보인다.

"먼저 연락을 드렸어야 하는데, 죄송해요. 제가 아저씨 댁 번호를 몰라서."

"저런." 그가 빙긋 웃는다. "차는 마셨고?"

"네."

"자, 그럼 우리 서재로 가서 얘기할까? 로지, 얼음 좀 가져다줘."

"스카치 마시면 안 돼요."

케네스가 한숨을 내쉰다. "죽을 날 받아놓고 있는 사람이 술 한잔 하는 게 뭐 어때서 그래?"

나는 책으로 빽빽이 채워진 방으로 안내된다. 서재 한쪽에는 뜰이 훤히 내려다보이는 큰 창문이 나 있다. 창턱에 엎드려 자고 있던 통통한 하얀 고양이가 하품을 하며 기지개를 켜다가 다시 몸을 웅크린다.

케네스는 창가에 서서 채굴기 바퀴에 붙은 진흙을 떼어내고 있는 유진에게 손을 흔들어 보인다. 먼발치에서는 토끼들을 쫓는 개들이 보인다.

"프랜시스의 군대 동기인데, 좋은 아이야. 제대하고 찾아왔길래 내가 일거리를 만들어줬어. 적어도 그 정도는 해줘야지, 안 그래? 이젠 우리 가족의 일원이 됐어."

나는 가죽 광택제 냄새가 풍기는 안락의자로 다가가 앉는다.

"윌리엄은 좀 어때?" 그가 묻는다.

"똑같으세요."

케네스가 서류 캐비닛을 열고 글라스 두 개와 스카치위스키 한 병을 꺼내온다. 그는 술병 마개를 따며 나를 쳐다본다. "로지에겐 비밀이야, 알았지?"

"저는 괜찮아요." 나는 말한다.

그는 위스키를 따르고 나서 글라스를 허벅지 사이에 꽂아놓는다.

"무슨 일로 날 찾아왔니, 조지프?"

"올로클린 재단이 9백만 파운드를 도난당했어요."

케네스가 특대형 만년필을 집어 들고 손가락 마디를 움직여 빙글빙글 돌리기 시작한다.

"아저씨도 알고 계셨죠?"

"그래."

"어떻게 아셨나요?"

"윌리엄의 연락을 받았어. 법률 자문을 구하고 싶다나. 난 네 아버지에게 회계 감사를 당장 멈추라고 했어. 그냥 묻어버리라고."

"은폐하라고 조언하셨다고요?"

"순진한 척하지 마, 조지프."

**지금껏 누구에게도 순진하다는 얘길 들어본 적 없었는데.**

케네스가 위스키를 한 모금 넘기고 다시 글라스를 허벅지 사이에 숨겨놓는다. "난 그저 윌리엄에게 절차를 좀 지연시키라고만 조언했을 뿐이야. 재단에 자금이 충분했으니 몰래 덮어버리면 손쉽게 해결될 문제였거든. 나중에 탈이 나면 그건 그때 수습하면 되는 거고."

"아버지가 돌아가신 후에 말씀인가요?"

"그럼 깔끔하잖아."

"그 돈을 누가 챙겨갔는지 아버지가 말씀 안 하시던가요?"

케네스의 톤이 한층 부드럽고 온화하게 바뀐다.

"네 아버지가 몇 가지 부분을 시인했어."

"아버지가 자백을 하셨다고요?"

"음, 그게 말이다, 조지프, 네 아버지에겐 부양할 가족이 둘이나 됐어. 섣불리 투자했다가 손해도 좀 봤고. 게다가 금융 붕괴로 세상이 어수선할 때였거든. 난 진작 내게 털어놓지 않은 그를 질책했어. 진작 알았다면 어떻게라도 손을 써볼 수 있었을 텐데." 내게 이 정보가 충분히 이해되도록 그가 잠시 말을 멈춘다. "그래도 네 아버진 그 돈을 갚기 위해 나름대로 최선을 다했어."

"어떻게요?"

"그에겐 계획이 있었어. 내게 자세한 내용은 들려주지 않았지만. 내가 그 일에 엮이는 걸 바라지 않았거든."

"경찰에도 이 내용을 알려주셨나요?"

"이 정보엔 비밀 보장 조항이 있어서 경찰에 알릴 수 없었어."

"엄연한 수사 방해 아닌가요?"

"윌리엄은 내 의뢰인이야. 난 그의 변호사고."

케네스가 스트레칭하듯 두 손을 쫙 폈다가 다시 무릎 위로 떨어뜨린다.

나는 법률 서적과 대중 소설들 틈에 진열된 가족사진들을 찬찬히 둘러본다. 대부분 그의 자식과 손주들 사진이다. 어린 시절의 프랜시스와 데이비드 사진도 보인다. 케네스가 허리 깊이의 파도 치는 바다에 서서 어린 아들을 눈부신 햇살 속으로 번쩍 던져 올리는 사진도 있다. 선반 맨 위 칸에는 결혼사진이 놓여 있다. 사진 속 로지는 결혼식 화동으로 착각할 만큼 앳되어 보인다. 그녀는 하얀 미니 드레스에 챙 넓은 모자를 썼다. 60년대다운 모습이다. 보헤미안 스타일. 자세히 보니 임신을 했는지 그녀의 배가 살짝 불러 있다. 임신 중반기쯤 되어 보인다. 점점 티가 나기 시작할 무렵.

내 누이들이 신부 들러리로 나섰다. 아버지는 신랑 들러리였고. 카메라는 로지가 케네스 너머로 윌리엄을 바라보며 환히 미소 짓는 순간을 절묘하게 포착했다.

"베타니 디마르코에 대해 아세요?" 나는 묻는다.

숙여졌던 케네스의 고개가 번쩍 들린다. 그의 얼굴에는 완전히 다른 표정이 떠올라 있다. 책장 쪽으로 돌아간 그의 시선이 마구 흔들린다.

"네 아버지가 매년 수표를 부쳐왔어."

"의료 과실이 맞나요?"

"법적으로 책임은 없었지."

"저도 판결문을 읽어봤어요. 아버지 측 변호사들이 결정적인 증거를 없애거나 조작한 의혹을 받았더군요. 혹시 그게…… 아저씨셨어요?"

오므라진 케네스의 입이 깊은 주름 속으로 사라진다. "다 지나간 일이야."

"아저씬 범죄를 저지르신 거예요."

"윌리엄을 위해 한 일이었어."

"아버질 위해 감옥에라도 가실 각오까지 하신 거예요?"

"내 친구니까. 입장이 바뀌었을 때 네 아버지도 날 위해 그랬을 테니까. 난 그저 내 할 일을 했을 뿐이야, 조지프. 난 그의 뒤를 봐주고, 그는 내 뒤를 봐주고. 우린 그런 관계야."

케네스의 톤은 내 것만큼이나 공격적이다. 그때 문에서 노크 소리가 들려온다. 로지가 들어오자 케네스가 허벅지 사이에 감춰놓은 글라스를 흘끔 내려다본다.

"두 시에 병원 가는 거, 알지?" 그녀가 말한다.

"알아, 알아." 그가 한숨을 내쉬며 말한다. 그가 머금었던 분노는 어느새 증발해버렸다. 로지가 미안해하는 눈빛으로 나를 쳐다보며 방을 나선다. 문을 활짝 열어놓은 채로.

"줄리앤이 세상을 뜬 후 날 찾아오지 그랬어?" 케네스가 말한다. "병원을 고소했어야지."

"아저씬 이미 은퇴하신 후였잖아요."

"데이비드가 알아서 잘 챙겨줬을 텐데."

"그건 그냥 사고였어요."

"아니. 레드 와인을 쏟거나 발가락이 차이는 게 사고지. 사람의 목숨을 앗아간 건 사고가 아니야."

"그런다고 죽은 줄리앤이 살아 돌아오진 않잖아요."

"적어도 네 기분은 한결 나아졌을 게 아니냐."

그는 틀렸다. 비록 나를 위하는 마음은 가상하지만.

케네스가 지팡이를 짚고 천천히 몸을 일으킨다. 대화를 더 이어가지 않겠다는 신호다. 로지는 내 팔짱을 끼고 자갈 깔린 진입로를 따라 차가 있는 곳까지 배웅한다.

로지를 발견한 개들이 귀를 쫑긋 세운 채 앞뜰을 가로질러 맹렬히 달려온다. 미끄러지듯 멈춰 선 녀석들이 야단스럽게 폴짝대자 로지는 웃음을 터뜨리며 얌전히 있으라고 명령한다. 개들은 코를 들이밀고 내 신발과 바짓단 냄새를 맡는다.

"유진이 얘들을 데려가 키우고 싶어 해. 하지만 절대 안 돼. 얘넨 남매 사이거든." 로지가 개들의 귀 뒤를 살살 문지른다.

그때 뜰 너머 어딘가에서 높은 음조의 휘파람 소리가 들려온다. 개들은 하던 짓을 멈추고 한 쌍의 조각상처럼 일제히 돌아선다. 녀석들의 시선은 먼발치 유진에게 고정돼 있다. 두 번째 휘파람 소리가 들려오자 개들이 다시 뜰을 가로질러 채굴기를 향해 달려간다.

"케네스에게 사진에 대해 아무 말 안 해줘서 고마워." 로지가 말한다.

"얼마나 지속됐나요? 아버지와의 관계?"

"관계라고 할 것도 없어. 그냥 철없는 여학생의 열병 같은 짝사랑에 불과했을 뿐이야."

"케네스 아저씨도 알고 계셨나요?"

"물론이지. 하지만 굳이 그이에게 상기시킬 필요는 없잖니." 그녀가 씁쓸한 미소를 머금어 보인다. "보다시피 케네스와는 무탈히 잘 살고 있어. 그이는 좋은 남편이고, 좋은 아버지야. 함께 비극도 겪었지만 인생이 원래 다 그런 거 아니겠니? 어둠이 없으면 빛의 소중함을 알 수 없듯이 말이야."

그녀가 내 볼에 입을 맞춘다. 그녀에게서 향수 냄새가 물씬 풍겨온다. 나는 순식간에 콘월로 되돌아간다. 수십 개의 연이 거센 바람에 춤을 추던 어느 8월 오후의 해변으로. 내 연을 가지러 숙소로 달려갔던 기억이 떠오른다. 부모님 침대 밑에서 커다란 여행가방을 끄집어내려는데 문이 벌컥 열리면서 아버지의 목소리가 들려왔다. 아버지는 보이지 않는 파트너를 부둥켜안고 무언가를 속삭이는 중이었다.

몸을 바짝 밀착시킨 두 사람은 연신 웃음을 터뜨리며 서로에게 격정적인 키스를 퍼부었다. 나는 황급히 침대 밑으로 기어들어갔다. 잠시 후, 침대 양옆으로 브래지어와 속바지와 뜯긴 포일 포장지가 속속 떨어졌다. 아버지의 바지가 발목까지 내려졌고, 이내 매트리스가 밑으로 푹 꺼졌다. 나는 내려앉은 침대 스프링에 눌리지 않게 얼굴을 한쪽으로 돌려놓았다. 여자의 신음 섞인 목소리가 들려왔다. 그건 분명 어머니의 목소리가 아니었다. 그리고 그 확신은 그때나 지금이나 변함이 없다.

●

 수업을 마친 에마가 책가방을 멘 채 걸어나온다. 푹 눌러쓴 밀짚모자가 딸의 눈을 가려놓았다. 삼삼오오 짝을 이룬 다른 아이들은 서로에게 장난을 치며 인사를 나누고 있다. 에마는 발을 질질 끌며 그들을 지나쳐버린다. 그 누구와도 인사를 나누지 않고. '어릴 땐 친구보다 무리가 필요하다.' 젤다 피츠제럴드가 한 말이다. 하지만 에마에겐 둘 다 없다.
 나는 바짝 다가온 딸의 책가방을 받아 든다. 에마는 내 넓은 보폭에 맞춰 빠르게 걸음을 옮겨나간다.
 "오늘 저녁은 외식으로 할까?" 나는 말한다. "아빠랑 너랑, 단둘이만."
 "찰리는요?"
 "언니는 할아버지 뵈러 병원에 갔어."
 "어디로 갈 건데요?"
 "그건 네가 골라."
 "정말요?"

"어디든 상관없어. 아빨 파산시킬 만한 곳이 아니라면."

집에 돌아온 에마는 신속히 숙제를 해치우고 외출 준비에 들어간다. 데님 스커트, 레깅스, 그리고 앵클 부츠. 열두 살이 아니라, 열여섯 살 같아 보이는 옷차림이다. 딸이 내 앞에서 한 바퀴 빙 돌아 보인다. 얼굴에 화장기도 보이는 듯하고. 아직 찰리만큼은 예쁘진 않지만 에마는 흥미로운 얼굴을 가졌다. 감정이 충만한 눈과 양쪽 꼬리가 살짝 내려간 활 모양의 입술.

"이유 없이 짜증이 난 표정이에요." 언젠가 에마는 내게 말했다. "실망한 것도 아니고, 슬픈 것도 아니고."

"전혀 그렇게 안 보이는데?"

"내 얼굴은 내가 제일 잘 알아요, 아빠."

아이가 고른 레스토랑은 레스터 스퀘어에 자리한 미국 스타일 버거 바, 쉐이크쉑이다. 십 대 아이들과 관광객으로 발 디딜 틈이 없다. 우리는 치즈버거, 밀크셰이크, 그리고 회오리 모양의 감자튀김을 주문한다. 자주색으로 염색한 딸의 머리가 네온 불빛을 받아 더 튀어 보인다. 바로 옆 테이블에는 남자아이 셋이 앉아 있다. 그들은 에마를 흘끔 쳐다보며 서로의 옆구리를 쿡쿡 찔러댄다. '얜 겨우 열두 살이야.' 나는 녀석들에게 경고하고 싶었다. 하지만 그들도 에마만큼이나 앳되어 보인다. 그 나이 때 나를 생각하면 여드름과 치아 교정기와 괴상한 패션 감각만 떠오를 뿐이다. 깨끗한 피부에 투명 교정기, 그리고 멋들어진 머리 스타일로 무장한 이 녀석들과는 비교 자체가······.

에마는 그들의 시선을 의식하는지 수줍게 미소를 머금는다. 왜 굳이 녀석들을 부추기는 거지?

나는 본능적으로 딸을 보호하고 싶어졌다. 아이가 갈망하는,

그리고 머지않아 갈망하게 될 모든 것들로부터. 모험. 존경. 사랑. 흥분. 몇 년 안에 옆 테이블 소년들은 에마와 모든 부분에서 공감을 나누게 될 것이다. 그럴수록 딸과 나 사이의 벽은 점점 더 높아져만 갈 테고.

"아빠가 소개하고 싶은 사람이 있는데, 만나볼 생각 있니?" 나는 딸의 관심을 돌리기 위해 묻는다. "빅토리아라는 아주 좋은 아줌마야. 아빠 친구인데…… 심리 치료사야."

"그건 저번에도 물으셨잖아요."

"알아. 하지만 중요한 문제라서 다시 묻는 거야."

"엄마에 대해선 누구와도 얘기하고 싶지 않아요."

"지금껏 마음속에만 꽁꽁 담아두고 지내왔잖니."

"그럼 안 돼요? 엄만 죽었어요. 사람들은 엄마가 내 기억 속에 살아 있다고 하지만 그건 사실이 아니에요. 엄만 유령이 아니라고요. 엄만 천국에 가지도 않았어요. 죽으면 그걸로 끝나는 거예요."

**언제 내 딸이 이렇게 냉소적으로 바뀌었을까?**

"엄마에게 화가 난 모양이구나."

"맞아요."

"왜?"

"그냥 떠나버렸잖아요. 우린 아직 여기 있는데."

"엄마가 원해서 그런 건 아니잖니."

"아빠에게도 화가 나요."

"나에게도?"

"아빤 마치 아무 일도 없었던 것처럼 행동하잖아요. 그냥 평소대로 출근하고. 나도 평소대로 학교에 가고. 찰리는 대학교로 달아나버렸고. 엄마가 죽은 게 별일 아니라는 것처럼."

"그렇게 하지 않았으면? 우리가 뭘 어째야 했지?"

에마가 답답하다는 듯 한숨을 내쉰다. "더 마음 아파했어야죠."

**지금보다 더 마음이 아플 수 있을까?**

"네 기분 이해해." 나는 말한다. "아빠도 엄마가 그리워 미치겠어. 이런저런 것들을 부담 없이 물어볼 수 있는 상대가 곁에 없다는 사실이 너무나 가슴 아프고."

"어떤 걸 묻고 싶은데요?"

"엄마가 곁에 있다면 너에 대해 묻고 싶어."

"그런 건 찰리에게 물어볼 수도 있잖아요."

"네 엄만 아주 현명한 사람이었어. 정말 나쁜 사람들을 상대할 때도 그들 안의 선량함을 꿰뚫어 보려 애썼지."

에마는 빨대로 밀크셰이크 바닥에 남은 아이스크림 덩어리를 휘휘 저어댄다.

"아빠가 엄마 역할까지 하는 게 싫어요."

"왜?"

"너무 힘드니까요."

"그래도 아빤 그러고 싶은데. 엄마가 지금 여기 있다면 묻고 싶은 게 있니?"

에마는 미간을 찌푸린 채 잠시 골똘한 생각에 잠긴다. "내가 엄마 무덤을 자주 찾지 않아서, 그리고 아직도 엄마 사진을 보려 하지 않아서 엄마가 서운해하면 어쩌나 걱정이에요."

"엄만 전혀 서운해하지 않아."

"정말요? 우린 여기서 햄버거랑 밀크셰이크 먹으면서 아무 일 없었던 것처럼 놀고 있잖아요."

"엄마 얘길 나누고 있잖아. 엄마도 흐뭇해하고 있을걸."

"춥지 않을까요?"

"응? 뭐가?"

"땅속에 들어가 그렇게 누워 있으면 말이에요. 죽으면 아무 느낌도 없다는 거 알지만 우리가 입혀준 드레스 차림으로 땅속에 누워 있는 엄마의 모습이 자꾸 떠올라요. 그것만 걸치고 있으면 많이 추울 텐데."

아이는 줄리앤이 묻힐 때 걸쳤던 드레스를 얘기하고 있다. 갑자기 목이 메어온다.

"엄만 왜 그렇게 됐죠?" 에마가 묻는다.

"그냥 운이 나빴던 거야."

"다른 사람이 엄마에게서 행운을 앗아간 거예요?"

"운은 그런 게 아니야. 또 물어볼 거 없니?"

에마는 고개를 젓는다. 아이의 표정이 이내 환해진다.

"나보다도 아빠가 물어봐야 하는 거 아니에요? 어떻게 해야 감자를 바삭바삭하게 구울 수 있는지? 기분 나쁘게 듣지 말아요, 아빠. 하지만 아빠가 구워주는 건 정말 먹어줄 수가 없어요."

케이트는 내 아랫입술을 살며시 깨물고는 혀끝으로 내 이를 마구 훑어댄다. 지금껏 당해본 적 없는 키스다. 기분이 묘하지만 나쁘진 않다. 차가 경적을 울린다. 사람들은 함성을 지르며 박수를 친다. 운전사가 소리친다. "아예 방을 잡지 그래!" 케이트는 얼굴을 붉히면서도 키스를 멈추지 않는다. 그녀의 혀는 내 입안 깊숙이 박혀 있다.

내 휴대폰이 울어댄다. 나는 무시하고 그녀의 허리를 더 꽉 감싸 안는다. 베개를 한입 가득 물고서. 당황스럽고 민망하다. 시계를 돌아본다. 빨간 숫자가 3시 10분을 알리고 있다.

휴대폰이 다시 울린다.

"조지프?"

"올리비아?"

"미안해요. 누구에게 연락해야 할지 몰라서…… 시급을 다투는 문제가…… 저기…… 혹시 괜찮다면…….″ 그녀가 허둥대며 말한다.

"병원이에요?"

"네. 하지만 윌리엄 때문은 아니에요." 그녀가 심호흡을 하며 스스로를 진정시킨다. "유언을 찾았어요. 내 차 와이퍼에 쪽지를 끼워두고 갔더라고요. 광고지인 줄 알고 버릴 뻔했어요. 펼쳐보니 브릭스턴 주소가 적혀 있더군요."

"경찰에 신고해야죠."

"안 돼요!"

"이미 체포 영장이 발부된 상태예요."

"우리가 경찰서로 데려가면 돼요. 그게 안전한 방법이에요. 자칫하면 걔가 패닉에 빠져 자해할지도 모른다고요." 그녀의 말이 다시 빨라졌다.

"문제는 유언이 아니에요. 미카 보챔프는 어딨죠?"

"사라졌어요."

"그걸 어떻게 알아요?"

"그래서 유언이 내게 쪽지를 남겨놓은 거예요. 홀로 남겨지니 겁이 났겠죠. 조현병이 어떤 병인지 알잖아요. 당신이라면 그 앨 도울 수 있을 거예요."

나는 반박하고 싶었다. 하지만 올리비아는 너무나 단호하다. 내가 돕겠다고 나서기 전에는 결코 주소를 내놓지 않을 게 뻔하다. 나는 전화를 끊고 허둥대며 옷을 챙겨 입는다. 늘 해온, 단추를 채우고 끈을 묶는 일은 해가 갈수록 어려워진다.

나는 찰리의 방에 노크한다. 아이가 눈을 비비며 일어난다. "무슨 일이에요?"

"급히 나가봐야 해."

"이 시간에요?"

"곧 돌아올게." 나는 딸의 이마에 입을 맞춘다. "두 시간이 지나도 아빠가 안 돌아오면 빈센트 아저씨에게 전화해서 이 주소를 알려드려."

"불길한 예감이 드는데요." 찰리가 쪽지에 적힌 주소를 확인한다. "저도 같이 갈게요."

"괜찮을 거야. 넌 여기 남아서 에마나 잘 챙겨줘."

텅 빈 거리는 빗물에 젖어 반짝인다. 신호에 걸릴 때마다 내가 지금 뭘 하고 있는지 자꾸 의문이 든다. 케이트에게 연락해 주소를 알려야 마땅하지만 경찰이 정신질환자들을 어떻게 다루는지 누구보다도 잘 아는 터라 망설여진다. 내 환자 두 명도 경찰에게 피해를 보았다. 우울증으로 고생하던 데이비드 깁스는 자신의 집 복도에서 경찰이 쏜 총 다섯 방을 맞고 숨졌다. 편집적 조현증 환자였던 게리 라이트는 공원에서 고래고래 욕을 해댔다는 이유로 경찰에 체포됐다. 그 과정에서 경찰에게 목이 졸린 그는 그대로 쓰러져 숨을 거두었다. 두 사람 모두 경찰의 과잉 대응에 허망하게 목숨을 잃고 말았다.

유언은 무장한 것으로 알려져 있다. 방탄조끼를 두른 경찰은 무기를 앞세우고 그에게 달려들 것이다. 문득 불길한 기운이 엄습해온다.

20분 만에 브릭스턴에 도착한 나는 어렵지 않게 주소지를 찾아낸다. 철조망이 둘러진 건물은 버려진 공장이나 작업장인 듯하다. 색 바랜 표지판에는 "사고 차량 수리 전문"이라 적혀 있고, 전화번호에는 덧칠이 돼 있다. 녹슨 롤러식 문은 낙서로 뒤덮여 있고, 판자를 대놓은 창문들은 꼭 블랙홀 같아 보인다.

반대편에는 올리비아의 차가 세워져 있다. 후드에 손을 대보니 아직 따뜻하다. 나는 그녀의 휴대폰으로 전화를 걸어보지만 곧장 음성사서함으로 넘어가버린다.

"어디 있어요?" 나는 묻는다. "방금 도착했어요."

5분이 흘러도 답이 없다. 나는 길을 건너가 자물쇠가 채워진 정문을 몇 번 흔들어본다. 울타리를 따라 나아가니 철제 기둥 옆 철사가 끊어진 부분이 눈에 들어온다. 나는 그 끝을 살짝 들추고 안으로 기어들어간다. 반짝이는 유리 파편이 사방에 뿌려진, 심하게 얽은 아스팔트 곳곳에 잡초가 흉측하게 삐져나와 있다.

롤러식 문은 양쪽으로 단단히 걸려 있다. 나는 휴대폰 손전등으로 창문 안 통로를 비추며 천천히 나아간다. 잠시 후 열린 문을 찾아내고는 하수 가스 냄새가 진하게 풍기는 어둠 속으로 조심히 들어선다. 사방을 빠르게 훑는 손전등 불빛에 수북이 쌓인 석고보드와 비비 꼬인 케이블과 빈 드럼통들이 속속 모습을 드러낸다. 내가 움직일 때마다 벽에 드리워진 녹슬어가는 기계들의 그림자도 함께 움직인다. 격자무늬를 이룬 머리 위 철제 통로들 너머로 지붕에 커다랗게 뚫린 구멍들이 보인다. 가장자리를 따라 계속 나아가본다. 쓰레기와 음식 찌꺼기가 든 불룩한 쓰레기 봉지들이 줄지어 놓여 있다. 그중 몇몇은 옆구리가 터진 상태다. 먼발치에서 수상한 소리가 들려온다. 황급히 손전등을 끈다. 건물 뒤편에서 희미한 불빛이 아른거리고 있다.

나는 바짝 긴장한 채 열린 문 안쪽을 조심히 들여다본다. 올리비아 블랙모어가 벽에 등을 기댄 채 바닥에 앉아 있다. 위로 접힌 무릎은 가슴에 닿아 있고, 손은 보이지 않는다. 등유 램프 앞에서 유언이 빙빙 맴돌고 있다. 그는 연신 자신의 이마를 올려붙이며 웅얼거린다.

　나는 문간으로 들어선다. 올리비아가 먼저 나를 발견한다. 그녀는 휘둥그레진 눈으로 고개를 저어 보인다. 어서 달아나라는 신호다. 그때 유언의 몸이 홱 틀어진다. 그의 손에는 칼이 쥐어져 있다.

　그가 자기 어머니를 내려다본다.

　"엄마가 말했지? 엄마가 말했지?" 그가 올리비아를 향해 악을 쓴다.

　"아니야." 그녀가 말한다.

　"약속했잖아!"

　"안녕, 유언." 나는 다가가며 말한다. 그의 주의를 딴 데로 돌려보기 위해. "그동안 잘 지냈어?"

　그는 대꾸가 없다. 올리비아는 피가 흥건한 두 손으로 복부를 감싸 쥐고 있다.

　"어떻게 된 일이죠?" 나는 묻는다.

　"사고였어요." 그녀가 말한다. "내가 다른 사람인 줄 알았나 봐요."

　나는 유언에게 휴대폰을 들어 보인다. "구급차를 불러야겠어."

　"안 돼!"

　"네 어머닐 병원으로 옮겨야 해."

　"구급차를 부르면 경찰이 딸려 오잖아."

　"아니. 구급차만 올 거야."

　"거짓말!"

　그가 자신의 이마에 냅다 주먹을 날린다. 칼의 손잡이가 그의 이마에 선명한 자국을 남겨놓는다. 그는 여전히 같은 자리를 빙빙 맴돌고 있다.

"상태가 어떤지 내가 살펴볼게." 나는 말한다.

그는 아무 반응이 없다. 나는 조심스레 다가가 올리비아 옆에 웅크려 앉는다. 피 묻은 그녀의 손이 불빛에 번들거린다. 그녀의 블라우스와 청바지 윗부분은 흥건히 젖은 상태다. 오래전 의료 수련 과정을 짧게나마 밟아본 나는 잽싸게 머리를 굴려본다.

"붕대가 필요해."

유언은 내 말을 무시해버린다.

나는 빽 소리친다. "내 말 안 들려? 셔츠든 수건이든 상관없으니 아무거나 빨리 가져와!"

그제야 정신이 번쩍 드는지 그가 침낭을 멀리 차버리고 바닥에서 지저분한 셔츠를 집어 든다.

"그걸 길게 찢어. 소매부터."

그가 칼을 사용해 천을 북북 찢어나간다. 나는 공처럼 뭉친 천 조각들로 올리비아의 복부를 압박한다. 그녀의 입에서 신음이 터져나온다.

"이걸로 꼭 누르고 있어요." 나는 말한다. "계속 압박해줘야 해요."

유언은 다시 알아들을 수 없는 말을 웅얼대기 시작한다. 마치 무언가에 단단히 홀린 듯한 눈빛으로.

"당장 병원으로 데려가야 해."

"안 돼."

"이러다 여기서 죽을 수도 있어."

"안 돼. 난 미리 나타난 최후의 예언자야."

"네 어머니에겐 예언자가 필요 없어."

"악마는 자기 이름을 안다고들 하지."

"무슨 이름?"

그가 비난하는 듯한 눈초리로 나를 노려본다. "그런 바보 같은 질문이 어딨어? 그의 이름을 모르는 사람도 있나? 그런 멍청한 질문엔 답하지 않겠어."

"악마에겐 여러 이름이 있어." 나는 말한다. "사탄. 벨제붑. 루시퍼. 스포일러. 템프터."

"그는 자신의 이름을 알아." 유언이 말한다. "당신이 뭐라든 신경 안 쓴다고."

한쪽 구석에 놓인 매트리스 두 개와 침낭 두 개가 눈에 들어온다. 미카 보챔프도 이곳에 머물렀다는 뜻이다.

"아기를 만드는 데 필요한 정자는 하나뿐이야." 유언이 마치 설교하듯 말한다. "두 개의 접점. 그것들의 결합은 핵융합과 비슷해. 하지만 엄밀히 따지면 인간 융합인 셈이지. 하나의 정자. 하나의 난자. 펑! 하나의 폭발은 정신을 만들고, 또 하나의 폭발은 영혼을 만들지. 연쇄 반응……." 그는 칼을 흔들어대며 같은 자리를 빙빙 맴돈다.

올리비아는 한동안 말이 없다. 나는 그녀의 맥을 짚어본다. 그녀의 눈이 스르르 떠진다.

"깨어 있어야 해요. 할 수 있겠어요?"

그녀가 고개를 끄덕인다.

유언은 아직도 횡설수설하고 있다.

"구급차를 부르게 해줘." 나는 무한 반복되는 그의 궤변을 끊고 말한다.

"안 돼."

"어머닐 데리고 나갈 수 있게 해줘. 네가 여기 있다는 건 누구에게도 알리지 않을게."

"엄마는 날 속였어. 약속했으면서."

유언은 고민에 빠진 듯 몸을 좌우로 흔들어댄다. 갑자기 그가 눈을 휘둥그레 뜨고는 뒤로 주춤 물러난다. 나는 돌아서서 문간에 나타난 미카를 쳐다본다. 후드티 차림에 라텍스 장갑을 머리에 뒤집어쓴 것 같은 그는 인간이라기보다 유령에 가까운 모습이다.

유언은 잔뜩 주눅이 들어 있다. "미안해. 미안해."

"무슨 짓을 한 거야?" 미카가 불빛 안으로 성큼 들어서며 묻는다. "며칠 자리를 비웠더니 쪼르르 엄마한테 달려가?"

"네가 돌아올 줄 몰랐어. 난…… 네가……." 유언은 몸을 바르르 떨며 흐느낀다.

미카가 가까이 오라고 손짓한다. 유언이 조심스레 다가서자 미카는 손가락으로 유언의 머리를 쓸어내리며 그의 목을 잡고 이마가 맞닿을 때까지 자기 앞으로 끌어온다.

"괜찮아. 내가 다 처리할게."

미카가 허리를 곧게 펴고 머리에서 후드를 벗겨낸다. 하얗게 표백된 짧은 머리와 얽은 자국이 남은 볼이 드러난다. 그가 올리비아를 가리킨다. "아직 살아 있어?"

"사고였어." 유언이 말한다. "그들인 줄 알았다고."

"구급차를 불러야 해." 나는 말한다.

"여기서 아무도 못 나가." 미카가 말한다.

그가 담배에서 필터를 떼어내고 두 손을 모아 불을 붙인다. 나는 피에 젖은 천 조각으로 올리비아의 복부를 압박한다.

"유언이 칼로 찔렀어. 여기서 머뭇거리면 더 곤란해질 거야." 나는 말한다. "내가 두 사람을 데려갈 수 있게 해줘."

"유언은 여기 남아야 해. 우린 팀이니까."

"이 아이에겐 약이 필요해."

"의사들은 약으로 모든 걸 해결하려고 하지. 당신들은 치유자가 아니라 마약 밀매자야. 그들은 유언에게서 목소릴 앗아가려 해. 하지만 그 목소린 바로 유언의 친구이자 멘토이자 신이야."

"이 아이가 듣는 목소린 신이 아니야."

"그걸 당신이 어떻게 알아?"

"난 심리학자니까."

"재수가 없으려니 또 다른 토킹 헤드를 여기서 만나게 되네." 미카가 엄지와 검지를 이용해 혀끝에서 담배 찌꺼기를 떼어낸다. "전구를 갈아 끼우는 데 심리학자가 몇 명 필요한지 알아?"

"나도 그 조크 알아." 나는 말한다.

"아니, 이 버전은 처음일걸." 미카가 말한다. "왜냐하면 이 전구는 뽑혀 나오길 거부하거든. 대신 모두가 그게 너무나 불안정해서 정신병원에 가둬야 한다고 입을 모을 때까지 이 심리학자, 저 심리학자를 전전하지."

"네가 그랬다고?" 나는 묻는다.

"나한텐 아무 문제도 없어."

"사람이 있는 집에 불을 질렀잖아."

"죽어 마땅한 놈이었어."

유언은 걸음을 멈추고 우리 대화에 귀를 기울인다.

나는 계속 이어나간다. "넌 겨우 여섯 살이었어. 마커스 스윈번은 소아성애자였고. 포식자."

"그가 네게 손을 댔어?" 유언이 묻는다.

"아니야!" 미카가 흥분하며 소리친다.

"네 누나는 마커스를 믿고 네 베이비시터로 썼어. 모든 건 널 제대로 보호하지 못한 네 누나 책임이었다고. 그런 누날 원망한 적 있어?"

미카는 대답이 없다.

"오히려 너 자신만 원망했겠지. 얼마나 오래 그래왔지? 삼 년? 사 년?"

"축하해. 당신에겐 내 파일을 들춰볼 자격이 생겼어."

"오, 파일이 없어도 널 이해할 수 있어, 미카. 네가 유언과 친하게 지낸 건 이 아이가 너보다 훨씬 하자가 있기 때문이었어. 게다가 네 말도 아주 잘 들었지. 널 우러러보기까지 했고. 지금껏 누구도 그런 적 없었잖아. 넌 유언과 함께 지내고 싶었겠지만 그보다 마약 살 돈이 훨씬 절실했어. 마약을 향한 갈망은 벌 떼처럼 네 머릿속에서 쉴 새 없이 윙윙댔지. 죽음이 두렵지 않았다면 넌 진작 총구를 관자놀이에 대고 방아쇠를 당겼을 거야."

미카는 한 손을 들어 정수리를 북북 긁어대기 시작했다. 그가 침낭 끝자락을 들추고 그 밑에 감춰둔 60센티미터 길이의 금속 파이프를 집어 든다. 파이프의 한쪽 끝은 마스킹 테이프로 칭칭 감아 손잡이로 만들어놓았다.

"그깟 마약 따위에 휘둘리지 마. 넌 얼마든지 유혹을 떨쳐낼 수 있어." 나는 말한다.

올리비아의 고개가 한쪽으로 푹 꺾여버린다. 그녀는 의식을 잃어가는 중이다.

유언이 어머니를 흔들어보지만 그녀는 반응이 없다. "미카, 유언 어머니의 상태가 심각해."

"닥쳐!"

"하지만……."

"닥치라고 했잖아!"

미카는 내게서 시선을 떼지 않는다. "네놈 대가리를 박살내버리고 나서 뇌를 떠내주지."

그가 파이프 끝으로 벽을 그으며 다가온다. 모르타르 접합부를 지날 때마다 파이프가 통통 튀어 오른다.

"경찰도 우리 위치를 알고 있어." 나는 말한다.

미카가 웃음을 터뜨린다. "안다면 진작 여기 도착해 있겠지."

나는 벌떡 일어나 벽에 등을 붙이고 선다. "내 지갑을 가져가. 원한다면 은행 계좌 비밀번호도 알려줄게."

"네 돈은 필요 없어."

"제발 아무 짓도 하지 마." 유언이 말한다.

"닥치라고 했잖아."

그때 미카 뒤편 그림자 속에서 무언가의 움직임이 포착된다. 민첩한 형체가 문간을 지나 이내 사라져버린다. 루이즈. 우리의 눈이 마주친다. 그가 손가락 하나를 펴 입술로 가져다 댄다. 그의 다른 쪽 손에는 벽돌 반 개가 들려 있다.

그가 안으로 소리 없이 들어선다. 미카로부터 5미터쯤 떨어진 그는 조심스레 거리를 좁혀나간다. 유언은 아직까지 그를 보지 못하고 있다. 미카가 금속 파이프로 벽을 톡톡 두드린다. 그가 다가올수록 그 소리도 점점 커져간다. 헐렁한 청바지 주머니 안으로 찔러 넣은 그의 다른 쪽 손은 음낭을 쥐고 있다. 겁에 질린 내 모습과 자신이 휘두르는 폭력이 그를 흥분시키고 있는 것이다.

"우리 이러지 말자, 응?" 나는 말한다.

"뭘 말이야?"

나는 고개를 살짝 끄덕여 루이즈에게 신호를 보낸다. 미카의 눈에서 의심의 빛이 엿보인다. 그가 뒤를 살피려다 말고 파이프를 번쩍 쳐든다.

바로 그 순간, 루이즈가 들고 있는 벽돌로 그의 뒤통수를 내리친다. 파이프가 요란한 소리를 내며 바닥에 떨어진다. 미카는 잠시 비틀대다가 바닥에 무릎을 꿇는다. 그리고 머리를 감싸 쥔 채 옆으로 고꾸라진다.

"구급차를 불러줘."

"오고 있어." 루이즈가 올리비아 옆에 웅크려 앉는다.

"어떻게 여길 찾았지?"

"찰리가 알려줬어."

"분명히 기다리라고 했는데."

"자네보다 똑똑하다니까."

올리비아의 맥박이 안정을 되찾는다. 출혈이 멎은 모양이다.

루이즈는 침낭을 가져와 그녀의 어깨에 둘러준다. 사이렌이 아득하게 들려오고 있다. 바닥에 주저앉아 무릎을 끌어안은 유언의 몸이 앞뒤로 살살 흔들린다.

문득 불길한 기운이 감지된다. 바닥에 쓰러져 있어야 할 미카가 보이지 않는다. 루이즈의 머리 뒤에서 파이프가 불쑥 치솟아 오른다. 그는 잽싸게 몸을 숙인다. 그의 어깨를 스친 파이프가 벽을 긋자 불꽃이 튄다. 그는 다시 파이프를 휘두른다. 루이즈는 이번에도 용케 피한다.

유언이 손에 쥔 칼을 앞세우고 달려든다. 타이어에서 바람이

새는 듯한 소리와 함께 미카의 가슴이 피로 물들어가기 시작한다. 미카는 휘둥그레진 눈으로 가슴에 박힌 칼을 내려다본다. 뽑혀 나온 칼이 콘크리트 바닥에 툭 떨어진다.

미카의 무릎이 바닥에 닿자 유언이 뒤로 물러난다. 미카의 폐 안에서 거품이 인다. 그의 입에서는 피가 터져나온다. 기침을 하며 몸을 씰룩이던 그가 앞으로 픽 쓰러진다. 그의 눈은 더 이상 깜빡이지 않는다.

그 후 20분 남짓의 시간이 정신없이 흘러가버린다. 출동한 경찰과 구급대원들, 눈부신 조명과 혈장 백들. 올리비아는 들것에 실려 나간다. 덜컥거리며 얽은 아스팔트를 가로지른 들것이 구급차의 열린 뒷문 앞에 멈춰 선다.

그녀가 내 팔뚝을 붙잡는다. "유언은요?"

"걘 무사해요."

번쩍 들린 들것이 구급차 안으로 사라진다. 따라 들어간 구급대원 하나가 혈장 백을 스탠드에 건다.

"같이 가줘요." 그녀가 말한다.

경관이 불쑥 끼어든다. "진술서가 필요해요."

"나중에 찾아오면 써줄게요."

구급차의 뒷문이 스르르 닫힌다. 문틈으로 자신의 메르세데스에 몸을 기댄 채 서서 사탕을 쪽쪽 빨아대고 있는 루이즈의 모습이 보인다.

나는 그를 향해 소리 없이 말한다. '고마워.'

그는 고개를 살짝 끄덕여 화답한다.

## 13일째

열다섯 살 때 여름방학을 맞아 집에 돌아온 나는 자전거를 타고 콜윈 베이로 나가곤 했다. 해변에 누워 일광욕을 즐기거나 부두를 따라 산책하는 여자아이들을 구경하는 재미가 쏠쏠했다. 햇볕에 그을린 어깨, 염색한 금발 머리, 그리고 부담스러울 만큼 자신감에 넘치는 웃음.

그들 중 하나는 나도 아는 소녀였다. 지니 무어. 우리 집 근처 경작지에 사는 그녀는 나보다 한 살 많았다. 그녀는 친구들과 종이에 싸인 피시 앤드 칩스를 먹고 있었다. 부두 끝에 모여 있던 네 명의 소년이 그들에게 슬슬 다가가기 시작했다. 리버풀 출신의 스킨헤드족. 소년들은 꽉 끼는 티셔츠에 바짓단을 접은 청바지, 그리고 닥터 마틴 부츠 차림이었다. 그들은 캔에 담긴 라거를 홀짝이며 낄낄대고 있었다.

"감자튀김 하나 먹어도 돼?" 그들 중 하나가 지니에게 물었다. 그는 그녀의 머리에 얼굴을 묻고 코를 쿵쿵거렸다. 지니는 몸을 움츠리며 그에게 꺼지라고 소리쳤다.

"딱 하나만 먹을게. 고작 감자튀김 가지고 너무 야박하게 구는 거 아니야?"

"꺼지라고 했잖아."

그가 그녀의 손에서 감자튀김을 낚아채 들었다. 그녀는 발을 동동 구르며 빼앗긴 음식을 되찾으려 애썼다. 비키니 차림의 그녀가 폴짝폴짝 뛸 때마다 가슴이 출렁거렸다. 소년들은 그걸 보며 웃음을 터뜨렸다.

"돌려줄 테니까 나랑 키스 한 번만 하자." 감자튀김을 입에 문 우두머리가 말했다.

나머지 소녀들은 지니만 남겨두고 달아나버렸다.

그녀가 욕을 하며 저항하자 소년은 깔쭉깔쭉한 나무 바닥에 감자튀김을 쏟아버렸다. "이런! 이걸 어쩌지?"

"안녕, 지니. 무슨 일이야?" 나는 물었다.

우두머리가 몸을 홱 돌려 나를 쳐다보았다. "꺼져, 호모 새끼야!"

"왜 내가 호모일 거라 짐작하지?"

"너 귀먹었어?"

"아니, 내 귀는 멀쩡해."

이런 말이 대체 어디서 나왔던 걸까? 마치 입을 통제하는 뇌 기능이 마비돼버린 듯했다.

우두머리가 공처럼 똘똘 뭉친 포장지를 내게 던졌다. 포장지는 내 이마에 맞고 떨어졌다. "나한테 한번 죽어볼래?"

"왜?"

"넌 호모 새끼니까."

"날 알지도 못하면서 어떻게 내가 동성애자라고 단정 짓지?

우린 초면인데 도대체 뭘 근거로 날 동성애자로 몰아가는 거야? 무슨 초능력이라도 있어? 남들보다 육감이 더 발달했나? 그게 아니면 게이더(게이끼리 서로 알아보는 능력—옮긴이)라도 있어? 아하, 그게 네 초능력인 모양이군."

놈들 중 하나가 웃음을 터뜨렸다. 우두머리는 그를 죽일 듯이 노려보았다. 지니는 그 틈을 타 달아나기 시작했다. 나는 뒤도 돌아보지 않고 부두를 따라 내달리는 그녀를 바라보았다.

사실 나는 그녀에게 반하지 않았다. 솔직히 예쁘장하게 생기기는 했다. 가끔 그녀와 키스하는 상상에 빠질 만큼. 하지만 그 정도 미모를 갖춘 또래 아이들은 거리에 널려 있었다.

갑자기 시간의 흐름이 느려진 기분이었다. 소금과 해초 냄새가 물씬 풍겨왔다. 거센 바람에 날려온 젖은 신문이 내 슬리퍼를 훑고 지나갔다. 스킨헤드가 내 멱살을 잡고 얼굴을 들이밀었다. 그의 입김에서는 식초와 맥주 냄새가 묻어나왔다.

무섭게 날아든 첫 번째 펀치는 용케 피할 수 있었다. 그의 주먹은 내 머리 옆부분을 스치고 지나갔다. 하지만 두 번째 펀치는 내 복부에 정확히 꽂혔다. 주먹이 파고드는 순간 숨이 턱 막혀버렸다. 나도 지지 않고 주먹을 휘둘렀지만 표적에 제대로 꽂힌 건 별로 없었다. 놈은 고꾸라진 나를 연신 걷어찼다. 나는 얼굴을 감싸 쥔 채 몸을 둥글게 말았다.

"이 자식 머릴 벤치에 단단히 붙잡아놔." 우두머리가 소리쳤다. "턱을 박살내놓겠어."

한 놈이 내 머리를 벤치의 금속 발판에 짓이겼다. 우두머리는 정말로 내 턱을 부숴놓으려는 모양이었다. 이가 부러지거나 두개골이 깨지는 중상을 입게 될지도 몰랐다.

우두머리는 도움닫기를 위해 두 걸음 물러났다. 맹렬히 달려온 그가 있는 힘껏 킥을 날렸다. 나는 필사적으로 고개를 틀었고, 강철 캡이 씌워진 부츠의 앞부분은 머리를 감싸 쥔 내 손을 강타했다. 나는 뼈 부러지는 소리를 분명히 들을 수 있었다. 패거리 틈에서 잠시 고성과 욕설이 오갔다.

누군가가 고함을 지르며 보드워크를 따라 달려오고 있었다. 경관들이 나타나자 스킨헤드들은 놀란 갈매기 떼처럼 순식간에 흩어졌다.

어떻게 병원에서 눈을 뜨게 됐는지 기억은 나지 않았다. 침대 옆에는 아버지가 앉아 있었다. 제대로 떠지지도 않는 눈에 익숙한 아버지의 윤곽이 들어왔다.

"대체 그놈들에게 뭐라고 한 거냐?" 아버지가 물었다.

"아무 말도 안 했어요."

"그런데 왜 널 이 지경으로 만들었어?"

"걔들이 여자애들을 괴롭혔어요."

"그래서 네가 달려가 구해준 거야?"

그건 비꼬는 투가 아니었다. 아버지는 한숨을 내쉬며 고개를 끄덕였다. 다행히 내게 실망한 것 같지는 않았다.

"세상엔 주먹을 쓰는 사람이 있고, 또 머리를 쓰는 사람이 있어, 조지프. 살다 보면 피하려던 운명과 마주할 때도 있는 법이다."

당시에는 그게 무슨 뜻인지 몰랐다. 아무리 치밀하게 계획을 짜두어도 정해진 운명은 피할 수 없다는 건 나중에야 알게 됐다.

방학이 끝나갈 무렵 나는 다시 지니와 마주쳤다. 물에서 걸어 나온 그녀는 손으로 젖은 머리를 꼭 짜며 패션모델처럼 백사장을 가로질러나갔다. 나를 알아본 그녀가 환히 미소를 지어 보였다. 그때 무슨 말이라도 했어야 하는데. 그녀가 내 첫사랑이었는지도 모르는데. 고독한 기숙학교로 돌아가기 전 그녀와 함께 마법 같은 여름 추억을 만들 수도 있었는데.

또 다른 병원. 또 다른 병상. 올리비아의 수술은 성공적이었다. 칼날은 다행히도 그녀의 주요 장기를 비껴갔고, 의사는 그녀가 완전히 회복할 수 있을 거라는 희망적인 답을 내놓았다. 나를 그녀의 남편으로 착각한 간호사들은 내가 그녀 곁을 지킬 수 있게 배려해주었다. 나는 굳이 아니라고 바로잡지 않았다. 친구든 가족이든 당장 연락해 상황을 알려야 했지만 아는 이가 없어 난처했다.

자는 모습을 보면 상대에 대한 자신의 감정을 알 수 있다고 한다. 다른 때 보이지 않던 것들이 눈에 띈다나. 우아하게 열린 입, 불안함이 엿보이지 않는 얼굴, 한없이 연약한 호흡, 창백한 피부 아래서 꿈틀대는 작은 정맥. 지금 내 감정은 복잡하다. 그녀가 다른 남자의 정부나 아내였으면 얼마나 좋을까.

마치 내 생각을 읽었다는 듯 올리비아가 눈을 뜬다. 그녀는 잠시 주위를 둘러보다가 내게로 시선을 돌린다. 그녀의 바짝 마른 입술이 열린다. "유언은요?"

"경찰이 데려갔어요. 무사하니까 걱정 말아요."

"그 애에겐 변호사가 필요해요."

"그래서 데이비드 패시지를 불렀어요."

그 말에 올리비아가 긴장을 풀고 팔뚝에 꽂힌 링거 주사 쪽으로 시선을 돌린다. 그녀의 얼굴이 살짝 일그러진다.

"통증이 있어요? 간호사를 불러올까요?"

"아니에요. 괜찮아요."

"경찰이 당신과 얘기하고 싶어 해요."

"그 앤 날 찌르려고 한 게 아니었어요. 그냥 실수였을 뿐이에요."

"경찰이 오면 그렇게 얘기해요."

올리비아는 눈을 감는다. "지금 몇 시나 됐죠?"

"정오쯤 됐을걸요."

"무슨 요일?"

"토요일이에요."

"지금껏 내 곁을 지켜준 거예요?"

"달리 갈 데도 없어서요."

"아이들은요?"

"찰리가 에마를 챙겨주고 있어요."

"딸들 덕분에 행복하겠어요."

"네."

그녀의 눈이 멀게진다. "윌리엄은 좀 어때요?"

"똑같으세요."

"저번에 당신 어머니에게 그랬던 거 미안해요. 내가 심했어요. 어머니에게 내가 미안해한다고 전해줘요."

"나중에 뵈면 직접 말씀드려요."

"그땐 내 말을 들으려 하지 않을 거예요."

올리비아가 물을 찾는다. 나는 컵을 들고 빨대를 그녀 입에 물려준다. 그녀는 몇 모금 쪽쪽 빨아 마신다.

"연락할 사람 있어요? 가족이나 친구?"

"어머니가 도네츠크에 사세요. 아버진 십 년 전 폐기종으로 돌아가셨고요."

"형제는 없어요?"

"다들 루마니아에 살고 있어요. 모두 결혼해서 장성한 아이들이 있죠."

"형제들과는 소통하고 지내요?"

"이젠 기억도 가물가물해요. 열세 살 때 영국에 온 후로 통 못 봤거든요."

"터드 블랙모어는 어떻게 만났죠?"

올리비아는 내가 자신의 과거에 대해 알고 있다는 사실이 조금도 놀랍지 않다는 반응이다.

"주니어 대회에서 날 처음 봤대요. 그이가 우리 부모님을 만나 날 런던으로 데려가고 싶다고 했어요. 가난한 농부였던 부모님은 돈과 후원과 장비 협찬이라는 조건을 거절하지 못하셨죠."

"부모님이 많이 그립겠어요."

"네. 하지만 영국에서의 삶도 나쁘진 않았어요. 터드에겐 내 또래 아이가 둘 있었죠. 하지만 친형제 같은 느낌은 없었어요. 부모님은 매년 두 번씩 뵈러 갔고요. 그 외 시간은 토너먼트와 쉴 새 없이 이어진 훈련에만 쓰였어요."

올리비아의 시선이 내 어깨 너머 벽에 고정된다. 마치 하얀 벽면에 자신의 유년 시절 추억들이 투사되고 있기라도 한 듯이.

"성공을 위해 피와 땀과 눈물을 쏟아내는 어린 선수들 있죠? 남다른 운동신경에 순발력, 거기다 손과 눈의 협응력까지 겸비한 아이들. 하지만 부상을 심하게 한번 당하고 나면…… 발목이나 무릎을 삐끗한다든지 유전적 약점이 있다든지…… 그럼 그 아이들의 꿈은 한순간에 물거품이 돼버리고 말아요."

"당신도 그랬나요?"

"내 몸은 충분히 강하지 못했어요. 어쩌면 애초에 실력 자체가 부족했는지도 모르죠."

"당신은 터드 블랙모어와 결혼했어요."

"당신이 무슨 생각을 하는지 알아요."

"정말요?"

"그이가 날 이용해 먹었다고 생각하잖아요. 어린 날 성적 노리개로 삼은 나쁜 사람이라고."

"그가 그랬나요?"

그녀의 고개가 잠시 흔들렸다. "이젠 나도 모르겠어요. 그이가 날 강간한 건지, 내가 그이를 유혹한 건지."

"그때 당신은 몇 살이었죠?"

"내가 무슨 짓을 하는지는 알 나이였어요."

"그를 사랑했어요?"

"네."

그녀의 얼굴에 의미를 알 수 없는 표정이 떠오른다. 세상에는 어깨를 축 늘어뜨리며 참담한 심정을 적나라하게 표현하는 사람도 있고, 슬픔이나 고통 따위에 조금도 휩쓸리지 않는 사람도 있다. 올리비아는 그 두 가지 모두에 해당된다. 강인해 보일 때도 있고, 한없이 연약해 보일 때도 있다.

"그가 어떻게 죽었는지 알아요." 나는 말한다. "검시관의 보고서도 읽어봤고, 사고 조사관과도 얘길 나눠봤어요. 두 사람 모두 당신의 진술을 믿지 않더군요."

"그 사람들은 당시 현장에 없었어요."

"터드의 전처는 당신이 그를 죽였다고 믿고 있어요."

"그녀는 원래 날 싫어했어요."

"당신이 그녀에게서 남편을 앗아갔기 때문이죠."

"그는 내 유년기를 앗아가버렸어요."

"그게 무슨 뜻이죠?"

올리비아는 아랫입술을 깨물고 고개를 젓는다.

"당신은 앞뒤가 안 맞는 사람이에요, 올리비아. 당신은 좋은 사람이라면서요. 우리 아버질 많이 사랑한다면서요. 하지만 당신이 내게 솔직히 털어놓는 건 아무것도 없어요. 우리 아버질 폭행하지 않았다고 했죠? 그럼 당신이 전남편을 살해했다는 증거는 어떻게 해명할래요?"

"당신이 내 말을 믿어주지 않아도 상관없어요." 그녀가 반항적으로 말한다.

우리는 한동안 침묵에 빠진다. 들리는 것이라고는 윙윙대는 에어컨 소음과 복도에서 덜거덕거리는 카트 소리뿐이다. 한참 후, 올리비아의 입이 열린다. 그녀는 혀로 바짝 마른 입술을 핥고 나서 기어들어가는 목소리로 말한다.

"그때 난 열네 살이었어요. 처음엔 포옹과 가벼운 접촉으로 출발했죠. 그이는 그걸 '애정 표현'이라고 불렀어요. 토너먼트가 있을 때면 그는 늘 내 머리를 땋아주며 예쁘다는 말을 반복했었죠. 블랙풀에서 주니어 토너먼트가 열렸던 주말엔 호텔 방 하나를 잡아 함께 지냈어요. 그땐 가난해서 자주 그랬었죠. 난 일요일에 열리는 결승전에 진출했어요. 바로 그 전날 밤, 그가 갑자기 날 깨우더군요. 내가 자면서 펑펑 울었다나요. '악몽을 꾼 모양이구나.' 그가 그렇게 말하면서 이불을 걷고 내 옆으로 들어왔어요. 처음엔 그냥 날 꼭 끌어안았을 뿐이지만 난 대번에 알 수 있었죠. 그가 뭘 원하는지. 난 그게 강간이 아니라고 속으로 되뇌었어요. 난 그를 사랑했고, 지독한 향수병을 앓고 있었거든요."

그녀의 목소리에 조금씩 힘이 들어간다.

"터드는 내가 열일곱 살 때 아내와 갈라섰어요. 그리고 곧바로 나랑 살림을 차렸죠. 그 스캔들로 터드는 영국 코치 협회로부터 회원 자격 정지 처분을 받았어요. 영국 테니스 협회는 자금 지원을 끊어버렸고요. 정말 최악의 상황이었어요. 결혼하고 나서 그에 대한 비난이 좀 잠잠해졌을 때 난 랭킹 포인트를 쌓아보려고 서킷 대회에 참가했어요. 하지만 부상과 수술, 컴백과 좌절이 반복되면서 랭킹은 곤두박질쳐버렸죠. 스폰서들이 하나둘 떠나버리고, 우린 다시 가난해졌어요. 그때부터 터드는 술에 절어 살게 됐고요.

우린 돈을 빌려 코칭 스쿨을 열고 아이들과 학교 팀들을 가르쳤어요. 난 선수 생활을 접고 그를 도왔죠. 다행히 사업은 번창했고, 그 덕분에 테니스계가 우릴 다시 받아주었어요. 우린 그렇게 번 돈으로 번듯한 집을 마련했고, 난 본격적으로 가정을 꾸릴 계획을 세웠어요."

그녀가 갑자기 눈물을 뚝뚝 흘리기 시작한다. "조짐이 보였을 때 알아차렸어야 했는데. 그가 둘러댄 핑계들, 다른 선수들과의 수상한 관계. 그 애들 중 하나가 터드에게 성추행당한 사실을 폭로했어요. 그 아이 아버지는 경찰에 신고하겠다며 으름장을 놓았고, 터드는 더 이상 문제 삼지 않는다는 조건으로 그에게 돈을 쥐여줬어요. 내겐 모든 게 오해에서 비롯됐다고 해명했고요. 난 그를 믿고 싶었어요.

결혼 십사 년 차에 난 유언을 임신했어요. 완벽한 타이밍이었죠. 적어도 내겐 그렇게 느껴졌어요." 그녀의 눈이 반짝인다. "터드는 많이 기뻐했어요. 우린 함께 놀이방을 꾸미고 아기 옷을 사러 다녔죠. 어느 여름날 오후, 난 피크닉 바구니를 챙겨 테니스 센터로 나가봤어요. 터드를 깜짝 놀래주고 싶었거든요. 같이 윔블던 커먼에서 점심도 먹고. 하지만 그이는 프로 숍에도, 탈의실에도 없더라고요. 주차장에 나가보니 차 안에 앉아 먼 산을 바라보는 그가 눈에 들어왔어요. 다가가 차창을 두드리니…… 그의 무릎에 얼굴을 묻고 있던 어떤 아이가 고개를 번쩍 들더군요. 열세 살짜리 아이가. 촉망받는 챔피언이었는데."

그녀의 호흡이 점점 가빠져간다. "난 그때 깨달았어요. 그이가 영영 바뀌지 않을 거라는 걸. 그 고약한 버릇을 절대 못 고칠 거라는 걸. 그이랑 같이 살면 언젠가는…… 내 삶까지 무너져내리겠구나, 생각했어요. 난 더 이상 피해자이고 싶지 않았어요. 그이 조력자로 살고 싶지도 않았고요. 그이가 내게 그랬던 것처럼 내 아이들을 그루밍하고 착취하는 건 용납할 수 없었어요."

올리비아는 침대 시트를 끌어와 촉촉해진 눈가를 훔친다. 나는 그녀에게 물을 건넨다. 그녀는 괜찮다며 한 손을 살랑여 보인다.

"사고가 났던 그날 밤, 도대체 무슨 일이 있었냐고 물었었죠? 그때 난 과속 중이었어요. 그이와 다투던 중이었고요. 누군가가 무력을 써서 사고를 유발시킨 건 아니에요. 사고 직전에 가까스로 멈춰 설 순 있었지만…… 난……." 머뭇거리는 그녀가 시선을 내리깐다. "더는 얘기할 수 없어요."

"못 하는 겁니까, 안 하겠다는 겁니까?"

"둘 다요."

# 14일째

"꼭 이래야 돼요?"

"응."

"그냥 이메일로 하면 안 돼요?"

"안 돼."

"페이스북 메시지는요? 이모티콘도 넣을 수 있잖아요."

"안 돼."

에마는 발을 질질 끌며 웨스트 햄스테드의 거리를 걸어나간다. 눈으로 번지수를 일일이 확인하면서. 아이의 손에는 화려한 셀로판지로 포장된 큰 꽃다발이 들려 있다.

"제대로 된 사람이면 실수했을 때 반드시 이래야 해." 나는 말한다. "정식으로 사과해야 한다고."

"도널드 트럼프는 사과 안 하잖아요."

"제대로 된 사람이 아니니까."

"하긴, 그 사람은 악의에 찬 나르시시스트니까."

"누가 그래?"

"찰리가요. 언니는 심리학자가 될 거니까 누구보다 잘 알겠죠."

**대체 내가 없을 때 둘이 무슨 얘기들을 나누는 거지?**

템플 가족이 사는 곳은 깔끔하게 다듬은 생울타리가 둘러진 하얀 집이다. 치장 벽토를 바른 집의 지붕에는 낙타처럼 생긴 풍향계가 세워져 있다. 아니, 고래인가? 문을 열고 나온 남자는 살집 있는 둥근 얼굴에 배 모양 체구를 갖고 있다. 그는 라이크라로 된 사이클 바지와 밝은색 러닝셔츠 차림이다.

"템플 씨신가요?"

"그런데요."

"연락도 없이 불쑥 찾아와 죄송합니다. 조 올로클린이라고 합니다. 이 아이는 제 딸, 에마고요. 선생님과 부인께 드릴 말씀이 있어서 왔습니다. 그리고 페트라에게도요. 따님이 집에 있다면."

그가 수상쩍다는 듯 눈을 깜빡인다. 아니, 땀이 눈으로 배어들어간 걸까?

"아, 네, 음…… 자, 들어오세요. 잠깐 기다려주시겠어요?"

그는 우리를 현관에 세워놓고 집 안으로 사라진다. 어딘가에서 그가 여자와 다투는 소리가 들려온다.

"여긴 뭐하러 왔대?"

"나야 모르지."

"경찰에 신고해야 하나?"

"꽃을 사왔던데."

"꽃이라고?"

"응."

에마는 내 손을 잡고 기대에 찬 눈으로 나를 올려다본다.

잠시 후, 부부가 나타나 우리를 거실로 안내한다. 템플 부인은 청바지에 긴소매 상의 차림이다. 남편과 키가 거의 비슷한 그녀는 하체보다 상체에 살집이 많아 보인다. 그녀가 계단에 대고 소리친다. "페트라!"

"왜요?"

"내려와."

"뭐 보는 중이라고요."

"얼른 안 내려와?"

투덜거리며 계단을 내려온 페트라가 거실로 들어온다. 에마를 발견한 아이가 흠칫 놀란다. 페트라의 왼팔에는 플라스틱 깁스가 씌워져 있다.

에마가 그쪽으로 쭈뼛쭈뼛 다가간다. "그때 일은 정말 미안해, 페트라. 용서해줘. 이 꽃은 너 주려고 사왔어."

딸이 꽃다발을 앞으로 내민다. 페트라는 바짝 얼어붙은 상태다. 템플 부인이 대신 꽃다발을 받아 든다.

"팔은 좀 어떠니?" 나는 페트라에게 묻는다.

아이의 윗입술이 말려올라간다. "부러졌어요."

"많이 아파?"

"조금요."

나는 아이 부모를 돌아본다. "치료비는 제가 대겠습니다. 병원비, 엑스레이……."

"얘 때문에 나흘이나 출근을 못 했어요." 템플 부인이 말한다.

"정확한 액수를 알려주시면 그 부분도 보상해드리겠습니다."

"돈을 잘 버시나 봐요." 템플 씨가 말한다.

"그래서가 아니라, 도리상 제가 그렇게 해드려야 하니까요."

템플 부인이 에마에게 말한다. "너 때문에 많은 사람이 고생하고 있어. 계단에서 친구를 그렇게 떠밀면 어떡하니?"

"에마도 반성하고 있습니다." 나는 말한다. "많이 미안해하고 있어요."

"사과 한마디면 부러진 팔이 나아지나요? 이 아이 몸이 마비라도 됐으면 어쩔 뻔했어요?"

"두 아이 사이에 뭔가 오해가 있었던 모양입니다."

"오해는 무슨. 아무 이유 없이 사람을 냅다 떠밀었으면서."

"페트라가 한 말을 듣고 에마가 부적절하게 반응했다더군요."

"난 아무 말도 안 했어요." 페트라가 징징대며 말한다.

"우리 애가 뭐라고 했는데요?" 템플 씨가 묻는다.

"그건 중요하지 않아요. 저흰 그저 두 분께 사과를 드리러 왔을 뿐입니다."

"그래도 알아야겠어요. 우리 애가 먼저 뭐라고 했다고요?"

"아무 말도 안 했다니까요." 페트라가 우는 소리로 말한다. "쟤가 거짓말을 한 거예요."

나는 에마의 어깨에 살며시 손을 얹는다. 절대 반응하지 말라는 무언의 신호다.

하지만 딸은 내 당부를 모른 척 무시해버린다. "내 머리가 이상해서 우리 엄마가 자살했다고 했어요."

에마의 말에 모두가 할 말을 잊고 만다.

"거짓말!" 페트라의 눈이 휘둥그레진다. "난 그렇게 말한 적 없어요."

"이제 보니 이러려고 우릴 찾아온 거였군요." 템플 부인이 경멸의 표정을 지으며 말한다. "이깟 꽃다발 하나 떠안기고는 그런 황당한 애길 늘어놓으려고."

"아뇨, 그 반대입니다."

"우리 페트라는 나쁜 아이고, 당신 딸은 선한 피해자라 생각하잖아요."

"아닙니다."

"에마에게 문제가 있는 거 아니에요? 애가 이상해서 친구가 없는 거 아니냐고요."

"제 딸에 대해 함부로 말씀하지 마십시오."

"내 눈엔 구제불능 딸바보로 보이네요. 아버지란 사람이 딸이 계단에서 친구를 떠밀어도 나무라긴커녕 오히려 잘했다고 추켜세우기나 하고. 부끄러운 줄 알아요. 문제는 우리 페트라가 아니라 당신 딸에게 있다고요."

에마는 주춤 물러나 내 뒤에 숨는다.

주변 시야가 흐려져간다. 어금니는 어느새 악물려 있다. 여자의 목소리가 더 이상 내 귀에 닿지 않는다. 나는 쉴 새 없이 뒤틀리는 여자의 빨간 입을 빤히 응시한다. 다른 쪽 뺨을 내밀고 싶다. 그냥 아무 말도 없이 묵묵히 듣고만 싶다. 줄리앤이라면 분명 그랬을 텐데. 아내였다면 미소를 흘리며 인사를 하고 조용히 나와버렸을 텐데. 저들보다 도덕적으로 우월하다는 걸 그렇게 몸소 보였을 텐데.

에마가 내 손을 잡아끈다. "이제 됐어요, 아빠. 우리 가요."

"그래." 나는 딸의 볼을 살살 어루만진다. "두 분께 감사드리고 싶습니다. 삼십 년간 심리학자로 일해오면서 완벽한 아이의 완벽한 부모를 만나본 적이 없거든요. 물론 그런 척하는 사람들은 많이 봤습니다. 자기 자식이 얼마나 똑똑하고, 운동신경이 좋고,

재능이 뛰어난지 쉴 새 없이 주절대는 사람들 말입니다. 하지만 두 분 같은 진짜배기는 처음입니다. 페트라를 원 없이 자랑스러워하셔도 됩니다. 예쁜 얼굴에 티 없는 피부, 새하얀 이, 거기다 모두가 부러워할 만한 머릿결까지. 지금부터 잘 키우시면 언젠가는 그런 허울에 걸맞은 내실을 갖추게 되겠죠. 부디 그렇게 되길 바랍니다."

우리는 인사도 남기지 않고 밖으로 나와버린다. 대문 왼편에 세워놓은 차로 향하는 동안 우리는 마치 약속이라도 한 듯 무거운 침묵을 이어간다. 에마는 총총히 뛰며 내 걷는 속도를 악착같이 따라잡는다. 평소와 달리 앞뒤로 흔들리지 않는 내 손을 꼭 쥔 아이가 마침내 입을 열고 쾌활하게 말한다. "잘 해결된 것 같아서 후련해요."

# 15일째

 구름 한 점 없는 화창한 날이다. 높은 산에서나 누릴 법한 청정함이 온몸에 느껴진다. 낮게 뜬 태양은 웨스트민스터 치안 판사 법원 밖 차들의 앞 유리와 상점들의 진열창에 눈부신 햇살을 뿌려대는 중이다.

 데이비드 패시지가 나를 반겨 맞는다. 친근한 얼굴이 나타나 안도하는 모습이다. 그는 흑회색 양복에 하얀 셔츠, 그리고 MCC 넥타이 차림이다. 로비는 그와 유사한 옷차림의 변호사들로 득실대고 있다. 그들 모두 삼삼오오 모여 나지막이 무언가를 숙덕대는 중이다. 마치 장례식장에 온 것처럼. 한쪽에서는 좀도둑, 음주 운전자, 미성년 범죄자, 그리고 교통 위반자들의 가족과 친구들이 서성이고 있다. 이따금 열린 문틈으로 사건 번호를 부르는 요란한 소리가 들려오곤 한다.

 "올리비아 못 봤어?" 데이비드가 묻는다. "오는 중이래? 아까 메시지 남겼었는데."

 "어젯밤 늦게 퇴원했어."

"어머니가 참석하면 유언이 보석으로 풀려날 가능성이 높아질 거야."

문득 뇌리를 스치는 생각이 있다. 하지만 나는 굳이 그것을 입 밖으로 꺼내지 않는다. 나는 유언이 풀려나는 걸 원치 않는다. 적어도 그가 제대로 진단과 치료를 받기 전에는. 지금 그는 핀 뽑힌 수류탄과 같은 상태다.

자동문이 열리고 올리비아가 들어온다. 창백한 그녀는 걸음을 내디딜 때마다 움찔한다.

"내가 너무 늦었나요? 유언은 봤어요? 혹시 몰라서 이걸 챙겨 왔어요." 그녀가 든 비닐봉지에는 깨끗한 셔츠와 바지, 양말, 그리고 신발이 담겨 있다. "그 애한테 전달할 수 있나요?"

"한번 알아볼게요." 데이비드가 말한다.

그가 법원 직원에게 문의하자 직원은 어딘가로 전화를 걸어 확인한 후 서류를 가져와 내민다. 변호사인 데이비드는 의뢰인에게 접근할 수 없다. 그는 직원에게 법정 출두에 앞서 유언의 정신 상태를 감정할 심리학자라며 나를 소개한다.

그제야 허락이 떨어진다. 우리는 엘리베이터를 타고 아래층으로 내려간다. 휴대폰과 열쇠를 맡기고 금속 탐지기를 통과한 후 유리 부스 안에서 관리자가 차례로 열어주는 문들을 하나하나 지나쳐 들어가니 제복 차림의 직원이 나타나 양옆으로 감방 문이 줄지어 난 복도로 우리를 안내한다.

한 감방 앞에 멈춰 선 직원이 빽 소리친다. "손으로 뒷벽을 짚어요."

잠시 후, 데드볼트가 스르르 풀린다. 교도소 죄수복 차림의 유언은 페인트가 칠해진 벽돌 벽에 넓게 벌린 팔과 다리를 붙이고

서 있다. 올리비아의 목소리를 듣고 그가 뒤를 돌아본다. 두 사람은 서로를 부둥켜안는다. 그녀는 펑펑 눈물을 쏟기 시작한다.

유언은 전과 달리 주체적이고 자각적인 모습이다. 충분한 휴식을 취한 덕분인지 흐릿했던 눈도 맑아져 있다. 정신도 또렷이 돌아온 듯하고. 흥분에 찼던 그의 요란한 목소리도 더 이상 들을 수 없다.

"갈아입을 옷을 가져왔어." 올리비아가 말한다. 그녀는 직접 아들에게 옷을 갈아입힌다. 셔츠에 단추도 채워주고, 신발 끈도 손수 묶어준다. 모자는 벽에 단단히 고정된 벤치에 나란히 앉는다. 벤치에는 얼룩진 얇은 매트리스가 깔려 있다.

나는 웅크려 앉아 유언과 눈을 맞추며 나를 기억하는지 묻는다.

그가 고개를 끄덕인다. "이제 집에 가도 돼?"

"아직은 안 돼."

"미카는 어디 있지?" 그가 묻는다.

"미카는 죽었어."

유언은 고개를 젓는다. "아니, 그럴 리 없어. 미카는 멀쩡해…… 그 여자애처럼."

"여자애?"

"떨어진 애 말이야."

나는 올리비아를 돌아본다. 그녀는 고개를 저어 보인다.

"그 여자애 얘길 들려줄 수 있겠니?"

유언의 눈이 나를 빤히 쳐다본다. "그럴 순 없어."

"어째서?"

"미카에게 약속했거든. 아무에게도 말하지 않겠다고."

"이젠 그 약속을 지키지 않아도 돼."

유언은 빠르게 눈을 깜빡인다. 얼마만큼 털어놓아야 할지를 놓고 고민에 빠진 것이다.
나는 다시 입을 연다. "방금 그 여자애가 떨어졌다고 했지?"
"사고였어. 미카는 그 앨 겁주려 한 게 아니었어."
"그 애가 어디서 떨어졌는데?"
"웸블리."
유언이 주먹으로 셔츠 앞을 비비 꼬아 뭉쳐댄다. 할 말을 셔츠에서 짜내려는 듯이. 그때 문에서 노크 소리가 들려온다. 화들짝 놀란 유언이 고개를 든다. 그의 사건 번호가 불린 모양이다. 데이비드가 유언에게 막판 주의사항을 알려준다.
"자세를 바로 하고 서. 두 손은 뒷짐 지듯이 등 뒤에 두고. 절대 주머니에 넣어선 안 돼. 질문이 던져지기 전까진 입을 열어서도 안 되고."
"뭐라고 대답할지 모를 땐?"
"어려운 질문은 없을 거야."
"다 끝나면 집에 갈 수 있어?"
"판사에게 요청을 해봐야지. 하지만 보석을 허용하지 않을 수도 있어. 만약 그렇게 되면 넌 구치소로 가게 될 거야."
"난 집에 가고 싶어. 그건 사고였다니까. 집에 갈 수 있다고 했잖아…… 당신이 그랬잖아."
올리비아가 아들의 손을 잡고 그를 진정시킨다. "위층에서 보자. 사랑해."
방청석에 오르자 변호인석에 붙어 선 맥더미드와 케이트 호손이 눈에 들어온다. 경위는 고개를 연신 끄덕이며 검사와 시시덕대는 중이다. 마치 오랜 골프 친구를 만난 사람처럼.

법정임에도 가발과 법복과 망치는 보이지 않는다. 곱슬한 금발머리를 가진 통통한 체구의 여성 판사가 변론 취지서를 읽어 내려간다. 그녀 머리 위로는 왕실의 문장이 걸려 있다. 문장은 창문으로 새어 들어온 한줄기 햇빛 속 먼지 틈에서 헤엄치고 있는 것처럼 보인다. 두 명의 법원 경비에게 이끌려 들어온 유언이 피고석에 오른다. 법원 서기가 기소 내용을 큰 소리로 읽는다. 살인한 건, 그리고 폭력 범죄 한 건. 내 옆에서 올리비아가 움찔한다. 그녀가 손을 뻗어 내 손을 살며시 잡는다.

"피고는 여전히 무죄 주장을 하고 있습니까?" 판사가 묻는다.

"제 의뢰인에겐 그럴 권리가 있습니다." 데이비드가 말한다. "하지만 그 전에 보석 신청을 하고 싶습니다."

그의 옆, 테이블 끝에서 검사가 황당하다는 듯 코웃음을 친다.

"소화 불량인가요, 파인 씨? 아니면 탄성이었습니까?" 판사가 묻는다.

"죄송합니다, 판사님. 변호인이 요주의 인물인 피고를 아무렇지도 않게 사회로 되돌려보내려 한다는 사실에 좀 놀랐을 뿐입니다. 이 사건으로 젊은 청년이 목숨을 잃고, 한 여성이 칼에 찔리는 중상을 입었습니다. 경찰에 의하면 그 외 추가 혐의도 받고 있다더군요. 2주 전, 피고의 아버지가 괴한으로부터 폭행을 당해 뇌에 심각한 손상을 입었습니다. 고로, 저희 검찰은 피고 자신은 물론, 지역 사회의 안전을 위해 피고를 계속 구금해주실 것을 강하게 요청드리는 바입니다."

판사는 파인 씨에게 자리에 앉으라고 손짓한다. "일단 피고 측 요청 내용부터 들어보도록 하겠습니다."

데이비드는 여전히 미동도 없이 서 있다. "판사님, 유언 블랙모어는 성인이 된 후 중범죄로 체포된 적 없는 스물한 살의 청년입니다. 의뢰인의 모친이 지금 이 법정에 와 계십니다. 그녀는 피고를 집에 데려가 보살피고 싶어 합니다. 피고가 지정된 날마다 빠짐없이 법원에 출두하도록 챙기겠다고도 약속했습니다."

"피고는 어머니를 칼로 찌른 범인입니다." 파인 씨가 말한다.

"그건 어디까지나 사고였습니다."

"오, 그래요. 얌전히 있는 피고에게 그녀가 먼저 달려들어 그런 봉변을 당했다고요?"

"그녀가 칼에 찔리게 된 경위는 명확히 확인되지 않았습니다. 또한 의뢰인은 아버지를 폭행한 사실이 없으며, 미카 보챔프의 죽음은 정당방위였다고 주장하고 있습니다."

데이비드는 차분하게, 하지만 격정적으로 불리한 증거의 무게에 대응해나간다. 유언의 진술과 입장을 최대한 존중하면서. 그는 언성 한 번 높이지 않고 유언의 정신병력에 대해 상세히 설명한다.

"피고는 하루 두 번 올란자핀 20밀리그램과 퀘티아핀 200밀리그램을 지아제팜과 같은 진정제와 함께 복용해왔습니다."

그때 파인 씨가 끼어든다. "항정신병 약물들입니다! 그래서 더더욱 감금 조치가 필요한 겁니다."

"감옥에선 전문적인 정신과 치료를 받을 수 없습니다." 데이비드가 받아친다. "피고의 어머니가 곁에서 아들의 약물치료, 그리고 통원과 법원 출두를 꼼꼼히 챙길 수 있게 선처해주시기 바랍니다."

"피고가 살던 단칸 셋방의 정원 소각로에서 피 묻은 옷이 발견됐습니다." 파인 씨가 말한다.

"그 옷이 범죄의 증거라는 건 밝혀진 바가 없습니다."

"유전자 검사가 진행 중입니다."

판사는 충분히 들었다며 흥분한 두 남자를 진정시킨다. 그런 다음, 유언을 돌아보며 말한다. "여러 가지 사정을 고려해볼 때 보석을 선뜻 허용할 순 없을 것 같습니다. 하지만 구치소 대신 보안이 철저한 정신병원에 머물면서 필요한 치료를 받을 수 있도록 배려하겠습니다. 어떻습니까?"

"집에 가고 싶어요." 유언이 눈 둘 곳을 몰라 하며 말한다.

"사건에 대한 사실에 변화가 있으면 변호인을 통해 또다시 보석 신청을 할 수 있습니다."

법원 직원이 유언의 어깨를 톡톡 두드린다. 그의 언성이 점점 높아진다. 그가 올리비아를 돌아보며 소리친다. "집에 갈 수 있다고 했잖아!"

나는 잽싸게 변호인석으로 달려가 유언 앞에 멈춰 선다. 어떻게든 그의 주의를 내게 붙잡아둬야 한다. 그는 숨이 가빠져 있는 상태다.

"천천히 심호흡을 해봐, 유언." 나는 먼저 그에게 시범을 보인다. "들이쉬고. 내쉬고. 걱정할 거 하나도 없어. 병원에 먼저 가 있으면 엄마가 만나러 갈 거야."

유언은 소매로 코를 훔친다. 그의 손목에서 수갑이 달가닥거린다. 직원에게 끌려가며 그가 웅얼거린다. "나가야 돼. 나가야 돼."

맥더미드 경위는 법원 밖에서 기자들의 질문을 받고 있다. 양가죽 코트에 트위드 모자를 눌러쓴 그는 형사라기보다 마권업자에 가까운 모습이다. 간간이 그의 답변이 들려온다. "……경찰에 알려진 피해자는…… 폭력 전과가 있고…… 현재 수사가 진행 중이니…… 앞으로 혐의가 추가될 가능성이…….”

마침내 질문 공세가 끝나고 서커스는 다른 곳으로 옮겨간다. 맥더미드가 나를 발견하고 다가온다. 그는 주머니에서 꺼낸 껌을 반으로 접어 혀 밑으로 밀어 넣는다.

"교수 양반, 얘기해봐요. 당신은 어느 편입니까?"

"편이 나뉘어 있습니까?"

"보름 전만 해도 당신은 당신의 사악한 계모가 당신 아버지를 죽이려 했다고 믿었어요. 하지만 오늘 보니 그 여잘 엄청 위로하더군요."

"그 여잔 내 계모가 아닙니다."

맥더미드가 미소를 머금어 보인다. 발끈하는 내 모습이 재밌다는 듯이.

"유언이 우리 아버지를 폭행했다는 확신이 들지 않아요." 나는 말한다.

경위가 어깨를 으쓱이며 묵살의 반응을 보인다. "유언 아니라 미카 보챔프가 그랬는지도 모르죠. 과연 진실이 밝혀질지 의문입니다. 어쨌든 그 두 놈은 아주 가깝고 친한 사이였습니다. 한 놈은 약쟁이, 또 한 놈은 정신병자. 환상의 2인조 아닙니까?"

"범행동기는요?"

"돈, 아니면 마약?"

"범인은 아무것도 가져가지 않았잖아요."

"유언이 유산을 노리고 아버질 죽였는지도 모르잖습니까."

"유언은 아무것도 상속받지 못했어요."

"어차피 다 어머니 차지가 될 테니까요. 심리학자니까 오이디

푸스 콤플렉스에 대해 누구보다 잘 알겠죠? 결국 그녀의 애정을 놓고 남편과 아들이 싸우는 거잖아요. 프로이트가 그랬던가요?"

"유언은 조현병 환잡니다."

"바로 그거예요. 범행동기가 따로 필요 없잖아요."

"재판을 받을 상태도 아니고 말입니다."

"그건 내가 상관할 바가 아닙니다. 내 할 일은 그저 그런 놈들을 잡아들이는 것뿐이라고요."

그의 얼굴에서 우쭐해하는 표정을 지워버리고 싶다. 하지만 맥더미드의 말에도 일리는 있다. 유언을 그렇게 만든 건 다름 아닌 세상이었다.

"그 여자앨 해치지 않았다고 나한테 얘기했어요." 나는 말한다.

"여자애라뇨?"

"내 말이 바로 그겁니다."

맥더미드의 얼굴이 일그러진다. "대체 무슨 꿍꿍입니까?"

"그냥 그의 주장이 그렇단 얘깁니다."

"왜 자꾸 그놈에게 휘둘리는 겁니까?"

맥더미드는 껌을 야무지게 씹어대며 하늘을 올려다본다. 흉측한 먹구름이 청명한 하늘을 위협하고 있다.

"당신 얘길 들어줬으니 이젠 내 차렙니다. 유언은 미쳤는진 몰라도 바보는 아니에요. 그놈은 거짓말쟁입니다. 자기 어머니처럼요. 모자가 거짓 진술을 늘어놓으면서 서로의 알리바이가 돼주고 있는 겁니다." 그가 잠시 말을 멈추고 내 반응을 살핀다. "거짓말은 지뢰와 같아서 곳곳에 심어놓고 그 사실을 까맣게 잊고 있다 보면 언젠가 된통 당할 날이 오기 마련입니다. 누군가가 부지불식간에 압력판을 밟는 날이 반드시 온다니까요."

그때 마크 없는 위장 순찰차가 다가와 우리 앞에 멈춰 선다. 운전석에는 케이트 호손이 앉아 있다. 그녀가 차에서 내려 경위가 탈 수 있도록 조수석 문을 열어준다. 맥더미드는 잘 가라는 인사도 없이 차에 올라 케이트가 문을 닫아주기를 기다린다. 그녀가 나를 올려다보며 미묘한 미소를 지어 보인다. 나도 미소로 화답하고 있겠지? 이따금 헷갈릴 때가 있다. 내가 게임 마스크를 쓰고 있는지, 아니면 파킨슨 마스크를 쓰고 있는지.

멀어져가는 순찰차를 바라보며 과연 맥더미드의 말대로일지 곰곰이 따져보기 시작한다. 범행동기, 범행 수법, 그리고 처신. 모든 게 유언과 미카를 범인으로 지목하고 있다. 하지만 행위 그 자체와 뒤처리는 전혀 다른 얘기를 하고 있지 않은가. 누군가의 두개골을 박살내놓으려면 최대한 가까이 접근해 야만적으로 둔기를 휘둘러야만 한다. 사적인 관계를 이용해 표적에 근접할 수 있는 인물이어야만 한다. 뼈는 부러질 것이고, 그 충격으로 팔과 몸에 진동이 느껴질 것이다. 피부에는 피가 튈 테고, 손은 끈적거리게 될 것이며, 옷에는 대소변을 지리게 될 것이다. 범인은 패닉이나 탄로의 공포가 아닌, 억눌린 분노에 사로잡혀 범행을 저질렀다. 사디스트인 미카는 고문을 즐기는 타입이다. 그리고 유언은 현실과 머릿속 목소리 사이에 갇혀 있다. 두 사람 모두 그런 짓을 충분히 벌이고도 남을 놈들이지만 내 머릿속 빈 액자에는 들어맞지 않는다.

나는 고개를 들고 법원을 빠져나오는 올리비아를 바라본다. 데이비드 패시지는 기자들의 질문을 무시한 채 그녀를 이끌어나간다. 그는 택시를 잡아 그녀를 위해 문을 열어준다. 올리비아는 그의 볼에 살짝 입을 맞춘다. 그녀의 허리에 얹어진 그의 한 손은 그녀의 엉덩이 쪽으로 슬그머니 내려간다. 보통 친밀하지 않으면 나올 수 없는 제스처다. 예상치 못한 광경에 머리가 얼떨떨해져온다. 대체 나는 무엇을 간과해온 것일까?

하지만 성급한 속단은 바람직하지 않다. 올리비아는 데이비드와 오래전부터 알고 지내온 사이인지도 모른다. 녀석이 우리 아버지의 변호사니까. 직접 서류에 서명을 하거나, 아버지가 서명할 때 증인으로 입회하면서 그를 보아왔을 테니까. 하지만 이런 작고 부수적인 디테일은 그냥 흘려넘길 수 없다. 남들이 미처 알아채지 못하는 패턴들. 이상치를 형성하고, 인간 행동의 한계를 규정하는 이례적이고 변덕스러운 행동들. 충동적이고, 끔찍하고, 놀라운. 우리 모두는 평범함 속에서 안전을 추구한다. 하지만 나는 확인된 영역을 지구본에 기록하고 미확인 영역을 탐구해나가는 중세 시대 지도 제작자와 다르지 않다. 빈공간에 신화적 존재와 바다 괴물의 삽화를 그려 넣으며 주의를 게을리하는 이들에게 '용이 사는 곳'이라 경고하는 게 바로 내 역할이다.

## 16일째

아침. 일찍부터 새들이 울어댄다. 나는 거실 창문으로 주차된 차들 사이를 신나게 누비는 청소차를 지켜보고 있다. 덤불에서 떨어져나온 낙엽들이 바람에 날려 소용돌이친다.

인터컴이 울린다. 나는 화면을 살핀다. 케이트 호손이 정문 앞에 서 있다. 여기까지 뛰어왔는지 그녀는 식어가는 몸을 데우려 몸을 뒤틀어대는 중이다.

"너무 일찍 왔나요?" 그녀가 묻는다.

"아뇨. 올라와요."

그녀는 잠시 머뭇거리다가 문을 열고 들어온다. 나는 계단으로 나가 그녀를 맞는다. 가쁜 숨을 몰아쉬는 그녀는 모직 모자에 레깅스, 그리고 몸매의 곡선을 잘 살려주는 타이트한 상의 차림이다.

"애들이 아직 자고 있어요." 나는 말한다.

"나 때문에 걔들이 깨는 건 원치 않아요."

"괜찮아요. 마침 커피와 크루아상이 있어요."

"그냥 물 한 잔이면 돼요."

"예전에 당신이 뛰는 걸 본 적 있어요." 나는 솔직히 고백한다.

"어디서요?"

"리전트 파크에서요. 아침마다 아우터 서클에 나가 걷거든요. 언젠가 당신이 쌩하니 날 지나쳐 뛰어가더라고요."

케이트는 싱크대에 몸을 기대고 서서 글라스에 담긴 물을 마신다. "옷에서 검출된 DNA 검사 결과가 도착했어요. 당신 아버지 피가 아니라네요."

"그럼 누구 피죠?"

"유언도, 미카 보챔프도 아니에요."

잠시 무언의 질문으로 가득 찬 침묵이 찾아든다. DNA 증거 없이는 유언과 미카를 아버지를 폭행한 범인으로 의심할 수 없다.

"유언이 어떤 여자앨 언급했어요." 나는 말한다. "그 애가 다쳤다나요."

"여자애라뇨?"

"나도 누군지 몰라요."

"그가 그 내용을 털어놓지 않으면……." 말끝을 흐린 케이트가 잠시 뜸을 들인다. "달라지는 건 없어요. 맥더미드는 아직도 유언과 미카를 유력한 용의자로 보고 있어요."

"충분한 증거도 없이 말이에요?"

"집에서 그들의 지문이 검출됐잖아요."

"오래전에 남겨진 것들일 수도 있어요."

"당신에게 귀띔하면 안 되는 내용이지만……." 케이트가 잠시 입을 닫고 고민에 빠진다. "보스는 정신병원에 사람을 심어두고 싶어 해요. 환자인 척하면서 유언에게 접근해 자백을 유도하려는 것이죠."

"그건 함정 수사잖아요."

케이트의 태도는 이내 방어적으로 바뀐다. "맥더미드는 나쁜 경찰이 아니에요. 떠맡은 사건은 너무 많고, 자원은 턱없이 부족하니 자기도 답답하겠죠. 그래서 이따금 절차를 무시하고 밀어붙이는 거예요. 솔직히 안 그런 사람이 누가 있겠어요?"

"모든 경찰이 다 그렇진 않겠죠. 내가 보기에 당신은 그의 방식에 동의하지 않는 것 같군요. 어떻게든 그를 제지해보려고 내게 수사 경과를 흘리는 거 아닌가요?"

케이트는 대꾸가 없다. 그때 찰리가 주방으로 들어온다. 딸의 머리는 헝클어졌고 볼에는 베개 자국이 남아 있다. 나는 두 사람을 서로에게 소개시킨다. 케이트는 찰리에게 옥스퍼드 재학 생활에 대해 묻고, 찰리는 예의 갖춰 대답한다. 딸은 이른 아침에 형사가 찾아온 이유가 궁금한 모양이다.

잠시 후, 잠옷 차림의 에마가 나타난다.

"네 머리가 마음에 들어." 케이트가 말한다. "나도 예전에 너처럼 자주색으로 부분 염색을 한 적이 있었어."

"정말요?" 에마가 환히 웃으며 말한다.

"그냥 웃자고 한 얘기야." 나는 말한다.

"아뇨. 농담이 아니에요. 소신껏 나 자신을 표현한 거였다고요. 90년대 중반엔 머릴 온갖 색으로 물들이고, 배꼽엔 피어싱까지 하고 다녔어요. 분홍색 레깅스, 탱크톱, 엄청 짧은 반바지······."

"부모님이 뭐라고 안 하셨어요?" 찰리가 묻는다.

"그나마 섹스나 마약이 아니라 다행이라고 생각하셨어."

에마가 얼굴을 일그러뜨리며 역겨운 표정을 짓는다. "웩!"

아이들은 한동안 케이트와 옷과 음악에 대해 신나게 수다를 떤다. 커피를 받아 든 그녀는 아이들과 크루아상을 나눠 먹는다. 그녀 덕분에 모처럼 집안 분위기가 밝고 훈훈해졌다. 좋은 변화다. 얘기가 끝난 후 나는 그녀를 아래층 정문까지 배웅한다. 케이트는 모직 모자를 눌러쓰고 몸에 꽉 끼는 상의의 지퍼를 목까지 올린다.

"당신에게 미처 못 한 얘기가 있어요." 그녀가 주저하며 말한다. "치스윅 집 바닥에 떨어져 있던 쪽지."

나는 고개를 끄덕인다.

"거기서 DNA 흔적이 나왔어요. 데이터베이스에 넣어 돌려봤고, 매치를 찾았어요. 레이 디마르코라는 남자라더군요. 전직 군인."

"내가 만나봤어요." 나는 기습적으로 말한다. "병원에서 날 보고 달아났던 친구예요."

"디마르코와 윌리엄 올로클린이 서로 무슨 관련이 있죠?"

"그의 누나는 심한 장애가 있어요. 그는 그걸 우리 아버지 탓으로 돌리더군요."

"맥더미드도 그 내용을 알고 있나요?"

나는 대답 없이 눈만 깜빡인다.

"맙소사, 조, 그는 유력한 용의자예요. 상급 장교를 폭행해 일 년간 복역한 사람이라고요."

"몰랐어요."

"선반으로 당신 머리를 내리쬔 범인이기도 하고요."

나는 베타니 디마르코의 난산에 대해, 그리고 아버지가 매년 그녀에게 돈을 부쳐온 사실을 담담하게 들려준다.

케이트는 여전히 화를 풀지 않고 있다. "레이 디마르코가 왜 병원에 왔던 거죠?"

"아버지의 보상이 끊어질 것을 우려한 모양이에요."

케이트는 내 말을 못 미더워하는 눈치다. "내가 지금껏 들려준 모든 내용은 비밀로 해줘요. 알았죠?"

나는 고개를 끄덕이고 그녀의 볼에 입을 맞추려 몸을 앞으로 기울인다. 케이트는 마지막 순간에 고개를 틀어 입술로 나를 맞는다. 나는 그녀의 잘록한 허리에 두 손을 얹는다. 그녀의 혀에서 커피 맛이 난다. 그녀의 체온이 내 온몸으로 퍼져나간다.

"당신은 매력적인 입술을 가졌어요." 그녀가 말한다.

"또 키스해도 돼요?"

"그건 나중에."

살며시 나를 밀어낸 후 계단을 내려간 그녀가 운동화의 주황색 밑바닥을 살짝 드러내며 달려나가기 시작한다.

아버지는 6층 개인 병실로 옮겨졌다. 그곳 북향 창문 밖으로는 웸블리 스타디움의 탑들이 내다보인다. 지난 세 시간 동안 눈 한 번 깜빡이지 않은 환자에게는 그림의 떡과 같은 풍경이다.

인위적 혼수상태를 벗어난 아버지는 이제 주기적으로 자다 깨다를 반복할 수 있게 됐다. 수액이 줄어들면서 카테터 백이 점점 채워져간다. 수염과 손톱과 머리카락이 자라는 속도도 원래 페이스를 되찾았다. 의식이 돌아오지 않은 것만 빼면 아버지의 거의 모든 면이 정상 수준에 가까워졌다. 자각의 눈부신 웅덩이 속에서 살아가는 우리와 달리 실내용 화초 같은 아버지는 아직도 정적의 땅에 갇혀 있다.

십자말풀이 문제도 내보고, 〈타임스〉에 실린 편지도 큰 소리로 읽어보지만 아버지는 아무 반응이 없다. 아버지의 표정에서는 미세한 변화조차 보이지 않는다. 감정과 의도가 엿보이지 않는 얼굴은 빈 그릇에 불과하다. 기만.

내 목소리가 들리실까? 확인할 길이 없다. 꼭 필요한, 하지만 어느새 무의미해져버린 말을 전부 쏟아내기에는 방 안의 산소가 충분치 않다. 올리비아의 말이 옳다. 모든 건 필요 이상으로 뜸을 들인 내 탓이다.

아주 오래전, 십 대 시절, 한밤중에 잠에서 깬 나는 화장실에 불이 켜져 있는 걸 보았다. 문도 반쯤 열려 있었고. 문틈으로 욕조 가장자리에 앉아 편지를 읽으며 흐느껴 우는 아버지의 모습이 보였다.

"괜찮으세요?" 나는 물었다.

아버지는 잽싸게 눈물을 훔쳐냈다. "아무것도 아니다."

"잠이 안 오세요?"

"내 코 고는 소리 때문에 네 엄마가 잠을 못 자." 아버지는 이미 한 손에 편지를 구겨 쥔 후였다. "저 사람 먼저 재우고 들어갈 거야."

"네, 안녕히 주무세요."

그때 아버지에게 한마디 위로라도 건넸어야 하지만 아버지가 난처해할까 봐 그러지 못했다. 대신 나는 어색한 상황을 면하게 됐음에 만족하며 침대로 돌아갔다. 하지만 아버지의 고뇌하는 모습은 그 후로도 오랫동안 잔상으로 남게 됐다. 나는 아직도 무엇이 아버지로 하여금 눈물을 쏟게 했는지 모르고 있다.

간호사가 문에 노크를 한다. 그녀는 욕창과 감염을 예방하기 위해 아버지의 근육을 마사지하러 온 것이다.

"시간이 좀 걸릴 거예요." 그녀는 나가서 차라도 한잔 하고 올 것을 권한다.

나는 외투를 걸치고 아래층으로 내려간다. 정문을 빠져나와서는 칼바람이 부는 왼쪽으로 방향을 튼다. 한동안 정처 없이 걷다 보니 어느새 그랜드 유니언 운하를 지나 리틀 베니스에 다다라 있다. 나는 잠시 걸음을 멈추고 운하를 지나는 보트를 지켜본다. 미쉐린 맨처럼 다부지게 생긴 아이들이 유유히 흐르는 물에 나뭇가지를 던지고 있다.

휴대폰이 진동한다.

"뭐 해?" 루이즈가 묻는다.

"생각해."

"생각은 이미 지겨울 만큼 하지 않았어?"

"그래."

그는 이내 용건으로 들어간다. "패러데이 피스컬 매니지먼트를 좀 살펴봤어. 은행에 아는 사람이 좀 있어서 사라진 돈을 추적할 수 있냐고 물어봤지. 패러데이는 2009년에 만들어진 셸프 컴퍼니(다른 이에게 판매하기 위해 만든 회사—옮긴이)야. 주소는 버진 아일랜드 로드 타운의 사서함으로 돼 있고. 거기서 빨래방 체인을 운영하는 사람이 그 사서함 주인이더군. 그는 같은 주소를 쓰는 마흔 개도 넘는 회사의 명의상의 임원이야. 서류에 서명만 하면 돈이 굴러들어오지.

2010년 2월 16일, 올로클린 재단이 9백만 파운드를 버진 아일랜드의 CBIC 퍼스트 캐리비언 은행 계좌를 이용해 패러데이 피스컬 매니지먼트로 이체했어."

"그 계좌는 누가 개설했고?"

"그건 알 길이 없어. 그래서 조세 피난지로 인기가 높은 거지. 계좌 소유자의 신원은 등록하지 않아도 되거든. 이체된 지 열두 시간 후, 그 돈은 무담보 대출로 둔갑해서 제네바에 있는 헤이븐 브룩 콘티넨털이라는 건설회사로 흘러들어갔어. 그 딜은 파나마 법률회사, 모색 폰세카를 통해 처리됐는데, 알고 보니 몇 년 전 돈세탁으로 크게 매스컴을 탔던 곳이더군. 헤이븐브룩은 상트페테르부르크 외곽에 럭셔리한 스키 리조트를 짓던 중이었는데 문제가 생겨서 몇 년 동안 공사가 지연됐대. 2010년엔 8백2십만 파운드에 달하는 금액을 키프로스 섬 해상 보험사의 계열사인 딜런 홀딩스에 대출해줬는데, 그 돈은 곧장 스위스의 여러 매매 계정으로 이체됐어. 주식 처분 거래에 대한 보상이라는 명목으로 말이지. 바로 거기서 돈의 흔적이 싹 사라져버려. 그 돈을 찾는 것보다 엘비스 찾는 게 더 쉬울걸."

나는 눈을 질끈 감았다가 다시 뜬다. 제자리에서 빙글빙글 돌다가 갑자기 멈춘 것처럼 현기증이 밀려든다. 땅이 들썩이자 나는 황급히 난간을 붙잡는다.

"괜찮아?" 루이즈가 묻는다.

"응. 미안하지만 부탁 하나만 더 할게."

"뭔데?"

"우리 아버지의 재정을 좀 살펴봐줘. 심상치 않아 보이는 부분이 있는지. 수상한 부동산 자산, 사치를 한 흔적, 거액이 이체된 기록……."

"부친이 돈을 훔쳤다고 의심하는 거야?"

"글쎄, 아직 뭐가 뭔지 모르겠어."

나는 여전히 심란한 상태로 운하를 건넌다. 그리고 메릴본 고가 횡단 도로 밑 콘크리트 기둥들을 따라 왔던 길을 되돌아간다. 인도에 빗방울이 뚝뚝 떨어지는가 싶더니 이내 폭우로 바뀌어버린다. 나는 외투로 머리를 덮은 채 세인트 메리스를 향해 전력으로 내달리기 시작한다.

아버지 병실의 문은 살짝 열려 있고, 커튼이 둘러져 침대가 보이지 않는다. 창문으로 스며든 햇빛이 침대 너머로 몸을 구부린 한 형체의 검은 윤곽을 커튼에 뿌려놓는다. 깨어난 아버지가 일어나셨나? 나는 아버지를 부르며 커튼을 걷는다. 베개를 가슴에 끌어안은 로지 패시지의 모습이 눈에 들어온다.

"지금 뭐 하세요?" 나는 바짝 다가서며 묻는다.

"윌리엄이 일어나 앉을 수 있게 돕고 있어." 그녀가 당연한 걸 왜 묻느냐는 듯 대답한다. "그래야 숨쉬기가 편해지거든. 아줌마도 간호사였잖니."

로지가 아버지의 상체를 세운 후 머리 뒤에 베개를 받쳐준다. 턱 끝까지 내려오는 그녀의 짧은 백금색 머리 아래로 살랑살랑 흔들리는 커다란 귀걸이가 드러나 있다. "케네스도 같이 오고 싶어 했는데 그이는 내가 운전하는 차엔 절대 안 타거든. 마침 유진도 쉬는 날이고."

로지는 침대 옆 의자에 앉아 갈색 종이봉투에서 꺼낸 포도를 내게 건넨다.

"아버지 드시라고 가져오셨어요?"

"너 주려고 가져왔어."

그녀가 포도 한 알을 뜯어 입에 넣는다. "네 아버지가 우리 얘길 듣고 있을까?"

"글쎄요."

"칭칭 감긴 붕대만 빼면 그런대로 괜찮아 보이는구나. 왠지 갑자기 벌떡 일어나 진토닉 한 잔 말아오라고 시킬 것 같지 않니? 상태가 나아지고 있는 거 맞지?"

"아뇨."

"의사는 뭐래?"

"회복이 쉽지 않을 거래요."

바르르 떠는 로지의 팔뚝에 소름이 돋아난다.

"올리비아 블랙모어에 대해 아세요?"

"응."

"혹시 그녀와 친하셨나요?"

"좋은 질문이야. 어떻게 대답해야 할지 모르겠네. 친구 사이는 아니었고, 그냥 그 여자의 젊음을 부러워했던 것 같아."

"아주머니와 나이가 비슷하던데요."

로지가 미소를 지어 보인다. "그렇게 말해주니 고맙구나." 그녀가 포도를 한 알 더 떼어 입에 넣는다. "남자들은 이상한 오해를 하더라. 우리 여자들이 자매애니 연대니 하는 아이디어로 끈끈한 유대가 형성돼 있다고 말이야. 하지만 우린 아무하고나 어울리고 엮이지 않아. 난 네 어머니의 결혼생활에 간섭할 일 없고, 네 어머니도 우리 결혼생활에 간섭할 일 없어."

"하지만 아주머니는 간섭을 하셨잖아요. 저희 아버지와 바람을 피우지 않으셨나요?"

"그건 다르지."

"어떻게요?"

"그때 난 어렸어. 경솔했고. 너무 태평했지. 아무래도 70년대였으니까······."

"아버질 사랑하셨나요?"

"사랑했었지. 네 아버지가 날 구해줬거든."

"어떻게요?"

"임신 사실을 알고 나서 윌리엄에게 제일 먼저 달려갔어. 그라면 날 도와줄 수 있을 것 같아서."

"낙태 말씀인가요?"

"오. 그런 건 절대 아니었어. 네가 황당하게 생각할지 모르지만 난 가톨릭 신자야. 당시에 이미 케네스와 사귀고 있었지. 난 그이가 나와 결혼하지 않을 줄 알았어. 날 사랑하지 않아서가 아니라 그이 가족의 반대 때문에. 시댁 어른들은 좋은 집안 출신의 참한 여자를 며느리로 들이고 싶어 하셨어. 금쪽같은 아들이 아일랜드 위클로 출신의 가톨릭 신자를 데려올 줄은 꿈에도 모르셨지."

"아이 아버지는 누구였죠?"

"당연히 케네스지. 난 파티를 좋아했을 뿐 난잡하고 헤픈 여자는 아니었어." 로지가 줄기에서 포도를 한 알 더 뜯는다. "우린 결혼을 했고, 그렇게 데이비드가 태어났어. 처음엔 케네스가 아버지 노릇을 무척 힘들어했는데 적응하고 나선 아이에게 푹 빠져버리더라고. 그리고 프랜시스가 태어났어. 우리 베이비, 프랜시스." 그녀의 눈이 멀게져간다. "걜 입대시키는 게 아니었는데, 윌리엄 때문에……."

"저희 아버지가 왜요?"

"프랜시스는 졸업하고 나서도 진로에 대한 계획이 없었어. 갭이어(고교 졸업 후 대학 진학 전에 일하거나 여행하면서 보내는 1년—옮긴이)를 이용해 오스트레일리아를 여행했는데, 집에 돌아와서도 달라진 게 없더라고. 그래서 걘 조언을 구하러 윌리엄을 찾아갔어. 너도 알다시피 두 사람이 특히 가까웠잖니. 그들은 우리에게 한마디 상의도 없이 샌드허스트를 선택했어. 그 얘길 듣고 어찌나 화가 나던지. '거긴 장교 학교예요.' 윌리엄이 그러더구나. '어차피 투입될 전쟁도 없는데요 뭐.' 하지만 전쟁이 없던 적이 언제 있었니? 북아일랜드. 걸프. 보스니아. 아프가니스탄. 이라크. 우리 청년들을 사지로 내몰아야 할 이유는 늘 있었잖아. 프랜시스가 죽었을 때 난 정말 미쳐버리는 줄 알았어. 어쩌면 정말로 미친 채 살았는지도 몰라. 영원히 끝나지 않는 밤에 갇혀버린 기분이랄까."

로지가 눈물을 훔치려는 듯이 한 손을 자신의 볼로 가져간다.

"우리 프랜시스 대신 남의 집 아들이 죽은 거라면 얼마나 좋을까? 난 이런 이기적인 생각까지 했었어." 그녀가 〈타임스〉를 집어 든다. "신문 볼 때 부고도 챙겨 읽니?"

"아뇨."

"난 매일 꼭 챙겨 읽어. 나이 들어 죽은 노인들 소식엔 아무 관심이 없어. 그보단 한창나이에 죽은 청년들 소식만 골라 읽곤 했지. 꽃다운 어린 자식을 잃은 부모가 세상에 나 하나뿐이 아니라는 사실을 그렇게라도 확인하고 싶었거든. 남들도 자식을 잃고 나처럼 폐인으로 살아가고 있다는 사실을."

"아주머니만 그러신 게 아니에요." 나는 말한다.

"알아."

로지가 갈색 종이봉지 안을 들여다본다. 어느새 포도는 바닥나버렸다. 그녀가 멋쩍게 어깨를 으쓱인다. "먹을 걸 남기는 것도 큰 죄악이야."

그녀가 자리에서 일어나 침대 너머로 몸을 숙이고는 아버지의 이마에 살며시 입을 맞춘다.

"당신은 원래 말수가 적은 사람이었죠, 윌리엄. 하지만 다음엔 좀 더 노력해봐요."

그녀가 돌아간 후 나는 의자에 앉아 창밖으로 펼쳐지는 저녁 풍경을 물끄러미 내다본다. 공사장 크레인들. 빨간 불빛을 깜빡여대며 히스로 공항을 향해 낮게 떠가는 여객기. 그리고 같은 코스로 뒤따르는 또 다른 여객기. 먼발치서 굼뜨게 움직이는 기차. 향수가 느껴지는 아련한 풍경이다. 눈부신 도시의 불빛에 가려진 하늘에서는 별 하나 찾아볼 수가 없다.

루시는 자정쯤 오기로 돼 있다. 누나를 기다리는 동안 나는 아버지에게 어릴 적 얘기를 늘어놓는다. 우리가 키웠던 애완동물들, 온 가족이 함께 보낸 휴가와 크리스마스들. 아버지는 연말연시의 들뜬 분위기를 좋아했다. 일 년 내내 내향적이고, 무뚝뚝하고, 전투적이며, 이기적인 태도로 일관해온 아버지는 어떤 이유에서인지 크리스마스만 되면 확 달라진 모습을 보였다. 크리스마스트리와 장식에 지나칠 정도로 관심을 보였고, 자신만의 뱅쇼 레시피를 야심 차게 선보이기까지 했다.

그렇게 두 시간 가까이 혼잣말을 이어온 나는 슬슬 지겨워졌다. 입을 닫고 앉아 있으니 졸음이 밀려든다. 이따금 들려오는 카트 소리와 복도에서 스며드는 목소리에 나는 자다 깨다를 반복한다.

시간이 얼마나 흘렀을까, 움찔하며 눈을 뜬 나는 본능적으로 병실 안을 둘러본다. 조명이 은은하게 켜진 방 안에는 나 혼자뿐이다. 유리창 밖으로는 런던의 야경이 펼쳐져 있다. 잠결에 들은 아버지의 목소리는 환청인 듯했다. 나는 침대 앞으로 몸을 기울이고 아버지를 내려다본다. 아버지의 가슴이 규칙적으로 오르내리고 있다. 콧구멍도 리듬에 맞춰 벌렁인다.

"조예요." 나는 말한다. "들리세요?"

아버지가 눈을 뜨고 나를 올려다본다.

나는 아버지의 손을 꼭 잡아 쥔다. "제 손이 느껴지세요?"

아버지의 입술이 살짝 벌어지면서 침이 배어나온다. 아버지는 소리를 끄집어내려 애쓰고 있다. 나는 아버지의 입 앞으로 귀를 바짝 가져다 댄다.

"다시 말씀해주세요."

내 얼굴에 아버지의 입김이 뿌려진다. 하지만 여전히 알아들을 수 없다.

"급하실 거 없어요. 천천히 하세요."

심박 모니터에서 경고음이 터져나오기 시작한다. 아버지는 연신 신음을 토해낸다. 경고음이 점점 커져간다.

"왜 그러세요? 무슨 말씀을 하시려고."

아버지의 오른손이 내 팔뚝을 힘껏 움켜잡는다. 가까스로 되찾은 의식의 끈을 놓치지 않으려는 듯이. 아버지의 입이 다시 열리고, 불분명한 발음의 단어가 흘러나온다.

"이제…… 날…… 보내다오!"

# 17일째

 "선생님 말씀을 의심하는 건 아닙니다." 로리모어 박사가 말한다. "하지만 부친께서 주변을 의식하셨을 가능성은 매우 희박합니다."
 쉬는 날 연락을 받고 급히 달려온 신경과 의사는 청바지에 운동화, 그리고 검은 가죽 재킷 차림이다.
 "가족에겐 무척 가슴 아픈 상황이겠지만 정확히 무슨 일이 벌어지고 있는지 다시 설명해드리겠습니다. 코마의 두 번째 단계에서 환자들이 눈을 뜨는 경우는 꽤 흔하게 볼 수 있습니다. 입으로 소리를 내거나 과격하게 움직이는 경우도 있고요. 오토마티즘이라는 건데요, 그들이 의식을 되찾았다는 뜻이 아닙니다. 윌리엄은 지시에 따를 수도, 말을 할 수도, 소통할 수도 없습니다. 여전히 뇌 활동 증거가 보이지 않는 식물인간 상태니까요."
 "전 헛것을 들은 게 아닙니다."
 우리는 로리모어 박사의 사무실에서 대화를 나누는 중이다. 어머니와 누나들은 밖에서 기다리고 있다. 그가 고개를 살짝 숙인다. "어젯밤 수면은 얼마나 취하셨습니까?"

"잠은 한숨도 못 잤어요. 꾸벅꾸벅 졸다가 아버지 목소리를 듣고 정신을 차렸습니다."

"정말이세요?"

"네."

로리모어 박사의 회색 눈은 나를 의심하고 있는 듯하다. "모친과 누님들께도 알리셨습니까?"

"그 전에 박사님을 먼저 만나보고 싶었습니다."

"그러셨군요."

"식구들도 알 권리가 있잖습니까."

"네."

"왜 그런 반응을 보이시죠?"

"어떤 반응 말씀입니까?"

"마치 제가 실수라도 한 것처럼 말입니다."

"그건 그저……." 신경과 의사가 첨탑 모양으로 두 손을 모은다. "저는 진실에 대한 나름의 철학을 갖고 있습니다." 그가 말한다. "전 아내의 신발이 얼마인지 굳이 알려고 하지 않아요. 아내가 먼저 새 구두를 할인가로 오십 파운드에 샀다고 알려줍니다. 전 그게 좋더라고요. 초콜릿 케이크 한 조각에 칼로리가 얼마나 되는지, 핫도그 소시지의 정체가 뭔지, 벽장 안에 거미가 사는지, 친구 집에서 잘 거라는 저희 집 십 대 아이들이 실제로는 어디서 뭘 하는지, 그런 건 모를수록 행복해요. 우린 많이 아는 게 미덕이고 중요하다 여겨지는 세상에 살고 있습니다. 아는 게 힘이라곤 하지만 선생님과 전 늘 그렇지만은 않다는 걸 알지 않습니까."

"모르는 게 약이라는 말씀인가요?"

"아닙니다. 저는 단지 무엇을 알 것인지, 그리고 무엇을 모르는 채로 남겨둘 것인지 선택하는 게 중요하다는 말씀을 드리고 있을 뿐입니다. 만약 제가 선생님이 정확히 언제, 그리고 어떻게 사망할지 상세히 알려드린다면, 그리고 그 결과를 바꿀 방법이 없다면, 선생님께선 그 내용을 듣고 싶으시겠습니까?"

"아뇨."

"모르고 사는 게 훨씬 낫겠죠."

"그래요."

"그래서 제가 재검사 결과가 나올 때까지 가족분들께 알리지 말아주십사 부탁을 드리는 겁니다. 선생님께서 제대로 보신 거라면 저도 선생님과 함께 축하를 나누도록 하겠습니다."

합리적인 요청이다. 하지만 왠지 아끼던 풍선을 놓쳐버린 아이가 된 기분이다. 옥상 위로 날아가버린 풍선을 올려다보며 낙담하는 기분.

어머니와 누나들은 복도를 따라 줄지어 앉아 있다. 그들이 일제히 나를 올려다본다. 그들의 눈은 내게 같은 질문을 던지고 있다.

"아버지가 고개를 돌리셨어요." 나는 말한다. "이런저런 얘길 들려드렸는데 아마 거기에 반응하신 것 같아요."

"아빠가 널 알아보셨어?" 루시가 묻는다.

"그건 모르겠어."

"아무 말씀도 안 하셨어?"

"입으로 무슨 소릴 내긴 하셨어. 로리모어 박사가 알아보겠대."

루시가 어머니의 손을 살며시 잡아 쥔다. "좋은 징조예요." 누나가 말한다. 레베카와 퍼트리샤도 동의한다는 듯 고개를 끄덕인다. 의사들에 대한 누나들의 신뢰는 절대적이다. 현대의학으로 못 고칠 병은 세상에 없다고 굳게 믿고 있다. 현대의학의 한계에 대해 아버지가 숱하게 강조해왔음에도. "우린 의사일 뿐이야. 기적을 행하는 사람들이 아니라고."

복도 끝 엘리베이터의 문이 열리고 그 안에서 루이즈가 튀어나온다. 그는 갑판을 누비는 해적과 같은 독특한 걸음걸이로 복도를 걸어온다. 사람들의 고개가 그를 향해 저절로 돌아간다.

어머니는 내가 같이 있어주기를 바라는 눈치다. 아버지가 오직 내게만 반응할 거라 믿는 모양이다. 나는 곧 돌아오겠다며 어머니를 안심시킨다.

병원 밖에 이중주차된 루이즈의 차의 계기판에는 손으로 "경찰"이라 적은 사인이 놓여 있다.

"경찰 사칭은 중범죄야." 나는 그에게 상기시킨다.

그가 사인을 뒷좌석으로 던져버린다. "난 43년을 경찰로 살았어. 내 보스들 대부분이 경찰을 사칭하고 다녔다고. 어디로 갈 거야?"

"커피부터 한잔 하고."

"좋지."

잠시 후, 우리는 데운 우유, 와플, 그리고 기름 냄새가 물씬 풍기는 카페에 앉아 있다. 루이즈는 베이컨 롤을 한입 크게 베어 문다. 갈색 소스가 그의 손목을 타고 흘러내린다.

"배 안 고파?" 그가 요란하게 씹어대며 묻는다.

"자네 먹는 걸 보고만 있어도 동맥이 굳어가는 것 같아."

"지방이 문제가 아니라는 뉴스도 못 봤어? 이젠 돼지고기는 마음껏 먹어도 된다고."

"말만 들어도 끔찍해."

루이즈가 한입 더 베어 문다. "부친이 정말 자네에게 말을 했어?"

"그렇다니까."

"좋은 소식이네. 적어도 뇌사 상태는 아니라는 뜻이니까. 그래, 뭐라고 하셨어?"

"죽고 싶다고."

"오."

나는 황급히 화제를 바꾸어버린다. "데이비드 패시지와 올리비아 블랙모어의 관계가 수상해."

"자네가 보기엔 두 사람이 그렇고 그런 사이 같아?"

"유언이 우리 집에 쳐들어온 날 밤에 올리비아를 만나러 갔었거든. 그 집에서 사람 소릴 들었어."

"그게 유언이었다고 했잖아."

"이제 그렇게 단정 못 하겠어."

"근거는?"

"이웃 주민이 그러는데 우리 아버지가 집을 비울 때마다 누군가가 올리비아를 찾아오곤 했대. 어두운색 BMW를 몰고서."

"패시지가 무슨 차를 몰지?"

"그걸 알아봐줄 수 있겠어?"

루이즈가 한숨을 내쉰다. "자네가 너무 오버하는 거 아니야?"

"아마도. 하지만 데이비드 패시지는 보험과 아버지 유언장 내용에 대해 알고 있었어. 그뿐만 아니라, 문제의 돈이 증발해버렸을 때 재단 이사진 중 한 명이기도 했다고."

"그 친구가 자네 부친에게 그런 짓을 저지를 이유가 없잖아."

"돈. 섹스. 질투."

"그중 하날 고르라고?"

"셋 다일 수도 있어." 나는 찻잔 속 찌꺼기를 들여다보며 말한다. 내 이론에는 분명 큰 결함이 있다. 데이비드 패시지는 처음부터 내게 모든 걸 솔직히 털어놓았다. 베타니 디마르코와 포렌식 검사 결과와 아버지의 재정적 문제들에 대해서도.

루이즈가 냅킨으로 입을 훔친다. "맥더미드는 이 사건을 서둘러 종결짓고 싶어 해. 조만간 유언을 기소하려 들걸."

"그가 제대로 짚었다 해도 사라진 돈에 대한 미스터리는 계속 남게 될 거야."

"두 건의 범죄를 하나로 합쳐보는 건 어떨까?"

그가 옳다. 하지만 나는 계속 파헤쳐보고 싶다. 새로운 껍데기가 벗겨지면서 전혀 다른 역사가 드러나기를 바라며.

"이젠 어쩔 셈이야?" 루이즈가 묻는다.

"유언을 만나봐야겠어."

"경비가 삼엄한 정신병동에 갇혀 있는데 무슨 수로?"

"내가 심리학자라는 거 잊었어?"

한쪽에 마련된 농구 코트와 파이브 어사이드(다섯 명씩 팀을 이루어 하는 축구—옮긴이) 축구장. 멀리서 보는 트윈 리버 로지는 레저 센터나 원색들로 칠해진 초등학교 같다. 하지만 가까이 접근하면 울타리에 둘러진 레이저 와이어와 보안 카메라를 똑똑히 볼 수 있다.

"월요일 커피 약속을 펑크 내면 어떡해요?" 방문객 안내소에서 기다리고 있던 빅토리아 나파르스텍이 말한다. "그것도 두 번 연속으로."

"미안해요. 아버지가……."

"좀 어떠세요?"

"똑같으세요."

"같은 대답을 반복하기 지겹죠?"

"네."

나는 그녀에게 내 뒤에 바짝 붙어선 루이즈를 소개한다.

"교수님이 꼭꼭 숨겨오신 분을 이제야 뵙게 되네요." 그는 마치 공주를 알현하듯 그녀의 손을 잡으며 말한다.

"선생님 말씀도 많이 들었어요." 빅토리아가 말한다. "조가 설명한 그대로이시네요."

루이즈가 불안한 듯 미간을 살짝 찌푸린다. "이 친구가 나에 대해 뭐라던가요?"

"그건 비밀이에요."

그가 나를 돌아본다. "대체 무슨 얘길 늘어놓고 다닌 거야?"

"별 얘기 안 했어."

"하지만 자네가 설명한 그대로라고 하시니……."

"농담한 거야."

빅토리아는 장난스레 씩 웃어 보인다. 루이즈가 내게 속삭인다. "갑자기 이 여자가 맘에 안 들어."

"한 명의 방문자만 대동할 수 있어요." 그녀가 프런트 데스크에서 서류를 챙겨 들며 말한다.

"난 여기서 기다릴게요." 루이즈가 말한다. "모처럼 독서나 실컷 하죠 뭐." 그가 한쪽에 수북이 쌓인 연예 가십 잡지를 가리킨다.

"빈센트는 정신병원을 좋아하지 않아요." 나는 설명한다.

"경험자라서?"

"절대 아닙니다." 루이즈가 잽싸게 대답한다.

버저가 울리고 문이 열린다. 병동의 새로운 섹션마다 카메라와 추가 인력이 배치된 상태다. 성별에 따라 나누어진 경비가 삼엄한 특수 병동에는 공동 활동 구역과 게임룸, 그리고 라운지가 마련돼 있다. 각방을 쓰는 환자들은 실시간 감시를 받게 되고, 밤에는 문이 잠겨 나올 수 없다.

"유언이 당신의 면회를 허락했어요." 빅토리아가 설명한다.

"하지만 자신이 원할 때 언제든 면회를 멈출 수 있어요."

"그 친구 상태는 좀 어떤가요?"

"좀 나아지긴 했지만 약물 치료는 몇 주 더 받아야 해요."

우리는 화단으로 꾸며진 통로를 따라 퍼스펙스(유리 대신 쓰는 투명 아크릴 수지—옮긴이)로 만든 피라미드 모양의 온실로 향한다. 온갖 화초가 무성한 온실 안은 무척 습하다. 벽을 타고 흐르는 물방울이 개울을 이루어 꽃과 채소로 스며든다.

유언은 납작한 상자에 담긴 묘목들을 화분에 옮겨 심는 중이다. 그는 뿌리가 상하지 않도록 조심스레 손을 놀려나간다. 스태프 하나가 멀리 떨어져 그를 감시하고 있다.

"뭘 심고 있니?" 나는 묻는다.

"토마토일걸 아마." 유언이 손가락으로 각 묘목 주변 흙에 구멍을 내가며 말한다.

"기분은 좀 어때?"

"나쁘지 않아. 기상 시간이라고 담요를 가져가버리는 것만 빼면. 배도 안 고픈데 자꾸 먹으라고 성화할 때랑."

"끼니를 거르면 안 돼."

"뭘 먹어도 맛이 느껴지지 않아. 음식 자체도 쓰레기지만." 그의 정신이 여기저기로 튀기 시작한다. "주사로 막 찌르기도 하고. 난 주삿바늘 싫은데."

"혈액검사도 거르면 안 돼요." 빅토리아가 설명한다. 그녀는 문 옆 의자에 앉아 있다. 그녀의 오른손에는 비상경보 버튼이 꼭 쥐어져 있다.

유언이 나를 쳐다보며 속삭인다. "여기서 나가고 싶어. 미친놈들만 모아놨다고. 저 사람들은 밤마다 비명을 질러대. 수간호사를 불러 항의했더니 오히려 나한테 진정제를 놓겠다고 협박하더라고. 그래도 되는 거야?"

"그래도 돼."

유언이 어이가 없다는 표정으로 고개를 젓는다.

"내 이름, 기억해?"

"조."

"날 어떻게 알지?"

"내 이복형이잖아."

듣기 거북한 답변이다. "오늘이 무슨 날이지?"

"금요일."

"날짜는?"

"4일."

"달은?"

"7월."

"왜 7월이라 생각하지?"

"더우니까."

"온실 안에 들어와 있어서 더운 거야, 유언. 밖은 추워."

그가 대수롭지 않다는 듯 어깨를 으쓱인다.

"11월이야. 수요일이고." 나는 말한다.

"여기선 휴대폰도 못 쓰게 해." 그가 툴툴대며 하소연한다.

"넌 원래 휴대폰을 좋아하지 않았잖아. 감시당하는 것 같다면서."

그는 대꾸가 없다.

"어릴 때 혹시, 상상 속 친구가 있었니?"

"아니."

"하지만 머릿속에서 누군가의 목소리가 들린다고 했잖아."

"그건 그래."

"그들이 왜 하필 널 선택했다고 생각해?"

"난 특별하니까."

"어떻게?"

"남들은 듣질 못하잖아. 난 선택받은 거야."

"그 목소리를 네가 통제할 수도 있어?"

"가끔은. 약을 먹으면 하나도 안 들려. 하지만 난 약을 좋아하지 않아. 기분이 이상해지거든. 머리도 둔해지는 것 같고 자꾸 졸음이 와."

"그 목소리를 신뢰해?"

"나쁜 일을 하라고 시킬 땐 아니야."

"그 목소리에 귀를 닫고 나 같은 사람을 믿어보면 어떤 일이 생길 것 같아?"

"당신은 날 남들처럼 평범하게 만들려 하잖아. 난 특별한데."

"그 여자아이에 대해 알고 있어." 나는 묘목 상자를 집어 들고 그의 작업을 거들기 시작한다. "피를 보니까 무서워졌어?"

유언은 대답이 없다.

"그래서 네 옷을 다 태워버린 거야?" 나는 묻는다.

"미카가 시켰어."

"그 친구 옷이었어, 아니면 네 옷이었어?"

"내 옷." 유언이 볼 안쪽 살을 살짝 씹어댄다. "그냥 사고였을 뿐이야. 미카가 구급차를 부른다고 했어. 걘 치료받고 나아질 테니 걱정하지 말라면서."

"내가 한번 알아볼게. 그 아이 이름을 알려주겠니?"

"몰라. 제니처럼 생긴 아인데."

"제니가 누구지?"

"타이스허스트 병원에서 만났어. 툭하면 화장실에 들어가 문을 걸어 잠그고 먹은 걸 다 토해내곤 했어."

"그 여자애가 웸블리에 산다고 했었지? 그 앨 찾아가 만난 적 있어?"

"걘 우리가 오는 걸 몰랐어."

"걔가 사는 데가 정확히 어디지?"

"나도 주소는 몰라. 그냥 평범한 집인데, 미카의 사촌이 거기 살고 있어. 미카에게 빚을 진 게 있어서 돈을 받으러 갔지. 하지만 집에 없더라고. 여자친구는 우릴 들여보내주지 않았고. 걔가 꼭 제니처럼 생겼어." 그가 처음으로 돌아가 같은 이야기를 반복하기 시작한다. 나는 그가 웸블리 집에 집중하도록 유도한다.

"걔가 미카에게 고함을 쳤어. 난 집에 돌아가자고 했는데 미카는 돈을 받기 전엔 그럴 수 없다고 고집을 부렸지. 미카는 화를 내면서 발로 문을 걸어차 부서뜨렸어. 그 여자애가 겁을 집어먹고 위층으로 달아났는데, 미카가 걜 쫓아 뛰어 올라가더라고."

"그땐 넌 어디 있었고?"

"밖에서 망을 보고 있었지."

"그 여자앤 어떻게 됐지?"

"창문 열리는 소리가 나서 올려다봤더니 걔가 지붕으로 기어 올라가고 있더라고. 기와에 발이 자꾸 미끄러져서 저러다 큰일 나겠다 싶었는데……." 유언은 손에서 흙을 털어내려 애쓰는 중이다. "걘 비명도 지르지 않았어. 스파이크가 배를 뚫고 등으로 나와버렸는데도."

"스파이크라니?"

"울타리 위로 떨어졌거든. 걜 어떻게든 들어보려고 했는데 너무 무겁더라고. 미카는 우리가 누명을 쓸 수도 있다면서 빨리 달아나자고 했어. 내가 구급차를 불러야 한다니까 그건 자기한테 맡기래."

"그래서 그 여자앨 그렇게 놔두고 온 거야?"

"미카가 구급차를 불렀다고 했어."

유언은 계속해서 손바닥을 청바지에 북북 문지른다. 그의 눈은 어느새 게슴츠레해졌다. "제니는 괜찮나 모르겠네. 폭식증이 있는데. 걘 내 친구야."

그의 머릿속에서 과거와 현재가 마구 뒤섞이고 있다. 그가 갑자기 자신의 이마를 탁 올려붙인다. "그만 잊어. 그만 잊어."

빅토리아는 인터뷰를 종료시키고 유언을 방으로 데려간다. 잠시 후 돌아온 그녀는 내가 유언을 필요 이상으로 몰아붙였다며 쓴소리를 한다.

"그는 더 많은 걸 알고 있어요."

"당신은 심리학자지 불한당이 아니라고요."

"당신이 옳아요. 미안해요."

정문에 다다라 소지품을 돌려받는 동안에도 빅토리아는 입을 열지 않는다. 그녀가 가느다란 금목걸이를 내게 건넨다. "이것 좀 걸어줄래요? 손이 떨려서 나 혼자 못 해요."

"오늘 데이트가 있나 보군요." 나는 말한다. "새로운 남자인가요?"

"그걸 어떻게 알았죠?"

"당신 드레스. 부츠. 메이크업."

"화장이야 늘 하고 다니는데요."

"오늘은 특히 더 신경 써서 했잖아요. 상대가 마음에 드나 봐요."

빅토리아는 내 시선을 애써 피한다. "자꾸 그러지 말아요. 꼭 염탐당하는 기분이라고요."

"미안해요."

"당신은 누구 만나는 사람 없어요?"

문득 케이트가 뇌리를 스친다. 하지만 나는 그런 사람은 없다고 둘러댄다.

"누구라도 만나봐요. 이젠 그럴 때가 됐어요."

볼일이 남았다는 빅토리아를 남겨둔 채 나는 루이즈와 함께 거의 텅 빈 주차장으로 향한다. 둔한 소리와 함께 불이 번쩍이며 메르세데스의 문에서 자물쇠가 풀린다.

"그 녀석 얘기가 다 사실일까?" 그가 묻는다.

"옷에 남은 혈흔에 대해선 해명이 됐잖아."

"그놈들이 자네 부친을 그렇게 만들지 않았다는 증거는 아니라고."

"하긴."

"그럼 다시 원점으로 돌아간 거네."

애초에 원점이라는 게 있긴 하다면, 이것은 심판이나 규정이나 타이머가 있는 게임이라고 해야 할 거다. 아니, 종료시간 전에 승패가 결정될지 모를 콜드 게임이라고 해야 할까.

# 18일째

초인종을 눌러보지만 응답이 없다. 나는 뒤로 물러나 위를 올려다본다. 2층 창문 안으로 베타니 디마르코의 얼굴이 보인다. 그녀의 가죽 헬멧 밖으로 머리 몇 가닥이 삐져나와 있다. 그녀가 휴대폰을 귀에 가져다 대고 말한다. 나는 휴대폰을 꺼내 들고 그녀의 말이 들리는 척한다.

"저 여자가 베타니야." 나는 말한다.

"집에 혼자 있나?" 루이즈가 묻는다.

"설마."

그가 어깨 너머를 가리킨다. "뒤로 돌아가보자고."

우리는 테라스 끝에서 두 집 사이로 난, 옛날 런던의 분뇨 수레들이 다녔던 큰길로 통하는 좁은 통로를 발견한다. 나는 문을 열고 디마르코의 집 뒤뜰로 들어선다. 레이 디마르코가 자신의 오토바이 옆에 웅크려 앉아 휠너트를 조이고 있다.

"초인종을 눌렀는데 응답이 없더라고." 나는 설명한다.

"당신들이 모르몬교도들인 줄 알았어." 그는 우리를 올려다보지도 않고 대꾸한다.

"이쪽은 빈센트 루이즈야."

그제야 디마르코가 허리를 펴고 루이즈를 유심히 쳐다본다. 마치 상대 선수를 보며 승산을 점치는 복서처럼. 루이즈도 한때 그랬다. 그가 절대 문을 등지고 서거나 두 손을 주머니에 찔러넣지 않는 이유다. 게다가 그는 상대가 왼손잡이인지 오른손잡이인지 본능적으로 알아챌 수 있다.

"당신, 경찰이야?" 디마르코가 그에게 묻는다.

"옛날엔 그랬지."

"이젠 미스 마플이신 건가?"

그가 작업복 주머니에서 담뱃갑을 꺼내 비닐 포장을 벗겨낸 후 한 개비를 뽑아 든다. 그는 두 손으로 바람을 막아가며 담배에 불을 붙인 후 나를 쳐다본다. "미소 지을 줄 모르나?"

"파킨슨병이 있어."

"저런. 난 또 당신이 시칠리아 사람이 아닌가 의심했지 뭐야. 우리 할아버지가 팔레르모 출신이셨거든. 언젠가 할아버지가 그러셨어. 시칠리아 사람들은 방아쇠를 당기기 직전에만 미소를 짓는다고."

그는 자신의 조크가 마음에 든다는 듯 고개를 한쪽으로 까딱인다. "파킨슨병이 있다고 털어놓으면 사람들이 안쓰럽게 여기나?"

"대부분은."

"신은 우리가 감당하지 못할 시련은 주지 않는다고들 얘기 안 해?"

"하지."

"세상에 그런 개소리가 어딨어? '똥 묻은 시트를 세탁해줄게요'라든지 '베타니 목욕시키는 걸 도와줄게요'라든지, 이런 얘긴 죽어도 안 하면서."

그가 한쪽 콧구멍을 손으로 막고 무성한 잡초 위로 콧물을 뿌린다.

"우리 아버지 직업이 뭐였는지 알아? 템스 워터(영국 최대의 상하수도 서비스 업체―옮긴이)에서 하수관 뚫는 일을 하셨어. 빅토리아 시대에 만들어진 꽉 막힌 하수관을 뚫는 작업. 기저귀, 물티슈, 응고된 기름, 죽은 쥐들…… 아버진 삼십 년 가까이 남들이 버린 오물을 치우셨지. 상상이 돼? 아버진 회사에서 샤워를 하고 퇴근하셨어. 온몸을 비누로 박박 문질러 닦고, 손톱도 짧게 깎았지만 악취에 대한 편집증은 끝내 떨쳐내지 못하셨지. 그 증세가 얼마나 심하셨냐면, 죽은 꽃들로 가득 찬 럼주 양조장 냄새가 몸에 밸 때까지 향수를 뿌려대실 정도였다니까. 아버진 억세고 강한 분이셨어. 그러실 수밖에 없었지. 하지만 그런 아버지도 베타니 돌보는 일에 치여 나가떨어지시더라고. 매일 반복되는 고된 일 때문이 아니었어. 아버진 인생의 불공평함에 녹아웃 당하신 거야. 사고를 낸 트럭 운전사는 교도소에서 달랑 이 년 살다 나왔을 뿐이고, 당신 아버진 아무런 대가도 치르지 않았어. 하지만 우리 부모님은 돌아가실 때까지 매일 고통 받고 사셔야 했다고."

"그래서 우리 아버질 폭행한 거야?"

디마르코가 버럭 화를 낸다. "난 그 사람에게 손도 대지 않았어."

"아버지에게 뇌종양이 있는진 왜 물었지?"

"그런 소문이 있어서 확인하려고."

또 거짓말.

"넌 우리 아버질 단 한 번도 만난 적 없다고 했어. 하지만 넌 아버지의 치스윅 집에 대해 알고 있었지. 아버지가 폭행당하신 날 밤 네 오토바이를 목격한 이웃이 있어."

"세상에 오토바이가 이거 하나뿐인 줄 알아?"

디마르코가 피우던 담배를 떨어뜨리고 다시 연장통을 향해 돌아앉는다.

"경찰이 그 집 현관문 안쪽에서 쪽지를 발견했어. 거기서 네 DNA가 검출됐고. 뭔가를 못 했다는 메시지가 적혀 있었다는데, 그게 무슨 뜻이지?"

그의 어깨가 움츠러든다. 마치 피부 아래서 무언가가 풀려나 가듯 그의 근육이 씰룩인다. 그가 오른손에 스패너를 쥔 채 나를 돌아본다. 잔뜩 힘이 들어간 그의 손은 하얗게 질려 있다.

"꺼져!" 그가 빽 소리친다.

루이즈가 금속 쓰레기통 뚜껑을 집어 들고 방패처럼 앞으로 들어 보인다. "이만 돌아갑시다, 교수님."

"그걸로 우리 아버질 내리쳤어?" 나는 묻는다. "몇 번이나 내리쳤지?"

"꺼지라고!"

"무방비 상태의 노인을 그걸로 개 패듯 후려치다니, 부끄럽지도 않아?"

디마르코가 스패너를 휘두른다. 금속과 금속이 맞부딪힌다. 루이즈는 용케 공격을 막아낸다. 두 남자는 서로를 노려보며 빙빙 돈다. 뒤뜰은 어느새 복싱 링 크기로 줄어들었다. 그가 다시 휘두른 스패너가 요란한 소리를 내며 쓰레기통 뚜껑 위로 떨어진다.

나는 무기가 될 만한 것을 찾아 두리번거린다. 내 움직임에 흠 칫 놀란 디마르코가 멈칫한다. 루이즈는 그 기회를 놓치지 않고 디마르코의 늑골에 주먹을 꽂아 넣는다. 그가 몸을 웅크리고 바닥에 고꾸라진다. 그는 스패너를 떨어뜨리고 숨을 할딱인다.

"그냥 누워 있어." 루이즈가 말한다. "우리가 알아서 나갈 테니까."

●

　그 집에서 한 블록도 채 벗어나지 않았을 때 마크 없는 순찰차 두 대가 쌩하니 달려와 메르세데스 앞을 막아선다. 루이즈는 황급히 브레이크를 밟는다. 차는 끙 앓는 소리를 내며 좌우로 요동친다. 안전벨트에 갇힌 내 몸이 앞으로 확 쏠렸다가 다시 뒤로 튄다. 차 안으로 고무 타는 냄새가 스며든다.
　형사들이 일제히 문을 열고 나온다.
　"핸들에서 손 떼지 마." 굵은 목과 건장한 체구를 가진 민머리 형사가 말한다. 또 다른 형사는 나를 우악스럽게 끌어내 땅에 메다꽂는다. 그의 무릎이 내 등을 짓이긴다. 루이즈의 상황도 크게 다르지 않다.
　그가 고개를 번쩍 들고 소리친다. "저항하지 마."
　"우리가 뭘 잘못했지?"
　"둘 다 닥치고 있어." 루이즈의 등 뒤로 두 팔을 꺾어놓은 목 굵은 형사가 말한다.
　내 손목에 수갑이 필요 이상으로 거칠게 채워진다. 형사는 나를 끌고 가 순찰차 뒷좌석에 쑤셔 넣는다. 루이즈는 다른 차로 끌려간다. 우르르 몰려든 사람들이 모든 광경을 숨죽여 지켜본다. 휴대폰을 꺼내 촬영하는 사람들도 있다. 몇 분 후, 우리의 모습은 인스타그램, 페이스북, 그리고 트위터에 업로드될 것이다.

차들이 움직이기 시작한다.

"어디로 가는 겁니까?"

대답이 없다.

"아무 이유 없이 사람을 체포해도 되는 겁니까?"

여전히 무응답.

앞 좌석 사이에 긴 초점 렌즈가 부착된 카메라가 놓여 있다. 테이크아웃 커피 컵들. 패스트푸드 포장지. 오랫동안 누군가를 지켜봐온 모양이다. 레이 디마르코! 젠장!

우리는 말없이 런던 도심을 가로질러나간다. 관광버스들이 분리된 객차처럼 길게 늘어선 빅토리아 임뱅크먼트 공원을 따라 라임하우스 링크 터널, 토바코 독, 그리고 타워 브리지를 차례로 지나쳐간다. 방향을 왼쪽으로 틀어 리치먼드 테라스로 들어선 우리는 철로 된 게이트를 지나 뉴 스코틀랜드 야드(런던 경찰청—옮긴이) 지하 주차장으로 들어간다. 나는 형사들에게 이끌려 위층 취조실로 향한다.

"딸이 학교에서 돌아올 시간입니다." 나는 말한다. 굵은 목의 형사는 못 들은 척 무시해버린다. 문이 거칠게 닫힌다.

"변호사를 불러줘요." 나는 소리친다.

아무도 대꾸가 없다. 나는 작은 독방에 홀로 남겨졌다. 테이블, 의자 세 개, 그리고 천장에 삐딱하게 달린 CCTV 카메라. 맥더미드의 보복이 분명하다.

한 시간 후, 마침내 그가 취조실로 들어온다. 그는 양가죽 코트를 벗어 의자 등받이에 걸쳐놓는다. 화가 나 있는지 통통한 그의 볼의 작은 근육이 씰룩인다.

"경찰 수사에 참견하지 말라고 분명히 경고했을 텐데요."

그의 볼이 연신 들락인다.

"당신이 그 집을 감시하고 있는지 몰랐어요. 만약 알았다면…… 당신이 진작 귀띔이라도 해줬다면……."

"내가 그걸 왜 당신에게 보고해야 합니까? 당신은 경찰도 아니잖아요." 손목이 안쪽으로 굽어서인지 그의 오른손은 더 집게 발 같아 보인다. "디마르코에 대해선 어떻게 알아냈습니까?"

"아버지가 오래전부터 베타니 디마르코에게 수표를 보내오셨어요. 난 그 이유가 궁금했습니다."

"그래서 무작정 그 집에 찾아가 문을 두드린 겁니까?"

"그래요."

"병원에서 당신을 폭행하고 달아난 레이 디마르코를 알아봤음에도 경찰에 신고하지 않은 이유는 뭡니까?"

"그를 측은하게 여겨서요."

"헛소리 집어치워요!" 맥더미드의 창백한 콧구멍이 벌렁거린다. 그의 볼은 여전히 씰룩이고 있다. "우린 세인트 메리스 병원 밖에서 촬영된 CCTV 영상 속 오토바이를 추적하고 나서부터 줄곧 디마르코를 감시해왔습니다. 하지만 당신이 제멋대로 일을 벌인 덕분에 충분한 증거가 모아지기도 전에 그를 체포할 수밖에 없었어요. 지난 한 시간 내내 몰아붙여봤지만 변호사를 앞세워 묵비권으로 일관합니다. 벽을 보고 얘기하는 기분이었어요."

맥더미드가 두 주먹으로 테이블을 짚는다.

"하지만 취조 중에 아주 이상한 일이 벌어졌습니다, 교수님. 어떤 이유에서인지 디마르코의 변호사가 치스윅 집 쪽지에서 검출된 DNA에 대해 알고 있더군요. 그 정보는 외부에 공개된 적이 없습니다. 그가 어떻게 그 디테일을 알고 있을까요?"

그의 질문이 내 안의 경종을 울린다. 이런 엄청난 실수를 저지르다니.

맥더미드가 혐오의 눈빛으로 나를 노려본다. "문제는 그게 다가 아니라는 사실입니다, 교수님. 당신이 우리 수사를 위태롭게 한 것, 그리고 그 때문에 아까운 시간과 돈이 허비됐다는 것보다 더 심각한 문제가 있어요. 솔직히 난 예산이나 사건 해결률 따위엔 관심 없습니다. 그보다 더 심각한 건 당신이 훌륭한 형사의 평판에 먹칠을 했다는 사실이에요."

"잠깐! 이건 그녀 잘못이 아니에요!"

"호손 경사는 정직 처분을 받았습니다. 곧 징계 청문회가 있을 거예요."

"이건 다 내 잘못입니다."

"그녀는 민간인에게 기밀 정보를 공개했습니다. 운이 좋으면 제복 경관으로 복귀할 수도 있겠지만 개인적으론 그냥 쫓아냈으면 좋겠어요. 그게 모두에게 좋을 겁니다."

"케이트 때문이 아니라니까요."

"거짓말에 아주 서투르시군요, 교수님." 맥더미드가 문을 탕탕 두드린다. "이제 돌아가도 좋습니다. 악수는 거부하겠습니다. 당신 손에 닿는 모든 게 엉망이 돼버리니까요." 제복 경관이 나타난다. "이분 밖으로 모셔."

경위는 떡 벌어진 어깨로 사람들을 비집고 통로를 성큼성큼 걸어나간다. 나는 그에게 제대로 응수하지 못한 자신을 질책한다. 좀 더 단호하게 케이트를 변호했어야 하는데.

하지만 그러기에는 내가 너무 지쳐 있다. 이상하게 두렵기도 하고. 마치 지옥 한복판에서 깨어난 것처럼. 가까운 어딘가의 닫힌 문 안에서 고통 어린 신음과 고함이 들려오고 있다.

"베타니에겐 내가 필요해요. 나가서 누날 챙겨줘야 한단 말이에요."

레이 디마르코가 악을 쓰며 문을 거칠게 두드린다. "제발 날 내보내줘요. 내가 없으면 누난 아무것도 안 먹는다고요."

나는 경관을 돌아본다. "저 친구 누나는 어떻게 됐습니까?"

"보호 시설로 보내졌어요."

"거기가 어딘데요?"

"그건 해당 지역 보건 당국에 알아보세요."

나는 놋쇠로 된 노커를 다시 올리고 닳은 금속판을 두드린다. 그 소리가 복도를 따라 쩌렁쩌렁 울려퍼진다. 나는 휴대폰을 꺼내 케이트에게 전화를 걸어본다. 그녀는 응답이 없다.

"자네랑 통화하고 싶지 않을 거야." 루이즈가 가로등 기둥에 몸을 기댄 채 서서 말한다.

나는 못 들은 척하며 노커를 다시 두드린다. 갑자기 문이 벌컥 열린다. 벌게진 케이트의 눈에는 불만과 억울함이 잔뜩 머금어져 있다.

"혼자 있고 싶어요."

"해명할 기회를 줘요."

"당신이 어떻게 내게 이럴 수 있죠?"

"난 절대 그러려고 한 게…… 오해예요. 내가 바로잡을게요."

"어떻게요?" 그녀가 경멸스럽다는 톤으로 묻는다. 그녀는 낡은 청바지에 체크무늬 셔츠 차림을 하고 있다. "맥더미드는 날 해고하고 싶어 해요. CID(영국 경찰청 범죄 수사과—옮긴이)에서 쫓겨

나는 건 기정사실이 됐고요."

"내가 어떻게든 바로잡을게요."

"이만 돌아가줘요."

그녀의 시선이 루이즈에게로 돌아갔다. 그녀는 당혹스러워하며 잽싸게 문을 닫아버린다. 안에서 자물쇠가 잠기고, 체인이 걸리는 소리가 차례로 들려온다. 주저앉아 울고만 싶다. 맥더미드의 말이 옳다. 내 손이 닿은 모든 게 엉망이 돼버리고 말았다.

나는 말없이 루이즈의 차로 돌아간다. 우리는 나란히 앉아 앞 유리 밖을 응시한다.

"저 여자를 좋아하지? 응?" 그가 말한다.

"그래."

"많이 변했던데."

"그게 무슨 소리야?"

"못 알아보겠어?"

"눈에 익긴 한데…… 하지만 케이트는 우리가 초면이라고 했어."

"왜 그랬는지 이해가 돼."

루이즈는 내 기억이 되살아날 때까지 잠자코 기다린다. 빈센트는 무엇이든 절대로 잊어버리는 일이 없다. 그의 기억은 희미하거나 모호하지 않다. 이름, 날짜, 장소, 목격자, 가해자, 피해자. 루이즈의 머릿속에는 그 모든 기억이 선명히 남아 있다. 한때 나는 그것을 저주로 여겼다. 잊고 싶어도 그럴 수 없는 완전 기억 능력. 하지만 루이즈는 불편한 과거에 집착하지 않는다.

"그녀가 자신의 과거 얘길 들려준 적 있어?" 그가 묻는다.

"아니."

"자네도 물은 적 없고?"

나는 고개를 젓는다. 루이즈가 요란하게 혀를 찬다. "하긴, 모르는 게 약일 수도 있어."

"어째서?"

"난 그냥 모른 척하고 있을게."

"그러지 말고 얘기해봐."

그가 까칠한 턱을 북북 긁어대기 시작한다. "2004년, 클러켄웰의 랭턴 홀. 자네가 거기서 성매매 종사자들을 모아놓고 거리에서 안전하게 살아남는 방법에 대해 강연했었잖아."

"거기서 자넬 처음 만났었지." 나는 마흔 명 남짓의 여성이 모인 휑뎅그렁한 홀을 떠올려본다. 추운 날씨에 옷을 겹겹이 껴입은 여자들의 연령층은 십 대 후반에서 사십 대 중반까지 다양했다. 일을 마치자마자 달려온 여자들은 두꺼운 외투에 망사 타이츠, 그리고 가죽 미니스커트 차림을 하고 있었다. 편한 옷차림의 나머지 여자들은 화장을 대충 지운 꾀죄죄한 모습이었다. 매춘부, 콜걸, 마약중독자, 메타돈 상용자. 싱글맘도 있고, 학비를 벌기 위해 거리로 나선 대학생도 있었다. 그들이 거리에서 마주하게 될 위험에 대해서는 굳이 언급할 필요가 없었다. 성매매 종사자들은 강력 범죄의 가장 큰 피해자 하위 집단이다. 강간, 강도, 그리고 살인. 나는 그들에게 생존 기술을 가르쳤다. 단짝 제도 활용하기, 차 번호판 기록하기, 그리고 수상한 고객들에 대한 정보 교환하기.

그날 밤 나는 루이즈를 처음 만났다. 그는 신원 미상의 살인 사건 피해자의 사진을 챙겨 랭턴 홀을 찾았다. 그는 그곳에 모인 여자 중 피해자를 알아보는 이가 있으리라 기대했다.

그런데 그게 케이트와 무슨 상관이지? 바로 그 순간, 맨 앞줄에 앉아 있던 창백한 피부의 소녀가 뇌리를 스친다. 뻐드렁니가 흉측하게 튀어나온 피개 교합. 그녀는 유독 내 눈에 띄었다. 왜 그랬을까? 주근깨. 어린 나이. 치아 상태. 그녀는 무척 초조해 보였다. 혼란스러워하는 모습. 누가 봐도 신참이었다.

"굉장히 드문 일이지." 루이즈가 말한다. "경찰이 된 매춘부. 게다가 경사 계급까지 달았잖아. 경찰국은 원래 전과자를 뽑지 않아. 하지만 그녀는 어쩐 일인지 초고속 승진까지 해서 주요 범죄국 멤버가 됐어."

나는 작은 프랑스 식당에서 케이트에게 우리가 언제 만난 적이 있었는지 물었던 기억을 떠올린다. 그녀는 단호했고, 화가 많이 나 있었다. 나는 이제야 그녀의 비밀과 취약점을 이해할 수 있게 됐다. 그녀는 인생 역전에 성공했다. 기어이 경찰이 됐으며, 성차별과 쉽게 변하지 않는 남성 중심의 경찰 문화를 극복해냈다.

"내가 저지른 일을 어떻게 바로잡을 수 있지?"

"더는 관여하지 마." 루이즈가 말한다.

"내 실수로 빚어진 일이잖아."

"아니, 그녀의 잘못이었어."

엔진이 우르릉거린다. 기어는 자동으로 변속된다.

나는 반박하고 싶지만 딱히 할 말이 떠오르지 않는다. 나는 나를 도우려 한 이에게 씻지 못할 상처를 안겨줬다. 분노, 자기 연민, 그리고 좌절감이 한데 뒤섞여 끓어오른다. 더 지독한 감정이 찾아들어 나를 압도할 때까지. 쓰라린 절망.

## 19일째

어머니의 성화로 아버지를 위한 미사가 열렸다. 백 명도 넘는 사람들이 서식스 가든스의 세인트 제임스 성당에 모였다. 가족, 친구, 아버지가 돌본 환자들, 이웃, 그리고 전 동료들. 루시와 퍼트리샤는 각자의 남편과 아이들을 데려왔다. 레베카는 혼자 왔고. 제네바에 남자친구나 파트너가 있을지도 모르지만 누나는 사생활 얘기를 거의 하지 않으니 알 길이 없다. 찰리와 에마는 할머니 옆에 붙어 앉아 필요할 때마다 티슈를 건네는 역할을 충실히 수행하고 있다. 나는 검은 모자의 챙 아래로 몸을 숙이고 어머니의 심각하게 차가운 볼에 입을 맞춘다.

새뮤얼 로즈를 비롯한 다른 임원들의 모습도 보인다. 중환자실에서 아버지를 챙겨준 자메이카인 간호사를 포함한 병원 관계자들도 참석했고. 로지와 케네스 패시지는 늦게 나타났다. 그의 휠체어가 느릿느릿 들어설 때까지 미사는 지연됐다. 케네스는 어머니와 누이들, 그리고 아이들에게까지 일일이 애도의 마음을 전했다. 그는 원래 그런 사람이다. 생일, 세례, 졸업식, 그리고 기념일을 잊지 않고 꼼꼼히 챙기는 타입. 언젠가 그에게 물은 적이 있다. 어떻게 그 많은 날을 다 기억하느냐고. 그는 세세한 것들에 필요 이상으로 집착하는 자신의 성격과 "훌륭한 비서들" 덕분이라고 했다.

사제가 미사를 시작하자며 보챈다. 그는 곧 열차를 잡아타야 하는지 어수선한 분위기가 가라앉기도 전에 서둘러 의식을 시작해버린다.

"주님, 병든 자와 다친 자와 장애를 가진 자들에게 은총을 내리시어 낫게 하소서." 그가 말한다.

신도들이 입을 모아 답한다. "주님, 자비를 베풀어주소서."

"존경받는 아버지이자, 남편, 그리고 친구인 윌리엄 올로클린을 지켜주소서. 그에게 힘을 주시옵고, 다시 온전해질 수 있게 도우소서."

"주님, 자비를 베풀어주소서."

찬송가를 부르고, 성서를 낭독하고, 성체에 축성하는 순서가 이어진다. 뒤편에 앉은 루이즈는 고개를 푹 숙이고 있다.

"기도하는 거야?" 나는 그의 옆자리로 파고들며 묻는다.

그는 눈을 뜨지 않는다. "수염 기른 과대망상증 환자에게 할 얘기가 있으면 밴드 활동하는 단골 바리스타를 찾아가면 돼."

그가 안주머니에서 봉투 하나를 꺼낸다. 그 안에는 오려낸 신문 기사 하나가 담겨 있다.

웸블리서 여성, 말뚝 울타리에 꽂혀

소방대원들이 특수 절단 도구를 이용해 말뚝 울타리에 몸이 꽂혀버린 여성을 구조했다. 여성은 탤벗 가 주택 지붕에서 추락한 것으로 확인됐다.

일요일 밤 늦은 시간, 비명을 듣고 나온 이웃 주민들은 울타리 말뚝에 몸이 꽂힌 여성을 발견하고 경찰에 신고했다. 여성의 허리에 박힌 말뚝은 여성의 왼쪽 옆구리로 관통돼 나온 상태였다.

절단 도구로 울타리를 뜯어내고 여성을 구조한 소방대원들은 22세 여성을 노스윅 파크 병원으로 긴급 후송했다. 여성은 그곳에서 응급 수술을 받은 것으로 확인됐다.

"그녀는 사흘 후 퇴원했어." 루이즈가 말한다. "그곳 수사반에 아는 놈이 있어서 물어봤거든. 그 집은 마약 소굴이고, 지난 6개월간 두 번이나 경찰에게 급습을 당했대."

"그녀가 뭐라고 진술했는데?"

"고양이를 구하려다가 지붕에서 떨어졌다고 주장했어. 이웃들은 현장에서 달아나는 두 남자를 봤다고 했고. 인상착의는 불분명."

"유언과 미카야."

"시간을 확인해봤어. 그들이 일요일 자정에 치스윅에 있었을 가능성은 희박해."

우리 뒤에서 문이 열린다. 맥더미드 경위가 두 손으로 모자를 쥐고 안으로 슬그머니 들어선다. 그는 자리를 찾아 앉는 대신 성당 측면을 따라 천천히 이동한다. 마침내 미사가 끝났다. 사제는 신도들을 정문으로 이끌어나간다. 그는 문 앞에 멈춰 서서 번지르르한 장의사처럼 그들과 일일이 악수를 나누며 위로의 말을 전한다. 어머니에게는 주님이 아버지와 함께 계시니 희망을 잃지 말라고 당부한다. 마치 그들이 참호 속 전우라도 되는 것처럼.

맥더미드는 루시와 함께 서 있는 어머니에게로 다가온다.

"올로클린 부인, 이렇게 불쑥 찾아와 죄송합니다. 부군을 폭행한 범인을 체포했다는 걸 알려드리려고 왔습니다."

"유언 말인가요?"

"아닙니다, 부인. 레이 디마르코라는 사람입니다."

어머니는 루시와 나를 차례로 돌아본다. "우리도 아는 사람이니? 그가 왜 윌리엄을 해치려 든 거지?"

"의료과실 사건 때문이겠죠." 나는 말한다. "그 신생아 사건."

"그건 굉장히 오래전 일이잖니."

"저흰 디마르코가 부군을 살해하기 위해 고용된 것으로 보고 있습니다." 맥더미드가 말한다.

"누가 그를 고용했다는 거죠?" 나는 묻는다.

"그건 아직 밝힐 수 없습니다."

어머니는 어리둥절한 모습이다. 어머니 기분이 어떨지 짐작이 된다.

"그럼 당신들은 전혀 다른 사람을 찾고 있겠군요." 나는 말한다.

"수사가 진행 중이라 상세한 내용은 알려드릴 수 없습니다. 죄송합니다."

맥더미드는 모자를 눌러쓰고 홱 돌아서서 성큼성큼 걸어나간다. 판석 바닥을 가로질러 순찰차로 향하는 그의 구둣발 소리가 요란하게 울려퍼진다. 케이트 호손의 모습은 어디서도 보이지 않는다. 또다시 죄책감이 밀려든다.

루이즈가 바짝 다가온다. "뭐래?"

"디마르코를 기소한 모양이야."

"젠장! 어떻게 그렇게 돼버렸지?"

성당을 나선 나는 총총 걸어 루이즈의 차로 향한다.

"어디 가려고?" 그가 묻는다.

"드라이브 좀 하게."

"어디 좋은 데라도 알아?"

"웨일스."

●

 M40를 몰고 런던을 빠져나온 우리는 버밍엄 외곽이 나올 때까지 서쪽으로 달리다가 북쪽으로 방향을 틀고 스태퍼드셔와 체셔를 차례로 가로질러나간다. 처음 몇 시간 동안 루이즈는 몸을 잔뜩 움츠린 채 차를 몰아나간다. 마치 도로 위 모든 차와 경주라도 하는 듯이. 하지만 고속도로에 들어서고 나서는 긴장을 풀고 손목을 핸들에 걸쳐놓은 채 스테레오에서 흘러나오는 시나트라의 곡을 콧노래로 따라부르기까지 한다.

 나는 창밖으로 갈색과 녹색을 띤 농지와 숲을 물끄러미 내다본다. 우리는 스토크-온-트렌트와 렉섬 등 주변 풍경에 뒤섞여버린 작은 마을을 지나쳐 달려간다. 그저 황당할 따름이다. 레이 디마르코는 대체 왜 그런 일을 벌였을까? 베타니는 어쩌려고? 또한 매년 그에게 4만 파운드씩 부쳐온 아버지가 이런 일을 당했다는 게 당최 이해되지 않는다.

 "무슨 생각을 그렇게 해?" 루이즈가 묻는다.

 "디마르코가 병원에서 했던 말이 있어. 왜 아버질 죽이려 하느냐고 물었더니 이렇게 대답하더군. '죽일 생각이었다면 진작 그렇게 했겠지.'"

"자네 아버질 살해해야 하는 일을 일부러 망쳐버린 건 아닐까?"

"그건 아닐 거야. 아버질 폭행한 범인은 조금도 망설이지 않았어. 놈들은 아버지가 죽었다고 생각했겠지. 하지만 현관문 안쪽에 그런 쪽지는 왜 남겨두고 갔을까? '난 못하겠어요. 다른 사람을 찾아봐요.'"

생울타리와 완만하게 경사진 들판 사이로 난 좁은 길을 덜컹대며 달려나간다. 들판 곳곳에는 돌돌 말아놓은 건초와 양들이 뿌려져 있다. 꼭 녹색 베이즈 위에 널린 털실 뭉치를 보는 듯하다.

도착한 농가의 우편함은 꽉 차 있고, 계단에서는 낙엽이 뒹굴고 있다.

"머리 조심해." 나는 문틀 아래로 몸을 숙이며 루이즈에게 말한다. 회반죽으로 이음매를 채운 주방 천장의 까만 십자형 기둥들은 세월의 무게를 견디지 못하고 밑으로 굽어져 있다.

"호빗족이 사는 집 같군." 루이즈가 말한다.

"어릴 때 농장에서 자랐다고 하지 않았나?"

"그땐 내 키도 작았지."

나는 커튼을 걷고 창문을 차례로 열어 환기를 시킨다. 화초들은 물을 주지 않아 말라가는 중이고 그릇들에는 초파리가 달라붙어 있다.

집 뒤편에 자리한, 창밖으로 목초지가 내다보이는 아버지의 서재는 멋들어진 골동품 책상과 한쪽 벽을 가득 메운 클래식 음악LP들로 꾸며져 있다. LP들은 알파벳 순서로 가지런히 정돈된 상태다. 낮은 탁자에는 구식 턴테이블이 놓여 있고, 벽난로를 가득 채우고도 남을 만큼 커다란 쌍둥이 스피커도 갖춰져 있다.

"여기서 뭘 찾아야 하지?" 루이즈가 묻는다.

"재무 기록. 이사회 회의록. 입출금 내역서. 서신. 8년 전 자료라면 뭐든 상관없어."

나는 책상으로 다가가 앉아 키보드를 눌러본다. 화면이 켜지면서 암호를 요구한다. 뻔한 것들부터 차례로 입력해본다. 생일, 가운데 이름, 애완동물과 손주들 이름. 하지만 다 틀렸다.

회전의자에 등을 붙이고 앉아 방 안을 찬찬히 둘러본다. 아버지는 컴퓨터의 취약성 따위를 존중할 사람이 아니다. 아버지의 책상 압지는 온갖 낙서로 뒤덮인 상태다. 한쪽 구석을 살짝 들추자 아래 감춰진 포스트잇이 드러난다. 메딕(meddyg). 웨일스어로 '의사'를 의미한다.

그 단어를 입력하자 화면이 풀려버린다. 나는 가장 최근에 사용된 문서들의 목록부터 살펴본다. 감사장, 회신, 그리고 예약 기록들. 연설문 아이디어, 의제 안건, 그리고 지역 의회로 띄운 항의 편지. 나는 그 목록에서 2010년 2월 8일 월요일 올로클린 재단에서 열린 이사회 회의록을 발견한다. 회의는 오후 1시 30분에 시작해 오후 3시 24분에 종료됐다. 회의의 진행은 아버지가 맡았다. 참석자는 데이비드 패시지, 피터 우드빌(이전 회계사), 에릭 샌더슨(아버지의 오랜 친구), 그리고 의학자, 대니얼 프레이저. 회의록에는 케네스 패시지와 우리 누나 루시가 사과한 내용도 담겨 있다.

재단은 런던 덴마크 가의 땅을 1천2백만 파운드에 팔았다. 땅을 파는 것과 패러데이 파이낸셜 매니지먼트가 포함된 투자 범위는 이사회가 만장일치로 결정했다. 회사의 화려한 이력은 회의록에 고스란히 기록돼 있다. 이사회는 투자 전략을 했고, 거래가 성사된 지 일주일도 채 되지 않아 영국령 버진 제도로 9백만 파운드를 송금했다. 패러데이 피스컬 매니지먼트의 계좌로.

루이즈는 내 어깨 너머로 같은 기록을 훑고 있다. "그 돈은 누가 송금했지?"

"아버지."

나는 유령회사가 2년에 한 번씩 제출해온 배당금 기록과 투자 보고서를 살펴본다. 분야별 할당액, 국가별 명세서, 리스크 관리, 수수료 공제 후 펀드 수익률. 나는 그 디테일에 혀를 내두른다. 뻔뻔한 강도 사건이 아닌 치밀한 속임수에 당한 것이다.

나는 아버지의 이메일을 빠르게 훑어나간다. 진상을 밝히는 데 도움이 될 만한 내용은 보이지 않는다. 나는 또다시 절망에 빠진다. 아버지가 깨어나지 않으면 우리는 영영 답을 찾지 못할 것이다.

아버지는 회계 감사 내용에 대해 새뮤얼 로즈와 몇 차례 소통했다. 두 사람은 월요일에 미팅을 갖기로 약속한 상태였다.

로즈의 메시지: 미팅 내용은 녹음될 겁니다. 회장님을 믿지 못해서가 아니라, 저 자신을 보호하기 위함임을 이해해주시기 바랍니다.

아버지의 답: 거짓말을 해달라거나 보고서 내용을 조작해줄 것을 요청하는 게 아니오. 그저 조사할 시간이 더 필요하다는 얘기를 하고 있는 거요. 결국엔 다 내 책임이니까.

두 사람은 약속 시간과 장소를 잡았다. 그들이 만나기로 한 날, 새뮤얼은 아버지에게 다음과 같은 메시지를 전했다: 어디 계십니까? 열 시가 넘었는데요. 늦으실 것 같습니까? 20분 후, 그가 다시 메시지를 띄웠다: 열한 시에 또 다른 미팅 약속이 잡혀 있습니다. 부디 별일 없으시길 바랍니다.

"다락에 상자가 더 있어." 나는 루이즈에게 말한다. "메시지를 계속 훑어봐줘. 나중에 내가 확인한 내용과 비교해보자고."

첫 번째 층계참으로 오르던 중 바닥 마룻장이 삐걱대는 소리를 듣고 멈춰 선다. 십 대 시절 숱하게 들었던 소리다. 술집에서 한잔 걸치고 늦게 귀가할 때면 아버지는 방 안에서 그 소리를 듣고 말했다. "잘 자라, 루시." 또는 "잘 자라, 퍼트리샤." 또는 "잘 자라, 조지프."

"안녕히 주무세요, 아빠." 우리는 답했다.

남자친구나 여자친구들은 위층에 출입할 수 없었다. 결혼 전에 섹스를 하는 것도 역시 금지됐다. 하지만 에릭과 약혼한 열아홉 살 루시는 기발한 방법으로 시스템을 무너뜨렸다. 어느 토요일 밤, 술집에서 돌아온 그들은 동침을 위해 딱 한 번의 삐걱 소리만 냈다.

"잘 자라, 루시." 아버지가 말했다.

"안녕히 주무세요, 아빠." 누나가 답했다. 에릭은 누나를 번쩍 안고 위층으로 올라갔다. 마치 한 사람이 걷는 것처럼.

누나들은 2층을 썼고, 나는 다락방을 썼다. 지붕보와 경사진 슬레이트 지붕 바로 아래. 이제 내 방은 창고로 쓰이고 있다. 차(茶) 상자와 판지 상자들 틈을 비집고 들어서니 한쪽 구석으로 밀어내진 내 침대가 나타난다. 나는 매트리스에 앉아 상자들을 가까이 끌어온다. 기대했던 재무 기록과 입출금 내역서 대신 옛 교과서와 상장, 그리고 토론 대회 트로피로만 가득 차 있다. 내 유년기의 기념품들.

1976년 브라이턴 칼리지 뮤지컬 프로그램이 눈에 들어온다. 당시 나는 〈한여름 밤의 꿈〉의 보텀 역을 맡았다. 그 연극 덕분에 나는 캐시 이건에게 입을 맞추고 처음으로 샴페인 맛을 볼 수 있었다. 그 안에서 사진 한 장이 툭 떨어진다. 무대 끝에서 커튼 콜 순간을 촬영한 것이다. 사진 속에서 주요 출연진은 손을 잡고 열화와 같은 기립박수를 보내는 관객을 향해 꾸벅 절을 하고 있다. 아버지는 맨 앞줄에서 두 손을 머리 위로 번쩍 든 채 박수를 치고 있다. 환하게 미소까지 짓고서. 아버지가 보러 왔었나? 왜 기억이 안 나지?

마지막 상자를 닫고 나서 침대에 벌러덩 눕는다. 그리고 천장에 붙여놓은 모서리 접힌 폴라로이드 사진들을 물끄러미 올려다본다. 십 대 시절의 소중한 기록들이다.

몇 시간 후, 나는 잠에서 깬다. 밖은 이미 어두워진 상태다. 루이즈가 왜 깨우러 오지 않았지? 아래에서는 취사도구가 달가닥거리고 있다. TV 소리도 들려온다.

"배 안 고파?" 그가 묻는다. "계란을 몇 개 찾았는데."

"깜빡 잠이 들었어."

"잘했어. 좀 쉴 때도 됐잖아."

그는 오믈렛을 쌍둥이 접시에 나눠 담는다. 우리는 요기를 하며 잡담을 나눈다. 들려오는 저녁 뉴스 헤드라인을 한 귀로 흘리면서. 그와 함께 설거지를 하다가 한쪽 구석 말라가는 화초 뒤에 감춰진 구식 자동 응답기를 발견한다. 메시지가 도착했는지 불이 깜빡이고 있다.

나는 재생 버튼을 누르고 친구와 이웃들의 안부 메시지를 차례로 들어본다. 그들 모두 아버지 소식을 궁금해하고 있다. 폭행 사건 직후 남겨진 메시지 중 하나가 유독 내 귀를 잡아끈다. 귀에 익은 목소리.

"거기 계세요, 윌리엄 아저씨? 계시면 응답해주세요. 방금 회계감사 결과를 전해 들었어요. 경찰을 끌어들이는 건 좀 아닌 것 같아요. 일단 이사회부터 소집해야죠. 자칫하면 재단이 치명타를 입게 될지도 몰라요. 우리 모두가 곤란해질 수도 있다고요. 최대한 빨리 연락주세요."

순간 가슴이 철렁 내려앉는다. 나는 루이즈를 돌아본다.

"왜 그래?" 그가 묻는다.

"데이비드 패시지는 재단에서 돈이 증발한 사실을 몰랐다고 했어."

"새빨간 거짓말이었군."

"가서 그 친구를 만나보자고."

이층집의 모든 창문에는 환히 불이 켜진 상태다. 정원으로 이어지는 차양 아래는 티키 횃불이 줄지어 늘어서 있다. 진입로에 세워진 출장 뷔페 업체 트럭의 열린 문 안으로 식기류와 글라스가 담긴 상자들이 들여다보인다.
나는 꼬마전구가 둘러진 아치형 입구로 들어가 초인종을 누른다. 아이가 숨을 할딱이며 응답한다. 저번에 본 바로 그 아이다.
"코트는 주방에 걸어두고, 생일선물은 테이블에 올려놔요." 소녀가 손가락으로 집 안을 가리키며 말한다. 아이의 손목에는 은색 풍선이 매달려 있다. "오, 선물 안 가져왔어요?"
"아빠 계시니?"
소녀 뒤에서 로지 패시지가 모습을 드러낸다. 반짝거리는 드레스 차림의 그녀의 머리에는 앙증맞은 미니어처 실크해트가 삐뚜름하게 씌워져 있다.
"조지프! 여긴 무슨 일이니?"
"데이비드를 만나러 왔습니다."

"윌리엄 문제로? 의식이 돌아왔어? 자, 어서 들어와."
"아뇨. 밖에서 기다릴게요."

그녀가 미간을 찌푸린다. "설마 매디의 생일파티를 망치려는 건 아니겠지?"

마침 때맞춰 매디가 나타난다. 살짝 취한 듯한 그녀는 칵테일 드레스 차림이다. 그녀의 가슴에는 "마흔이라 행복해요"라고 적힌 특대형 배지가 붙어 있다.

"와주셨군요! 고마워요!"

같은 대화가 반복되지만 나는 이번에도 자세한 용건은 털어놓지 않는다. 나는 홀로 밖에 서서 기다린다. 쉴 새 없이 들려오는 음악과 웃음소리를 들으면서. 루이즈는 먼발치 그림자 속에 서 있다.

마침내 데이비드가 모습을 드러낸다. 그는 요트 클럽 멤버를 연상시키는 옷차림을 하고 있다. 감청색 블레이저에 목 부분을 풀어 헤친 셔츠.

"도대체 무슨 일인데 그래?"
"넌 회계 감사 내용에 대해 거짓말을 했어. 넌 사라진 돈에 대해 알고 있었어."
"그 문제 때문에 이러는 거야?"
"묻는 말에만 대답해. 그럼 조용히 물러가줄 테니까."
"맙소사, 조, 흥분 좀 가라앉혀. 안에 들어가서 한잔하면서 얘기하자고."
"농담할 기분 아니야."

당황한 데이비드는 할 말을 잊고 뜸을 들인다. 일단 엄포부터 놓고 나서 나를 비난하거나 공격적으로 나올 게 뻔하다.

"지금 무슨 소릴 하고 있는 거야?" 그가 말한다.

"네가 아버지에게 남긴 음성 메시지를 들었어."

"그게 다야? 뭔가 미심쩍은 부분이 있어서 확인차 연락드린 거였어. 나도 감사 결과의 상세한 내용은 모른다고."

"거짓말 마."

그의 표정이 딱딱하게 굳어진다. "난 형에게 모욕당할 이유가 없어. 이렇게 심문을 받아야 할 이유도 없고. 게다가 여긴 내 집이야. 이 얘길 계속하고 싶으면 정식으로 약속부터 잡아."

그는 돌아서서 문으로 향한다.

"올리비아 블랙모어와는 언제부터 그런 사이였던 거야?"

그 말에 데이비드가 나를 홱 돌아본다. 그의 눈은 휘둥그레져 있다. 엿듣는 사람이 없음을 확인한 그가 갑자기 내 팔뚝을 움켜잡고는 집에서 멀리 떨어져나온다.

"형, 미쳤어?" 그는 애써 흥분을 가라앉히며 웅얼거린다. "누구에게 무슨 얘길 들었는지 모르겠지만 그건 사실이 아니야."

"파란색 BMW 몰고 다니지?"

"그게 뭐 어때서?"

"이웃 주민이 널 봤대. 올리비아의 집에 자주 들락거렸다며?"

"이 일에 날 끌어들이지 마."

"오, 넌 이미 이 일에 깊이 빠져 있어. 변호사가 피해자 아내와 바람이 나? 넌 이 사건의 유력한 용의자야."

"헛소리 집어치워."

"비용 청구 가능 시간이었어?"

"뭐?"

"그녀랑 같이 침대를 뒹굴었을 때 말이야."

데이비드가 무섭게 달려들며 내 멱살을 움켜잡는다. 뜯겨나간 셔츠의 단추가 잔디 위로 떨어진다. 나는 헤드록을 시도하는 그의 블레이저 옷깃을 필사적으로 붙잡는다. 우리는 한동안 어색하게 밀고 당기기를 반복한다. 하지만 분노는 이내 소멸해버린다. 두 성인 남자가 어린애들처럼 이게 뭐 하는 짓인지. 서로에게 주먹을 날릴 만큼 확신도 없으면서.

루이즈가 우리를 뜯어말리려 다가온다. 그에게 괜찮다고 하니 그는 대문 밖으로 되돌아간다. 데이비드는 찢긴 셔츠 앞부분에 두 손을 문질러 닦으며 낮은 벽돌 담에 걸터앉는다.

"형이 무슨 생각 하고 있는지 알아. 하지만 다른 사람도 아니고, 내가 왜 윌리엄 아저씨에게 그런 짓을 하겠어?"

"아버지가 폭행당하신 날 밤 넌 올리비아와 함께 있었어. 그렇지?"

"우린 공연이 끝난 후에 만났어. 유언 문제로 골치가 아프다면서 올리비아가 조언을 부탁했다고."

"네겐 치스윅으로 갈 시간이 충분히 있었어."

"말 같잖은 소리 마."

"유언이 내 집에 침입한 날 저녁, 난 올리비아를 만나러 갔어. 그때 그 집 위층에 숨어 있었던 게 너지?"

"숨다니? 내가 무슨 죄라도 지었어?"

"자정을 넘긴 시간에 여자 혼자 있는 집엔 왜 간 거지?"

데이비드는 답답하다는 듯 고개를 저어댄다. "난 그저 윌리엄 아저씨와 재단을 보호하려 애쓴 죄밖에 없어."

"범죄를 은폐한 것도 그 때문이었고?"

데이비드는 땅이 꺼지도록 한숨을 내쉰다. "대체 원하는 게 뭐야, 형? 복수? 정의? 윌리엄 아저씨가 결백하다고 믿고 싶겠지만 난 아저씨가 그 돈을 훔치셨다고 확신해. 직접 이사회에 피치도 하셨고, 송금도 직접……."

"아버지가 왜 자신의 신탁금을 훔치겠어?"

"파산에 직면하신 상태였다고."

"그걸로는 부족해."

"아저씨는 비도덕적이고 탐욕스러우면 안 돼? 아저씨가 무슨 성인군자라도 되시는 줄 알아? 솔직히 말해 아저씨는 모난 데가 많으시잖아."

"누군가가 아버질 죽이려고 했어."

"알아. 어떤 중개인에게 사기를 쳤거나 조폭과 엮이셨는지도 모르잖아. 세상에 완벽한 인간은 없어, 형. 이 말이 위로가 될지 모르지만, 아저씬 그 돈을 되돌려놓으려고 하셨던 것 같아."

"어떻게?"

"폭행당하기 몇 주 전에 날 찾아오셨어. 들어놓은 생명보험의 보장 내용을 물으시더라고. 알려드렸더니 살아 있을 때보다 죽을 때 가치가 더 크다면서 웃으셨어. 난 농담으로라도 그런 말씀 말라고 했지. 그랬더니 이러시더군. '삶이 소중한 이유는 언젠가는 끝나기 때문이야.'"

"아버지가 자신이 위험에 처해 있다는 걸 이미 알고 계셨단 말이야?"

"모르겠어. 그냥 실없는 농담이었는지도 모르지. 하지만 아저씬 보험 적용 범위를 늘리고 싶어 하셨어. 난 연세가 여든이시니 보험료 부담을 높이는 건 현명하지 않다고 조언해드렸고."

뒤에서 자신을 부르는 소리가 들려오자 데이비드가 돌아선다. 매디가 포치에 나와 서 있다. "오래 걸릴 것 같아?" 그녀가 묻는다. "케이크 자르려고 기다리고 있어."

"금방 들어갈게."

데이비드가 나를 돌아본다. "경찰에 알릴 거야?"

"그럴 수밖에 없잖아."

그가 긴 한숨을 내쉰다. "어머니 경고대로 돼버렸어."

"경고?"

"언젠가는 형네 가족 때문에 골치 아프게 될 거라고 하셨어."

나는 어리둥절한 표정을 지어 보인다.

"그게 무슨 뜻인지 윌리엄 아저씨에게 여쭤봐. 나중에 깨어나시면."

데이비드는 돌아서서 집으로 들어가버린다. 잠시 후, 집 안에서 샴페인 코르크 뽑히는 소리와 초대받은 손님들이 생일 축하 노래 부르는 소리가 흘러나온다. 나는 그들의 환호를 뒤로한 채 대문을 나선다. 루이즈는 가로등 아래 서서 사탕을 빨아대고 있다.

"뭐래?"

"회계 감사에 대해선 알고 있었지만 재단을 보호하려고 나름 노력했대."

"그 말을 믿어?"

내 걸음이 갑자기 뚝 멎는다. 마치 두 발이 길바닥에 달라붙어버린 듯이. 루이즈는 이런 갑작스러운 멈춤에 익숙하다. 하지만 이건 파킨슨병 증세와는 무관하다.

"아버지가 폭행당하기 2주 전에 데이비드를 찾아가 생명보험에 대해 물으신 모양이야."

"부친도 알고 계셨던 건가?"

"글쎄. 하지만 레이 디마르코가 아버지에게 남긴 쪽지가 마음에 걸려. '난 못하겠어요. 다른 사람을 찾아봐요.' 이 메시지가 어떻게 들려?"

"청부?"

"바로 그거야."

## 20일째

웜우드 스크럽스는 한 무리의 가설 건물들 틈에 끼어 있다. 빅토리아 시대풍으로 지어진 교도소는 주변 건물들 틈에서 무척 튀어 보인다. 적갈색 벽돌, 포틀랜드석, 그리고 팔각형 탑들.

금속 탐지기를 통과하니 마약 탐지견이 내 구두와 주머니 냄새를 맡는다. 대부분 면회객은 여성이다. 아내들과 여자친구들. 엄마에게 끌려온 아이들은 따분함에 어쩔 줄 모르고 있다. 서식 작성과 신분 확인을 마치고서는 면회 가능 여부 결과를 기다린다. 허용 인원은 제한돼 있고, 나는 예약조차 하지 않았다. 다른 이들이 모두 들어가고서 내 자리가 있다는 승인이 날 때까지 마냥 기다려야 한다는 뜻이다. 기다리는 동안 나는 면회객에게 금지된 물품들의 목록을 살펴본다. 금속으로 된 헤어 액세서리, 핀, 끝에 금속 캡이 씌워진 신발, 선글라스, 헤비메탈 장신구, 가슴이 깊이 파인 상의, 미니스커트, 핫팬츠, 속이 다 비칠 정도로 얇은 블라우스.

오랜 기다림 끝에 번호를 배정받는 데 성공한 나는 교도관들에게 이끌려 체크포인트 몇 곳을 차례로 통과한다. 고압적인 태도로 면회객들에게 명령을 남발하는 그들은 돈을 압수하는 작업을 꽤나 즐기는 모습이다. 면회객들은 이십 파운드 이상을 소지할 수 없게 돼 있다. 오직 자판기 사용을 위한 동전만 지닐 수 있다.

한쪽 벽이 유리로 된 긴 방으로 안내된 나는 구석에 마련된 상자에 소지품을 넣고 지정된 자리로 다가가 앉는다. 잠시 후, 레이 디마르코가 교도관에게 이끌려 들어온다. 그는 먼저 내 뒤를 빠르게 살핀다. 내가 누군가 데려왔기를 바라는 듯이. 내가 혼자 왔음을 확인한 그의 어깨가 최소한 두 사이즈는 커 보이는 죄수복 안에서 축 늘어진다.

"왜 왔지?" 그가 나를 매섭게 노려보며 퉁명스럽게 묻는다.

"날 좀 도와줘."

"내가 왜 그래야 하는데?"

"널 이곳에 들여보낸 건 내가 아니잖아."

디마르코의 시선이 꼭 쥔 두 주먹을 얹어놓은 나무 테이블로 떨어진다.

"베타니는 어디 있지?"

"보호 시설에서 지내고 있어."

"식사는 잘하고?"

"그쪽에서 얘길 안 해줘."

그는 잠시 입을 닫고 팔뚝의 피부를 꼬집어댄다. 로르샤흐 잉크 반점 같은 검푸른 문신이 새겨진 부분을. 내 아버지를 오랫동안 혐오해온 성질 고약한 이 전직 군인이 안쓰럽게 여겨지기도 한다.

"부모님이 돌아가셨을 때 난 교도소에 들어와 있었어." 그가 말한다. "자문 위원회가 베타니를 요양 시설로 보냈는데, 누나는 거기서 제공하는 모든 음식을 거부했지. 결국 몸무게가 25킬로나 빠졌고, 병까지 얻게 됐어. 난 그들에게 누나랑 통화할 수 있게 해달라고 애원했지. 그들은 내 요청을 받아들였고, 난 매일 두 차례 베타니와 통화할 수 있게 됐어. 난 누나를 달래고 달래서 간신히 밥을 먹였어. 그리고 곧 집으로 돌아갈 거라고 말했지."

"그땐 얼마나 복역했지?"

"일 년."

"내가 한번 시설에 요청해볼게." 나는 말한다.

디마르코가 말없이 고개를 끄덕인다. 순간 그에게서 부모에게 외면당한 채 심한 장애가 있는 누나의 그림자에 갇혀 살아야 했던 어린 시절의 모습이 살짝 엿보인다. 가족 휴가나 바다 여행이나 강변에서의 소풍 따위는 꿈도 꿀 수 없었을 암울한 시절. 베타니가 외출할 때면 사람들은, 어른이고 아이고 할 것 없이, 그녀에게만 관심과 연민을 쏟아냈을 것이다. 자유가 제한된 그는 베타니를 질투하거나 증오하지 않았을까? 그래서 반항아가 되었나? 그래서 자신보다 약한 아이들을 괴롭히는 악동이 되었나? 뚱뚱한 아이들, 천식을 앓는 아이들, 여자처럼 구는 아이들을 표적 삼아서? 그렇게라도 통제감을 느껴보고 싶었나? 그는 학업에 관심이 없었다. 무단결석을 밥 먹듯 했고, 경범죄에 재미를 들였다. 그런 그를 개조해준 건 군대였다. 적어도 한동안은.

"그땐 왜 교도소에 갔던 거야?" 나는 묻는다.

"지휘관을 죽이려 했어." 그가 직설적으로 대답한다.

"왜?"

"개를 키우고 있어?"

"예전에."

"나도 예전에 개를 키운 적이 있어. 혈통 좋은 놈은 아니었지만. 그냥 잡종견이었는데, 어찌나 말랐는지 가죽과 뼈와 힘줄뿐이었어. 헬만드 막사 쓰레기통을 뒤지고 있는 걸 발견했지. 아프가니스탄에서 말이야. 녀석은 텐트까지 나를 졸졸 따라왔어. 다음 날 아침에 일어나보니 꼼짝도 않고 나를 기다리고 있더라고. 변소에 갈 때도, 식당에 갈 때도, 계속해서 쫄랑쫄랑 따라다녔어. 밥 한 번 준 적 없고, 귀엽다고 쓰다듬어준 적도 없었는데. 내가 녀석을 선택한 게 아니라, 녀석이 날 선택한 거였지. 오래가지 않아 녀석은 우리 부대 일원이 됐어. 난 녀석을 훈련 시켜 사제 폭탄 탐지견으로 만들었는데, 녀석이 그쪽으로 꽤 재능이 있더라고. 몸이 작고 가벼워서 우리가 갈 수 없는 곳도 마음껏 누빌 수 있었고 말이야. 하지만 루퍼트는 못마땅해했어."

"누구?"

"우리 부대장. 광견병이 어쩌고, 벼룩이 어쩌고 하면서 녀석을 쫓아내려고 했어. 다시 얘기하지만, 내가 녀석을 선택한 게 아니라, 녀석이 날 선택한 거였거든. 폭탄 처리반 멤버는 총 다섯 명이었어. 우리가 해체하거나 제거해야 하는 사제 폭탄의 정확한 수는 알 길이 없었고. 폭탄 자체는 별문제가 아니었어. 탈레반은 저격수들을 배치시켜놓고 우리가 도착하기를 기다렸지. 엉금엉금 기어들어가는 우릴 사살하려 했을 수도 있고, 우리가 작업하는 걸 지켜보면서 기발한 폭탄 설치 방법을 연구했을 수도 있어.

언젠가 단 하루 만에 폭탄 열다섯 개를 찾아 제거한 적이 있었어. 나 혼자서. 어찌나 더운지 방호복도 걸칠 수 없었고, 쉴 새 없이 흐르는 땀 때문에 앞도 제대로 볼 수 없었지. 아무튼 작업을 마치고 막사로 돌아왔는데 녀석이 보이질 않는 거야. 한참을 찾아 헤매고 있는데 주방 스태프 하나가 다가와서 녀석이 어떻게 됐는지 알려주더라고. 내가 자리를 비운 동안 부대장이 녀석을 총으로 쏴 죽이고 쓰레기장에 던져버렸대." 디마르코는 어깨까지 들썩이며 뜨거운 콧김을 뿜어낸다. 그에게서 땀 냄새가 확 풍겨온다. 정체를 알 수 없는 금속성 냄새와 희미한 약 냄새도.

"욱해서 일을 저질렀나?" 나는 말한다.

"그 새낄 죽이고 싶었어."

"진짜로 죽이지 못한 게 천만다행이었어."

"그 새끼한텐 그렇겠지."

"우리 아버질 만난 적 있어?" 나는 묻는다.

디마르코는 잠시 머뭇거린다. "아니."

"통화는 해본 적 있지?"

그가 고개를 끄덕인다.

"아버지가 뇌종양이 있다고 하셨어?"

"오래 못 산다고 했어."

"언제?"

앉은 채로 몸을 뒤로 젖힌 디마르코는 천장의 기다란 형광등을 빤히 올려다본다. "어떻게 된 일인진 경찰에 다 불었어. 그 덕분에 의심만 사게 됐지만."

"뭐라고 했는데?"

그가 잠시 내 얼굴을 유심히 살핀다. "한 가지 조건이 있어."

"뭔데?"

"만약 내게 무슨 일이 생기면…… 나 대신 베타니를 챙겨줘."

나는 고개를 끄덕인다.

"약속한 거야?"

"그래."

디마르코가 엄지손톱을 씹어대기 시작한다. "당신 아버진 내게 앞으로 살날이 육 개월밖에 남지 않았다고 했어. 고통스럽게 죽어가긴 싫다나. 그는 자비를 베풀어달라고 애원했어. 그 얘길 듣고 난 코웃음을 쳤지. 내가 왜 그런 놈에게 자비를 베풀어야 하지?"

"아버지가 뭘 어떻게 해달라고 했지?"

"대충 그림이 그려지지 않아?"

"처음부터 차근차근 다 들려줘. 상세하게."

"시월 초에 전화가 걸려왔어."

"우리 아버지에게서?"

디마르코가 고개를 끄덕인다. "그때 처음으로 그 사람 목소리를 들어봤지. 내 존재 자체를 인정하지 않던 사람이 갑자기 만나자고 전화를 걸어온 거야. 그는 만날 시간과 장소를 정해 알려줬어. 열한 시에 패딩턴 역 에스컬레이터 아래 있는 카페로 나오라더군. 난 일찍 나가서 그를 기다렸어. 그는 끝내 나타나지 않았고. 허탕을 치고 돌아가려는데 택배 기사가 불쑥 다가와 패딩이 된 봉투를 내밀더라고. 뜯어보니 휴대폰이 들어 있었어. 그 왜, 싸구려 일회용 휴대폰 있지? 전원을 켰더니 이내 벨이 울리더군. 당신 아버진 사과를 하면서 사람들 눈도 있고, 가급적 공공장소에서 만나는 건 삼가자고 했어. 그러고선 알고 싶어 하는 걸 다 들려줄 테니 수화물 보관소에서 가방 하날 받아오라고 했지. 그런 게임 같은 건 하지 않겠다고 했더니 그럼 베타니에게 더 이상 수표를 보내지 않겠다고 협박하더라고."

디마르코의 목소리가 기어들어가는 속삭임으로 바뀐다. "그래서 시키는 대로 가방을 가져왔어. 현금 2만 파운드가 담겨 있더군. 열쇠 꾸러미랑. 잠시 후 그가 또 전화를 걸어왔어. '그 돈은 네 거야.' 그가 말했어. '하지만 그 대가로 날 위해 뭔가 해줘야겠어.' 그러고선 죽음이 임박했음을 털어놨지. '베타니를 위한 대비는 다 해뒀어.' 그러더군. '보험금이 꽤 되니까 아무 어려움 없이 지낼 수 있을 거야. 하지만 그러려면 네가 이걸 꼭 해줘야만 해.'"

내 입안은 바짝 타들어간다. "뭘 해달라고 하셨지?"

"그걸 꼭 내 입으로 얘기해야 알겠어? 그는 자길 죽여달라고 했어. 난 헛소리 말라면서 전화를 끊었고. 그는 곧바로 다시 전화를 걸어와 자기 때문에 베타니와 우리 부모님이 큰 곤란을 겪었다면서 사과했어. 처벌을 면하기 위해 판사 앞에서 거짓말을 했다고 고백도 했고. 그는 이제라도 제대로 보상하고 싶다고 했어. '이미 보상은 하고 있잖아요.' 나는 말했지. '그냥 수표나 계속 부쳐요.' 그랬더니, '그게 아니라니까. 난 시한부 환자라고.' 이러길래, '난 살인자가 아닙니다'라고 했어. '나도 마찬가지야.' 그가 그러더군. '하지만 살다 보면 피하려고 선택한 길에서 운명과 마주할 때가 있어.'"

**그건 아버지가 즐겨 쓰는 표현인데.**

"아버지가 정말 그렇게 말씀하셨어?"

"그래."

"그래서 아버지의 요청을 받아들이기로 했어?"

"아니. 난 또 전화를 끊어버렸어. 하지만 그는 끈질기게 전화를 걸어왔지. 그가 말했어. '어디서 어떻게 해치울 건지는 네가 알아서 결정해. 난 알고 싶지 않으니까. 그냥 신속하고 고통 없이 보내주기만 하면 돼.' 그러고는 두 곳의 주소를 알려줬어. 하나는 치스윅 주소였고, 또 하나는 웨일스 주소였지. 열쇠도 넘겨줬고."

"그 돈을 받았어?"

"그래. 하지만 난 그를 죽이지 않았어." 디마르코의 얼굴이 씰룩인다. "그래, 충동이 일긴 했어. 하지만 덜미를 잡혔을 때 치르게 될 대가를 떠올리니 차마 못 하겠더라고. 그에게 전화를 걸어봤지만 응답이 없었어. 그래서 메시지를 남겨놨지. 그의 변호사의 사무실과 치스윅 집도 찾아가봤고."

"그날 밤 아버질 봤어?"

"아니."

"그 집 초인종은 눌렀지?"

"그래. 그를 만나 돈을 돌려주려고 했는데 안에선 응답이 없었어."

"거짓말."

"당신이 믿든 말든 상관 안 해."

그의 언성이 높아진다. 사람들의 시선이 우리 쪽으로 쏠린다. 교도관이 몇 걸음 다가온다.

나는 더 이상 몰아붙이지 않는다. 날 선 목소리를 누그러뜨리고 그의 얼굴을 유심히 쳐다본다.

"경찰엔 왜 이 얘길 털어놓지 않았지?" 나는 묻는다.

"얘기했어. 하지만 그 쪽지에 내 DNA가 묻어 있었잖아. 졸지에 난 살인미수범이 돼버렸고, 그는 혼수상태에 빠져버렸어. 상황이 이런데 내 주장이 먹혀들겠어?"

"왜 위험을 무릅쓰고 병원을 찾아갔지?"

"그의 소식을 들었어. 그가 나 대신 다른 사람을 구했다고 생각했지. 아니면, 자기 혼자 일부러 계단에 굴렀거나."
"넌 아버지에게 미안하다고 사과했다며."
"그래. 그냥 미안한 마음이 좀 들었어. 그는 간절히 죽고 싶어 했지만 누군가가 일을 망쳐버렸잖아. 게다가 난 당신 아버지가 뇌종양이라는 걸 믿었다고. 세상에 그런 걸 거짓으로 둘러댈 사람이 어딨어?"
"우리 아버지."
할 말을 잊은 디마르코가 어깨를 으쓱인다.
면회 시간 종료를 알리는 버저가 울린다. 내 발은 떨어지지 않는다. 너무나 많은 디테일이 아직도 이치에 닿지 않는다. 일회용 휴대폰. 은밀한 만남. 도어 매트 위에 놓아둔 쪽지.
어느새 일어난 디마르코는 다른 재소자들과 함께 감방으로 이끌려가고 있다.
나는 큰 소리로 그를 부른다. "그 개 말이야…… 네가 아프가니스탄에서 찾았다는…… 그 녀석 이름이 뭐였지?"
"럭키."

찰리는 창가 자리에 앉아 거리를 내다보고 있다. 아이는 내 외투를 받아 문 뒤에 걸어놓는다. 그런 다음, 내 두 손을 붙잡고 왼손이 떨리는지 지켜본다.
"어디 가셨어요?" 아이가 묻는다.
"병원. 왜? 무슨 일 있었어?"
탁자에 펼쳐놓은 가족 앨범이 눈에 들어온다.
"제가 꺼내왔어요." 찰리는 설명한다. "에마가 좋아할 줄 알았는데……." 아이가 잠시 말을 멈춘다. "엄마 사진을 보려고 하지 않더라고요. 그냥 다 태워버리래요."

"그게 에마가 대처하는 방법이야."

"그건 대처가 아니라, 부정이에요."

나는 안락의자로 다가가 앉는다. 찰리는 언제나처럼 바닥에 주저앉아 무릎을 가슴에 붙이고 창백한 팔로 정강이를 끌어안는다.

"사람은 각자 나름의 방법으로 비탄을 극복해." 나는 말한다. "누군가에게 기억은 스냅숏과도 같아. 그걸 다른 순서로 재배열하면 또 다른 이야기가 만들어지거든. 에마는 자신이 감당할 수 있는 이야기를 만들기 위해 기억을 재배열하는 중이야."

"언제까지 저럴까요?"

"글쎄. 슬픔을 극복하는 방법은 딱 하나뿐이야. 멈추지 않고 앞으로 계속 나아가는 것."

찰리가 고개를 갸웃한다. "아빠도 앞으로 계속 나아가는 중이세요?"

"그러려고 애쓰고 있어."

"저번에 왔던 그 형사, 그 왜 있잖아요. 치아 교정을 한…… 전 그 여자가 괜찮던데요."

"괜찮은 사람이야."

"또 만나실 거예요?"

"아니."

"왜요?"

"내가 큰 실수를 했거든."

찰리는 얼굴을 찌푸리며 내 무릎에 머리를 얹어놓는다. "아빤 잘 수습하실 거예요. 늘 그러시듯이."

딸의 격려에도 침울한 기운은 걷히지 않는다.

"언제 옥스퍼드로 돌아갈 거니?" 나는 묻는다.

"한 학기 쉴까 생각 중이에요. 아빠도 도와드리고, 에마도 챙겨주고."

"걘 아빠 혼자서도 잘 챙길 수 있어."

"제 동생이기도 하잖아요."

"넌 에마의 보호자가 아니야."

찰리는 이 토론을 이어가려 하지만 나는 단호하게 끊어버린다. "우리 걱정일랑 말고 옥스퍼드로 돌아가."

"할아버지는 어쩌고요?"

"네가 여기 있다고 뭐 달라질 게 없잖니."

찰리가 고개를 끄덕이며 하품을 한다. "앤디가 오스트레일리아에서 돌아오면 그때 갈게요."

아이는 내 볼에 입을 맞추고 방으로 들어간다. 나는 복도를 따라 에마의 방으로 향한다. 아이는 한 손을 베개 밑에 찔러넣은 채 잠들어 있다. 또 다른 손은 턱 아래 깔려 있다. 이불을 반듯하게 덮어주자 에마가 나지막이 잠꼬대를 하며 뒤척인다.

봉제 인형을 치우고 창가의 안락의자에 앉아 잠든 딸을 물끄러미 지켜본다. 기다렸다는 듯 피로가 밀려든다. 몇 시간 후, 나는 같은 의자에 늘어진 채로 잠에서 깬다. 온몸이 뻐근하고 춥다. 여전히 그로기 상태다. 에마의 침대는 텅 비어 있다. 패닉에 빠진 나는 비틀대며 집 안 구석구석을 뒤져보기 시작한다. 찰리의 침실 문을 열어보지만 기대와 달리 에마는 보이지 않는다. 찰리만 홀로 잠들어 있다.

다시 에마의 방으로 돌아온 나는 침대 밑과 옷장 안을 차례로 살펴본다. 하마터면 빽빽이 걸린 드레스와 외투 아래 웅크려 누워 있는 아이를 못 보고 지나칠 뻔했다. 에마는 자신이 끔찍이 아끼는 담요 '블랭키'를 가슴에 꼭 품고 있다.

"에마…… 일어나봐."

아이가 몸을 뒤척인다. 나는 딸을 번쩍 안고 일어나 침대에 눕힌다. 이불을 덮어주고는 추위에 떠는 아이의 몸을 살살 문지른다. 나는 딸의 회녹색 눈과 속눈썹과 눈썹을 쳐다본다. 에마도 나를 빤히 올려다본다.

"또 악몽을 꾼 거야?"

"그 사람을 봤어요."

"누구?"

"누더기 맨."

"그냥 꿈에서만 나타나는 놈이잖아."

"네."

"그런데 뭐가 무서워?"

"그 사람을 볼 때마다 누군가가 죽거든요."

## 21일째

 일요일 아침, 럭비 경기장. 나는 발목까지 오는 진창에 서서 어릴 적 운동장에서 겪은 수치스러운 일들을 떠올리고 있다. 학창 시절, 나는 세컨드 XV 팀에서 뛰었다. 운동에 재능이 없던 나는 태클을 하거나 공을 다룰 일이 거의 없는 윙 포지션으로 쫓겨나 상대 선수가 아닌 저체온증과 사투를 벌였다.
 맥더미드 경위는 푸드 트럭 옆에 서서 소시지와 양파 롤을 먹고 있다. 그는 아들이 출전하는 다음 경기를 기다리는 중이다. 완전 새것 같은 점퍼 차림의 소년 열다섯 명이 사이드라인을 따라 가볍게 뛰며 몸을 풀고 있다. 서로 공을 던지고 받는 아이들도 보인다. 맥더미드보다 숱이 많고 살집이 더 붙었을 뿐, 그의 아들은 땅딸막한 아버지와 판박이다.
 "날 어떻게 찾았습니까?" 그가 롤을 우적우적 씹으며 묻는다.
 "당신 모친이 알려주셨어요."
 "내 집 번호를 어떻게…… 아, 루이즈, 그 사람이."
 "루이즈는 좋은 친구예요."

"은퇴했으면 골프나 치러 다닐 것이지."

"그랬다면 우리에겐 더 큰 문제가 되겠죠."

나는 얼어붙은 두 손을 주머니에 깊숙이 찔러 넣는다. 외투 끝자락이 무릎 앞에서 펄럭인다.

"아버지가 사람을 고용해 죽음을 맞으려 하셨다는 게 아직도 믿기지 않습니다."

"할 얘기가 있으면 약속부터 잡아요, 교수님. 오늘은 쉬는 날입니다."

"아버진 뇌종양이 아니셨어요."

"하지만 감당하기 힘든 돈 문제가 있었죠. 9백만 파운드짜리 문제. 회계 감사 내용에 대해선 나도 알고 있어요. 새뮤얼 로즈가 다 불었습니다."

"아버지가 그 돈을 훔쳤다는 증거가 없잖아요."

"당신 부친이 서명하고 이체를 진행시켰어요."

"사기를 당하신 걸 수도 있어요."

"그랬다면 곧장 경찰에 알리셨어야죠. 하지만 당신 부친은 그러는 대신 배당금 장부를 조작했고, 그걸 숨겨왔습니다." 맥더미드는 반쯤 먹다 만 롤을 쓰레기통에 버리고 목도리에 두 손을 문질러 닦는다. "가족이란 거." 그가 나지막이 웅얼거린다. "당신 부친은 기어이 이런 날이 올 줄 알고 있었을 겁니다. 그 회계 감사 보고서는 수류탄 핀이 뽑힌 거나 다름없었어요. 그는 황급히 핀을 다시 꽂아 넣으려 했지만 이미 늦어버리고 말았죠. 그래서 자신의 몸을 날려 그 수류탄을 덮친 겁니다."

"믿을 수 없어요."

"어느 부분 말입니까? 그가 고작 성냥불 하나 끄려고 회오리

바람을 일으킨 부분? 지난 19년 동안 또 다른 아내를 숨겨온 부분? 부친의 관점에서 한번 보죠. 만약 그가 성공했다면 수사는 흐지부지돼버렸을 겁니다. 보험사들은 의심을 거두고 순순히 돈을 내줬을 거고요. 재단은 아무 타격도 받지 않았을 겁니다. 그의 두 아내는 노후 걱정 없이 지낼 수 있었겠죠. 비록 명성엔 흠이 남겠지만 그의 전설은 살아남았을 겁니다. 그 정도면 최소한의 데미지로 모두가 득을 보는 거 아닙니까?"

"아버지 본인은 죽음을 맞게 되시는데도요?"

"하긴, 그 부분은 면할 수 없었겠죠."

그때 심판이 휘슬을 분다. 자리에 놓인 공이 멀리 걷어차내진다. 포워드들이 첫 번째 럭과 충돌한다. 선수들의 입에서 하얀 입김이 일제히 뿜어져 나온다. 맥더미드는 사이드라인을 따라 이동하며 경기를 지켜본다. 나도 그에게 바짝 붙어 걷는다.

"그 9백만 파운드는 어떻게 됐습니까?" 나는 묻는다.

형사의 입에서 어색한 앓는 소리가 흘러나온다. "그걸 누가 알겠습니까? 두 집 살림에 다 써버렸는지도 모르죠. 자식들에게 다 나눠줬거나. 당신 사는 집도 되게 호화로워 보이던데요."

"아버지에게 단돈 한 푼 받지 않았습니다."

내 반응이 재밌는지 맥더미드가 미소를 흘린다.

"당신이란 사람, 정말 이해가 안 됩니다. 처음엔 올리비아 블랙모어를 탓하다가 나중엔 유언과 미카 보챔프에게로 의심을 옮겼어요. 오늘 아침 데이비드 패시지가 전화를 걸어와 당신이 아내의 생일파티를 망쳐놓고 협박까지 했다고 알려주더군요."

"그는 올리비아 블랙모어와 바람을 피웠어요."

맥더미드가 웃음을 터뜨린다. "당신은 꼭 피냐타 같아요. 마구

두들기면 온갖 것들이 터져나오잖습니까."

"지금 농담할 기분 아닙니다."

형사는 지친 모습으로 한숨을 내쉰다. "잘 들으세요, 교수님. 당신 모친과 블랙모어 부인 모두 당신 부친이 근래 들어 눈에 띄게 침울하고 불안해했다고 진술했어요. 폭행당하기 12일 전, 그는 해머스미스에서 버너 폰을 샀습니다. 우린 그의 치스윅 집 침대 옆 탁자에서 그 영수증을 찾았어요. 10월 20일, 패딩턴 역에서 그 버너 폰이 사용됐습니다. 그가 레이 디마르코에게 자길 죽여달라고 살인 청부 의뢰를 했을 때 말입니다. 우린 시그널을 분석해 두 휴대폰 모두 카페 부근에서 사용됐음을 확인했습니다. 당신 부친이 웨일스에서 기차를 타고 패딩턴 역에 온 사실도 확인됐고요. 바로 그 시간대에요.

그뿐만이 아닙니다. 우린 디마르코의 집에서 현금 2만 파운드를 찾았습니다. 그가 패딩턴 역 수화물 로커에서 가져온 것이죠. 또한 그가 웨일스에 최소한 한 번 다녀온 적이 있으며, 당신 부친의 치스윅 집 주변을 알짱거린 사실도 확인했습니다."

"그는 아버지를 죽이려는 결심을 행동에 옮기지 않았다고 했어요."

"당연히 그렇게 주장을 하겠죠."

"그가 왜 현장에 쪽지를 남기고 왔겠습니까?"

"실수였겠죠."

"그 친구는 바보가 아닙니다."

"그는 목격자들이 지켜보는 앞에서 부대 지휘관을 폭행했고, 그 일로 군법회의에 회부되기까지 했어요."

맥더미드는 확신에 가득 차 있는 듯하다. 아버지가 9백만 파운드를 횡령하고 그 책임을 회피하기 위해 사람을 써서 자신을 살해하게 했으며, 거액의 보험금으로 '두 아내'의 여생을 챙기고, 재단에 진 빚을 일부만이라도 갚으려 했다는 확신.

바른 순서로 재배열하면 모든 사실은 이 스토리에 대체로 들어맞는다. 그러나 대체로. 어째서 디마르코는 위험을 무릅쓰고 병원을 찾았을까? 베타니의 미래까지 위태롭게 만들면서? 아무리 화가 머리끝까지 났어도, 아무리 은밀한 갈망에 단단히 사로잡혔어도, 어떻게 자기가 끔찍이 여기는 누나 생각은 조금도 하지 않았을까?

심리학자로 살아오면서 깨달은 사실이 있다. 인간의 행동은 딱 어느 정도까지만 예상이 가능하다는 것. 이백 년간의 경험적 데이터는 표준을 수립하고 패턴을 밝혀냈다. 하지만 모든 행동을 종형 곡선에 표시하거나 목록에 적어넣을 수는 없다. 사람이라면 누구나 황당한 실수를 저지르기 마련이니까. 스케일에 상관없이 일을 개판으로 만들곤 하니까.

대체 아버지는 어떻게 9백만 파운드를 빼돌리고도 책임을 면할 수 있었을까? 대부분 의문은 '신뢰'로 설명이 된다. 신뢰는 은행 업무와 투자라는 기계에 기름칠을 하는 윤활유다. 세상에 윌리엄 올로클린을 의심할 사람은 없다. 아버지는 우리를 휴가지로 데려가는 조종사, 그리고 그 비행기를 정비하는 기술자와 같다. 무조건 신뢰할 수밖에 없는 존재.

맥더미드의 아들이 불도저처럼 럭을 헤쳐나간다. 아이의 얼굴은 이미 진흙으로 범벅이 된 상태다. 휘슬이 울리고 반칙이 선언된다.

"오, 말도 안 돼! 이게 무슨 네트볼인 줄 알아?" 형사가 소리치자 심판이 그에게 눈을 흘긴다.

"호손 경사는 어떻게 되는 겁니까?" 나는 묻는다.

"다시 제복으로 돌아가게 되겠죠."

"부당합니다."

"만약 인생이 공정했다면 난 진작 아내가 고용한 이혼 변호사를 체포했을 겁니다. 지금처럼 어머니 집에 얹혀살지도 않았을 거고요."

경기장에서는 플라이 하프가 페널티 킥을 준비하고 있다. 소년은 몇 걸음 물러나 마치 기도하듯 두 손을 모은 채 웅크려 앉는다. 그리고 골 포스트를 바라보며 앞으로 네 걸음 빠르게 나아가 공을 걷어찬다. 포물선을 그리며 날아간 공은 골 포스트를 가뿐히 넘어간다. 맥더미드의 입에서 나지막한 욕이 튀어나온다.

그에게서 떨어져나온 나는 푸드 트럭과 군중을 지나 루이즈에게로 돌아간다. 그는 따뜻한 차 안에 늘어져 있다.

"알아낸 게 그게 전부야?" 그가 앞 유리 밖을 응시하며 말한다.

"뭔가 더 캐낼 수 있을 줄 알았는데."

"맥더미드에 대해서?"

"우리 아버지에 대해서."

"세상의 모든 부모는 결국 자식들을 실망시키기 마련이야."

그 말이 옳다. 우리는 부모를 숭배하고, 무조건적으로 사랑하며, 그들이 완벽하다고 믿는다. 하지만 그들이 거짓말을 하거나 속임수를 쓰거나 편견을 보이는 순간, 우리의 신들은 한낱 인간으로 전락해버리고 만다.

폭행 사건이 발생한 후 지난 3주 동안 나는 기억의 조각들을 짜 맞추는 것으로 아버지와의 관계를 재건하려 노력해왔다. 하지만 아버지는 영영 예전의 모습으로 되돌아가지 못할 것이다. 그럼에도 다행인 것은 감히 범접할 수 없었던 아버지와 그 어느 때보다도 가까워졌다는 사실이다. 이번 일로 아버지 역시 한낱 결점투성이 인간에 불과할 뿐이라는 걸 알게 된 덕분이다.

세인트 메리스 병원에 거의 도착했을 때 나는 루이즈에게 차를 세워줄 것을 주문한다.

"거의 다 왔는데." 그가 말한다.

"좀 걷고 싶어."

그는 다음 모퉁이에서 나를 내려준다. 나는 길을 건너 패딩턴 역으로 향한다. 그리고 유명한 아치형 지붕 밑의 대성당 같은 중앙 홀로 들어선다.

에스컬레이터 아래 자리한 카페에 앉아 지하를 분주히 들락이는 인파를 물끄러미 지켜본다.

누군가가 떨어뜨린 아이스크림이 끈적이는 웅덩이를 만들어놓았다. 제때 발견한 통근자들은 용케 피해 가지만 대부분 이들은 신발과 보행 보조기와 여행가방 바퀴로 짓이겨버린다. 아이스크림 얼룩은 사방으로 빠르게 번져나가는 중이다.

아버지가 이곳에 도착해 자신의 죽음을 세팅하는 모습을 떠올려본다. 아버지는 이미 생명보험의 보장 내용을 확인하고 유언장을 새로 써둔 상태였다. 아버지는 '버너 폰' 두 개를 구매했고, 2만 파운드를 인출한 후 붐비는 기차역에서 레이 디마르코와 접선할 계획을 세웠다. 수백 명의 사람과 수백 개의 휴대폰 틈에서. 아버지는 필요할 때 신속히 인파 속으로 사라질 수 있도록 적절한 위치에 자리를 잡았을 것이다. 아버지는 애초에 디마르코와 직접 대면할 마음이 없었다. 그랬다가는 굳게 마음먹은 디마르코가 감정의 변화를 일으킬 수도 있었을 테니.

　나는 CCTV 카메라를 찾아본다. 그것들은 중앙 홀 높은 곳에 넓은 간격을 두고 설치돼 있다. 아버지는 정확히 어디 서 계셨을까? 에스컬레이터 위에? 중이층에? 아버지는 휴대폰을 싫어했다. 그런 게 왜 필요한지 이해하지 못했다. 휴대폰 없이 사는 사람들은 약속시간에 늦지 않으려 더 주의를 기울인다는 게 아버지의 주장이었다.

　지금은 그 무엇도 이치에 닿지 않는다. 나는 아직도 재단의 돈이 어떻게 됐는지 알지 못한다. 하지만 아버지가 어쩌다 저 지경에 이르게 됐는지에 대한 의문은 조금씩 풀려가는 중이다.

　나는 자리에서 일어나 인파를 헤치고 에스컬레이터에 몸을 싣는다. 카페 유리창에 비친 구부정한 자세의 내 모습이 신기하면서도 섬뜩하게 느껴진다. 순간 진실의 또 다른 버전이 떠오르면서 불안감이 엄습해온다.

"집을 팔려고요?"

내 목소리에 흠칫 놀란 올리비아가 돌아본다. 그녀는 열쇠를 찾아, 구부린 무릎에 얹어놓은 핸드백 안을 뒤적이는 중이다. 그녀의 시선이 정원에 꽂힌 부동산 회사 표지판 쪽으로 돌아간다.

"이 집을 유지할 능력이 안 돼요."

"테니스 스쿨은요?"

"적자로 돌아선 지 오래됐어요. 하지만 윌리엄은 조금만 더 버텨보자며 지금껏 끌고 왔죠." 그녀는 열쇠를 찾아 문을 연다. "아이러니하지 않나요? 그이는 자기가 죽음으로써 주변 모두를 챙기려 했어요. 하지만 보험이 취소되는 바람에 지불금이 나오지 않게 됐어요. 병원비와 변호사비만 커버 될 뿐이죠." 올리비아가 몸을 구부려 도어매트에 쌓인 우편물을 챙겨 든다.

"당신과 데이비드 패시지의 관계에 대해 알고 있어요." 나는 말한다.

올리비아는 반응하지 않는다. 거짓말을 늘어놓기에도 지쳤다는 걸까? 아니면, 더 이상 싸워서 챙길 게 남지 않았음을 깨달았나?

"아버지도 그걸 알고 계셨나요?" 나는 묻는다.

올리비아는 확신이 묻어나지 않는 얼굴로 고개를 젓는다. "의심은 하고 있었는지도 몰라요. 윌리엄은 입버릇처럼 얘기했어요. 언젠가 내가 감당하기 벅찰 만큼 자기가 늙어버릴 날이 올 거라고. 그날이 오면 내가 젊은 상대를 찾아 자길 떠나버릴 거라고. 하지만 그이는 내가 그런 마음을 먹기도 전에 먼저 떠날 채비를 하고 있었어요."

"이해가 안 되는군요."

"지난 몇 년간 윌리엄은 런던보다 웨일스에서 더 많은 시간을 보냈어요. 그냥 두 곳을 오가는 게 지겨워졌다고 둘러대긴 했는데…… 언제부터인가 집에서 그가 아끼는 것들이 하나둘씩 사라지더라고요. 책들과 사진들. 처음엔 유언을 의심했었죠. 하지만 윌리엄이 그랬던 거예요. 그이는 고민 끝에 당신 어머니에게로 돌아가기로 했어요. 어머니에게 꼭 그 사실을 알려드리세요. 조금이나마 위안을 받을 수 있게."

"아버지의 일기를 볼 수 있게 해줘요."

"경찰이 다 가져가버렸어요."

"가장 최근 것만 보면 돼요. 8년 전, 돈이 사라졌을 때."

올리비아는 잠시 고민에 빠진다. 내가 들어갈 수 있게 그녀가 옆으로 비켜선다. 나는 계단 밑을 힐끗 돌아보며 복도를 따라 걸어나간다. 그녀는 혈흔이 남은 바닥에 무늬 있는 깔개를 덮어놓았다.

나는 그녀를 따라 거실로 들어간다. 그녀가 진열장을 열고 콘서티나(아코디언의 일종—옮긴이) 같은 문을 잡아당기자 책들이 빽빽이 꽂힌 선반이 나타난다. 아버지는 몰스킨으로 장정된 일기장을 사용해왔다. 페이지마다 날짜를 기록해놓았고, 간간이 극장 티켓, 엽서, 그리고 서표 따위를 꽂아놓기도 했다.

"각 권마다 6개월 치 일기가 담겨 있어요." 올리비아가 설명한다. "한두 문장으로 끝날 때도 있고, 몇 페이지 분량을 줄줄이 적어내려갈 때도 있었죠."

"2010년 초 내용이 필요해요."

올리비아는 무릎을 꿇고 앉아 손끝으로 책등을 하나하나 더듬어나간다.

"여기 없는데요."

"경찰이 가져갔나요?"

"아뇨. 그건 증거물로 챙겨가지 않았어요."

"딱 그 일기장만 사라졌다는 얘기죠?"

"그런 것 같아요."

나도 그녀 옆에 쪼그려 앉아 직접 살펴본다.

"경찰이 아버지 침대 옆 탁자에서 일회용 휴대폰 두 개를 구매한 영수증을 찾았어요. 그들은 아버지가 그걸로 레이 디마르코와 은밀히 소통했을 거라 보고 있어요."

올리비아가 얼굴을 찌푸린다. "은밀하게 사용할 거면 영수증을 왜 지니고 있었을까요?"

합당한 지적이다.

나는 다시 처음으로 돌아가본다. 아버지가 폭행당한 그날 밤으로. 패딩턴 역에 도착한 아버지는 택시를 타고 집으로 갔다. 올리비아는 복도 불을 켜두었고, 아버지는 평소처럼 집 안으로 들어섰다. 나는 현관문을 돌아본다. 강제 침입의 흔적은 남아 있지 않다.

"아버지가 슬리퍼를 신고 계셨다고 했죠?" 나는 올리비아에게 묻는다.

"그이는 집 안에서 구두 신고 다니는 걸 싫어했어요."

"그 슬리퍼, 지금 어디 있죠?"

"위층에요. 그이 옷장 안에."

아버지는 집에 들어서자마자 위층으로 향했을 것이다. 범인은 어둠 속에 숨어 기다렸을 테고. 어쩌면 아버지가 그들을 집으로 들였는지도 모른다. 그렇게 들어온 놈들은 아버지를 따라 위층으로 올라갔을 것이다. 아버지는 침실로 들어가 습관대로 재킷과 신발부터 벗었을 테고.

층계참에서 가격당한 아버지는 고꾸라지며 계단을 굴렀다. 범인은 아버지를 따라 내려가며 폭행을 이어나갔다. 둔기가 내리쳐질 때마다 벽에 피가 튀었다.

나는 충격과 공포에 휩싸였을 아버지를 머릿속에 그리며 계단을 바라본다. 두 팔을 들어 필사적으로 방어에 나섰을 아버지. 그때 어머니는 밖에 계셨을까? 그랬다면 안에 들어와 어떻게든 손을 써보셨을 텐데. 내 시선이 복도 쪽으로 돌아간다. 바닥을 박박 문질러 닦는 내 모습을 떠올려본다. 점점 분홍빛으로 변해가는 물. 아버지의 머리 밑에 피로 만들어진 웅덩이. 문 근처에는 두 개의 혈흔이 남아 있었다. 서로 멀리 떨어진 원형의 얼룩. 문득 패딩턴 역 바닥에 떨어진 아이스크림이 뇌리를 스친다. 지나는 사람들이 남겨놓은 흔적.

"아버지의 가방은요?" 나는 묻는다.

"그것도 옷장에 있어요."

"봐도 될까요?"

올리비아는 나를 이끌고 침실로 향한다. 그녀가 옷장에서 꺼내 온 낡은 가죽 왕진 가방에는 진료 도구와 붕대 대신 오래된 신문과 펜, 기차표, 시간표, 그리고 새뮤얼 로즈의 회계 감사 보고서가 담긴 마닐라 폴더가 담겨 있다.

나는 보고서를 꺼내 빠르게 훑어본다. 여백 곳곳에 아버지가 적어놓은 메모가 보인다. 특정 날짜와 거래 내용에는 밑줄이 그어져 있고, 페이지 한쪽 귀퉁이에는 찻잔이 만들어놓은 둥근 자국이 남아 있다. 아버지가 빨간 펜으로 꼭꼭 눌러 동그라미 쳐놓은 이름 하나가 눈에 들어온다. 딜런 홀딩스.

순간 머릿속에서 불꽃이 튄다. 루이즈가 돈의 흐름을 추적하면서 알아낸 이름들. 페이퍼 컴퍼니, 외국 은행, 그리고 법률 사무소들. 딜런 홀딩스는 그중 하나였다.

나는 휴대폰을 꺼내 딜런 홀딩스를 검색해본다. 한 키프로스 회사가 유독 눈에 띈다.

"딜런이라는 이름 들어봤어요?" 나는 묻는다.

올리비아는 고개를 젓는다.

"아일랜드 이름이에요. '사자와 같이'라는 뜻이죠."

패시지 저택에 도착했을 때 뻥 뚫린 하늘에서 폭우가 쏟아지고 있었다. 상향등 불빛을 받은 굵은 빗줄기가 도로 위에서 은빛 파도처럼 너울댄다. 정문 기둥에 붙은 놋쇠 현판이 '아슬란 하우스'에 도달했음을 확인해준다. 나는 나무가 줄지어 늘어선 진입로를 따라 저택으로 향한다.

분수를 돌아 들어가니 열린 차고 앞에 세워진 사륜 오토바이가 눈에 들어온다. 엔진은 돌고 있고, 헤드라이트는 확 트인 뜰 너머를 비추고 있다. 여름 내내 연못 위로 그늘을 드리웠을 헐벗은 가지들 아래에는 누군가가 불을 피워놓았다. 나는 휴대폰을 꺼내 체크한다. 루이즈는 아직도 내가 보낸 문자 메시지에 답하지 않고 있다. 보나 마나 '경찰에 알려'라고 하겠지만 맥더미드가 내 이론에 귀를 기울여줄 리 만무하다. 꼭 양치기 소년이 돼버린 기분이다.

지평선 너머로 번개가 친다. 섬광이 만들어낸 긴 그림자는 눈 깜짝할 새 나타났다 사라진다. 나는 외투의 깃을 세우고 계단을 뛰어 올라가 초인종을 누른다. 요란한 빗소리 탓에 집 안에 울리는 벨 소리는 들리지 않는다. 나는 주먹으로 문을 거칠게 두드린다. 무응답.

불을 피워놓은 쪽에서 무언가가 탁탁 튀는 소리가 들려온다. 차고 위로는 회색의 연기 기둥이 비에 맞서 싸우듯 맹렬히 솟구쳐 오르고 있다. 나는 여전히 외투로 머리를 감싼 채 자갈 깔린 보도를 따라 모닥불이 피워진 쪽으로 향한다. 건물 모퉁이 너머로 망토를 걸친 형체가 서류 상자 하나를 모닥불에 던져 넣는 모습이 보인다. 촉진제 냄새가 물씬 풍겨온다. 휘발유가 담긴 플라스틱 드럼통은 주홍빛으로 달아올라 있다.

좀 더 덩치가 있는 두 번째 형체가 집 뒤편에서 나타난다. 그의 손에는 데스크톱 컴퓨터가 들려 있다. 형체가 그것을 불 속으로 던져넣자 사방으로 불꽃이 튄다. 플라스틱 드럼통이 열리고 휘발유가 끼얹어진다. 쉭 하는 소리와 함께 불길이 솟구쳐 오른다.

모닥불이 뿌려놓은 기괴한 그림자들이 너울거린다. 꼭 이교도 의식을 보는 기분이다. 작은 형체는 케네스 패시지. 그는 지팡이를 짚고 서 있다. 바로 저 지팡이 덕분에 복도에 혈흔을 남겨놓은 범인의 정체를 파악할 수 있었다. 지팡이는 대개 온전치 않은 다리 쪽 손으로 쥐기 마련이다. 지팡이는 성한 다리에 맞춰 앞으로 내밀어진다. 복도에 원형 핏자국이 일정한 간격으로 남겨지게 된 이유다. 그가 사용한 범행 흉기는 바로 지팡이였다.

파일들은 계속해서 불길 속으로 던져진다. 그들은 증거를 없애는 중이다. 과거를 파괴하는 중. 나는 황급히 주머니로 손을 가져간다. 휴대폰이 없다. 차에 두고 온 모양이다.

그때 뒤에서 누군가의 목소리가 들려온다.

"조지프. 여긴 어쩐 일이니?" 로지가 묻는다.

내 입이 열리는 순간 요란한 천둥소리가 지축을 뒤흔든다. 한쪽에서 움직임이 포착된다. 제대로 돌아볼 틈도 없이 무언가가 내 앞으로 휘둘러진다. 이내 극심한 통증이 찾아든다. 다리가 풀리면서 땅이 요동치기 시작한다.

그리고 어둠······.

나는 배아처럼 몸을 둥글게 만 채로 깨어난다. 손목은 정원용 노끈으로 꽁꽁 묶여 있다. 눈에 익은 방이다. 벽난로. 사진들. 한때 관을 뒤덮었던 막내아들의 메달과 배너들이 유리 진열장 안에 가지런히 정리돼 있다.

케네스 패시지는 눈을 감은 채 안락의자에 앉아 있다. 그의 회색 머리에서 떨어진 빗물이 장화 밑에 웅덩이를 만들어놓았다.

나는 신음을 토하며 몸을 튼다. 무릎을 턱 아래로 끌어 올려 간신히 몸을 일으키고는 벽에 등을 기댄 채 앉는다. 들리는 것이라고는 빗소리뿐이다.

케네스가 눈을 깜빡이며 멀건 눈으로 나를 쳐다본다. 그는 평소와 달리 탄탄하고 건강해 보인다. 그의 무릎에는 산탄총이 놓여 있다.

"곧 경찰이 도착할 거야." 그가 유감스러워하는 톤으로 말한다. "불법 침입자가 들어와서 총으로 가족을 지키려 했다고 해야지. 집에 불법 침입자가 나타나면 다들 그렇게 반응하잖아. 안 그래?"

"전 불법적으로 침입하지 않았어요."

"명백한 증거가 있는데."

"로지 아줌마는 어디 계시죠?"

"위층에서 잘 준비를 하고 있어."

나는 눈을 감고 메스꺼운 기운이 가시기를 기다린다. 노끈이 어찌나 꽉 조이던지 손에서 감각이 사라졌을 정도다. 나는 손가락을 꼼지락거려본다. 통증이 집중하는 데 도움이 돼주기를 바라며. 퍼즐은 거의 맞춰졌다. 진작 깨달아야 했지만 내 머리의 이성적인 부분은 이제야 뒤늦게 진실을 따라잡았다. 9백만 파운드가 사라졌을 때 케네스는 올로클린 재단 이사였다. 중요한 이사회에는 참석하지 않았지만 투자를 권하는 건 얼마든지 가능했을 것이다. 회계 감사로 진실이 밝혀졌을 때 아버지는 새뮤얼 로즈에게 법률 상담을 받아보겠다고 했다. 아버지는 곧장 데이비드가 아닌 케네스에게 전화를 걸었다. 두 사람은 경찰에 알려야 할지를 놓고 언쟁을 벌였지만 늙은 변호사가 주장한 이유 때문은 아니었다.

레이 디마르코는 아버지를 직접 대면한 적이 없다. 두 사람은 휴대폰과 문자 메시지로만 소통했다. 그들을 연결해준 사람은 바로 케네스 패시지였다. 그는 아버지의 계좌에서 2만 파운드를 인출했다. 그는 일회용 휴대폰을 구매했고, 그 영수증을 침대 옆 탁자의 서랍에 넣어두었다. 진열장에서 투자 관련 내용이 기록된 문제의 일기장을 가져간 것도 그였다. 투자 결정에 관여한 정황을 들키지 않기 위해.

"왜 그러셨죠?" 나는 묻는다.

케네스가 뜨거운 콧김을 뿜어낸다. "그는 내게 빚을 졌어."

"아저씬 아버지의 친구시잖아요."

"친구는 개뿔." 그가 버럭 화를 내며 말한다. 그의 어금니는 꽉 물려 있다. "친구라면 용서할 줄 알아야지. 친구라면 희생할 줄도 알아야 하고. 윌리엄은 대학 졸업 후 내 말투가 바뀌었다고 놀리곤 했어. '자넨 자네 뿌리가 자랑스럽지 않아?' 조르디인 흉내를 내면서 그렇게 말했지. '자넨 샴페인 좌파(정치적 진보를 외치면서 호화로운 생활을 누리는 사람—옮긴이)조차 못 돼. 그냥 변절자, 위선자일 뿐이라고.'"

"그냥 농담하신 거겠죠."

"농담이 아니라 조롱이었다고. 난 윌리엄을 위해 모든 걸 걸었는데. 베타니 디마르코를 그 지경으로 만들어놓고도 그 친군 아무 대가도 치르지 않았어. 내가 진술서 내용과 증거를 조작해줬거든. 난 그를 살려준 대가로 큰 곤욕을 치렀어. 판사는 날 교도소로 보내고 싶어 했지만 다행히 변호사 자격을 박탈당하는 선에서 마무리가 됐지. 그걸 회복하는 데 무려 12년이나 걸렸어. 그 일이 있고 난 후로 변호사와 판사들이 날 무슨 벌레 보듯 하더군. 부정한 변호사로 낙인찍혀버리는 바람에 완전히 왕따 신세가 돼버렸다고."

"아버진 아저씨에게 고마워하셨을 거예요."

"웃기지 마! 헛소리 집어치우라고!" 케네스가 두 손으로 산탄총을 꼭 움켜쥐며 소리친다. 길고 숱 많은 그의 진회색 머리털은 산발이 돼버렸다.

"윌리엄은 또다시 날 골로 보내려 했어. 회계 감사를 멈춰달라고 부탁했지만 당최 들으려 하지 않더라고. 돈을 돌려주겠다고까지 했는데도 말이야. 제발 봐달라고 간곡히 애원했는데도 끝내 모른 척해버렸어. 윌리엄은 원하는 건 무슨 수를 써서라도 손에 넣어야 직성이 풀리는 놈이야. 지금까지 쭉 그래왔고, 앞으로도 계속 그럴 놈이라고."

"로지 아줌마 말씀인가요?"

그의 눈이 흐릿해진다. "집사람은 굉장히 예뻤어. 학교를 막 졸업한 앳된 처녀를 보고 첫눈에 반해버렸지. 윌리엄을 만나러 갔을 때 카디프의 한 술집에서 집사람을 처음 만났어. 녀석은 내가 그녀에게 홀딱 반했다는 걸 알면서도 전혀 개의치 않더라고. 자긴 유부남에 아이가 넷이나 딸린 처지였으면서. 놈은 기어이 죽마고우가 흠모하는 여잘 냉큼 차지해버렸지.

그 후로 몇 달 동안 난 주말마다 카디프를 찾았어. 로지를 만나려고 말이야. 하지만 윌리엄에게 단단히 홀린 집사람은 내게 눈길 한 번 주지 않더군. 놈은 집사람을 창녀 대하듯 했어. 파티나 레스토랑에 데려간 적도 없고, 그 흔한 꽃 한 번 사준 적이 없었지. 사랑한다는 말 한 번 들려준 적 없고. 그런데도 놈이 찾아오면 로지는 늘 그를 반겨 맞으며 기꺼이 다리를 벌려줬어." 케네스의 왼쪽 다리가 위아래로 들썩인다. 그의 무릎에 얹어진 산탄총이 그 박자에 맞춰 춤을 춘다. 나는 몸을 꼼지락거리며 노끈을 느슨히 만드는 데 집중한다. "난 윌리엄에게 그녈 포기해달라고 간절히 요청했지만 소용이 없었어. 불륜 사실을 메리에게 폭로하겠다고 협박했더니 그냥 웃음을 터뜨리더라고. 그에겐 모든 게 다 게임일 뿐이었어. 어떻게든 날 꺾어야 직성이 풀리는 유치한 경쟁."

케네스의 한풀이는 계속 이어진다. "로지가 슬슬 지겨워지니까 그제야 집사람을 내게 떠넘겼어. 그러고선 내가 고마워해주길 바라더군. 내키진 않았지만 고맙다고는 했어. 그때 내 심정이 어땠는지 상상이 돼?"

나는 대답하지 않는다.

"얼마 지나지 않아 로지는 임신했어. 집사람은 맹세코 그게 내 아이라고 주장했지. 난 그 말을 믿고 집사람과 결혼했어. 데이비드와 프랜시스가 차례로 태어났고, 로지와 난 행복했지. 끝내 원하는 걸 얻었으니 윌리엄은 용서하기로 했어."

케네스는 자리에서 일어나 벽난로 위 선반 앞으로 다가간다. 그의 시선이 한때 관을 장식했던 메달과 배너를 찬찬히 훑어나간다. 그의 눈꺼풀 안에서는 애틋한 추억의 이미지가 재생되고 있는 듯했다.

"놈은 우리에게서 프랜시스를 앗아가버렸어."

"그건 아버지 탓이 아니었잖아요."

"모르는 소리. 윌리엄이 프랜시스에게 입대를 권하지 않았어도, 놈이 우리 아들을 그렇게 부추기지만 않았어도, 그 애가 북아일랜드에 발을 들일 이유가 없었을 거야. 폭탄이 터졌을 때 순찰 근무를 서지도 않았을 거고. 프랜시스는 유진의 품에 안긴 채 숨을 거뒀어. 내 아들이 유진에게 남긴 마지막 한마디가 뭐였는지 알아?"

나는 대답하지 않는다.

"내 용감한 아들은 어머닐 애절하게 부르며 죽어갔어."

잠시 방 안에 정적이 찾아든다. 들리는 것이라고는 복도의 시계와 유리창을 두드리는 빗소리뿐이다.

"레이 디마르코는 왜 끌어들인 겁니까?" 나는 묻는다.

케네스는 실망스럽다는 듯 얼굴을 찌푸린다. "난 오래전부터 녀석을 지켜봐왔어. 어린 나이에 부모를 여의고서 몸이 불편한 누나를 극진히 챙겨온 기특한 녀석이지. 복수심에 활활 불타고 있을 거라 믿었지만 나중에 보니 완전 겁쟁이더군."

"그는 겁쟁이가 아닙니다."

"놈은 우리 약속을 어겼어."

"어떻게 그를 탓하실 수 있죠? 아저씨가 우리 아버지인 척하셨으면서."

케네스는 듣고 싶지 않다는 듯 손을 내젓는다. 하지만 나는 여기서 멈출 마음이 전혀 없다.

"아버진 아저씨가 돈에 손댄 사실을 알게 되셨어요. 모든 정황을 꿰맞춰 그런 결론에 도달하신 거죠."

"윌리엄은 돈을 토해놓지 않으면 경찰에 신고하겠다고 협박했어. 난 모든 걸 잃게 될 위기에 빠져 있었지."

"아버진 아저씨에게 출구 전략까지 마련해주셨어요."

"파산. 자네 부친이 2008년 금융 붕괴를 겪고 나서 어떻게 재기할 수 있었는지 알아? 내가 보증을 서준 덕분이었어. 내가 그 친구 빚을 다 갚아줬고, 그걸로도 모자라 밑천까지 대준 덕분이었다고."

"아저씨가 훔치신 돈으로요."

"그게 무슨 상관이야? 나 덕분에 기사회생한 놈이 날 묻어버리려고 해? 배은망덕도 유분수지."

그때 유진이 모습을 드러낸다. 그의 재킷과 강모 같은 머리에서는 빗물이 뚝뚝 떨어진다. 왼쪽 겨드랑이 아래 붙은 홀스터에는 글록 권총이 꽂혀 있다.

"다 태웠나?" 케네스가 묻는다.

그가 고개를 끄덕인다.

"불이 죽으면 내가 경찰에 연락할 거야. 미리 짜둔 각본은 잘 숙지했겠지? 우린 올라가서 자고 있었어. 아래층에서 수상한 소리가 들려 자네가 내려가봤고 침입자와 몸싸움이 붙게 된 거야. 그 과정에서 산탄총이 발사됐고."

"경찰이 그 말을 믿어줄 것 같아요?" 나는 말한다.

유진이 손가락을 입술에 가져다 붙인다. 닥치라는 뜻이다. 흉측하게 일그러진 미소가 머금어진 그의 얼굴은 꼭 핼러윈 가면 같아 보인다.

"대체 왜 이러시는 겁니까?"

케네스가 대답한다. "유진은 말수가 적어. 하지만 굉장히 충성스럽지. 이 친구는 우리 프랜시스를 우리만큼이나 사랑했어."

"이건 프랜시스 문제가 아니잖아요. 이건 아저씨가 훔친 돈 문제라고요."

늙은 변호사가 대꾸하려다 멈칫한다. 창밖으로 빗속을 헤치고 지그재그로 달려오는 정체 모를 차량의 노란 헤드라이트 불빛이 보였기 때문이다. 심하게 요동치는 불빛은 나무들 틈으로 연신 깜빡인다.

유진이 황급히 테이블 램프를 끄자 방 안이 칠흑 같은 어둠에 파묻힌다. 원형 진입로를 돌아 들어온 헤드라이트 불빛이 벽난로 위 선반에 가지런히 진열된 메달과 배너들에 뿌려진다.

루이즈의 메르세데스가 내 차 뒤에 멈춰 선다. 눈부신 불빛 뒤로 그의 윤곽이 살짝 드러난다. 그는 손에 휴대폰을 쥐고 있다. 내게 전화를 걸려는 것이다.

케네스가 고개를 끄덕이며 유진에게 산탄총을 건넨다. "망설이지 말고 쏴갈겨."

"저 친구, 경찰입니다." 나는 말한다.

"닥쳐!"

케네스가 유진으로부터 넘겨받은 글록을 천장에 겨눈다. 과장된 모습이 꼭 새로운 트릭을 선보이는 마술사 같아 보인다. 그가 배럴을 당겨 약실에 탄약이 담겨 있음을 내게 확인시킨다.

잠시 후, 현관문이 열렸다 닫히는 소리가 들려온다. 어떻게든 루이즈에게 경고를 보내야 한다. 내 생각을 읽었는지 케네스가 내 왼쪽 관자놀이에 총구를 갖다 댄다.

창밖으로 메르세데스 뒤로 다가가는 유진의 모습이 보인다. 그는 루이즈가 볼 수 없는 사각지대를 따라 이동하는 중이다. 산탄총을 번쩍 든 채 접근한 그가 차창을 두드린다. 루이즈는 고개를 돌려 그를 올려다본다. 나는 입을 열고 큰 소리로 루이즈를 불러본다. 하지만 내 목소리는 이내 들려온 우레 같은 총성에 파묻히고 만다. 유리창에 창백한 원들이 속속 생겨난다. 루이즈는 옆으로 고꾸라진다.

나는 본능적으로 어깨를 늘어뜨리고 케네스를 향해 돌진한다. 불시에 몸통을 들이받힌 그는 앞창 쪽으로 떠밀린다. 우리는 서로에게 엉겨 붙은 채 창문을 뚫고 나가 관목 위에 떨어진다. 유리 파편과 나뭇조각들이 사방에 뿌려진다. 불운하게도 내 밑에 깔린 케네스는 고통스러워하고 있다. 폐가 짓이겨지고 뼈가 부러졌으리라. 나는 힘겹게 몸을 일으킨다. 케네스의 눈은 휘둥그레져 있고, 입에는 거품이 물려져 있다. 그의 목에 깊숙이 박힌 세모난 유리 조각이 헤드라이트 불빛을 받아 반짝거린다. 나는 또 다른 유리 조각을 집어 들고 분수를 지나 어둠 속으로 달려든다.

두 손이 등 뒤로 구속된 상태로 신속히 이동하는 건 쉬운 일이 아니다. 나는 몸을 반쯤 웅크린 채 나무가 드리운 그림자를 향해 지그재그로 달려나간다. 당장이라도 산탄총이 재장전되는 소리가 들려올 것만 같다.

분뇨와 깎인 잔디가 뒤섞인 배수로를 향해 몸을 날린 나는 악취 나는 역겨운 진창을 입안 가득 머금는다. 격한 기침을 토하며 드러누워서는 챙겨온 유리 조각으로 노끈이 끊어질 때까지 톱질을 해댄다.

마침내 구속에서 풀려난 나는 흙더미 너머를 살펴본다. 메르세데스의 헤드라이트는 여전히 눈부신 불빛을 비추고 있다. 나는 옆으로 미끄러져 내려간다. 그리고 첨벙대며 배수로를 따라 나아가기 시작한다. 온갖 잡초가 머리와 어깨로 쏟아져내린다. 저택에는 담이 둘러져 있다. 담을 넘어 들어가면 정문에 이를 수 있을 것이다. 과연 유진이 나를 가만둘까? 어떻게든 나를 이곳에 붙잡아두려 할 텐데.

빗속을 뚫고 엔진 소리가 전해져온다. 사륜 오토바이. 요란한 굉음을 내며 차고에서 튀어나온 오토바이가 고르지 않은 진입로를 맹렬히 달려나가기 시작한다. 헤드라이트가 불시에 내가 있는 방향을 비춘다. 나는 황급히 몸을 숙이고 그가 멀어지기를 기다린다. 오토바이는 심하게 요동치며 진창을 내달린다. 놈은 필사적으로 나를 찾고 있다. 먼발치서 또 다른 소리가 들려온다. 짖는 소리. 개들을 풀어놓은 모양이다.

길게 늘어선 나무들 뒤로 들어가 몸을 숨기고 싶은 마음이 굴뚝같지만 그럴 수 없다. 내 뜀박질로 오토바이를 앞지르는 건 불가능했다. 게다가 내게는 무기도 없고, 수적으로도 열세다.

언젠가 외상 후 스트레스 장애를 앓는 전직 해병을 치료한 적이 있다. 그는 말했다. 먹이와 포식자의 유일한 차이는 사고력의 유무라고. 인간이 먹이사슬 꼭대기에 오를 수 있었던 건 다른 생물들보다 똑똑했기 때문이라고. 우리는 빠르지도 않고 날 수도 없다. 그렇다고 헤엄을 잘 치거나 나무를 잘 타는 것도 아니다. 그저 적응하고 즉흥적으로 반응하는 능력이 탁월할 뿐. 나는 예순에 가까운 나이다. 거기다 파킨슨병까지 앓고 있다. 이런 내가 과연 해낼 수 있을까?

개들은 배수로를 따라 나를 추적하지만 내 체취는 악취 나는 물에 완전히 가려진 상태다. 유진이 다시 휘파람을 불자 개들이 일제히 두둑으로 올라가 나를 쫓기 시작한다. 나는 진창에 얼굴을 묻고 숨을 참아본다. 헐떡대는 개들이 코를 킁킁거리며 다가오는 소리가 들린다.

그중 하나가 으르렁거린다. 기어이 나를 찾아낸 것이다. 나는 몸을 일으켜 내달리기 시작한다. 개들은 다시 배수로로 내려와 나를 맹렬히 추격한다.

눈에서는 섬광이 터지고, 땅은 은색으로 변한다. 나는 개들을 따돌리려 지그재그로 움직여본다. 옆으로 몸을 날려보기도 하고 그러다가 진창을 구르기도 한다. 묵직한 무언가가 내 등에 떨어진다. 한 녀석이 나를 깔아뭉개버렸다. 녀석이 무시무시한 이를 드러내고 으르렁댄다. 나는 놈의 얼굴에 냅다 주먹을 날리고 획 돌아서 몸을 일으킨다.

저만치 앞으로 삽이 하나 보인다. 나무들은 어느새 바짝 다가와 있다. 두 번째 개가 내 팔뚝에 달라붙는다. 다행히 두꺼운 모직이 내 피부를 완벽히 지켜준다. 나는 녀석을 번쩍 치켜들고 있는 힘껏 걷어찬다. 일격을 당한 개가 깨갱대며 나가떨어진다. 나는 흙더미에 꽂힌 삽을 두 손으로 뽑아든다. 개들이 나를 향해 일제히 몸을 날린다. 놈들은 주춤 물러났다 달려들기를 반복한다. 삽의 날카로운 날이 한 놈의 몸에 파고든다. 순간 뼈 부러지는 소리가 뚜렷하게 들려온다. 녀석은 울부짖으며 멀리 달아나 버린다. 그 광경에 겁을 집어먹은 나머지 개들도 더 이상 선뜻 달려들지 못한다.

사륜 오토바이는 진창에 빠져 꼼짝 못 하고 있다. 엔진 소음 너머로 유진이 욕을 해대는 소리가 들려온다. 그는 전진과 후진을 반복하며 진창을 빠져나오려 애쓰는 중이다. 이내 가망이 없음을 깨달았는지 그는 오토바이를 버려두고 나를 향해 걸어오기 시작한다. 그의 오른손에는 산탄총이 들려 있다.

나는 저택 쪽으로 내달리기 시작한다. 진창에 빠진 발은 마음처럼 빨리 움직여주지 않는다. 유진이 휘파람을 불자 개들이 즉각 반응한다. 그가 직접 나를 쫓을 필요는 없다. 그건 개들이 대신해줄 테니.

50미터만 더 가면 차고에 이를 수 있다. 내 앞으로 드리워진 그림자는 점점 짧아진다. 40미터…… 땀이 스며든 눈이 따끔거려온다. 마치 동공에 바셀린이라도 바른 듯 시야가 뿌예진다.

루이즈는 치안 유지 활동의 제1법칙은 스스로를 보호하는 것이라고 강조했다. 제2법칙은 제1법칙과 상충하지 않는다면 무대책 또한 하나의 훌륭한 방어책이 될 수 있다는 것이다. 그리고 제3법칙은…… 그게 뭐였더라? 기습적인 요소, 어쩌고 하는 거였는데.

나는 모닥불이 피워진 오른쪽으로 방향을 튼다. 개들은 여전히 나를 바짝 뒤쫓고 있다. 요란한 맥박 소리가 귓속을 울려댄다. 가슴에서는 뜨겁게 달구어진 부지깽이가 총검처럼 박힌 듯한 통증이 느껴진다. 심장마비가 온 건가?

나는 모닥불을 향해 몸을 날린다. 쉭 하는 소리와 함께 불꽃이 튀고, 내 젖은 옷은 지글거린다. 나는 코트로 얼굴을 덮은 채 땅을 뒹군다. 필사적으로 사방을 더듬는 내 손에 무기로 쓸 만한 나뭇가지가 쥐어진다. 데일 듯 뜨겁지만 그런 데 신경 쓸 여유는 없다.

개 하나가 모닥불을 돌아 자욱한 연기를 헤치고 모습을 드러낸다. 마치 지옥에서 온 사냥개를 보는 듯하다. 놈의 쩍 벌어진 입은 벌어진 상처 같아 보인다. 나는 무릎을 꿇고 앉아 놈을 노려본다. 개가 달려들자 나는 쥐고 있는 나뭇가지를 힘껏 휘두른다. 칙칙대는 불꽃이 허공을 가른다. 나뭇가지는 개의 목을 강타하고, 녀석은 깨갱대며 멀리 달아나버린다. 젖은 꼬리에 빨간 불씨를 머금고서는.

유진은 모닥불 너머에서 가쁜 숨을 몰아쉬는 나를 지켜보고 있다. 그가 레인코트의 후드를 벗자 격노에 찬 검붉은 얼굴이 드러난다.

그때 어딘가에서 전사의 함성 같은 소리가 터져 나온다. 내 오른쪽으로 어둠을 뚫고 달려오는 빈센트 루이즈의 모습이 보인다. 끓어오르는 분노에 단단히 사로잡혀 두려움조차 잊어버린 사람의 모습. 메르세데스에 모두가 비웃는 방탄유리를 고집스레 장착한 선견지명의 사나이.

무섭게 달려온 그가 유진을 향해 몸을 날린다. 살인적인 럭비 스타일 태클에 허가 찔려버린 유진이 뒤로 벌러덩 나가떨어진다. 유진의 몸에 잽싸게 올라탄 루이즈가 한 손으로 그의 머리를 단단히 붙잡아놓는다. 그런 다음, 돌덩이 같은 주먹으로 그를 무자비하게 내리찍기 시작한다. 유진의 고개는 옆으로 꺾였고, 그의 입과 코에서는 피가 터져나온다.

"그 정도면 됐어." 나는 가쁜 숨을 몰아쉬는 루이즈에게 말한다.

"괜찮아?" 그가 산탄총을 빼앗아 들고 묻는다.

나는 검게 변한 내 오른손을 내려다본다. 아직은 아무 느낌이 없지만 잠시 후면 극심한 통증에 시달리게 될 것이 뻔하다. "응."

그가 자신의 왼쪽 귀를 가리킨다. "아무 소리도 안 들려."

순찰차들이 아슬란 하우스 정문을 지나 진입로로 속속 들어선다. 나무들 틈으로 스며든 섬광등 불빛은 마치 구식 영사기에서 풀린 필름 릴이 렌즈 앞에서 펄럭이며 만들어낸 효과를 보는 듯하다.

저택을 향해 몰려오던 경관들이 그림자 속에서 불쑥 튀어나온 형체를 보고 멈칫한다. 맨발의 로지는 면 플란넬 잠옷 차림이다. 그녀의 손에는 케네스의 글록이 쥐어져 있다. 그녀는 두 손으로 권총을 쥐고 루이즈를 겨눈다. 루이즈는 산탄총을 떨어뜨리고 뒤로 물러난다.

목이 메는지 로지의 열린 입에서는 아무 말도 흘러나오지 않는다. 그녀는 마음을 가다듬고 다시 시도해본다. "난 정말 몰랐어, 조지프. 정말로."

"아줌마가 케네스 아저씨를 치스윅까지 태워다주셨죠?"

"아니야! 그건 유진이었어. 난 그들이 무슨 일을 꾸미고 있었는지 몰랐다고. 내가 왜 윌리엄에게 그런 짓을 하려 했겠어?"

"프랜시스가 그렇게 된 것 때문에 아버질 증오하셨잖아요."

"난 네 아버지가 죽는 걸 바라지 않았어. 난 케네스가 윌리엄을 만나 돈에 대해 얘기하려는 줄 알았다고. 정말이야. 그이가 이런 일을 벌일 줄은 꿈에도…… 난 정말 몰랐어." 그녀의 촉촉해진 눈이 불빛에 반짝인다. 그녀 뒤로 저택에 다다른 순찰차들이 보인다.

"대체 어쩌다 이 지경이 돼버렸는지······." 다리가 풀려버린 로지가 땅에 무릎을 꿇는다. 그녀는 입을 크게 열고 검은 총구를 입술 사이로 밀어 넣는다. 그런 다음, 총구가 머리를 향하도록 권총을 세운다. 방아쇠에 얹어진 그녀의 손가락에 조금씩 힘이 들어간다.

"안 돼요! 그러지 말아요!" 나는 외친다. 순간적으로 시간이 멈춰버린 듯하다. "제 말 들어보세요, 아줌마. 이 빗줄기, 느껴지세요? 차갑죠? 네? 얼음 바늘이 콕콕 찌르는 것 같지 않나요? 고개를 들고 냄새를 맡아보세요. 맛을 보세요. 이게 인생이에요. 이게 현실이라고요."

그녀는 끔찍한 자세를 취한 채 바짝 얼어붙어버린다. 흉측하게 각진 총열은 그녀의 침에 젖어 번들거린다. 그녀의 아랫입술은 활처럼 늘어져 있다. 어떻게든 그녀가 내 목소리에만 집중하도록 만들어야 한다. 내 말에만 귀를 기울이도록.

"아무런 희망도 남지 않았다고 생각하고 있죠? 어쩌면 정말 그런지도 몰라요. 하지만 그 방아쇠를 당긴다고 고통에서 벗어날 수 있는 건 아니에요. 그 고통은 아줌마 자식들에게, 그리고 손주들에게 고스란히 떠넘겨질 테니까요. 모든 부담과 비탄은 전부 그들 차지가 돼버릴 거예요.

전 16개월 전, 줄리앤을 잃었어요. 살인적인 비탄에 사로잡혀 한동안 폐인으로 살았었죠. 죽고만 싶다는 생각을 품어본 게 한두 번이 아니었어요. 하지만 찰리와 에마를 영영 못 보게 될 거라는 생각에······ 어차피 이러지 않아도 죽음은 이미 우릴 기다리고 있어요. 왜 굳이 일찍 가려고 하세요?"

로지의 손에 쥐어진 묵직한 권총이 불안하게 흔들리기 시작한다. 그녀의 창백한 피부와 은백색 머리가 유독 애절해 보인다.

"며칠 전, 아줌마의 손주들을 봤어요. 데이비드의 어린 아들과 딸. 특히 손녀가 아줌마 성격을 많이 닮았는지 꽤 말괄량이던데요. 눈도 아줌마를 쏙 빼닮았고요."

"정말?" 로지가 코를 훌쩍이며 말한다.

"정말로요. 그 애 이름이 뭐죠?"

"밸러리."

"손자는?"

"휴고."

"그 방아쇠를 당기면 밸러리와 휴고에게 사랑한다는 말도 해주실 수가 없어요. 어쩌다 이렇게 돼버렸는지 그들에게 해명하실 수도 없고요. 예쁜 손주들 성장하는 걸 곁에서 지켜보고 싶지 않으세요?"

"그런 건 상관없어."

"마음에도 없는 말씀 마세요."

경찰이 빠르게 다가오고 있다. 루이즈가 한 손을 번쩍 들고 막아서자 그들이 멈춰 선다. 세상은 어느새 빈터와 모닥불 불빛 크기로 줄어들어 있다.

"절 보세요, 아줌마. 전 치료법 없는 퇴행성 신경 질환을 앓고 있어요. 단 몇 시간 동안 정상인으로 살기 위해 온갖 것들을 혼합한 약을 꾸준히 먹어야 한다고요. 처음엔 저도 이 악몽 같은 현실을 부정했어요. 세상의 불공평함에 화도 내봤고요. 살려달라고 신에게 애원도 해봤고, 끝도 보이지 않는 어둠의 구렁텅이

속을 헤집고 다니기도 했어요. 그러면서 깨달았죠. 아무리 이런 꼴이라도 죽는 것보단 사는 게 낫다는 걸 말이에요. 아무리 춥고, 배고프고, 외롭고, 고통스러워도 저승보다는 이승이 낫다는 걸 깨달았어요. 인생은 가능성으로 가득 차 있어요. 실패해도 두 번째, 세 번째, 네 번째 기회가 속속 주어지죠. 인생엔 음악이 있고, 웃음이 있고, 사랑과 희망도 있잖아요."

나는 무릎을 꿇고 앉아 로지와 눈높이를 맞춘다. 그리고 젖은 잔디 너머 그녀에게로 천천히 다가간다.

"후회스러운 과거를 바꾸고 싶냐고요? 물론이죠. 하지만 앞으로 펼쳐질 미래를 놓치고 싶진 않아요. 절대로. 그걸 누구에게 배웠는지 아세요? 바로 아버지예요."

로지가 나를 빤히 쳐다본다.

"그레이시 숙모님 기억하시죠? 숙모님은 불난 집에 갇혀 돌아가셨어요. 빌어먹을 광장 공포증 때문에. 전 그레이시 숙모님을 너무나도 사랑했고, 그 사고로 엄청난 정신적 충격을 받았죠. 그렇게 비탄에 빠져 있을 때 아버지가 영원히 잊지 못할 한마디를 해주셨어요. '인생 최악의 한 시간도 결국 육십 분이 지나면 끝이 난다는 걸 명심해라, 조지프.' 아줌만 지금 인생 최악의 한 시간을 보내고 계세요. 잘 버텨내시면 다음 한 시간은 훨씬 나아질 거예요. 그다음 한 시간은 더더욱 나아질 거고요."

나는 계속해서 무릎으로 땅을 디디며 그녀 앞으로 다가간다. 검게 덴 내 손이 그녀의 어깨에 살며시 얹어진다. 로지는 몸을 바르르 떨며 고개를 떨군다. 나를 겨누던 총구도 스르르 내려진다. 차갑게 얼어버린 그녀의 손가락은 여전히 방아쇠에 걸쳐져 있다. 나는 그녀를 대신해 손가락을 떼어준다. 권총이 그녀의 허벽지를 따라 미끄러져 질퍽한 잔디에 떨어진다. 나는 그녀를 감싸 안고 경찰은 그제야 슬금슬금 다가오기 시작한다.

"어릴 때 아줌마를 짝사랑했었는데, 아셨어요?" 나는 묻는다.

"나를?"

"콘월에서 휴가를 보냈을 때. 아줌만 되게 매력적이셨어요. 반항적인 면도 되게 쿨해 보였고요. 아무튼 다른 엄마들과는 완전 다르셨어요."

"젊었을 땐 내가 그랬나 보네."

"정말 예쁘셨어요. 지금도 그렇지만."

그녀가 자신의 젖은 머리를 매만지며 나지막한 목소리로 말한다.

"고맙구나, 조지프."

## 22일째

 삼각대에 얹어진 아크등이 저택 앞을 환히 밝혀진 야외무대로 바꾸어놓았다. 눈에 들어오는 모든 것은 색채와 그림자를 잃어버렸다. 경찰과 구급대원들은 증거를 채집하고 부상자들을 챙기느라 분주하다. 몸에 포일 담요를 두른 나는 모르핀에 취해 해롱대는 중이다. 하얀 거즈가 칭칭 감긴 오른손에서는 엄지손가락만 삐져나와 있다.
 갑자기 불어온 돌풍이 웅덩이에 잔물결을 일으킨다. 나무에서는 빗물이 후두둑 떨어진다. 먼발치로 노란 반사 색조 조끼를 걸친 허수아비가 보인다. 에마의 누더기 맨.
 나는 눈을 감고 목과 입에서 피를 쏟는 케네스의 모습을 떠올려본다. 그의 얼굴은 꼭 생기다 만 플라스틱 가면을 보는 듯하다. 노인이라기보다 아이의 모습에 더 가까운. 복수 후 가슴이 후련해진 건가? 아니면 죽음이 안식을 가져다주었나?
 눈부신 조명 뒤에서 루이즈가 모습을 드러낸다. 내 것과 똑같은 포일 담요를 몸에 두른 그가 주머니에서 사탕이 든 작은 통을 꺼내 든다. 그리고 뚜껑을 열어 내 앞으로 내민다. 오른손을 쓸 수 없는 나는 왼손으로 간신히 레몬 맛 사탕을 골라 든다.

"자네 때문에 제 명에 못 죽을 것 같아. 겁쟁이라면서 왜 매번 그리 용감하게 구는 거야? 왜 그리 저돌적으로 적진으로 뛰어드는 거냐고."

"겁쟁이는 자기가 용감하다는 걸 증명하려고 무모하게 구는 거야."

"꼭 그렇게 모든 걸 합리화해야 속이 후련해?"

그가 턱을 들어 우리 쪽으로 다가오는 맥더미드 경위를 가리킨다. 그의 뒤로는 케네스 패시지의 시체를 덮어놓은 하얀 텐트가 보인다.

"진술서가 필요합니다." 형사가 내 눈을 피하며 말한다. "그 전에 화상 센터에서 치료부터 받으시고."

"그럴 거 없어요."

"나한테 이러지 말고 가서 의사들을 설득해봐요. 차를 대기시켰습니다."

나는 조수석에 몸을 싣는다. 운전을 맡은 제복 경관은 꽤 사근사근하다. 그는 내게 어쩌다 손을 데었는지, 루이즈가 방탄유리 덕분에 목숨을 건진 게 사실인지 묻는다. 나는 한 단어로만 짧게 대답한다.

병원에 도착하니 내 손에 붕대를 풀고 연고를 듬뿍 발라준다. 피부 이식 수술까지는 필요 없을 것 같지만 흉터는 남을 거란다. 나는 진통제와 항생제를 받아들고 퇴원을 준비한다.

병원을 나서기 전, 화상 센터에서 찰리에게 전화를 걸어본다.

"지금 몇 시나 됐어요?" 아이가 졸음 가득한 목소리로 묻는다.

"아직 이른 시간이야. 에마는 어때?"

"간밤에 자물쇠를 체크한다며 두 번 깬 것 빼곤 괜찮아요. 지금 오실 거예요?"

"곧 들어갈 거야. 그 전에 너한테 부탁할 게 있어. 에마를 학교에 바래다주고 나서 갈아입을 옷 좀 가져다주겠니?"

"무슨 일 있었어요?"

"얘기하자면 길어. 집에 가서 다 들려줄게."

"지금 할아버지랑 같이 계세요?"

"지금 그쪽으로 가려고 해."


비구름은 돌풍에 떠밀려 동쪽으로 쫓겨갔다. 벨기에나 네덜란드나 덴마크가 자리한 곳으로. 나는 지리에 약하다.

어머니는 아버지 침대 옆 의자에 앉아 졸고 있다. 간호사들이 간이침대를 가져오겠다고 했지만 어머니는 잠시 "눈을 붙이려는 것"뿐이라며 사양했다. 나는 어머니의 이마에 입을 맞춘다. 깜짝 놀라며 잠에서 깬 어머니가 내 거지 같은 몰골을 보고 잔소리를 늘어놓는다. 하지만 이내 근심 어린 표정으로 붕대가 칭칭 감긴 내 손을 애처롭게 쳐다본다.

나는 어머니에게 사기 사건, 그리고 아버지 폭행 사건에 대해 간략하게 들려준다. 어머니는 그 배후에 케네스와 로지가 있었다는 사실에 적잖이 충격을 받은 모습이다. 내가 무사히 돌아왔으니 다 중요치 않다고는 하지만. 어머니는 원한을 품고 그것을 갚는 데 집착하는 이들을 이해하지 못했다. 대신 인간의 선량함과 사랑스러움을 믿었다. 냉엄한 현실로부터 스스로를 방어하는 어머니만의 방식이었다. 어머니는 남부러울 것 없는 삶을 살아왔다. 교육. 부(富). 자식들. 친구들. 신앙. 한때 나는 세상을 장밋빛으로만 보는 어머니에게 짜증을 낸 적도 있었다. 지나치게 낙천주의적인 어머니의 태도 역시 거슬리기는 마찬가지였다. 내가 요원한 꿈을 향해 부질없이 나아가고 있을 때 어머니는 암담한 상황 속에서 달달함을 찾고, 기형인 상태에서 아름다움을 발견한다. 물론 그런 어머니의 태도가 내 것보다 훨씬 낫기는 하다. 케네스와 로지가 분한 마음을 마치 종교 유물이라도 되는 양 공들여 다듬을 때 어머니는 마냥 행복에 겨워할 뿐이었다.

"그들은 프랜시스의 죽음을 아버지 탓으로 여기고 있었어요." 나는 설명한다.

"말도 안 돼."

"정말 그렇게 믿어온 모양이에요."

스펀지 목욕 시간이라며 간호사가 들어온다. 어머니는 자신이 직접 하겠다며 간호사를 돌려보내려 한다. "난 육십 년 넘게 이 사람을 돌봐왔어요. 이 사람 씻기는 것쯤은 거뜬히 할 수 있어요."

나는 간호사와 함께 웃음을 터뜨린다. 어머니는 우리의 반응이 못마땅한지 얼굴을 찌푸린다. 어머니는 아버지의 병원복 단추를 풀고 수건을 아버지의 가슴 양쪽에 얹어놓는다. 그런 다음, 따뜻한 물에 스펀지를 적셔 아버지의 얼굴과 목을 문질러 닦기 시작한다.

"누군가를 그토록 증오하면 오래가지 않아 지쳐 나자빠지게 돼." 어머니가 말한다.

"누굴 그렇게 증오하셨어요?"

"당연히 그 여자지." 올리비아 얘기다. "혼자 자다가 한밤중에 벌떡벌떡 깨곤 했었어. 이이가 어딘가에서 그 여자랑 시시덕대고 있을 때. 그때 받은 스트레스가 날 이렇게 삭혀버렸어. 얼굴에 이 주름 좀 봐."

어머니의 이런 모습은 나를 미소 짓게 만든다. 하지만 또 한편으로는 슬프기도 하다. 어머니 같은 사람에게 사랑과 증오는 절대적이지 않으며, 동전의 양면과 같다는 걸 설명하기란 쉽지 않다. 증오는 사악한 열정이고 사랑은 고조된 열정이다. 하지만 뇌 속의 같은 회로를 나눠 쓰는 그 둘은 유사한 절박함의 행동들로 이어진다. 어쩌면 어머니는 이것에 대해 나보다 훨씬 더 이해가 깊은지도 모른다.

구석에 놓인 여행가방이 눈에 들어온다.

"네 아버지 물건들이야." 어머니가 설명한다. "어젯밤에 올리비아가 가져왔어."

"그녀랑 얘길 해봤어요?"

"정중하게 몇 마디 나눴어. 차 한잔 하면서."

어머니가 아버지의 오른팔을 들고 스펀지로 팔뚝을 북북 문지르기 시작한다. 손가락 사이도 빠뜨리지 않고 꼼꼼히 닦는다.

"이이가 웨일스로 돌아올 결심을 굳힌 상태였대. 언젠간 그럴 줄 알았어. 이이가 집에 돌아오는 건 시간문제였다고."

시간문제라뇨? 20년이나 걸렸는데요. 나는 그렇게 받아치고 싶은 충동을 애써 억누른다.

"그 여잔 더 이상 우리랑 싸우고 싶지 않대."

"다행이네요."

어머니는 콧노래까지 흥얼대며 아버지를 씻겨나간다.

"이젠 아버질 집으로 모셔가야지 않겠니?" 어머니가 말한다.

"이이 서재를 침실로 개조하면 될 것 같은데. 책장을 치우면 공간이 넉넉할 거야. 계단을 오르내리는 수고를 안 해도 되고."

"정말 집으로 모시게요?"

"물론이지. 거기가 아버지 집이잖아."

어머니는 눈 앞으로 흘러내린 머리카락을 뒤로 넘기며 미소를 짓는다. 삶의 목적을 재발견한 여자의 표정이다. 그날 아버지가 내게 간절히 속삭인 당부를 떠올려본다. 내 기억은 더 이상 명확하지 않다. 혹시 내가 꿈을 꾼 게 아닐까?

●

휴대폰이 울린다. 나는 요상한 춤을 추듯 덤벙대며 진흙으로 범벅이 된 바지에서 휴대폰을 꺼내 응답한다.

"올로클린 교수님?" 여자의 목소리가 묻는다.

"그런데요."

"노스 브리지 하우스예요. 에마는 오늘 학교에 오나요?"

"네?"

"결석을 해서요. 혹시 몸이 아픈가요?"

"아뇨. 아무 문제 없어요. 우리 큰딸 찰리가 학교까지 데려다 줬을 텐데요. 잠시 후에 제가 전화드릴게요."

나는 황급히 찰리에게 전화한다.

"아빠. 차가 너무 밀려서 아직도 도로에 갇혀 있어요."

"지금 에마랑 같이 있니?"

"걘 학교에 있는데요."

"학교에선 안 왔다던데."

"분명히 삼십 분 전에 학교에 내려줬어요. 정문으로 들어가는 것도 봤고요. 운동 가방을 들고 들어가는 걸 똑똑히 봤어요. 담임이 실수한 것 같은데요."

나는 학교로 전화를 건다.

"오늘은 체육 시간이 없어요." 교무실 직원이 말한다. "아이들도 오늘 에마를 못 봤대요. 도서관과 탈의실까지 샅샅이 뒤져봤는데 없더라고요."

나는 그녀의 말이 끝나기도 전에 전화를 끊고 에마의 휴대폰으로 전화한다. 왼손으로 버튼을 누르는 게 여간 불편한 게 아니다. 연결음 대신 음성사서함으로 넘어가버린다. '안녕하세요. 에마예요. 지금은 전화를 받을 수 없어요. 삐 소리 후에 메시지를 남겨주세요.'

"너 지금 어디 있니? 학교에 없지? 메시지 확인하는 즉시 아빠한테 연락해. 화가 난 게 아니라 걱정이 돼서 그래. 정말이야. 그러니까 빨리 전화해줘."

마침내 찰리가 숨을 헐떡대며 들어온다. 내 질문 세례가 이어질수록 딸은 점점 방어적으로 바뀐다.

"오늘 아침엔 걔 상태가 어땠지?" 나는 묻는다.

"똑같았어요. 차분한 모습."

"무슨 얘긴 없었고?"

"아빠가 어디 계시냐고 묻긴 했어요."

"다른 얘긴? 아침엔 뭘 먹었지?"

"평소랑 똑같았다니까요." 찰리가 하소연하듯 말한다.

당장 누구에게 전화를 걸어야 할지 머리를 굴려본다. 에마에게는 친구가 별로 없다. 에마의 사촌인 루시의 아이들은 학교에 있을 것이다.

"집으로 돌아간 게 아닐까요?" 찰리가 말한다.

"운전은 네가 해." 차로 향하며 나는 말한다.

집으로 향하는 내내 우리는 어느 길이 더 빠른지를 놓고 언쟁을 이어간다. 마음 같아서는 요란하게 경적을 울려대며 앞을 막아선 차들을 불도저처럼 시원하게 밀어버리고 싶지만 찰리는 놀라울 만큼 차분하게 차를 몰아나간다.

"제 잘못이에요." 아이가 말한다.

"아니야."

"아빠도 그렇게 생각하시잖아요."

"그렇지 않아. 이건 다 아빠 탓이야. 할아버지 문제에 온 신경을 쏟느라 정작 내게 가장 중요한 사람들을 챙기지 못했어. 너랑 에마 말이야. 정신이 딴 데 팔려 있을 때면 늘 사랑하는 주변인들이 다치거나 사라지더라고."

"걱정 마세요. 찾을 수 있을 테니까." 택시 한 대가 위험천만하게 칼치기를 시도하자 찰리의 입에서 욕이 튀어나온다.

웰링턴 코트에 도착한 나는 계단을 두 단씩 뛰어 맨 위층으로 올라간다. 간신히 열쇠를 찾아 안으로 들어서서는 에마를 큰 소리로 부르며 구석구석을 미친 듯이 수색한다. 옷장과 침대 밑도 빠뜨리지 않는다. 뻔한 공간들. 황당한 장소들.

집중과 조사가 필요한 상황이다. 나는 뛰는 가슴을 애써 진정시킨다. 이 모든 건 에마가 치밀하게 계획한 일이다. 딸은 평소처럼 옷을 챙겨 입었다. 자신의 진짜 목적지는 비밀로 꽁꽁 담아둔 채로. 아이는 침대까지 깔끔하게 정리해놓았다. 봉제 인형들은 큰 것부터 차례대로 배열돼 있다. 운동 가방은 오늘 아침이나 어젯밤에 챙겨놓았을 것이다. 에마는 대체 뭘 챙겨 나갔을까?

내 머리는 무서운 속도로 돌아가고 있다. 에마의 일기장이 보이지 않는다. 또 뭘 챙겨갔지? 침대 끝에 가지런히 개어놓는 '블랭키'도 가져간 모양이다. 나는 자기로 된 돼지 저금통을 집어 든다. 돼지의 분홍빛 배에는 고무 마개가 끼워져 있다. 나는 저금통을 흔들어본다. 아무 소리도 나지 않는다. 에마가 얼마를 모았더라? 생일과 크리스마스 때 선물로 받은 돈을 다 합하면 팔구십 파운드 정도 되겠지?

찰리가 문간에 나타난다. "찾으셨어요?"

"아니."

딸은 자신이 직접 찾아보겠다고 나서지만 지금 내게는 이 공간과 정적이 절실히 필요하다. 에마는 무엇으로부터 도망을 친 걸까, 아니면 무엇인가를 향해 나아가고 있는 걸까?

왼팔에서 경련이 인다. 약효가 떨어져가는 중이다. 찰리가 약과 물이 담긴 글라스를 가져온다. 과일 그릇에 담긴 사과가 눈에 들어온다. 에마가 하나 챙겨갔을까? 음식과 물은 대체 어떻게 해결하려는지.

주방을 훑어나가던 내 시선이 벤치 위 벽에 고정된다. 무언가가 더해진 게 아니라 빠진 걸 알아차렸기 때문이다. 그림. 예전에 살았던 마을, 웰로우의 한 성당을 담은 수채화는 줄리앤이 성당 지붕의 수리 비용을 마련하기 위한 학교 행사에서 구매한 것이다. 지역 출신 화가가 그린 작품은 늦여름 오후의 세인트 줄리안 성당을 완벽하게 담아냈다. 잎이 무성한 나무들, 그리고 은은한 금빛을 띤 석조 부분들.

"에마가 어디 있는지 알 것 같아." 나는 말한다. "자, 어서 가보자."

타르와 바람, 차와 트럭과 밴들이 마구 뒤섞인 대혼돈의 두 시간이 이어진다. 두 손으로 핸들을 움켜쥔 채 어깨를 잔뜩 움츠린 찰리는 당장이라도 앞을 가로막은 장애물들을 우악스럽게 가르고 나갈 태세다. 나는 안전벨트를 맨 채 조수석에 앉아 추월 차선을 독차지한 운전자들과 굼뜨게 언덕을 오르는 대형 트럭들을 향해 연신 쓴소리를 쏟아낸다.

틀어놓은 라디오에서는 윈저의 한 저택에서 은퇴한 변호사가 숨진 채 발견됐다는 뉴스가 흘러나오고 있다. 그의 아내가 "경찰 수사에 적극 협조 중"이란다. 실명은 공개되지 않는다. 사라진 돈과 우리 아버지와 레이 디마르코에 대한 언급도 없다.

나는 창문을 내리고 바깥 공기를 한껏 들이쉰다.

"괜찮으세요?" 찰리가 묻는다.

"응."

"아무 일 없을 거예요."

"알아."

고개를 끄덕이면서도 목이 메어오는 건 막을 수가 없다. 한기가 엄습해오지만 나는 차창을 올리지 않는다. 발이 시린지 찰리가 히터를 세게 튼다.

"패딩턴에서 기차를 타고 배스 스파로 갔을 거야." 나는 말한다. 인파 속으로 사라지려는 에마의 모습이 뇌리를 스친다. "나이를 속이고 티켓을 끊었겠지. 자판기를 이용했거나."

"걔가 웰로우까진 어떻게 갈 수 있을까요?" 찰리가 묻는다.

"버스를 타거나 걸어서."

"거의 십 킬로미터 거리인데요?"

"그래도 비는 안 오잖니." 나는 근심에 찬 딸을 안심시키려 애써본다.

힌턴 차터하우스를 지나자 도로가 위험한 수준으로 좁아진다. 찰리는 반대편에서 달려오는 차들을 보고 어쩔 수 없이 속도를 줄이지만 멈출 마음은 없는 듯하다. 이따금 위협을 느낀 차들이 한쪽으로 빠져준다. 찰리답지 않은 모습이다. 상황이 상황인지라.

옐로우 레인은 힌턴 힐로, 그리고 이내 포드 가로 바뀐다. 우리는 오래된 고가교 밑을 통과해 불스 힐을 오른다. 세인트 줄리안 성당을 향해.

"계속 직진해." 나는 말한다.

"하지만……."

"그냥 쭉 가."

찰리는 성당과 에마가 다녔던 초등학교, 그리고 폭스 앤드 배저 펍을 차례로 지나쳐 달려나간다. 목적지는 멀지 않았다. 일 분도 채 안 되어 옐로우를 벗어난 우리는 다음 마을 피스다운 세인트 존으로 향한다.

우리 앞으로 잡목림이 에워싼 돌담과 마구 흐트러진 생울타리가 나타난다. 주변에는 건물이 없다. 성당도, 지하 묘지도.

찰리는 이제야 깨달은 듯하다. 아이는 철문 앞 도로에 멈춰 선다. 수직으로 뻗은 철책 틈으로 묘비들이 보인다.

나는 차가 완전히 멈추기도 전에 밖으로 튀어나간다. 보행자용 문을 열고 들어가서는 묘비들을 빠르게 훑어본다. 내 시선이 16개월 전 직접 고른 구석의 못자리 쪽으로 돌아간다. 기대했던 에마는 보이지 않는다. 우리가 먼저 도착했나? 좀 더 기다려보면…….

나는 자갈길을 따라 그쪽으로 다가가본다. 몇몇 무덤에는 새로 갖다 놓은 싱싱한 꽃이 놓여 있다. 하지만 대부분 무덤의 시멘트로 고정된 꽃병에는 음울해 보이는 플라스틱 조화가 꽂혀 있을 뿐이다.

좀 더 다가가니 에마의 목소리가 들린다. 딸은 벗어놓은 코트에 두 다리를 쭉 뻗고 앉아 있다. 줄리앤의 묘비를 등진 채로. 아이의 귀는 꾹 눌러쓴 모직 비니로 덮여 있다. 에마는 줄리앤의 무덤 주변에 널린 낙엽을 깨끗이 치워놓았고, 목도리로 묘비를 광이 나게 닦아놓았다. 아이의 수건 크기의 낡은 '블랭키'는 무덤 위에 펼쳐져 있다.

에마는 내가 다가가는 소리를 듣지 못한다.

"프랑스에선 미안했어요. 슈퍼마켓에 숨었을 때." 딸은 말한다. "마들렌 맥캔에 대해선 정말 몰랐어요. 엄마가 나 때문에 걱정을 많이 하셨다는 것도 몰랐고요. 앨턴 타워스에서 같이 롤러코스터 타자고 졸랐던 것도 미안해요. 타고 나서 엄만 토까지 하셨잖아요."

에마는 무릎에 펼쳐놓은 일기장을 읽어내려가는 중이다.

"일 년 동안 백설 공주 드레스만 입겠다고 고집을 부려서 미안했어요. 세탁도 못 하게 하고. 내 발이 특이하게 생겨서 찰리가 물려준 신발을 못 신었잖아요. 그것도 미안했어요. 따지고 보면 내 잘못이 아니었지만. 아빠 발도 이상하게 생겼잖아요."

딸은 잠시 말을 멈추고 손끝으로 일기장을 더듬기 시작한다.

"엄마가 끼고 다닌 고리 모양의 금귀걸이 있죠? 아빠가 결혼기념일 선물로 주신 거? 그 귀걸이 걸쇠를 망가뜨린 건 바로 나였어요. 그때 솔직하게 얘기했어야 하는데…… 혼날까 봐 무서워서 못 했어요."

에마가 고개를 돌리고 나를 올려다본다. 조금도 놀라는 표정이 아니다. 벌떡 일어나 내게 안기려 하지도 않는다.

"안녕, 에마." 나는 말한다. "여기서 뭐 하고 있니?"

"엄마랑 얘기하고 있어요." 아이가 얼굴을 찌푸린다. "손이 왜 그래요?"

"불에 데었어."

"아파요?"

"이젠 괜찮아."

나는 몸을 숙이고 딸 옆으로 다가간다. 에마는 꼼지락대며 옆으로 이동해 내게 공간을 내어준다. 우리는 묘비에 등을 기댄 채 나란히 앉는다. 내 다리는 에마보다 훨씬 멀리까지 뻗쳐진다.

"사과 하나랑 주스 팩 하나만 샀어요." 딸이 운동 가방 위에 소박하게 놓아둔 도시락을 가리키며 덤덤하게 말한다.

"괜찮아. 아빤 배 안 고파. 블랭키는 왜 가져왔니?"

"엄마가 추울 것 같아서요."

"그렇지 않아."

"그걸 어떻게 아세요?"

"엄마가 네 생각을 하고 계실 테니까. 그러면 절로 몸이 따뜻해지거든."

에마는 의심하는 눈빛으로 나를 쳐다본다. 하지만 내 설명이 마음에 드는지 이내 만족해하는 반응을 보인다. 어깨와 허벅지가 맞닿은 우리는 바람에 살랑이는 잔디와 바스락대는 낙엽을 물끄러미 지켜본다.

"왜 말도 없이 사라진 거니?" 나는 묻는다.

"내가 아빠를 슬프게 만들잖아요."

"왜 그렇게 생각했지?"

에마는 어깨를 으쓱인다.

"얘기해봐."

"모두가 날 떠나버렸잖아요. 엄마도 그렇고, 찰리도 그렇고."

"아빤 네 곁을 이렇게 지키고 있잖니."

"다 나 때문에 그러는 거잖아요."

"그게 무슨 뜻이지?"

"나 때문에 잠에서 깨고, 나 때문에 먹을 걸 사고, 나 때문에 요리하고, 빨래하고, 일하니까."

딸의 말이 묵직한 바위처럼 내 가슴을 짓누른다. 숨이 턱 막혀 온다.

"아빤 지금 여기 있지만 솔직히 여기 있고 싶지 않잖아요." 에마가 말한다.

반박하고 싶다. 오해라고 말하고 싶다. 하지만 내 입은 끝내 열리지 않는다. 이토록 당혹스러울 때 에마가 나를 똑바로 쳐다보지 않아 다행이다.

열여섯 시간 전, 나는 로지에게 삶을 선택하라고 조언했다. 그것은 선물이라고. 죽음은 탈출구 없는 감옥이라고. 나는 그녀에게 삶은 희망과 가능성으로 가득 찬 두 번째, 세 번째, 그리고 네 번째 기회를 내줄 것이라고 했다. 세상에 이런 위선자가 있나. 사기꾼. 겁쟁이. 아버지가 돼서 어린 딸만도 못하다니.

"울지 말아요, 아빠."

"우는 게 아니야."

"눈이 촉촉한데요."

"불에 물을 주고 있는 거야."

먼발치서 지켜보던 찰리가 우리 쪽으로 다가온다.

"무슨 일이에요?" 큰딸이 묻는다.

"엄마랑 소풍 온 거야." 에마가 대답한다. "그런데 사과 하나랑 주스 하나밖에 없어."

"괜찮아."

에마가 옆으로 움직여 찰리에게 앉을 자리를 내어준다.

내 눈은 꼭 감겨져 있다.

에마가 내 멀쩡한 쪽 손을 잡고 뭘 하는지 묻는다.

"그네를 밀어줄 때 아주 속 깊은 어린애가 들려준 말이 생각나서."

"그게 누군데요?"

"찰리."

"그때 제가 뭐라고 했어요?" 찰리가 묻는다.

"네가 이러더라고. '아빠, 눈을 꼭 감았다가 뜨면 완전히 새로운 세상이 보일지도 몰라요.'"

"제가 몇 살 때였죠?" 찰리가 묻는다.

"네 살."

에마가 눈을 질끈 감는다. 찰리도 동생을 따라 눈을 감는다.

"정말 그래?" 에마가 속삭인다.

"그렇게 되지 않을까?"

"우리가 그런 척하면 되지 뭐."

"그래, 한번 해보자."

## 58일째

나는 다시 운동을 시작한다. 평소와 마찬가지로 잉글랜즈 레인을 따라 프림로즈 힐과 리전트 파크로 향한다. 상점이 늘어선 거리를 유유히 지날 때 단골 정육점과 청과물 가게 주인이 몰려나와 무리하지 말라고 소리친다. 물론 짓궂은 농담이다. 나는 웃음을 터뜨리며 손을 살랑여 보인다.

내 걸음은 전형적인 파킨슨병 환자의 걸음이다. 발을 질질 끌며 굼뜨게 나아가는 걸음. 잘 걷다가도 어느 순간 갑자기 얼어붙은 듯 멈춰 설 때가 있다. 무대 위에서 대사를 잊어버린 배우처럼. 그럴 때면 나는 패닉에 빠진 채 눈을 깜빡이며 움직이라는 메시지가 사지로 전달되기를 기다린다.

지금의 나는 18개월 전의 나와는 또 다르다. 불과 8주 전의 나와도 다르고. 손을 쓸 수 없이 망가진 내 삶은 잔해와 쓰레기로 가득 차 있다. 폭풍이 지나간 후의 해안 지대의 모습과도 다르지 않다. 다행히 에마는 예전의 행복한 모습을 되찾은 듯하다. 작은딸은 더 이상 줄리앤이 증인 보호 프로그램에 따라 어딘가에 숨어 살고 있다든지, 열대섬에 유유자적하며 살고 있다는 따위의 황당한 시나리오에 사로잡혀 지내지 않는다. 이제 우리는 줄리앤 애기를 자주 나눈다. 그것도 한껏 웃으면서.

크리스마스를 일주일 앞두고 있어 가짜 눈과 호랑가시나무, 반짝이 조각, 그리고 방울 따위로 장식한 집과 상점들을 어렵지 않게 볼 수 있다. 기상국에 따르면, 올 크리스마스에 눈이 올 확률은 삼십 퍼센트 정도다. 하다 하다 그런 것에까지 돈내기를 하는 이들도 있다. 신나고 들뜬 분위기에 대한 조롱 같아 곱게 보이지는 않는다.

리전트 파크는 나보다 훨씬 성공적으로 운동하는 사람들로 북적댄다. 제대로 뛰는 조거들. 힘차게 페달을 밟는 사이클리스트들. 과감하게 발을 디뎌나가는 워커들. 내 엉성한 모습이 그들 눈에 어떻게 비칠지 궁금하다. 말을 듣지 않는 왼팔을 몸에 착 붙인 채 장화 발로 부자연스러운 걸음을 내딛는 모습에서 제자리를 빙빙 맴도는 다친 오리가 연상되지 않을까.

나는 잠시 걸음을 멈추고 손목시계를 들여다본다. 과연 오늘 여기서 케이트를 볼 수 있을까? 전화를 걸거나 메시지를 띄워도 그녀는 감감무소식이었다. 하지만 나는 그녀가 거의 매일 아침 이곳에 나와 운동한다는 걸 알고 있다. 먼발치서 지켜본 적은 몇 번 있지만 가까이서 손을 흔들거나 불러본 적은 없다. 그녀를 만나면 어떻게 대화의 물꼬를 틀지 미리 연습해두었다. 그녀는 분명 아버지에 대해 물을 것이고, 나는 근황을 상세히 들려줄 것이다. 어머니의 반대 의사에도 아버지는 요양소로 옮겨졌고, 어머니는 여전히 자신의 간절한 기도가 아버지를 낫게 할 거라 믿고 있다고. 어머니는 세상 모든 일에는 다 이유가 있다고 한다. 내가 가장 싫어하는 말이다. 그건 책임을 회피하고, 현실을 직시하지 않으려는 핑계일 뿐이다. 부당하게 죽음을 맞는 이는 세상에 널려 있다. 방치, 학대, 지뢰, 기아, 교통사고, 암, 폭탄. 그런 모든 비극에도 다 이유가 있다는 말은 레이 디마르코가 가장 혐오한다는, 신은 우리가 감당하지 못할 시련은 주지 않는다는 멍청한 표현만큼이나 무의미하다. 신이 내게 파킨슨병을 안겨준 데에는 아무 이유가 없다. 신은 내게서 줄리앤을 앗아가지도 않았고, 유언을 조현병 환자로 만들지도 않았으며, 베타니 디마르코가 자궁 안에서 숨을 제대로 쉬지 못하게 한 적도 없다. 우리의 운명은 불확실하다. 인간의 비극이 신의 웅장한 계획의 일환이라고 포장해 정당화하는 이들의 오만한 믿음은 어리석음의 극치다.

그렇다고 어머니에게 화를 내고 싶지는 않다. 그 믿음 뒤에 숨겨진 선의를 알기 때문이다. 어머니의 영혼은 고답적이다. 어머니는 자신이 늘 원했던 것을 기어이 되찾았다. 아버지. 아플 때나 건강할 때나, 좋을 때나 궂을 때나 곁을 지키겠노라고 서약한 남편.

때마침 옅은 안개를 헤치고 케이트가 모습을 드러낸다. 날씬한 체구에 검은 머리, 그리고 긴 다리. 내 쪽으로 달려오는 그녀를 향해 손을 흔들어본다. 그녀는 멈추려 하지 않는다. 나는 그녀 앞을 막아보지만 그녀는 나를 멀리 돌아가버린다.

나는 그녀의 뒤에 대고 소리친다. "우리가 처음 만났던 때가 기억났어요."

내 말을 못 들었나? 아니면, 듣고도 못 들은 척하는 건가? 다행히 그녀가 멈춰 서서 나를 돌아본다.

"클러켄웰의 랭턴 홀에서였죠. 거기서 강연을 했어요. 그때 모인 사람들이…… 사람들이……." 나는 미처 말을 맺지 못한다.

케이트의 얼굴이 갑자기 창백해진다.

"아무에게도 얘기 안 했어요." 나는 말한다. "걱정 말아요."

그녀가 내 뒤편을 흘끔 살핀다. 화려한 라이크라 옷차림의 사이클리스트 둘이 빠르게 스쳐 지나간다.

"커피 한잔 할래요?"

"시간 없어요."

"부탁이에요."

그녀는 입을 꼭 다문 채 고개를 끄덕인다. 우리는 공원 내 카페로 향한다. 그리고 연못이 내다보이는 창가 테이블에 마주 앉는다. 후줄근한 오리들이 버드나무 가지 아래 옹송그리며 모여 있다.

"미안해요." 나는 말한다.

"사과는 이미 했잖아요."

"당신을 경외하고 있어요. 정말 대단해요."

"매춘부가 불명예스러운 경찰이 된 게 대단해요?" 그녀의 아랫입술이 가볍게 떨린다.

"그런 뜻이 아니에요."

"그날의 기억을 지워줄 수 없어요?"

"왜죠?"

"정말 몰라서 물어요?"

"모르겠어요."

"그 시절을 잊으려고 얼마나 애써왔는지 몰라요. 난 이름까지 바꿨다고요. 다시 학교로 돌아갔고, 대학에도 진학했어요. 졸업 후엔 런던 경찰청에 지원했고, 무려 4년 만에 간신히 입성할 수 있었어요. 정말 열심히 일했고, 착실하게 능력을 증명하면서 승진을 거듭해왔죠. 하지만 그러는 와중에도 늘 불안했어요. 과거의 비밀에 발목이 잡힐까 봐."

"그런 일은 없었잖아요."

"나중 일은 모르는 거예요. 난 성매매 혐의로 두 번이나 기소됐어요. 경찰에 지원할 때 그 사실을 밝히지 않았고요. 내가 상대했던 고객이나 함께 일한 동료들이 그 사실을 폭로할지 모른다는 불안감에 늘 사로잡혀 지내왔어요."

"그걸 아는 사람은 없어요."

"당신은 알잖아요." 케이트가 손등으로 젖은 눈가를 훔친다. "내가 경찰이 된 건 당신 덕분이었어요."

"네?"

"그날 밤 랭턴 홀 강연에서 당신은 우리에게 스스로를 보호하고 서로를 돌봐야 한다고 강조했어요. 사실 난 그 며칠 전, 신문에 실린 당신 기사를 읽었어요. 병원 옥상에 올라가 투신하려는 소년을 설득해 비극을 막았다는 내용이었어요. 나중에 헨던에서 훈련을 받을 땐 당신 딸이 납치됐다는 소식을 접했고…… 또 실종된 지 3년 된 소녀를 당신이 구했다는 기사도 봤어요."

"파이퍼 해들리요."

"굉장한 유명인사시더군요."

"전혀 그렇지 않아요."

"아주 조금 유명하신 분이라고 해두죠, 그럼."

"그러지 말아요."

"그럼 '적당히 알려졌다'는 표현이 나아요?" 그녀가 짓궂게 말한다.

"난 자기 비하적인 사람이에요."

케이트가 웃음을 터뜨린다. "꼭 그렇게 겸손을 떨어야 후련한가요?" 그녀가 가볍게 헛기침을 한다. "난 제복 경관으로 강등됐어요. 뭐 큰 불만은 없어요. 원래 대중과 소통하는 걸 좋아하니까. 몇 년 이렇게 고생하면 용서받고 형사로 복귀할 수 있겠죠 뭐. 과거에 발목 잡히는 일만 없다면." 그녀가 갑자기 화제를 바꾼다. "로지 패시지가 살인미수 혐의로 기소됐다면서요?"

"네."

"레이 디마르코는요?"

"베타니랑 함께 집에 있어요."

"그러니까 이게 다 돈 때문이었다고요?"

"질투와 분노도 한 몫씩 했죠."

케이트가 테이블 너머로 손을 뻗는다. 그리고 손끝으로 분홍빛 화상 흉터가 남은 내 손바닥을 더듬어나가기 시작한다.

"난 당신이 마음에 들어요, 조지프. 하지만 당신은 상대로부터 너무 많은 걸 기대하는 경향이 있어요."

"나도 알아요."

돌풍이 불어와 잔디에 깔린 낙엽을 사방으로 쓸고 다닌다.

"이만 가봐야겠어요."

"네."

우리는 밖에 나와 잠시 서 있다. 흘러내린 머리카락이 케이트의 입가에 달라붙는다. 그녀는 손끝으로 머리카락을 걷어낸 후 몸을 앞으로 기울이고 내 입술에 키스한다. 그녀를 끌어안은 내 손이 그녀의 단단한 등 근육과 탄력 있는 엉덩이에 얹어진다.

그녀가 내 목에 대고 뜨거운 입김을 쏟아낸다.

"잘 가요, 조지프."

"나중에 전화해도 돼요?"

"그럼요."

"언제?"

"언제든지."

그녀는 돌아서서 내달리기 시작한다. 그녀의 주황색 밑창이 회색 아스팔트를 힘차게 밟아나간다. 나는 휴대폰을 꺼내 그녀에게 전화를 건다. 그리고 그녀가 응답하기를 기다린다.

## 감사의 말

『용의자』에서 처음으로 조 올로클린 교수를 소개했을 때 그가 이토록 오랫동안 사랑받는 캐릭터로 자리매김하게 될지 몰랐습니다. 당시에는 단 한 권이라도 제대로 된 소설을 정식으로 출간하고 싶은 바람뿐이었어요. 기껏해야 열 권 남짓 팔리다 말겠지, 생각했죠. (그중 여덟 권은 어머니가 사주실 거라 확신했고요.)

열세 편의 작품을 세상에 내놓는 동안 교수는 계속 제 곁을 지켜주었습니다. 무너져 내리는 몸에 기민한 정신과 인간 행동에 대한 놀라운 통찰력을 가진 남자. 조는 제가 만든 캐릭터 중 가장 자전적이라 할 수 있습니다. 비록 저는 조만큼 용감하지도, 똑똑하지도, 잘생기지도, 재치 있지도 않습니다만. 작가들은 다들 저처럼 소망 충족에 사로잡혀 산답니다.

늘 그렇듯 나의 멋진 편집자들에게 감사의 마음을 전합니다. 루시 다우먼, 레베카 손더스, 리처드 파인, 그리고 나의 에이전트이자 친구인 마크 루카스. 영국의 리틀, 브라운 북 그룹, 오스트레일리아의 해쳇, 그리고 독일의 골트만을 비롯한 세계 각지의 환상적인 출판 팀들, 특히 제 원래 문체를 한층 업그레이드해 옮겨주시는 번역가분들에게 깊은 경의를 표합니다.

덧붙여 파킨슨NSW 자선 경매를 후원하고 한 캐릭터에 자신의 이름을 붙일 수 있는 권한을 낙찰받은 마음씨 후한 스튜어트 맥더미드를 언급하지 않을 수 없습니다. 고마워요, 스튜어트.

매번 이쯤에서 제 가족, 특히 열렬한 헌사를 기대하는 제 아내 비비안에게 감사의 마음을 전하곤 합니다. 그걸 보면 친구들이 무척 부러워한다더군요. 아내에게 점수를 딸 수 있는 가장 확실한 방법입니다. 제가 아내에 대해 들려드린 모든 내용은 전부 사실입니다. 아내는 제게 예쁜 딸을 셋이나 안겨주었어요. 같이 산 지 삼십 년이 넘었지만 아내는 여전히 저를 미소 짓게 합니다. 저는 그래서 복권을 사지 않아요. 이미 충분한 행운을 누리고 있으니까요.

## 옮긴이 **최필원**

캐나다 웨스턴 온타리오 대학에서 통계학을 전공하고, 현재 번역가와 기획자로 활동하고 있다. 장르문학 브랜드인 '모중석 스릴러 클럽'을 기획했다. 옮긴 책으로 할런 코벤의 《숲》《단 한 번의 시선》《영원히 사라지다》《결백》《아무에게도 말하지 마》, 제프리 디버의 《고독한 강》《도로변 십자가》, 정유의 《안전한 나의 집》, 그 밖에 《내가 죽기를 바라는 자들》《대통령이 사라졌다》《에블린 하드캐슬의 일곱 번의 죽음》 등이 있다.

## 디 아더 와이프

**초판 1쇄 인쇄** 2025년 8월 7일
**초판 1쇄 발행** 2025년 8월 12일

**지은이** 마이클 로보텀
**옮긴이** 최필원
**펴낸이** 신경렬

**상무** 강용구
**기획편집부** 이다희 신유미
**마케팅** 최성은
**디자인** 굿베러베스트
**경영지원** 김정숙 김윤하

**편집** 박은경

**펴낸곳** ㈜더난콘텐츠그룹
**출판등록** 2011년 6월 2일 제2011-000158호
**주소** 04043 서울시 마포구 양화로 12길 16, 7층(서교동, 더난빌딩)
**전화** (02)325-2525 | **팩스** (02)325-9007
**이메일** editor1@thenanbiz.com | **홈페이지** www.thenanbiz.com

ISBN 979-11-5879-238-1 03840

- 이 책 내용의 전부 또는 일부를 재사용하려면 반드시 저작권자와 ㈜더난콘텐츠그룹 양측의 서면에 의한 동의를 받아야 합니다.
- 잘못 만들어진 책은 구입하신 서점에서 교환해 드립니다.